Weitere Titel der Autorin:

Das tiefe Blau des Meeres

ÜBER DIE AUTORIN

Marie Lamballe wurde in Hannover geboren. Ihre Liebe zu Frankreich entdeckte sie bereits früh; sie studierte Französisch und begann schon kurz nach dem Studium mit dem Schreiben. Inzwischen lebt die Mutter zweier erwachsener Kinder in der Nähe von Frankfurt. Ihre Ideen kann sie am besten in ihrem Lieblingscafé entwickeln.

Marie Lamballe

Der Leuchtturm auf den Klippen

Ein Bretagne-Roman

BASTEI LÜBBE TASCHENBUCH
Band 17376

Dieser Titel ist auch als E-Book erschienen

Originalausgabe

Copyright © 2016 by Bastei Lübbe AG, Köln
Textredaktion: Ulrike Strerath-Bolz, Friedberg
Titelillustration: © shutterstock/haraldmuc; © Trevillion Images/Nikaa;
© shutterstock/dabjola; © shutterstock/fotohunter;
© shutterstock/Rolf E. Staerk
Umschlaggestaltung: Kirstin Osenau
Satz: two-up, Düsseldorf
Gesetzt aus der Caslon
Druck und Verarbeitung: GGP Media GmbH, Pößneck
Printed in Germany
ISBN 978-3-404-17376-1

1 3 5 7 6 4 2

Sie finden uns im Internet unter www.luebbe.de
Bitte beachten Sie auch: www.lesejury.de

Ein verlagsneues Buch kostet in Deutschland und Österreich jeweils überall dasselbe. Damit die kulturelle Vielfalt erhalten und für die Leser bezahlbar bleibt, gibt es die gesetzliche Buchpreisbindung. Ob im Internet, in der Großbuchhandlung, beim lokalen Buchhändler, im Dorf oder in der Großstadt – überall bekommen Sie Ihre verlagsneuen Bücher zum selben Preis.

PROLOG

Im Nebel war das Leuchtturmfeuer ein matter, rötlicher Kreis, der in regelmäßigen Abständen aufglomm und wieder verging. Nur schwach erkannte man darunter die Konturen der Felsen, hier und da tauchten Seevögel wie graue Schatten aus dem Nebel und verschwanden wieder. Ihre langgezogenen Schreie hatten Ähnlichkeit mit menschlichen Klagerufen. Alan stapfte über angeschwemmten Tang, Muscheln knackten unter seinen Schuhen, neben einem Felsbrocken fand er ein Stück Holz mit Resten eines blauen Anstrichs. Er bückte sich und hob es auf, drehte es in den Händen und warf es in das auflaufende Wasser. Erinnerungen, die man nicht loswurde. Ein Leben lang nicht mehr.

Das Haus des Leuchtturmwärters stand auf einer felsigen Landzunge, gleich neben dem rot und weiß angemalten Turm. Es war aus grauem Granit gebaut, niedrig, im Nebel kaum zu finden. Er folgte dem Strand, bis er auf die Felsen traf, kletterte die Böschung hinauf und nahm den schmalen Pfad, der durch Ginster und Heidekraut zum Haus führte. Bei Flut war dies der einzige Weg zum Leuchtturm. Oft schnitt das Wasser auch diese Verbindung ab, überschwemmte die Heide und machte die Landzunge zur Insel. Alan steckte die Hände in die Jackentaschen und beugte sich vor, um dem Wind zu begegnen. Die Luft roch nach den tiefen Wassern des Ozeans – wohl möglich, dass ihm die Flut heute Nacht den Rückweg abschnitt. Und wenn schon. Er war es ihm schuldig.

Als er näher kam, sah er, dass zwei Fenster erleuchtet waren. Der Lichtschein war gelblich und vom Nebel verzerrt, ein Geisterlicht, für den Fährmann angezündet, der mit seinem dunklen Boot hier anlegen würde, um seine Passagiere hinüber zur Insel zu fahren. Zu jener Insel, wo auch Elaine jetzt auf ihn wartete. Elaine, die den kleinen Jannik und die blonde Mari in den Armen hielt. An Tagen wie diesem war seine Sehnsucht nach ihnen so groß, dass er kaum wusste, wie er weiterleben sollte.

Die alte Gaëlle öffnete ihm die Tür. Sie lächelte, als sie ihn erkannte, und auf einmal war er ungeheuer froh, trotz Nebel und Flut den Weg hierher gemacht zu haben. Er hatte Gaëlle von Anfang an in sein Herz geschlossen. Eine aufrechte Person, kantig, ehrlich und doch voller Wärme. Sie hatte es nicht leicht gehabt mit ihrem Loan. Im Leben nicht und auch nicht jetzt, da es mit ihm zu Ende ging.

»Wie schön, dass du kommst, Alan. Wir dachten, du wärst zurück nach Rennes gefahren …«

»Morgen früh …«

Drinnen war es stickig. Sie hatte Holz und Gezweig im Kamin angezündet, aber der Wind stand ungünstig und der Schornstein zog nicht gut. An dem langen Tisch vor dem Kamin hatten früher vier Kinder und die Eltern gesessen, oft auch Verwandte aus dem Dorf und junge Gäste. Auch jetzt standen dort noch drei Tassen und eine Schale mit Gebäck, daneben lag Gaëlles Strickzeug. Unter dem Tisch hatte Bri-Bri, der schwarz-braune Hund, den Kopf auf die Pfoten gelegt. Sonst begrüßte er Alan immer freudig – heute regte er sich nicht.

»Ich mach dir einen Kaffee, Alan. Willst du auch Kekse?«

Er starrte auf den leeren Lehnstuhl am Fenster. Dort hatte Loan am Abend immer gesessen, in einem Buch geblättert und seine Pfeife geraucht. Vor allem aber hatte er das Leuchtturmfeuer im Blick gehabt. Loan traute der Elektrifizierung nicht, und er hatte allen Grund dazu.

»Er ist drüben«, sagte Gaëlle, die seinem Blick gefolgt war. »Starrköpfig wie ein Maultier. Wollte nicht nach Brest in die

Klinik. ›Ich will hier in meinem Hause sterben‹, hat er zu Dr. Picollec gesagt. ›Als ein freier Mann will ich in die andere Welt gehen. Nicht wie ein willenloses Stück Fleisch, an hundert Schläuche angeschlossen.‹«

Sie hantierte am Herd herum, stellte den Wasserkessel auf und füllte Kaffeebohnen in die Handmühle.

Alan nickte. Loan war kein einfacher Mensch, ein Eigenbrötler, der Frau und Kindern mit seinem Jähzorn oft das Leben schwergemacht hatte. Aber seine letzte Entscheidung forderte Alan Respekt ab.

»Kann ich …?«

»Geh nur. Die Tür ist angelehnt.«

Komisch, dachte er. Da sitzt sie hier am Tisch und trinkt Kaffee, während er drüben sein Leben aushaucht. Was auch immer zwischen ihnen war – sollte sie jetzt nicht neben ihm ausharren?

»Das Wasser läuft auf«, sagte Gaëlle hinter ihm leise, als hätte sie seine Gedanken erraten. »Da kann er nicht sterben. An der Küste stirbt niemand bei Flut.«

Richtig, das hatte er ganz vergessen. Eine der vielen abergläubischen Geschichten hierzulande. Bei Flut wurden die Kinder geboren, die Ebbe nahm die Seelen der Sterbenden mit sich ins Meer. Vielleicht stimmte es ja sogar. Alan hatte lange genug hier gelebt, um an solche Geschichten zu glauben.

Er hatte die Schlafkammer der LeBars noch nie zuvor betreten und staunte jetzt, wie eng und armselig sie war. Loan lag in dem schmalen Ehebett unter dem Fenster, mit einem altersschweren Federbett bis zur Hüfte zugedeckt, sein Kopf ruhte auf einem weißen Kissen mit Spitzenrand. Er kam Alan sehr klein und gebrechlich vor, die Nase spitz, die eingefallenen Wangen mit weißem Flaum bedeckt. Die graue Wolljacke, die Gaëlle vor Jahren für ihn gestrickt hatte, schien ihm jetzt viel zu groß. Seine Brust hob und senkte sich rasch, aber regelmäßig.

»Alan!«

Der Gast trat näher, beugte sich zu dem alten Mann hinunter und stieß sich dabei den Ellbogen am Kleiderschrank.

»Hallo, Loan. Was machst du für Sachen?«

Der alte Mann blinzelte ihn an. Seine Augen waren von hellem, durchsichtigem Blau, die Lider zuckten, vermutlich hatte er Schmerzen.

»Zeit für mich, Alan. Ancou, der schwarze Kerl, nähert sich mit seinem Boot ... Ich fürchte ihn nicht ...«

Er hob mühsam den Arm, und Alan nahm seine Hand. Sie war kalt und hart, die Finger knotig von der Arthrose.

»Hat dir der Doktor nichts gegen die Schmerzen gegeben?«

Loan beachtete die Frage nicht. Er starrte in das Licht der Deckenlampe, die sich in seinen Pupillen spiegelte.

»War ein Unding damals, Alan«, flüsterte er. »Ein Störfall. Defekt in der Elektronik. Passiert einmal in hundert Jahren, haben sie gesagt. Idioten! Zwanzig Jahre hab ich meinen Dienst getan, und kein einziges Mal ...«

Er musste husten, und Alan konnte kaum mit ansehen, wie er sich dabei quälte. »Es ist das Herz«, hatte Gaëlle ihm am Telefon gesagt. »Es tut weh bei jedem Atemzug.«

»Rede nicht so viel ... Leg dich ruhig hin ... Ich deck dich ein wenig zu ...«

»Kein einziges Mal hab ich versäumt, das Feuer im Turm anzuzünden. Kein einziges Mal in zwanzig Jahren. Und kaum ist das Licht elektrisch, da ...«

»Ist ja gut, Loan. Ich weiß es doch. Wärst du noch im Dienst gewesen, dann wäre alles anders gekommen ...«

Der Sterbende nickte befriedigt und wehrte sich nicht, als Alan ihm das Federbett bis über die Brust hochzog. Es war kalt, der Wind rüttelte an den Fensterläden.

»Es war nicht deine Schuld, Alan. Das Leuchtfeuer war aus, deshalb ...«

Er keuchte und musste erschöpft schweigen. Alan zog vorsichtig seine Hand zurück. Die Finger des Kranken waren jetzt kraftlos, schienen nichts mehr zu spüren. Alan fühlte sich hilflos.

»Ich danke dir für alles, Loan. Für deine Freundschaft. So oft haben wir früher bei euch am Tisch gesessen, Elaine, die Kinder und ich …«

Er bekam keine Antwort. Wie es schien, war der alte Mann eingeschlafen. Alan starrte eine Weile auf das eingefallene Gesicht, das Kinn, das leicht zitterte. Dann erhob er sich langsam.

»Adieu … Gute Reise, alter Freund …«

Drüben stellte Gaëlle ihm eine Tasse heißen Kaffee vor die Nase. »Trink rasch, Alan. Die Flut steigt heute, sie wird bald den Weg überschwemmen …«

»Soll ich nicht lieber hierbleiben?«

Sie lächelte. Eine Frau über siebzig, weißhaarig, mit glattem Gesicht und blau geäderten Händen. Mutig war sie und stolz. Es bekümmerte ihn, dass weder ihre Töchter noch die Frauen aus dem Dorf hier bei ihr saßen.

»Gott segne dich für deinen guten Willen, Alan. Aber ich hab auch Anne und Swana heimgeschickt. Diese Nacht will ich mit Loan allein verbringen. Nur wir beide, die Flut und der Fährmann …«

Er nickte und war erleichtert. Schleppte ihr noch einen Korb Holzscheite hinein, damit sie es warm hatte, dann machte er sich auf den Weg. Der Wind heulte um den Turm, pfiff ein schrilles Totenlied. Als er durch die Heide zum Land hinüberging, schwappten schon die ersten Wellen über seine Füße. Noch waren sie sanft, leckten leicht über den Sand, streichelten den Fels und zogen sich mit leisem Glucksen wieder zurück.

Der Wind hatte den Nebel zerstreut, man sah die heranrollenden grauen Wellen, die sich zischend im Sand verschäumten. Weiter südlich schlugen sie donnernd gegen die Felsküste, reckten sich hoch auf und wurden zu Gischt. Er stand eine Weile, die Hände frierend in den Jackentaschen vergraben, und starrte auf das Schauspiel der heranstürmenden Flut. Das Meer. Es hatte ihm alles genommen, was ihm lieb und teuer gewesen war. Seine Frau, seine beiden Kinder. Sieben Jahre war das nun her, aber der Schmerz war so frisch wie damals, als er in der Klinik zu sich gekommen war und begriff, dass er allein das Kentern des Bootes überlebt hatte.

Er hasste das Meer. Und doch kam er nicht von ihm los. Es hielt ihn fest, zwang ihn, immer wieder an diesen Ort zurückzukehren. Vielleicht waren es die Seelen seiner Lieben, die ihn nicht gehen ließen ...

I

Mozart. Türkischer Marsch. Düdeldüdeldütt, Düdeldüdeldütt ... Wolfgang Amadeus. Immer wieder von vorn. Türkischer Marsch. Düdeldüdeldütt ...

Sie fingerte nach dem Handy, ohne die Augen zu öffnen. Fand es unter dem Kopfkissen und blinzelte auf das Display. Bevor sie etwas erkennen konnte, rutschte ihr das Teil aus der Hand, schlug gegen den Nachttisch und glitt unter das Bett.

Düdeldüdeldütt ...

Verdammt! Stöhnend robbte sie zur Bettkante und angelte den Störenfried unter dem Bett hervor. Auch das noch. Es war Mama.

»Hallo?«

Ihre Stimme klang heiser, sie räusperte sich und wusste sofort, was Mama jetzt fragen würde.

»Du liebe Güte, Kind! Bist du krank? Du hörst dich ja furchtbar an.«

»Nein, nein ... Nur ein wenig ... belegt. Alles in Ordnung, Mama ...«

Sie ließ sich zurück in die Kissen fallen und schloss die Augen. Sie fühlte sich tatsächlich krank. Irgendwie ausgehöhlt. Zittrig.

»Na, Gott sei Dank. Du kannst dir jetzt auf keinen Fall leisten, krank zu werden, das weißt du ja. Nimm am besten gleich prophylaktisch Grippostad ein, bei diesem kalten Herbstwetter hat man sich schnell eine Erkältung eingehandelt ...«

»Ja, Mama ...«

Durch die Jalousie fiel mattes Tageslicht – wie viel Uhr war es eigentlich? Ach du Schreck – schon zehn nach neun. Das Seminar bei Professor Grossier konnte sie vergessen. Wieso hatte Paul sie nicht geweckt, als er zur Arbeit ging?

»Ich bin auf dem Sprung zur Monet-Ausstellung im Grand Palais. Weißt du, sie haben ein paar Werke aus privatem Besitz ergattert, die man sonst nicht zu sehen bekommt. Ich werde Josephine und ein paar Freunde treffen ...«

Susanne schaltete das Handy auf Lautsprecher und legte es auf die Bettdecke. O Gott – sie hatte das Seminar verpasst, schon zum zweiten Mal. Sie musste sich eine glaubhafte Ausrede einfallen lassen und natürlich nacharbeiten. Es war einfach nicht zu schaffen. Sie war rettungslos im Rückstand, und dabei hatte sie bis gegen sechs Uhr morgens am Schreibtisch gesessen. Dann hatte sich ihr Kopf geweigert, weitere Informationen aufzunehmen, und sie war ins Bett gefallen ... Ach, es war Paul, der alles durcheinanderbrachte. Ihr Studium, ihre Wohnung, ihren Hormonspiegel, ihre Gefühlswelt ... ihr ganzes Dasein. Paul, die Liebe ihres Lebens.

»... auf einen kleinen Kaffee ... In zehn Minuten kann ich bei dir sein ...«

Sie hatte den Berichten ihrer Mutter nur mit halbem Ohr zugehört, und jetzt fuhr sie erschrocken zusammen. O Gott – Mama war in Paris!

»Hier bei mir? Ach ... das geht schlecht, Mama ...«

Ihre Mutter durfte auf keinen Fall Pauls Sachen sehen, die überall herumlagen. Susanne hatte Paul nur einmal ganz am Rande erwähnt; dass er inzwischen bei ihr wohnte, durften ihre Eltern nicht wissen.

»Wieso? Hast du etwa ... Besuch?«

»Ich? Besuch? Aber nein. Anne-Marie, meine Putzhilfe kommt gleich, um hier alles auf den Kopf zu stellen ...«

Das war eine glatte Lüge. Eine Notlüge, ebenso verwerflich wie notwendig.

»Ach, wie schade. Dann vielleicht heute Nachmittag? Ich hätte Zeit zwischen ...«

»Oh, das tut mir wirklich leid, Mama, aber da bin ich an der Uni.«

»Natürlich. Wie dumm von mir ...«

Susanne war im vorletzten Semester, bereitete sich auf den Master vor. Ein deutsch-französischer Studiengang im Bereich »Management International«, aufgeteilt zwischen den Universitäten Paris und Berlin. Sie hatte ihre Schulzeit in einem Schweizer Internat verbracht und sprach Französisch so flüssig wie ihre Muttersprache. Wenn sie das Studium mit dem »Master of Arts« abgeschlossen hatte, standen ihr alle Türen offen.

»Lass uns im ›Chez Kelly‹ einen netten kleinen Kaffee trinken, Mama. In einer halben Stunde?«

Mama schien nicht gerade begeistert, doch sie akzeptierte. Wo das sei? Ach so, im Quartier. Rue de la Harpe? Nein? Nun, sie würde sich ein Taxi nehmen.

Susanne schaltete das Gespräch aus und tat einen tiefen Seufzer. Damit waren ihre Pläne endgültig dahin. Eigentlich hatte sie zu Grossier gehen wollen, dann noch ein wenig schlafen, danach mit Paul den Nachmittag verbringen und in der Nacht für das Studium arbeiten. Nachdem Punkt eins, die Veranstaltung an der Uni, schon einmal ausgefallen war, würde sie jetzt also mit Mama Kaffee trinken. Danach – das wusste sie aus Erfahrung – würde sie nicht schlafen können. Höchstens mit einem Beruhigungsmittel, aber sie mochte das Zeug nicht, es machte sie schwindelig, und ihr Kopf fühlte sich an wie mit Watte ausgestopft. Sie brauchte aber ein wenig Schlaf, sonst würde sie in der Nacht nicht arbeiten können ... Panik ergriff sie. Was, wenn sie durch das Examen fiel? Susanne Meyer-Schildt, die bisher alle Prüfungen mit Auszeichnung bestanden hatte, verpasste den Master. Das konnte sie ihrer Familie nicht antun ...

Als sie unter der Dusche stand, fühlte sie sich etwas besser.

Was regte sie sich auf? Sie hatte noch nie Probleme mit dem Studium gehabt, es würde schon klappen. Vielleicht nicht gerade mit Auszeichnung, wie die Eltern es erwarteten. Aber sie würde durchkommen. Seitdem sie Paul kannte, fand sie es längst nicht mehr so wichtig, immer und überall die Beste zu sein. Die steile Karriere, die ihre Eltern für sie geplant hatten, machte ihr jetzt eher Angst. Sie föhnte das nasse Haar und betrachtete sich dabei im Spiegel. Blass war sie, übernächtigt, waren das Falten in den Augenwinkeln? Alles in allem hatte sie schon besser ausgesehen. Gesünder vor allem. Dabei war sie eigentlich sehr glücklich, seitdem sie mit Paul zusammen war. Er stellte ihr Leben auf den Kopf, und das war wundervoll.

Sie steckte einen Finger zwischen zwei Lamellen der Jalousie und schaute durch den Spalt nach draußen. Bedeckter Himmel, Wind zerrte an Mänteln und Jacken der Passanten, Nieselregen. So richtig ekliges Herbstwetter, passend zu ihrer Stimmung. Sie zog Jeans und Pulli an, den Sommermantel darüber, das Haar war noch nicht ganz trocken – egal. Es wurde im Regen sowieso wieder feucht. Hunger hatte sie jetzt auch, hoffentlich hatten sie bei »Chez Kelly« noch Croissants. Die Pasteten mochte sie nicht, sie waren ihr zu trocken.

Sie hastete die Treppen hinunter und wäre unten im Hausflur beinahe mit dem Briefträger zusammengestoßen.

»Bonjour, Monsieur!«

Er war nicht böse. Riet ihr nur, langsam zu machen, sonst würde sie sich noch die Beine brechen. Vermutlich hätte es ihm sogar gefallen, wenn sie in seinen Armen gelandet wäre. Paul hatte neulich behauptet, sie würde alle Männer über vierzig becircen. Eine Frechheit, aber er sagte es mit einem so spitzbübischen Grinsen, dass man ihm einfach nichts übelnehmen konnte.

Mama saß bereits im Bistro, hatte sogar einen Tisch am Fenster mit Blick auf die Straße erobert und eine Tasse Café au Lait vor sich stehen. Mit ihrem eleganten Kostüm und dem frisch ondulierten Haar wirkte sie wie ein Fremdkörper zwischen den nachlässig gekleideten Studenten. Mamas Haar war schulterlang und hellblond gefärbt, angeblich in ihrer ehemaligen Naturfarbe. Das waldgrüne Kostüm hatte sie in München in einem Trachtengeschäft erworben, auch das Hütchen stammte von dort. Ihre Eltern liebten Trachtenmode, sie hatte etwas von Landadel und Gutsherrentradition an sich. Insgeheim hatte Mama immer gehofft, dass wenigstens eines ihrer drei Kinder einmal in adelige Kreise einheiraten würde. Julia und Christopher hatten sie in dieser Hinsicht leider enttäuscht – nun blieb nur noch die Jüngste. Susanne spürte den prüfenden Blick aus mütterlichen Augen und wappnete sich.

»Wie schön, dich zu sehen, mein Schatz! Blass bist du! Bekommst du zu wenig Schlaf? Die Wohnung ist doch ruhig gelegen, oder?«

»Ja, sehr ruhig ... Ich habe viel Arbeit, Mama. Die Veranstaltungen an der Uni. Und gleichzeitig muss ich ja schon die Masterarbeit vorbereiten ...«

»Du weißt ja, dass du dich jederzeit an Papa wenden kannst – falls es Fragen gibt, meine ich.«

»Das weiß ich, Mama.«

Jean-Pierre kam zu ihrem Tisch und nahm die Bestellung auf. Susanne fürchtete einen Moment, er könnte eine Bemerkung machen wie: »Heute mal ohne Paul?«, aber er sagte nur »Salut« und grinste nicht einmal. Möglich, dass Mamas Anblick ihn einschüchterte. Drüben unter der Reproduktion von Chagalls Liebespaar mit Hahn hatten sich jetzt zwei weitere Kommilitonen niedergelassen, Ben und Solange. Sie grüßte hinüber und wandte sich dann demonstrativ ihrer Mutter zu. Die beiden verstanden und ließen sie in Ruhe.

»Freunde von dir?«

»Man kennt sich ... Wie geht es Julia? Hat Henriette die Masern gut überstanden?«

Mama konnte unglaublich kommunikativ sein, wenn sie wollte. Es hätte gerade noch gefehlt, dass sie Ben und Solange an ihren Tisch bat und ein Gespräch zu viert begann. Aber zum Glück ging sie auf Susannes Fragen ein. Ja, die Nichte sei wieder gesund, nur leider habe sie die kleine Schwester angesteckt. Und alles nur, weil Julia die Mädchen nicht gegen die Masern impfen ließ, sie sei da leider unbelehrbar. Die Firma laufe weiterhin hervorragend, vor allem drüben in den neuen Bundesländern habe Julia viel zu tun ...

»Wie schön!«

Die ältere Schwester war immer Susannes großes Vorbild gewesen. Julia hatte alles im Leben geschafft, was sie sich vorgenommen hatte. Mit achtzehn Abitur, mit dreiundzwanzig den Master an einem privaten Wirtschaftsinstitut, eine Position im oberen Management der Bahn AG, Heirat, zwei Kinder, Gründung einer eigenen Firma. Julia kaufte marode Betriebe auf, brachte sie wieder auf Zack und verkaufte sie an internationale Interessenten. Alle waren stolz auf sie, nicht zuletzt ihr Mann Dennis, der selbst als Unternehmensberater tätig war. Nur Paul hatte neulich gelästert, dass die deutsche Wirtschaft in wenigen Jahren sowieso in chinesischer Hand sein würde und dass Leute wie ihre Schwester diesen Prozess noch beschleunigten.

»Stell dir vor, Susanne: Christopher bekommt sein Forschungsprojekt genehmigt. Er hat jetzt ein ganzes Jahr Zeit, seine Versuchsreihen durchzuführen. Und wer weiß, vielleicht gelingt ihm ja der Durchbruch.«

Sie sprach es nicht aus, aber Susanne wusste, dass die Eltern von einem Nobelpreis im Bereich Medizin träumten. Ihr Bruder Christopher arbeitete im gleichen Konzern wie Papa, es ging um die Erprobung eines neuen Medikaments, das die Altersdemenz verhindern oder zumindest verzögern sollte. Eine wichtige Aufgabe in einer Gesellschaft, in der die durchschnittliche Lebenserwartung jährlich anstieg.

»Das ist eine wundervolle Nachricht, Mama. Ich freue mich sehr für Chrisy…«

Susanne rührte in ihrem Milchkaffee und nahm sich das zweite Croissant. Die familiären Erfolgsmeldungen gingen ihr langsam auf die Nerven. Vermutlich hatte Papa bei dieser Geschichte ein wenig nachgeholfen, schließlich saß er im Aufsichtsrat des Unternehmens und konnte an etlichen Knöpfchen drehen. Nun ja. Christopher war ein großartiger Wissenschaftler, er hatte die Chance verdient. Was wohl Sybille dazu sagte? Bisher war sie seine Chefin gewesen – das würde sich jetzt wohl ändern.

Mama beugte sich über den Tisch, damit keine Blätterteigkrümel auf ihr Kostüm fielen, während sie von der Pastete naschte. Danach wischte sie sich die Finger an der Papierserviette ab.

»Übrigens wäre es schön, wenn wir Weihnachten alle zusammen feiern könnten, findest du nicht? Papa hat die Option auf eine große Wohnung auf der Upper West Side für zwei Wochen – Weihnachten ist in New York ein wundervolles, buntes Kulturereignis. Julia und Dennis haben zugesagt, bei Christopher ist es noch nicht sicher, er muss sich mit Sybille absprechen. Was ist mit dir, Susanne?«

Sie zuckte die Schultern. Was für eine Frage! Natürlich würde sie die Festtage wie immer bei den Eltern verbringen. Wenn es sein musste, auch in New York.

»Wir freuen uns auch sehr, wenn du einen Gast mitbringst. Du weißt ja, unsere Familie ist stets offen für gute Freunde und liebe Bekannte.«

Aha – damit war es heraus. Mütter hatten einen unglaublich feinen Instinkt. Jetzt war Susanne auch klar, weshalb sie hier in Paris war. Nicht etwa wegen dieser Monet-Ausstellung, die war nur ein Vorwand. Mama wollte spionieren.

»Das weiß ich, Mama. Ich denke allerdings, dass ich allein kommen werde…«

Paul im Kreise ihrer Familie – ein Unding. Zwei Worte, und er würde mit allen im Streit liegen. Mit Schwager Dennis zuerst, der war besonders empfindlich. Dann mit Konstanze. Schließlich würde Papa ihn sich vornehmen, und sein Urteil über Paul glaubte Susanne bereits jetzt zu kennen: Intellektueller mit zersetzenden Ansichten. Passte nicht in die Familie.

Vermutlich hatte er sogar recht. Paul hatte nichts mit den strebsamen, ehrgeizigen Meyer-Schildts gemein. Er war ein Zyniker. Ein Spieler. Ein Freigeist. Paul hatte sie gelehrt, das Leben mit anderen Augen zu sehen. Er hatte ihr die Freiheit geschenkt, und darum liebte sie ihn. Darum – und aus tausend anderen Gründen.

Wie sie diesen Konflikt lösen würde, lag noch völlig im Dunklen. Aber sie würde das schaffen. Ihren Master machen, Paul heiraten und ihre Familie dazu bringen, ihn zu akzeptieren. In dieser Reihenfolge.

»Trinkst du deinen Kaffee nicht? Du rührst seit mindestens zehn Minuten darin herum, Kind ...«

Sie fuhr zusammen und sah, dass ihre Mutter sie über den Tisch hinweg genau beobachtete. Dieser prüfende Mutterblick, der durch Kleidung und Poren ins Herz drang. Mama hatte sie niemals gestraft, doch wenn ihre Kinder schlechte Noten nach Hause brachten, wurde sie traurig. Und nichts war schlimmer, als Mama traurig zu machen. Susanne setzte ein zerstreutes Lächeln auf und meinte, sie sei tatsächlich ein wenig müde.

»Ich habe wenig geschlafen, Mama. Hab die Nacht drangehängt. Grossier ist ziemlich anspruchsvoll, und dann dieser juristische Kram ... Vor allen Dingen England, da ist die Rechtslage völlig anders als bei uns ...«

Doch der Mutterblick ließ sich nicht bestechen. Mamas Miene blieb besorgt, vermutlich hatte sie Pauls ketzerische Gedanken im Hirn ihrer Tochter erspürt. Zumindest aber würde sie die dunklen Schatten um ihre Augen als Spuren ausgedehnter Liebesnächte deuten. Was sie zum Teil ja auch waren.

»Du bist unsere Begabteste, Susanne. Ich sage das nicht, damit du eitel wirst. Ich sage es, damit du weißt, dass wir große Hoffnungen auf dich setzen. Papa hat schon seine Fühler ausgestreckt, es könnte sein, dass er dich in der Tochterfirma in den USA unterbringt. Da könntest du gleich ganz oben anfangen ...«

Was für eine Nachricht. Einige Kommilitonen hätten sich die Finger nach solch einer Chance geleckt. Susanne hatte eher das Gefühl, den Boden unter den Füßen zu verlieren.

»Ach, Mama ... Eigentlich würde ich es gern allein schaffen. Verstehst du? Aus eigener Kraft. So wie Papa. Und nicht durch Protektion ...«

Ihre Mutter schüttelte lächelnd den Kopf und senkte die Stimme. Protektion, das sei ein böses Wort. Es ginge auch nicht darum, anderen den Platz wegzunehmen. Es ginge darum, junge, begabte Kräfte nach vorn zu bringen. Ein Unternehmen sei schließlich kein Beamtenstaat, in dem man sich hochdiente. Hier käme es auf Elan, auf Kreativität und unternehmerischen Instinkt an ...

»Ja, Mama ... Ich weiß ...«

Sie fühlte sich schlecht. Ihre Eltern taten so viel für sie. Während andere sich ihr Studium mit verschiedenen Jobs selbst finanzieren mussten, lebte sie in einer Zweizimmerwohnung im Quartier Latin, hatte Internetanschluss, Laptop, Handy – wenn sie gewollt hätte, auch ein Auto. Sie beschäftigte eine Reinemachfrau, um mehr Zeit für ihr Studium zu haben, und bevor sie Paul kannte, hatte sie nicht einmal gewusst, wie der Herd in ihrer Küche funktionierte. Sie war essen gegangen.

»Nun ja – erst einmal der Master. Ich weiß, dass du uns nicht enttäuschen wirst ...«

Ihre Mutter streichelte ihren Arm. Eine liebevolle Geste, gewiss. Nur war sich Susanne darüber klar, dass man mütterliche Liebe mit Fleiß und Erfolg verdienen musste. Momentan verdiente sie sie nicht.

»Ich muss jetzt los, Mama ...«

»Lass dich nicht aufhalten, mein Kind.«

»Schön, dich gesehen zu haben, Mama ...«

Sie ging um den Tisch herum und küsste ihre Mutter zum Abschied auf beide Wangen. Eine Geste, die in Frankreich allgemein üblich war und die Mama daher nicht als das deuten würde, was sie in Wirklichkeit war: Ausdruck ihres schlechten Gewissens.

»Leb wohl, mein Schatz. Ich kümmere mich um die Flugtickets – alles Weitere per E-Mail. Und – nicht wahr, Susanne – du weißt, was auf dem Spiel steht? Du lässt dich nicht etwa ... ablenken?«

Susanne zog den Gürtel enger und schlug den Mantelkragen hoch. »Wie kommst du denn darauf?«

»Mir kam es so vor, als wärest du mit den Gedanken woanders ...«

»Ich bin mit den Gedanken bei meiner Arbeit, Mama!«

»Dann ist es ja gut, meine Kleine ...«

An der Tür strömte ihr eine Gruppe Kommilitonen entgegen, die aus Grossiers Seminar kamen. Als sie Susanne erkannten, blieben sie verblüfft stehen.

»Eh, Susanne! Wo bist du gewesen? Grossier hat nach dir gefragt.«

»Später ... Hab es eilig.«

»Sag Paul, er schuldet uns noch eine Runde ...«

Sie drängte sich hastig an ihnen vorbei aus der Tür, ohne eine Antwort zu geben. Mamas Französisch war nicht besonders gut, wenn sie Glück hatte, war der letzte Satz an ihr vorübergegangen ...

2

Draußen blies ihr der Herbstwind den kalten Nieselregen ins Gesicht. Feuchtes Laub lag an den Straßenrändern, die Gesichter der Vorübergehenden waren ebenso grau wie der schwer herabhängende Himmel. Susanne stemmte sich fröstelnd gegen den Wind und spürte, dass sich ein ziehender Schmerz in ihrer linken Schläfe breitmachte. Kein Wunder: Ihr fehlte der Schlaf. Sie musste jetzt unbedingt ein paar Stunden schlafen, sonst hielt sie die Nacht nicht durch. Also doch Schlafpillen. Warum nicht, Julia nahm das Zeug auch gelegentlich. Nein, das konnte sie ihren Eltern nicht antun. Sie musste den Master unbedingt bestehen. Das würde Paul einsehen. Ach, er liebte sie doch. Er würde es schon verstehen.

Sie hatten sich im Spätsommer in einem Schnellrestaurant kennengelernt. Es war schrecklich unromantisch gewesen. Sie hatte Pommes, Salat und Fisch gegessen und Paul balancierte sein Tablett durch das voll besetzte Restaurant auf der Suche nach einem freien Platz.

»Darf ich Ihnen Gesellschaft leisten?«

»Bitte sehr ...«

Sie hatte kaum aufgeschaut, war damit beschäftigt, die Gräten aus ihrem Backfisch zu pulen. Erst als sie die Zitronenscheibe ausdrückte und der Saft über den Tisch spritzte, stellte sie fest, dass er sie grinsend beobachtete.

»Tut mir leid ...«

»Ein widerlicher Fraß, wie?«

Er hatte etwas Spitzbübisches an sich, wenn er so etwas sagte. Und außerdem sah er unverschämt gut aus – dunkelblaue Augen und schwarzes Haar. Eine Kombination, bei der sie schon öfter schwach geworden war.

»Geht so ... Ist ja auch nicht teuer ...«

»Dafür, dass auf Ihrem Teller mehr Gräten als Fisch liegen, ist es viel zu teuer ...«

Er war amüsant. Erklärte ihr, wie man einen guten Fisch zubereitete, schwatzte über das Wetter, die Börsenkurse und fragte, ob sie Studentin sei. Man fühlte sich leicht und angenehm in seiner Nähe. Im Nu hatte sie ihm viel mehr über sich erzählt, als sie vorgehabt hatte.

Sie trennten sich vor dem Restaurant, und sie spürte seinen Blick in ihrem Rücken. Wie schade, dachte sie. Was für ein netter Typ. Eine Woche später traf sie ihn wieder, als sie in der Bank Geld abhob. Angeblich hatte er sie ganz zufällig gesehen und er habe das als einen Wink des Himmels betrachtet.

»Ich habe oft an Sie denken müssen, Susanne.«

Sogar ihren Namen hatte er sich gemerkt. Er arbeitete hier in der BNP Paribas, allerdings »weiter oben«, wie er schmunzelnd erklärte, im dritten Stock, wo die Anlagengeschäfte getätigt wurden. Und ob sie heute Abend Zeit habe ...

Eigentlich hatte sie keine Zeit, das Wintersemester würde bald beginnen und sie recherchierte schon für ihre Masterarbeit. Aber natürlich ging sie trotzdem mit ihm aus. Obgleich sie sich keine Illusionen machte. Er war ganz sicher ein Womanizer, so wie er aussah, wie er sich gab. Sie merkte doch, dass die Frauen ihm nachschauten. Und sie hatte nach zwei kurzen, unerfreulichen Beziehungen wenig Lust, ein weiteres Mal enttäuscht zu werden.

Doch dieser Abend mit Paul änderte alles. Stundenlang saßen sie in einem kleinen Restaurant an der Seine, redeten, lachten, stritten, erzählten und phantasierten. Später streiften sie Hand in Hand durch die abendliche Stadt, spürten die Wärme des Pflasters, den Duft der Platanen, hörten einem Straßenmusiker zu, der traurige Melodien auf seiner Geige spielte. Um Mitternacht fanden sie sich auf den Treppen von Sacré-Cœur wieder, wo Touristen und Taschendiebe flanierten. Dort hockten sie auf einer Stufe, flüsterten, lachten und küssten sich.

Sie nahmen ein Taxi zu ihrer Wohnung, doch Paul kam nicht mit hinauf. Er ließ sich Zeit. Sie telefonierten, trafen sich im Restaurant, besuchten Ausstellungen, gingen Hand in Hand durch den Bois de Boulogne und redeten. Nie zuvor war sie einem Menschen begegnet, der auf solch charmante Weise alles in Frage stellte, woran sie bisher geglaubt hatte. Er beharrte nicht auf seiner Meinung, er hatte Spaß daran, Argumente zu finden, sie zu verblüffen, ihre Position ins Wanken zu bringen. Ihre Redegefechte wurden vehement ausgetragen, doch stets mit Korken auf den Florettspitzen. Immer ließ er ihr die Möglichkeit, sich ehrenvoll zurückzuziehen.

Er stellte die freie Markwirtschaft in Frage und behauptete, die wirklich großen Geschäfte würden hinter den Kulissen gemacht. Die Geldgeschäfte der Banken seien nur Illusionen. Zahlen, die hin und her geschoben würden. Millionen, Milliarden, Billionen, Billiarden ... ganz gleich. Es gäbe dieses Geld gar nicht. Nur die Zahlen im Computer. Es sei einfach nur ein Spiel.

»Wie kannst du mit solch einer Einstellung bei einer Bank angestellt sein?«

»Wo sonst?«

Er war ein Zyniker. Einer, der sich über Dinge lustig machte, die für andere Leben oder Sterben bedeuteten. Ein Spieler, der nichts ernst nehmen wollte. Nach drei Wochen stand er unverhofft vor ihrer Wohnungstür, einen Koffer und eine Reisetasche neben sich.

»Nur für ein paar Tage ... Wenn es dir recht ist ...«

Sie hatte solche Sehnsucht nach seinem Körper gehabt, dass sie diese überraschende Wende kaum fassen konnte. Er gehörte ihr – endlich. Sie würde ihn nie wieder gehen lassen. Und tatsächlich hatte er auch gar nicht vor, zu gehen. Stattdessen breitete er sich in ihrer Wohnung und in ihrem Leben aus.

Die schwerblütige Lebenseinstellung ihrer Familie, das verbissene Karrierestreben, die Angst, den Anschluss zu verpassen – das alles war ihm fremd. Heute ackerte er wie ein Verrückter, um irgendein Geschäft zustande zu bringen, morgen nahm er Urlaub und fuhr mit ihr in den Süden, brachte ihr das Surfen bei. Er lobte sie über den grünen Klee, weil es ihr leichtfiel, auf dem schmalen Brett die Balance zu halten, mit dem Wind zu fahren.

»Natürlich kommt das daher, weil du so dünn wie ein Junge bist, meine süße Fee …«

Er behauptete, verrückt nach ihr zu sein, und er bewies es ihr immer wieder. Er war nicht ihr erster Liebhaber, aber der phantasievollste. Vor allem, was die Umgebung betraf. Sie hatten Sex in einer Umkleidekabine im Kaufhaus. In der Tiefgarage der Bank. In seinem Büro. Im Aufzug eines Hotels. Im Urlaub lagen sie nachts am Strand, wo die kleinen Wellen über ihre nackten Körper schwappten. Er war nicht besonders zärtlich, manchmal tat er ihr weh, aber seine Leidenschaft machte alles wieder wett. Sie war hingerissen, solche Gefühle in ihm auszulösen.

»Eines Tages drehe ich durch und fliege mit dir davon …«, murmelte er.

Es war seine Wärme. Seine Fähigkeit, sie in den Arm zu nehmen und ihr das Gefühl zu geben, zu Hause zu sein. Sie mit ein paar Worten glücklich zu machen. Er liebte sie, ohne etwas von ihr zu fordern, einfach nur, weil sie da war.

»Abitur – Studium – eine Position im oberen Management – und was kommt dann?«

Sie behauptete, es gäbe viele Möglichkeiten.

»Vielleicht eine politische Karriere? Bringt nicht viel Geld – aber es könnten sich Türen öffnen.«

»Was ist daran schlecht? Unser Land braucht fähige Politiker …«

»Gewiss. Danach ein Sprung zurück in die Wirtschaft. Aufsichtsrat. Stiftung. Immobilien. Große Aktienfonds ...«

Sie wappnete sich. »Worauf willst du hinaus?«

Fast immer täuschte er sie. Machte eine Kehrtwendung, mit der sie nicht gerechnet hatte.

»Nun – das ist großartig. Ein erfolgreiches Leben. Voller Arbeit. Etwas, worauf man stolz sein kann...«

»So ist es.«

»Aber vielleicht ein bisschen ... langweilig?«

Er setzte ihr blitzschnell die Spitze des Floretts auf die Brust. Der Korken kitzelte. »Ein Leben aus der Retorte. Durchgestylt vom Steckkissen an. Stufe um Stufe – ganz nach Plan. Wie eine Raupe, die einen Zweig hinaufklettert und immer wieder verschnaufen muss. Dann schaut sie nach unten und ist stolz, wie hoch sie schon geklettert ist ...«

»Das ist ein alberner Vergleich.«

Er lachte sie aus und räumte ein, dass sie recht habe. »Was ich sagen will, ist dies: Das Leben ist verplant. Kein Raum für Überraschungen, Abenteuer, unentdecktes Land. Wer an der Spitze seiner Karriere angekommen ist, dem bleiben ein paar schöne Jahre, Luxus, Reisen, gute Taten für die Unglücklichen dieser Welt. Danach ein Seniorendomizil unter Palmen, Blick aufs Meer, das Sauerstoffzelt in Reichweite. Und schließlich ein lauschiges Plätzchen im Friedwald in einer umweltgerechten, weil selbstauflösenden Urne.«

Sie fand seine Ausführungen unmöglich. Ob denn Erfolg so verachtenswert sei. Und was er selbst von seinem Leben erwarte.

»Ich?« Er zog sie an sich und strich ihr das lange Haar zurück. Küsste sie zart auf die Stirn, auf die Wangen, näherte sich ihrem Mund. Lächelte, weil er spürte, wie er sie erregte. »Wildnis erwarte ich. Blühende Träume. Niemals wissen, was morgen geschehen kann. Den Augenblick feiern. Das Glück fassen, wenn es sich bietet, und es halten, solange die Kraft reicht ...«

Sie schwieg verwirrt. Meinte er das ernst? Oder war das wieder eines seiner Spiele? »Wer könnte so leben?«
»Wir beide, meine kleine Fee ...«
Es erschien ihr verrückt und faszinierend zugleich.
Eines war sicher: Wenn sie ihn heiratete, würde es eine aufregende Ehe werden. Aber sie wollte es so. Nicht, dass sie tatsächlich nach seiner Fasson hätte leben wollen – nur musste man es mit der Lebensplanung auch nicht übertreiben. Raum für Überraschungen lassen. Für Abenteuer. Für Glück.
Ein Haus irgendwo am Meer. Ein Garten, von einer dichten Hecke umgeben und voller Blumenbeete. Paul und sie, die miteinander am Strand entlangliefen, über niedrige Felsen kletterten, am Horizont die Silhouetten großer Schiffe erspähten. Ein blonder Hund, der Stöckchen aus den Wellen apportierte. Sie trug ein weites Baumwollkleid, das im Wind flatterte. Sie war schwanger. Ein kleines Wesen wuchs in ihr, dem sie und Paul all ihre Liebe schenken würden. Ohne Bedingungen. Ohne Forderungen. Nur weil es zu ihnen gehörte, ihr Kind war.
Zugegeben, das alles war sehr vage. Eine romantische Träumerei, die sie sich früher niemals gestattet hätte. In ihrer Familie gab es durchaus Ansichten über Liebe und Familienglück, aber die standen auf den sicheren Beinen der Vernunft. Julia hatte ihren Dennis seinerzeit mit Bedacht ausgewählt; sie war anspruchsvoll und hätte niemals einfach nur aus Liebe geheiratet. Es gehörte mehr dazu, eine gemeinsame Zukunft aufzubauen, man musste übereinstimmende Interessen haben, beruflichen Ehrgeiz, Verantwortungsbewusstsein, Ziele. Kinder plante man gemeinsam und bestimmte den Zeitpunkt, damit keine beruflichen Nachteile daraus erwuchsen. Julia beschäftigte eine Hausangestellte, eine Putzhilfe und einen Gärtner. Früher auch ein Kindermädchen. Am Wochenende unternahmen Eltern und Kinder Ausflüge, im Sommer verbrachte man zwei Wochen in einer Ferienanlage in der Provence, wo die Mädchen mit Spiel

und Sport unterhalten wurden und die Eltern Zeit hatten, sich zu erholen.

Nein, Paul hatte schon recht – ein solches Leben war spießig, banal und fürchterlich langweilig.

Sie war schon vor dem Hauseingang angekommen, da entdeckte sie am Straßenrand seinen Peugeot. Das schwarze Sportcoupé wirkte ziemlich elitär zwischen den parkenden Studentenkarossen, zumal es nagelneu war. Er hatte es erst vor zwei Tagen von einem Freund gekauft. Ein Schnäppchen, wie er grinsend behauptete. Er hatte extra einen Stellplatz in einer Tiefgarage gemietet, damit sein Schätzchen in der Nacht keinen Schaden nahm. Im Quartier Latin konnte man nie wissen …

Susanne freute sich, dass er die Mittagspause bei ihr verbringen wollte. Bestimmt hatte er Kaffee gekocht, vielleicht sogar frisches Brot mitgebracht, Käse und Marmelade waren noch im Kühlschrank. Bei einem gemütlichen zweiten Frühstück würde sie ihm von Mamas überraschendem Besuch erzählen und ihm dann vorsichtig klarmachen, dass sie sich von nun an ganz und gar auf ihr Studium konzentrieren wollte.

Im Eingangsflur hingen die Briefkästen der Mieter, insgesamt zwanzig graue Metallkästchen, in Viererreihen angeordnet, mit weißem Namensschild und einem Schlitz an der Oberseite. Ihrer befand sich in der dritten Reihe von oben. Ein schwarz geränderter Umschlag ragte heraus. Ein Trauerfall, dachte sie beklommen. Jemand aus unserer Familie? Kaum, sonst hätte Mama ihr doch davon erzählt. Sie zerrte den Schlüssel aus der Handtasche und öffnete das graue Türchen. Drei Briefe an M. Paul Charnier, die *Paris Match,* mehrere Reklameblätter und eben dieser Trauerumschlag. Sie öffnete ihn hastig, riss ihn dabei fast entzwei und fand die Todesanzeige eines völlig unbekannten Menschen. Ach du lieber Gott, der Brief war gar nicht an sie gerichtet, sondern an Marie-Anne Dupin, ihre Putzhilfe. Unglaublich – jetzt ließ sich Marie-Anne schon die Post hierher schicken. Sie versuchte, die Karte wieder in den zerrissenen Umschlag zu schieben, war aber zu ungeduldig und steckte beides in ihre Manteltasche. Freitag kam Anne-Marie zum Putzen, da würde sie ihr die Post geben und die Angelegenheit mit ihr klären. Die Reklameblättchen warf sie in den Müllcontainer, die Zeitschrift und Pauls Briefe trug sie in der Hand. Roch es da nicht schon nach Kaffee? Sie schnupperte fröhlich und lief die Treppen hinauf. Im zweiten Stock standen zwei Paar bunte Kinderstiefel neben der Tür – da würde sich die Nachbarin wieder über die Unordnung aufregen. Im dritten Stock war ihre kleine Wohnung: zwei Zimmer, Küche, Bad, Balkon. Momentan leider nicht aufgeräumt, aber trotzdem sehr gemütlich. Liebesnest, Arbeitsplatz, Kuschelbude, Wolkenkuckucksheim.

»Paul? Wo steckst du? In der Küche?«

Sie bekam keine Antwort, doch sie hörte ihn im Wohnzimmer sprechen. Ah – er telefonierte. Da ging sie besser in die Küche, er mochte es nicht, wenn sie seine geschäftlichen Telefonate mithörte, und es interessierte sie auch nicht. Sie legte die Post und die Zeitung auf die Flurkommode, zog den Mantel aus und fuhr sich rasch mit dem Kamm durch das feuchte Haar. In der Küche war keine Rede von Kaffee oder frischem Baguette, stattdessen stand das benutzte Geschirr der vergangenen Tage überall herum und auf einer der Herdplatten klebte noch die übergelaufene Milch. Sie öffnete das Fenster einen Spaltbreit, um wenigstens frische Luft hereinzulassen, dann entschloss sie sich mit einem Seufzer, die Spülmaschine einzuräumen. Eigentlich war das ja Marie-Annes Arbeit, aber bis Freitag brauchten sie ein paar saubere Tassen und Teller. Sie kippte Brotkrümel und Käserinden in den Mülleimer, kratzte an einem eingetrockneten Klecks Senf herum und fand die leicht verschimmelten Reste eines Risottos in einem Kochtopf. Hu – wann hatte Paul denn dieses Zeug gekocht? Irgendwann in der vergangenen Woche, er hatte zu viel Parmesan hineingegeben …

»Du bist ja schon zurück!«

Er trug einen der schicken dunkelblauen Anzüge, die er nur zur Arbeit im Büro anzog, den Schlips hatte er abgelegt und die oberen Hemdknöpfe geöffnet.

»Ja, ich war nur für ein halbes Stündchen im ›Chez Kelly‹. Stell dir vor, meine Mutter rief an. Sie ist in Paris und wollte sich mit mir treffen …«

»Deine Mutter?« Er wirkte heute irgendwie zerstreut, fand sie. Sah auch blass aus. Ob er vielleicht Ärger in der Bank hatte?

»Ja, wir haben ein wenig geplaudert. Magst du einen Kaffee, Schatz? Ich laufe rasch hinüber zum Bäcker und …«

Er fuhr sich mit den gespreizten Fingern durch das dunkle Haar und schien unschlüssig. »Nein, lass. Wir frühstücken unterwegs. Pack ein paar Sachen zusammen. Wir machen Urlaub …«

Sie stellte die dreckigen Teller zurück auf den Tisch und musste lachen. Das war echt Paul. Urlaub machen. So ganz plötzlich, nur weil er gerade dazu Lust hatte.

»Das geht nicht, Liebster. Ich bin mitten im Semester. Du weißt doch …«

»Komm schon, Susanne. Nur ein paar Tage. Ich gehe sonst hier noch vor die Hunde …«

Mitleidig sah sie ihn an. Ja, es musste ihm etwas heftig danebengegangen sein. Aber er konnte seine Wunden schließlich auch daheim lecken. Bei guter Pflege …

»Es geht nicht, Paul. Bitte versteh mich. Ich darf auf keinen Fall durch das Examen fallen. Meine Eltern …

»Sie würden dich nicht mehr lieben, wenn du durchfällst. Ist es das?«

Er machte sein zynisches Gesicht und legte den Kopf schräg. Meist musste sie dann lachen, dieses Mal aber ärgerte sie sich ein wenig. Sie hatte mehr Verständnis erwartet.

»Sie haben viel für mich getan, es wäre nicht fair, sie jetzt zu enttäuschen. Außerdem würde es auch mir nicht gefallen, mit einem abgebrochenen Studium dazustehen …«

Er tat einen langen Seufzer und ging zum Fenster, starrte eine Weile auf den verregneten Hinterhof, während sie das Geschirr zusammenräumte.

»Drei Tage nur, Schatz … Ich brauche es wirklich!«

Sie schwieg. Natürlich konnte sie vorschlagen, er solle doch allein fahren. Aber das wollte sie nicht. Wenn es ihm tatsächlich nicht gut ging, wollte sie bei ihm sein.

»Zwei …«

Er drehte sich zu ihr um. Seine Miene zeigte heitere Resignation. Na gut, er gab nach. Zwei Tage. Wenn sie darauf bestand.

»Und wohin?«

So richtig schien er sich nicht auf den Urlaub zu freuen. Er war eher fahrig, griff nach der Wasserflasche und hätte dabei fast einen Becher umgestoßen.

»In die Bretagne. Meer, Felsen, Einsamkeit. Nimm meinetwegen deine Bücher und dein Laptop mit.«

Jetzt grinste er sie an, verschmitzt wie ein Lausbub.

»In die … Aber doch nicht jetzt im Herbst! Im Frühling oder im Sommer ist die Bretagne ein gutes Reiseziel.«

»Für Spießer und Wasserscheue. Echte Genießer fahren im Herbst. Komm schon, mein Elfenkind. Pack Jeans und Pulli ein. Gummistiefel kaufen wir uns dort. Und Regenjacken auch. Ich will den Wind spüren. Mit dir zusammen gegen die Brandung anrennen …«

»Du bist ein Verrückter …«

Sie küsste ihn. Einen Augenblick lang hielt er sie an sich gedrückt, und sie spürte die Hitze in seinem Körper, seinen raschen Herzschlag.

»Ich liebe dich, meine kleine Fee …«

»Ich liebe dich auch, mein Kater …«

3

Praktisch fand sie solch ein Sportcoupé eigentlich nicht. Viel zu eng und kaum Platz für Gepäck. Ihr Bruder hatte mal einen Mercedes 230 CLK gefahren, das war gleich nach dem Abitur gewesen, später hatte er es als »pubertäre Spinnerei« abgetan. Aber Paul liebte schnelle Wagen. Vor diesem Peugeot hatte er einen italienischen Flitzer besessen, den hatte er jedoch wieder verkauft, weil der Motor im Winter immer zickte.

»Im Stadtverkehr merkt man den Unterschied natürlich nicht. Aber warte, bis wir auf der Autobahn sind, dann heben wir ab …«

Sie rutschte auf dem Beifahrersitz herum und betätigte verschiedene Schalter, um bequem zu sitzen.

»Die Person, die du heute früh befördert hast, war langbeinig, steif im Rücken, und sie hatte kurze, blonde Haare …«

Ausnahmsweise war er für einen Moment verblüfft, dann bemerkte er, sie hätte eine steile Karriere als Kriminalkommissarin vor sich.

»Nichts für mich. Ich will heiraten und einen Haufen Kinder großziehen …«

Er gab keine Antwort, war ganz und gar auf den Verkehr konzentriert. Es regnete jetzt in Strömen, der Scheibenwischer tanzte auf der Frontscheibe, von der Straße spritzten graue Wassernebel auf. Man sah nur wenige Regenschirme, da der Wind zu heftig war, die meisten Passanten gingen dicht an den Häusern entlang und vergruben sich in ihre Mäntel.

Warum will er jetzt unbedingt in die Bretagne?, dachte Susanne. Dort ist es ganz sicher kalt und stürmisch.

»Wollen wir nicht lieber nach Italien fahren? Spanien? Portugal? He – wir waren noch nie in Lissabon …«

Er schien die Frage nicht gehört zu haben, bog jetzt in eine Seitenstraße ein, fuhr einmal um den Block und hielt vor einem Papierwarengeschäft.

»Was willst du denn hier?«

»Ich hol mal eben eine Zeitung … Bleib sitzen, ich bin gleich wieder da.«

Sie sah zu, wie er mit offenem Mantel durch den Regen lief und in dem Laden verschwand. Heute war er wirklich komisch. Die Zeitung hätten sie doch auch in einer Raststätte kaufen können, wenn sie dort einen Kaffee tranken. Ihr Magen knurrte vernehmlich. Sie sollte jetzt etwas essen, wenn sie mit leerem Magen im Auto saß, wurde ihr leicht schlecht. Wieso brauchte er so lange, um diese dumme Zeitung zu kaufen? Sie konnte ihn in dem beleuchteten Laden sehen, er stand mit dem Rücken zum Schaufenster, das Handy am Ohr.

Widerwillig entschloss sie sich, auszusteigen, um in dem Lebensmittelladen nebenan einzukaufen. Sie ließ sich zwei Baguette mit Salami einpacken, dazu Äpfel, Pfirsiche und eine Tafel Schokolade. Für den schlimmsten Hunger würde das reichen. Sie nahm noch eine Flasche Wasser und eine Cola mit, dann stellte sie den Kragen hoch und kämpfte sich mit ihren Vorräten zurück zum Wagen. Fast hätte sie Paul übersehen. Er stand gebückt am Straßenrand und schien etwas vom Boden aufzuheben. Gleich neben dem Gully, in dem ein gurgelnder Strom Regenwasser versickerte. O Schreck! Waren ihm etwa die Autoschlüssel in den Gully gefallen? Aber nein, jetzt richtete er sich wieder auf und lief eilig zum Wagen, sie sah den Schlüsselanhänger in seiner Hand, ein kleiner Elefant aus Silber, den sie ihm geschenkt hatte. Ein Glücksbringer, wie ihr der afrikanische Verkäufer gesagt hatte.

»Wo läufst du denn herum?«, fragte er, als sie beide wieder

im Wagen saßen und Susanne sich bemühte, ihre Einkäufe auf dem winzigen Rücksitz zu verstauen. »Wir können doch später irgendwo was essen ...«

Er wischte sich kurz mit dem Ärmel über das nasse Haar, ließ den Motor an und warf die Zeitung nachlässig nach hinten. Der Wagen schoss förmlich aus der Parklücke. Susanne, die sich noch nicht angeschnallt hatte, wurde in den Sitz gedrückt, die Wasserflasche rutschte ihr aus der Hand.

»Was ist los mit dir, Paul? Sind wir auf der Flucht oder wollen wir Urlaub machen?«

»Ach, der Stadtverkehr geht mir auf den Geist ...«

»Magst du was essen?«

»Später ...«

Schweigen. Sie nahm sich ein Baguette vor, kaute genussvoll und bemühte sich, möglichst wenig Krümel zu machen. Paul war zwar in der Wohnung ziemlich schlampig, sein Auto hielt er aber innen und außen peinlich sauber. Sie kannte das schon, ihr Bruder und ihr Vater waren genauso, einer ihrer Ex-Freunde hatte sogar einen Staubsauger mit Batterie im Wagen liegen, und wenn es regnete, hatte sie die Jacke ausziehen müssen, bevor sie sich in sein heiliges Auto setzte. Wegen der Ledersitze.

Endlich hatten sie die Ringstraße erreicht und bogen bei Neuilly sur Seine in Richtung Rouen, Rennes, Brest ab. Er wollte tatsächlich in die Bretagne. Zahlte die Maut für die nächsten hundert Kilometer, pumpte sie um Kleingeld an, weil er es nicht passend hatte, und fuhr dann in erstaunlich gemäßigtem Tempo gen Westen. Mit Fliegen hatte das nicht viel zu tun, aber möglicherweise fürchtete er, der neue Wagen könne auf der nassen Autobahn außer Kontrolle geraten. Sie nahm sich vor, keine Bemerkung dazu zu machen. Schließlich war es nur vernünftig, dass er auf ihre Sicherheit bedacht war. Stattdessen fingerte sie an dem Bordcomputer herum, um das Navi einzustellen.

»Lass doch, Susi. Wir brauchen es nicht ...«

»Aber ich möchte wissen, wo wir sind ...«

»Lass dich einfach überraschen. Fahrt ins Blaue. Mach die Augen zu oder schau in den Himmel ...«

Sie lachte ihn aus. Der Himmel hing voller Regenwolken, viel Blau war da nicht zu sehen.

»Heute Nachmittag soll es besser werden.«

»In Paris vielleicht. In der Bretagne verschwinden wir im Nebel ...«

»Umso besser ...«

Sein Grinsen war ironisch. Sie betrachtete sein Profil und stellte fest, dass seine Nase ein klein wenig krumm war, der Mund sehr sinnlich, das Kinn vorgeschoben und schlecht rasiert. Sie liebte besonders seine Augen. Schmal, dunkelblau und von dichten, schwarzen Wimpern umrandet. Im Sonnenlicht erschien seine Iris heller, fast durchsichtig, jetzt im diffusen Licht des Regentages war sie matt und dunkel. Wenn ein Wagen dicht hinter ihnen fuhr und der Rückspiegel das Scheinwerferlicht reflektierte, zog Paul die Augen zusammen. Dann sah er aus, als habe er Schmerzen.

»Gab es Ärger in der Bank?«

»Nicht der Rede wert ...«

Er tätschelte kurz ihr Knie und meinte, sie sei ein Schatz. Danach kam nichts mehr. Ihr wurde plötzlich bewusst, dass er nur selten über seine Arbeit redete. Und wenn er es tat, dann ziemlich allgemein. Dass man in diesem Job höchstens zehn Jahre hätte, dann würde man ausgetauscht. Dass selbst die Banker die meisten Transaktionen nicht vorausberechnen könnten. Es würde halt funktionieren oder nicht. Man müsse ein »Feeling« dafür besitzen. Einen sechsten Sinn. Manche hätten ein Maskottchen, andere glaubten an Erdströme oder biologische Wellen. Die meisten vertrauten einfach nur auf ihr Glück.

»Alles in Ordnung mit dir, Kater?«

Er lächelte. Unbefangen und herzlich, wie es seine Art war.

Nur kürzer. »Machst du dir Sorgen, kleine Fee? Das brauchst du nicht.«

Nachdem sie Nanterre passiert hatten, wurde sie schläfrig. Der Sitz war ungemein bequem, man lag mehr, als dass man saß, es war wie in dem Märchen von diesem kleinen Jungen, der in seinem Gitterbettchen über den Himmel fuhr. Wie hieß er doch noch? Der kleine Häwelmann. Nur der dumme Regen störte, dafür wirkte das gleichmäßige Rauschen und Sausen der Autobahn wie ein Schlaflied. Die Augen fielen ihr zu, und sie tauchte ein in die Bilderwelt ihrer Phantasie. Eine saftig grüne Wiese, kleine Büsche, niedrige braune Mäuerchen. Auf dem grünen Gras weideten weiße Schäfchen. Rundlich, wollig, niedlich, wie mit dem Pinsel hingetupft. Sie hüpften durcheinander, sprangen über einen Bach, standen auf den kleinen Mauern. Sie meckerten und blökten, einige bellten. Schafe können nicht bellen, sagte sie im Traum. Ein hellbrauner Hund kam angelaufen, der Wind wühlte in seinem langen Fell, seine Ohren flatterten. Er trug etwas in seinem Maul, das aussah wie eine glänzende CD. Vorsicht, rief sie im Traum. Zerbeiß es nicht, es gehört Paul. Der Hund setzte sich vor sie hin und spuckte die Scheibe vor ihre Füße. Doch als sie sie aufheben wollte, glitt sie ihr aus den Händen und fiel in den Bach. Das Wasser trug das silbrige Plastikteil davon, sie lief am Ufer entlang und versuchte es zu greifen, doch bevor sie es erwischte, versickerte der Bach in einem Gully. Die Scheibe rutschte durch den Schlitz und verschwand in der Dunkelheit. »Verloren«, sagte der Hund. Die Wiese war jetzt ein graues Meer, die Schäfchen hatten sich in Segelboote verwandelt, die von den unruhigen Wellen hin und her geworfen wurden. Auch sie selbst saß in einem Boot, das mächtig schaukelte, sie musste sich an der Reling festhalten, um nicht hinauszufallen. »Pass gut auf«, sagte der Hund. »Der Sturm bläst von Nordwest…«

Etwas drückte ihr den Magen ab, sie musste würgen. Dann

schlug ihr Hinterkopf gegen die Kopfstütze des Wagens und sie war hellwach. Das Auto raste über eine schmale Landstraße, Felder und Wiesen, ein kleines Gehöft, sie überholten einen Lastwagen, das Auto schlingerte auf der nassen Fahrbahn.

»Bist du verrückt geworden?«

Pauls Gesicht war fremd, der Mund verzerrt, die Augen zusammengezogen. Er drosselte die Geschwindigkeit und bog in einen Feldweg ein, der Wagen rutschte über den matschigen Boden, schien zu schwimmen. Äpfel und Pfirsiche rollten zwischen den Sitzen herum. Paul fluchte. Sie hatte ihn noch niemals fluchen gehört.

»Bitte halt an. Mir ist schlecht …«

»Hör zu, Susanne …« Er sprach gepresst und atemlos. Schaute immer wieder in den Rückspiegel. »Du steigst dort drüben aus dem Wagen und bleibst in diesem Wäldchen. Versteck dich im Unterholz …«

»Was redest du da? Spinnst du? Ich soll bei diesem Wetter …«

Es musste ein Traum sein. Ganz sicher. Sie war noch nicht aufgewacht. Gleich würde irgendwo ein blökendes Schaf auftauchen. Oder ein bellendes.

»Tu jetzt, was ich dir sage. Ich erkläre dir alles später.«

»Nein! Auf keinen Fall!«

Sie spürte seine Hand, die sich für einen Moment auf ihre Schulter legte und dann abwärts glitt, um ihren Gurt zu lösen.

»Ich hole dich so bald wie …«

Ein gewaltiger Schlag zerriss seine Rede, dumpf, überlaut, von einem umherschwirrenden Glashagel begleitet. Gras, Steine, Unterholz, schmale Baumstämme schossen an ihr vorbei. Dann ein Knall wie von einer Explosion und eine rote Feuersäule. Zuletzt nichts mehr. Schwärze. Alle Daten gelöscht. Vollkommene Leere.

4

»Du hast echt Glück gehabt. Okay, die meisten von uns sind in Ordnung, gute Kerle. Aber es gibt auch ein paar Typen, zu denen sollte sich ein Mädel nicht ins Fahrerhaus setzen. Höchstens, wenn sie daran Spaß hat ...«

Roxane schaute die junge Mitfahrerin prüfend von der Seite an, dann sah sie wieder nach vorn. Ein Laster blockierte die mittlere Spur, wollte einen Kollegen überholen, aber der machte sich einen Spaß daraus, dagegenzuhalten.

»Aber so eine bist du nicht, oder?«

Die junge Frau neben ihr machte eine verneinende Geste. Sie schaute schlimm aus. Eine dicke Beule an der Stirn, Schrammen an Wangen und Händen. Wahrscheinlich war da noch mehr, unter der Kleidung. Armes Ding. Der Typ hatte sie geschlagen und aus dem Wagen geworfen. Ihr Freund – hatte sie gesagt. Was eine so »Freund« nannte ... Ein brutaler Dreckskerl.

Vorn kämpften die beiden Laster immer noch miteinander. Roxane fluchte leise. Was für Idioten. Hinter ihnen stauten sich die PKW auf der mittleren Spur, einige scherten auf die rechte Spur aus, dort wurde es jetzt auch dicht.

»Kraftspielchen ... Hauptsache, es macht Spaß. Ist ja egal, wenn es gleich rumst. So einen würde mein Chef rausschmeißen ...«

Die Mitfahrerin starrte auf die Fahrbahn, schien aber kaum etwas mitzubekommen. War wahrscheinlich noch unter Schock. Nass war sie, wie aus dem Wasser gezogen. Der Mantel dreckig, als hätte sie drei Nächte im Wald gelegen. Von den Schuhen gar nicht zu reden. Mist, sie versaute ihr den Sitz und den Boden. Das hatte sie jetzt von ihrer Gutmütigkeit.

»Haste Hunger? Hinter dir ist eine Tüte mit Käse und Baguette. Chips sind auch da. Kannst mir rasch 'ne Cola rübergeben ...«

Die Kleine reagierte nicht gleich, und Roxane dachte schon, sie sei total neben der Spur. Aber dann drehte sie sich um und suchte im Dunklen.

»Da ist ein Lichtschalter.«

»Danke.«

Nein, sie war wohl ganz in Ordnung. Schraubte sogar den Verschluss der Colaflasche ab, bevor sie ihr das Teil reichte, dachte also mit. Brach ein Stück Baguette ab, schnitt Käse und fragte dann, ob Roxane etwas wollte.

»Nee ... Iss du nur. Aber mach keine Krümel, ja?«

»Ich pass schon auf ...«

Hinten dröhnten die Hupen von drei weiteren Lastern. Der Typ vor ihr gab endlich auf und ließ den anderen vorbei. Sie konnte sehen, wie der Überholer die Faust hob, der andere zeigte nur den Mittelfinger. Es war Polu, sie konnte ihn jetzt im Seitenspiegel erkennen. Der war schon immer ein Arschloch gewesen.

»Wie lang warst du denn mit dem Typ zusammen?«

Die Kleine kaute eifrig, sie musste verdammt hungrig sein. Roxane konnte die Schramme auf ihrer Wange deutlich sehen. Sie zog sich bis hoch an die Schläfe.

»Ein paar Monate ...«

»Man kann nie vorsichtig genug sein. Manche Typen sind zuerst sanft wie die Lämmer, hängen sich dran, stellen sich, als könnten sie kein Wässerchen trüben. Sind oft gerade die harmlosen, die hinterher brutal werden ...«

Sie bekam keine Antwort, brauchte auch keine. Polu blinkte und ordnete sich rechts ein, wollte bei der Raststätte rausfahren. Wahrscheinlich musste er tanken. Sie hatte noch Sprit bis Rouen. Schade, dass die Kleine so schweigsam war, sie hörte gern zu, wenn jemand aus seinem Leben erzählte. Besonders, wenn sie nachts fuhr. Da hatte sie schon die tollsten Sachen erfahren, unglaublich, was den Leuten alles passierte. Konnte sich kein Schriftsteller ausdenken, was das Leben so schrieb ...

»Ich hatte früher auch so einen Macker. Dem hat die Spedition gehört, für die ich gearbeitet hab, da hab ich gedacht, was für ein toller Kerl, und hab mich verknallt. Da machste ja alles mit, wenn du so verrückt nach einem Typ bist ...«

Sie erzählte, wie sie geheiratet hatten. Eine Tochter hatte sie, die war jetzt bei ihren Eltern. Dann hatte es nur noch Streit gegeben. Zuerst hatte er ihr gedroht, sie könne sich gleich beim Sozialamt anmelden. Aber sie hatte die Scheidung durchgezogen, und jetzt war sie bei der Konkurrenz angestellt.

»Die Corinne, meine Tochter, die hat's drauf. Die wird mal studieren. Braucht sich nicht so plagen. Aber mir gefällt's so. Hab meine Freiheit ...«

Die junge Frau hörte ihr zu, aß Baguette mit Käse und sammelte sorgfältig die Krümel auf. Sie war nicht hässlich, nur ziemlich dünn. Langes, dunkelblondes Haar, braune Augen, schmaler Mund. Mit den Kratzern und der Beule sah ihr Gesicht schlimm aus.

»Brauchste 'ne Kopfwehtablette? Da vorn im Handschuhfach sind welche.«

»Danke. Ich glaube, in meinem Kopf ist ein Specht ...«

Sie schaute gar nicht hin, was sie einnahm, schluckte es einfach mit Cola runter und lehnte sich dann aufatmend zurück.

»Soll ich dich in Rouen absetzen? Oder willst du mit nach Le Havre?«

Sie schien zu überlegen. Wahrscheinlich war das eine so schlecht wie das andere für sie. Sie hatte keine Handtasche dabei, die musste der Kerl behalten haben. Roxane überlegte, ob sie ihr eine kleine Geldsumme anbieten sollte, entschied sich aber, es nicht zu tun. Schließlich brauchte sie ihre Kohle selber, musste den Eltern etwas für die Betreuung der Enkeltochter geben, und dann legte sie immer was auf die Seite. Für Corinne. Wenn sie mal studierte.

»Ich würde gern bis Rouen mitfahren. Wenn ich darf ...«

»Klar. Wenn du müde bist, kannst du dich auch nach hinten legen. Ich mach dann das Radio laut. Damit ich nicht einpenne, verstehst du?«

»Das stört mich nicht ... Vielen Dank ...«

Roxane verzog das Gesicht. Es störte sie nicht, na wunderbar! War schon eine ziemlich verwöhnte Göre. Und wie sie redete! »Ich würde gern ... Wenn ich darf ...« Die war was Besseres, eine Gebildete, vielleicht sogar eine Studierte. Auf die Idee, sich fürs Mitfahren erkenntlich zu zeigen, kam sie nicht. Ging ja nicht um Geld. Gute Stimmung war gefragt. Nette Gespräche, ein paar Witze. Im Sommer hatte einer mal seine Gitarre dabeigehabt und gesungen. Aber die da versaute ihr das Fahrerhaus, fraß ihr Baguette und legte sich dann schlafen. Auf ihre gute Wolldecke, die war hinterher wahrscheinlich auch dreckig.

Als die Kleine jetzt in die Schlafkoje kletterte, zuckte sie ein paarmal zusammen und stöhnte. Nun tat sie Roxane schon wieder leid. Hatte sie übel zugerichtet, der Kerl. Sie sollte ihn bei der Polizei anzeigen. Aber dazu fehlte ihr wohl der Mut. War ja oft so. Manche Frauen ließen sich durchprügeln und hingen trotzdem an dem Typen.

»Stört es, wenn ich das Licht anlasse?«

»Nee. Aber zieh den Vorhang zu.«

Hatte die Angst vor der Dunkelheit? Konnte schon sein nach dem Schrecken, den sie ausgestanden hatte. Überhaupt brauchte die Kleine dringend trockene Sachen. Hier im Fahrerhaus war es warm, aber wenn sie um Mitternacht in Rouen ausstieg, würde sie sich ganz schön wundern.

Ich bin nicht ihre Mutter, dachte Roxane. Um Himmels willen, dafür würde die sich auch bedanken. Wie die mich angestarrt hat, als ich neben ihr anhielt. Hat wohl noch nie eine Truckerin gesehen.

Die junge Frau hatte einsam im Regen auf dem Grünstreifen der Raststätte gesessen. In der Abenddämmerung war sie Roxane wie ein kleines Mädchen erschienen, und sie hatte gleich an Corinne denken müssen. Wahrscheinlich hatte sie deshalb angehalten und gefragt, ob sie mitwolle. Sie hatte sofort Ja gesagt und gar nicht gefragt, wohin. Eine komische Person. Entweder stand sie komplett unter Schock oder sie hatte ihr ein Märchen erzählt. War vielleicht aus der Klapse abgehauen, die Kleine.

»Wie heißt du überhaupt?«

Die Frau in der Schlafkoje räusperte sich ausgiebig, bevor sie antwortete. Dann war Roxane abgelenkt, weil auf der Gegenfahrbahn ein Unfall geschehen war. Man sah das zuckende Blaulicht der Polizei, einen Krankenwagen mit hellen Scheinwerfern, auch ein Notarzt war schon dort. Ein PKW lag auf der Seite, die Warnblinkanlage leuchtete noch, der andere hatte sich ein Stück weiter hinten um die Leitplanke gewickelt. Kleine schwarze Raser, dachte Roxane. Geschäftsleute, die den Hals nicht voll genug kriegen. Geschieht ihnen recht. Wegen denen stecken die Kollegen jetzt im Stau und schaffen ihren Plan nicht.

»Anne-Marie.«

»Was?«

»Ich heiße Anne-Marie.«

»Ach so, ja. Ich bin Roxane.«

»Roxane ... was für ein schöner Name!«

»Findest du?«

»Ja. Die Geliebte des Cyrano de Bergerac heißt so. Kennst du die Geschichte? Es ist ein Theaterstück ...«

»Ach, du meinst den Film ... Ja, den hab ich mal gesehen. Ist schon lange her. Roxane? Kann mich nicht erinnern. Aber Depardieu spielte da mit, toller Typ ...«

»Ja, richtig. Den Film hab ich auch gesehen ...«

Eigentlich war sie doch ganz nett. Ein bisschen gaga und ein bisschen arg vornehm. Aber sie hatte was Liebes, wenn sie so redete.

»Wohin willst du denn? Ich könnte in Rouen vielleicht einen Kollegen fragen, ob er dich weiter mitnimmt.«

»Das wäre ... großartig. Aber nur, wenn es keine Umstände macht.«

Roxane rollte die Augen. Die Kleine hatte eine gute Erziehung. Wenn es keine Umstände macht ... Puh! »Das geht schon klar. Sag mir nur, wohin du willst ...«

»Ich muss nach Finistère in der Bretagne ... an die Pointe du Lapin ...«

»Ach du Scheiße ... Ans Ende der Welt, wie? Kommst du etwa daher?«

»Mein Großvater ist gestorben. Ich muss zu seiner Beerdigung.«

Roxane schwieg. Das alles kam ihr auf einmal komisch vor. Erst behauptete sie, ihr Typ habe sie aus dem Auto geworfen. Jetzt wollte sie auf die Beerdigung von ihrem Großvater. Wahrscheinlich hatte sie ordentlich einen an der Klatsche. War irgendwo ausgebrochen und irrte jetzt in der Gegend herum. Man sollte es der Polizei melden, bevor ihr noch was passierte ...

»Deck dich mit der Wolldecke zu und schlaf ein bisschen, Anne-Marie. Ich wecke dich, wenn wir in Rouen sind.«

»Wahnsinnig nett von dir. Danke, Roxane.«

5

Da war nichts gewesen. Totes Hirn. Keine Bilder. Keine Erinnerung. Nicht einmal ihr Name. Sie hatte im Gras gesessen, die Beine gekreuzt, die Arme auf die Knie gestützt. Abenddämmerung. Rechts und links parkten Lastwagen, weiter hinten strichen Lichter vorüber. Sie war ein Busch, der auf dem Grünstreifen wuchs, eine der jungen Akazien, der dicke Brocken aus grauem Granit, der verhindern sollte, dass jemand über die Grünanlage fuhr. In ihrem Kopf summte und dröhnte es, helle Töne mischten sich mit tiefem Gebrumm, dazwischen das Knacken zerbrechender Äste und das Prasseln des Regens auf ein Autodach. Alle diese Geräusche lagen wie eine Glocke über ihr, drückten auf ihr Gehör und blockierten ihr Hirn.

Das Erste, was von außen zu ihr drang, war die Kälte. Sie rieb ihre Hände und bewegte die Beine, die so kalt waren, dass sie sie kaum noch spürte. Dann kam der Schmerz. Zunächst in der rechten Schulter, dann in der Hüfte. Ein widerlicher, ziehender Schmerz, der ihr anzeigte, dass dort irgendetwas kaputt war. Zuletzt war ihr bewusst geworden, dass das Dröhnen in ihrem Kopf ebenfalls ein Schmerz war.

Was ist mit mir?, dachte sie. Auch das Denken tat weh, ihr Hirn sträubte sich dagegen, es war wund und krank, brauchte seine Ruhe. Doch Schmerzen und Kälte hinderten sie daran, in die angenehme Gleichgültigkeit zurückzukehren.

Das ist ein Parkplatz, dachte sie. Eine Raststätte. Arbeite endlich, dummer Kopf. Was steht dort in Leuchtschrift geschrieben? »Courtepaille« – kurzes Stroh. Strohkopf. Ich bin in Frankreich. Ein Restaurant. Drüben die Tankstelle.

Sie musste innehalten, weil ihr übel wurde. Das Denken strengte ihren Kopf schrecklich an, sie musste eine Pause einlegen. Stattdessen stieg jetzt Angst in ihr auf. Wo war sie? Wer war sie? Was tat sie hier? In ihren Ohren dröhnte es plötzlich mit betäubender Lautstärke, es zischte, als ob Luft aus einem Behälter gepresst würde.

»He du! Kleine. Willst du einsteigen? Bist ja ganz nass ...«

Erleichtert begriff sie, dass die Geräusche von einem Laster kamen, der neben ihr anhielt. Eine Frau saß im Fahrerhaus am Steuer, sie hatte die Fensterscheibe heruntergelassen und sich hinausgebeugt. Kupferrot gefärbtes, struppiges Haar, goldene Ohrringe, auf ihrem bloßen Arm sah man ein Tattoo. Ein Drache. Oder ein Hund ...

»Was ist mit dir? Ob du mitwillst, hab ich gefragt ...«

Ein Hund. Für den Bruchteil einer Sekunde tauchte eine Erinnerung in ihrem Hirn auf und versank gleich wieder.

»Ja ... Ja, ich möchte mitfahren ...«

»Na also... Steig ein, hinter uns drängelt schon einer.«

Sie war sich nicht sicher gewesen, ob sie überhaupt aufstehen konnte, doch es ging ganz gut. Nur die rechte Hüfte tat beim Laufen weh, die Schulter machte erst Ärger, als sie den Arm hob, um die Tür der Fahrerkabine zu öffnen. Sie hätte schreien können, doch sie riss sich zusammen. Als sie endlich auf dem breiten Sitz hockte und die Tür wieder zugeworfen hatte, war ihr ganz schlecht vor Anstrengung. Die Truckerin hatte sich weit aus dem Fenster gebeugt und brüllte irgendetwas Unflätiges, das an den Fahrer des hinter ihnen wartenden Lasters gerichtet war. Dann setzte sie sich murrend zurecht und grinste ihr zu. Sie sah ziemlich verrückt aus in ihrem hautengen Oberteil mit Leopardenmuster, das ihren Busen und die Wülste darunter deutlich abzeichnete. Ihr Gesicht war mopsig, ohne die Schminke hätte sie wie ein Pfannkuchen ausgesehen. Aber sie hatte etwas Warmherziges, das wohltat.

Es war schön, in dieser Kabine zu sitzen, die so hoch über den Dingen schwebte. Man schaute auf die Autos hinunter und fühlte sich geborgen. Wärme umgab sie, drang langsam in ihre feuchte Kleidung und löste Gerüche, die darin gespeichert waren. Feuchte, pilzige Erde. Nasses Laub. Frisch geborstenes Holz. Blut. Verbranntes Gummi. Benzin ...

»Was ist denn mit dir passiert? Hat dich einer verprügelt?«

Ihr Kopf musste jetzt irgendwie in die Gänge kommen. Etwas produzieren, was glaubhaft war. Was die Fahrerin hören wollte.

»Mein Freund ... hat mich rausgeworfen ...«

»Aus dem Auto? Einfach rausgeschmissen? Nee, so was! Drecksau!«

Das Fahren tat ihr gut, es war, als taute sie aus einer eisigen Erstarrung auf. Die Truckerin bot ihr zu essen an. Weißbrot und Käse, dazu Cola. Ihr Hirn gewöhnte sich wieder daran, zu funktionieren. Sie trank Cola, nahm eine Kopfschmerztablette. Hörte der Fahrerin zu, die von irgendwelchen Kerlen erzählte. Von ihrem Ex. Von der Tochter Corinne, die sie sehr liebte.

Hatte sie selbst Kinder? Einen Ehemann? Eltern? Sie konnte sich nicht erinnern. Es war zum Verzweifeln. Sooft sie es versuchte, rannte sie gegen eine Wand. Mitten in ihrem Hirn hatte jemand eine Mauer gebaut, eine meterdicke Festungsmauer, hinter der ihre Existenz steckte. Alles, was sie war, ihr Name, ihre Erinnerungen, ihr ganzes Leben – es war hinter dieser Mauer. Sie war ausgeschlossen, hinausgeworfen aus dem eigenen Leben.

Nach Rouen? Oder nach Le Havre? Sie konnte wählen. Es an ihren Mantelknöpfen abzählen. Welche Stadt löste etwas in ihrem Kopf aus? Keine von beiden. Also war es gleich.

»Ich würde gern bis Rouen mitfahren ... Wenn ich darf ...«

Nachdem sie aufgegessen hatte, kam sie auf die Idee, ihre Kleidung zu erforschen. Jeans, eine hellblaue Bluse, darüber ein Pullover. Ziemlich schmutzige Sportschuhe. Der Mantel voller

Flecke und sehr feucht. In der linken Tasche eine Karte, durchgeweicht, aber noch zu lesen. Eine Todesanzeige. Auf der Rückseite ein paar Zeilen mit Kugelschreiber geschrieben.

»Liebe Anne-Marie, ...«

Beklommen schob sie die Karte zurück in die Manteltasche. Ihr kam die absurde Idee, dass sie vielleicht tot sei. Sie war gestorben und irrte als Geistwesen durch die Welt, weil sie keinen Zugang zur Ewigkeit fand. Das würde auch erklären, weshalb sie sich an nichts erinnern konnte.

Das ist doch alles Blödsinn, dachte sie. Ich muss ein bisschen nachdenken. In aller Ruhe überlegen. In der Schlafkoje hockte sie sich mit hochgezogenen Knien in eine Ecke und starrte auf das Kinderfoto, das an der Wand klebte. Ein blondes Mädchen, das sie mit strahlendem Kinderlachen ansah.

»Wie heißt du eigentlich?«

Eine ganz einfache Frage. Sie rannte erfolglos gegen die Mauer in ihrem Hirn. Weg. Vergessen. Keine Peilung. Zum Glück war die Truckerin durch einen Unfall auf der Gegenfahrbahn abgelenkt, sodass ihr ein wenig Zeit blieb. Los, Gehirn. Arbeite! Ein Name. Irgendeiner. Ist doch nicht so schwer ...

Dann die Erleuchtung. Die Todesanzeige. Da war doch ein Name drauf ...

»Anne-Marie ...«

Ein Name war schließlich so gut wie der andere. Und dieser kam ihr tatsächlich ein wenig bekannt vor. Marie-Anne ... Marie-Anne ... Es hatte etwas mit Wasser zu tun. Ein Eimer Putzwasser, ein rauschender Wasserhahn ...

Während sie mit der Truckerin redete, hob sich ihre Stimmung. Ihr Hirn war in Ordnung, es arbeitete, hatte eine Menge Dinge gespeichert. Sie konnte sich an die Geschichte von Cyrano de Bergerac erinnern. Das Theaterstück von Edmond Rostand. Ein wenig auch an den Film. Bücher fielen ihr ein, die sie gelesen hatte. Charles Dickens. Patricia Highsmith. Harry

Potter. Aber *wo* hatte sie diese Sachen gelesen? Wo war sie zu Hause? Wo zur Schule gegangen?

Das alles wird schon wiederkommen, dachte sie. Ich brauche Zeit und Ruhe. Alles wird sich Stück für Stück wieder in meinem Kopf anfinden. Wie Puzzlesteine, die sich ineinanderfügen. Große und kleine. Bis das Bild fix und fertig ist. Diese Todesanzeige könnte mir helfen. Wenn sie in meiner Manteltasche steckt, ist sie vermutlich an mich gerichtet. Natürlich – weshalb sollte ich die Post anderer Leute mit mir herumtragen? Bin ich also tatsächlich diese Anne-Marie?

Die Feuchtigkeit hatte das Blatt gewellt, doch man konnte die aufgedruckte Schrift und die Hintergrundzeichnung erkennen. Die untergehende Sonne über dem weiten Meer. Kitschig.

Pointe du Lapin, Finistère
Gott dem Allmächtigen hat es gefallen, meinen lieben Mann,
unseren guten Vater und Großvater
den Leuchtturmwärter Loan LeBars
von seinem Leiden zu erlösen und in sein ewiges
Reich aufzunehmen.
In stiller Trauer
Gaëlle LeBars
Iwen LeBars, Mael LeBars, Yuna Dupin, Armelle Bartolomé
Die Beisetzung findet am Samstag, 29. Oktober um 14 Uhr im
Kreise der Familie statt.

Auf der Rückseite waren ein paar Zeilen mit Kugelschreiber geschrieben.

Liebe Anne-Marie,
ich weiß, dass Yuna nicht zur Beerdigung kommen wird. Aber vielleicht möchtest du ja ohne deine Mutter anreisen und deinem Großvater das letzte Geleit geben. Ich würde mich sehr freuen.
Deine Großmutter

Na bitte! Wie es aussah, hatte sie eine Familie. Yuna Dupin – das musste ihre Mutter sein. Und Gaëlle LeBars ihre Großmutter. Dann gab es ganz offensichtlich noch die Geschwister ihrer Mutter. Zwei Onkel – Iwen und Mael. Und eine Tante Armelle. Das war eine ganze Menge, so auf einen Schlag. Allerdings löste keiner dieser Namen etwas in ihrem Hirn aus. Sie hätte sich genauso gut ein Telefonbuch vornehmen können. Es war zum Verrücktwerden. Sie schloss die Augen und bekämpfte die aufsteigende Panik. Was, wenn sie sich niemals wieder erinnern konnte? Wenn diese Wand in ihrem Kopf für immer blieb?

Nicht zu viel denken. Einfach das Nächstliegende tun. Wenn sie zu ihrer Großmutter reiste, würde sie mehr über sich erfahren. Ein Leuchtturmwärter war der Großvater gewesen. Gab es so etwas überhaupt noch? Waren die Leuchttürme nicht alle elektrifiziert und liefen automatisch?

»Was für ein Datum haben wir heute?«

Sie musste die Frage wiederholen, weil Roxane das Radio angeschaltet hatte und Popmusik hörte.

»Heute? Den 28. Oktober. Wir sind gleich in Rouen.«

»Danke!«

Dann hatte sie bis morgen Zeit. Wie spät es wohl war? Ob sie noch einmal fragen sollte? Sie traute sich nicht, Roxane schon wieder zu stören. Vorsichtig schob sie die Karte mit der Todesanzeige in die Innentasche des Mantels – diese Namen waren momentan ihr kostbarster Besitz, die einzige Verbindung zu ihrer Identität.

»Ich setz dich bei der Tankstelle ab, okay? Wenn ich einen der Trucker kenne, frag ich mal, wohin er will und ob er dich mitnimmt.«

»Nett von dir.«

Sie kletterte aus der Schlafkoje und verkniff sich den Schmerz in der Schulter. Die Hüfte war ein wenig besser, tat nur bei Berührung weh. Wahrscheinlich eine Prellung. Wenn sie nur eine

Ahnung hätte, was mit ihr geschehen war! Vielleicht war sie ja wirklich verprügelt worden. Aber von wem? Und warum?

»Na? Haste geschlafen?«

»Leider nicht ...«

»Kommt von der Tablette. Da ist Koffein drin, das hält wach.«

Immerhin fiel ihr jetzt auf, dass die Kopfschmerzen fast weg waren. Nur im Genick hatte sie ein komisches Gefühl, so steif, es machte Mühe, den Kopf zu bewegen. Schleudertrauma.

Sie fuhren von der Autobahn ab, folgten einer Schnellstraße, dann sah man links ein langgezogenes Gebäude. Hell angestrahlt die roten Zapfsäulen auf grauem Asphalt, Reklameschilder, ein weißes Flachdach. Zwei PKW wurden gerade betankt, dahinter warteten mehrere Lastwagen. Roxane hielt hinter den Lastern, stellte den Motor ab und stieg aus. Jetzt sah man, dass sie schwarze, hautenge Leggins trug, die ihren umfangreichen Hintern betonten. Es schien ihr egal zu sein, ihr Gang war selbstbewusst, raumgreifend. Sie schwatzte mit den Fahrern, lachte, deutete mit dem Daumen nach hinten zu ihrem Wagen. Was sie wohl erzählte? Dass sie da einen komischen Vogel mitgenommen hatte. Eine zerbeulte und zerkratzte Person, die nach Finistère wollte. Ans Ende der Welt. Jetzt fuhr einer der PKW davon, die wartenden Wagen rückten auf, Roxane lief zu ihrem Laster zurück.

»Bist ein Glückskind, Anne-Marie. Yves hat eine Fahrt nach Brest. Ist kein übler Typ, aber er redet nicht viel ...«

Brest. Sie versuchte, sich die Karte von Frankreich vorzustellen, doch damit war ihr Kopf einstweilen überfordert. Immerhin: Brest war eine Hafenstadt. Ganz weit im Westen. War das in Finistère? Wohl schon. Diese Pointe du Lapin musste irgendwo an der Küste sein. Es wäre klug, in der Tankstelle nachzufragen. Brest war vielleicht ganz falsch ...

»Was ist los? Bist du angewachsen? Er tankt jetzt – wenn er fertig ist, fährt er los ...«

Sie hatte nicht genügend Kraft, um sich gegen die energische Roxane zu stemmen. Sie organisierte einfach und erwartete, dass man ihr gehorchte. War sie denn ihre Tochter? Sie wollte überhaupt nicht nach Brest! Sie wollte ... sie wollte ... Was wollte sie denn eigentlich? Schlafen. Nur schlafen. Ihre Ruhe haben. Keine Entscheidungen fällen müssen ...

»Hier, nimm. Und pass auf dich auf, Kleine ...«

Sie drückte ihr einen Schein in die Hand. Zehn Euro! Großer Gott!

»Aber ...«

Die Truckerin drehte sich rasch um, stieg ein und schlug die Tür zu. Der Motor sprang an, Roxane grinste ihr zu, deutete nach vorn. Beeil dich, sonst fährt er ohne dich los.

Sie nickte ihr zu, lächelte zum Abschied und hatte ein schlechtes Gewissen. Roxane hatte doch bestimmt selbst nicht viel Geld, und da schenkte sie ihr noch zehn Euro! Sie starrte den Schein an und grübelte darüber nach, welchen Kaufwert er wohl hatte. Nein, viel war er bestimmt nicht wert, sie hatte das Gefühl, dieses bunte Stück Papier schon sehr oft gesehen zu haben.

Yves war ein hagerer, großer Bursche, das Gesicht voller Runzeln, die Nase ähnelte einer Birne.

»Schickt dich Roxane?«

»Ja ...«

Er machte eine Bewegung mit der Hand. Einsteigen, hieß das. Tatsächlich – Yves war kein Mann von vielen Worten. Sie kletterte ins Fahrerhaus und sah zu, wie er draußen hantierte, zur Kasse hinüberging und zahlte. Alles roch intensiv nach Zigarettenqualm, Asche lag auf Armaturen und Sitzen, es gab auch ein paar Brandlöcher in den Polstern. Wimpel einer Fußballmannschaft hingen an einer Schnur, dazwischen mehrere ziemlich harmlose Pin-up-Girls und eine schwarz-weiß karierte Flagge.

»Ich fahr nach Brest ...«

Er sah sie kaum an. Während er zur Autobahn hinüberrollte,

zündete er sich eine Zigarette an und rauchte gierig. Daumen und Zeigefinger der rechten Hand waren gelb.

»Ich muss zur Pointe du Lapin …«

Er war damit beschäftigt, den Laster auf die Autobahn einzuschleusen, und gab keine Antwort. Erst nachdem er die Zigarette im Aschenbecher ausgedrückt hatte, kam ein Satz.

»Zur Pointe du Lapin? Was willst du denn da?«

Er wusste also, wo sich diese Pointe befand. Wunderbar! Was sie für ein Glück hatte!

»Mein Großvater war dort Leuchtturmwärter …«

Schweigen. Der Laster rollte gleichmäßig seinem Ziel entgegen. Meine Güte, diesem Typ musste man wirklich alles aus der Nase ziehen.

»Kennst du die Pointe du Lapin?«

Er sagte etwas, was sie nicht verstehen konnte. Beim besten Willen nicht. War das Dänisch? Gälisch? Auf jeden Fall kein Französisch.

»Was hast du gesagt?«

»Vergiss es …«

Jetzt war er auch noch beleidigt. Was hatte sie denn falsch gemacht?

»Es tut mir leid … Ich hab nichts verstehen können.«

Er fingerte eine Zigarette aus der Schachtel und zündete sie an. Alles mit einer Hand. Gelernt war eben gelernt. Wenn er weiter so qualmte, würden ihre Kopfschmerzen wohl zurückkommen. Todmüde war sie auch. Besser, sie schlief ein wenig, da konnte sie wenigstens nichts falsch machen.

»Dein Großvater – wie? Leuchtturmwärter …«

Er blinzelte kurz zu ihr hinüber. Glaubte er ihr etwa nicht?

»Er hieß … LeBars. Loan LeBars … Er ist gestorben … Leider.«

»Ach …«

»Ich hab ihn nur selten besucht …«

»Soso ...«

Er schwieg sich aus. Die Spitze seiner Zigarette glomm rot auf, wenn er daran zog. Er fuhr den Laster ruhig und gleichmäßig, ganz anders als Roxane, die immer wieder beschleunigte und dann wieder langsamer wurde. Die Autobahn glänzte im Licht der Scheinwerfer vor Nässe, der Regen hatte jedoch aufgehört.

»Kannst kein Bretonisch, wie?«

Jetzt verstand sie endlich. Er stammte aus der Bretagne und hatte angenommen, sie könne die alte keltische Sprache.

»Leider nicht ...«

Die Müdigkeit senkte sich schwer auf sie. Zugleich plagte sie ein ungutes Gefühl. Wieso konnte sie kein Bretonisch, wenn ihre Familie von dort kam?

»Leuchtturmwärter ... auf der Pointe du Lapin ... Hab im ersten Moment fast gedacht, du wärst eine Deutsche ...«

»Ich? Eine Deutsche?«

»Schon gut ... Kam mir nur so vor ... Tut mir leid ...«

Er blinzelte schräg zu ihr hinüber, immer noch ein wenig misstrauisch. Sie bemühte sich, ihre Unsicherheit zu verbergen. Tatsächlich fanden sich ungewöhnlich viele deutsche Worte und Sätze in ihrem Schädel. Sie stiegen wie bunte Gasbläschen aus einer Versenkung auf und zerplatzten, wenn sie daran rührte. Eine Deutsche? War sie eine Deutsche?

»Das muss dir doch nicht leidtun ...«

Er zog die Augenbrauen in die Höhe und wiegte den Kopf. »Nun ja – die jungen Leute, die denken da anders. Vorbei ist vorbei. Und die Touristen bringen gutes Geld ...«

Sie begriff. Großartig, wie ihr Gehirn arbeitete. Die deutsch-französische Geschichte. Seit dem Mittelalter, als das Reich Karls des Großen in drei Teile zerfiel, eine Serie von Auseinandersetzungen und Kriegen. Pfälzischer Erbfolgekrieg. Krieg von 1870/71. Der erste Weltkrieg. Der zweite Weltkrieg ... Frankreich, der Erbfeind ... les bôches ...

»Ja, natürlich.«

Yves drosselte das Tempo, fuhr langsam an einem liegengebliebenen Lastwagen vorbei. Es war wenig Verkehr in Richtung Westen.

»Gibt auch heute noch welche, die können die Bôches nicht ausstehen …«

»Ja, das ist wahr …«

Die Müdigkeit fiel wieder über sie her. Es war einfach zu anstrengend, so viel nachdenken zu müssen. Die Kopfschmerzen schlichen sich wieder heran, zogen boshaft den Nacken hoch, auch der Kratzer im Gesicht brannte. Wenn ihr bloß nicht schlecht wurde!

»Stört es dich, wenn ich schlafe?«

»Nur wenn du laut schnarchst.«

Er war nicht so fürsorglich wie Roxane, dachte nicht daran, ihr seine Schlafkoje anzubieten. So lehnte sie den Kopf gegen die Seitenwand, kreuzte die Arme vor der Brust und schlief im Sitzen ein.

6

»Wir sind sehr bekümmert über diesen Vorfall«, sagte Madame Bonnet und sah aus, als müsste sie gleich weinen. »Eine so gute Schülerin wie du.«

Vor Madame auf dem Schreibtisch lag ein aufgeschlagenes Notizbuch von Moleskine, die Seiten eng mit kleiner, regelmäßiger Handschrift beschrieben. Dazwischen gab es Zeichnungen, die ihre Lehrerinnen in lächerlichen Situationen darstellten. Mehrfach waren sie in Unterwäsche zu sehen. Madame Koch, die Nadelarbeit unterrichtete, saß mit hochgezogenem Rock auf dem Örtchen.

»Es ist hinterhältig und verletzend.«

Susanne schämte sich in Grund und Boden. Aber sie hatte nicht gewusst, dass man hier regelmäßig Kommoden und Schränke inspizierte. Zum Wohl der Schülerinnen …

»Wir werden leider mit deinen Eltern in Kontakt treten müssen«, sagte Madame Bonnet mit tiefem Bedauern.

Susanne begann zu weinen. Etwas Schlimmeres konnte ihr kaum passieren. Das tagelange Schweigen. Das Gefühl, der schlechteste Mensch auf Erden zu sein …

»Bitte, tun Sie das nicht … Ich werde das Buch verbrennen. Ich mach sowas nie wieder … Ich schwöre …

Madame Bonnet schüttelte langsam den Kopf. Das Notizbuch auf dem Schreibtisch wölbte sich und wuchs in die Höhe, es wurde zu einem schwarzen Vogel. Er breitete riesige Schwingen aus, die das ganze Zimmer ausfüllten und alles in wohltuende Dunkelheit hüllten.

»Lass sie schlafen …«

»Pass bloß auf, dass der Chef sie nicht sieht ...«
»Ich leg die Decke drüber ...«
Sie versank in wohlige Stille. Schwebte in tiefer schwarzer Nacht, sah um sich her kleine Sterne aufblitzen und wieder verschwinden, glitt durch einen glitzernden Nebel und spürte, wie die Berührung auf ihrer Haut prickelte. Das Meer rauschte, schaukelte sie auf den Wellen, jemand redete mit dem Wind, ein Vogel stieß sich von einem Felsen ab und segelte mit weit ausgespannten Flügeln über das Wasser.

Jemand riss an ihrer wehen Schulter. Der Schmerz war so heftig, dass er sie auf der Stelle in die andere Welt beförderte. Die Welt, die man Realität nannte.

»Steh auf. Genug geschlafen. Ich muss jetzt los.«
Sie blinzelte in einen matten Sonnenstrahl, dann erkannte sie ein ärgerliches Männergesicht. Wie hieß dieser Mann doch? Yves.

»Bonjour ...«
Er rieb sich die Nase und spähte über sie hinweg aus dem Wagenfenster. Sie lag quer über den Sitzen im Fahrerhaus des Lasters und musste wie ein Murmeltier geschlafen haben. Die Schulter tat elend weh, als sie sich aufrichtete, möglicherweise war sie gebrochen. Aber hätte sie in diesem Fall überhaupt den Arm bewegen können?

»Ich ... ich bin noch ganz taumelig ...«
Er war ungeduldig, machte mit dem Kopf eine energische Geste. Raus jetzt! Meine Geduld hat ihre Grenzen. Sie rutschte vom Sitz herunter und landete unsanft auf dem gepflasterten Hof. Er packte sie gerade noch am Arm, bevor sie hinfiel. Zum Glück erwischte er den linken Arm, sonst wäre alles aus gewesen.

»Geht's?«
Sie kämpfte gegen eine widerliche Übelkeit an und atmete ein paarmal tief. Dann nickte sie. »Alles in Ordnung. Danke. Bin wieder auf dem Damm.«

Er trat einen Schritt zurück und besah sie missmutig, musterte ihre Beule und die Kratzer im Gesicht, die er in der Nacht wohl nicht richtig wahrgenommen hatte.

»Holt dich jemand ab?«

Sie hatte keine Ahnung, wovon er sprach, und schüttelte den Kopf. Dann erinnerte sie sich dunkel daran, dass sie zur Pointe du Lapin wollte. Auf die Beerdigung ihres Großvaters. Es erschien ihr vollkommen absurd.

»Aus dem Tor raus und dann nach links. Da ist ein Bistro. Sag der Patronne, dass Yves dich schickt …«

Sie begriff nicht gleich. Erst als er hinzufügte, sie solle machen, dass sie hier wegkam, wurde ihr klar, dass sie ihn bei seinem Arbeitgeber in Schwierigkeiten brachte, wenn sie jetzt nicht ging.

»Ich geh schon … Salut … Und danke … Vielen Dank, Yves …«

Er war schon weg. Sie stolperte zwischen Paletten und Kisten über den Hof, der offensichtlich zu einer Spedition gehörte, wäre um ein Haar unter den Gabelstapler geraten und rettete sich zum Hoftor. Keuchend lehnte sie sich mit dem Rücken gegen den Torpfosten und wartete, bis das Karussell in ihrem Kopf wieder stillstand. Der Kreislauf. Sie fühlte sich wie eine uralte Frau. Alles tat ihr weh, der Magen rebellierte, in der Beule an der Stirn hämmerten mehrere Spechte und ihre Schulter war vermutlich ein Trümmerhaufen. Vage erinnerte sie sich daran, dass sie allerlei verrücktes Zeug geträumt hatte. Doch je mehr sie versuchte, sich an die Träume zu erinnern, desto rascher entglitten sie ihr.

Großartig, dachte sie. Im Traum habe ich vermutlich gewusst, wer ich bin und was mit mir geschehen ist. Jetzt stehe ich hier und habe wieder keine Ahnung.

Ihr Magen knurrte plötzlich, und sie stellte fest, dass ihr nicht mehr schlecht war. Im Gegenteil, sie war hungrig. Außerdem musste sie dringend auf die Toilette. Was hatte Yves da von einem Bistro erzählt? Sie machte vorsichtig ein paar Schritte, stellte fest, dass ihr Gleichgewichtssinn wieder in Ordnung war, und entdeckte links eine ausgeklappte Jalousie. Das Bistro war winzig, ein langer Tresen, zwei Tischchen, ein Fernseher, der die neuesten Sportmeldungen übertrug. Aber es duftete verlockend nach frischem Gebäck und nach Kaffee. Da die beiden Tische besetzt waren, stellte sie sich an den Tresen und bestellte einen Käsetoast, ein Croissant und dazu Milchkaffee. Dann erkundigte sie sich bei der ältlichen Patronne, wo das Örtchen sei, und wurde zu einer schmalen Nebentür geschickt. Der Weg führte durch einen düsteren Keller, vorbei an gestapelten Getränkekästen und der offen stehenden Küchentür. Dafür waren die sanitären Anlagen geradezu luxuriös, es gab sogar eine Dusche, die jedoch abgeschlossen war.

Der erste Blick in den Spiegel war ein Schock. Bleich wie eine Tote mit dunkel geränderten Augen und einer lilafarbenen Erhebung auf der Stirn. Dazu jede Menge Schnitte und Schrammen auf der linken Gesichtsseite. Ein Wunder, dass die Patronne nicht die Polizei gerufen hatte.

Sie benutzte die Toilette und versuchte anschließend, sich etwas menschlicher herzurichten. Sie wusch sich Gesicht und Hände, knotete das zerzauste Haar im Nacken zusammen und knöpfte den Mantel auf. Vorsichtig zog sie den Halsausschnitt des Pullovers auseinander und besah ihre Schulter. Alles blau – wenn sie Glück hatte, war es »nur« eine heftige Prellung. Der Mantel war weder durch Klopfen noch durch Schütteln sauber zu bekommen, auch die Schuhe waren feucht und sehr schmutzig. Sie brauchte eine Dusche. Neue Kleider. Feste Schuhe. Einen Kamm. Ihr Deo. Kosmetika. Vor allem einen Abdeckstift, mit dem sie die schlimmsten Kratzer zuschminken konnte. Aber das war bestimmt kein Problem in einer Stadt wie Brest. Gewiss konnte die Patronne ihr sagen, wo man …

Sie brauchte ihre Kreditkarte. Sie war ganz sicher, dass sie eine Kreditkarte besaß. Von der Banque Nationale de Paris. Sie steckte in ihrem Portemonnaie aus rotem Leder. In ihrer Handtasche. Wie die Handtasche aussah, daran konnte sie sich allerdings nicht erinnern.

Sie spürte, wie die Beine unter ihr zitterten, und musste sich gegen die Wand lehnen. Sinnloserweise durchwühlte sie ihre Manteltaschen und fand in der rechten Tasche eine Kastanie und zwei verklebte Pfefferminzbonbons. In der linken Tasche steckte die Trauerkarte, etwas zerknickt und von der Feuchtigkeit gewellt. Sie untersuchte die Hosentaschen ihrer Jeans – ein Taschentuch, die Papierumhüllung eines Schokoriegels, ein zusammengefalteter Zehneuroschein.

Sie starrte auf ihr Spiegelbild und atmete schwer. Zehn Euro und eine Todesanzeige – das war alles, was sie ihr Eigen nannte. Keine Kreditkarte, keinen Führerschein, auch keinen Ausweis. Sie war niemand. Es gab sie nicht. Sie konnte nur hoffen, dass die Zeche für Toast, Croissant und Milchkaffee nicht mehr als zehn Euro betragen würde.

Während sie durch den düsteren Keller wieder zurück ins Bistro ging, dachte sie daran, sich einfach bei der Polizei zu melden. Dort würde man sie aufnehmen und versorgen. Sie konnte duschen, zu einem Arzt gehen und in aller Ruhe warten, bis man ihre Identität herausfand. Sie stellte sich vor, wie man sie ausfragen und fotografieren würde. Vielleicht würden sie einen Psychologen herbeischaffen, weil man sie für verrückt hielt. Sie in die Psychiatrie bringen? Unter Medikamente setzen? Oder sie in eine Gefängniszelle sperren?

Nein, besser keine Polizei. Sie würde das Problem schon allein lösen.

»Die Pointe du Lapin? Was wollen Sie denn da draußen? Da sagen sich Fuchs und Hase Gute Nacht.«

Sie hatte Glück, die Zeche betrug etwas über acht Euro, den

Rest gab sie als Trinkgeld. Immerhin war die Portion Milchkaffee riesig, auch der Toast hatte Übergröße und das Croissant füllte den ganzen Teller aus. Offensichtlich war man hier auf hungrige Fernfahrer eingestellt. Nachdem sie alles aufgegessen hatte, fühlte sie sich satt und schwer. Ein Blick auf die Uhr an der Wand über dem Tresen sagte ihr, dass es schon Mittag war. Um zwei war die Beerdigung.

»Ist es weit von hier?«

Die Patronne nahm die Brille ab, um sie gründlich zu putzen. Sie zuckte die Schultern. Weit? Das kam darauf an. »Mit dem Auto eine halbe Stunde. Sie können auch den Bus nehmen. Nach St. Renan und dann weiter nach Plouarzel. Das letzte Stück geht's die Küstenstraße runter. Sie sehen schon den weiß und rot gestrichenen Leuchtturm auf der Landzunge. Das Dorf ist ein Stück landeinwärts. Wohnt aber kaum jemand dort …«

Mit dem Bus. Verflixt. Hätte sie nicht so großzügig Trinkgeld gegeben, könnte sie sich jetzt vielleicht den Bus leisten. Aber mit zwei Pfefferminzbonbons würde sie wohl nicht weit kommen.

»Ich … also … Yves hat mich geschickt …«

Über die gleichmütige Miene der Patronne glitt ein Lächeln.

»Soso … Yves. Da haben Sie ja den Richtigen erwischt. Dann sieht die Sache schon anders aus. Hier …« Die Frau schob ihr die zehn Euro wieder hin, zögerte einen Moment und legte dann noch zwei Schokoriegel drauf.

»Das … das ist wahnsinnig nett von Ihnen. Ich habe Verwandte im Dorf. Sie bekommen Ihr Geld ganz sicher zurück …«

»Geht schon in Ordnung. Die Bushaltestelle ist da drüben, wenn Sie sich beeilen, schaffen Sie es noch.«

Sie war so verwirrt, dass sie über die Fußmatte an der Tür stolperte, was peinlich war, weil die Fernfahrer an den beiden Tischen sie anglotzten und ihr Scherzworte nachriefen. Tatsächlich erwischte sie den Bus nach Plouarzel an der Haltestelle, zog sich keuchend die beiden Stufen hoch und zahlte beim Fahrer.

Was der zu ihr sagte, verstand sie erst beim zweiten Ansatz. Ob sie nach Plouarzel oder nach Lampaul wolle.

»Pointe du Lapin ...«

Er gab ihr schweigend das Ticket samt Wechselgeld und fuhr los, während sie sich einen Sitzplatz suchte. Das ist der Erste, der sich nicht darüber wundert, dass ich zur Pointe du Lapin will, dachte sie belustigt. Sie setzte sich so, dass ihr weder Hüfte noch Schulter wehtaten, und sah aus dem Fenster. Eigentlich klappte doch alles hervorragend. Glück im Unglück. Irgendwie fand sich immer jemand, der ihr weiterhalf, eine mitleidige Seele, ein guter Geist. Sie blinzelte in die Herbstsonne und freute sich, dass es nicht mehr regnete. Bald fuhr der Bus über schmale Landstraßen, die von Wiesen und Hecken gesäumt wurden, niedrige Häuser, Kirchen, abgeerntete Felder zogen vorüber. Hier und da ein kleines Waldstück, ein herbstlich bunter Farbtupfer auf dem grünen Hintergrund. Was für ein gesegnetes Land die Bretagne doch war! So ruhig und ländlich, kaum Industrie, die die Landschaft verschandelte, höchstens die Stromleitungen störten das Bild. Grasflächen, auf denen Schafe weideten, ab und zu ein Gehöft, kleine Wohnhäuser aus braunem Stein, von weiträumigen Hecken umgeben. Einmal sah sie die Ruine einer Kirche, an anderer Stelle eine imposante Mauer aus Granit, die vielleicht einmal einen adeligen Landsitz umgeben hatte, der inzwischen verfallen war. Flach war das Land, grün und braun gewürfelt die Felder, und darüber wölbte sich ein ungeheuer weiter Himmel, über den weiße Wolkenschleier zogen. Ein Himmel, der von Freiheit erzählte.

Es ist schön, dachte sie. Ich glaube, ich bin gern Anne-Marie.

Hinter ihr schwatzten zwei ältere Frauen, die vermutlich in Brest Einkäufe erledigt hatten, denn ihre hoch gefüllten Taschen blockierten den Mittelgang. Von der Unterhaltung verstand sie kein einziges Wort. Auf der anderen Seite lärmten einige Schüler, dazwischen saß eine junge Frau mit runden Brillengläsern, die in einem Buch las und die lebhafte Umgebung schon zweimal zurechtgewiesen hatte. Die Kinder waren sehr höflich, versprachen kopfnickend, jetzt leise zu sein und nicht mehr von den Sitzen zu springen. Sie vergaßen ihr Versprechen jedoch rasch.

Was die Patronne wohl mit Yves zu tun hat?, überlegte sie und stellte sich vor, dass die beiden vielleicht vor Jahren einmal Liebende gewesen waren. Dann hatte das Schicksal das Paar auseinandergerissen, das Mädchen hatte den Besitzer des Bistros geheiratet und Yves fuhr weiter seinen Lastwagen. Und nun war sie vielleicht Witwe und Yves fand nicht den Mut, sie zu heiraten …

Sie musste über ihre romantische Phantasie lächeln. Es war diese Landschaft, die zum Träumen anregte. War nicht auch König Artus einst hier durchgezogen? Verliebte sich nicht Merlin, der Zauberer, in eine Fee, die hier irgendwo in einem See ihren unterirdischen Palast bewohnte?

Kurze Zeit später vergingen ihr die schönen Träumereien, denn der Himmel bezog sich mit schweren, dunkelgrauen Regenwolken. Als sie in Lampaul-Plouarzel aus dem Bus stieg, fegte ein kühler Wind durch die Straße, und der Himmel öffnete seine Schleusen. Sie stellte den Kragen hoch und verzog sich unter das Plastikdach der Haltestelle, während die übrigen Passagiere ungerührt durch den Regen in alle Richtungen davonstrebten. Einige der Schüler zogen nicht einmal die Kapuzen ihrer Jacken über die Köpfe, nur die beiden älteren Frauen entfalteten ihre Regenschirme und handhabten sie so geschickt, dass der Wind keine Chance hatte, sie ihnen zu entreißen. Die junge Frau hatte ein grünes Regencape übergezogen, eilte zu einem Fahrradständer, löste das Schloss ihres Stahlrosses und schwang sich darauf. Wie ein grüner, wild flatternder Vogel radelte sie durch Regen und Wind davon.

Niemand kümmerte sich um die Fremde, die einsam an der Haltestelle stand und vor sich hin fröstelte. Nun ja – sie hatte schon jede Menge Hilfsbereitschaft erfahren, jetzt war ihr Guthaben offenbar verbraucht. Wie spät es wohl war? Wahrscheinlich schon eins. Wenn sie pünktlich sein wollte, musste sie jetzt irgendetwas unternehmen.

Widerwillig verließ sie das schützende Dach und ging ein Stück in den Ort hinein. Viele neue Gebäude, kleine Geschäfte, Bistros, Restaurants – hier schien der Tourismus zu blühen. Jetzt, Anfang November, waren jedoch die letzten Feriengäste abgereist, der Ort wirkte im strömenden Regen menschenleer und traurig. Auf der Suche nach einem Hinweisschild folgte sie der Hauptstraße, geriet auf sandige Pfade, vorbei an einem leeren Zeltplatz und einem alten Fischerboot, das verlassen im Sand lag. Dann, endlich, sah sie in der Ferne etwas blinken. Das Meer. Der Atlantik. Jetzt also stand sie ihm gegenüber, dem gewaltigen Ungeheuer, das seine mächtigen Wogen gegen die Granitfelsen wirft und die Leuchttürme auf den Inseln bis zu ihrer blinkenden Spitze hinauf in Gischt hüllt. Wild war der Atlantik, sie hatte Fotos vor Augen, die sie irgendwann, irgendwo gesehen hatte. Besonders im Herbst und im Frühjahr, wenn die Stürme über das Meer peitschten, forderte er seine Opfer.

Sie nieste und strich sich eine klatschnasse Haarsträhne aus dem Gesicht. Momentan war das Meer reichlich unromantisch. Grau und harmlos krochen die Wellen an den Strand, es schäumte nicht einmal, und hinten am Horizont war es diesig, man sah kaum, wo das Meer endete und der graue Wolkenhimmel begann. Schön war der breite Sandstrand, wo noch ein paar gestreifte Badezelte standen, allerdings hatte sie gerade jetzt wenig Lust auf ein erfrischendes Bad. Sie nieste noch einmal, dann tauchte vor ihren verblüfften Augen ein Hinweisschild auf. Es war ein ganzer Schilderwald, Hinweise in jede Richtung. Porspoder, Ploudalmézeau, Île Vierge: nach rechts. Pointe de Corsen, Le Conquet und – o Wunder – Pointe du Lapin: nach links. Was stand da? Sechs Kilometer. Das war zu schaffen. Auch in einer

Stunde. Und wenn sie auf der Küstenstraße blieb, hatte sie gute Chancen, von jemandem mitgenommen zu werden.

Ihre Kopfschmerzen waren so gut wie weg. Dafür hatte sich ein lästiges Kratzen im Hals eingestellt, das sich besonders beim Schlucken unangenehm bemerkbar machte. Vor ihrem inneren Auge tauchte eine grün-weiße Schachtel auf. »Grippostol« oder so etwas stand darauf. Aber während sie noch überlegte, wo sie dieses Zeug zuletzt gesehen hatte, war das Bild schon wieder verschwunden. Egal. Sie nahm den Weg in die angegebene Richtung und kümmerte sich nicht darum, dass Regen und Wind ihre Kleider endgültig durchnässten. Lästig war nur, dass die Schnitte in ihrem Gesicht scheußlich brannten. Wahrscheinlich war der Regen hier salzig.

Der Weg schlängelte sich entlang der Küste, verlief mal dicht am Strand, dann wieder weiter entfernt, vorbei an schütteren Sandwiesen und Heidekrautflächen, einsamen Häusern, vergessenen Booten und zerklüfteten dunklen Felsen. Obgleich sie vor Nässe triefte und ihre Hüfte beim Laufen wehtat, erfüllte sie ein Gefühl von Weite und Freiheit. Es war großartig, sich gegen die Elemente zu behaupten, den Regen auf der Haut zu spüren, das Sausen des Windes zu vernehmen. Hier und da ein Vogelruf, ansonsten war sie allein mit Meer, Sand und Felsen. Wie schade, dass ich keine Zeit habe, hinunter an den Strand zu laufen, dachte sie. Muscheln und Strandgut auflesen. Vielleicht sogar Krebse fangen und bunte Steinchen sammeln. Plötzlich erinnerte sie sich an einen kleinen roten Plastikeimer und eine blaue Sandschippe. Der Geruch von Sonnencreme. Ja, sie war ganz sicher schon am Meer gewesen. Nur wo? Und wann?

Immerhin schien sich in ihrem Kopf etwas zu bewegen, das ließ hoffen. Die Küstenlinie wurde nun zunehmend steiler, das Meer hatte das Land in zähem Ansturm ausgehöhlt, Sand und Gestein herausgewaschen und nur den grasbewachsenen Rand übrig gelassen, von dem immer wieder große Stücke hinunterbröckelten. Dicht am Abgrund hatte sich eine Schar Möwen versammelt, weiße Räuber mit gelben, spitzen Schnäbeln, die sie feindselig von der Seite beäugten. Sie blieb stehen und hielt die Hand schützend über die Augen, während sie aufs Meer hinaussah.

»Da ist er ja«, murmelte sie. »Rot und weiß geringelt wie eine Socke.«

In einiger Entfernung ragte eine kahle, felsige Landzunge ins Meer hinein, ganz offensichtlich die Pointe du Lapin. An ihrem äußersten Ende stand der Leuchtturm, ein schmaler Rundbau, fest in den Felsen verankert, davor ein niedriges Gebäude aus Granitsteinen. Obgleich sich das Wasser zurückgezogen hatte, wirkte dieses Ensemble wie eine Insel, ein einsamer, karger Ort, sturmerprobt und angesichts der ungeheuren Weite des Meeres sehr zerbrechlich. Sie starrte hinüber. Sie wartete auf eine Erinnerung, ein Wiedererkennen. Doch nichts geschah. Der Ort blieb ihr fremd, als hätte sie ihn noch nie zuvor gesehen.

Nun ja – man durfte nicht zu viel verlangen. Sie folgte dem Weg, bis sich die Küste wieder senkte, dann lief sie zum Strand hinunter und ging im Sand weiter. Sie hatte sich gründlich verschätzt, als sie glaubte, in wenigen Minuten bei der Landzunge zu sein, die Strecke zog sich hin, und sie fürchtete ernsthaft, zu spät zu kommen. Wo mochte die Beerdigung stattfinden? Doch wohl auf einem Friedhof, und der befand sich auf dem Festland, wahrscheinlich in der Nähe der Dorfkirche. Falls es so etwas gab. Dann entdeckte sie gleich neben der Landzunge eine Gruppe dunkel gekleideter Menschen. Sie bewegten sich langsam über den Sand in Richtung des zurückweichenden Wassers. Waren das vielleicht Strandfischer? Sammelten sie Pfahlmuscheln? Krebse? Strandgut? Aber dann hätten sie doch Körbe oder Netze bei sich gehabt!

Komisch, dachte sie. Vielleicht sind es ja ein paar übrig gebliebene Touristen, die dort eine Wattwanderung machen. Einen

Hund haben sie auch dabei. Sie dachte schon daran, wieder zurück auf den Küstenweg zu klettern, weil sie doch hinüber zum Dörfchen wollte, da bemerkte sie, dass die Leute drüben im Watt stehen geblieben waren und zu ihr hinübersahen. Jemand streckte sogar den Arm aus und winkte. Unwillkürlich drehte sie sich um, doch es war niemand hinter ihr zu sehen. Also war sie gemeint. Wie seltsam. Wollte man sie zum Muschelsammeln einladen? Oder vielleicht gar …

»Du liebe Güte«, murmelte sie. »Das ist die Beerdigung. Vielmehr die Beisetzung. Auf Bretonisch.«

Als sie näher herangelaufen war, erkannte sie, dass einer der Männer ein Priester war, ein hochgewachsener Mensch mit rötlichem Haar und einer Hornbrille. Neben ihm stand ein junger Mensch in Jeans und dunkelblauer Windjacke, der einen lilafarbenen, viereckigen Kasten in beiden Händen hielt und ihr mit weit geöffneten, erschrockenen Augen entgegenblickte. Die restliche Trauergesellschaft bestand aus zwei alten Männern in langen Fischerjacken, die Kappen tief ins Gesicht gezogen, und einer Reihe Frauen. Die älteren hatten Tücher um die Köpfe gebunden, eine der beiden jüngeren trug einen karierten Regenmantel mit passendem Südwester, die andere war in Gummistiefeln und hatte eine schwarze Jacke an, deren Kapuze ihr Gesicht fast ganz verdeckte.

Der Priester rief ihr etwas entgegen, was sie nicht verstand. Entweder verzerrte der Wind seine Worte oder er hatte bretonisch gesprochen. Vermutlich Letzteres. Sie blieb stehen und wusste nicht, was sie tun sollte. Was suchte sie hier? Sie kannte diese Leute nicht. Sie war nie in ihrem Leben hier gewesen.

»Anne-Marie?«

Sie zuckte zusammen. Eine der älteren Frauen hatte etwas gerufen. Hatte sie tatsächlich diesen Namen gesagt?

»Ja?«

Die alte Frau schlug die Hände zusammen, als könnte sie es

kaum glauben. Dann rief sie noch einmal, und dieses Mal gab es keinen Zweifel.

»Anne-Marie! Du lieber Himmel! Komm her, Kind. Fast hätten wir uns verpasst ...«

Meine Großmutter, dachte sie, und in ihrem Hals bildete sich ein Kloß. Wie sie sich freute. Jetzt lief sie ihr sogar entgegen, streckte die Arme aus. Sie lachte – durfte man das überhaupt auf einer Beerdigung?

»Meine Kleine! Mein Gott, wie groß du geworden bist. Ich erkenne dich kaum wieder ...«

Unversehens fand sie sich in den Armen der alten Frau wieder, wurde geherzt und mehrfach auf beide Wangen geküsst, gescholten, dass sie so spät eintraf, gelobt, dass sie überhaupt gekommen war.

»Ich habe es gewusst, meine Kleine. Du warst immer mein Liebling, ach, es ist so lange her, du warst ganz klein, hast im Kinderwagen gelegen und mich angelacht. Erinnerst du dich überhaupt noch an deine alte Großmutter?«

»Ein bisschen ... nicht sehr viel ... an deine Stimme vielleicht ...«

Sie konnte nicht weitersprechen, weil sie zu schluchzen begann. Es war solch ein langer Weg gewesen. Voller Ängste und Zweifel. So schrecklich einsam. Und jetzt war da diese alte Frau, nahm sie in die Arme und nannte sie »meine Kleine«. Ach, es war ganz gleich, wer sie war. Es war schön, diese Herzlichkeit zu spüren.

Ihre Großmutter deutete ihr Schluchzen auf ihre Art. Er habe doch ein langes, gutes Leben gehabt, daran müsse sie denken. Ihr Großvater sei friedlich gestorben, mit sich und der Welt im Reinen.

»Und jetzt erfüllen wir seinen letzten Willen. Er wollte zum Meer zurückkehren. Er hat es sehr geliebt, das Meer. Nichts auf der Welt hat er mehr geliebt. Weder seine Frau noch seine Kinder. Nur dort oben auf seinem Turm war er glücklich ...«

Die alte Frau drückte sie noch einmal fest an sich und hatte keine Ahnung, dass die Enkelin sich mühsam den Schmerz verbeißen musste. Die Schulter war grausam empfindlich gegen jede Berührung.

»Was hast du da für eine Beule auf der Stirn, Anne-Marie?«

»Ich hatte einen Unfall ...«

»Einen Unfall? Der heilige Servan sei uns gnädig. Mit dem Auto?«

»Ich erzähle es später, Großmutter ...«

Peinlich war das alles schon irgendwie. Die Großmutter führte sie herum, stellte sie allen Trauergästen als ihre Enkelin Anne-Marie aus Paris vor, sie musste Hände schütteln, sich Namen merken, freundlich lächeln, auch der braun-schwarze Hund beschnüffelte sie schwanzwedelnd. Man sprach Französisch mit ihr, kein Bretonisch. Der junge Mensch, der den lilafarbenen Urnenbehälter trug, hieß Malo Brelivet, er nickte ihr mit scheuem Grinsen zu und umklammerte dabei die ihm anvertraute Last mit steifen Fingern. Als Letzte wurde ihr die junge Person in der Kapuzenjacke vorgestellt, und sie erkannte verblüfft die Frau aus dem Bus wieder, die vorhin als grüner Flattervogel davongeradelt war. Madame Sylvie, die Lehrerin aus dem Nachbarort.

»Haben wir uns nicht vorhin in Lampaul gesehen?«

Nein, sie zuckte bedauernd die Schultern, konnte sich nicht erinnern. Der Priester drängte nun darauf, weiterzugehen, in einer Stunde käme die Flut, dann sei es zu spät. Der Zug formierte sich wieder, man lief über den feuchten Sand in westlicher Richtung, dorthin, wo im diesigen Licht ein dunkler Streifen zu erkennen war. Anne-Marie ging neben ihrer Großmutter her und war froh, dass sie keine Fragen gestellt bekam, denn die Großmutter redete selbst ohne Unterlass. Sie müsse wissen, dass die Seele des Verstorbenen mit dem zurückweichenden Wasser ins Meer gezogen würde und – das sagte sie leise, damit es der Priester nicht hörte – mit dem dunklen Schiff hinüber zur Insel reise. Zur Insel der Toten und der Seligen, dorthin, wo sich alle Menschen versammelten, die auf anständige Weise gestorben seien. Die Seelen der anderen, der Sünder und Mörder, auch die der unglückseligen Ertrunkenen, die irrten in stürmischen Nächten über das Meer und klagten laut, weil sie heimatlos seien. Anne-Marie hörte nur mit halbem Ohr zu, in ihrem Inneren klang ein Wort wie eine Saite. Paris. Paris. Paris. Die Enkelin aus Paris. Sie kam aus Paris. Gebäude tauchten vor ihr auf, eine weiße Kirche, der glitzernde Fluss, eine steinerne Treppe, auf der die Leute herumspazierten, das Lachen eines vertrauten Menschen ...

»Wie schade, dass du so spät gekommen bist, meine Kleine. Wir haben alle bei mir gesessen und die Beisetzung gefeiert, wie es sich gehört. Es gab Apfelkuchen und Kaffee, Madame Sylvie hat belegte Brote mitgebracht, und Anne hat sogar einen Far, einen Auflauf mit Pflaumen zubereitet. Der ist leider bis auf den letzten Krümel gegessen worden, aber wir haben noch Kuchen und Palettes da und auch Andouillette. Die hast du als Kind gegessen, erinnerst du dich? Deine Mutter mochte sie nicht, aber du hast sie geliebt ...«

Anne-Marie lief wie im Traum durch den Regen, spürte, wie ihr das Wasser den Rücken hinunterlief und in ihrem Inneren ein hohles Gefühl aufstieg. An einer Muschelbank blieben zwei der Frauen stehen, doch der Priester erklärte ärgerlich, es sei jetzt keine Zeit, Miesmuscheln zu sammeln. Das sei eine Beleidigung für den toten Loan.

Wie verrückt das alles ist, dachte sie. Das also sind die Menschen, zu denen ich gehöre. Meine Großmutter. Ihre Freunde. Ein wenig skurril. Leute vom Land. Bretonen ...

Als man das Wasser erreicht hatte, hielt der Priester eine kurze Rede auf Bretonisch. Dann prüfte er den Wind und nickte der

Witwe auffordernd zu. Großmutter hob den Deckel von dem lilafarbenen Kasten, nahm einen schwarzen Topf heraus und streute den Inhalt in die matten, grauen Wellen. Ein Teil der Asche wurde vom Wind hinaus aufs Meer geblasen, das meiste aber breitete sich über dem Wasser aus, trieb ein Weilchen auf der Oberfläche und verschwand.

»Nun bist du am Ziel, Loan. Kenavo. Adieu.«

Die Witwe des Leuchtturmwärters stellte den leeren Topf zurück und lächelte zufrieden.

»Gehen wir zu mir. Jetzt brauchen wir alle einen Calvados.«

7

Sie hasste sich selbst für die Lügerei. War sie nicht gekommen, um die Wahrheit über sich selbst zu erfahren? Nun erzählte sie erfundene Geschichten über einen Streit mit ihrem Freund, bei dem sie Handtasche und Gepäck eingebüßt hätte.

Es ist nur wegen der vielen Leute hier, beruhigte sie ihr Gewissen. Ich kann ihnen unmöglich erzählen, dass ich nicht mehr weiß, wer ich bin. Wenn ich mit meiner Großmutter allein bin, werde ich mich ihr anvertrauen.

»Du bist ja durch und durch nass, meine Kleine. Geh rüber und mach den Schrank auf. Irgendwas wird dir schon passen. Und nimm dir ein Handtuch für dein Haar.«

Sie fühlte sich elend. In dem winzigen Schlafzimmer gab es nur das Bett, einen Hocker und den Kleiderschrank. Als sie ihn öffnete, entströmte den Kleidern ein intensiver Duft nach Bergamotte, und sie musste husten. Ach du liebe Güte. Da hingen die Hosen und Jacken des Verstorbenen, sein schwarzer Festtagsanzug und daneben die Röcke und Blusen ihrer Großmutter. Hemden gab es, sorgfältig gebügelt, Pullover, gewaltige Nachthemden aus Leinen, Unterwäsche. Sie fand ein paar Sachen, die einigermaßen passten, und verzog sich damit ins Badezimmer. Eine Dusche gab es nicht, dafür eine kleine Badewanne, aus dem Hahn kam jedoch nur kaltes Wasser, sodass sie beschloss, sich mit einem Waschlappen zu säubern. Bei dieser Gelegenheit stellte sie fest, dass sie sowohl an der Hüfte als auch an der Schulter dicke blaugrüne Blutergüsse hatte. Die Unterhose war ein Traum, sie hing ihr bis zu den Knien hinunter, das Hemd reichte noch ein Stück weiter. Gut, dass der Spiegel über dem

Waschbecken zu hoch hing, um sich ganz darin zu sehen. Sie band den Rock mit einem Gürtel fest und zog einen viel zu weiten Pullover darüber. Die handgestrickten Socken waren ebenfalls zu groß und kratzten fürchterlich, dafür wärmten sie ihre eiskalten Füße.

Die werden sich die Bäuche vor Lachen halten, wenn sie mich sehen, dachte sie verzagt. Doch als sie zurück in den Wohnraum trat, saßen alle dicht aneinandergedrängt auf zwei Bänken an einem langen Tisch, hatten Gläser mit irgendeinem Schnaps vor sich, und niemand kam auf die Idee, sie auszulachen. Stattdessen rückte man enger zusammen, damit auch sie sich setzen konnte, und stellte ihr ein Glas mit Calvados vor die Nase.

»Nein, nein ... Erst musst du etwas essen. Hier sind noch zwei Brote mit Wurst, und dann musste du die Palettes probieren ...«

Sie saß neben Madame Sylvie, die jetzt auf einmal sehr fürsorglich war und ihr alle möglichen Speisen zuschob. Auf der anderen Seite befand sich ein älterer Mann, der mit Brioc angeredet wurde, ein kräftiger Kerl mit breiten Fingern. Er kippte einen Calvados nach dem anderen und war der Ansicht, sie müsse die süßen Palettes unbedingt mit Schnaps einweichen.

»Hör nicht auf ihn, Anne-Marie. Er will nur, dass keiner mitkriegt, was er selber so wegsäuft ...«

Das Mädchen, das ihr diese Warnung zurief, saß ein paar Plätze entfernt und grinste ihr verschwörerisch zu. Sie war nicht eben hübsch zu nennen, das Gesicht rund, die Nase stumpf, auch die kleinen, hellblauen Augen hatten wenig Liebliches. Doch ihre lebhafte Mimik wirkte anziehend, wenn auch ein wenig irritierend.

»Das ist Swana, Briocs Tochter. Sie meint es nicht so. Ist ein bisschen vorlaut, aber doch ein gutes Mädchen ...«

Madame Sylvie hatte offensichtlich die Aufgabe übernommen, sich um Anne-Marie zu kümmern, ob aus eigenem Antrieb oder weil Madame LeBars sie darum gebeten hatte, das wusste man nicht. Aber sie war sehr bemüht, erklärte, vermittelte, bat immer wieder darum, doch französisch zu reden, weil Anne-Marie das Bretonische nicht verstand.

»Dann wird es höchste Zeit, dass du es lernst!«

»Ich will es versuchen.«

Es war unerträglich warm in dem kleinen Wohnraum des Leuchtturmwärterhauses. Die Frauen hatten das Feuer im Kamin wieder angezündet, dazu die Enge und der Calvados, zu dem jetzt noch eine Flasche Kräuterschnaps und Honigwein die Runde machten. Am Kopfende des Tisches thronte die Großmutter, in ein Gespräch mit dem Priester vertieft. Nur hin und wieder rückte sie ihre Brille zurecht und warf prüfende Blicke über die Anwesenden. Manchmal mischte sie sich auch in ein Gespräch ein, rief einen energischen Satz quer über den Tisch und wandte sich dann wieder dem Geistlichen zu, der eifrig dem Eau de Vie zusprach. Ein paarmal hatte sie Anne-Marie zugelächelt, aber nichts gesagt. Dafür war ihre Banknachbarin umso gesprächiger.

»Du lebst in Paris? Wie interessant. Ich stamme von dort.«

Auch das noch. Madame Sylvie war vom Schicksal aus der Hauptstadt in die Bretagne verschlagen worden. Sie hatte in Javel gewohnt, wo ihre Eltern in einer Chemiefabrik gearbeitet hatten. Ihr Bruder lebte mit seiner Familie in Versailles, sie selbst hatte zuerst an einer Schule in einer der grauen Vorstädte unterrichtet.

»Das war nicht einfach, aber ich habe es als eine sehr wichtige Aufgabe angesehen. Diese Kinder brauchen eine gute Schulbildung, es ist ihre einzige Chance auf ein normales Leben.«

Anne-Marie hatte das Gefühl, wie ein Ofen zu glühen. Während sie Madame Sylvie zuhörte, hatte sie zwei Stücke Apfelkuchen, mehrere Palettes – kleine Bisquittörtchen – und zwei belegte Brote vertilgt. Die Wurst schmeckte grauenhaft, doch wenn man sie mit dem bretonischen Eau de Vie hinunterspülte, merkte man es nicht so. Jetzt raste ihr Puls und sie hatte das Gefühl, in diesem engen Raum zwischen den vielen Menschen kaum noch Luft zu bekommen.

Ich glaube fast, ich habe Fieber, dachte sie.

»In welcher Ecke von Paris wohnst du denn, Anne-Marie?«

»Ich? Äh ...«

Paris. Paris. Paris. Sie war dort gewesen, ganz sicher. Paris, die Hauptstadt von Frankreich. Notre Dame. Eiffelturm. Quartier Latin. Chez Kelly ... Chez Kelly?

»In der Rue Kelly ...«

»Ach ... Wo ist das denn?«

»Im Süden. Eine kleine Straße. Sehr hübsche Appartements. Und gar nicht so teuer ... Wie kam es denn, dass du in der Bretagne gelandet bist?«

Sylvie zuckte die Schultern und lächelte, als müsste sie sich entschuldigen. Eigentlich war sie eine sehr liebenswerte Person. Ein wenig pedantisch. Sehr zurückhaltend. Zugleich aber auch vertrauensselig.

»Eine dumme Geschichte ... Ich wollte so weit fort von Paris wie möglich.«

Und da lief sie gleich ans Ende der Welt. Finistère.

»Ich bin sehr glücklich hier ...«

Dieser bretonische Kräuterschnaps war nicht übel. Besser als Calvados. Brioc sorgte dafür, dass sie beides probierte, und er freute sich, dass sie seine Ansicht bestätigte. Seine Tochter schwatzte inzwischen mit dem jungen Mann, der vorhin den lilafarbenen Kasten mit der Urne getragen hatte. Die Leute am Tisch sprachen laut, gestikulierten und lachten, es wurden Witze gerissen und immer wieder auf Loan, den toten Leuchtturmwärter, angestoßen. Anne-Marie hatte jetzt das seltsam angenehme Gefühl, so leicht wie eine Feder zu sein und durch den Raum zu fliegen. Ihr Herz raste, ihr Atem war kurz und schnell. Alles in dem Zimmer schien in einen rötlichen Dunst getaucht, der aus dem Boden aufstieg und den Raum mit wabernder Hitze ausfüllte. Es war schön, hier bei all diesen netten, fröhlichen Menschen zu sitzen und zugleich durch den Raum zu fliegen. Seltsam nur, dass sich die Leute so langsam bewegten. Wie in Zeitlupe hoben sie ihre Gläser, schwenkten die Arme, rissen die Münder auf, lehnten sich zurück und lachten. Einer fing an zu singen und alle fielen ein. Auch sie sang mit, obgleich sie weder Text noch Melodie kannte.

»Sch… schön hier …«

Jemand fing sie auf, als sie rückwärts von der Bank kippte. Undeutlich sah sie mehrere Gesichter über sich, ihre Schulter tat scheußlich weh, weil man sie bei den Armen und Beinen gefasst hatte. Sie flog. Wenn die dumme Schulter nicht so geschmerzt hätte, wäre es wunderschön gewesen. Sie schwebte eine Weile durch einen engen, dämmrigen Raum, dann lag sie auf einer kühlen, weißen Wolke, die lautlos und sanft am blauen Himmel trieb. Hierhin, dorthin – sie drehte sich um sich selbst und ihr wurde schwindelig.

»Dir hau ich die Hucke voll, alter Säufer! Schenkt dem Mädel so viel ein. Kriegst von mir kein einziges Glas mehr!«

Das war ihre Großmutter. Sie konnte ganz schon wütend werden. Eine tolle Frau.

»Zwei kleine Gläschen, mehr nicht. Ich schwöre es, Gaëlle. Beim heiligen Yves.«

»Der wird dir was husten, der heilige Yves. Stockbesoffen ist die Kleine. Eine Schande. Gut, dass Yuna das nicht mitbekommt …«

»Lass sie schlafen, Gaëlle. Morgen ist sie wieder auf dem Damm.«

»Raus jetzt. Die Flut kommt. Nicht, dass du hier noch über Nacht bleiben musst …«

»Nur das nicht. Lieber schwimm ich …«

Jemand schloss eine Tür, die fürchterlich knarrte. Sie blieb allein auf ihrer weißen Wolke, die nun unablässig um sich selbst kreiste. Ihr wurde schlecht, der Kopf dröhnte und sie konnte nicht gut schlucken. Ich bin betrunken, dachte sie. Das ist nicht weiter schlimm. Wenn diese Wolke doch nur aufhören wollte, sich zu drehen …

Gesichter tauchten auf und verschwanden wieder. Sie war ein Kind und saß an einem roten Schreibtisch, vor sich ein Heft mit Rechenkästchen. Sie schrieb Aufgaben aus einem Buch in das Heft ab, die Zahlen mussten addiert und subtrahiert werden, es war einfach und langweilig. Jemand schaute ihr über die Schulter, nahm ihr das Heft weg und sagte: »Wie sieht das denn nur aus? Jede Zahl muss in einem Kästchen stehen. Deine schauen ja oben und unten heraus – schreib das noch mal!«

Sie riss die Seite aus dem Heft und begann von vorn. Malte die Zahlen jetzt sorgfältig und drückte den Stift so fest auf das Papier, dass ihr Zeigefinger ganz rot und krumm war. »Warum nicht gleich so?«, sagte die Person hinter ihr. »Und halt den Stift locker, sei doch nicht so verkrampft.«

»Ja, Mama …«

Die Kopfschmerzen waren unerträglich. Sie drehte sich auf die Seite und umfasste das Kopfkissen. Sie lag in einem Bett, nicht auf einer Wolke. Die Bettdecke war schwer wie Blei, auch das Kopfkissen war steinhart und ließ sich nicht zusammendrücken. Sie stöhnte und legte sich wieder auf den Rücken, denn in der Seitenlage wurde ihr übel. Wo war sie überhaupt? Was war das für ein orangefarbenes Licht, das in regelmäßigen Abständen aufleuchtete und wieder verschwand? Es war penetrant und tat den Augen weh, man spürte es sogar bei geschlossenen Lidern.

Der Leuchtturm, dachte sie. Ich bin an der Pointe du Lapin im Haus des Leuchtturmwärters. Ich bin Anne-Marie, und Gaëlle LeBars ist meine Großmutter. Sie lag still und horchte auf das Gluckern und Schlagen der Wellen, die sich an den Felsen brachen. Es ist Flut, dachte sie. Jetzt ist mein Großvater längst auf dem dunklen Schiff, das ihn zur Insel der Toten bringt. Wie gut, dass das Leuchtfeuer ihm den Weg zeigt, sonst würde er die Insel vielleicht verpassen. Sie musste husten und hatte das Gefühl, ein Erdbeben würde ihren armen Kopf erschüttern. Eine Erkältung. Mit Fieber. Gar nicht gut ...

Ein seltsames Geräusch mischte sich in das Rauschen der Wellen. Ein Schleifen und Kratzen, ein leises Fiepen, dann ein Ächzen. Vor Angst wurde ihr schlecht, sie lag starr mit offenen Augen im Bett, ihr Herzschlag glich einem Trommelwirbel. Hatte nicht jemand von heimatlosen Seelen erzählt, die über das Wasser schwebten? Eine davon war an der Tür, drückte von außen dagegen, sodass das Holz jämmerlich knarrte. Das heimatlose Seelenwesen zwängte sich durch den Spalt, ein leises Tapsen auf den hölzernen Bodendielen, ein Schnaufen. Eine kalte, feuchte Berührung an ihrer Hand. Der nächtliche Geist schnaubte, nieste und ließ sich grunzend auf dem Fußboden nieder.

Ein Fieberschub überkam sie, presste ihren Körper zusammen und füllte sie mit heißer Glut. Sie schob keuchend das schwere Federbett von sich und versuchte, den Pullover auszuziehen, doch sie schaffte es nicht. Vor ihren Augen tauchte das Bild einer Winterlandschaft auf, ein Waldweg im Schnee, auf kahlen, knorrigen Zweigen lag schimmernde, weiße Pracht, sie hörte den Klang eines Glöckchens. »Schneller!«, brüllte eine Kinderstimme. »Galopp! Los, los!« Sie saß in einem großen Schlitten, in warme Pelzdecken gehüllt, vor ihr der Rücken des Kutschers, wenn sie sich zur Seite beugte, konnte sie das breite, tanzende Pferdehinterteil sehen. »Setz dich bitte hin, Christopher!«, sagte Papa. »Und hör auf, herumzuhampeln. Sonst steigst du aus!« Christopher vergrub sich schmollend in den Pelzdecken. Darunter war es furchtbar heiß, man bekam kaum noch Luft. Christopher rutschte von einer Seite des Schlittens auf die andere, er schob die warmen Pelze immer weiter zu ihr hinüber, sie schwitzte erbärmlich und streckte die Arme aus, um ein wenig Schnee von einem überhängenden Zweig zu streifen. »Lass das, Susanne, Finger weg«, sagte Papa streng. »Du fällst uns noch aus dem Schlitten ...«

Doch sie hörte nicht auf ihn und warf die dicken Pelze von sich, fasste den Ast und schwang sich daran in den Schnee. Glitzernder, kühler Schnee. Sie sank immer tiefer in die weiße Masse, fuhr mit ungeheurer Geschwindigkeit hinunter in eine glitzernde Höhle, Eiskristalle wuchsen auf ihrem Grund und kitzelten sie an den Füßen.

»Chateaubriand! Runter da! Sofort!«

Die Worte wurden halb gesprochen, halb geflüstert. Eine Bewegung entstand, ihre Unterlage schwankte, etwas schnaufte und schüttelte sich.

»Unglaublich! Raus hier!«

Eine kühle Hand legte sich auf ihre Stirn. Fasste ihr Handgelenk und hielt es ein Weilchen. Sie blinzelte und erkannte das faltige Gesicht ihrer Großmutter.

»Ich ... Hals ...«

Ihre Stimme klang fremd, ähnlich einem krächzenden Raben. Sie musste husten und hielt sich den Kopf mit beiden Händen.

»Mon Dieu ... Tu as mal à la gorge?« Das war Französisch. Ihre Träume waren seltsamerweise deutsch gewesen. Aber ihre Großmutter war Französin. Bretonin. Jetzt erschien sie mit einem Fieberthermometer und steckte es ihr in den Mund.

»Heilige Jungfrau!«

Die Tür schloss sich knarrend hinter ihr. Ein blondes, wolliges Ungetüm schnupperte kurz an ihren Füßen und stieg dann Pfote um Pfote zu ihr ins Bett. Drehte sich einmal um sich selbst und ließ sich neben ihr nieder. Sie tastete über das Fell, erwischte ein zottiges Ohr und spürte, wie das Wesen sich an ihre Hand drückte. Chateaubriand ... war das der Name gewesen? Jedenfalls liebte er es, hinter dem Ohr gekrault zu werden. Ihre Hand rutschte jedoch kraftlos zur Seite, und obgleich die kühle Nase ihren Handrücken stupste, bewegte sie sich nicht mehr.

Sie war krank. So schlimm krank, dass sie nicht einmal aufstehen konnte. Eine gewaltige Kraft presste sie auf dieses Lager und machte, dass jede, auch die kleinste Bewegung sie unsagbar anstrengte.

»Chateaubriand! Verflixter Köter, raus!«

Sie bekam einen Becher mit süßem Tee, und obwohl die Flüssigkeit sehr heiß war, trank sie gierig. Danach fühlte sie sich ein klein wenig besser. Wie schade – der wollige Hund war fort, man hatte ihn endgültig vertrieben. Von unten waren Stimmen zu hören. Die eine gehörte der Großmutter, die andere einer jungen Frau. Diese Bretonen! Konnten sie nicht einfach Französisch reden? Wer sollte denn dieses Kauderwelsch verstehen?

Ein Fieberanfall ließ sie in einen Traum hinüberdämmern. Sie saß mit mehreren jungen Leuten in einem hellen Raum und starrte auf eine Leinwand. Darauf erschienen rote und blaue zackige Linien in einem Koordinatensystem, bildeten Berge und Täler, überkreuzten sich, stürzten auf der rechten Seite nach unten.

»Der Aufbau eines Unternehmens in der Dritten Welt ist stets ein Risiko, denn wir müssen mit politischen Umwälzungen rechnen. Daher empfiehlt es sich, vorab genaue ...« Sie hatte ein Diktierprogramm laufen, das die Vorlesung mitschrieb. Ihr Nebenmann mühte sich, die wichtigsten Infos auf dem Laptop mitzuschreiben. »Eh, Susanne. Hast du das Programm in Berlin gekauft?«

»Hat mein Vater aus den Staaten mitgebracht ...«

»Cool!«

Sie fuhr aus dem Traum hoch, weil ihr jemand den Pullover über den Kopf zog und ihre Schulter wehtat. Ein schmaler Mensch mit einem gewaltigen gelblichen Schnurrbart hielt ein Stethoskop in der Hand, braune Augen hinter Brillengläsern blickten sie mit Aufmerksamkeit an.

»Nicht erschrecken, Anne-Marie. Ich bin Dr. Picollec. Ihre Großmutter macht sich Sorgen um Sie ...«

»Nur ein bisschen ... Fieber ... Ist morgen ... vorbei ...«

Ihre Stimme war nicht besser geworden. Der Doktor hörte sie ab, fühlte den Puls, schaute in ihren Hals, besah ihre Schulter.

»Was ist da passiert?«

»Aus dem Auto gefallen ...«

»Kopfschmerzen?«

»Ja ...«

»Sonst noch Verletzungen?«

»Nein ...«

Sie sah ihm an, dass er ihr nicht glaubte, doch es war ihr gleich. Ihre Hüfte war grün und blau – daran konnte der Doktor auch nichts ändern.

»Ich gebe Ihnen eine Spritze gegen das Fieber. Die Tabletten nehmen Sie ab heute Abend. Morgens, mittags, abends je eine. Haben Sie Allergien?«

Woher sollte sie das wissen? Sie schüttelte den Kopf. Jetzt würde er gleich nach der Krankenkasse fragen.

»CNAMTS?«

Sie nickte. Natürlich, das war eine Krankenkasse. Kam ihr fremd vor, aber das war jetzt gleich. Sie hatte ihre Karte verloren, aber mit Hilfe ihres Namens würde man ihre Nummer feststellen können ...

Er war ein Könner, sie merkte die Spritze überhaupt nicht.

»Die Schulter sollten Sie röntgen lassen. Möglicherweise ist das Schulterblatt gesplittert ...«

»Muss ... man das ... operieren?«

Ein Hustenanfall erstickte ihre Worte. Er wartete, bis sie damit fertig war, packte inzwischen sein Stethoskop wieder ein und steckte die leere Glasampulle nebst Injektionsspritze in eine Plastiktüte.

»Kann auch von selber heilen. Den Arm nicht bewegen ...«

Er gab ihr die Hand zum Abschied, schloss seine Tasche und öffnete die Tür. Dahinter wartete ihre Großmutter mit besorgter Miene; sie hielt den Hund am Halsband fest, weil er den Doktor anknurrte.

»Was ist mit ihr? Doch keine Lungenentzündung?«

Sie gingen die Treppe hinunter und redeten dabei über das Wetter, die Touristen und über den alten Brioc, den man heute früh vor seiner Werkstatt in einem halbfertigen Boot gefunden hatte, wo er seinen Rausch ausschlief. Und das bei diesem kalten Herbstwetter! Warum hatte sich seine Tochter nicht um ihn gekümmert?

Sie sprechen Französisch miteinander, dachte sie. Obwohl das Medikament eigentlich noch nicht wirken konnte, fühlte sie sich schon viel besser. Vorsichtig setzte sie sich auf, stieg aus dem Bett und zog die Vorhänge auseinander. Was für ein Anblick! Die geschwungene grüne Linie der Küste, davor ein weißer Saum von feinem Sand, aus dem schwarze Felsformationen wie erstarrte Ungeheuer ins Meer ragten. Der Atlantik trieb blaugraue Wellen landeinwärts. Wenn sie gegen die Felsen schlugen, bäumten sie sich auf und wurden zu Gischt, am Strand hinterließen sie Ränder aus weißlichem Schaum.

Es ist schön hier, dachte sie. Wunderschön. Ich will nie wieder fort. Sie ging auf Wollsocken die Treppe hinunter und ins Badezimmer. Im Wohnraum schwatzte die Großmutter mit einer Besucherin, einer älteren Frau, möglicherweise Anne Brelivet, die Mutter des jungen Malo.

Das geht ja hier zu wie im Taubenschlag, dachte sie und stieg wieder die Treppe hinauf. Richtig gesund war sie noch nicht, sie keuchte bei den letzten Stufen und war froh, als sie das Bett erreichte. Sie schob den Hund zur Seite, kuschelte sich neben ihn unter das Federbett und schlief sofort ein.

8

»Du kannst dich nicht erinnern?«

Die Großmutter hatte ein Tablett mit heißem Tee und einer Portion Eintopf hinaufgetragen und auf einem Schemel neben ihrem Bett abgestellt. Es war Abend, und obwohl die alte Frau die Vorhänge zugezogen hatte, pulsierte das Licht des Leuchtturms im Raum.

»Nein, leider. Es ist wie eine Wand in meinem Kopf. Ich komme nicht dahinter...«

Sie saß im Bett, von mehreren Kissen gestützt, neben sich eine Menge karierter Taschentücher, die einmal dem Leuchtturmwärter gehört hatten. Es ging ihr zwar nicht großartig, aber sie hatte dennoch beschlossen, mit der Wahrheit herauszurücken. Soweit sie sie kannte.

»Das verstehe ich nicht.«

Es tat ihr unendlich leid, diese liebenswerte Frau so fassungslos zu sehen. Ach, Gaëlle hatte sich so über ihr Kommen gefreut. Sie umsorgt, den Doktor geholt, für sie gekocht... Und jetzt kam sie mit solch einer verrückten Geschichte.

»Ich verstehe es ja selber nicht!«

»Aber du hast doch von deinem Freund erzählt. Der dich aus dem Auto geworfen hat...«

»Das war geschwindelt.«

Jetzt brauchte Gaëlle einen Stuhl. Sie nahm das Tablett vom Schemel, stellte es auf eine Kommode und setzte sich nieder. Der Blick, mit dem sie die junge Frau besah, war streng.

»Geschwindelt!«

»Ich konnte doch nicht vor all den Leuten...«

Madame LeBars nickte. Das wäre eine schöne Bescherung gewesen, wenn sie ihren Gästen mit solch einer verrückten Geschichte gekommen wäre. Was sie sich nur dabei dachte?

»Alle haben dich in ihr Herz geschlossen. Swana ist gekommen, hat sich nach dir erkundigt. Und Anne Brelivet hat Honig und Ziegenmilch gebracht, weil Swana ihr von deiner Erkältung erzählt hat. Malo lässt dich grüßen und wünscht gute Besserung ...«

Sie nahm den Bericht mit gemischten Gefühlen auf. Es war rührend, dass man sich nach ihr erkundigte, ihr sogar Ziegenmilch und Honig brachte. Auch wenn die Leute es gewiss ihrer Großmutter zu Gefallen taten. Auf der anderen Seite verstärkte dies alles ihr schlechtes Gewissen.

»Es tut mir sehr leid.«

Sie musste schon wieder husten und sich dann die Nase putzen. Ihr Kopf fühlte sich an wie mit Watte gefüllt. Die Großmutter verfolgte ihre Bemühungen mit unvermindert strengem Blick, sagte aber zunächst nichts.

»Dann aber raus mit der Wahrheit! Was hast du mir noch vorgeschwindelt? Und komm mir nicht mit so einem Quatsch wie einem verlorenen Gedächtnis!«

Es war viel schwieriger, als sie gedacht hatte. Nun versuchte sie es schon mit der Wahrheit, aber Großmama wollte sie nicht glauben. Nun ja – verdenken konnte sie es der alten Frau nicht.

»Es ist aber so ... ich saß auf dem Grünstreifen einer Raststätte und wusste nicht mehr, wer ich bin ...«

Die Großmutter machte eine ungeduldige Bewegung mit der Hand. Sie solle endlich mit den Lügen aufhören! »Hältst du deine Großmutter für blöde? Meine liebe Anne-Marie! Wenn ich geahnt hätte, wie sehr du einmal deiner Mutter nachschlagen würdest, dann hätte ich dich nicht zur Beisetzung eingeladen. Hat sie dir nicht erzählt, wie sie uns belogen hat, deine Mutter?«

Nein, das hatte sie nicht. Weil sie sich an ihre Mutter nämlich nicht erinnern konnte. Auch nicht an ihren Vater. Höchstens an ein paar Augenblicke in ihrer Kindheit. Rechenkästchen. Eine Schlittenfahrt ...

Madame LeBars starrte sie an, dann nahm sie ihre Hand und fühlte den Puls. Jetzt sah ihr Gesicht ehrlich besorgt aus.

»Du hast doch nicht etwa wieder Fieber? Nein, höchstens erhöhte Temperatur. Sag einmal, Anne-Marie, hast du mit deiner Mutter Schwierigkeiten? Du kannst es mir ruhig sagen.«

Sollte sie zum hundertsten Mal wiederholen, dass sie sich nicht erinnern könne? Damit regte sie die alte Frau nur auf. Vielleicht war es besser, sie auf vorsichtige Weise ein wenig auszuhorchen.

»Es ... es ist nicht gerade einfach mit Mama ...«

Die Großmutter tat einen tiefen Atemzug und setzte sich gerade. Hatte sie es doch geahnt. Das arme Mädel!

»Nun – sie wird dir verübeln, dass du eine eigene Wohnung gemietet hast. Wahrscheinlich hat sie geglaubt, du würdest bis zum Ende ihrer Tage bei ihr wohnen und für sie aufkommen. Yuna hat es immer geschafft, andere für sich bezahlen zu lassen. Vor allem Männer ... Es tut mir leid, das sagen zu müssen – aber deine Mutter führt keinen guten Lebenswandel. Damals nicht und heute wohl erst recht nicht ...«

Großer Gott, dachte sie. Ich habe eine asoziale Mutter. Das erklärt, weshalb Großmutter schrieb, sie sei sicher, dass Yuna nicht zur Beisetzung kommen würde. Zerrüttete Familienverhältnisse. Mama hatte offensichtlich Beziehungen zu mehreren Männern ...

»Hat *sie* dich so zugerichtet? Da sähe ihr ähnlich. Yuna ist jähzornig, sie kommt leider Gottes nach ihrem Vater. Jetzt sag es mir ehrlich, Anne-Marie! Habt ihr gestritten? Über die Beisetzung womöglich? Wollte Yuna verhindern, dass du in die Bretagne fährst?«

Das wurde ja immer besser! Ihre Mutter war nicht nur eine

Schlampe, sie war auch noch gewalttätig. Vielleicht hätte sie diese fatale Todesanzeige besser wegwerfen sollen, eine solche Verwandtschaft brauchte wirklich niemand.

»Ich … äh … Nein, nein – das war nicht Mama … ich sagte doch, jemand hat mich aus dem Auto geworfen …«

Wenn sie geglaubt hatte, mit ihrer Aushorch-Taktik die Nerven ihrer Großmutter zu schonen, dann hatte sie sich gründlich getäuscht. Die alte Frau regte sich so auf, dass ihre Hände zitterten. Sie nahm die Brille ab und hatte mit den unruhigen Fingern Mühe, die Gläser an ihrer Schürze sauber zu wischen. Dabei redete sie unablässig.

»Du hast Auto-Stopp gemacht, wie? Hast dich von irgend so einem Schweinekerl mitnehmen lassen und der ist dann über dich hergefallen. War es so? Hast du dich mitnehmen lassen?«

»Schon … Aber niemand hat mir etwas …«

Die alte Frau schlug die Hände vor Entsetzen zusammen und schimpfte auf ihre Tochter, die ihr Kind nicht vor solchen Gefahren gewarnt hatte. Das könne man doch jeden Tag in der Zeitung lesen. Sie könnte froh sein, dass dieser Verbrecher sie nicht abgestochen hatte.

Sie wollte widersprechen, dann aber überlegte sie, dass die Großmutter am Ende sogar recht haben könnte. Zumindest hatte sie an einer Raststätte im Gras gesessen, das wies daraufhin, dass sie mit einem Auto unterwegs gewesen war.

»Ich kann mich an nichts erinnern, Großmutter!«

Gaëlle machte eine ungeduldige Armbewegung und erklärte ihr, sie müsse den Kerl anzeigen. Ob sie den Wagen beschreiben könne? Den Fahrer? So einer müsse eingesperrt werden, bevor er noch andere arme Mädchen überfiel.

Es hatte keinen Zweck, Großmutter hatte sich in diese Idee verbissen und war nicht davon abzubringen. Schon gar nicht durch solch unglaubwürdige Dinge wie Gedächtnislücken.

»Ich … ich möchte nur ungern darüber sprechen …«

Gleich war Großmama wieder besänftigt. Mitleidig strich sie ihr die Wange und meinte, es müsse ein schlimmer Schock gewesen sein und es täte ihr schrecklich weh, dass ihre kleine Anne-Marie so etwas hatte erleben müssen. »Aber deshalb darfst du deine Großmutter nicht belügen. Deine Großmutter ist nicht aus Dummsdorf, die merkt, wenn sie beschwindelt wird. Das war schon immer so. Damals hat Yuna uns erzählt, sie ginge mit einer Freundin zum Fischen. Ha! Zum Fischen! Mit einem Kerl hat sie am Strand gelegen. Wie hat Loan sie da verprügelt! Ich habe ihr nicht geholfen, wie ich es sonst immer getan habe. Dieses Mal hatte sie die Prügel verdient. Aber schwanger war sie trotzdem ...«

Irgendwie tat ihre Mutter ihr leid. Es war sicher kein Spaß gewesen, einen jähzornigen Vater zu haben. Da war das Lügen schon eine Überlebenstaktik.

»Und der Mistkerl, der sie geschwängert hatte, ließ sich nicht mehr blicken. War auf Segeltörn gewesen. Ein reicher Pinkel. Hat sie verführt und vergessen. So war das, Anne-Marie. Jetzt weißt du es. Was auch immer deine Mutter dir erzählt hat – ich sage dir, wie es wirklich gewesen ist. Hier im Haus bist du geboren, und hier hast du das erste Lebensjahr verbracht. Dann ist deine Mutter mit dir auf und davon. Nach Paris. Mit irgendeinem Kerl, der sie heiraten und dich adoptieren wollte ...«

Sie hatte es fast befürchtet. Sie war ein uneheliches Kind, der Vater hatte sich mit seinem Segelboot davongemacht. Arme Mama. Vermutlich hatte sie es hier nicht mehr ausgehalten, schon wegen des cholerischen Vaters. Aber die Großmutter, die ihr bisher so liebenswert und fürsorglich erschienen war, hatte offensichtlich auch Haare auf den Zähnen. Wieso war eigentlich von all ihren Kindern kein einziges auf der Beisetzung des Leuchtturmwärters aufgetaucht?

»Loan und ich, wir haben Yuna angefleht, uns die Enkelin zu lassen. Du warst doch unser kleiner Schatz. Der Augenstern deines Großvaters. Ganz vernarrt war Loan damals in dich. Für keines seiner eigenen Kinder hat er so viel Zeit aufgebracht wie für die kleine Enkelin. Aber nein, Yuna hat dich mitgenommen. Hat es extra getan. Aus reiner Bosheit. Weil sie sich an Loan rächen wollte!«

Wäre es besser gewesen, hier im Haus des Leuchtturmwärters aufzuwachsen? Bei der energischen Großmutter und dem jähzornigen Großvater? Zwischen Meer und Strand unter dem weiten Himmel der Bretagne? Vielleicht. Aber wie es schien, war sie wohl in Paris aufgewachsen. Bei ihrer Mutter. Die so streng ihre Hausaufgaben überwachte. Jede Zahl in ein Kästchen. Wie seltsam, das passte irgendwie gar nicht zu dieser rebellischen Yuna.

Die alte Frau hatte sich ihren Zorn herausgeredet, jetzt wurde sie ruhiger und streichelte der Enkelin die Wange. Sie sei so froh, dass sie trotz aller Widerstände den Weg hierher gefunden habe. Traurig sei nur, dass es zu diesem Anlass sein musste. Wie sehr hätte sich Loan gefreut, seine kleine Anne-Marie noch einmal zu sehen.

»Aber es ist, wie es ist. Erst einmal musst du gesund werden, meine Kleine. Iss jetzt und bleib schön im warmen Bett. Kennst du das Zimmer noch? Ach nein, da bist du noch zu klein gewesen. Hier oben haben früher unsere Kinder geschlafen. Später, als sie alle fort waren, hat Yuna mit dir hier gewohnt. Da drüben hat deine Wiege gestanden …«

Sie deutete in eine Ecke, die jetzt von allerlei Kartons und Gerümpel ausgefüllt war. Dann nahm sie das Tablett und stellte es der Enkelin auf den Schoß. Höchste Zeit, der Eintopf sei schon fast kalt und der Tee nur noch lauwarm.

»Danke … Ich hab tatsächlich Hunger … Es riecht sehr lecker.«

Der Eintopf bestand aus Kohl, Karotten und Wurstresten, es waren auch Kartoffeln und Zwiebeln darin. Es schmeckte besser, als die Zutaten erwarten ließen, zur Freude der alten Frau aß sie ihre Portion vollständig auf.

»Den Tee lass ich dir stehen. Da drüben liegen Bücher, falls du lesen magst. Die sind noch von Mael, der hat immer die Nase in ein Buch gesteckt. Jetzt ist er drüben in Amerika und hat einen Shop mit einer Bar drin. Sein Bruder Iwen hat es bis nach Neuseeland gebracht, dort züchtet er Schafe.«

Das erklärte, weshalb die beiden nicht zur Beerdigung gekommen waren. Sie trank einen Schluck Kamillentee und musste gleich darauf das nächste Taschentuch benutzen. Hoffentlich wurde dieser Schnupfen bald besser, ihre Nase war schon ganz wund.

»Ist gar nicht so schlecht, dass du krank bist. Kannst in aller Ruhe nachdenken. Es gibt drüben in Lampaul oder in Plouarzel gutes Geld zu verdienen, wenn im Sommer die Touristen kommen. Bist doch ein kluges Mädel, kannst als Kellnerin arbeiten oder auch die Ferienwohnungen putzen. Und im Winter kannst du hier bei mir wohnen, da hast du alles, was du brauchst. Was willst du in Paris? Du bist eine Bretonin und gehörst hierher …«

Die Großmutter nickte ihr zu, als wollte sie den letzten Satz ihrer Rede noch einmal bestätigen, dann ging sie mit dem Tablett hinaus. Vor der Tür wartete der blonde Hund.

»Nein!«

»Ach lass ihn ruhig. Er ist so ein netter Bursche.«

Chateaubriand nutzte die Tatsache, dass seine Herrin durch das Tablett behindert war und die Tür nicht rasch genug schließen konnte. Er zwängte seinen wolligen Körper durch den Türspalt und setzte sich erwartungsvoll vor das Bett.

»Er macht Haare aufs Kopfkissen!«

»Das stört mich nicht.«

»Na, ausnahmsweise. Weil du krank bist.«

Die Tür knarrte ins Schloss, Chateaubriand stieg zu ihr ins

Bett. Sie legte sich auf die Seite und überließ ihm den Platz in ihrer Kniebeuge, wo er sich dreimal im Kreis drehte und dann auf das Federbett plumpste.

»Au! Nicht auf die Hüfte. Leg deinen dicken Kopf woandershin ...«

Er bequemte sich, eine andere Position zu finden, schmatzte ein paarmal, schnaubte und atmete dann ruhig und gleichmäßig. Es war angenehm, diese lebendige Wärme zu spüren, sie kuschelte sich ein und schloss die Augen. Hier in diesem Zimmer hatte sie also mit ihrer Mutter gelebt, dort drüben hatte ihre Wiege gestanden. Ob sie hier auch geboren worden war? Unter diesem seltsamen Licht, das in der Nacht den Raum durchstreifte? Immer wieder erschien es auf der rechten Fensterseite, wanderte blinkend durch das Zimmer und verschwand links hinter der Gardine. Einen Moment lang blieb es dunkel, dann erschien das Licht aufs Neue. Wahrscheinlich merkte man es gar nicht mehr, wenn man daran gewöhnt war. Komisch – eigentlich hätte sie sich daran erinnern müssen. Schließlich war es einer ihrer frühesten Kindheitseindrücke.

Sie hatte den ganzen Tag über geschlafen – kein Wunder, dass sie jetzt wach war. Neidisch horchte sie auf die regelmäßigen Atemzüge des Hundes, der schon wenige Sekunden nachdem er seine Schlafposition gefunden hatte, ins Reich der Träume fiel. Hatten Hunde überhaupt Träume? Sie selbst jedenfalls wäre jetzt sehr gern eingeschlafen, denn sie wollte träumen. Wie es schien, war das die beste Möglichkeit, das Vergessene wiederzufinden. Eine Weile lag sie still und grübelte vor sich hin. Was die Großmutter ihr erzählt hatte, gefiel ihr überhaupt nicht. Aber man konnte sich seine Herkunft ja leider nicht aussuchen. Obwohl ... irgendwie hatte sie das Gefühl, dies alles passte nicht zusammen. Ihre Träume passten nicht zu Yuna Dupin und auch nicht zu Anne-Marie. Wie hieß sie überhaupt mit Nachnamen? Dupin? Hatte die alte Frau nicht erzählt, dieser Mann habe

Yuna geheiratet und ihre Tochter adoptiert? Anne-Marie Dupin – was für ein Allerweltsname!

Sie seufzte und hätte sich jetzt gern auf den Rücken gedreht, aber sie wollte den Hund nicht im Schlaf stören. Immerhin hatte sie einen Onkel in Amerika. Amerika ... Irgendwie löste das Wort etwas in ihr aus. Menschen, die durch eine Halle hasteten. Koffer und Taschen auf einem Laufband ... Ein kleines Fenster, durch das man weiße, flockige Wolkenberge sah. »Wir haben ein Häuschen gemietet und werden mit dem Boot fahren. Es gibt Krokodile in Florida ...«

Jetzt drehte sie sich doch auf den Rücken und atmete heftig. Dieser Erinnerungsfetzen war unfassbar lebendig gewesen. Sie hatte die Stimme noch im Ohr. Die Stimme ihres Vaters, da war sie ganz sicher. Yuna hatte sich einen wohlhabenden Ehemann ausgesucht, denn ein Urlaub in Florida war sicher nicht billig. Sie schloss wieder die Augen und hoffte auf einen weiteren Puzzlestein ihrer Vergangenheit, doch in ihrem Kopf wollten sich keine Bilder mehr einstellen. Also knipste sie die Nachttischlampe an, ein ziemlich wackeliges Teil mit einem gewellten Schirm, das einen gelblichen Lichtkreis über das Bett und einen Teil des Fußbodens warf. Es war angenehm, denn dieses Licht blieb ruhig und unverändert, es widerstand dem orangefarbenen Blinken des Leuchtturmfeuers. So rücksichtsvoll wie möglich stieg sie aus dem Bett und begann, in den Hinterlassenschaften ihres Onkels Mael zu stöbern. Taschenbücher lagen dort in einem Pappkarton, vom Alter vergilbt und in der Feuchtigkeit gewellt. Kein einziger Autor löste etwas in ihrem Kopf aus – es waren fast alles Wild-West-Geschichten, auf den schreiend bunten Covern sah man coltschießende Männer, sich aufbäumende Pferde und rothaarige junge Frauen mit mehr oder weniger offenherzigen Dekolletés. In einem kleinen Holzkasten fanden sich Soldaten aus Plastik, auch grüne und schwarze Monster mit aufgerissenen Mäulern, denen einige Gliedmaßen fehlten. Dann gab es eine Barbie-Puppe mit abgeschnittenem Haar, mehrere verstaubte Kuscheltiere, zwei Döschen mit bunten Plastikperlen, die wohl einmal zu einer Kette gehört hatten. Und einen Stapel zerfledderter Comics. Die meisten waren unvollständig, Seiten hatten sich gelöst und lagen zwischen den übrigen Heften, nur eines war besser erhalten, weil es einen festen Einband aus Pappe hatte. Fasziniert starrte sie die bunte Zeichnung darauf an. Ja, die kannte sie. Eine der Geschichten um die unbesiegbaren Gallier Asterix und Obelix. Diese hier hieß »Le devin«. Sie stutzte und sah noch einmal hin. Ja, da stand deutlich »Le devin«. Wieso hatte sie für einen Moment die deutschen Worte »Der Seher« vor Augen gehabt?

Überhaupt fiel ihr jetzt auf einmal auf, dass in ihren Träumen stets deutsch geredet wurde. Sie träumte auf Deutsch. Was hatte Yves gesagt? »Ich dachte schon, du wärest eine Deutsche.« Ein verzagtes Gefühl überkam sie. Was, wenn sie gar nicht Anne-Marie war? Verdammt! Jetzt hatte sie endlich eine Identität gefunden, auch wenn sie nicht besonders stolz darauf sein konnte. Und da war alles am Ende doch falsch. Sie hustete und ging hinüber zum Bett, um sich die Nase zu putzen. Dann löschte sie das Licht, schlüpfte wieder unter das Federbett und war froh über die beruhigende Wärme ihres flauschigen Schlafgenossen. Diesen Chateaubriand wollte sie nicht mehr verlieren. Auch nicht die Großmutter, trotz ihrer Ecken und Kanten. Und die Leute aus dem Dorf, die mochte sie auch gern. Vor allem aber das Meer und den weiten Himmel. Es wäre trotz allem schön, Anne-Marie zu sein, dachte sie, und dann konnte sie endlich einschlafen.

Der Schlaf zog sie in eine zarte, hellblaue Schicht des Unbewussten, in der sie wohlig dahinschwebte, von allen Anstrengungen befreit. Schemen zogen an ihr vorüber, streiften sie wie kühle Dunstschleier, die ein schwacher Wind vor sich hertrieb. Einige wurden zu Bildern, sie sah einen blühenden Kirschbaum, der gleich wieder zerfloss, einen schwarzen Sportwagen mit roten Sitzen, junge Leute, die lachend über eine Brücke gingen. Dann das Gesicht eines Mannes, das gleich wieder erlosch. Sie kannte ihn. Sehnsucht erfasste sie, sie begann im Traum zu laufen, griff die vorüberziehenden Schleier mit den Händen und rief einen Namen.

»Paul! Wo bist du?«

Er stand an der Wohnzimmertür, schüttelte den Kopf über sie und fand, sie arbeite zu viel. Er war in Hochstimmung und platzte fast vor Stolz. Ein wichtiges Geschäft hatte er zustande gebracht, ein »Bombending«, was richtig Großes.

»Lass es uns feiern, Schatz. Ich bestelle einen Tisch im Ritz.«

Sie freute sich mit ihm. Lag in seinen Armen und spürte seine Lippen. Das Kratzen seiner stoppeligen Wange. Nein, sie hielt morgen einen Vortrag, musste noch dafür arbeiten.

»Dann koche ich eben für uns. Wein ist auch noch da. Hast du Kerzen? Wir machen es richtig feierlich, meine kleine Fee!«

Sie sah ihn in der Küche herumwerkeln, ein Küchenhandtuch als Schürze in den Hosenbund geklemmt.

»Was hältst du von einem Wohnsitz in der Karibik? Oder besser auf Singapur?«

»Du spinnst ja!«

In der Pfanne brutzelte etwas Buntes, Rauchschwaden stiegen auf und sie musste husten.

»Ich mache besser das Fenster auf, Paul.«

Der Rauch nahm eine rötliche Färbung an, verdichtete sich und füllte die Küche aus. Rötlicher Dunst verschluckte alles, was im Raum war, sie hörte den Knall einer Explosion und sah Flammen auflodern.

»Paul! Paul! Wo bist du? Was ist mit dir geschehen?«

»Machst du dir Sorgen um mich, meine kleine Fee? Das brauchst du nicht …«

9

Sie erwachte von einer leichten Erschütterung, der eine Reihe knarrender, quietschender Geräusche folgten. Der Hund war vom Bett gesprungen. Blinzelnd sah sie zu, wie Chateaubriand die Türklinke mit der Pfote bearbeitete, die Tür dann mit Krallen und Nase aufschob und hinausging. Durch die Vorhänge fiel goldfarbiges Licht, es musste schon Vormittag sein. Sie setzte sich auf, hustete und suchte ein unbenutztes Taschentuch. Alles in allem ging es ihr viel besser als gestern. Noch ein wenig benommen, aber das war normal, sie hatte viel geschlafen.

Sie stieg aus dem Bett und zog die Vorhänge beiseite. Was für ein traumhaft schöner Herbsttag! Nur wenige weiße Wölkchen standen am taubenblauen Himmel, das Meer war in Strandnähe blaugrün und durchsichtig, weiter draußen gab es dunkle Stellen, dort lag Felsgestein unter der Wasseroberfläche. Alles erschien gestochen scharf, sogar die Schiffe am Horizont hoben sich deutlich ab, man hätte sie zeichnen können.

Jäh überfiel sie die Erinnerung an den Traum und sie musste sich auf das Bett setzen, weil der Kummer sie überwältigen wollte. Paul. Ihr Liebster. Sie sah ihn vor sich, sein freches Grinsen, seine blitzenden Augen, das dichte, dunkle Haar. Etwas hatte sie auseinandergerissen, etwas Schlimmes, Unüberwindliches, ein roter Flammennebel hatte ihn verschluckt. Jetzt erinnerte sie sich auch an ihre Wohnung, den Arbeitsplatz am Fenster und die kleine Küche. Es hatte sogar einen Balkon gegeben.

Es ist ganz einfach, dachte sie. Ich muss nur dort anrufen. Dann wird Paul ans Telefon gehen und alles ist gut. Zumindest könnte es doch so sein, oder? Wieso bin ich nicht gleich auf die

Idee gekommen? Großmutter muss doch meine Adresse und die Telefonnummer haben.

Sie zog den viel zu weiten Rock aus, der Pullover hing ihr sowieso bis über die Knie. Barfuß stieg sie die Treppe hinunter, und im Badezimmer kam ihr die schreckliche Idee, dass es hier womöglich gar kein Telefon gab.

»Großmutter?«

Gaëlle schien nicht im Haus zu sein, dafür kam Chateaubriand angetapst und setzte sich erwartungsvoll vor sie hin.

»Wo ist das Telefon, Hund?«

Er legte den Kopf schräg und hob eine Pfote, vermutlich wollte er einen Leckerbissen erbetteln. Sie blickte suchend in die Runde und erspähte einen Telefonapparat auf einer kleinen Kommode, gleich neben dem Lehnstuhl. Ein Gerät aus grauem Plastik mit Wählscheibe und einem Hörer, der durch eine gedrehte Schnur mit dem Apparat verbunden war. In ihrem Kopf tauchten alle möglichen Telefone auf, alle waren tragbar, sie hatten Tasten und eine Ladestation. Dieses hier musste uralt sein.

An solch einen Quatsch kann ich mich erinnern, dachte sie ärgerlich.

Auf der Kommode befanden sich außer dem Telefon nur ein Kerzenleuchter aus Zinn, eine Sammlung altmodischer Brillen und ein Stapel Zeitschriften. Sie zog eine Schublade auf und fand, was sie gesucht hatte. Großmutters Adressbuch. Ziemlich unordentlich geführt, voller Zettel und herausgerissener Zeitungsabschnitte, aber immerhin waren die Namen alphabetisch geordnet.

Dupin ... Dupin ... Aha. Dupin, Marcel ... Dupin, Yuna ... Da schau an. ... Dupin, Anne-Marie ...

So ein Mist! Großmutter hatte die Adressen aufgeschrieben, nicht aber die Telefonnummern. Rief sie ihre Verwandtschaft niemals an? Ach so – mit Yuna war sie ja zerstritten. Und der Name Marcel Dupin war durchgestrichen. Das musste Yunas

Ehemann sein, also ihr Stiefvater. Weshalb sie den Namen wohl durchgestrichen hatte? War die Ehe inzwischen geschieden?

Was tun, wenn man telefonieren wollte und die Nummer nicht kannte? Ihr Kopf funktionierte perfekt – man rief die Auskunft an. Diese Nummer hatte Großmama gleich auf der ersten Seite mit dicker Schrift notiert.

»Guten Morgen ... Ich suche eine Nummer aus Paris. Anne-Marie Dupin. In der Rue de la Harpe, 37, troisième etage ... »

»Tut mir leid – aber eine Anne-Marie Dupin mit dieser Adresse kann ich nicht finden. Ansonsten gibt es in Paris fünfundzwanzig Personen, die Anne-Marie Dupin heißen ...«

So ein Pech. Hatte die Großmutter nicht erzählt, sie hätte jetzt endlich eine eigene Wohnung? Vielleicht war sie ja erst kürzlich umgezogen.

»Dann hätte ich gern die Nummer von Yuna Dupin.«

»Auch in Paris?«

»Ja ... ich sage Ihnen die Adresse ...«

»Nicht nötig. Es gibt nur eine Person dieses Namens ...«

Sie fand einen Kugelschreiber in der Schublade und notierte die Nummer vorsichtshalber auf der letzten Seite des Adressbuches, die noch unbenutzt war. Großmutter war möglicherweise nicht begeistert, wenn sie ihre Mutter in Paris anrief. Sie bedankte sich, legte auf und atmete tief durch. Sie würde jetzt also mit ihrer Mutter sprechen. Mit Yuna, der rebellischen Tochter des Leuchtturmwärters. Mit der Frau, die ein unsittliches Leben führte. So ähnlich hatte Großmutter es doch ausgedrückt.

Plötzlich bekam sie Angst vor der eigenen Courage. Wenn sie nun doch nicht Anne-Marie war, wer war sie dann? Und wie sollte sie Paul, ihren Liebsten, wiederfinden?

Sie wählte die Nummer, fand es sehr ungewohnt, eine Wählscheibe zu benutzen, und hielt den Hörer ans Ohr. Amtszeichen. Verbindung. Rufzeichen ... Rufzeichen ... Rufzeichen ...

Niemand hob ab. Aber vielleicht hatte sie sich ja verwählt. Sie versuchte es ein zweites Mal, achtete sorgfältig darauf, auf der Wählscheibe die richtigen Zahlen zu erwischen, und erreichte das gleiche Ergebnis. Ihre Mutter war nicht zu Hause. So ein Pech!

Hinter ihr wurde die Haustür aufgeschlossen, und Chateaubriand eilte schwanzwedelnd davon, um seine Herrin zu begrüßen.

»Du bist aufgestanden! Und barfuß! Wirst dir die Blase auch noch erkälten …«

»Ach wo. Mir ist nicht kalt …«

Sie nahm der alten Frau die beiden schweren Taschen ab und stellte sie auf eine der Bänke, dann erfuhr sie, dass in der Küche für sie Kaffee in der Wärmekanne bereitstand, außerdem Weißbrot, Butter und selbst gekochte Pflaumenmarmelade.

»Hab ich gar nicht gesehen … vielen Dank, Großmutter…«

Ein Blick auf die altertümliche Standuhr machte ihr klar, dass es bereits halb elf war. Chateaubriand war nach draußen gelaufen, um irgendwo auf den Klippen wichtige Geschäfte zu erledigen.

»Jetzt zieh dir erst mal was Ordentliches an!«

Die alte Frau hängte ihren Mantel an einen Haken hinter der Tür und wies auf die beiden Taschen.

»Ein paar Sachen sind von Swana, zwei Pullover hat Malo gestiftet, der Rest ist von Madame Sylvie. Sie hat auch Unterwäsche und Socken für dich in Plouarzel eingekauft …«

Nicht zu fassen! Sie hatten Kleider und sogar Schuhe für sie organisiert. Zwei Paar Turnschuhe, eins davon ganz neu. Pullover, mehrere Jeans, Socken, eine wattierte Winterjacke mit Kapuze, Stiefel und – nein, das konnte doch nicht sein! – ein grünes, ziemlich großes Regencape. Wer das gespendet hatte, war leicht zu erraten.

»Das … das ist unwahrscheinlich lieb … ich bin ganz gerührt … Ich hab doch gar kein Geld …«

Großmutter werkelte schon in der Küche herum und schimpfte, dass der Deckel der verdammten Thermoskanne nicht richtig schloss.

»Wenn du angezogen bist, kommst du her und holst dir dein Frühstück. Denk ja nicht, dass ich dir mit dem Essen hinterherlaufe. Und dann nimmst du deine Tablette, ich lege sie auf den Teller. Dass du sie ja nicht vergisst ...«

Die Unterwäsche war biederer Feinripp – kein bisschen sexy, aber sie passte. Madame Sylvie hatte einen guten Blick. Einen BH hatte sie nicht besorgt – gut so, den brauchte sie eigentlich auch nicht. Sie zog eine Jeans an und dazu einen roten Pullover mit dem Aufdruck einer Rockgruppe – vermutlich stammte das gute Stück von Malo und er hatte sich davon getrennt, weil die Gruppe nicht mehr up to date war. Socken aus Baumwolle – welche Wohltat nach der kratzigen Wolle. Turnschuhe und – sogar Haargummis. Sie lief ins Badezimmer, wo es Kamm und Bürste gab, und band sich einen Pferdeschwanz.

Inzwischen hatte Großmutter entgegen ihrer Androhung das Frühstück aus der Küche hinübergetragen und auch für sich selbst eine Tasse mitgebracht.

»Das schaut schon besser aus. Lass mal rasch Bri-bri rein. Er kratzt an der Haustür. Und nimm dir ein Taschentuch aus dem Schrank drüben im Schlafzimmer ...«

Kommandieren konnte sie wie ein Feldwebel. Hol das, mach dies, setz dich hin, nimm deine Tablette ... Aber unter der rauen Schale steckte ein weicher Kern. Wie liebevoll sie um die Enkelin besorgt war. Holte einen Arzt, machte ihr Frühstück, kümmerte sich darum, dass sie etwas zum Anziehen hatte ...

»Kein Geld? Na und? Wozu hast du eine Großmutter, Anne-Marie? Jetzt trink deinen Kaffee!«

Wieso bekam sie jetzt auf einmal feuchte Augen? Wahrscheinlich gingen ihr die Nerven durch. Sie streichelte den dicken Hundekopf, der auf ihren Knien lag, und schniefte. Wo war denn jetzt das Taschentuch, das sie vorhin aus dem Schlafzimmerschrank genommen hatte? Ach da – es war unter die Bank gefallen.

»Und komm nicht auf die Idee, Bri-bri bei Tisch zu füttern. Geh weg, Bri-bri. Willst du wohl hören? Chateaubriand!«

»Er heißt wirklich Chateaubriand?«

»Natürlich. Nach unserem großen Schriftsteller und Philosophen, der hier in der Bretagne geboren wurde. Du hast nichts davon gehört? Das sieht Yuna ähnlich.«

»Doch, doch …«

Vage erinnerte sie sich an eine Schrift, die die christliche Religion gegen die Aufklärer verteidigte. *Der Genius des Christentums*. Solche Sachen fanden sich in ihrem Kopf – nur nichts, was man brauchen konnte.

»Ich glaube, ich mache einen kleinen Spaziergang …«

Großmutter war nicht begeistert, sie hatte sie eigentlich wieder hinauf ins Bett schicken wollen. Gestern habe sie noch hohes Fieber gehabt, da müsse sie sich heute schonen. Tee trinken. Sich warm halten. Und außerdem würde es Nebel geben.

»Nebel? Die Sonne scheint, Großmutter. Die Luft ist glasklar bis zum Horizont …«

»Eben. Du kannst mir glauben, Anne-Marie. Gerade wenn die Sicht so klar ist, kommt der Nebel. Ich kann ihn förmlich spüren …«

»Aber er kommt doch nicht sofort, oder?«

»In ein oder zwei Stunden ist er da, dann siehst du die Hand vor Augen nicht mehr, ma petite …«

»Bis dahin bin ich längst wieder hier.«

Großmutter schüttelte den Kopf. Ob sie nicht wisse, dass man im Nebel den »weißen Männern« begegnete, die alle unreinen Seelen einsammelten, um sie ins Moor zu verschleppen? Sie trügen weiße Kutten, die im Dunst hin und her wehten, und ihre Hände seien dünn wie Fischgräten.

»Keine Ahnung, Großmutter. Ich glaube, ich will es auch nicht wissen ...«

»Es gibt auch die Wäscherinnen der Nacht, Anne-Marie. Die Sünderinnen, die dazu verdammt sind, im Nebel weiße Grabtücher zu waschen ...«

»Bitte, Großmutter! Ich mache nur einen kleinen Spaziergang an der Küste entlang.«

Die alte Frau zuckte die Schultern und trank ihren Kaffee aus. »Du kannst Bri-bri mitnehmen.«

Sie passte genau auf, dass Anne-Marie den Reißverschluss der Jacke bis oben hin zuzog, dann nickte sie zufrieden und kündigte an, sie wolle in der Zwischenzeit etwas Leckeres zubereiten.

»Lieb von dir! Koch nur genug, vielleicht bringe ich noch einen Gast mit. So einen weißen Mönch oder eine Wäscherin ...«

»Frechdachs! Damit spaßt man nicht ...«

Die alte Frau schmunzelte trotzdem, offensichtlich hatte ihr der Scherz gefallen. Langsam kam sie dahinter, dass Großmamas strenges Gehabe oft Fassade war. Dahinter war Gaëlle nachgiebig und gütig.

Der Wind stürzte sich auf sie, kaum dass sie aus der Tür getreten war. Er trug den salzigen, ein wenig fauligen Geruch des Meeres mit sich, bauschte ihre Jacke und riss an ihrem Haar. Bri-bri schien die steife Brise wenig zu lieben, vor allem hasste er es, wenn der Wind sein langes Fell gegen den Strich pustete. Er lief ihr voraus, folgte dem schmalen Pfad durch Gras und verblühtes Heidekraut, bis sie eine Stelle fanden, an der man über die niedrigen Felsen hinunter an den Strand klettern konnte. Der Sandstreifen war noch breit, die Flut näherte sich jedoch eilig, vom Wind gepeitscht strebten schaumgeränderte, grünliche Wellen zum Land hin. Weit in der Ferne war das Meer glatt, wellenlos, eine gleißende Fläche im schrägen Sonnenlicht. Dort war vermutlich eine Sandbank, über die die Dünung hinweglief.

Sie entschied sich, zuerst eine Weile gegen den Wind zu

kämpfen, wählte die nördliche Richtung und fand Bri-bris ungeteilten Beifall. Er rannte voraus, blieb hier und da stehen, um an einem Bündel braunem Seetang oder einem Häufchen Muscheln zu schnuppern. Wenn es ihm die Sache wert schien, hob er das Bein und markierte das Strandgut als seinen Besitz. Sie liefen hinüber zu der heranstürmenden See, folgten der geschwungenen Brandungslinie, die sich immer dichter zum Ufer hinüberbewegte, stiegen auf die umherliegenden Granitbrocken und sahen von dort oben auf die Weite des Ozeans. Man durfte nicht zu lange auf solch einem Aussichtspunkt verweilen, denn die Flut ließ ihn rasch zu einer Insel werden.

Es war grandios, so ungebunden umherzulaufen, sich gegen den Wind zu stemmen, auf Felsen zu steigen, das Rauschen und Donnern der Brandung in den Ohren. War sie je in ihrem Leben so glücklich gewesen? Sie sog die salzige Luft ein, pumpte sich die Lungen damit voll, und es war ihr egal, dass sie husten musste. Wie schade, dass sie nicht wie Bri-bri durch die Wellen laufen konnte, dass das Wasser aufspritzte. Wie er abzischte, der zottige Löwe, welchen Spaß er hatte, wenn sie ein Stück Holz fand und es für ihn warf! Jetzt versuchte er tatsächlich, eine der frechen Möwen zu erwischen, aber die kannten das Spiel und tricksten ihn aus. Sie warteten, bis der keuchende Fellberg dicht bei ihnen war, dann erhoben sie sich in die Lüfte, schwebten ein Weilchen dicht über dem Sand, sodass der vierbeinige Verfolger schon glaubte, ihre Füße zu packen. Dann aber drehten sie ab, ließen sich vom Gegenwind elegant emportragen und flogen in weitem Bogen hinaus auf die See.

»Du kriegst sie nicht!«

Ihre Stimme wurde von der zischenden, tobenden Brandung übertönt, auch das Kläffen des Hunds war kaum zu hören. Sie entschied, noch bis zu einer Felsformation zu laufen, eine Ansammlung dunkler Granitbrocken, die Meer und Wind in Jahrtausende langer Arbeit zu bizarren Formen geschliffen hatten.

War das ein Gesicht? Oder eine kniende Frau? Eine Eule? Sie ging langsamer, die erste Begeisterung hatte sich gelegt und ihre Kräfte ließen nach. Hin und wieder musste sie Umwege nehmen, weil die Flut ihr den Weg abschnitt, dann stieg sie durch den trockenen Ufersand und keuchte vor Anstrengung. Unfassbar, was dieser Hund für eine Energie hatte. Er lief vor und zurück, jagte Vögel, spielte mit einem angeschwemmten Krebs und pieselte gegen jeden Felsen. Er machte den Weg mindestens zweimal, ohne müde zu werden. Aber nun ja – er hatte auch vier Beine.

Sie quälte sich bis zu ihrem selbst gesteckten Ziel und war stolz, als sie das feuchte, grobporige Felsgestein mit den Händen berührte. Was für mächtige Brocken. Seit Urzeiten lagen sie hier und trotzten der wütenden Brandung. Tausend Jahre waren nur eine Sekunde der Ewigkeit. Sie lehnte den Rücken an den Felsen und glaubte, den vibrierenden Rhythmus der Brandung zu spüren. Links sah man die dunklen Klippen, auf denen der Leuchtturm gebaut war, eine schmale Landzunge, die sich in die graugrüne See hinein erstreckte. Der Turm leuchtete mit seiner weiß-roten Bemalung, das Häuschen daneben duckte sich zwischen die Felsen, um dem Wind keine Angriffsfläche zu bieten. Dort oben, unterm Dach, war ihr Zimmer. Heute Nacht würde sie in dem kleinen Raum liegen, zu beiden Seiten von Meereswogen umbraust, und beim blinkenden Schein des Leuchtfeuers einschlafen. Es war großartig und zugleich erschreckend.

»Bri-bri? Wo steckst du? Wir gehen zurück!«

Sie sah den Hund nicht mehr, wahrscheinlich war er auf die andere Seite der Felsen gelaufen. Jetzt fiel ihr plötzlich auf, dass das Licht sich verändert hatte, es war matter geworden, die Felsen erschienen fast schwarz, das Meer war grau. Es lag daran, dass sich der Himmel bezogen hatte, die Sonne war nur noch als schimmernder Fleck in der Wolkendecke auszumachen. Sie schützte die Augen mit der Hand und sah hinaus aufs Meer.

Tatsächlich, die Großmutter hatte recht gehabt – am Horizont lag weißlich-grauer Dunst, eine Nebelwand, die die Linie zwischen Himmel und Wasser verschluckt hatte und sich dem Land näherte.

Die weißen Kapuzenmänner sind unterwegs, dachte sie und grinste. Wie gut, dass sie jetzt mit dem Wind lief, auf dem Rückweg würde sie schneller sein als auf dem Hinweg. Sie zog die Kapuze hoch und blickte sich nach dem Hund um, der war jedoch nicht zu sehen. Es war höchste Zeit, sich auf den Weg zu machen, denn die Flut war bis zu den Felsen gelangt und die Wellen wühlten zischend und glucksend zwischen den Gesteinsbrocken. Bald würde der Ansturm des Meeres so gewaltig sein, dass hohe, weiße Gischtfontänen am Fels emporschossen.

Nie hätte sie geglaubt, dass eine Nebelwand so rasch näher kam. War sie gerade eben noch weit draußen am Horizont gewesen, so wehten jetzt bereits die ersten feinen Dunstschleier über den Strand, und gleich darauf war alles von bläulichem Nebel eingehüllt. Vorsichtshalber bewegte sie sich nach links hinüber, wo sie das Ufer wusste, um nicht durch das auflaufende Wasser vom Land abgeschnitten zu werden. Das Gehen im trockenen Ufersand war mühsam, auch hatte sich der Wind gelegt, sodass der erhoffte Schub von rückwärts ausblieb. Sie stapfte voran, blieb immer wieder stehen und rief nach Bri-bri, versuchte im dichten Nebel wenigstens die Uferkante zu erkennen, doch selbst das war nicht möglich. Man sah kaum einen Meter weit, erkannte gerade noch die Muscheln und Steine im Sand neben den eigenen Füßen. Unglaublich, dieser Nebel war so dicht wie eine Schicht weißer Watte. Wie sollte sie jetzt den Leuchtturm wiederfinden? Wenn sich dieser verdammte Dunst nicht bald verzog, hatte sie gute Chancen, an der Landzunge vorbeizulaufen.

Sie ging langsamer, überlegte, ob es besser war, einfach stehen zu bleiben und abzuwarten, bis die Sicht wieder frei war. Auf der anderen Seite konnte es sein, dass die Nebelgeister vorhatten, die Küste bis in die Nacht hinein in ihrem Griff zu halten. Sah man das Leuchtfeuer überhaupt in dieser Erbsensuppe?

»Bri-bri! Hierher! Chateaubriand!«

Ihre Stimme klang dumpf und mickrig, Meer und Nebel schluckten ihren Klang. Sie wollte noch einmal rufen, als plötzlich etwas Dunkles aus dem Nebel auftauchte, keine zwei Schritte von ihr entfernt. Bri-bri – so ein Glück! Doch nein, es war nicht der Hund. Es war ein Mensch. Es war …

»Paul?«

Für einen Moment durchzuckte sie eine irrwitzige Gewissheit. Er kam zu ihr zurück, trat aus dem Nebel und nahm sie in die Arme. Paul. Ihr Herz hämmerte wie verrückt.

»Hallo!« Eine unbekannte Männerstimme, tief und etwas heiser. Jetzt sah sie ihn deutlicher, er trug einen blauen Anorak und eine rote, gestrickte Mütze, die er tief in die Stirn gezogen hatte. Darunter erkannte man seine Nase und ein bärtiges Kinn. Er hatte überhaupt keine Ähnlichkeit mit Paul.

»Verzeihung …«, hauchte sie. »Sie … Sie haben mich erschreckt.«

»Ich?« Er blieb stehen und starrte sie an, als gehöre sie nicht hierher. Sie schämte sich und versuchte, die Sache ins Lächerliche zu ziehen.

»Ja, Sie. Ich … ich hätte Sie fast für einen weißen Mönch gehalten. Diese Typen, die im Nebel herumlaufen und irgendwelche toten Seelen zusammensuchen …«

Es hatte scherzhaft klingen sollen, doch er fand es nicht komisch. Drehte sich nach links, tat zwei Schritte in den Nebel hinein, und fort war er.

»Warten Sie …«

Der Nebel war gefräßig, wen er einmal verschluckt hatte, den gab er ungern wieder her. Vielleicht hatte der komische Typ auch keine Lust, wieder aufzutauchen. Dabei hätte sie ihn gern gefragt, ob er von hier war und sich auskannte. Ob sie schon bei den Leuchtturmklippen seien.

Idiot, dachte sie. Humorloses Schwachhirn. Wahrscheinlich ein blöder Tourist, den der Sommer hier vergessen hat.

Sie zuckte zusammen, weil etwas ihre Hand berührt hatte. Etwas Kaltes, Feuchtes. Eine Hundeschnauze.

»Bri-bri! Nach endlich.«

Sie war unsagbar erleichtert, hockte sich hin und streichelte ihn. Sein Fell war oben am Rücken trocken geblieben, Bauch und Füße waren triefnass, was sie jedoch erst bemerkte, als er sich kräftig schüttelte. Danach leckte er ihr vertraulich die Hand.

»Gehen wir nach Hause?«

Er schien einverstanden und lief vor ihr her.

10

»Da ist sie ja! Und? Was habe ich dir gesagt? Zieh die Schuhe aus und nimm dir trockene Socken … Chateaubriand! Willst du wohl stehen bleiben …«

Ein flackerndes Feuer im Kamin und der Duft von frischen Crêpes mit Schinkenspeck empfingen sie im Häuschen des Leuchtturmwärters. Dazu der Kommandoton der Großmutter, die jetzt den Hund beim Halsband packte, damit er nicht mit sandigen Pfoten über die Dielen lief. Es war seltsam, aber sie mochte diese energische Art der alten Frau, die trotz ihres Alters so voller Leben und Entschlusskraft war.

»Nimm das Tuch dort, Malo! Ja, das. Und trockne den Hund damit ab. Ich kann mich nicht mehr so gut bücken …«

Jetzt erst sah sie, dass Gäste gekommen waren. Malo Brelivet nickte ihr nur schüchtern zu und machte sich daran, den Hund trocken zu rubbeln, Swana Morvan blieb seelenruhig am Tisch sitzen, trank aus einer großen, blauen Tasse und schien sich hier wie zu Hause zu fühlen.

»Wieder fit? Ja, der Calvados, der hat's in sich. Wenn du den nicht gewohnt bist, dann haut er dich weg. Mein Alter säuft ja eine ganze Flasche und merkt nix davon. Sagt er zumindest …«

Die Großmutter stellte einen Stapel Teller und Bestecke auf den Tisch und empfahl Swana, keinen Blödsinn zu reden. Sie müsse ihrem Vater den Calvados wegnehmen, sonst würde es mit ihm böse enden.

»Weißt du, was er macht, wenn ich das versuche?« Swana zog das Gesicht schief und schloss ein Auge. Es war schwer zu entscheiden, ob sie grinste oder böse war.

»Der schlägt um sich, das kannst du glauben. Die Küchentür hat einen langen Spalt, da hat er neulich mit der Faust dagegengedonnert. Erst wenn er seinen Schnaps kriegt, wird er ruhig.«

Sie erhielt keine Antwort, weil die Großmutter in die Küche gelaufen war. Malo knüllte das nasse, sandige Tuch zusammen und war unschlüssig, was er damit tun sollte; schließlich legte er es neben die Haustür und wischte sich die Hände an der Hose ab. Dann ging er mit linkischen Bewegungen auf Anne-Marie zu und reichte ihr die Hand.

»Spaziergang gemacht, wie? War schön heute. Nur jetzt halt der Nebel …«

Sie spürte erstaunt, wie hart und schwielig seine Hand war. Wenn man direkt vor ihm stand, sah man die feinen Linien und Fältchen um seine Augen. Er musste schon um die dreißig sein, obgleich er wie ein Junge wirkte.

»Ja, der Nebel kam ganz plötzlich. Wenn Bri-bri nicht gewesen wäre, dann würde ich jetzt immer noch draußen am Strand herumlaufen und den Leuchtturm suchen …«

Hoffentlich hat das die Großmutter nicht gehört, dachte sie erschrocken. Sie setzte sich an den Tisch und teilte die Teller aus, legte Bestecke darauf und bedankte sich bei den beiden für die Kleider, die sie ihr zur Verfügung gestellt hatten.

»Das war wahnsinnig nett von euch, wirklich!«

Malo wurde rot – das schien ihm recht oft zu passieren. Swana winkte ab, sie habe das Zeug sowieso nicht mehr gebraucht, weil es schon lange nicht mehr passte. Dabei wölbte sie den Oberkörper und machte deutlich, an welcher Stelle Pullover und Jacke zu eng geworden waren. Malo, der sowieso schon rot angelaufen war, glühte nun förmlich vor Verlegenheit, und Anne-Marie beeilte sich, das Gespräch auf ein anderes Thema zu lenken.

»Ist es schon passiert, dass sich jemand im Nebel verirrt hat?«

»Na klar. Massenhaft. Vor allem die blöden Touris …«

Swana erzählte, dass im Frühjahr eine ganze Touristengruppe

von über zehn Leuten in einem ehemaligen Bunker übernachtet hatte, weil sie den Weg zurück nach Lampaul nicht fanden. Man hatte zwei Einheimische mit Laternen ausgeschickt – doch die kehrten unverrichteter Dinge wieder heim.

»Ziemlich ungemütlich, dieser Bunker«, meinte Malo. »Die Deutschen haben jede Menge davon gebaut. Aus Beton sind sie, kaum einer ist eingestürzt. So sind sie, die Deutschen. Was sie machen, das machen sie richtig ...«

Anne-Marie nickte zu Malos Bericht und hatte ein komisches Gefühl dabei. Die Deutschen. Wieso fühlte sie sich so betroffen, wenn von ihnen geredet wurde? Es war ein ungeklärter Punkt in ihrer Vergangenheit, der sie verwirrte ...

»Mein Alter sagt immer, den Deutschen darf man nicht trauen. Die kommen hierher und tun ganz harmlos, aber wenn du nicht aufpasst, dann gehört ihnen bald die ganze Bretagne. Ferienhäuser kaufen sie ...«

Malo widersprach Swana. Wenn er seinen Fang auf dem Fischmarkt in Lampaul anbiete, seien die deutschen Touristen immer seine besten Kunden. Das merke er jetzt besonders, weil die Saison vorbei sei und die Einheimischen beim Kauf mit dem Geld knauserten.

»Aber es gibt schon noch ein paar Touristen hier«, sagte Anne-Marie. »Zumindest bin ich vorhin einem begegnet. Ein ziemlich seltsamer Vogel war das, tauchte ganz plötzlich vor mir aus dem Nebel auf, starrte mich an und sagte nicht einmal Guten Tag.«

Swana fand das aufregend. Ein Unbekannter im Nebel? Ein Tourist? Sie wollte wissen, ob er jung war und gut aussah. Dabei schielte sie zu Malo hinüber und schien Spaß daran zu haben, dass seine Züge sich verdüsterten. Aha – irgendetwas war zwischen den beiden im Gange.

»Er trug eine Strickmütze, sodass ich nur seine Nase und den Bart sehen konnte. Außerdem war er ziemlich unfreundlich ...«

»Ach je! Am Ende war es Alan? Ist Alan wieder hier, Malo?«

Malo zuckte die Schultern und wollte wissen, ob es eine rote Mütze gewesen sei.

»Ja, stimmt. Sie war rot und ziemlich ausgeleiert ...«

»Dann war es ganz sicher Alan. Aber der ist kein Tourist. Der hat drüben im Dorf einen Bauernhof und kommt manchmal her. Eigentlich wohnt er in St. Renan ...«

Die Großmutter erschien mit einem Teller voller lecker duftender Crêpes und stellte ihre Last auf dem Tisch ab. Bri-bri schlich herbei, schnupperte interessiert und setzte sich neben Anne-Marie, von der er sich die größten Gunstbeweise erhoffte. Cidre wurde ausgeschenkt, man trank auf den Abend, das gemeinsame Mahl, auf Anne-Marie, die bei der Großmutter zu Besuch war, und auf Loan LeBars, den Leuchtturmwärter, der nun mit dem Meer vereint war. Lermat!

»Alan ist wieder hier? Er wird doch nicht Ernst machen und seinen Hof nun doch verkaufen?«

»Ach, das will er doch seit Jahren, aber im letzten Moment hat er immer einen Rückzieher gemacht. Kann sich nicht trennen ...«

Die Großmutter erzählte, dass Alan Hervé ein armer Teufel sei, aber ein guter Mensch. Vor über zehn Jahren sei er aus Rennes hierhergekommen, habe den verfallenen Hof von Gurvan Tangi gekauft und wieder hergerichtet. Mindestens zwei Jahre lang habe er damit zu tun gehabt, das meiste habe er selbst gemacht, nur die elektrischen Leitungen und die Wasserleitung, die hätten Handwerker aus Plouarzel gelegt. Später sei seine Frau mit den beiden Kindern eingezogen, da habe es schon die Waschmaschine gegeben. Und sogar eine Spülmaschine habe er kommen lassen.

»Ja, die hatte es gut, seine Frau. Hat sogar einen Wäschetrockner gehabt ...«

»Missgönnst du es ihr, Swana? Das solltest du nicht!«

Swana rollte die Augen und sah hinauf zu der Schiffslaterne, die von der Zimmerdecke herabhing. Nein, natürlich gönnte sie der armen Elaine ihren Wäschetrockner. Sie habe nur sagen wollen, dass Alan seine Frau auf Händen getragen habe, so einen Ehemann müsse man erst mal auftreiben.

»Ich sagte ja, dass er ein guter Kerl ist. Hat es nicht verdient, was mit ihm und seiner Familie geschah!«

Anne-Marie trank den Becher leer und schob ihn der Großmutter hinüber, damit sie ihn wieder füllte. Dieser Cidre war ein wundervolles Getränk. Leicht und prickelnd, schmeckte wie Limonade und hob zugleich die Stimmung.

»Und was ist mit ihnen geschehen?«

Malo erklärte umständlich, dass Alan einen schweren Fehler gemacht habe, an diesem Nachmittag mit dem Segelboot hinauszufahren. Aber es war wohl der Geburtstag der kleinen Tochter und er hatte es ihr versprochen.

»Er ist ein wirklich guter Seemann. Ich weiß es, weil er früher oft mit meinem Vater auf Fang hinausfuhr, und wenn Vater sagt, dass einer ein guter Seemann ist, dann stimmt es. Aber das Meer ist geduldig. Es wartet ab, bis du leichtsinnig wirst, einen Fehler machst, und dann holt es dich …«

Es war im Frühling gewesen. Ein heftiger Nordwind hatte das Boot abgetrieben, dann waren sie in ein Unwetter geraten und Alan hatte die Orientierung verloren. Wie das Unglück es wollte, war ausgerechnet in jener Nacht das Leuchtfeuer auf der Pointe du Lapin ausgefallen. Etwas mit der Stromleitung war nicht in Ordnung, ein Fall, der nur einmal in hundert Jahren vorkam, wie die Stromgesellschaft behauptete.

»Loan hat in der Nacht wie ein Verrückter dort oben geschuftet. Er hat es geschafft, das Licht anzuzünden, aber es ist wieder ausgegangen. Das Notstromaggregat war kaputt, und ohne Ersatzteil konnte er nichts ausrichten …«

Im Sturm war das Boot gekentert – ob das ausgebliebene Leuchtfeuer nun die Schuld daran trug oder Alans Unvorsichtigkeit oder einfach das Schicksal – wer konnte das wissen?

»Man hat sie nie gefunden. Nur Alan ist drüben bei der Pointe des Renards an Land getrieben worden, halb ertrunken und verletzt. Hat es nicht lange in der Klinik ausgehalten, er ist überall herumgefahren, weil er glaubte, sie würden an Land geschwemmt …«

Anne-Marie sah die Großmutter beklommen an. Wie schrecklich! Kein Wunder, dass der arme Kerl so verschlossen herumlief. O Gott – und sie hatte noch diesen blöden Witz über die toten Seelen gemacht. Wie peinlich. Aber das hatte sie ja wirklich nicht wissen können …

Inzwischen hatte Swana das Wort ergriffen. Wer einen Ertrunkenen finden wolle, der müsse eine Kerze auf ein frisches Brot setzen und beides den Wellen anvertrauen. Wenn der Tote noch an der Oberfläche triebe, dann würde das Kerzenboot ihn aufspüren, sei er aber schon untergegangen, dann könne es nicht mehr helfen.

»Dann bleibt nur die Hoffnung, dass er in der Baie des Trépassés angeschwemmt wird. Das ist eine tiefe Bucht unten im Süden zwischen der Pointe du Van und der Pointe du Raz. Dort versammelten sich die Toten, die das Meer auf dem Gewissen hat.«

»Wie gruselig …«

Malo stieß Swana mit dem Ellenbogen an, sie sollte aufhören, solche Geschichten zu erzählen. Anne-Marie könne heute Nacht ganz sicher nicht schlafen. Worauf Swana in Gelächter ausbrach und Anne-Marie allen versicherte, sie sei nicht so zart besaitet, wie man glaube. Sie fände diese Geschichten spannend und würde gern mehr davon hören.

»Och, davon gibt's jede Menge, Anne-Marie«, rief Swana. »Von Heiligen und schwarzen Reitern und vor allem von den lasterhaften Frauen. Schlimme Sünderinnen, die in die Hölle müssen, nicht wahr, Madame LeBars?«

Sie erntete einen zornigen Blick der Großmutter, der sie jedoch wenig beeindruckte. Seelenruhig nahm sie sich den letzten Schinkenpfannkuchen und begann zu essen.

»Ich bin auch so eine, Anne-Marie«, sagte sie mit vollem Mund. »Mich wird man bestimmt einmal in die Hölle stecken. Aber das ist mir egal – ich tu doch, was ich will ...«

»Ach, Swana. Was du so redest ...«, meinte Malo, der schon wieder rot geworden war. Aber daran war vielleicht auch der Cidre schuld.

»Magst du Anne-Marie nicht einmal mitnehmen, Malo?«, fragte die Großmutter.

»Mitnehmen?«

Du liebe Güte, wie verlegen er wurde!

»Wenn du mit dem Vater auf Fang hinausfährst, meine ich. Da könntet ihr sie doch mal mitnehmen, damit sie das Meer kennenlernt. Und die Inseln.«

Swana machte ein ärgerliches Gesicht und stopfte sich den Rest der Crêpe in den Mund. Das sei eine Schnapsidee, meinte sie.

»Im Sommer«, sagte Malo. »Jetzt im Winter taugt das nichts. Ist zu kalt, und die meiste Zeit ist es dunkel. Und weiter draußen geht die See hoch ...«

Doch die Großmutter war keine, die so leicht aufgab. Er solle sich nicht so haben, Anne-Marie sei eine echte Bretonin, eine LeBars, keine empfindliche Stadtpflanze wie die Touristinnen. Ihre Enkelin würde garantiert nicht seekrank.

»Also ... äh ...«

Einwände ließ die Großmutter nicht gelten, auch nicht von Anne-Maries Seite. Es sei für die kommenden Tage freundliches Herbstwetter gemeldet, da könne Malo wenigstens mal eine kleine Küstenfahrt mit ihr unternehmen. Schließlich biete er während der Saison solche Fahrten für die Touristen an.

Anne-Marie schielte zu Swana hinüber, die ihr Missvergnügen gerade mit einem tiefen Schluck Cidre hinunterspülte. Keine Frage, sie war eifersüchtig. Was fiel der Großmutter auch ein, den armen Malo zu einer Vergnügungsfahrt mit ihrer Enkelin zu verpflichten. Noch dazu über deren Kopf hinweg. »Vielleicht könnte man ja mit mehreren Leuten hinausfahren«, schlug sie vorsichtig vor. »Hättest du dazu Lust, Swana?«

Die zuckte nur die Schultern. Eher nein. Jetzt schon gar nicht, weil sie beleidigt war.

»Vielleicht Madame Sylvie? Oder die beiden älteren Damen, wie hießen sie noch? Sie sind Schwestern, nicht wahr?«

Swana bekam einen Lachkrampf, während Malo schon wieder rot geworden war. Rot war gar kein Ausdruck – er glühte regelrecht und seine Augen flackerten. Hatte sie etwas Falsches gesagt? Einen falschen Namen erwähnt?

»Armelle und Enora Gwernig?«

Die Großmutter fand diesen Vorschlag ebenfalls erheiternd. Nein, nein, die beiden Gwernig-Schwestern seien eher Landratten. Ihre Eltern hatten einmal eine Auberge in Plouarzel, aber das sei schon lange her. Armelle und Enora hätten es eine Weile weitergeführt, später hatten sie das Anwesen verkauft und sich hier zur Ruhe gesetzt.

»Aber wir können sie doch fragen, oder? Und was ist mit dir, Großmutter?«

Jetzt war es ihr zum ersten Mal gelungen, die Großmutter zu verblüffen. Sie starrte die Enkelin an, sah dann in die Runde, und da Swana und Malo fröhlich grinsten, schüttelte sie den Kopf.

»Ich? Nein, nein – ich bin zu alt für den Atlantik. Aber ich will die Gwernig-Schwestern gern fragen, vielleicht haben sie ja Spaß daran, zu einem hübschen jungen Seemann ins Boot zu steigen ...«

Malo hatte wenig Chancen, sich aus der Affäre zu ziehen, und wie es schien, wollte er es auch gar nicht. Wenn das so gemeint sei, dann könne man die Sache ja mal ins Auge fassen. Er wolle den Wetterbericht anschauen, und dann müsse er zuerst mit dem Vater reden, weil der Kutter ja schließlich ihm gehöre.

»Malwen wollte eh mal vorbeikommen«, sagte die Großmutter zufrieden. »Er soll Loans Südwester und die Stiefel bekommen. Und das Fernglas, das hat Loan extra auf die Seite gelegt. Dein Vater sollte sein gutes Fernglas haben. Als Andenken an alte Zeiten ...«

Malo nickte und war gerührt. Es sei für ihn ein seltsames Gefühl, dass Loan nicht mehr hier sei. Gewiss, das Leuchtturmfeuer würde ja brennen, das sei immer so gewesen, und die Zeit, als Loan noch jeden Abend dort hinaufging, um das Licht anzuzünden, die habe sein Vater noch erlebt, aber er selber schon nicht mehr. Trotzdem – Loan sei eben der Leuchtturmwärter gewesen. Auch in seinem Ruhestand.

»Und jetzt habe ich das Gefühl, der Leuchtturm ist verwaist. Sein guter Geist ist nicht mehr bei ihm ...«

Er lächelte verlegen und sah die Großmutter dabei an, als müsse er sich für seine Worte entschuldigen. Schließlich war sie ja noch hier, aber eine Frau, das war eben etwas anderes ...

»Ich verstehe, was du meinst, Malo«, sagte sie ernst und streichelte seinen Arm. »Du bist ein guter Junge. Und weißt du was? Loan mochte dich sehr. Hat er dir nie gesagt, was? Er war nicht geschwätzig, mein Loan. Na, was rede ich – du kanntest ihn ja ...«

Malo nickte, und weil er wohl einen Kloß im Hals hatte, schwieg er sich aus. Anne-Marie schniefte und musste ihr Taschentuch benutzen. Die dumme Erkältung!

»Also – wenn das so ist, dann will ich auch mitfahren!«, platzte Swana in die rührselige Stimmung. »Ich lasse euch doch nicht alleine absaufen ...«

»Das ist wirklich anständig von dir, Swana!«

Nur die Großmutter bekam Anne-Maries Ironie mit, Malo goss sich einen guten Schluck Cidre in den Becher, um seine Rührung zu überwinden, und Swana erzählte, dass ihr Vater den Kutter vor ein paar Jahren umgebaut habe. Ein festes Dach über dem Aufbau und Fensterscheiben habe er montiert, damit die See keine Ohrfeigen mehr an die Fischer austeilen könne. Und außerdem sei es wichtig, dass die Geräte trocken blieben. Die Computer.

Den Rest des Abends redeten sie über die Fischerei und was aus ihr geworden war. Früher habe es allein hier im Dorf vier oder fünf Fischer gegeben, die vom Meer gelebt hätten. Aber auch die anderen, die daheim Landwirtschaft hatten, seien aufs Meer hinausgefahren, um zu fischen. Heute müsse man Fangquoten und Wirtschaftszonen beachten, vor allem aber sei der Fisch aus Übersee billiger als der eigene Fang. Malwen und sein Sohn Malo seien hier an der Pointe du Lapin die Letzten, die noch mit dem Fischkutter hinausfuhren.

»Komm bald wieder hier vorbei, Malo«, sagte die Großmutter, als sie sich voneinander verabschiedeten. »Solche wie dich brauchen wir im Land. Und lass dich auf keine Dummheiten ein.«

Anne-Marie war nicht ganz klar, wie Gaëlle das meinte, aber Swana kicherte vernehmlich und gab Malo einen Stoß in den Rücken. »Der und Dummheiten? Das ist doch ein braver Junge, Gaëlle …«

Das Leuchtfeuer brannte schon seit Stunden, in dem beleuchteten Wohnraum hatte man den hin und her wandernden Lichtschein jedoch kaum bemerkt. Jetzt, da sie an der Haustür standen, sahen sie die Davongehenden als schemenhafte Gestalten im rötlichen Nebel verschwinden.

Anne-Marie trug das Geschirr in die Küche, wo die Großmutter schon heißes Wasser in eine Schüssel gefüllt hatte, um abzuwaschen.

»Da! Nimm dir ein Küchenhandtuch …«

Teller und Becher mit einem Tuch abzutrocknen erschien ihr sehr ungewohnt. Wie ungeschickt sie sich doch anstellte – hatte sie nie in ihrem Leben Geschirr abgetrocknet? Natürlich nicht – in Paris hatten alle Leute eine Spülmaschine. Nur hier am Ende der Welt spülte man das Geschirr noch per Hand.

»Gefällt mir gar nicht … Dieses Mädchen taugt nichts … ist nicht gut für Malo …«

»Sprichst du von Swana, Großmutter?«

»Von wem denn sonst? Stell die Teller drüben auf den Küchenschrank. Das ist eine leichtfertige Person, die wird ihm Unglück bringen.«

Anne-Marie schwieg und hob eine Gabel auf, die ihr aus dem Handtuch gerutscht war. Die Großmutter redete jetzt von Swanas Mutter, die vor Jahren mit einem Seemann aus Brest davongelaufen sei. Brioc habe damals eine kleine Werft betrieben und Segelboote gebaut. Er habe sich redlich bemüht, die Tochter großzuziehen, aber dann habe er das Saufen angefangen und die Arbeit vernachlässigt.

»Lässt sich mit jedem ein, das Mädel. Drüben in Plouarzel hat sie gekellnert und ist mit Touristen aufs Zimmer gegangen …«

Ob das wohl stimmte? Anne-Marie zweifelte daran. Swana war sicher eine schwierige Person und ganz gewiss nicht prüde. Aber wenn sie und Malo sich mochten – warum sollten sie sich nicht zusammentun? Der schüchterne Malo und die freche Swana waren vielleicht gar keine schlechte Kombination.

»Vielleicht wäre alles ganz anders, wenn Malo und Swana heiraten würden.«

»Du bist wohl nicht gescheit!«

Die Großmutter goss das Spülwasser in den Ausguss und wischte die Schüssel trocken. Malo sei ein richtig guter Kerl, ein anständiger Mensch, einer, auf den eine Frau sich verlassen könne. Der habe eine bessere verdient …

»Sag mal, Großmutter … Versuchst du gerade, mir Malo Brelivet als Ehemann schmackhaft zu machen?«

Empört sah die alte Frau sie an. Wie sie auf so etwas käme. Das fiele ihr im Traum nicht ein. Obgleich … »Eine schlechte Partie wäre er nicht!«

»Danke. Ich geh jetzt ins Bett.«

»Hast du deine Tablette genommen?

Anne-Marie tat einen tiefen Seufzer. Verflixt, das hatte sie total vergessen.

11

»Hallo?«

»Hier auch Hallo! Wer ist da?«

Die Stimme ihrer Mutter im Telefon klang unwirsch. Kein Wunder, es war gerade mal sieben Uhr früh und außerdem musste sie leise sprechen, um die Großmutter drüben im Schlafzimmer nicht zu wecken.

»Hier ist Anne-Marie …«

Schweigen auf der anderen Seite. Dann das Rufzeichen. Aufgelegt.

Draußen war es noch dunkel, das Leuchtfeuer strich in regelmäßigen Abständen am Haus vorbei und ließ die Ritzen zwischen den geschlossenen Fensterläden rötlich aufglimmen. Aus dem Schlafzimmer der Großmutter drangen leise Schnarchgeräusche. Der altmodische Apparat besaß keine Taste für die Wahlwiederholung, also betätigte sie die Wählscheibe noch einmal.

»Bonjour – hier ist noch mal Anne-Marie. Bitte nicht gleich wieder auf…«

Entmutigt knipste sie die Lampe aus und stieg die Treppe hinauf. Oben hatte Bri-bri ihre Abwesenheit genutzt, um sich vom Fußende des Bettes zum Kopfkissen hinaufzuschieben.

»Weg da!«

Er robbte wieder nach unten und rollte sich schnaufend zusammen. Sie kroch fröstelnd unter die Decke, an Schlaf war jedoch nicht mehr zu denken. Stattdessen lag sie auf der Seite und kämpfte gegen die aufsteigende Verzweiflung an. War es das Licht des Turms, das in regelmäßigen Abständen durchs Zimmer strich wie ein unheilverkündendes Zeichen? Sie hatte in dieser Nacht zahllose Träume gehabt, eine wahre Explosion von Erinnerungsfetzen, ein Durcheinander verschiedener Orte, Personen und Situationen. Nichts passte zusammen, manchmal hatte sie das Gefühl, nicht eine, sondern zwei Personen zu sein. Auch Paul war ihr im Traum erschienen, mehrfach sogar. Sie waren miteinander durch Paris gelaufen, waren in Restaurants gewesen, in einem Park saßen sie auf der Wiese und er küsste sie. Sie hatte noch seine Stimme im Ohr, sein Lachen, seine zärtlichen Worte. »Kleine Fee« nannte er sie. Aber alle Träume endeten damit, dass Paul im Nebel verschwand. Dann rief sie seinen Namen, lief durch endlose Straßen, vorbei an düsteren Häusern mit blinden Fenstern. Unrat lag in ihrem Weg, Ratten hockten in vergitterten Kellerlöchern und glotzen sie mit glänzenden Augen an. Manchmal sah sie Paul in der Ferne, schemenhaft, durchscheinend, immer löste sich seine Gestalt auf und verging. Es lag etwas Dunkles über diesen Träumen, ein peinigendes Gefühl von Vergeblichkeit.

»He, du Langschläferin! Raus aus den Federn! In einer Stunde wirst du abgeholt!«

Erschrocken fuhr sie hoch – also war sie doch wieder eingeschlafen. Sie fuhr sich durch das verwilderte Haar und blinzelte zur Tür, wo die Großmutter stand, die Hände in die Hüften gestemmt.

»Kannst dich ruhig wieder daran gewöhnen, zeitig aufzustehen«, knurrte sie. »Bist ja nicht mehr krank. Hier an der Küste schlafen wir nicht bis Mittag, merk dir das …«

»Ja … Schon gut … Bin gleich unten …«

Sie räusperte sich mehrfach und hustete – ganz war die Erkältung noch nicht vorüber. Aber der Schnupfen war zum Glück sehr viel besser.

»Wer holt mich überhaupt ab? Und wozu?«

Die Großmutter war schon die Treppe hinuntergestiegen und hörte die Frage nicht mehr. Auch Bri-bri war verschwunden, sie hatte gar nicht gemerkt, dass er vom Bett gestiegen war. Im Wohnraum stand eine Tasse Milchkaffee für sie auf dem Tisch, daneben ein Teller mit runden Keksen. Die Großmutter musste sie gerade eben gebacken haben, denn der Duft erfüllte noch den Raum. Sie schmeckten köstlich.

»Zieh am besten zwei Pullover übereinander. Und dann das Regencape drüber. Hier sind Socken …«

Langsam dämmerte ihr, welches Erlebnis ihr bevorstand. Alle Achtung, da war Malo schneller gewesen, als sie es ihm zugetraut hatte. Hoffentlich nicht ihretwegen, es wäre ziemlich peinlich, wenn die Großmutter ihm irgendwelche Dummheiten eingeredet hätte. Malo war ein lieber Kerl, aber ganz und gar nicht ihr Fall.

»Hier im Rucksack sind belegte Brote und eine Flasche mit Kaffee. Die Kekse in der Blechdose sind für alle, nicht nur für dich. Und da ist noch eine Tafel Schokolade …«

»Das … das ist wirklich sehr lieb von dir, Großmutter.«

Bei dem Gedanken an ein schwankendes Boot mitten im Atlantik verging ihr jeglicher Appetit, aber das sagte sie der alten Frau lieber nicht. Immerhin war sie eine Bretonin und wurde nicht seekrank. Hoffentlich nicht. Vorsichtshalber aß sie nur drei von den leckeren Keksen, wäre ja schade, wenn sie später damit die Fische fütterte.

»Dann geh schon mal zur Straße vor, damit sie nicht warten müssen. Und auf dem Boot machst du genau das, was Malwen und Malo dir sagen. Ohne zu fragen. Klar?«

»Klar!«

Mit sehr gemischten Gefühlen stapfte sie den schmalen Pfad entlang, der hinüber zur Küstenstraße führte. Der Herbstwind zerrte an dem grünen Regencape, am Himmel jagten graue Quellwolken vorüber wie eine Herde wilder Hammel. Sollte das vielleicht ein freundliches Wetter sein? Das Meer zeigte sich grünlich und von Wellen zerfurcht, die Brandung schäumte, als hätte jemand ein Waschmittel hineingestreut. An der Küstenstraße, die eigentlich nur ein breiter Sandweg war, blieb sie stehen, und da niemand zu sehen war, leerte sie einige Steinchen aus dem linken Stiefel aus. Großmutters Gummistiefel waren mindestens eine Nummer zu groß.

Ein Auto näherte sich, ein roter Renault von ziemlich altertümlichem Aussehen und – wie sie schon aus der Entfernung sehen konnte – mit schief herabhängendem Nummernschild. Das Gefährt hielt neben ihr an, und sie erblickte darin drei Personen. Madame Sylvie saß am Steuer, auf dem Rücksitz befanden sich zwei ältere Frauen, die ihr fröhlich zuwinkten, als wären sie alte Bekannte.

»Bonjour, Anne-Marie. Wie schön, dass alles so gut klappt. Steig neben mir ein ...«

»Äh ... das Nummernschild ...«

»Ja, da fehlt eine Schraube. Macht aber nichts. Bis zur Anlegestelle wird es schon halten.«

Die Beifahrertür knirschte verrostet, als sie sie öffnete, aber das störte hier an der Küste wohl niemanden. Finistère. Das Ende der Welt.

»Seien Sie gegrüßt, liebe Anne-Marie ... Ihnen verdanken wir diesen wundervollen Ausflug ...«

Die Schwestern Gwernig streckten ihr die Hände entgegen; die Herzlichkeit dieser beiden alten Mädchen war ungemein rührend. Ach, sie hätten doch schon lange einmal eine solche Küstenfahrt mitmachen wollen. Aber mit einer Touristengruppe, das wäre dann doch nichts für sie. Und Malwen Brelivet so einfach zu fragen – das hätten sie sich nicht getraut.

»Dass wir das noch erleben dürfen. Wir sind ja auch nicht mehr die Jüngsten. Armelle wird dieses Jahr dreiundsiebzig ...«

»Musst du das so laut verkünden, Enora? Du bist gerade einundsiebzig geworden und auch kein junger Springinsfeld mehr!«

»Ach, Armelle ... Ich wollte dich doch nicht kränken!«

»Das hast du auch nicht, Enora. Aber ein wenig mehr Feingefühl wäre doch angebracht …«

Anne-Marie fing einen amüsierten Blick von Madame Sylvie auf, und langsam begann die heitere Stimmung auf sie überzugehen. Wieso machte sie sich Sorgen? Wenn zwei Damen über siebzig diese Fahrt mitmachten, dann konnte es so schlimm nicht werden.

»Hast du Sorge, du könntest seekrank werden?«, fragte Madame Sylvie leise, sodass es die Gwernig-Schwestern nicht hörten.

»Ich weiß nicht … Ich war noch nie auf einem Fischkutter …«

»Ich habe Tabletten dabei. Aber versuch es erst mal so. Das Medikament wirkt gut, aber es macht müde.«

»Danke, Sylvie.«

Wie fürsorglich sie alle waren! Welche Mühe sie sich gaben, ihr eine Freude zu machen. Jetzt war sie richtig stolz darauf, dass sie vorgeschlagen hatte, die Damen Gwernig mitzunehmen. Ganz offensichtlich hatte sie damit voll ins Schwarze getroffen. Die Anlegestelle befand sich südlich der Pointe du Lapin in einer kleinen, von Felsen eingefassten Bucht. Früher, so erzählten die Gwernig-Schwestern, hätten hier viele Boote gelegen, weil fast jeder im Dorf ein Schifflein besaß, auch wenn es nur ein Ruderboot war. Inzwischen waren nur die beiden Brelivet übrig geblieben, die Boote der anderen Leute aus dem Dorf waren entweder verkauft oder sie verrotteten irgendwo zwischen Steinen und Heidekraut.

»Alans Segelyacht hat auch hier gelegen, nicht wahr, Armelle?«

»O ja. Wir haben sie nur ein einziges Mal gesehen. Sie war wunderschön. Brioc Morvan hat sie gebaut, nicht wahr?«

»Ja, der gute Brioc – damals hatte er noch seine Werft …«

»Ach Gott … Elaine hieß das Schiff, nicht wahr? Und so traurig war ihr Ende …«

»Nun – für ein Schiff ist es vielleicht sogar schön, auf dem Meeresgrund zu enden ...«

Jetzt konnte man den Fischkutter sehen, der in der Bucht neben dem Landungssteg im Wasser schaukelte, und sie war erstaunt, dass er wirklich schmuck aussah. Weiß wie eine Yacht, nur die Reling war rot gestrichen. Vorn ein Aufbau mit Fenstern, die breite Winde und das Schleppnetz befanden sich im Heckbereich und würden heute wohl nicht zum Einsatz kommen. Hatten die beiden Brelivets am Ende auf den heutigen Fang verzichtet, weil sie den Damen das Erlebnis einer Küstenfahrt bieten wollten?

Madame Sylvie hielt gleich vor dem Landungssteg, wo auch der kleine Transporter der Brelivets abgestellt war. Bei dieser Gelegenheit erfuhr Anne-Marie, dass das seltsame Gefährt, mit dem sie gekommen waren, den Schwestern Gwernig gehörte.

»Wir brauchen das Auto, weil wir einmal die Woche nach St. Renan fahren, um einzukaufen ...«

Die beiden hatten rotes Ölzeug mitgebracht, das sie nun mit Anne-Maries Hilfe und im heftigen Kampf gegen den Wind über ihre Jacken zogen. Dann wurde es ernst – man würde an Bord gehen. Madame Sylvie hakte Armelle unter, während Anne-Marie Enora ihren Arm bot. Die beiden Fischer hatten eine schmale Gangway vom Boot zum Landungssteg gelegt, die zu beiden Seiten einen Strick als Geländer aufwies. Malo stand auf dem Landungssteg, bereit, seine Passagiere auf die Gangway zu geleiten. Sein Vater hatte sich auf dem Schiff postiert.

»Oh, wie das schwankt. Halt dich gut fest, Enora!«

»Die See ist doch rauer, als ich zuerst dachte, Armelle.«

Tatsächlich war es ein Abenteuer, die beiden alten Mädchen über den schwankenden Steg aufs Boot zu schaffen, denn sie mussten einige Schritte allein auf der schmalen Gangway tun, bis sie von Malwens kräftigen Händen erfasst und auf das Boot gezerrt wurden.

»Wie aufregend! Mein Herz! Enora – bist du da? Gott sei Dank, wir haben es geschafft ...«

»Oh, es war wundervoll, Armelle ...«

»Wundervoll? Du fandest es wundervoll?«

»Von zwei starken Männern gepackt und getragen zu werden ... So etwas ist mir seit Jahren nicht mehr passiert!«

»Du meine Güte, Enora! Was sollen die jungen Frauen von uns denken!«

Anne-Marie war nahezu ohne Hilfe über die Gangway gelangt, nun stand sie mit dem Rücken zur Kajüte und spürte voller Missbehagen, wie sich das Boot mit den Wellen auf und nieder bewegte. Malo hatte Madame Sylvies Arm gefasst, auf ihre Bemerkung »Es geht schon ...« ließ er sie jedoch gleich wieder los. Den Passagieren wurden Sitzplätze auf einem kleinen Oberdeck zugewiesen, am gleichen Ort, wo normalerweise der Fang sortiert wurde. Dort hockten sie auf umgedrehten Kisten und hatten die strenge Anweisung, auf keinen Fall aufzustehen oder gar auf dem Boot umherzulaufen.

»Jawohl, Käpt'n!«, rief Anne-Marie und grinste Malo zu.

»Ich bin nur der Maat«, sagte er und zog sich die Wollmütze zurecht. »Der Käpt'n ist mein Vater.«

»Was ist eigentlich mit Swana? Sie wollte doch auch mitkommen.«

Malo hatte die Leine gelöst, jetzt klappte er die Gangway mit geübtem Griff zusammen und hakte die Kette an der Reling ein. Swana, so erklärte er über die Schulter hinweg, habe ihre Meinung geändert.

»Wie schade ...«, seufzte Enora Gwerig. »Das arme Mädel könnte ein wenig Abwechslung gut gebrauchen ...«

Der Motor dröhnte auf, und es wurde schwieriger, sich zu unterhalten. Malwen Brelivet war vorn im Steuerhaus verschwunden, Malo stieg zu ihnen hinauf und verteilte Sitzpolster, dann stand er eine Weile einfach nur da und starrte aufs Meer hinaus.

Anne-Marie spürte ein leichtes Schwindelgefühl, als das Boot Fahrt aufnahm. Jetzt schwankte es nicht nur heftiger, man spürte auch die Schläge, wenn der Schiffsbug die Wellen schnitt. Der Kutter zog einen Bogen über die Bucht und steuerte dann nach Westen, aufs Meer hinaus, dorthin, wo in unendlicher Ferne irgendwo der Nordamerikanische Kontinent lag. Über ihnen zogen graue Wolkengebilde dahin, hinter ihnen entschwand die Küste, wurde dunkel und flach, bis nur noch einzelne Felsen und der rot-weiße Leuchtturm heraussstachen. Der Rhythmus, in dem sich das Boot auf und nieder bewegte, war hier draußen anders als im Küstenbereich, man spürte die Dünung und den langsamen, tiefen Atem des Meeres. Gischt schäumte am Bug auf, schoss zischend über die Reling und klatschte gegen die Fenster.

»Dort drüben!«, rief Malo und zeigte mit der Hand auf eine Ansammlung dunkler Felsen, die aus dem Wasser ragten. »Da liegt ein deutsches U-Boot auf dem Grund. Und gleich daneben die *Alouette*. Die hat mal Swanas Vater gehört.«

Anne-Marie musste sich vorbeugen, um seine Worte zu verstehen. Täuschte sie sich, oder wandte er sich hauptsächlich an Madame Sylvie, wenn er redete? Aber nein, er wiederholte seine Worte mit höflicher Geduld, weil Armelle Gwernig ihn im Getöse nicht verstanden hatte.

»Fahren wir hinüber nach Ouessant?«, rief Enora. »Dort waren wir vor vielen Jahren einmal. Ach, Armelle, damals lebte Papa noch ...«

Das sei leider nicht möglich, erwiderte Malo. Dort sei die Strömung zu stark, die *Dahut* sei ein gutes Schiff, aber man wollte dennoch nicht gern in den gefährlichen *Fromrust* geraten. Dann zeigte er nach Westen, wo jetzt der Leuchtturm »Les Platresses« zu sehen war. Fasziniert starrte Anne-Marie zu dem schlanken, weißen Turm hinüber, der auf einem dunklen Fels mitten im Meer stand. Er war schön anzusehen, dieser stolze

Bau, der so einsam aus dem unruhigen Wasser aufragte. Und doch: Wie mochte sich der Leuchtturmwärter gefühlt haben, wenn der Sturm um den schmalen Turm brauste und meterhohe Brecher das bisschen Menschenwerk erzittern ließen?

»Dort drüben ist die Pointe de Corsen«, rief ihr Madame Sylvie zu. »Und weiter im Süden Le Conquet. Fahren wir bis St. Mathieu, Malo?«

»Nicht ganz. Wir drehen vorher ab. Ihr werdet die Ruine und die Türme aber zu sehen bekommen …«

Trotz des Verbots waren sie nun doch alle aufgestanden, hielten sich an der Reling fest und ließen sich den Fahrtwind um die Nasen wehen. Malo wurde nicht müde, alle Küstenabschnitte und Landspitzen, alle Leuchttürme und Felsen zu benennen, zeigte ihnen auch die gefährlichen Stellen, wo unter der Wasseroberfläche schwarze Klippen und Sandbänke lauerten. Er hatte sich zwischen die Schwestern Gwernig postiert, immer bereit, die eine oder andere am Arm zu packen, falls sie etwa den Halt verlieren sollte. Madame Sylvie stand dicht neben Anne-Marie. Sie hatte die Brille abgenommen, und ihr aufgelöstes Haar flatterte im Wind.

»Geht es dir gut? Gefällt es dir?«

»Es ist grandios, Sylvie. Und weißt du was? Ich habe Hunger!«

Sie lachten alle beide, und Madame Sylvie legte den Arm um Anne-Marie. Ihre Großmutter sei eine kluge Frau, die habe gewusst, dass die Enkelin nicht seekrank würde. Sie sei schließlich eine Bretonin.

»Und du?«

»Ich nicht«, lachte Madame Sylvie. »Aber meine Mutter ist Bretonin, habe ich dir das nicht erzählt?«

Das Boot zog stampfend und schlingernd durch die Wellen, der Wind riss an ihren Jacken und Anne-Marie fröstelte. Aber um nichts in der Welt hätte sie auf dieses großartige Erlebnis verzichten wollen. Ja, sie war eine Bretonin, sie spürte es ganz deutlich. Sie gehörte dem Meer, sie war ein Teil dieses schäumenden, wogenden Ozeans, und sie genoss es, ihn zu beherrschen, wie es ihre Vorfahren seit vielen Jahren getan hatten. Die wilden Meeresrosse mochten noch so heftig schlagen und zischen, sie mussten das kleine Boot auf ihrem Rücken tragen und dem Steuerruder gehorchen.

Die Pointe de St. Mathieu kam in Sicht. Über den dunklen Klippen erhob sich die steile Felsküste, an der einst das Schiff gestrandet war, das – so erzählte Madame Sylvie – das Haupt des Evangelisten Matthäus in die Bretagne gebracht habe. Man sah die gotischen Fensterbögen in den dachlosen Klostermauern, den schlanken Leuchtturm, daneben einen zweiten, kantig und kompakt.

Ich liebe dieses Land, dachte Anne-Marie. Es ist meine Heimat, hierher gehöre ich. Großmutter hat recht. Was will ich in Paris? Ich brauche das tobende Meer, die raue Schönheit der Küste und die Herzlichkeit dieser Menschen. Wenn ich Paul je wiederfinde, dann will ich hier mit ihm leben. Ach, Paul …

Auf der Rückfahrt saßen sie brav auf ihren Kisten und teilten ihre Vorräte mit Malwen, den Malo im Steuerhaus abgelöst hatte. Er war genau wie sein Sohn ein schweigsamer Mann, nur mit den Schwestern Gwernig, die ihm voller Begeisterung für das wundervolle Erlebnis dankten, redete er ein paar Takte. Die Kekse, die Anne-Marie ihm anbot, nahm er gern, und er nickte anerkennend, weil er wusste, wer sie gebacken hatte.

»Warum heißt das Boot *Dahut?* Ist das ein Name oder ein Ort?«, fragte Anne-Marie ihn.

»Ein Name …«

»Von einer Frau?«

»Ja. Anne hat ihn damals ausgesucht. Sie mag die alten Geschichten.«

Er nahm noch einen Keks und steckte ihn im Ganzen in den Mund, dann stieg er hinunter, um Malo seinen Anteil zu bringen. Anne-Marie kaute genüsslich ein Schinkenbrot, trank dazu kalten Milchkaffee und nahm von Madame Sylvie eine halbe Pastete. Dafür teilten sie später die Schokolade miteinander, die sie mit einem Schluck Rotwein würzten, den Armelle Gwernig anbot.

»Den beiden Schiffern will ich lieber keinen Alkohol geben, nicht wahr? Aber wir können ruhig ein gutes Schlückchen nehmen. Es wärmt so schön und macht die Wangen rot, nicht wahr, Enora?«

»Du findest immer einen Vorwand, um ein Gläschen zu trinken, liebe Armelle. Es wird eines Tages noch böse mit dir enden …«

Sie rückten alle vier zusammen, stießen miteinander an, und während sich das Boot durch die blaugrünen Wogen wieder gen Norden kämpfte, erzählte Madame Sylvie die Geschichte der versunkenen Stadt Ys.

König Gradlon habe sie einst für seine stolze Tochter Dahut erbauen lassen, eine reiche Handelsstadt, die ihren Hafen mit zwei gewaltigen Toren vor den Sturmfluten schützte. Die Schlüssel zu diesen Toren besaß nur der König. Der Wohlstand ließ die Menschen in der Stadt jedoch lasterhaft werden, vor allem die Prinzessin Dahut war dafür bekannt, jede Nacht einen neuen Liebhaber zu wählen. Eine ungewöhnliche Person musste sie gewesen sein, diese Dahut. Sie konnte zaubern, gebot über Elfen und Zwerge und hielt die gefährlichen Meeresdrachen wie Haushunde. Dennoch war sie schuld am Untergang der Stadt, denn sie verschaffte ihrem Liebhaber die Schlüssel zu den Toren. Natürlich war dieser Liebhaber der Teufel selbst, er öffnete die Pforten bei einer Sturmflut, und alle Einwohner mussten ertrinken. Nur der König rettete sich auf einem Zauberross vor den heranrollenden Wogen, seine Tochter Dahut aber, die zu ihm aufs Pferd sprang, stieß er – auf Anraten des Heiligen Corentin – ins Meer.

Die Schwestern Gwernig nickten bekümmert zu Mme Sylvies Bericht. Jawohl, das war nur gerecht, die lasterhafte Person hatte eine ganze Stadt auf dem Gewissen. Obwohl die Prinzessin ihnen trotz allem ein wenig leidtäte. Es sei doch hart, vom eigenen Vater in den Tod gestoßen zu werden …

»Da mischen sich allerlei Sagenelemente miteinander«, meinte Madame Sylvie lächelnd. »Vineta steckt darin, aber auch die keltische Vergangenheit der Bretagne und natürlich die Geschichte von Sodom und Gomorra …«

»Und hat niemand diese versunkene Stadt je finden können?«

»Nun, viele Historiker vermuten, dass die Sage einen wahren Kern hat. Ich glaube, momentan vermutet man Ys in der Gegend von Douarnenez, das liegt südlich von Crozon in einer weiten Bucht.«

Anne-Marie trank den letzten Schluck Rotwein und gab Armelle das Glas zurück. Madame Syvie war aufgestanden und deutete jetzt mit dem ausgestreckten Arm in Fahrtrichtung.

»Dort hinten ist schon die Pointe du Lapin …«

Wie schade, dachte Anne-Marie. Enora Gwernig hatte – vom Rotwein beflügelt – ein Lied angestimmt, und ihre Schwester jammerte, sie würde ganz sicher ins Wasser fallen, wenn sie, beschwipst, wie sie war, über den schmalen Steg laufen musste.

»Wir helfen euch«, versprach Madame Sylvie entschlossen.

Sie band ihr Haar am Hinterkopf zusammen und setzte die Brille wieder auf. Sie tat es mit hastigen, ein wenig eckigen Bewegungen, vielleicht genierte es sie, dass Malo ihr Tun mit großen Augen verfolgte.

Es mag wohl die eine oder andere lasterhafte Frau in der Bretagne geben, dachte Anne-Marie belustigt. Aber Sylvie gehört bestimmt nicht dazu.

12

Diese uralte Wählscheibe war das Letzte. Ständig rutschte ihr Finger aus den runden Öffnungen heraus, und dann musste sie rasch auflegen und von Neuem beginnen. Das einzig Gute an dem alten Apparat war, dass ihre Nummer vermutlich nicht angezeigt wurde.

Rufzeichen ... Rufzeichen ...

Komm schon, Yuna. Geh ans Telefon.

»Rufzeichen ... Knacks ...«

Da war sie. Jetzt aber ganz vorsichtig.

»Dupin ...«

»Hallo ... Spreche ich mit Madame Yuna Dupin?«

»Mit derselben. Wer sind Sie?«

Sie war ja noch nie besonders liebenswürdig gewesen, heute schien sie geradezu aggressiv.

»Hier ist Anne-Marie ... Bitte, ich möchte nur eine Adresse ...«

Auf der anderen Seite der Leitung knurrte es bedrohlich, dann brach ein Vulkan aus.

»Verflucht noch mal! Ich kenn doch Ihre Stimme wieder. Wenn Sie mich verscheißern wollen, dann lassen Sie sich was Besseres einfallen ...«

»Aber das will ich doch gar nicht ...«

Wieso siezte sie ihre eigene Tochter?

»Ich weiß doch, woher der Wind weht. Sie meinen wohl, Sie sind ganz besonders schlau, wie? Geben sich als meine Tochter aus. Pfui Deibel, kann ich nur sagen. Ihr Presseleute seid der reine Abschaum ...«

Presse? Jetzt begriff sie gar nichts mehr.

»Aber ... aber das ist alles Unsinn. Ich bin Anne-Marie, deine Tochter ...«

Es schnaufte in der Leitung, offensichtlich musste Yuna tief durchatmen, um die Lage zu begreifen.

»Meine Tochter sitzt hier vor mir auf dem Sofa. Pech gehabt, was? So kann's gehen!«

Was sagte sie da? Diese Frau redete völligen Schwachsinn. Ihre Tochter konnte doch gar nicht ... Oder doch?

Im Hintergrund war jetzt eine zweite Stimme zu vernehmen. Eine Stimme, die ihr erschreckend bekannt vorkam.

»Mama, wieso redest du mit der? Leg einfach auf ...«

»Damit sie wieder anruft, die dreckige Zeitungsfotze? Hören Sie: Meine Tochter hat nichts mit diesem Unfall zu tun. Verstanden? Gar nichts. Sie kannte den Typen nur flüchtig, weil sie bei seiner Freundin geputzt hat ...«

»Gib mir den Hörer, Mama.«

»Nein, ich will ...«

»Gib her!«

Man vernahm ein Rauschen, dann ein leises Knacken. Draußen vor dem Fenster sah man die dunklen Klippen, dahinter das graue, aufgewühlte Meer. Weiße Schaumkronen auf den heranrollenden Wellen. In ihrem Kopf war Leere, ihr Gehirn weigerte sich zu arbeiten.

»Versuchen Sie das nie wieder. Haben Sie gehört? Sonst passiert was!«

Das war die Stimme von Anne-Marie. Die junge Frau, die ihre Wohnung jeden Freitag sauber machte. Die Wohnung im Quartier Latin in der Rue de la Harpe ... Auf einmal war es wieder da.

»Anne-Marie ...?«, stammelte sie.

Einen Moment lang war es still, sie hörte jemanden hastig atmen. »Susanne? ... Sind Sie das etwa?«

Ein Blitz fuhr durch ihr Gehirn, es tat weh, sie konnte nicht gleich antworten. Susanne. Sie hieß nicht Anne-Marie, sie war Susanne. Susanne Meyer-Schildt aus Berlin. O Gott!

»Hallo? Sind Sie noch da? Susanne?«

»J-Ja. Ich bin's. Es tut mir leid. Ich wusste nicht, dass ich ...«

Anne-Marie Dupin war zu aufgeregt, um auf ihr Gestammel zu hören. Sie rief ihrer Mutter zu, dass dies Susanne sei, und Yuna sagte: »Ich werd verrückt!«

»Sie müssen sich sofort bei der Polizei melden, Susanne. Sie werden überall gesucht ...«

»Ich?«

»Die Beamten haben mich verhört wegen irgend so einem blöden Zettel, der im Gebüsch gelegen hat ... Ein Stück von einem Briefumschlag. Da stand mein Name und Ihre Adresse drauf ... Weiß der Teufel, wieso ... Die haben zuerst gedacht, dass Sie mit im Auto verbrannt wären. Aber jetzt denken sie das wohl nicht mehr ...«

»Verbrannt? Im Auto?«

Anne-Marie zögerte, die Fragen kamen ihr vermutlich sehr merkwürdig vor.

»Sie sind doch Susanne, oder etwa nicht? Ich kenne doch Ihre Stimme!«

»Was ist mit Paul passiert?«

»Das wissen Sie nicht? Ach du lieber Himmel ... Susanne, Paul ist tot. Ein Unfall bei Herbeville ... Aber irgendwas ist faul daran, die haben wissen wollen, woher er das Auto hatte. Und ob er mir etwas zur Aufbewahrung gegeben hätte. Und lauter so krauses Zeug.«

Die Stimme im Hörer schien leiser zu werden, die Worte wurden unverständlich. Susanne. Sie war Susanne. Plötzlich wurde ihr schlecht, sie musste sich auf den Lehnstuhl setzen. Der Hörer glitt ihr aus der Hand und hing an der Kommode herunter.

»Hallo? Madame Meyer-Schildt? Susanne? Sind Sie noch da? Von wo rufen Sie an? Hallo? O verdammt, Mama. Sie antwortet nicht mehr!«

Sie schaffte es gerade noch, den Hörer wieder auf die Gabel zu legen und ins Bad zu laufen, dann musste sie sich ins Waschbecken übergeben. Ihr Kreislauf brach zusammen, sie klammerte sich mit beiden Händen am Waschbecken fest, doch eine unsichtbare Gewalt zwang sie, langsam zu Boden zu sinken. Einen Moment lang war alles schwarz, sie spürte ihren hastigen Atem, das Hämmern ihres Herzens und kam langsam wieder zu sich. Nach einer Weile wagte sie vorsichtig, sich aufzusetzen, wischte sich den Mund mit einem Handtuch ab und lehnte sich mit dem Rücken an die Badewanne.

Ich bin Susanne Meyer-Schildt, dachte sie und spürte, wie die Wand in ihrem Kopf wankte und einstürzte. Staub wirbelte auf, Bilder und Szenen fielen übereinander her, es war, als hätte man einen Käfig geöffnet und eine Schar bunter Vögel befreit. Mama im hellblauen Morgenkleid auf der Terrasse der Berliner Villa. Julia mit aufgestecktem Haar neben Daniel auf dem Hochzeitsfoto. Chrisy, der beim Fußballspiel seine Brille zerbrochen hatte. Papa lief durch den Flur und strich ihr übers Haar, bevor er in seinem Arbeitszimmer verschwand. Und dann Paul. Immer wieder Paul. Er lachte sie aus. Nannte sie grinsend »meine süße Fee«. Sah sie abschätzend von der Seite an, wie er es tat, wenn er etwas im Schilde führte …

»Bleib ruhig«, sagte sie zu sich selbst. »Ganz ruhig. Nicht denken. Nicht an Paul denken …«

Sie schloss die Augen und versuchte vergeblich, das Wirrwarr in ihrem Kopf zu ordnen. Dann gab sie es auf und wartete, bis der Ansturm nachließ. Das ist ganz normal, sagte sie sich. Noch ein paar Tage, dann bin ich wieder in Ordnung. Was für ein Glück. Ich kann wirklich froh sein, dass sich jetzt alles gelöst hat. Ich habe mich selbst wiedergefunden.

Nicht denken. Nicht an Paul denken. Es würde sie sonst zerreißen. Auf keinen Fall an Paul denken!

Eine Weile lag sie flach ausgestreckt auf den Bodenfliesen und atmete tief und regelmäßig. Als es ihr langsam besser ging, erhob sie sich auf die Knie und öffnete den Wasserhahn der Badewanne. Das kalte Wasser, das über ihre Handgelenke lief, tat seine Wirkung – sie konnte aufstehen, sich waschen und das Badezimmer in Ordnung bringen. Danach stieg sie die Treppe hinauf und stand ratlos mit hängenden Armen in dem kleinen Zimmer, das sie für ein paar Tage als ihr Kinderzimmer angesehen hatte.

Sie wischte sich über das Gesicht und stellte fest, dass sie weinte. Der Schmerz tief in ihrem Inneren war so heftig, dass sie ihn nicht mehr unterdrücken konnte. Paul, ihr Liebster. Paul war tot. Niemals wieder würde sie sein verschmitztes Lachen hören. Sich mit ihm über Gott und die Welt herumstreiten. In seinen Armen einschlafen. Seinen Morgenkuss auf ihrer Wange spüren, wenn er vor ihr aufstand, um zur Arbeit zu gehen … Ein Unfall, hatte Anne-Marie gesagt. Verbrannt. O Gott, wie furchtbar. Nicht denken, sich nichts vorstellen, die Phantasie ausschalten. Bei welchem Ort doch gleich? Herbeville. Wo war das? Was hatte er dort zu tun gehabt? Hatte er nicht kurz vorher einen neuen Wagen von einem Freund gekauft? War er zu schnell gefahren? Von der Straße abgekommen? Gegen einen Baum geprallt?

Sie ging ans Fenster und starrte hinaus, ohne irgendetwas zu sehen, die Gedanken in ihrem Kopf standen nicht still. Susanne Meyer-Schildt. Aus Berlin. Studium in Paris. Der Master stand kurz bevor. Paul, der ihr eine andere Welt öffnete. Der mit ihr nach Singapur hatte auswandern wollen. Der Mann, mit dem sie hatte leben wollen. Das kleine Haus, von Hecken umgeben. Ihre zärtliche, glückliche Zweisamkeit. Und das Kind in ihrem Bauch, das es nun niemals geben würde …

Konnte das alles wahr sein? Es erschien ihr auf einmal wie ein böser Traum. Vielleicht brauchte sie ja nur nach Paris zu fahren, und sie würde Paul in ihrer Wohnung finden. In der Küche, wo er irgendetwas für sie kochte. Oder er telefonierte, ja, das würde er vermutlich tun. Wenn sie zur Tür hereintrat, würde er den Kopf heben und sie stirnrunzelnd ansehen.

»Wo warst du so lange, kleine Fee? Ich habe dich vermisst ...«

Wer sagte, dass Anne-Marie sie nicht angelogen hatte?

Aber wieso hatte sie dann ihr Gedächtnis verloren? Woher kamen die Verletzungen? Irgendetwas musste doch geschehen sein. Etwas, was so schlimm war, dass ihr Hirn die Erinnerung daran vor ihr verschloss.

Paul, ihr Liebster, war tot. In einem brennenden Auto war er umgekommen. Das war die einfache, grausame Wahrheit. Sie hatte ihn für immer verloren. Wie sollte sie jetzt weiterleben?

Das fröhliche Kläffen eines Hundes drang zu ihr herauf, es tat weh, wie es so in ihre Verzweiflung hineinfuhr. Sie waren zurückgekehrt, Madame LeBars, die Witwe des Leuchtturmwärters, und ihr Hund Chateaubriand, genannt Bri-bri. Unten wurde die Haustür geöffnet, sie vernahm ärgerliches Schelten.

»So geh doch zur Seite, dummer Hund. Lauf mir nicht zwischen die Beine ...«

Die Tür schlug zu, Susanne hörte das Tapsen der Hundepfoten auf der Treppe. Gleich darauf drückte er seine wollige Schulter gegen ihr Bein und leckte ausgiebig ihre rechte Hand. Mechanisch strich sie über seinen Kopf, verweilte bei den verfilzten Haarbündeln hinter den Ohren und kraulte ihn. »Anne-Marie?«, erschallte es von unten.

Sie biss sich auf die Lippen und sah hinaus auf das graue Meer. Nebel kam auf, die weißen Schleier wehten schon über den Strand, hüllten die Klippen ein, die Küste drüben war kaum noch zu sehen.

»Anne-Marie!«

Bri-bri schüttelte sich, weil sie aufgehört hatte, ihn zu kraulen. Er sah kurz zu ihr auf, als müsste er ihre Stimmung peilen, dann sprang er auf ihr Bett und rollte sich am Fußende zusammen. Sie rührte sich nicht.

»Verflixt noch mal! Anne-Marie – bist du taub? Komm runter, ich brauche dich!«

Sie hatte nicht die Kraft, zu widersprechen oder gar Erklärungen abzugeben. Daher tat sie einfach das Nächstliegende.

»Ja, Großmutter, ich komme schon!«

13

Die alte Frau stand in Mantel und Stiefeln vor der Kommode und wählte eine Nummer. Ihre Hände zitterten so sehr vor Aufregung, dass sie beinahe den Telefonhörer fallen ließ.

»Was ist denn los?«

Gaëlle winkte ärgerlich mit der Hand: Sei still. Ich höre sonst nichts. Resigniert setzte sich Susanne auf die Bank und wartete.

»Enora? Hier ist Gaëlle. Wirf sofort das Auto an und fahr hinüber zu Brioc. Wie? Jawohl, zu Brioc Morvan. Was? Nebel? Seit wann stört euch der Nebel?«

Auch das noch, dachte Susanne. Es ist etwas mit dem alten Morvan. Swanas Vater. Kein übler Kerl, aber wohl leider ein notorischer Alkoholiker …

»Jetzt hör mir mal zu, Enora! Brioc ist vor meinen Augen umgefallen. Und jetzt liegt er auf dem Fußboden und rührt sich nicht. Wie? Nein, er ist nicht tot. Er atmet und keucht. Wir müssen ihn nach St. Renan in die Klinik fahren …«

O Gott! Ein Schlaganfall. Oder unterzuckert. Ein Unglück kam selten allein. Wieso hatte Swana nicht Docteur Picollec geholt?

»Ich habe in der Klinik angerufen, verdammt. Aber sie sagen, bei diesem Nebel können sie keinen Krankenwagen schicken. Schon gar nicht an die Pointe du Lapin … Jetzt raff dich zusammen, Malo und Malwen sind auf Fang und Anne kann nicht Auto fahren … Wie? Deine Lieblingssendung kommt gerade im Fernsehen?«

Susanne sprang auf und lief zum Fenster. Der Nebel hatte inzwischen Meer und Küste erobert, man sah gerade noch die dunklen Formen der Klippen, auf denen Haus und Leuchtturm gebaut waren, der Rest der Welt war in weiße Watte gepackt.

»Die Brelivet haben doch ein Auto, Großmutter. Ich kann fahren.

Ach je – sie hatte »Großmutter« gesagt. Dabei war es völliger Unsinn. Madame LeBars war die Großmutter ihrer Putzfrau Anne-Marie. Wie schrecklich. Die alte Frau war so glücklich gewesen, ihre Enkelin bei sich zu haben, und nun war sie die Falsche …

»Das geht nicht«, sagte die Großmutter, die flache Hand auf den unteren Teil des Hörers gelegt. »Morvans Wagen steht drüben an der Anlegestelle, es ist mindestens eine halbe Stunde Fußweg bis dorthin. Diese Umstandskrämerin Enora soll endlich ihren Hintern hochkriegen!«

Was sie jetzt in den Hörer rief, konnte Susanne nur teilweise verstehen, es musste bretonisch sein. Immerhin schien es zu wirken, denn endlich klärte sich die Miene der alten Frau und sie nickte zufrieden.

»Aber schnell! Es geht um Leben und Tod! Was? Ich habe ihn nicht angerührt. Er ist ganz von selber umgefallen …«

Aufseufzend legte sie den Hörer in die Gabel, dann schimpfte sie auf den alten Brioc, dessen Telefon abgestellt war, weil er seine Rechnungen nicht bezahlt hatte.

»Das musste ja so kommen. Was war dieser Mann früher für ein großartiger Schiffsbauer! Segelboote hat er gebaut. Ruderboote. In seinen besten Zeiten auch Fischkutter, da hatte er fünf Angestellte und Aufträge ohne Ende …«

»Was ist mit Swana? Ist sie bei ihm?«

Madame LeBars verzog das Gesicht und schnaubte durch die Nase.

»Sie ist nicht da … Treibt sich irgendwo herum, das Mädel … Was stehst du hier, Anne-Marie? Zieh Jacke und Stiefel an. Wir werden ihn tragen müssen …«

Sie hatte ernsthaft vor, durch den Nebel wieder zu Briocs Haus zu laufen, um dort auf die Schwestern Gwernig mit ihrem klapprigen Renault zu warten.

»Aber ... was tun wir, wenn sie den Weg im Nebel nicht finden?«

»Sie wohnen keine zweihundert Meter entfernt. Und außerdem fährt Enora seit Jahren fast blind durch die Gegend. Sie hat den grauen Star ...«

Du liebe Zeit. Da war es freilich gleich, ob man bei Nebel oder Sonnenschein fuhr. Susanne machte sich wetterfest und war entschlossen, auf jeden Fall das Steuer zu übernehmen. Nur kein Unfall! Bri-bri, der neugierig die Treppe heruntergelaufen kam, wurde bitter enttäuscht – die Haustür schlug zu und er durfte nicht mit.

»Lauf dicht hinter mir, Anne-Marie, damit wir uns nicht verlieren!«

»Ja, Großmutter ...«

Es war verblüffend, mit welcher Sicherheit Madame LeBars den schmalen Pfad entlangeilte, der zum Land hinüberführte. Susanne, die kaum die Hand vor Augen sah, hatte alle Mühe, ihr zu folgen; mehrfach stolperte sie über Felsgeröll und niedriges Gebüsch, die unvermittelt aus dem Nebel vor ihr auftauchten. Eine fast beängstigende Stille umgab sie, nur hin und wieder rief irgendein Vogel, das Heidekraut knisterte, wenn man darauftrat. Das Meer war weit entfernt, es würde erst in einigen Stunden wieder zum Land hin auflaufen.

Auf der Küstenstraße angekommen, fasste Madame LeBars sie bei der Hand. Sie solle nicht so herumtrödeln, man habe es eilig. Das Dorf lag wenige Hundert Meter entfernt landeinwärts, Susanne kannte es nur von einem kurzen Besuch bei den Brelivets, deren Anwesen gut in Schuss gehalten wurde. Der Rest der Siedlung war ihr ziemlich ärmlich und verlassen vorgekommen, die meisten Höfe waren herrenlos und verfielen. Auch die kleine

Kirche, in der alle zwei Wochen die Messe gelesen wurde, war in keinem guten Zustand. Jetzt, im dichten Nebel, sah man kaum die Dorfstraße, ab und zu tauchte ein Gebäude auf, eine niedrige Mauer aus Granitstein, ein halb verfallenes Hoftor. Einmal stießen sie auf drei braune Hühner, die seelenruhig auf dem Weg herumpickten, mehrere Hunde kläfften, auf einer Mauer hockte eine schwarz-weiße Katze und starrte sie neugierig mit grünlich leuchtenden Augen an.

»Hier ist es ...«

Susanne stolperte über eine Hofschwelle aus braunem Stein, dann ging es an etlichen Schlaglöchern vorbei über einen Hof. Nur undeutlich waren rechts und links Gebäude zu erahnen, offen stehende Tore, ein Stapel Bretter, von Wind und Regen geschwärzt, ein Haufen verrostetes Blech, das wohl einmal ein Auto gewesen war. Hier also war Swana zu Hause. Es war vielleicht ganz gut, dass der Nebel den größten Teil dieses Elends verhüllte.

Die Haustür war aus solidem Eichenholz gefertigt; ein hellblauer Anstrich, der an mehreren Stellen abblätterte, hatte sie nicht gerade verschönert. Madame LeBars klinkte die Tür einfach auf – hier auf dem Land schloss man nicht ab. Ein Geruch von abgestandenem Bier und Moder schlug ihnen entgegen.

»Er ist oben. Hatte wohl im Bett gelegen und seinen Rausch ausgeschlafen, als ich kam. Als ich nach ihm rief, muss er aufgestanden sein, ich hörte nur einen lauten Schlag, da bin ich hochgelaufen und hab die Bescherung gesehen. Bleib du hier an der Haustür stehen und sag Bescheid, wenn sie kommen ...«

Susanne war ganz froh, nicht in dieses Haus hineingehen zu müssen, vor allem nicht ins Schlafzimmer des alten Brioc, das vermutlich in keinem guten Zustand war. Überhaupt war ihr schleierhaft, wie die Großmutter den Bewusstlosen die Treppe hinunter ins Auto schaffen wollte. Die beiden Gwernig-Schwestern waren bei diesem Unternehmen ganz sicher keine Hilfe – falls sie überhaupt kamen.

Sie spähte in den düsteren Hauseingang, konnte jedoch nur einen grünlichen Schrank erkennen, dessen Tür offen stand. Daneben war wohl der Eingang zur Küche, zumindest schien dort eine Art Kühlschrank zu stehen, umgeben von zahlreichen leeren Flaschen. Nichts tat sich – ihre Gedanken schweiften ab.

Sie war Susanne Meyer-Schildt. Internat. Studium in Berlin. In Paris. Die Kommilitonen. Die Professoren, die Seminare. Zwischenprüfungen, die sie alle mit Auszeichnung bestanden hatte. Der Bachelor. Und der Master. Den hatte sie verpasst. O Gott, wie schrecklich. Sie hatte versagt. Ihre Gedanken gerieten ins Stocken. Was würden ihre Eltern sagen, wenn sie zurückkam? Nun ja, sie würden gewiss froh sein, sie gesund wiederzusehen. Mama würde jammern, sie habe ihretwegen schrecklich gelitten, und Papa würde auf Paul herumhacken. Julia hatte vermutlich jede Menge guter Ratschläge für sie parat, und Christopher würde versuchen, sie zu trösten. Sie fröstelte. Eigentlich hatte sie keineswegs den Wunsch, ihre Familie zu sehen. Viel lieber wollte sie in ein dunkles Loch kriechen, sich vor aller Welt verstecken und mit ihrem Kummer allein bleiben. Ohne Paul war sie hilflos und verletzlich wie eine Muschel, die man geöffnet hatte...

War das nicht der Motor eines Wagens? Sie hob den Kopf und lauschte – na endlich! Die Schwestern Gwernig hatten ihre müde Karre in Bewegung gesetzt und waren auf dem Weg hierher. Vielleicht war es gut, zum Hofeingang zu laufen, damit sie im Nebel nicht etwa daran vorbeifuhren.

Sie wagte es, über einige der Schlaglöcher hinwegzuspringen, scheuchte dabei zwei Möwen auf, die auf dem Bretterstapel gesessen hatten, und fand die braune Torschwelle wieder. Eigentlich war es gar nicht so schwer, sich im Nebel zurechtzufinden, man musste nur einige Orientierungspunkte im Kopf haben. Von links näherte sich das Motorengeräusch, ein gelblicher Lichtfleck wuchs im Nebel, dann die dunkle Form eines PKW. Enora fuhr tatsächlich sehr langsam und vorsichtig; wenn sie in diesem Tempo bis St. Renan fahren wollten, würden sie vermutlich erst in der Nacht dort ankommen.

Das gelbe Licht teilte sich, zwei Scheinwerfer waren zu erkennen, der Wagen rollte auf sie zu, wollte an ihr vorbeifahren. Nun ja – der graue Star im Verein mit dem Nebel.

»Haaaalt!«

Sie lief auf den Weg hinaus und winkte aus Leibeskräften. Der Wagen bremste ab und hielt an, die Fahrertür wurde ein Stück geöffnet.

»Hier herein! Nach links. Vorsichtig, da sind Schlaglöcher …«

Sie stockte, denn in diesem Augenblick begriff sie, dass am Steuer dieses Wagens keineswegs Enora Gwernig saß, sondern eine männliche Person.

»Hallo?« Alan Hervé starrte sie an, als wäre sie eine der Nebelfrauen, die mit ihren Leichentüchern über Land zogen. Susanne musste ebenfalls ziemlich entsetzt ausgesehen haben, denn er fügte hinzu: »Ist was passiert? Haben Sie sich verirrt?«

»Ich … es … Es tut mir leid. Ich dachte, es sei der Wagen der Schwestern Gwernig …«

»Aha …«

Er starrte sie immer noch an, da diese Erklärung wenig einleuchtend war. Susanne fasste sich und lächelte verlegen.

»Der alte Brioc Morvan ist zusammengebrochen und bewusstlos. Großmutter ist der Meinung, dass wir ihn in die Klinik nach St. Renan bringen müssen …«

Alan schaltete den Motor aus und zog die Handbremse an. Er hatte seinen Bart gestutzt, was seinem Aussehen sehr zustattenkam. Zumindest wirkte er jetzt etwas weniger grimmig als neulich am Strand.

»Brioc Morvan? Bewusstlos? Ach, der hat bestimmt wieder zu tief ins Glas geschaut!«

Welch mitfühlende Seele. Nun ja – eigener Kummer machte hart, das hatte sie mal irgendwo gehört. Statt einer Antwort trat sie einige Schritte zurück, denn sie vermutete, dass er jetzt weiterfahren wollte. Sie irrte sich.

»Gaëlle will ihn in die Klinik bringen, sagten Sie?«, fragte er verunsichert. »Und ... Enora Gwernig soll ihn fahren?«

»Genau.«

Hoffentlich macht er sich jetzt davon, dachte sie. Sonst blockiert er die Einfahrt, wenn die Schwestern Gwernig kommen.

»Gehen Sie aus dem Weg!«

Sie konnte gerade noch beiseite springen, sonst wäre er ihr über die Füße gefahren. Schwungvoll rollte der Wagen nach links in die Einfahrt des Morvan'schen Anwesens hinein, steuerte in geschickter Schlangenlinie an den Schlaglöchern vorbei und hielt vor der hellblau gestrichenen Haustür. Als sie dort ankam, war Alan längst ins Haus gelaufen, und sie hörte ihn mit der Großmutter diskutieren.

»Seit wann liegt er so da?«

»Seit etwa einer Stunde. Es gibt doch kein Telefon ... Die Klinik schickt keinen Krankenwagen ...«

»Und wieso hast du Dr. Picollec nicht gerufen?«

»Ich habe ihn nicht erreicht. Was schwatzt du hier herum, Alan! Fass mit an. He, Anne-Marie, hilf uns, ihn die Treppe hinunterzutragen!«

Susanne wollte schon in den Flur laufen, da hörte sie Alans tiefe, knurrige Stimme. »Lass sie. Wir brauchen sie nicht ...«

Das tat weh. Was war nur mit ihr los? Wieso fühlte sie sich bei diesen Worten so verletzt? Er hatte das gewiss nicht böse gemeint. Sie schüttelte die dumme Empfindlichkeit ab und dachte praktisch, ging zu Alans Wagen und öffnete die hintere Wagentür. Man würde den alten Brioc am besten auf den Rücksitz betten, aber dort hatte Alan allerlei Zeug herumliegen, das dabei im Wege war. In eigener Machtvollkommenheit räumte sie zwei Reisetaschen, einen Karton voller Lebensmittel, Ölzeug und mehrere Seekarten in den Kofferraum, dafür polsterte sie den Rücksitz mit einer Wolldecke und rollte einen dicken Pullover als Kopfkissen zusammen.

»Kommen Sie da raus!«

Sie konnte gerade noch rückwärts aus dem Wagen kriechen, da stand er schon hinter ihr, breitbeinig, den alten Brioc über der Schulter tragend. Jetzt ging er in die Hocke, bis der alte Mann vor ihm auf den Füßen stand, und wartete, bis die Großmutter und Susanne den Bewusstlosen stützten. Dann bugsierten sie den Kranken zu dritt auf den Rücksitz, schoben ihn zurecht, winkelten seine Knie an und wollten gerade vorsichtig die Tür schließen, da hörten sie den Schrei.

»Was macht ihr da? Wieso bringt ihr ihn weg? Tad! Papa!«

Swana stürzte aus dem Nebel auf sie zu, kreischte, schlug um sich, stieß Susanne weg und warf sich über ihren Vater. Man hörte sie schluchzen wie ein kleines Mädchen.

»Swana, komm da raus!«, befahl die Großmutter und zerrte an Swanas Jacke. »Er muss sofort in die Klinik. Geh von ihm runter, er erstickt ja unter deinem Gewicht …«

Sie hatte keinen Erfolg, Swana war wie von Sinnen, sie drückte ihren Kopf an die Brust ihres Vaters und heulte zum Steinerweichen. »Ich lass nicht zu, dass sie dich wegbringen, Tad. Ich will, dass du bei mir bleibst. Mama ist weggegangen, aber du bleibst hier …«

Die Großmutter sah ein, dass sie nicht die Kraft hatte, das Mädchen aus dem Wagen zu zerren. Sie sah sich hilfesuchend nach Alan um. Der stand mit zusammengekniffenen Augen und sah aus, als hätte er gerade einen Becher reinen Essig getrunken.

»Los, hilf mir, Alan!«, sagte die Großmutter. »Fass mit an. Schnell!«

Er schüttelte langsam den Kopf, dann öffnete er die Beifahrertür und kniete sich auf den Sitz. Susanne konnte sehen, wie er den Arm ausstreckte und seine Hand auf Swanas Schulter legte. Er sprach leise mit ihr und strich ihr dabei über die Schulter, immer wieder, bis sie endlich ruhig wurde.

»Komm, Swana. Du sitzt vorn bei mir …«

Ihre Schluchzer klangen jetzt wie ein Schluckauf. Aber sie robbte sich rückwärts aus dem Wagen, stand dann wie benommen da und machte einen ungeschickten Versuch, sich die Tränen abzuwischen.

»Er darf nicht … er soll nicht … sterben …«

Da geschah etwas Unglaubliches. Alan ging zu der heulenden Swana und nahm sie wortlos in seine Arme. Sie drückte ihr rot verquollenes Gesicht an seine Jacke, verschmierte sie mit Rotz und Tränen, und Susanne sah, wie ihr ganzer Körper in einem neuen Heulkrampf erzitterte. Und Alan, der so muffig und kurz angebunden war, der gleiche Alan strich ihr in sanften, unermüdlichen Bewegungen über den Rücken und hielt sie geduldig an seiner Brust, bis der Krampf sich löste und sie still wurde.

»Er stirbt nicht, Swana. Wir bringen ihn in die Klinik, damit sie ihm helfen und er wieder gesund wird. Du fährst mit uns, wir lassen dich nicht allein …«

Sie schluckte und nahm das Tuch, das die Großmutter ihr in die Hand drückte, um sich die Nase zu putzen. Es war kein Taschentuch sondern ihr Kopftuch, aber das war jetzt gleich.

»Ich will hinten bei ihm sitzen. Sein Kopf auf meinem Schoß …«

»Meinetwegen.«

Er führte sie um den Wagen herum, öffnete ihr die Tür und stützte den Oberkörper des Bewusstlosen, damit sie sich hinsetzen konnte. Sorgfältig und sanft schloss er die Wagentür wieder und setzte sich ans Steuer, während die Großmutter, ohne weiter zu fragen auf dem Beifahrersitz Platz nahm.

Susanne blieb vor dem Hauseingang stehen, und erst als der Motor ansprang und der Wagen rückwärts aus dem Hof fuhr, begriff sie, dass man sie nicht mitnehmen würde.

Sie wurde nicht gebraucht.

Wie albern, jetzt liefen ihr doch wahrhaftig Tränen übers Gesicht. Es war wohl einfach zu viel heute auf sie eingestürmt, ja, das musste es sein. Sie war vollkommen überfordert, ihre Emotionen gingen mit ihr durch. Das Beste würde sein, sie lief jetzt durch den Nebel zurück zum Leuchtturmwärterhaus und verkroch sich mit Bri-bri in ihrem Bett. Bei dem Gedanken an den warmen Hundekörper ging es ihr tatsächlich besser. Bri-bri schickte sie nicht fort. Er freute sich, wenn sie zu ihm kam, und würde ihr sogar die Hand lecken. Vermutlich auch das Gesicht, weil er die salzigen Tränen mochte, aber man musste ja nicht übertreiben.

Sie hatte gerade die Dorfstraße im weißen Dunst gefunden und einige Schritte in Richtung Küste getan, da vernahm sie hinter sich Motorengeräusche. Aha – die Schwestern Gwernig hatten sich also doch entschlossen, ihr Fernsehstündchen zu unterbrechen. Sie schwenkte die Arme, um die Fahrerin auf sich aufmerksam zu machen, dann fiel ihr ein, dass Enora den grauen Star hatte und sie möglicherweise nicht sehen konnte. Tatsächlich musste sie zur Seite springen, und erst als sie gegen die Scheibe der Beifahrertür klopfte, hielt der Wagen an. Armelle renkte sich fast den Arm aus, um die Scheibe herunterzukurbeln.

»Ach, du bist das, Anne-Marie. Ich hatte schon befürchtet, es könne die arme Louanne sein, die früher neben der Kirche gewohnt hat …«

Susanne fragte lieber nicht, wer diese Louanne war und ob sie möglicherweise zur Gilde der Leichentuchwäscherinnen zählte.

»Es ist lieb, dass ihr gekommen seid …«

»Oh«, rief Enora, die den Sitz so weit nach vorn gestellt hatte, dass sie mit der Nase das Steuer berühren konnte. »Wir hatten

Probleme, den Motor anzulassen. Es ist der Nebel, Anne-Marie. Unser lieber alter R12 mag nun einmal keinen Nebel.«

»Ist nicht weiter schlimm. Alan fährt den alten Brioc in die Klinik, er kam zufällig vorbei.«

Die Enttäuschung der Schwestern hielt sich in Grenzen. Alan sei solch ein guter Junge. Immer so freundlich und hilfsbereit.

»Bist du denn ganz allein, Anne-Marie? Wo ist Gaëlle?«

»Swana und sie sind mit nach St. Renan gefahren ...«

Die Schwestern tuschelten miteinander, nickten sich zu und kicherten vergnügt, als hätten sie sich einen ganz besonders listigen Streich ausgedacht.

»Steig hinten ein, Anne-Marie. Wir freuen uns sehr, dass du uns einmal besuchst. Du musst fest ziehen, die Türen klemmen ein wenig.«

»Aber ... aber ich wollte ...«

»Wir haben gesalzenen Kabeljau, du wirst dich wundern, was Armelle daraus zaubert. Nun mach schon, Anne-Marie. Tu uns den Gefallen!«

Sie zerrte sich fast die Seele aus dem Leib, bis die verflixte Tür aufging, und bei Enoras Wendemanöver schloss sie vorsichtshalber die Augen. Gesalzener Kabeljau! Klang ja furchtbar. Aber vielleicht war es besser, bei den netten alten Damen zu sitzen, als sich heulend im Bett zu verkriechen. Dazu hatte sie schließlich noch die ganze Nacht über Zeit.

14

»Wir leben seit Jahren vollkommen zurückgezogen«, sagte Armelle und goss Sherry in drei Gläschen, die sie auf ein silbernes Tablett gestellt hatte. »Es war Duncan, der es so wünschte. Er war ein sonderbarer Mensch ...«

Duncan? Das war doch irgendein alter König in einem Drama von Shakespeare!

»Zum Wohl, meine Liebe. Wir sind ja ganz begeistert, einen so lieben jungen Gast zu bewirten. Und so ganz spontan ...«

Susanne hob brav das Gläschen und trank den Damen zu – der Sherry war nicht übel. Nun ja – sie hatten einmal eine Auberge gehabt, da kannten sie sich wohl aus.

»Duncan war ein guter Bekannter ...«, erklärte Armelle, die den Sherry genüsslich in kleinen Schlucken trank. Sie war eigentlich in der Küche beschäftigt und nur rasch in den Salon hinübergelaufen, um den Aperitif zu nehmen. Die weiße, gestärkte Schürze mit den steifen Volants, die sie über dem dunkelblauen Kleid trug, erinnerte allerdings mehr an ein Stubenmädel. Überhaupt hatte man in diesem bezaubernden Häuschen das Gefühl, um hundert Jahre zurückversetzt zu sein.

»Ein sehr guter Bekannter«, bestätigte Enora kopfnickend. »Du musst wissen, Anne-Marie, dass die Leute schrecklich viel dummes Zeug reden. Duncan ist Kellner im ›Sable Blanc‹ gewesen, das war unsere Auberge in Plouarzel. Er war ein sehr pflichtbewusster und warmherziger Mensch, und er hat uns viel geholfen, als Vater starb, nicht wahr, Armelle?«

Armelle hörte nichts, sie war wieder in die Küche gelaufen, um sich dort mit dem gesalzenen Kabeljau zu beschäftigen. Momentan roch es allerdings weniger nach Fisch als nach Lorbeer, Zwiebelchen und Knoblauch. Gar nicht so übel ...

»Armelles Gehör wird auch immer schlechter«, seufzte Enora. »Noch einen kleinen Sherry, Anne-Marie?«

»Danke, nein ...«

Susanne spürte bereits die Wirkung des Alkohols, Wärme stieg in ihr auf, zugleich ein leichtes Schwindelgefühl, das keineswegs unangenehm war. Sie saß auf einem zartgrünen, zierlichen Möbelstück, das Ähnlichkeit mit einer Récamière hatte und ausgesprochen hart gepolstert war. Dazu gehörten drei kleine Sessel mit goldfarbiger Schnitzerei, deren Polster mit dem gleichen Stoff bezogen waren, und ein rundes Tischlein. Auf einem langgestreckten Buffet aus Rosenholz waren allerlei hübsche Nutzlosigkeiten ausgestellt wie Seidenblumen, eingelegte Kästchen, Miniaturjünglinge in Marmor, alte Fotos in geschwärzten Silberrahmen, eine kleine Metallglocke, verschiedene Schiffsmodelle und anderes mehr. Ach, und die hübschen Tapeten, die den Seidentapeten der Schlösser nachempfunden waren. Der sechsarmige Kristalllüster an der Decke stammte ganz bestimmt aus dem Restaurant – leider war er voller Spinnweben.

»Weißt du, wir wollten nicht, dass Duncan so ganz allein in einem Zimmerchen versauerte«, fuhr Enora fort und goss sich selbst noch ein halbes Gläschen nach. »Das hatte er nicht verdient nach einem so langen Arbeitsleben. Du musst wissen, dass er nur für das ›Sable Blanc‹ lebte, er wohnte dort unter dem Dach, war stets der Erste, der am Morgen zur Arbeit erschien, und der Letzte, der schlafen ging ... Dort steht eine Fotografie von ihm. Er war ein schöner Mann, findest du nicht auch?«

Susanne betrachtete das verblasste Farbfoto auf dem Buffet und musste zugeben, dass dieser blonde Mensch im Kellnerfrack mit dem kleinen Schnurrbärtchen tatsächlich eine attraktive Erscheinung war. Wann mochte das Foto wohl aufgenommen worden sein? In den Siebzigern? Oder später?

»Bitte zu Tisch, meine Damen ...«

Es war wie in einem alten Film: Enora im dunklen Kleid mit der gestärkten Rüschenschürze, es fehlte nur noch das weiße Spitzenhäubchen auf ihrem aufgesteckten Haar. Sie hatte die Tür zum Speisezimmer geöffnet – jawohl, es gab in diesem Häuschen einen Salon und ein Speisezimmer, darauf legten die Damen großen Wert. Vor allem Duncan hatte es so haben wollen, er hatte damals mit ihnen gemeinsam die Pläne zum Umbau des alten Bauernhauses gemacht. Ein Speisezimmer mit einem Buffet aus schwarzem Holz und einer Vitrine, in der Porzellan ausgestellt war. Eine vertrocknete Zimmerpalme neben dem Fenster. Der runde Tisch mit altmodisch bemalten Tellern, Weingläsern und weißen Stoffservietten liebevoll gedeckt, die silbernen Bestecke waren erblindet, auch die Gläser hatten graue Stellen. Aber wen kümmerte das schon?

»Ich helfe dir, Armelle ...«

»Aber nein, Enora. Setz dich zu unserem Gast ...«

»Aber die Terrine ist zu schwer für dich ...«

»Was redest du denn? Ich bin doch schließlich keine alte Frau ...«

Tatsächlich schleppte sie jetzt eine grüne Terrine aus Steingut herbei, die schrecklich schwer sein musste, denn sie kniff die Lippen fest zusammen und keuchte, als sie ihre Last auf dem Tisch abstellte.

»Es riecht köstlich«, bemerkte Susanne lächelnd.

Und das war nicht gelogen. Als Enora jetzt den Deckel von der Terrine nahm, verbreitete sich ein ausgesprochen leckerer Duft im Raum. Der Fisch war mit Kartoffelscheiben, Crème fraîche und Pfeffer angemacht, darüber hatte Armelle frische Petersilie gestreut.

»Lass mich den Wein eingießen, Enora ...«

»Aber Armelle, ich habe die Flasche doch schon in der Hand ...«

»Aber du gießt immer neben das Glas …«

»Das liegt an der schlechten Beleuchtung, Armelle. Schalte doch einmal die Wandlüster ein. So ist es besser …«

Susanne gelang es, ihr Glas so geschickt zu halten, dass der Wein tatsächlich hineinfloss, und auch Armelle brachte dieses Kunststück fertig. Nur Enoras Weinglas wurde von einer kleinen Pfütze umrandet, doch das bemerkte sie nicht.

Der gesalzene Kabeljau schmeckte einfach grandios. Susanne ließ sich dreimal auflegen und eroberte damit endgültig die Herzen der beiden Schwestern.

»Wir sprachen von Duncan, während du in der Küche warst, Armelle …«

»Ach Gott, unser guter Duncan. Acht Jahre ist er nun schon unter der Erde …«

Susanne war immer noch schleierhaft, welche Rolle dieser flotte Kellner im Leben der beiden Schwestern gespielt hatte.

»Er stammte von hier, unser Duncan. Dieses war sein Elternhaus, er hat es uns vermacht, der Gute …«

Susanne fühlte sich satt und angenehm müde, was wohl auch der Wirkung des Weißweins zuzuschreiben war. Es war schön, dem heiteren Geplauder dieser netten alten Damen zuzuhören, es hielt sie in einem Zustand angenehmer Betäubung und verhinderte das Nachdenken. Nach einiger Zeit wurde ihr klar, dass Armelle und Enora Gwernig hier mit dem blonden Duncan gewohnt hatten, ihre drei Schlafzimmer im oberen Stockwerk lagen nebeneinander, dazwischen das Badezimmer. Mit Dusche und Bidet – so hatte Duncan es haben wollen.

»War … war denn Monsieur Duncan niemals verheiratet?«

Ihre Frage löste bei den Schwestern große Heiterkeit aus, Enora verschluckte sich sogar am Wein.

»Duncan verheiratet? Was für ein Scherz! Ach Anne-Marie, du sagst so lustige Sachen … Genau wie deine Großmutter, die nimmt auch nie ein Blatt vor den Mund …«

Ihre Großmutter! Ach Gott! Susanne lachte mit, so gut es ging. Meine Güte, wieso war sie nicht gleich darauf gekommen? Dieser hübsche Bursche interessierte sich nicht für Frauen, er war schwul. Aber er schien seine Arbeitgeberinnen gemocht zu haben, was wohl auf Gegenseitigkeit beruhte. So hatten sich die drei zusammengetan, um ihren Lebensabend gemeinsam zu verbringen. War es so gewesen? Nun, zumindest hörte es sich so an.

»Ich denke, wir werden noch einen kleinen Kaffee nehmen und dazu ein wenig Gebäck, liebe Armelle …«

»Bleib sitzen, Enora. Ich mache den Kaffee …«

Susanne behauptete, sich ein wenig bewegen zu müssen, und trug das Geschirr in die Küche, wo Armelle die Kaffeemaschine in Gang setzte. Keine der üblichen billigen Plastikmaschinen, sondern ein richtig großes Gerät mit Automatik.

»Das haben wir uns letztes Jahr gegönnt, Anne-Marie. Weißt du, wenn du vom Fach bist, dann hast du keine Lust, dich mit einem primitiven Billigteil herumzuärgern …«

Drüben im Salon ging das Telefon. Susanne hörte, wie Enora mit jemandem sprach, mehrfach »oh« und »jaja«, sagte und dann irgendetwas erzählte, was mit Anne-Marie zu tun hatte. Damit war sie gemeint. Susanne.

Sie besänftigte die aufsteigenden ungutem Gefühle, indem sie nach Armelles Anweisungen Untertassen und kleine Tellerchen auf dem Tisch platzierte und aus dem Inhalt mehrerer Blechdosen einen hübschen Gebäckteller kreierte.

»Das war Gaëlle«, sagte Enora, als sie alle zusammen wieder am Tisch saßen, jede eine Tasse Bohnenkaffee vor sich.

»Gaëlle? Ist sie schon wieder zurück?«

Susanne konnte den selbst gebackenen Butterkeksen nicht widerstehen, Enora bevorzugte Mandelmakronen, die man in St. Renan einkaufte.

»Aber nein, sie hat aus der Klinik angerufen. Sie wollte uns sagen, dass wir Brioc nicht fahren müssen, weil Alan es getan hat ...«

»Sehr aufmerksam von ihr, uns deshalb anzurufen ...«

»Außerdem hat sie erzählt, dass Brioc wohl einen Schlaganfall hat und in der Klinik bleiben muss. Alan hat mit den Ärzten verhandelt, weil Brioc doch in keiner Krankenkasse ist ...«

»Ach du liebe Zeit ... er hat keine Krankenkasse ... Wer wird dann die Klinik bezahlen?«

»Das will Alan klären ...«

Susanne schwieg dazu. Dieser Alan war kein übler Bursche, ganz im Gegenteil, sie hatte ihn heute sehr bewundert. Weshalb er wohl so kurz angebunden zu ihr war? Ob er ihr immer noch den dummen Witz mit den toten Seelen nachtrug? Sie hatte doch nicht gewusst, was mit seiner Frau und den Kindern geschehen war.

»Ich soll Anne-Marie ausrichten, dass Gaëlle wohl erst gegen Abend zurück sein wird. Sie muss auf Alan warten, der will ein Zimmer für Swana mieten, weil sie unbedingt bei ihrem Vater bleiben will ...«

»Na, weißt du«, sagte Armelle mit leichter Empörung. »Da läuft das Mädel ständig in der Gegend herum, ist im Sommer monatelang in Lampaul, und jetzt braucht sie ein Zimmer, weil sie bei ihrem Tad sein muss. Und wer soll das bezahlen?«

»Swana jedenfalls nicht, und Brioc hat auch keinen Cent.«

»Dann wird es wohl an Alan hängen bleiben.«

Enora zuckte mit den Schultern. Ja, ihr sei auch schon aufgefallen, dass Alan eine Schwäche für Swana habe. Er sei damals, als seine Frau noch lebte, oft bei Brioc Morvan gewesen und habe auch manchmal in der Werkstatt geholfen. Das Boot, das damals im Sturm gekentert sei, das habe Brioc Morvan gebaut.

»Ein gutes Boot ist das gewesen«, sagte Enora. »Brioc war nicht schuld daran, dass Alan bei diesem Wetter hinausfahren musste ...«

»Aber das habe ich doch gar nicht gesagt, liebe Enora. Ich wollte nur sagen, dass Alan Swana schon als kleines Mädchen gemocht hat ...«

Susanne trank ihren Kaffee aus und hatte jetzt das dringende Bedürfnis, dieser Unterhaltung zu entkommen. Wenn die Großmutter – nein, falsch – wenn Madame LeBars erst heute Abend zurückkehrte, dann sollte sie sich jetzt um Bri-bri kümmern. Er musste sicher dringend mal raus.

»Nein, das kommt doch gar nicht in Frage ...«

»Jetzt schon? Armelle wollte dir unsere Fotos zeigen. Wir haben drei Alben vom ›Sable Blanc‹. Yves Montand ist bei uns gewesen und sogar Jean Marais. Und einmal wäre fast Brigitte Bardot gekommen, aber der Nebel hat es leider verhindert ...«

»Ein andermal ... der arme Bri-bri ...«

»Meine Güte – der Hund. Willst du ein paar Kartoffeln mit gekochtem Fisch für ihn mitnehmen? Er mag Fisch ...«

Sie musste energisch darauf bestehen, zu Fuß zur Küste zu laufen, denn Enora wollte sie unbedingt fahren. Damit sie sich im Nebel nicht verlief. Und sie solle bald wiederkommen, es sei so nett mit ihr gewesen, der arme Duncan hätte seine Freude daran gehabt. Mehrfache Umarmungen, viele gute Ratschläge und eine Schüssel voller Kartoffeln mit Fisch – dann lief sie in den Nebel hinein. Als sie sich umdrehte, sah sie das Haus und den ummauerten Vorgarten von weißlichem Dunst umwabert, die beiden alten Frauen standen neben dem Eingang und winkten zum Abschied. Es war bezaubernd, herzerwärmend und erinnerte ein wenig an die kleinen Wetterhäuschen aus Holz, die man in Deutschland kaufen konnte.

Noch bevor sie die Küstenstraße erreichte, hörte sie das brausende Geräusch der Brandung. Die Flut war da, man roch trotz des Nebels den salzigen, tranigen Duft des Meeres, das Seetang, Muscheln und allerlei Strandgut an Land warf. Sie fand den Pfad, der zum Leuchtturm hinüberführte, und war einen Moment lang besorgt, die Flut könne ihr den Weg abgeschnitten haben. Tatsächlich umspülten die Wellen die Klippen rechts und links des Pfades, schlugen zischend gegen das Gestein, und an einigen Stellen spritzte die Brandung so hoch auf, dass ihre Jacke nass wurde. Bis zu den Heidekrautbüscheln gelangten die Wellen jedoch nicht, sodass sie das Leuchtturmwärterhaus gefahrlos erreichte. Bri-bri musste sie gewittert haben, er bellte schon, bevor sie die Haustür aufklinkte, und sprang ihr begeistert entgegen. Fast hätte sie bei dieser Begrüßung den Topf fallen lassen.

»Nein, Bri-bri, das bekommst du später. Runter! Wird's bald? Chateaubriand!«

Wenn man ihn »Chateaubriand« nannte, wurde es ernst, das hatte er begriffen. Also wich er zurück und hob ausgiebig das Bein an einer verkrüppelten Birke, die hier auf den Klippen gemeinsam mit einigen Haselsträuchern ihr Leben fristete. Dann folgte er Susanne schwanzwedelnd in den Wohnraum, beobachtete hechelnd, wie sie einen Teil des leckeren Mahles in seinen Hundenapf füllte, und setzte sich brav auf sein Hinterteil. Erst wenn der Napf auf dem Boden stand und das Kommando: »Jetzt!« ertönte, durfte er sich über sein Futter hermachen. Die Großmutter war eine strenge Herrin.

Susanne sah zu, wie er seinen Napf leerte und danach gründlich ausleckte, dann trank er einige Zungenschläge Wasser, wobei ein guter Teil auf dem Fußboden landete. Anschließend kam er zu ihr, drückte seinen Kopf gegen ihre Knie und wartete darauf, dass sie ihn hinter den Ohren kraulte.

»Braver Hund...«, murmelte sie. »Susanne mag dich gern...«

Er nieste und setzte sich auf ihren Fuß. Es war ein Gefühl, als hätte jemand eine gefüllte Regentonne auf ihre Zehen gestellt, nur weicher...

»Lass mal sehen, ob wir das Feuer im Kamin in Gang bekommen...«

Sie zog den Fuß unter seinem Hintern hervor und kniete vor

dem offenen Kamin, schichtete Holzscheite auf, legte Anzünder dazwischen und hielt ein Streichholz daran. Es brannte eine Weile, aber als die Anzünder verbraucht waren, fiel das Feuer in sich zusammen, ohne die Scheite in Brand gesetzt zu haben. Verflixt, was hatte sie falsch gemacht? Sie probierte es zum zweiten Mal und erzielte das gleiche Ergebnis. Wieso schaffte es die Großmutter, hier ein munter flackerndes Feuerchen zu entzünden, das einen ganzen Abend lang den Raum erwärmte? Seufzend gab sie auf und fragte sich, wozu eigentlich eine teure Schulbildung und ein Universitätsstudium taugten, wenn man nicht einmal ein Holzfeuer in Gang bekam.

Nun ja – dort, wo sie lebte, brauchte man dieses Wissen nicht. Dort gab es Zentralheizungen und Klimaanlagen, man brauchte nur an einem Rädchen zu drehen oder die Hausangestellte damit zu beauftragen. Der Gedanke machte sie nicht besonders glücklich. Sie lief nach oben, um sich einen dicken Pullover überzuziehen, und setzte das altertümliche Fernsehgerät in Gang. Im Lehnstuhl zusammengekauert verfolgte sie eine Weile das Programm, stellte fest, dass es hier nur wenige Sender gab, die allesamt langweiligen Mist zeigten, und schaltete das Gerät schließlich wieder aus. Draußen rauschten und zischten die Wellen, die Flut hatte ihren höchsten Stand erreicht und vielleicht sogar inzwischen den Pfad überspült. Der Gedanke, auf einer Insel im Atlantik zu sein, gefiel ihr. Besser wäre noch eine der Inseln, die weiter draußen im Westen lagen, die Île d'Ouessant oder die Île de Molène, die waren von gefährlichen Strömungen umgeben, sodass sie nicht so oft angefahren werden konnten. Der Leuchtturm, den sie auf der Küstenfahrt gesehen hatten, kam ihr wieder in den Sinn. Les Platresses. Einsam mitten im Meer auf einer Klippe erbaut, wellenumtost, nur bei gutem Wetter konnte ein Boot dort anlegen. Wie merkwürdig, dass sie eine so starke Sehnsucht verspürte, dorthin zu gelangen und einen ganzen Winter in diesem einsamen Turm zu verbringen. Sich vor aller Welt verbergen, unauffindbar sein, mit dem Meer und den Gezeiten leben, den Flug der Seevögel verfolgen, Wolkenbilder betrachten, träumen ...

Schluss damit!

Es hatte keinen Sinn, davonzulaufen. Wenn Madame LeBars wieder zurück war, würde sie ihr die Wahrheit sagen. Und dann würde sie ihre Eltern anrufen, damit sie ihr Geld für die Heimreise schickten. Der zurückgedrängte Kummer stieg unversehens in ihr hoch, und sie presste in Verzweiflung die Hände an die Schläfen. Paul. Er war tot. Verbrannt. Der Gedanke, ihn niemals wiederzusehen, war wie ein Messer, das in ihr Herz eindrang. Nie, nie, nie würde sie diesen Schmerz vergessen, ihr ganzes Leben lang würde sie ihn verspüren. Und niemals wieder würde sie einen Mann lieben können.

Aber es wäre feige, sich ganz ihrem Kummer hinzugeben oder sich gar irgendwo zu verstecken. Das hatten ihre Eltern, die so viel für sie getan hatten, nicht verdient. Auch wenn die Liebe für immer tot war, wenn das Leben ohne Paul ihr leer und sinnlos erschien – sie würde ihrer Familie Ehre machen, so wie man es von ihr erwartete.

Ein sanfter, rötlicher Schein wuchs am Fenster und verschwand wieder – das Licht des Leuchtturms war angesprungen, es würde trotz des Nebels den Schiffen draußen eine Orientierungshilfe sein. Sie löste sich aus der verkrampften Haltung und stieg langsam die Treppe hinauf.

Die letzte Nacht in diesem Zimmer, dachte sie. Die letzte Nacht beim Schein dieses wandernden Lichtes zwischen den Wellen des Atlantiks.

Bri-bri war noch vor ihr im Bett, rollte sich zufrieden am Fußende zusammen und wartete darauf, dass sie ihren Platz einnahm.

Auch ihn würde sie vermissen.

15

Sie hörte sich keuchen. Der Fels, an dem sie emporkletterte, war schwarz und glitschig, tief unten brüllte das Meer, warf sich wütend gegen die zerklüftete Steilwand und zerstob zu weißer Gischt. Dann, endlich, schob sie den Oberkörper über die Felskante, lag ein Weilchen erschöpft auf dem flachen Gestein, spürte das Hämmern ihres Herzens.

Sie kroch auf allen vieren voran. Nebelschwaden waberten hin und her, undeutlich tauchten Felsbrocken aus dem Nebel auf, die hockenden Gestalten ähnelten. Ein Wacholder, windschief wie ein Betrunkener, neigte sich über sie. Das ist ein Traum, dachte sie. Nur ein dummer Traum. Ich muss aufwachen. Mich in den Arm kneifen. Warum spüre ich denn meinen Arm nicht?

Irgendwo jaulte ein Hund, langgezogen und voller Trauer. Ein Fels reckte sich, wurde eiförmig, dann entstand ein Kopf, zwei Hängeohren, eine schwarze, feucht glänzende Nase. Die Vorderbeine mit zottigen Pfoten. Unter der Nase das Maul wie ein schmaler Spalt, daraus schob sich eine rosafarbige, lappige Zunge. Es hechelte ihr entgegen. Augen wie blaue Glasmurmeln. Durchsichtig und tiefgründig.

Sie mochte Hunde.

»Na, du?«, hörte sie sich murmeln. »Was hockst du da ganz allein im Regen?«

Ein freudiges Schnaufen war die Antwort. Jetzt stieg der Schweif empor und bewegte sich hin und her. Er wedelte. Ein netter Bursche. Ob er sich verlaufen hatte?

Sie näherte sich und hatte den Eindruck, dass der Hund größer wurde. Vor allem der Kopf wuchs in die Breite, er bekam Hängebacken und einen stacheligen Schnurrbart. Sie konnte die spitzen, gelb-

lichen Zähne sehen. Verunsichert blieb sie stehen und musterte das Wesen gründlicher. Er hatte Pfoten wie ein Löwe. Jetzt winselte er, stand auf und schüttelte sich. Da hörte sie es. Das Klirren einer Kette.

»*Du bist ja festgebunden ... Na so was!*«

Und was für eine Kette! Dick wie eine Ankerkette, als müsste man nicht einen Hund, sondern ein Schiff damit an Ort und Stelle halten. Sie führte von seinem Hals zu einem Felsbrocken, in den man einen eisernen Ring eingelassen hatte. Was für eine Tierquälerei! Wollte man den armen Kerl hier verschmachten lassen? Er sah allerdings nicht verhungert aus, ganz im Gegenteil. Je länger sie ihn betrachtete, desto kräftiger erschien er ihr. War das tatsächlich ein Hund? Jetzt hatte er die Größe eines Büffels erreicht, und er schien immer weiter zu wachsen.

»*Was bist du denn für einer?*«

Der büffelgroße Hund setzte sich auf sein Hinterteil und hob eine Pfote. Eine gewaltige Pfote, die jetzt irgendwie flossenartig aussah. Aber ohne Zweifel war er ihr freundlich gesinnt. Seine blauen Glasmurmelaugen hatten einen bittenden Ausdruck.

»*Mach mich von der Kette los!*«

Hatte er gesprochen? Oder hatte sie es sich nur eingebildet. Egal. Es war sowieso ein Traum. Ein blöder, sinnloser Traum.

»*Das kann ich nicht ...*«

»*Es ist ganz leicht.*«

Tatsächlich war die Kette an einem ledernen Halsband befestigt. Sie konnte die Schnalle öffnen, dann würden Halsband und Kette zugleich von dem Tier abfallen. Doch sie zögerte. Das Tier war zwar freundlich, doch ohne Zweifel nicht ungefährlich. Allein das Gebiss! Die Pranken! Oder waren es Flossen? Überhaupt hatte er etwas von einem gewaltigen Fischwesen. Waren das nicht Schuppen auf seinem Rücken? Und diese runden, vorstehenden Glubschaugen ...

»*Hast du etwa Angst vor mir?*«

»*Nein ... nein ...*«

Er sprach mit sanfter Stimme. Fast ein Flüstern. Ein Windhauch.

Eine zarte Welle, die an den Stein schwappte. Sie trat mutig einen Schritt näher. Auf seinem Rücken war ein zackiger Flossenkamm gewachsen.

»*Sie hat mich hier vergessen*«

»*Vergessen? Wer?*«

»*Die Herrin. Malgvens Tochter. Dahut.*«

»*Dahut? Die Prinzessin aus der versunkenen Stadt?*«

Das war im höchsten Maße unglaubwürdig. Auf der anderen Seite war es ein Traum, da kam man mit Logik nicht allzu weit.

»*Wenn du an den Rand der Klippe gehst, kannst du sie sehen.*«

»*Was kann ich dann sehen?*«

»*Die Stadt.*«

Sie glaubte ihm kein Wort. Dennoch ging sie an den Rand der Steilwand und starrte auf das Meer. Es war grau, hier und da ein weißer Wellenrand, am Horizont mehrere dunkle Flecken, das waren Inseln.

»*Du musst nach unten schauen!*«

Unten schlugen die Wellen gegen den Fels, in der Brandungszone war das Wasser von weißem Schaum bedeckt. Weiter draußen war es jedoch glatt und durchsichtig, auf dem Meeresgrund sah man Dächer und Straßen, Kirchtürme und Stadtmauern, einen Palast mit runden Kuppeln und Zinnen …

»*Das ist Ker-Ys. Der König hat die Stadt für seine Tochter Dahut gebaut.*«

Was für ein blöder Traum. Ja, sie kannte die Geschichte. Eine traurige Geschichte. Arme Dahut, die vom eigenen Vater in den Tod gestoßen wurde. Als sie sich jetzt umdrehte, war das Wesen wieder zur Größe eines Hundes geschrumpft und seine braunen Schlappohren erschienen samtig.

»*Wir waren ihre Hündchen, verstehst du? Sie hat uns drüben am Strand angebunden und uns Kunststücke beigebracht. Wer unartig war, wurde hier oben festgebunden und musste eine Weile hungern und dürsten. Oh, sie war eine strenge Herrin. Aber wir liebten sie.*

Sie brachte uns bei, auf den Hinterfüßen zu laufen und ›Männchen‹ zu machen. Siehst du?«

Es sah lustig aus, wie er auf dem Hinterteil saß und mit den dicken Pfoten zappelte. Er war wohl aus der Übung, denn er kippte zur Seite und plumpste ins Heidekraut. Die Kette klirrte.

»Na schön, weil du so lieb betteln kannst.«

Er stand bewegungslos, während sie die Schnalle an seinem Halsband löste.

»Du bist schon ein komischer Bursche. Bist du nun ein Hund, ein Büffel oder ein Fisch?«

Sie spürte, wie er vor Aufregung zitterte. Die Schnalle war rostig, sie musste ordentlich daran zerren.

»Weder noch. Ein Fabelwesen. Etwas, das es eigentlich nicht gibt…«

Er sah sie mit treuherzigen Glubschaugen von der Seite an, und sie musste lachen.

»Ein Fabelwesen? Schimäre? Einhorn? Basilisk?«

Er röchelte. Es klang, als würde er sich mit Luft vollpumpen.

»Meeresdrache. Auch Meeresungeheuer genannt…«

»Ein Ungeheuer?«

Es war zu spät. Ein kräftiger Ruck des befreiten Wesens ließ sie zurücktaumeln. Wie er wuchs! Der zackige Flossensaum auf seinem Rücken war jetzt so hoch wie ein Gartenzaun – hatte er etwa Schwimmhäute zwischen den Krallen?

Er jubelte seiner Freiheit entgegen. Stieß blubbernde, zischende, krächzende Laute aus. Dehnte den schuppigen Leib, schlug mit dem Schwanz, dass Gestein und abgerissene Heidekrautbüschel umherflogen. Der lange, hornbewehrte Schwanz einer Meeresechse.

Das hatte sie nun davon. Sie hätte genauso gut einen Geist aus der Flasche befreien können. Aufwachen!, dachte sie in höchster Angst. Raus aus diesem Traum. Schnell, bevor dieses Vieh mich in Stücke reißt.

Nur knapp entkam sie einem Schlag mit dem Echsenschwanz,

dann aber schleppte sich das Wesen zur Felskante, vermutlich sehnte es sich nach seinem Element, dem Meer. Der Drache war nun so groß wie ein Elefant, er schwankte beim Gehen, wirkte ein wenig steif, was nach so langer Gefangenschaft nicht verwunderlich war.

An der Steilkante stand er ein Weilchen mit erhobenem Kopf und weiten Nüstern, sog begierig den Geruch des Ozeans ein. Dann sprang er. Ein gewaltiges Tosen brach aus, eine Wassersäule stieg bis über die Felskante auf, überspülte die Heide und riss Geröll und Büsche in den Abgrund. Das Halsband, das sie noch in ihren Händen hielt, war ihre Rettung, sie klammerte sich daran fest, und die Kette verhinderte, dass sie ins Meer gespült wurde. Unten brauste und kochte die See, der Fels erzitterte unter der wütenden Brandung. Jetzt würde sich das Ungeheuer in seinem Element tummeln, im sandigen Grund wühlen, Purzelbäume im Wasser schlagen, gesunkene Schiffe emporwirbeln und Leuchttürme wie Stöckchen knicken.

Es war ihre Schuld. Sie hätte ihn nicht freilassen dürfen. Die Freiheit war immer eine gefährliche Sache ...

Ich will jetzt aufwachen, dachte sie. Schluss. Ende. Aus. Kein Albtraum kann ewig dauern ...

Dann war er zurück, von den aufgewühlten Wassern emporgetragen und auf den Fels geworfen, lachte, keuchte, schnaufte in ihre Ohren. Namenloses Entsetzen erfasste sie. Er war über ihr, sie sah sein grinsendes Maul, roch fauligen Tang, spürte seine Schwimmpranken, die sich um ihren Körper legten. Sacht, doch mit spitzen, gekrümmten Krallen. Die Augen des Meeresdrachen waren von kalter, durchsichtiger Bläue.

»Und nun zu dir ...«

16

Das Erwachen kam plötzlich, und die Panik wich einem Gefühl großer Erleichterung. Sie lebte. Er hatte sie nicht gefressen.

Was für ein scheußlicher Albtraum, dachte sie und löste die verkrampfte Körperhaltung. Eine Weile lag sie ausgestreckt auf dem Rücken, spürte dem Schrecken des Traumes nach und kam zu dem Schluss, dass sie gestern bei den Schwestern Gwernig wohl zu viel gegessen hatte. Wie spät mochte es wohl sein? Im Zimmer war es dunkel, das Licht des Leuchtturms bewegte sich in regelmäßigen Abständen an ihrem Fenster vorbei – also war es wohl noch mitten in der Nacht. Wo war eigentlich der Hund?

»Ist ja gut, Bri-bri!«, sagte unten im Wohnraum eine Männerstimme. »Musst du mal raus? Dann ab mit dir!«

Sie setzte sich im Bett auf und strich die feuchtgeschwitzten, kitzelnden Haare zurück. Das war doch die Stimme von Alan Hervé. Was wollte der denn hier?

»Hallo? Gaëlle? Schlaft ihr etwa noch?«

Keine Antwort. Wie es schien, war die Großmutter noch nicht wach. Beziehungsweise: Madame LeBars war noch nicht wach. Sie kroch aus dem Bett und zog einen Pullover über das lange Nachthemd.

»Moment ... ich komm schon ...«

Der zweite Turnschuh lag unter dem Bett und sie musste sich auf den Boden legen, um ihn dort hervorzuangeln. Sie schlüpfte nur hinein, ohne die Schnürsenkel zu binden, und tapste die Treppe hinunter.

»Was gibt's?«

Er stand an der Haustür und sah dem Hund nach, der hinausgelaufen war. Als er sich zu ihr umdrehte und sie in ihrem merkwürdigen Aufzug sah, glaubte sie, ein Grinsen in seinem Gesicht zu bemerken. Es war jedoch nur eine Vermutung, denn Bart und Wollmütze verdeckten den größten Teil seines Gesichts.

»Habe ich Sie geweckt? Es ist schon fast acht.«

»Tatsächlich?« Sie warf einen Blick auf die Wanduhr über dem Lehnstuhl – natürlich hatte er recht. Auf der anderen Seite ging es ihn eigentlich nichts an, wie lange sie schlief. Und ebenso wenig brauchte es ihn zu interessieren, was sie anhatte und ob ihr Haar anständig gekämmt war. Trotzdem war es ihr peinlich, dass er sie so ausgiebig musterte. Er hatte grünliche Augen wie ein Meergeist.

»Ihre Großmutter schläft wohl noch ...«

»Es sieht so aus. Wann sind Sie denn gestern aus St. Renan zurückgekommen?«

»So gegen halb zwei ...«, murmelte er.

Du liebe Güte. Wieso erst so spät? Wegen des Nebels? Oder waren sie irgendwo eingekehrt? Egal – sie würde ihn nicht danach fragen und sich wieder eine unfreundliche Antwort einhandeln.

»Nun ja – dann wird sie müde sein.«

Sie schwiegen beide. Er starrte vor sich hin, sie verharrte auf der untersten Treppenstufe und wartete ab, was er tun würde. Erst als Bri-bri an der Haustür kratzte und eingelassen werden wollte, kam Bewegung auf. Alan öffnete die Tür, der Hund rannte fröhlich auf Susanne zu, fuhr mit der Schnauze unter ihr Nachthemd und leckte ihre bloßen Knie.

»Lass das!«

Sie verlor einen Schuh bei dem Versuch, Bri-bris Zärtlichkeiten abzuwehren, und hatte dazu das Gefühl, ein ziemlich lächerliches Bild abzugeben. Schließlich setzte sie sich auf die Treppenstufe, zog das Nachthemd über die Knie und kraulte Bri-bris dicken Kopf.

»Den haben Sie verloren …«

Immerhin hob er den Schuh auf und reichte ihn ihr. Allerdings machte er keine Anstalten, ihr den Schuh an den nackten Fuß zu stecken, wie es der Prinz im Märchen von Aschenputtel getan hatte. Das hätte auch nicht zu ihm gepasst.

»Danke …«

Er sah interessiert zu, wie sie sich den Schuh anzog und zugleich Bri-bris zärtliche Versuche abwehrte, die dicke Pfote auf ihre Schulter zu legen.

»Der mag Sie …«, stellte Alan fest.

»Ja, er ist mein heißester Verehrer …«

Hatte er etwa gelächelt? Wenn ja, dann konnte es nur sehr kurz und flüchtig gewesen sein, denn er schaute schon wieder mürrisch drein. Aus dem Schlafzimmer drangen jetzt leise Schnarchgeräusche.

»Kann ich irgendetwas für Sie tun?«

Er schaute sie prüfend an, sah dann wieder zur Seite und schien sich nicht schlüssig zu sein. »Eigentlich nicht. Oder vielleicht doch. Wie lange brauchen Sie, um sich fertig zu machen?«

»Zehn Minuten. Mit Haarekämmen, ohne Make-up.«

Jetzt grinste er tatsächlich, sie hatte es genau gesehen. Vielleicht schaffte sie es ja doch noch irgendwann, Monsieur Muffelkopf zum Lachen zu bringen.

»Es geht darum, dass ich einige Papiere aus dem Haus der Morvans holen muss, wegen der Kostenübernahme. Ich wäre ganz froh, wenn jemand mitginge, weil ich nicht gern allein in anderer Leute Sachen herumwühle …«

»Verstehe … Bin gleich wieder da.«

Sie lief nach oben, um ihre Kleider zu holen, und verschwand damit im Badezimmer. Katzenwäsche, anziehen, Haare kämmen … Verflixt, die waren am Hinterkopf regelrecht verfilzt, man kam mit dem Kamm kaum durch. Pferdeschwanz binden, prüfender Blick in den Spiegel. Noch mal mit dem Kamm drüber, um ein paar vorwitzige Strähnen zu ordnen. Du schaust gut aus, Susanne. Fast so gut wie Anne-Marie.

Was soll's, dachte sie beklommen. Die Großmutter schläft sowieso noch. Und solange sie es nicht weiß, soll es auch niemand anderes erfahren ...

Draußen war es noch dunkel, nur im Osten schimmerte ein fahler Lichtstreifen und ließ Bäume und ein paar Hausdächer als schwarze Schattenrisse erkennen. Immerhin hatte sich der Nebel verzogen, dafür war es jedoch so kalt, dass sie sich fröstelnd in ihre Jacke verkroch. Alan hatte es eilig, blieb jedoch mehrfach stehen und sah sich nach ihr um, als fürchte er, sie auf dem schmalen Pfad, der über die Klippen zum Land führte, zu verlieren. Der Wind war nur schwach, rechts und links des Pfades rauschte und gluckste das auflaufende Wasser, Möwen strichen wie Schatten an ihnen vorbei.

Er hatte seinen Wagen neben der Küstenstraße abgestellt und stieg wortlos ein, ließ schon den Motor an, während sie noch auf den Beifahrersitz kletterte. Wie lange mochte er in dieser Nacht geschlafen haben? Höchstens vier oder fünf Stunden. Seine Hände auf dem Steuerrad waren schlank, die Fingernägel gewölbt, der Handrücken leicht behaart. Nicht die kräftigen Pranken eines Seemanns, eher Künstlerhände. Was war er eigentlich von Beruf? Und wo lebte er, wenn er nicht hier in seinem Bauernhof wohnte? Ob sie ihn einfach fragen sollte? Aber es ging sie ja eigentlich nichts an.

»Was haben die Ärzte gesagt?«

Er zuckte mit den Schultern, ohne sie anzusehen. Man müsse abwarten, es würde alles getan, um Brioc zu helfen.

»Und wieso ist er in keiner Krankenkasse?«

Alan fuhr langsam durch das Dorf und hupte, weil drei schwarz-weiße Ziegen den Weg blockierten. Als sich die Zicklein endlich bequemten, die Straße freizugeben, bog er in den Hof der Morvans ein, umfuhr die Schlaglöcher und hielt vor der

Haustür. Offensichtlich gab es diese Löcher schon sehr lange, denn er kurvte um sie herum, ohne hinzuschauen.

»Er war früher selbstständig, hatte eine kleine Werft und mehrere Angestellte. Aber seit ein paar Jahren ist der Betrieb eingestellt und er hat keine Beiträge mehr bezahlt.«

»Ich verstehe. Er ist aus der Kasse geflogen. Und jetzt?«

»Jetzt müssen wir versuchen, ihn bei der RSA anzumelden, damit die die Kassenbeiträge übernehmen. Er hat ja keinerlei Einkommen mehr. Wenn Swana nicht in der Touristensaison Geld verdienen würde, könnte er sich nicht einmal etwas zu essen kaufen. Und schon gar keinen Alkohol …«

Zum ersten Mal sah er sie an, während er sprach, und sie begriff, dass ihm das Schicksal des alten Brioc am Herzen lag. Er konnte sehr intensiv und überzeugend reden, wenn er wollte; auch seine Augen bekamen dann einen anderen Ausdruck.

»Dann schauen wir mal, was wir tun können. Ich nehme an, er hatte nicht einmal seinen Ausweis dabei.«

Alan nickte. Er wurde jetzt wieder wortkarg, wie er es schon zuvor gewesen war, ging ihr voraus in das Haus, schaltete die Deckenlampe im Wohnraum ein und begann einige Schubladen zu durchsuchen. Susanne stand daneben und sah ihm zu, unsicher, ob sie sich an der Sucherei beteiligen oder nur als Beobachterin fungieren sollte. Zu ihrer Überraschung war es in diesem Wohnraum längst nicht so chaotisch, wie sie befürchtet hatte. Zwar lag allerlei Zeug auf Stühlen, Tisch und Kommoden, aber es war keineswegs schmutzig, sogar die Fensterbänke waren gewischt. Ob Swana sich als Hausfrau betätigte? Der alte Brioc hatte die Holzdielen doch bestimmt nicht gewachst.

»Schauen Sie drüben in dem Schrank nach …«, knurrte Alan sie an, ohne von seinem Tun aufzusehen.

Sie warf ihm einen unfreundlichen Blick zu und öffnete die Tür des grünen Schrankungetüms im Flur. Wenigstens »bitte« könnte er eigentlich sagen, wenn er sie schon siezte. Wieso tat er das eigentlich? Alle anderen sagten »du« zu ihr, nur Monsieur Alan Hervé aus Rennes sagte »Sie«. Dabei duzte er ihre Großmutter. Äh – Madame LeBars. Was war mit ihr los? Wieso störten sie diese Albernheiten? Sollte er sie doch siezen, es war klug von ihm, denn sie war nicht Anne-Marie, sie war Susanne Meyer-Schildt aus Berlin.

Unten im Schrank lagen mehrere Aktenordner. Brioc hatte sie übereinandergeschichtet, die Feuchtigkeit, die hier an der Küste in alle Räume drang, hatte die Blätter gewellt, an einigen Stellen schienen sogar kleine Mausezähnchen am Werk gewesen zu sein. Sie kniete sich vor den Schrank und nahm sich die Akten vor. Sie betrafen seine Werft: Bestellungen, Kostenvoranschläge, Rechnungen. Ein Konto bei der Sparkasse in St. Renan, das möglicherweise immer noch bestand. Die Geschäftsvorgänge endeten vor drei Jahren, wobei auch schon eine Weile vorher nicht mehr viel passiert war. Das Ganze war als Handwerksbetrieb gemeldet und wahrscheinlich inzwischen gelöscht.

»Haben Sie was gefunden?«

Er zeigte sich beeindruckt, konnte kaum glauben, dass sie in dieser Schnelligkeit die Akten überblickt und das Wichtige aussortiert hatte. Nun ja, für Anne-Marie, die ihr Geld mit Putzen verdiente, war das gar nicht schlecht. Für Susanne, die sich während ihres Studiums praktisch und theoretisch mit der Führung eines Betriebs vertraut gemacht hatte, war es eine Kleinigkeit.

Er hatte Briocs Ausweispapiere und seinen Führerschein gefunden, auch seine Heiratsurkunde, die er sorgfältig in einem Umschlag aufbewahrt hatte.

»Hat man je wieder etwas von Swanas Mutter gehört?«, fragte sie.

Er schüttelte den Kopf und legte den Umschlag wieder in die Schublade zurück. »Brioc war kein sehr liebevoller Ehemann. Aber als sie dann tatsächlich ging, ist er nicht darüber hinweggekommen. So geht das manchmal.«

Es klang traurig und ein wenig hilflos. So war das eben mit der Liebe, es nahm selten ein gutes Ende. Auf einmal hatte sie das Gefühl, ihn nur allzu gut zu verstehen. Ging es ihr nicht genauso? Saßen sie nicht im gleichen Boot, Alan, Brioc und sie?

»Ich ... ich wollte mich bei Ihnen entschuldigen, Alan.«

Er sah sie überrascht an. »Entschuldigen? Wieso?«

Er machte es einem nicht gerade leicht mit diesem abweisenden Tonfall. Aber nun hatte sie die Sache angefangen und musste sie auch zu Ende bringen.

»Wegen neulich am Strand ... Da habe ich allerlei dummes Zeug geredet. Von den toten Seelen, die über dem Meer herumirren ... Ich ... ich habe erst später von dem Unglück erfahren, und da war es mir ganz schrecklich unangenehm ...«

Noch während sie sprach, war ihr klar, dass sie besser geschwiegen hätte. Er hörte ihr mit unbeweglichem Gesicht zu, dann zuckte er mit den Schultern und wendete sich ab. »Darüber müssen Sie sich keine Gedanken machen, Anne-Marie. Ich habe gar nicht so genau hingehört ...«

Er hatte nicht hingehört? Und wieso war er dann permanent unfreundlich zu ihr? Was störte ihn an ihr? Mochte er ihr Gesicht nicht? Ach was – er wollte einfach nicht zugeben, dass sie ihn verletzt hatte. Wozu auch? Es war passiert. Es gab eben Dinge, die konnte man nicht mehr aus der Welt schaffen.

»Dann ist es ja gut ... Ich habe mir schon Vorwürfe gemacht wegen meines lockeren Mundwerks ...«

Er schob die Schubladen wieder zu und hob die am Boden liegenden Aktenordner auf, um sie in den Schrank zu packen.

»Das stört hier niemanden«, sagte er beiläufig. »Wir halten einiges aus.«

Wen meinte er wohl mit »wir«? Sich selbst und die Leute aus dem Dorf? Und sie? Gehörte sie für ihn nicht dazu? Sie ärgerte sich, weil er sie so offensichtlich ausgrenzte. Anne-Marie war immerhin die Enkeltochter von Madame LeBars, sie gehörte viel mehr hierher als Alan, der ja nur aus Rennes zugereist war.

»Das war's schon«, sagte er und machte einen Versuch, die Schranktür zu schließen, was jedoch nicht gelang. »War nett von Ihnen, mir zu helfen.«

»Keine Ursache ...«

Sie sah zu, wie er mit der Schranktür kämpfte und schließlich aufgab, weil das Schloss kaputt war.

»Wenn Brioc aus der Klinik kommt, wird er möglicherweise Pflege brauchen«, bemerkte sie. »Hat er Lähmungen?«

Alan faltete ein Stück Papier, um es unten in den Türschlitz zu klemmen, schob es ein paarmal hin und her und erreichte endlich, dass die Tür geschlossen blieb. Wozu eigentlich?

»Der linke Arm ist taub, auch das Bein ist in Mitleidenschaft gezogen ... Aber das kann wieder werden ...«

Sie schüttelte den Kopf über so viel grundlosen Optimismus. Der Mann war schließlich Alkoholiker, man musste etwas unternehmen.

»Meiner Ansicht nach sollte man sich nach einem Platz in einem Heim umsehen. Wie soll das sonst gehen? Swana kann doch nicht ihren Vater pflegen und dazu noch das Geld verdienen ...«

Er sortierte die Dokumente, die sie herausgesucht hatten, sah alles noch einmal durch und legte die Blätter aufeinander. Susanne ärgerte sich über sein Schweigen. Vermutlich hatte er keine Lust, über unangenehme, aber notwendige Lösungen nachzudenken, und redete sich die Situation lieber schön. Das wird wieder! Und wenn nicht?

»Wenn Swana ihren Vater gut versorgt wüsste, könnte sie vielleicht eine vernünftige Ausbildung machen. Schließlich kann sie doch nicht ihr Leben lang kellnern oder Eis verkaufen, oder?«

Er zog den Reißverschluss seiner Jacke auf und steckte den Stapel Papiere in die Innentasche.

»Gehen wir ...«

Was für ein sturer Kerl. Wieso sagte er nichts zu ihren Vorschlägen? Wollte er nicht? War er der Ansicht, dass dies alles sie nichts anginge?

»Es ist Ihnen wohl egal, was aus Swana wird, oder?«

Er war schon durch den Flur bis zur Haustür gegangen und trat in den Hof hinaus. Sie folgte ihm, wütend darüber, dass er immer noch beharrlich schwieg. Es war nicht fair von ihm, sie machte sich Gedanken über die Morvans, und er ließ sie einfach auflaufen. Tat so, als hätte er sie nicht gehört.

»Sie könnten mir wenigstens eine Antwort geben! Oder hat es Ihnen die Sprache verschlagen?«

Jetzt endlich drehte er sich zu ihr um und maß sie mit einem Blick voller Verachtung.

»Wollen Sie wirklich wissen, was ich von Ihren großartigen Ideen halte? Nichts. Aber auch gar nichts.«

»Und darf ich auch erfahren, warum?«

Er schien wenig Lust zu einer Erklärung zu haben und wollte schon die Wagentür öffnen, doch ihr spöttischer Ton ärgerte ihn ganz offensichtlich. »Weil Sie keine Ahnung haben, junge Dame. Weil Sie ein Kind der Geld- und Spaßgesellschaft sind. Eine feine Sache. Jeder denkt nur daran, sich das größtmögliche Vergnügen zu verschaffen. Nur keine Verpflichtungen. Keine Last auf sich nehmen. Weg mit den Kindern in Kinderkrippe, Kindergarten, Internat. Weg mit den Alten ins Heim. Ist dir dein Haustier lästig? Weg damit ins Tierheim. Geht dir dein Ehepartner auf die Nerven? Lass dich scheiden und such dir einen anderen ...«

Sie erstarrte bei diesem Zornesausbruch, den sie nicht für möglich gehalten hatte. Du liebe Güte – dieser Mensch war ja ein totaler Spinner! Redete vollkommen wirres Zeug daher. Sie sollte jetzt besser den Mund halten, es gelang ihr jedoch nicht.

»Ich habe an Swana gedacht ... Sie muss doch beruflich mal auf die Füße kommen ...«

Sie bemühte sich, ruhig zu sprechen, um ihn nicht noch mehr aufzuregen. Doch er schnaubte nur verächtlich, als hätte sie mit diesem Satz seine schlimmsten Vermutungen bestätigt.

»Was wissen Sie schon von Swana? Sie kennen sie gar nicht, aber Sie meinen, über ihre Zukunft entscheiden zu können. Ich will Ihnen etwas sagen, Anne-Marie. Swana würde es nicht ertragen, wenn man den alten Brioc in ein Heim steckte. Sie hängt mit abgöttischer Liebe an ihrem Vater, er ist alles, was ihr im Leben etwas bedeutet, und das hat damit zu tun, dass ihre Mutter davongelaufen ist und sie beide allein gelassen hat.«

Er machte eine Pause und wischte mit der Hand am Kotflügel seines Wagens herum, was dem Lack vermutlich nicht besonders zuträglich war.

»Aber ... Brioc wäre in einem Heim sehr viel besser versorgt. Dort würde man sich auch um seinen Alkoholismus kümmern ...«

Alan machte eine verneinende Gebärde, die zugleich ausdrückte, dass er keine Hoffnung hatte, gegen die notorische Unwissenheit seiner Gesprächspartnerin anzukommen.

»Er würde dort nach wenigen Wochen sterben. Brioc hat sein ganzes Leben hier an der Küste verbracht, er braucht die Seeluft und das Geschrei der Möwen. Aber das verstehen Sie nicht, Sie sind in der Stadt groß geworden.«

»Na und? Was hat das damit zu tun?«

»Sie wissen nichts von den Menschen hier, das wollte ich damit sagen. Aber es hat Sie ja auch bisher nie interessiert, oder?«

Jetzt war es an ihr, zu schweigen. Susanne Meyer-Schildt hatte sich tatsächlich nie für die Leute an der Pointe du Lapin interessiert. Aber das war ja auch kein Wunder. Anne-Marie dagegen ...

»Sie haben mir leidgetan, Ihr Großvater und auch Gaëlle«,

fuhr er fort. »Sie haben Ihnen oft genug geschrieben, Sie eingeladen. Immer haben sie gehofft, die Enkelin würde sich mal in den Zug setzen und sie besuchen ...«

Verflixt, jetzt musste sie ausbaden, was diese blöde Kuh Anne-Marie zu verantworten hatte.

»Immerhin bin ich jetzt hier ...«

Er zog spöttisch die Augenbrauen in die Höhe. »Zu Loans Beisetzung – ja. Besser als gar nicht. Das ist wahr. Und überhaupt geht es mich nichts an ...«

Da hatte er allerdings sehr recht. Es ging ihn überhaupt nichts an. Sollte er doch vor der eigenen Tür kehren!

»Wo waren *Sie* eigentlich, als mein Großvater beigesetzt wurde?«, fragte sie spitz.

Er grinste über ihre Retourkutsche, verächtlich und zugleich bekümmert. »In Rennes. Ich hatte beruflich zu tun ...«

»Ach so ...«

»Schluss jetzt«, sagte er ärgerlich und öffnete die Wagentür. »Steigen Sie ein, ich habe heute noch mehr zu tun, als mit Ihnen zu streiten.«

»Oh, ich will Sie nicht aufhalten. Fahren Sie nur – ich kann auch zu Fuß zurück zum Leuchtturm gehen.«

Er schien nicht böse über die Absage, zuckte nur mit den Schultern und setzte sich ans Steuer. Ohne einen weiteren Blick ließ er den Motor an und fuhr rückwärts aus dem Hof.

Was für ein Idiot, dachte Susanne. Was für ein heilloser Idiot!

Ein unbestimmter Kummer schnürte ihr die Kehle zu. Als er kurz vor dem Hoftor mit dem rechten Vorderrad in eines der Schlaglöcher geriet, verspürte sie kein Bedauern. Geschah ihm ganz recht.

17

In bedrückter Stimmung lief sie durch das Dorf in Richtung Küste, die Hände in den Jackentaschen vergraben, die Kapuze so eng zugezogen, dass gerade einmal Augen und Nase herausschauten. Ein kräftiger Westwind trieb schwarze Wolkenmonster über den grauen Morgenhimmel, zerrte gewaltsam an ihrer Jacke und versuchte, ihr die Kapuze herunterzureißen. Es ist gleich, dachte sie. Ich rede jetzt mit der Großmutter … Verdammt, wieso nannte sie sie sogar noch in Gedanken ihre Großmutter? Es war Madame LeBars, der sie nun endlich reinen Wein einschenken musste. Die Gelegenheit war günstig, sie würde jetzt ja wohl ausgeschlafen haben. Und dann musste sie ihre Eltern anrufen.

Sie versuchte, eine herausgewehte Haarsträhne wieder unter die Kapuze zu stecken. Der Anruf zu Hause würde das Schwerste sein, ihr wurde schon schlecht, wenn sie nur daran dachte. Aber es war höchste Zeit. Sie konnte ihre Familie unmöglich länger im Unklaren lassen …

Entschlossen stapfte sie gegen den Wind, überquerte die Küstenstraße und blieb überrascht stehen. Himmel und Meer waren plötzlich rosa, die schwarzen Wolkengebilde leuchteten anthrazitfarben und die Wellen, die sich schäumend auf den Strand ergossen, schimmerten in zartem, kitschigem Rosé. Sie drehte sich um und sah den roten Sonnenball aus dem Land emporsteigen, siegessicher und selbstherrlich, von einem glühenden Feuerwerk umgeben. Es dauerte nur wenige Minuten, dann sank das Himmelsfeuer in sich zusammen, das Meer färbte sich grau, auf dem Horizont lag dunkles Violett.

Schön, dachte sie und wehrte sich gegen die aufsteigenden Tränen. Wäre dieser unselige Unfall nicht geschehen, könnte sie jetzt mit Paul gemeinsam den Sonnenaufgang in der Bretagne bewundern. Das hatte er doch vorgehabt: ein paar freie Tage in der Bretagne. Daran konnte sie sich genau erinnern. Nur was danach geschehen war, das wollte ihr Hirn nicht mehr freigeben. Vielleicht war es auch besser so. Sie presste die Lippen zusammen und stemmte sich weiter gegen den Wind, der sie jetzt, da sie die Landzunge hinauf zum Leuchtturm ging, von zwei Seiten erfasste. Die Flut trieb die Wellen gegen die Klippen, wo sie sich schäumend brachen, feuchte Gischt wehte über Pfad und Heidekraut. Als Susanne endlich das Haus unter dem Leuchtturm erreichte, waren Jacke und Hose mit salzigem Meerwasser durchtränkt.

»Da bist du ja! Du liebe Güte – ganz nass. Wo bist du gewesen? Ich habe dich überall gesucht …«

Susanne konnte nicht gleich antworten, da sie Bri-bris begeisterte Begrüßung abwehren musste.

»Ich war mit Alan unterwegs …«

»Zieh dir trockene Sachen an und setz dich zu uns.«

Erst jetzt bemerkte sie, dass die Großmutter nicht allein war. Bei ihr am Tisch saß Anne Brelivet, Malos Mutter, eine füllige Frau mit breitem Gesicht und ergrautem Haar, die vermutlich jünger war, als sie ausschaute. Sie sah schmunzelnd zu, wie Susanne sich des Hundes erwehrte, und bemerkte dann, Bri-bri sei ein kluger Bursche, er habe Anne-Marie gleich in die Familie aufgenommen.

Susanne lächelte schief zu diesem Kompliment und lief hinauf, um trockene Sachen anzuziehen. Unfassbar – Gaëlle hatte ihr Bett gemacht. So etwas hatte ihre eigene Mutter noch nie getan. Aber nun ja – man hatte Personal im Hause Meyer-Schildt.

Zu dumm, dachte sie. Jetzt sitzt Anne Brelivet dort unten, da muss ich mit meinen Geständnissen wohl noch warten. Sie wehrte sich gegen ein Gefühl der Erleichterung. Es war ein Aufschub, weiter nichts!

»Du warst mit Alan unterwegs?«, forschte die Großmutter, als sie die Treppe hinunterstieg. »Trink jetzt erst einmal den heißen Kaffee und iss etwas. Setz dich hierher, der Kamin zieht bei dem Wind schlecht, aber es geht schon …«

Der Kaffee tat ihr gut, er wärmte mehr als das unruhig flackernde Kaminfeuer, und als sie dazu noch ein paar Bissen Weißbrot mit Marmelade gegessen hatte, verging auch die traurige Stimmung. Komisch, wie ein leerer Magen doch das Seelenleben beeinflusste.

»Wir haben Briocs Ausweispapiere geholt. Wegen der Krankenkasse …«

Sie erklärte den Sachverhalt, und die Großmutter lobte Alans Einsatz in den höchsten Tönen. Er sei gestern wie ein Wilder durch den Nebel gefahren und habe die halbe Klinik rebellisch gemacht, damit sie sich ja so schnell wie möglich um Brioc kümmerten. Sie selbst habe die ganze Zeit über die heulende Swana getröstet.

»Das arme Mädel hat schreckliche Angst, ihr Papa könne sterben. Deshalb wollte sie auch nicht von seiner Seite weichen, und Alan hat schließlich in einer kleinen Pension ein Zimmer für sie gemietet. Weil sie doch in der Klinik nicht über Nacht bleiben darf …«

Für Swana renkte sich Alan drei Beine aus. Das arme Ding hing ja so an ihrem Papa! Sie musste in den Arm genommen und zärtlich getröstet werden. Ein Zimmer wurde für sie gemietet, vermutlich gleich mit Vollpension. Aber sie, Anne-Marie, die hier geboren war, sie konnte man ja annörgeln und wie eine dumme Stadtzicke behandeln.

»Sie hat dich gebeten, ihr ein paar Kleider zusammenzusuchen …«

»Äh, wie?«

»Ja, träumst du denn, Anne-Marie? Eben gerade sprachen wir davon, dass wir zusammen nach St. Renan fahren, um Swana ein paar Sachen zu bringen ...«

Swana hatte noch gestern Abend bei den Brelivets angerufen. Eigentlich hatte sie mit Malo reden wollen, aber Anne war am Apparat gewesen, und so hatte sie ihr ihre Bitte vorgetragen. Sie brauchte vor allem frische Wäsche, ihre Zahnbürste und noch ein paar Dinge, Frauensachen eben. Und Klamotten. Sie wollte aber auf keinen Fall, dass Anne oder Malo das Zeug holten, sie sollten Anne-Marie darum bitten. Die würde schon das Richtige aussuchen ...

»Ach je ... hätte ich das vor einer Stunde gewusst ...«

»Es ist nun mal so, wie es ist, Anne-Marie ...«

Die beiden Frauen hatten beschlossen, Swana gleich auch etwas zu essen mitzubringen, schließlich habe sie nur wenig Geld und das Leben in St. Renan sei teuer. Man könne ja nicht erwarten, dass Alan für alles aufkam.

Anne hatte noch in der Nacht einen Auflauf gebacken, dazu stiftete sie ein Glas eingemachte Birnen und ein Stoffsäckchen mit getrockneten Pflaumen. Die Großmutter steuerte eine Dose mit Buttergebäck bei, eine Wurst, zwei Gläser mit eingekochten Gurken und ein Döschen mit selbst gemachter Fischpaste. So brauche sich Swana nur ein wenig Brot und ein Getränk zu kaufen.

Was für eine rührende Nachbarschaftshilfe. Sie hielten es für vollkommen normal, Kleider und Lebensmittel nach St. Renan zu schleppen, um Swana zu unterstützen. Vermutlich wusste sie wirklich nicht allzu viel über die Menschen hier am Ende der Welt. Was hätten ihre Eltern in solch einem Fall getan? Sie überlegte, weil es in ihrer Umgebung eigentlich niemals einen Notfall gegeben hatte. Oder doch? Ja, eine der Hausangestellten hatte eine Blinddarmattacke gehabt und man hatte den Krankenwagen gerufen. Und was war aus ihr geworden? Susanne hatte sie niemals wiedergesehen, Mama hatte sie entlassen und eine andere eingestellt.

Anne tat einen tiefen Seufzer und bemerkte, dass ihre beiden Männer leider auf See seien und ihren Fang danach in Lampaul verkaufen wollten. Malo hätte sie sonst sehr gern gefahren. Nun aber müsse man die Sache anders angehen. Sie habe extra ihr Fahrrad für Anne-Marie mitgebracht …

»Für … für mich? Wozu?«

»Pass auf, Mädchen. Hier ist der Autoschlüssel des Volvo. Er steht an der Anlegestelle, wie immer, wenn meine Männer auf Fang hinausfahren. Es ist ganz einfach, du brauchst nur die Küstenstraße entlangzuradeln, zehn Minuten oder vielleicht fünfzehn, weil der Wind heute recht stark ist …«

Susanne schluckte mehrfach und begann zu begreifen, was man von ihr erwartete. Sie sollte das Auto holen.

»Das Fahrrad legst du einfach auf die Ladefläche des Wagens. Und bevor du uns abholst, fährst du rasch bei den Brelivets vorbei und suchst ein paar Sachen für Swana zusammen«, vervollständigte die Großmutter den Anschlag. »Es ist doch noch Benzin im Tank, Anne?«

»Oh, ich denke schon. Gegen Abend müssen wir auf jeden Fall zurück sein, da brauchen die Männer den Wagen. Dann setzt du uns hier ab, Anne-Marie, und fährst den Volvo wieder zur Anlegestelle hinaus. Das Fahrrad kannst du mir auch morgen bringen …«

Sie hatte verstanden. Man erwartete, dass sie bei stockfinsterer Nacht mit dem verdammten Fahrrad wieder zurück zum Leuchtturm fuhr. Natürlich gegen den Wind. Hier in der Gegend kam der Wind immer von vorn, ganz gleich, in welche Richtung man sich bewegte.

»Am besten ziehst du das grüne Regencape von Madame Sylvie an. Und zwei Pullover übereinander. Ach, beim Radfahren wird dir schon warm werden …«

Wann war sie zuletzt mit einem Fahrrad unterwegs gewesen? Als kleines Mädchen? Nein – im Urlaub mit Christopher und Julia, das war irgendwo an der Côte d'Azur gewesen, schon ein paar Jahre her. Großartig, ihr Erinnerungsvermögen war wieder perfekt. Bis auf kleine Lücken ...

»Trink noch einen Schluck heißen Kaffee ... Du kannst Bri-bri mitnehmen, er rennt so gern den Strand entlang ...«

Zehn Minuten später schob sie Annes Stahlross über den schmalen Pfad zum Ufer hinüber, begleitet von Bri-bri, der immer wieder stehen blieb, um das Bein zu heben, und dann mit flatterndem Fell an ihr vorbeipreschte, weil er eine der frechen Möwen erwischen wollte. Dabei musste er doch langsam eingesehen haben, dass diese schwarz-weißen Schreihälse ihn nur zum Narren hielten.

Die Flut war auf ihrem höchsten Stand, sie schwemmte jede Menge dunkelgrünen und bräunlichen Seetang an den Strand, auch Plastikkanister und anderen Abfall, der von den Schiffen achtlos ins Meer geworfen wurde. Unten am Strand zu fahren war so gut wie unmöglich, also musste sie die Küstenstraße nehmen. Missmutig besah sie das alte Fahrrad, das nicht etwa bunt und verchromt war wie die Räder, die sie kannte, sondern schwarz. Eine Gangschaltung war nicht zu entdecken, dafür hing die Kette bedenklich locker.

»Also los«, sagte sie zu Bri-bri, der sie neugierig musterte. »Geh aus dem Weg, Hund, ich brauche Platz zum Hinfallen ...«

Der erste Fahrversuch wurde vom Wind vereitelt, der natürlich von vorn kam und ihr Regencape wie einen Brems-Fallschirm aufblähte. Außerdem war der Sattel zu niedrig und der Lenker schief. Aber wer wollte denn anspruchsvoll sein, man war in der Bretagne und in selbstloser Nachbarschaftshilfe unterwegs.

Wieso lasse ich mich auf diesen Quatsch ein?, dachte sie, während sie im zweiten Anlauf zornig in die Pedale trat. Ich bin

Susanne Meyer-Schildt und habe mit all diesen Leuten nichts zu tun. Ich bin eine Stadtpflanze, jawohl! Ein Kind der Spaßgesellschaft. Und das hier macht überhaupt keinen Spaß!

Sie fuhr in Schlangenlinien, kämpfte eine Weile gegen den boshaften Wind und geriet dann mit dem Vorderrad in eine sandige Stelle. Aus war es – sie konnte gerade noch abspringen, fast hätte sie Bri-bri angefahren.

»Verdammter Mist!«

Der Wind, der jetzt auch noch Regentropfen mitführte, verwehte ihre Worte; es war, als hätte sie gar nichts gesagt. Wütend hob sie das Fahrrad auf, schob es aus dem Sand und stieg wieder in den Sattel. Was für eine Quälerei, immer nur gegen den Wind zu fahren! Du meine Güte, sie war doch in Sport immer ziemlich gut gewesen, hatte im Internat in der Volleyballmannschaft gespielt, war in Berlin regelmäßig ins Fitnessstudio gegangen. Aber diesen verfluchten, rostigen Drahtesel gegen den permanenten Widerstand des Windes vorwärts zu treten – das war etwas völlig anderes. Es war ein verzweifelter, kräftezehrender Kampf gegen einen unsichtbaren Gegner, und sie hatte den Eindruck, dass sie trotz aller Anstrengung keinen Meter vorankam. Neidisch sah sie Bri-bri zu, der fröhlich vorausrannte, herumschnupperte, dann zur ihr zurücklief, das Fahrrad umkreiste und davongaloppierte.

»Hau ab. Lauf mir nicht in den Weg. Hör auf, Möwen zu jagen ...«

Als die Straße an einem Steilufer vorüberführte, bekam sie Angst, Bri-bri könnte in seiner Begeisterung ins Meer stürzen, doch er lief mit traumwandlerischer Sicherheit am Uferrand entlang und pieselte gegen die Grasbüschel, die dicht am Abgrund wuchsen. Allmählich wurde ihr warm, sie fand ihr Tempo, radelte langsam, aber stetig die Küstenstraße entlang und musste kein einziges Mal – wie sie befürchtet hatte – vor Erschöpfung anhalten und absteigen. Der Regen lief über ihr Gesicht, floss vom Regencape auf ihre Hosen und sammelte sich in den Schuhen. Es störte sie nicht. Hin und wieder hob sie den Kopf, um hinaus auf die unruhige See zu schauen, entdeckte eine Insel am Horizont und bestaunte den unendlich weiten Himmel, an dem düstere Wolkengebilde ihr Unwesen trieben. Es war seltsam, diese gewaltige Natur nicht nur zu bestaunen, sondern am ganzen Körper zu spüren. Wind und Regen, Sand und Fels, Meer und Himmel, Susanne und das rostige Fahrrad. Sie kicherte und trat beharrlich in die Pedale.

Als sie die Bucht und die Anlegestelle erreichte, war sie zwar erschöpft, aber mit sich zufrieden. Sie schloss die rückwärtige Tür des kleinen Transporters auf und verstaute das Fahrrad zwischen Tauen, Fischkisten und allerlei Gerätschaften, dann setzte sie sich ans Steuer und überließ Bri-bri den Beifahrersitz. Nass, wie er war, versaute er zwar das Polster, aber dort waren schon genügend andere Gebrauchsspuren, sodass seine dunklen Pfotenabdrücke kaum noch auffielen. Das Fahrrad klapperte hinten im Laderaum, während sie die Küstenstraße entlangfuhr. Als nach einer Biegung die Landzunge mit dem Leuchtturm sichtbar wurde, hatte sie das seltsame Gefühl, nach Hause zu kommen, und sie schüttelte den Kopf über sich selbst. Auf dem Pfosten mit dem hölzernen Hinweisschild »Kerlousec« hockte eine Möwe im Regen. Sie flatterte nicht einmal auf, als der Volvo dicht an ihr vorbei zum Dorf abbog, auch Bri-bris Kläffen brachte sie nicht aus der Ruhe.

Wie einfach das alles war, wenn man ein Auto hatte. Susanne fuhr in den Hof der Brelivets und schaffte es, die Schlaglöcher in abgezirkelten Schlangenlinien auszutricksen. Vor dem offen stehenden Eingang zur Werkstatt entdeckte sie eine graue Maus, die hastig davonhuschte, als sie die Autotür öffnete. Vermutlich hatten die Mäuslein in Werkstatt und Lager ein gutes Leben, da niemand sie dort störte.

»Nichts da! Du bleibst im Auto, Hund!«

Swanas Schlafzimmer im oberen Stockwerk war verblüffend hübsch und ordentlich, sie hatte sogar weiße Seidengardinen vor ihr Fensterchen gehängt, die vermutlich ziemlich teuer gewesen waren. In dem handgezimmerten Bücherregal gab es dicke Liebesromane, mehrere Kochbücher und zwei abgegriffene Fotoalben. Der helle Wollteppich mit Blumenmuster auf dem Fußboden war vermutlich selbst geknüpft, auch die weiße Häkeldecke, die über ihrem Bett lag, schien aus eigener Herstellung zu stammen. Diese Leidenschaft für Handarbeiten passte eigentlich gar nicht zu der unsteten Swana. Aber was wusste sie schon von ihr? Vermutlich hatte die schwierige Swana auch eine sanfte Seite. Auf der weißen Häkeldecke saßen zwei leicht lädierte Puppen und ein abgeliebter Teddybär.

Susanne fand eine rote Sporttasche aus Plastik mit Reißverschluss und packte Wäsche, Pullover, Hosen und Strümpfe ein. Im Badezimmer gab es hellblaue Wandkacheln und eine altmodische Badewanne aus Emaille, die auf vier Füßen stand. Sie nahm außer den Zahnbürsten auch das Rasierzeug mit, Kamm, Nagelschere, Zahnpasta, Deo und eine Schachtel mit Tampons. Noch zwei frische Handtücher, dann war die Tasche voll. Unten hockte Bri-bri auf dem Fahrersitz, hechelte, als müsste er gleich sterben, und sah sie mit vorwurfsvollen Augen an. Dabei hatte sie beide Fenster einen breiten Spalt weit offen gelassen. Es regnete jetzt in Strömen, vom Dach trieften Wasserfäden auf den Hof, weil die Regenrinne verbogen war, und die Schlaglöcher hatten sich in Pfützen verwandelt.

»Sei froh, dass du hier im Trockenen sitzt!«, knurrte sie den Hund an, während sie die Tasche ins Auto wuchtete. Bri-bri streckte kurz die Nase in den Regen und war auf der Stelle ihrer Ansicht. Und überhaupt roch es im Auto ganz wunderbar nach nassem Hund.

Anne Morvan und die Großmutter warteten an der Küstenstraße. Sie trugen Regenjacken und feste Schuhe, die Lebensmittel hatten sie in zwei Einkaufstaschen verpackt. Selbst bei diesem kräftigen Regen dachte keine von ihnen daran, einen Schirm aufzuspannen. Es wäre auch sinnlos gewesen, der Wind hätte ihn rasch umgestülpt und hinüber in die Heide geweht.

Man drängte sich zu viert in den Wagen, die Großmutter und Bri-bri setzten sich auf den schmalen Rücksitz, Anne hielt die Taschen auf dem Schoß.

»Uh, es riecht nach nassem Hund!«

»Wollen wir das Gepäck nicht nach hinten in den Laderaum stellen?«

»Nein, nein, da fällt alles durcheinander. Ich halte es schon fest.«

»Hör auf, mir in den Nacken zu hecheln, Bri-bri!«

»Halt! Ich habe meine Handtasche stehen lassen!«

»Aber Gaëlle, die halte ich doch auf dem Schoß!«

»Reich sie mir mal nach hinten, Anne. Ich brauche einen Pfefferminzbonbon, sonst wird mir beim Autofahren immer schlecht ...«

Susanne grinste über das Durcheinander auf engem Raum. Es gefiel ihr. Ja, es machte richtig Spaß, in dieser Gesellschaft über Land zu fahren. Was war nur mit ihr los? Vermutlich drehte sie jetzt völlig durch.

»Wenn wir schon in St. Renan sind, kannst du gleich zur Polizei gehen und deine Handtasche als gestohlen melden, Anne-Marie«, sagte die Großmutter. »Damit du neue Papiere beantragen kannst. Du hast nicht einmal einen Führerschein ...«

Schon war ihre Laune wieder im Keller. Es war so verdammt schwer, dieser Frau die Wahrheit zu gestehen. Warum konnte Gaëlle LeBars nicht wirklich ihre Großmutter sein? Dann würde sie jetzt einfach ein paar Wochen hier in der Bretagne bei ihr wohnen, sich einen angenehmen, ruhigen Urlaub gönnen und der Großmutter ein wenig zur Hand gehen. Anne-Marie in Paris, das blöde Huhn, hatte keine Ahnung, dass sie eine so wundervolle, lebensstarke Großmutter hatte. Tatsächlich, Alan hatte vollkommen recht. Sie hätte ihre Großmutter schon längst einmal besuchen sollen. Anne-Marie natürlich. Nicht Susanne. Leider nicht Susanne ...

Die Strecke war nicht besonders weit: zwölf, höchstens fünfzehn Kilometer, mit dem Auto ein Klacks. Allerdings gebot es sich, langsam zu fahren, nicht nur wegen des Regenwetters, sondern auch, weil die Küstenstraße hin und wieder Risse und Abbruchstellen zeigte, Spuren der Herbststürme, die die Flut bis über die Straße hinaus ins Land getrieben hatten.

Bri-bri hatte es sich neben der Großmutter gemütlich gemacht, er schlief, den Kopf auf ihrem Schoß. Susanne hing eine Weile eigenen, unerfreulichen Gedanken nach, dann schnappte sie ein paar Sätze aus der Unterhaltung der beiden Frauen auf.

»Ja, sie war ganz erschrocken. Sie will gleich nach der Schule zur Klinik kommen ...«

»Sie ist eine so warmherzige Person ...«

»Und gar nicht eingebildet. Wo sie doch studiert hat ...«

»Nein, sie ist ganz natürlich. Und sie spielt so schön Klavier ...«

»Malo läuft manchmal am Abend noch an ihrem Haus vorbei, um ihrem Klavierspiel zuzuhören ...«

»Malo ist ein lieber Junge ...«

Ich sollte einfach den Mund halten, dachte Susanne. Morgen oder spätestens nächste Woche bin ich sowieso in Berlin und das Schicksal der Leute aus Kerlousec geht mich nichts mehr an ...

»Wieso wohnt Madame Sylvie eigentlich hier im Dorf? Sie arbeitet doch in St. Renan, oder? Da wäre es für sie doch einfacher gewesen, sich dort eine Wohnung zu suchen ...«

»Oh, es hat ihr hier bei uns gefallen ...«

Offensichtlich waren beide Frauen stolz darauf, dass Madame Sylvie, die mit Familiennamen Maribeau hieß, das winzige Kerlousec dem großen St. Renan vorgezogen hatte. Vor sieben oder acht Jahren habe sie bei Mari LeGuic ein Zimmer gemietet.

»Als Mari dann starb, hat sie das Haus von ihrem Sohn gekauft. Viel wird sie wohl nicht gezahlt haben, es ist recht klein und auch nicht im besten Zustand. Die arme Mari hatte ihren Conan auf See verloren, und der Sohn ist nach Brest gegangen ...«

Eine von den vielen traurigen Geschichten um das kleine Dorf. Der Fischfang brachte nichts mehr ein, und so zogen die jungen Leute fort in die Städte, nur die Alten und ein paar Sonderlinge blieben zurück. Was mochte Sylvie wohl an diesem Ort gefallen haben? Hatte sie nicht von einem Ereignis in ihrem Leben erzählt, das sie aus Paris in die Bretagne katapultiert hatte?

»Sie mag die Einsamkeit, oder?«

Wieso stellte sie so neugierige Fragen? Ging sie das etwas an? Jetzt hatte sie bei Anne Brelivet eine Schleuse geöffnet und bekam mehr zu hören, als sie hatte wissen wollen.

»Sie ist ein wenig seltsam, unsere liebe Sylvie. Einer ihrer Kollegen – das weiß ich nur, weil Malwen es von einem Freund erfahren hat –, also einer ihrer Kollegen an der Schule wollte sie gern heiraten. Aber Sylvie hat abgelehnt, obgleich er ein sehr anständiger und guter Mensch ist. Sie lebt lieber allein ...«

»Nun ja – wenn sie sich dabei wohlfühlt ...«

»Es heißt, die Kinder lieben sie abgöttisch. Sie ist wirklich eine gute Lehrerin. Sie gibt auch Klavierstunden in der Musikschule in St. Renan. Und zweimal im Monat fährt sie nach Brest zu einer Pianistin, um sich fortzubilden ...«

»Du könntest vielleicht bei ihr Unterricht nehmen, Anne-Marie. Würdest du nicht gern Klavier spielen lernen?«

Die Großmutter arbeitete wirklich mit allen Mitteln daran, ihre Enkelin hierzubehalten. Es war komisch und traurig zugleich.

»Dazu braucht man vor allem ein Klavier, Großmutter.«

»Enora und Armelle besitzen eines. Sie hätten sicher nichts dagegen, wenn du darauf spielst ...«

»Ach, ich weiß nicht ... ich bin gar nicht musikalisch ...«

»Ich werde Sylvie einmal fragen ...«

Die ersten Häuser von St. Renan verbargen sich schüchtern hinter breiten Hecken, der Wind trieb eine Papiertüte mit dem Symbol einer Fastfood Kette über die Straße. Susanne setzte den rechten Blinker, um dem Hinweisschild »Hospital Le Jeune« zu folgen. Unfassbar, wie hartnäckig die Großmutter an ihren Einfällen festhielt.

»Ich werde sie selber fragen, Großmutter!«

»Siehst du«, kam es triumphierend von hinten. »Es war doch eine gute Idee, oder?«

Susanne tat, als müsste sie sich intensiv auf den spärlichen Verkehr konzentrieren, dafür bemerkte Anne jetzt, dass Malo auch gern das Klavierspielen lernen wollte. Aber Madame Sylvie habe ihm gesagt, seine Finger seien dazu nicht geeignet.

»Es kommt von der Arbeit auf dem Fischkutter. Da braucht man kräftige Hände und keine zarten Klavierfinger ...«

Das Krankenhaus war ein kastenförmiges Gebäude mit einem vorgesetzten Portal und regelmäßig aneinandergereihten Fenstern. Kein Meisterstück moderner Architektur, eher etwas nüchtern, dafür aber funktional – man konnte sich gut vorstellen, dass hier ein Team junger, engagierter Mediziner um das Wohlergehen jedes einzelnen Patienten besorgt war.

Der Regen hatte ein wenig nachgelassen, auch der Wind war hier nicht ganz so heftig wie an der Küste. Susanne stellte den Wagen auf dem großen Parkplatz vor der Klinik ab und half den beiden Frauen beim Aussteigen.

»Ich kenne mich aus«, behauptete die Großmutter, die ja gestern schon hier gewesen war. »Dort zum Haupteingang hinein, dann zwei Treppen hinauf und das dritte Zimmer auf der rechten Seite. Wir lassen die Sachen erst einmal im Wagen – Swana kann sie nachher mitnehmen. Du, Marie-Anne, gehst zuerst eine Runde mit Bri-bri, dann sperrst du ihn ins Auto und kommst zu uns in die Klinik…«

Sie hatte etwas von einem Feldherrn an sich, diese energische Person. Wie alt war sie? Über siebzig auf jeden Fall. Aber im Kopf stimmte noch alles.

»Bei dieser Gelegenheit könntest du auch gleich bei der Polizeiwache vorbeigehen und deine Handtasche als gestohlen melden, Anne-Marie. Wenn wir schon einmal hier sind…«

»Ja, Großmutter…«

Vermutlich war es eine Manie der Landbevölkerung, dass man so viel als irgend möglich erledigen musste, wenn man schon einmal in der Stadt war. Susanne ließ sich ausführlich erklären, wo die Polizeiwache war, dann nahm sie Bri-bri an die Leine und schloss den Wagen ab. Auf eine Täuschung mehr oder weniger kam es jetzt auch nicht mehr an. Sie hatte sich längst in ein festes Lügennetz eingesponnen, und es würde verdammt wehtun, wenn sie gezwungen war, es zu zerreißen.

Bri-bri fand es verwirrend, dass die eine Hälfte seiner Herde davonging, während der Rest mit ihm auf dem halbleeren Parkplatz stand und vor sich hin grübelte. Schließlich strebte er zu der Rasenfläche und hob sein Bein gegen eine der immergrünen Koniferen.

»Beeil dich wenigstens«, zischte Susanne. »Die ganze Klinik schaut uns zu.«

Bri-bri lief brav ein paar Schritte weiter, beschnüffelte interessiert die Wiese, dann drehte er sich im Kreis und machte den Rücken krumm. Auch das noch. Und sie hatte nicht einmal eine Tüte dabei.

»Komm jetzt!«

Es war überhaupt kein Vergnügen, mit diesem Hund durch die Straßen zu laufen, denn Bri-bri war die Freiheit gewohnt und zerrte sie mal hierhin, mal dorthin. Nach einigen Zickzackgängen, bei denen sie beide um ein Haar unter einen eilig heranfahrenden Krankenwagen geraten wären, hielt sie den Hund kurz und versuchte, ihm das Kommando »Fuß« nahezubringen. Der Erfolg war mäßig, Bri-bri war ein eigensinniger Bretone, gegen militärische Erziehung war er immun.

»Ein halbes Stündchen müssen wir es schon miteinander aushalten«, murmelte sie. »Sonst glaubt uns die Großmutter nicht, dass wir bei der Polizei gewesen sind.«

Wie lange man wohl benötigte, um einen Diebstahl zu melden? Hier am Ende der Welt schrieben sie die Meldung vermutlich noch mit Schreibmaschine auf Papier, da konnte sie locker eine halbe Stunde rechnen. Ach, egal – sie musste diesen Tag hinter sich bringen. Wenn sie heute Abend mit der Großmutter allein im Haus war, würde sie ihr endlich die Wahrheit sagen. Oder vielleicht besser morgen beim Frühstück? Sie wollte ja nicht, dass die alte Frau eine schlaflose Nacht hatte …

»Eh! Anne-Marie!«

Bevor sie den Kopf drehen konnte, hatte Bri-bri ihr schon die Leine aus der Hand gerissen und war quer über die Straße gerannt, um Madame Sylvie zu begrüßen. Zum Glück kam kein Auto, nur ein Radfahrer musste in die Eisen steigen, er klingelte wütend und brüllte einen unverständlichen Fluch.

»Du meine Güte«, sagte Sylvie schuldbewusst. »Das konnte ich nicht ahnen.«

Sie hatte nach mehreren Versuchen die Hundeleine erwischt und hielt sie jetzt energisch fest. Als Susanne zu ihr hinüberlief, deutete sie auf eine kleine Plakatwand, die an einem der Häuser befestigt war.

»Schau dir das an …«

Susanne ließ den Blick über die Aushänge schweifen. Eine Jugendband spielte in irgendeiner Kneipe, eine Versammlung der »bonnets rouges«, ein Vortrag über Alkoholismus … und ein kleines Blatt mit einer Fotografie.

Wer hat diese Frau gesehen?
Für Hinweise, die zum Auffinden der Gesuchten führen,
ist eine Belohnung von fünftausend Euro ausgesetzt.
Hinweise an …

»Die sieht dir unwahrscheinlich ähnlich, Anne-Marie«, sagte Sylvie und lachte. »Könnte deine Zwillingsschwester sein.«

Das Foto hatte Julia vor zwei Jahren an Weihnachten aufgenommen.

18

Unendlich dehnte sich das Watt vor ihnen, eine mattgelbe, bewegungslose Fläche, die sich weit in der Ferne mit dem unruhigen Himmel vermählte. Pfützen schimmerten im Sand, braune Algeninseln und graue Felsbrocken, mächtig und fremd, von Riesenhand ins Meer geworfen. Es roch nach Schlick und fischigem Tang, der Wind peitschte Gesicht und Körper, riss an den Jacken, pfiff um die Ohren.

Die Großmutter bewegte sich rasch und sicher über die Sandfläche, sank kein einziges Mal ein, vermied die Pfützen, die der Wind kräuselte. Auf dem Rücken trug sie einen geflochtenen Deckelkorb, den man umschnallen konnte und der Susanne an die Kiepe des Osterhasen in alten Kinderbüchern erinnerte. Sie selbst schleppte sich mit einem hellblauen Plastikkorb voller Gerätschaften ab, der an einem Riemen über ihrer Schulter hing. Die Gummistiefel der Großmutter waren ihr trotz der dicken Wollsocken zu groß, sie schlurfte bei jedem Schritt und fand das Gehen auf dem nassen Sand recht beschwerlich.

»Das Meer deckt uns den Tisch«, hatte die Großmutter am Morgen gesagt. »In den feinen Restaurants in Paris zahlt man ein Heidengeld dafür, und wir sammeln es nur ein ...«

Tatsächlich hatte es in Berlin bei Einladungen oder Familienfeiern häufig Austern gegeben, auch Krebse oder Hummer, den Mama ganz besonders liebte. Auch in den Ferien, wenn die Familie einmal im Jahr für zwei Wochen zusammenlebte, wurde meist Fisch in allen Varianten bestellt. Eigentlich trafen Eltern und Kinder bei den Meyer-Schildts immer nur an den Feiertagen oder im Urlaub zusammen, während der übrigen Monate waren die Kinder im Internat, Papa reiste im Auftrag der Firma und Mama besuchte Ausstellungen, um Kunst und Künstlern zu begegnen. Als Kind hatte Susanne das für ganz normal gehalten, erst als Studentin hatte sie bemerkt, dass es nicht in allen Familien so zuging.

»Als du klein warst, bin ich oft mit Yuna und dir hinausgegangen. Du hast in diesem Korb auf meinem Rücken gesessen, weil du noch nicht laufen konntest ...«

»Da drin?«

Die Vorstellung, ein kleines Kind in diese geflochtene Kiepe zu stecken, erschien ihr ziemlich grausam. Wie in einem engen Gefängnis musste sie da drin gehockt haben. Hoppla – zum Glück war es ja nicht sie, sondern Anne-Marie gewesen.

»Es hat dir gefallen. Du hast sanft und selig geschlafen, während Yuna und ich nach Muscheln gegraben haben.«

Nun ja, frische Seeluft machte eben müde. Sie schaute nach Bri-bri aus, der in einiger Entfernung Möwen jagte, und fand, dass es schön sein musste, ein Hund zu sein. Ein glücklicher Hund am Ende der Welt.

Sie selbst war vollkommen ratlos, was sie tun sollte. Sie wurde gesucht, man hatte sogar eine Belohnung ausgesetzt, falls jemand einen Hinweis erbrachte. Fast wie in den Wildwest-Filmen, wo man eine Summe auf den Kopf eines Verbrechers aussetzte. Nach dem ersten Schrecken hatte sie sich damit beruhigt, dass es ganz normal sei. Ihre Eltern hatte sie als vermisst gemeldet. Hatte nicht Anne-Marie am Telefon gesagt, die Polizei habe zuerst geglaubt, sie sei mit im Wagen verbrannt? Jetzt aber suche man nach ihr. Na also!

Unangenehm war nur, dass offensichtlich auch die Presse an ihr interessiert war. Das würde ihren Eltern überhaupt nicht gefallen. Ein Familienskandal war das Letzte, was Papa in seiner Position brauchen konnte.

Dann war ihr wieder eingefallen, dass man Anne-Marie vernommen hatte. Warum hatten sie ihr so seltsame Fragen gestellt? Ob Paul ihr etwas zur Aufbewahrung gegeben hatte. Von wem Paul den Wagen gekauft hatte. Da stimmte doch etwas nicht. Verflixte Gedächtnislücke. War Paul an diesem Tag nicht ungewöhnlich nervös gewesen? Er hatte sie zu dieser Urlaubsfahrt in die Bretagne doch förmlich gezwungen. Nun ja, zumindest hatte er sie bedrängt, ihr die zwei Tage mit List und Tücke abgerungen. Und dann war er in diesen Schreibwarenladen gegangen, um eine Zeitung zu kaufen. Dort hatte sie gesehen, wie er telefonierte ... Ach nein, das alles war doch nichts Ungewöhnliches ... Und doch ... Was hätte Paul ihrer Putzfrau Anne-Marie wohl »zur Aufbewahrung« geben können? Einen Sack voller Geldscheine, die er aus dem Tresor seiner Bank entwendet hatte? Lächerlich!

Es war gar nicht einfach gewesen, ihr Erschrecken vor Sylvie zu verbergen. Sie hatte sich wieder einmal in eine Lügengeschichte geflüchtet und erzählt, sie sei gerade auf der Polizeiwache gewesen, um den Diebstahl ihrer Handtasche anzuzeigen. Dann hatte sie eine aufregende Szene mit einem widerlichen Trucker zum Besten gegeben, ein ekelhafter, fetter Glatzkopf, der ihr an die Wäsche wollte. Sylvie war vollkommen erschüttert und sehr mitleidig gewesen, sie hatte sie sogar umarmt. Es war schrecklich, wie professionell sie inzwischen lügen konnte.

»Hier ist eine gute Stelle. Geh vorsichtig, Anne-Marie, die Muscheln spüren die Bewegung im Sand. Ab mit dir, dummer Hund!«

Die Großmutter verlangte den hellblauen Plastikkorb und suchte eine Zange und einen Salzstreuer heraus.

»Willst du sie gleich essen?«

»Was? Unsinn – alles, was wir ernten, wird heute Abend gekocht und mit Knoblauch in der Pfanne gebraten ...«

»Ach so ... Ich dachte nur ... wegen des Salzstreuers ...«

Die Großmutter schüttelte den Kopf über so viel Ahnungslosigkeit und begab sich mit Zange und Salzstreuer auf die Jagd. Ein wenig Salz über eines der Löchlein im Sand, gleich wuchs daraus ein kleiner, blasslila Rüssel, auch ein Stück der bräunlichen Muschelschale wurde sichtbar. Unerbittlich packte jetzt die Zange zu und zog die Schwertmuschel aus ihrem sandigen Versteck.

»Eh voila! Da haben wir die erste. So einfach geht das, meine kleine Anne-Marie...«

Sie warf die erbeutete Muschel in den Korb auf ihrem Rücken und sah sich nach einem weiteren Löchlein im Sand um.

»Willst du es auch mal versuchen?«

»Später...«

Susanne verspürte Mitleid mit den überlisteten Weichtieren, denen das Salz vorgaukelte, die Flut sei nahe. Ging es ihr selbst nicht ähnlich? Sie steckte den Kopf in den Sand, verbarg sich vor allen anstehenden Problemen am Ende der Welt und glaubte, man würde sie hier nicht finden.

»Das reicht uns«, sagte die Großmutter zufrieden, nachdem sie gut ein Dutzend der schlanken Schalentiere aus dem Sand geholt hatte. »Da drüben im Tang sind sicher grüne Krabben, die geben einen guten Sud...«

Auch Bri-bri beteiligte sich an der Suche, als sie jedoch tatsächlich mehrere handgroße blaugrüne Krabben entdeckten, sprang er zurück und kläffte aufgeregt.

»Er kennt die kleinen Biester«, meinte die Großmutter schmunzelnd. »Eine hing mal an seiner Nase – das hat er nicht vergessen.«

Mit geschicktem Griff beförderte sie die gepanzerten Minimonster in den Korb, der mit einem geflochtenen Deckel geschlossen wurde. Susanne benutzte vorsichtshalber die Zange, um ein weiteres Exemplar zu erwischen. Irgendwie war ihr dieses Abendessen in lebendem Zustand nicht angnehm. Später, wenn das Zeug geputzt und geschnippelt in der Pfanne schmurgelte, würde es vielleicht appetitlicher aussehen. Nun ja – sie war eine Berlinerin und keine Bretonin. Eigentlich schade …

»Die kleinen lassen wir in Ruhe …«

Die Großmutter erzählte von dem jahrhundertealten Recht der Küstenbewohner auf Fisch und anderes Meeresgetier und dass man niemals zu viel nehmen durfte und darauf achtete, die jungen Tiere am Leben zu lassen. So habe Gott das eingerichtet, damit alle satt wurden. Wenn die Menschen aber unmäßig wurden und sich mehr nahmen, als ihnen zustand, dann würde die Strafe auf dem Fuße folgen.

»Weil sie dem Geld hinterherlaufen, Anne-Marie. Eine Sünde ist das. Eine Todsünde, weil die Gier dahintersteckt …«

Susanne schaute über die weite Fläche des Watts, die so kahl wie eine Wüste erschien und doch voller Leben war. In einigen Stunden würde die Flut diese Sandlandschaft überschwemmen, sie zum Meeresboden machen, und dort, wo sie jetzt standen, würden sich Fische und anderes Meeresgetier tummeln. Unzählige kleine Wesen, die sich jetzt tief im feuchten Sand versteckten und dort knisternd und flüsternd auf das befreiende Wasser warteten.

»Anne hat mir im Vertrauen gesagt, dass Malo sich mächtig auf heute Abend freut. Wir werden eine richtig schöne bretonische Meeresplatte zubereiten. Den Kuchen habe ich schon vorbereitet, wir schieben ihn gleich, wenn wir zurück sind, in den Ofen …«

Die alte Frau stand gebückt, um einige Hände voll dunkler Strandschnecken zu sammeln, doch Susanne konnte sehen, dass sie zufrieden lächelte. Dachte sie vielleicht, Malos Vorfreude habe mit ihrer Enkelin Anne-Marie zu tun?

»Wollte Sylvie nicht auch kommen?«

»Ja, ganz recht, Sylvie wird auch mit uns essen. Das ist sehr geschickt, da kannst du sie gleich wegen des Klavierunterrichts fragen …«

Es gab Dinge, die sogar den stets wachen Sinnen der Gaëlle LeBars entgingen. Dazu gehörte ganz offensichtlich Malos Leidenschaft für Sylvie. Wie schade, dass seine Gefühle nicht erwidert wurden, er war ein lieber, anständiger Bursche.

Sie hatte gestern Abend Glück gehabt, denn als sie den Volvo an der Anlegestelle parkte, sah sie den rot-weißen Fischkutter, der sich der Küste näherte. Also ließ sie das Fahrrad im Laderaum, wartete, bis der Kutter angelegt hatte, und fuhr dann mit Malo und seinem Vater zurück zum Dorf. Die beiden Männer rochen intensiv nach Fisch, sie nahmen den Fang noch auf dem Kutter aus, um die Ware besser verkaufen zu können. An diesem Tag war ihnen nicht viel ins Netz gegangen, nur ein paar Brassen, Petersfisch und ein kleiner Seehecht, den sie wieder ins Meer geworfen hatten. Der Verkauf in Lampaul brachte nur ein paar Euro ein, das zahlte nicht einmal den Treibstoff für den Kutter.

»An manchen Tagen ist das so«, hatte Malwen gesagt. »Kann morgen schon wieder ganz anders sein.«

Susanne hatte von Brioc erzählt, der an mehrere durchsichtige Schläuche angeschlossen in seinem Krankenhausbett lag und den linken Arm nicht bewegen konnte.

»Redet er?«

»Er flucht. Aber auf Bretonisch. Swana wollte es nicht übersetzen.«

Sie lachten, und Malwen meinte, wenn Brioc noch fluchen könne, dann sei er bald wieder auf dem Damm. Malo erkundigte sich nach Swana, er wolle sie aufsuchen, sobald es möglich sei. Morgen würden sie wohl wieder hinausfahren, aber vielleicht am Donnerstag, da sei Sturm angesagt.

Susanne stach der Hafer. Wenn er am Donnerstag nach St. Renan fuhr, könne er ja gleich Madame Sylvie mitnehmen.

»Das kannst du machen, Malo«, meinte sein Vater. »Bei Sturm ist es kein Spaß für eine junge Frau, mit dem Rad die Küstenstraße zu fahren.«

Malo hatte nur genickt, aber in seinen Augen war ein anderer Ausdruck gewesen, und Susanne hatte ihn verstanden.

Die Liebe war eine Krankheit, und wer sie sich eingehandelt hatte, der wurde sie nur schwer wieder los. Manchmal verfiel man der Illusion, glücklich zu sein, aber das Grundwesen der Liebe war Leid. Sie kannte sich aus, war sozusagen Spezialistin auf dem Gebiet der Liebesenttäuschungen. Diese Nacht hatte sie wieder von Paul geträumt, einen langen, sehnsuchtsvollen Traum, der so intim gewesen war, dass sie sich nur ungern daran erinnerte. Sie hatten sich in einer Gartenlaube geliebt, die im wirklichen Leben auf dem Gelände der elterlichen Villa in Potsdam stand und die Paul niemals zu Gesicht bekommen hatte. Und er hatte wieder diesen verrückten Satz zu ihr gesagt: »Machst du dir Sorgen um mich, kleine Fee? Das brauchst du nicht …«

»Gib mal den Korb her, Anne-Marie! Die hier sind gut, genau die richtige Größe. Schau, sie hängen mit Fäden zusammen. Sei vorsichtig, wenn du sie abreißt …« Das war jetzt wieder die Stimme von Gaëlle.

Miesmuscheln in Mengen, eine Kolonie in dunkellila, zahllose oval geformte Muscheln, die sich aneinander festhielten und mit geschlossenen Schalen den Angriffen der Möwen widerstanden. Gegen die flinken Finger der Großmutter jedoch hatten sie keine Chance. Drei Schritte entfernt buddelte Bri-bri eifrig im feuchten Sand und förderte einige hellbraune Venusmuscheln zutage. Was er eigentlich hatte ausbuddeln wollen, verkroch sich tief in den Meeresboden hinein und spuckte ihm eine Ladung Salzwasser entgegen. Er nieste und versuchte, die Witterung aufzunehmen, doch das Loch hatte sich wieder mit salzigem Wasser gefüllt, und so verlor er das Interesse an der Jagd.

»Jetzt noch ein paar Austern, dann haben wir alles beieinander. Gib mir mal den Hammer aus deinem Korb. Pass auf, dass dich die Krabben nicht beißen ...«

Die braunen, schrumpeligen Schalentiere unterschieden sich kaum von den flachen Steinen, an denen sie festgewachsen waren. Wäre sie allein hier herumgestiefelt, hätte sie diese Prachtexemplare vermutlich gar nicht gesehen. Eine der blau-grünen, vielbeinigen Krabben klammerte sich an dem spitzen Hämmerchen fest und ließ sich in den Sand fallen, als Susanne das Werkzeug aus dem Korb nahm. Er hatte unfassbares Glück, der Ausreißer, denn die Großmutter und Bri-bri behinderten sich gegenseitig, sodass er in eine Nische zwischen den Austernfelsen entwischen konnte. Die alte Frau war erbost darüber.

»Dummer Hund! Wenn er dich wenigstens in deine vorwitzige Nase gezwickt hätte! Was gibt's da zu grinsen, Anne-Marie? Findest du es lustig, wenn unser Abendessen davonrennt?«

»Es ist witzig, wenn er so zur Seite krabbelt ...«

»Wir sind hier nicht im Zoo. Hilf mir. Pack die Austern, die ich losschlage, in den Korb. Oh, die sitzen richtig fest ...«

Tatsächlich musste man sie wie Gestein losklopfen, dabei aber gut zielen, um die Schalen nicht zu beschädigen. Handgroße schrundige Kalkgehäuse, fremdartigen Berglandschaften gleich, beherbergten Wesen aus uralter Zeit. Zarte, glibberige Klümpchen atmeten Meerwasser, filterten ihre Nahrung daraus und bauten Riesengebirge aus Kalk. Verwandelten Sandkörper in glänzende Perlen.

»Hast du schon mal eine Perle gefunden, Großmutter?«

Die alte Frau grinste. Ja, zweimal sei das passiert. Die erste sei klein und unregelmäßig gewesen, sie habe sie noch in der Kommodenschublade. Die zweite habe Loan verschluckt, als er die Auster schlürfte. Man habe niemals erfahren, wie groß sie war und ob sie gleichmäßig rund gewesen sei.

»Für eine Perlenkette hat es jedenfalls nicht gereicht, Mädel.

Nimm mal den Hammer, mein Arm tut mir langsam weh. Da drüben ... Fest zuschlagen ... Noch mal ... Na also!«

Es machte sogar Spaß, die hartnäckigen Biester von den Felsen zu lösen. Himmel, wie viele sich hier festklammerten! Eine neben der anderen, manche waren sogar zusammengewachsen und mussten durch einen gut gezielten Hammerschlag voneinander getrennt werden. Sie war so in ihre Arbeit versunken, dass sie nur hin und wieder aufschaute. Die Großmutter stand bei den Körben, schützte die Augen mit der Hand vor dem strengen Wind und schaute in die Ferne. Vermutlich näherte sich hinten am Horizont schon wieder das Wasser, es war stürmisch heute, da konnte es gefährlich werden, sich allzu lange im Watt aufzuhalten.

»Du solltest deine Mutter anrufen.«

»Was?«

»Sie muss sich doch um deine Wohnung kümmern, wenn du hier bist, oder? Mal nach dem Rechten sehen, Blumen gießen oder so ...«

Susanne nickte nur. Natürlich meinte sie Yuna Dupin in Paris, die Mutter von Anne-Marie. Nicht etwa Sybille Meyer-Schildt in Berlin. Aber das Stichwort »Mutter anrufen« hatte getroffen, Susannes schlechtes Gewissen kroch wieder aus dem Dunkel der Verdrängung hervor. Sie musste sich unbedingt bei ihrer Familie melden, sie waren ganz sicher in großer Sorge. So ganz heimlich und diskret anrufen: Hallo, ich bin noch am Leben und es geht mir gut. Nur kein Aufsehen erregen, damit die Presse nichts davon mitbekam. Vielleicht schickte Papa seinen Chauffeur, um sie hier abzuholen. Ja, das würde er vermutlich tun, wieso hatte sie nicht gleich daran gedacht? Wenn sie morgen früh anrief, konnte sie am Abend schon in Berlin sein. Und dann? Inzwischen hatten sie wohl ihre Pariser Wohnung durchsucht und Pauls Sachen gefunden. Und sie hatten erfahren, dass sie verschiedene Seminare geschwänzt hatte. Niemand in ihrer

Familie würde verstehen, wie unglücklich sie war, wie sehr sie den toten Paul vermisste, dass das Leben ihr ohne ihn sinnlos erschien. Stattdessen würde sie Papa hoch und heilig versprechen müssen, sich zu ändern, und um eine zweite Chance bitten. Von nun an wäre sie das schwarze Schaf der Familie.

Aber heute Abend wollte sie mit den anderen fröhlich zusammensitzen und dieses Zeug essen, das sie gesammelt hatten. Sie wollte Bri-bris warmes, atmendes Fell an ihren Füßen spüren, wenn sie im Bett lag. Ach, warum konnte sie sich nicht in den Sand hinein verkriechen und dort unten, tief drinnen in der feuchten, lebendigen Dunkelheit darauf warten, dass die Flut sie erlöste?

»Da schau einer an ... Das ist doch ... Na, so einer ... Rennt im Watt herum ohne Gummistiefel ...«

Susanne vollführte einen letzten Schlag gegen eine widerspenstige, braune Schrumpelschale und löste die Auster vom Fels ab. Als sie sich aufrichtete und ihren Fang in den Korb warf, erblickte sie einen einsamen Wattläufer, der auf sie zuhielt. Er hatte Mühe voranzukommen, denn der Wind blähte seine Jacke auf wie einen Ballon. War das nicht? Natürlich – die rote Wollmütze war unverkennbar.

»Gute Ernte gehabt?«, fragte Alan, die Hände in den Jackentaschen, den Rücken zum Wind.

»Prächtig. Schau her. Da wimmelt's nur so.«

Die Großmutter wies auf die beiden Körbe, und Susanne zog den linken Jackenärmel herunter, damit er ihren geschwollenen Zeigefinger nicht sah. Natürlich hatte sie sich auf die Finger gehauen, sogar zweimal auf die gleiche Stelle.

»Magst du heute Abend mit uns essen? Die Brelivets kommen, und Madame Sylvie. Reicht auch für einen mehr am Tisch. Wie in alten Zeiten ...«

Er lächelte flüchtig und sah zu Susanne hinüber. Sie tat, als ginge sie das alles nichts an, und verstaute den Hammer im

Plastikkorb. Bri-bri stand bei Alan und schnupperte schwanzwedelnd an dessen Jeans, die bis zu den Knien hinauf dunkel vor Nässe waren. Er trug dunkelblaue Turnschuhe, in denen das Wasser stand.

»Geht leider nicht, Gaëlle. Ich muss zurück nach Rennes, die Arbeit ruft. Will vor Weihnachten noch ein paar Sachen fertig machen. Aber danke für die Einladung ...«

»Schade. Dann aber, wenn du wiederkommst ...«

Er sah Susanne an, als redete er mit ihr und nicht mit der Großmutter. Sie schwieg immer noch beharrlich.

»Ich hab mich da ziemlich aufgeregt«, sagte er und verzog das Gesicht. »Gestern. Bei den Morvan. Es tut mir leid.«

Seinem Gesichtsausdruck nach hatte sie etwas ganz anderes erwartet als diese Entschuldigung. Weshalb schaute er immer so grimmig drein? Lag das am Wind? Oder versteckte er sich gern hinter einer abweisenden Miene?

»Mir tut's auch leid. Vergessen wir es.« Sie lächelte, was bei den Angriffen des Windes eher wie eine schmerzliche Grimasse wirkte, und er lächelte in gleicher Weise zurück. Dann nickte er, als hätte er etwas Wichtiges erledigt, und wandte sich der Küste zu.

»Die Flut kommt ... Werden bald nasse Füße bekommen ...«

»Die hast du ja schon«, sagte die Großmutter und schulterte die gut gefüllte Kiepe.

Doch Alan war bereits außer Hörweite.

19

Sie war geborgt. Sie war sogar gestohlen, diese Fröhlichkeit, die sie umgab wie ein warmer Mantel. Der verlockende Duft aus der Bratpfanne, das frische Weißbrot, das Anne mitgebracht hatte, der schwere, unfassbar leckere Kuchen, der nach Karamell und Mandeln schmeckte. Sie war eine gewissenlose Fremde, die sich in eine Geborgenheit einschlich, die ihr nicht zustand. Eine Betrügerin, die Malwens Cidre trank, über deftige Scherze lachte und mit heißen Wangen dem Seemannsgarn der beiden Brelivets zuhörte.

Sie fühlte sich geborgen unter diesen fröhlichen Menschen. Schon als sie mit der Großmutter in der Küche stand, um die Ernte zu sortieren, zu waschen und zu kochen, hatte es angefangen. Großmutter und Enkelin lachten und schwatzten wie zwei Teenager, zogen über die Männer her, über die Ehemänner und die anderen, die Hagestolze, die nicht heiraten wollten. Dabei schnitten sie Knoblauch und Zwiebelchen, brieten sie in salziger Butter glasig in der Pfanne, mischten Kräuter unter und ließen die Meeresernte darin ziehen. Gab es einen intimeren Ort für zwei Frauen als die Küche? Eine innigere Verbindung als das gemeinsame Zubereiten einer Mahlzeit? Ach, wie steril und abgehoben waren doch die Mahlzeiten im Haus der Eltern in Berlin gewesen, wo sie am schön gedeckten Tisch bei funkelnden Gläser und gestärkten Stoffservietten saßen und die Hausangestellte das Essen servierte. Kaum hatte man den letzten Gang absolviert, da rief Papa schon, er könne den Essensgeruch nicht mehr ertragen, man wolle den Kaffee im Musikzimmer nehmen. Hier aber, im kleinen Haus des Leuchtturmwärters, saßen sie bis spät in die Nacht beim flackernden Kaminfeuer, störten sich nicht an Töpfen und Tellern auf dem langen Tisch und tranken Cidre zu dem Kouign-amann, dem bretonischen Kouign, der alle Begriffe von Kuchen sprengte, die sie bisher gekannt hatte. Das Gelächter nach einem Scherz ließ die Teller auf dem Wandbord erzittern, die Männer schlugen mit der Faust auf den schweren Holztisch und die Frauen taten es ihnen nach. Niemand rief sie zur Ordnung, weil sie sich mit den Armen aufstützte oder mit dem Kaffeelöffel die Soße aus ihrem Teller aß. Und wenn die Brelivets oder die Großmutter etwas auf Bretonisch sagten, dann übersetzten sie es rasch, damit sie und Sylvie mitlachen konnten.

»Du müsstest doch ein wenig Bretonisch gelernt haben, Sylvie«, meinte Malo. »In den acht Jahren, die du nun schon hier bei uns lebst ...«

Es hörte sich an, als hätte er jedes Jahr einzeln gezählt.

Sylvie erklärte, dass es ihr leider schwerfiel, diese Sprache zu lernen. Aber sie bemühe sich. Schon um ihrer Schulkinder willen, die das Bretonische nicht vergessen sollten.

»Dazu muss man hier geboren sein«, behauptete Malwen. »Duncan hat es auch nie gelernt. Und er hat doch die meiste Zeit seines Lebens hier in der Bretagne verbracht ...«

»Duncan?«, rief Susanne. »Der Herr, der bei Enora und Armelle Gwernig gewohnt hat? Der war kein Bretone?«

Man sprach über ihn mit einem Schmunzeln in den Mundwinkeln. Ein wenig merkwürdig sei er schon gewesen. Immer so steif, als ob er ein Korsett trüge. Und sehr höflich. Eben ein Kellner. Nein, er sei kein Bretone gewesen, sondern ein Engländer. Zumindest ein halber Engländer.

»Seine Mutter war aus Brest. Im Krieg hat sie einen britischen Soldaten kennengelernt, und später ist sie zu ihm nach Bristol gefahren. Angeblich haben sie geheiratet, aber da war Duncan schon auf der Welt, und als er erwachsen wurde, da zog es ihn zurück in die Bretagne.«

Susanne dachte an das Foto, das sie bei den Gwernigs gesehen hatte. Duncan hatte als junger Mann bei den Eltern der Schwestern angefangen und niemals daran gedacht, die Stelle zu wechseln.

»Wieso hat er keine Familie gegründet?«, überlegte Sylvie. »Er war doch ein stattlicher Mann. Ich habe ein Bild von ihm gesehen …«

Malo neckte sie. Ob der hübsche Duncan ihr gefallen habe? Vor allem seine *moustache*, sein Schnurrbart.

»Ich wunderte mich nur …«

»Oh, da gibt es eine romantische Geschichte«, wusste Anne zu berichten, und sie zwinkerte der Großmutter zu. »Von einer schönen Braut, die an einem Fieber starb und der Duncan ein Leben lang die Treue hielt …«

»Ach ja?«, staunte Sylvie und machte große Augen. Das Gelächter der Übrigen zeigte ihr jedoch schnell, dass man solchen Geschichten keinen Glauben schenken durfte.

»War er … äh … war er schwul?«

Niemand konnte es ihr mit Sicherheit sagen. Duncan war eben Duncan, man nahm ihn so, wie er war, und schließlich war er ja auch kein Jüngling mehr, als er mit den Damen Gwernig nach Kerlousec in das leerstehende Haus seiner Mutter zog. Die drei hatten recht einträchtig miteinander gelebt.

Sie hatten ihn auf dem Friedhof bei der Kirche beerdigt, das war sein Wunsch gewesen, er wollte neben seinen Großeltern und seinem Onkel liegen. Zu seinen Eltern in England hatte er irgendwann den Kontakt verloren, weshalb, darüber wurde niemals gesprochen.

»In seinem Herzen war er ein Bretone!«, sagte die Großmutter. »Und wir werden ihn in guter Erinnerung behalten. Trinken wir auf ihn! Lermat, Duncan, alter Knabe. Mögest du dort drüben auf der Insel neben meinem Loan sitzen und einen guten Cidre trinken!«

»Lermat! Auf Duncan und auf Loan!«

Susanne rief Lermat und trank mit den anderen mit. Ob man sie selbst wohl auch in guter Erinnerung behalten würde, wenn erst einmal bekannt war, dass sie sich unter falschem Namen eingeschlichen hatte? Gewiss nicht. Sie würden alle wütend auf sie sein und nie wieder etwas mit ihr zu tun haben wollen. Was man ja auch verstehen konnte.

»Ja, die fremden Soldaten«, sagte die Großmutter. »Loan hat sie als Kind noch erlebt, er war sieben, als der Krieg zu Ende ging. Sein Vater ist bei Verdun umgekommen …«

Susanne goss sich Cidre nach und bemühte sich um eine gleichmütig-neugierige Miene, während die Großmutter und Malwen Brelivet von den Deutschen redeten. Anmaßend seien die gewesen, hätten sich für die Herren der Welt gehalten. In Brest und in Lorient, da hätte es nur so gewimmelt von deutschen Soldaten, U-Boote hätten sie gebaut, um den Atlantik zu beherrschen. Aber gute Schiffsbauer seien sie gewesen, fleißig und diszipliniert. Lauter junge Kerle, die von nichts eine Ahnung hatten. Nach den Mädchen hätten sie geschaut.

»Aber hier in der Bretagne haben sie kein Glück gehabt«, sagte Anne, und sie nickte dabei mit großer Überzeugung. »In Paris vielleicht, da hat es Mädchen gegeben, die haben sich eingelassen. Hier bei uns nicht …«

Niemand widersprach ihr, nur die Großmutter zog die Augenbrauen in die Höhe und wiegte den Kopf, doch sie sagte nichts. Wozu die alten Geschichten aufwärmen? Vorbei war vorbei.

»Die Bomben, die haben die Engländer geworfen. Weil sie die deutschen Besatzer und ihre U-Boote treffen wollten. Aber die Deutschen haben sich Bunker gebaut, auch für die U-Boote. Wir Bretonen haben die Zeche gezahlt, so viele sind gestorben. Brest haben sie kaputtgebombt, Lorient, St. Malo – alle großen Städte …«

Nur die Bunker hatten diese Zeit überdauert. Die Betonburgen der Deutschen waren so solide, dass es fast unmöglich war, sie wieder loszuwerden. Sie standen noch überall an der Küste herum, trotzten Wind, Sand und Sturmfluten und weigerten sich, zu verfallen.

»Dort hinten in der Heide steht auch noch einer«, berichtete Malo. »Als Kinder haben wir dort Piraten und Räuber gespielt ...«

»Wir auch ...«, sagte sein Vater. »Wir haben sogar Zeichen in die Wände gekratzt ...«

»Wir auch, Papa ...«

»Du liebe Güte«, lachte die Großmutter. »Dann werden Malos Kinder wohl auch eines Tages dort herumklettern ...«

»Falls er je welche haben wird ...«, gab Anne zurück. »Es wird höchste Zeit, Junge. Deine Eltern werden alt ...«

»Da hat Anne ganz recht«, stimmte die Großmutter zu und sah zu Susanne hinüber.

Malo wurde wieder einmal rot und behauptete, eine Ehe sei eine Sache, die man nicht übers Knie brechen dürfe. Schließlich wolle man ja ein ganzes Leben lang zusammenbleiben, da hieße es, zuvor genau zu überlegen.

»Mit fünfundzwanzig hatte ich schon zwei Söhne in die Welt gesetzt«, knurrte Malwen. »Und du lässt dich immer noch von deiner Mutter füttern ...«

Es klang nicht böse, eher wie eine gutmütige Neckerei, hinter der ein klein wenig Ungeduld stand. Ein eingeschliffenes Spiel zwischen Malo und seinen Eltern, bei dem jeder seinen Part genau kannte. Bei dieser Gelegenheit erfuhr Susanne auch, dass Malo der jüngste von drei Brüdern war. Die älteren lebten in Brest, einer hatte sogar studiert und arbeitete als Meeresbiologe, der andere war in einer Fischfabrik angestellt. Malo aber wollte in Kerlousec bleiben, er war entschlossen, trotz schlechter Verdienstaussichten das Gewerbe seines Vaters weiterzuführen.

»Da musst du dir eine reiche Erbin zur Frau nehmen«, scherzte seine Mutter.

»Oder eine berufstätige Frau«, warf Susanne ein und biss sich auf die Zunge. Wieso konnte sie ihre dummen Bemerkungen nicht lassen? Zum Glück war in diesem Moment ein lautes Schnarchen zu vernehmen und alle brüllten vor Lachen. Bri-bri hatte während der Mahlzeit hier und da sein Glück versucht und sich einige Bissen zusammengebettelt. Jetzt lag er unter dem Tisch zwischen ihren Füßen in seligem Tiefschlaf.

»Schnarcht wie ein Walross, der Hund!«

»Wie ein Meeresungeheuer!«

Die letzte Flasche Cidre wurde geöffnet und die Großmutter erklärte, wenn der Kuchen nicht aufgegessen würde, müssten die Gäste die Reste mitnehmen, sonst würde er trocken und das wäre ein Jammer. Susanne fühlte sich beschwipst und ungemein glücklich, sie teilte sich mit Sylvie ein Kuchenstück, aß mit ihr von einem Teller, ganz selbstverständlich, als wären sie Schwestern.

»Ist euch solch ein Meeresdrache schon einmal begegnet?«, wollte Susanne von Malo wissen.

»Ein Meeresdrache? Buckelwale haben wir gesehen. Und Riesenrochen. Einen alten Kabeljau …«

Auch Sylvie verspürte die Wirkung des Cidre, sie kicherte und erklärte Malo, dass die Meeresdrachen für die Monsterwellen verantwortlich seien. Es passiere, wenn sie sich bei Nordwind erkälteten und husten müssten …

»Das erzählst du doch hoffentlich nicht deinen Schülern?«

»Wieso? Stimmt es etwa nicht?«, fragte sie verschmitzt.

Einen Moment lang sahen sie einander in die Augen, herausfordernd, zu heiterem Wettstreit aufgelegt. Doch Sylvie senkte den Blick rasch wieder und stocherte in dem gemeinsamen Kuchenstück herum.

»Monsterwellen«, sagte Malwen abfällig. »Da wird jetzt viel

geredet. Hat es schon immer gegeben, solche Wellen. Dreißig Meter hoch und mehr. Auf wen so ein Ding zurollte, der konnte nur noch zu Gott beten ...«

Dann erinnerte er Malo an ein Ereignis vor drei Jahren. Da sei die See glatt gewesen. Kaum Wind, das Meer habe gleißend wie ein Spiegel in der Sonne gelegen.

»Wir hielten auf St. Mathieu zu, hatten Les Platresses backbord gelassen, vor uns die grauen Schatten der Inseln. Molène und ein paar andere, kleinere ... Da fiel auf einmal der Motor aus. Weißt du noch, Malo?«

»Ja, Papa ...« Malo beugte sich herunter, um nach Bri-bri zu schauen. Oder um sein Grinsen zu verbergen, das den Vater wohl geärgert hätte.

»Still war es auf einmal. Ich schwöre euch, es war so ruhig, als wäre die Welt gestorben. Kein Vogelruf. Auch das Meer schwieg. Nur die Sonne brannte auf uns herunter, und über dem Wasser lag etwas Merkwürdiges ...«

»Über dem Wasser? Was lag da?«

Malwen sah mit weit aufgerissenen Augen von einem zur anderen. Alle schwiegen und starrten ihn gespannt an; die Großmutter, die gerade ein Stück Kuchen abschnitt, hielt in der Bewegung inne.

»Ja, was lag da ...«, wiederholte er und sah Malo an, als müsste sein Sohn es wissen. Der zuckte jedoch mit den Schultern.

»Etwas, was nicht zu fassen war. Eine flimmernde, durchsichtige Schicht, ein Kräftefeld, das aus dem Meer in den Himmel stieg. Oder ein Streifen einer anderen Welt. Auf jeden Fall ging dort ein Wesen über das Wasser ...«

»Jesus Maria und alle Heiligen ...«, flüsterte die Großmutter. »Versündige dich nicht, Malwen. Nur unser Herr Jesus Christus konnte übers Wasser gehen.«

Malwen fuhr sich mit der Hand über die Stirn und wischte sich den Schweiß ab. Er könne es bei Gott und allen Heiligen beschwören, jederzeit könne er das. Er spinne kein Seemannsgarn, er sage die Wahrheit.

»Es war ein Kind. Ein Mädchen oder ein Junge in einem weißen Hemd ...«

Sylvie und die Großmutter waren tief beeindruckt, Susanne überlegte, ob der Cidre aus Malwen sprach oder ob ihm damals die Mittagshitze einen Streich gespielt hatte. Anne kratzte ungerührt mit dem Löffel in der Pfanne herum – sie kannte die Geschichte schon. Malo saß mit unbeweglicher Miene da.

»Es könnte allerdings auch ein Vogel gewesen sein, Papa ...«

Malwen starrte seinen Sohn missbilligend an und befahl ihm, den Mund zu halten. Es sei ein Kind gewesen. Vielleicht auch eine Fee. Oder ein Engel.

»Ein Engel, das könnte sein, Papa«, gab Malo nach. »Auf jeden Fall haben wir dann den Motor wieder zum Laufen gebracht ...«

»Und wir haben an diesem Tag einen richtig guten Fang gemacht, vergiss das nicht. Barsch und weißen Thunfisch.«

»Das ist wohl wahr.«

Es war Zeit, heimzugehen, die beiden Fischer wollten schon vor vier Uhr hinausfahren und brauchten ein paar Stunden Schlaf. Sylvie blieb noch ein Weilchen und half, das Geschirr in die Küche zu tragen. Susanne spülte, Sylvie trocknete ab und die Großmutter, die sich in ihren Schränken am besten auskannte, räumte Geschirr und Besteck wieder ein.

»Er ist ein Schlitzohr, wie?«, sagte Susanne leise zu Sylvie, als die Großmutter mit einem Stapel Teller unterwegs war.

»Wen meinst du?«

»Malo natürlich. Er hat Spaß daran, andere zu necken.«

Sylvie nickte lächelnd und rieb eine Schüssel mit dem Handtuch blitzeblank.

»Ich hab zuerst gedacht, er sei ein wenig ... brav«, fuhr Susanne fort.

Sylvie stellte die Schüssel auf den Küchentisch und griff nach einem Glas, das Susanne gerade gespült hatte. Es war nicht klug gewesen, die Gläser zuletzt zu spülen, jetzt war das Spülwasser schon trübe und das Glas bekam Schlieren.

»Du hast ihn noch nicht tanzen sehen, Anne-Marie. Er ist in einer Tanzgruppe in St. Renan, sie treten bei Umzügen auf...«

»In St. Renan. Schau einer an ... Da müsste er doch eine Braut finden, oder?«

Sylvie zuckte die Schultern. Da eher nicht. Er habe wohl etwas mit Swana.

»Das wäre ja auch ganz vernünftig«, sagte sie und schüttelte das nasse Handtuch aus. »Sie sind im gleichen Alter und Swana will ebenso wenig aus Kerlousec fortziehen wie Malo.«

Susanne fischte in der Spülschüssel nach vergessenen Besteckteilen und zog einen kleinen, ziemlich verbeulten Kaffeelöffel heraus. Sylvie polierte das letzte Glas und hielt es mehrfach in die Höhe, um zu sehen, ob es ganz sauber war. Ihre Brillengläser spiegelten das Licht der Deckenlampe, sodass Susanne den Ausdruck ihrer Augen nicht sehen konnte. Aber sie war fast sicher, dass Sylvie ihr etwas vormachte.

»Ich glaube nicht, dass Malo in Swana verliebt ist.«

»Nein?«

»Er ist in dich verliebt, Sylvie.«

Sylvie schwieg. Widersprach nicht, gab aber auch nichts zu. Lehnte mit dem Rücken gegen den Küchenschrank und sah hinüber in den Wohnraum, wo die Großmutter den langen Holztisch mit einem feuchten Lappen bearbeitete. Susanne wartete einen Moment, dann wurde ihr klar, dass die Großmutter gleich mit Lappen und Eimer in der Küche aufkreuzen würde.

»Und du magst ihn auch. Oder täusche ich mich?«

Schweigen. Sylvie rührte sich immer noch nicht. Sie hätte weglaufen können oder Susanne auslachen. Dementieren. Ärgerlich werden. Aber sie stand einfach da und lieferte sich ihr aus. Susanne begriff, dass auch Sylvie allein war mit ihren Geheimnissen, auch sie hatte keine Vertraute.

»Wie könnte ich an so etwas auch nur denken«, sagte sie leise. »Ich bin fünfunddreißig, er ist zehn Jahre jünger.«

Susanne sagte nichts, sie hatte Sylvie für viel jünger gehalten und war überrascht. Trotzdem fand sie, dass ein solcher Altersunterschied kein Hindernis für eine Beziehung sein konnte, zumindest nicht da, wo Susanne Meyer-Schildt herkam. Hier in der Bretagne aber vielleicht doch?

»Fleißige Mädchen!«, lobte die Großmutter und stellte den Eimer unter die Spüle. »Lass mal Bri-bri raus, Anne-Marie, er kratzt an der Tür …«

20

In der Nacht hatte sie scheußliche Albträume, was wohl an dem Butterkuchen lag, mit dem sie sich vollgestopft hatte. Mehrfach wachte sie auf, lag schweißgebadet auf dem Rücken und schob Bri-bri zur Seite, um wenigstens die Beine ausstrecken zu können. Nie wieder würde sie ganze vier dicke Stücke von diesem Zeug essen – ihr Magen fühlte sich an, als wäre er mit Wackersteinen gefüllt. Als sie endlich wieder einschlief, träumte sie von einem gewaltigen Wal, der sein Maul aufriss, um sie zu verschlucken. Dann wieder war sie auf dem Fischkutter und versuchte verzweifelt, das große Schleppnetz einzuholen, das voller silbrig zappelnder Fische war. Doch die Winde wollte sich nicht bewegen.

»Eh, Loan«, rief jemand mit Malwens Stimme. »Komm her und hilf uns. Wir schaffen es nicht allein.«

Da kam der tote Leuchtturmwärter Loan LeBars über das Meer gelaufen und stieg an Bord. Er trug orangerotes Ölzeug und blaue Gummistiefel; auf dem kahlen Schädel hatte er eine rote Strickmütze. Er starrte sie aus dunklen, tief liegenden Augen böse an.

»Was hast du hier zu suchen? Geh nach Hause! Dorthin, wo du hergekommen bist!«

»Sie haben mir gar nichts zu sagen«, fauchte sie. »Sie sind tot!«

»Wir Bretonen sterben nicht«, gab er zurück. »Wir fahren nur zur Insel hinüber. Und wenn Nebel ist, dann wandern wir über das Meer zurück an Land ...«

»Aber es ist gar kein Nebel ...«

Träume sind hinterhältig. War die Sicht eben noch völlig klar gewesen, so wurde auf einmal alles von weißlichem Dunst eingehüllt. Sie hörte den verstorbenen Leuchtturmwärter hämisch lachen und sah zu ihrem Entsetzen eine große Anzahl schattenhafter Menschen, die sich auf dem Meer bewegten. Sie redeten miteinander, und es hörte sich so an wie das Krächzen und Schnarren einer Vogelschar. Einige trugen wehende helle Gewänder, andere waren in Straßenkleidung und schleppten Reisekoffer.

»Ich gehe nicht fort«, rief sie wütend. »Ich lasse mich nicht wegschicken. Merkt euch das!«

»Machst du dir Sorgen, kleine Fee?«, sagte eine Stimme, die ihr durch Mark und Bein fuhr. »Das brauchst du nicht ...«

»Paul! Warte auf mich. Ich will mit dir gehen ... Liebster ... Paul ...«

Sie kannte diesen Traum, der immer auf die gleiche Weise ablief. Pauls Gesicht, das sich im Nebel auflöste, sein Körper wie ein Schatten, der mal hier, mal dort auftauchte, sie narrte, in die Irre führte und schließlich verging. Dieses Mal riss sie ein Jaulen früher als gewöhnlich aus dem Schlaf – sie hatte versehentlich den Hund getreten.

»Tut mir leid ...«, murmelte sie und wollte ihm tröstend das Fell kraulen. Aber er sprang aus dem Bett, um sich unten vor den Kamin zu legen.

Beim Frühstück stellte ihr die Großmutter eine Reihe unangenehmer Fragen, und sie sah sich gezwungen, zu neuen Lügen Zuflucht zu nehmen.

»Hast du endlich deine Mutter angerufen?«

»Natürlich, Großmutter. Leider hab ich sie noch nicht erreicht, aber ich bleibe dran.«

»Morgen ist Sonntag, da ist sie bestimmt zu Hause.«

Sie nickte gehorsam und trank Milchkaffee. Essen mochte sie nichts, ihr lag noch der Butterkuchen im Magen. Möglich, dass ihr auch andere Dinge auf den Appetit schlugen, aber darüber wollte sie jetzt nicht nachdenken. Draußen schien eine schräge, goldfarbige Wintersonne, das Meer hatte sich sanft an die Küste geschmiegt und funkelte in türkisfarbener Schönheit. Was für ein Tag – es wäre eine Sünde gewesen, ihn durch vorschnelle Geständnisse zu verderben. Dazu war morgen noch Zeit, am besten nach dem Kirchgang, da war die Großmutter milde gestimmt, zu christlicher Nächstenliebe angehalten ...

»Haben sie dir bei der Polizei ein Dokument mitgegeben? Damit du beweisen kannst, dass deine Papiere gestohlen sind? Falls jemand deinen Führerschein sehen will oder so?«

Heute früh war sie wirklich anstrengend. Ob sie vielleicht auch schlecht geschlafen hatte?

»Äh – ja, ich habe so ein Blatt bekommen. Hab ich oben ...«
»Du musst es immer bei dir tragen ...«

Du liebe Zeit – Verkehrskontrollen waren am Ende der Welt wohl eher selten. Jetzt wollte die Großmutter wissen, wie viel Geld in der gestohlenen Tasche gewesen war. Und der Wohnungsschlüssel sei sicher auch drin gewesen. Ihr Ausweis mit ihrer Adresse? Dann konnte dieser Gauner ja längst ihre Wohnung ausgeräumt haben ...

»Aber nein ... Meine neue Adresse ist in meinem Ausweis noch nicht eingetragen ...«

Was für eine geniale Ausrede! Vielleicht könnte sie als Agentin beim BND Karriere machen?

»Gott sei Dank! Nachlässigkeit ist auch ein Segen ... Überhaupt muss man den Ämtern nicht immer gleich hinterherlaufen. Die Franzosen, die sind manchmal schlimmer als die Preußen!«

Sie unterschied Franzosen und Bretonen. Wenn es nach ihr gegangen wäre, dann gehörte die Bretagne nicht zu Frankreich, sie war ein eigenständiger Staat mit eigener Sprache und Kultur. Sie sagte nicht »Bretagne« sondern »Breiz«, den Ort »St. Renan« nannte sie »Lokournan«.

»Das lernst du noch, Anne-Marie. Überleg es dir, mein Angebot steht. Denk daran, dass hier deine Heimat ist, du bist eine von uns und gehörst hierher ...«

Sie wollte, dass die Enkelin fürs Erste über Weihnachten blieb, dann würde man schon sehen. Im Frühling und im Sommer sei es hier an der Küste so schön wie nirgendwo anders auf der Erde. Und dieses Haus, das gehöre ihr, denn Loan und sie hätten es gekauft, als der Leuchtturm elektrifiziert wurde. Wenn Anne-Marie tatsächlich hierbleiben wolle, dann würde sie es ihr überschreiben.

»Die anderen, die wollen es sowieso nicht. Keiner von ihnen. Brauchen es ja auch nicht und würden es nur verkaufen, wenn ich einmal die Fahrt mit dem schwarzen Kahn antrete. Wäre ein Jammer, wenn irgend so ein geschäftstüchtiger Geldsack aus diesem Haus eine Ferienwohnung machte ...«

So wird es wohl kommen, dachte Susanne beklommen. Ein bisschen schade wäre das schon. Aber es konnte diesem Häuschen Schlimmeres zustoßen, als zu einer Ferienwohnung umgebaut und bei dieser Gelegenheit grundsaniert zu werden.

»Ich ... ich weiß noch nicht genau, Großmutter. Es gefällt mir schon hier. Sehr sogar. Ich muss darüber nachdenken ...«

Sie hasste sich selbst für diese Lügen. Wieso machte sie der alten Frau trügerische Hoffnungen? Nur weil sie selbst zu feige war, sich ihren Problemen zu stellen. Ein Königreich für ein Mauseloch, in dem man sich verkriechen konnte.

»Dann mach einen Spaziergang. Nimm Bri-bri mit, der muss ein bisschen rennen, er wird zu dick.«

»Ein gute Idee.«

Dumm war sie nicht, die Großmutter. Madame LeBars, die Witwe des Leuchtturmwärters. Bei diesem Traumwetter konnte eine Entscheidung nur für die Bretagne ausfallen. Susanne kippte den Rest Milchkaffee hinunter und zog Jacke und Turnschuhe an.

»Nimm die Leine mit. Oben in der Heide gibt es Hasen, da musst du ihn anleinen, sonst hast du ihn gesehen ...«

Das Meer spielte Karibik. Zarte, lichtblaue Wellen küssten den weißen Sand, kitzelten die braunen Granitfelsen, glucksten und schwatzten mit ihnen, erzählten von kristallener Tiefe, wo silberne Fischlein über gesunkenen Schiffen tanzten. Nur an wenigen Stellen verunzierten brauner Seetang und schwarze, abgerissene Muschelbänke den makellos hellen Sand, dafür gab es Kolonien von Schneckenmuscheln, die rot, braun, gelb oder silbern schimmerten und dazu einluden, sie aufzusammeln und Ketten daraus zu fädeln. Susanne lief in nördlicher Richtung am Meer entlang, die gleiche Strecke, die sie vor Wochen in umgekehrter Richtung gegangen war, als sie von Lampaul kommend die Pointe du Lapin suchte. Damals, als sie noch glaubte, die Enkelin der Madame LeBars zu sein ...

Bri-bri gab sich Mühe, jeden Fels in sein Revier einzugliedern und zu markieren. Schließlich ging ihm die Munition aus, aber das Bein hob er trotzdem. Susanne ließ das offene Haar im Wind fliegen, rannte ein Stück. Wenn sie ein Stück Holz fand, warf sie es in die Wellen, und Bri-bri stürzte begeistert hinterher. Er machte beim Schwimmen die gleichen Bewegungen wie beim Laufen, und es klappte vorzüglich. Nur mit dem Apportieren hatte er es nicht, er legte sich mit dem erbeuteten Holz lieber in den Sand und zerkaute es.

Wenn sie auf einen der niedrigen Felsen stieg, konnte sie in der Ferne die dunkle Linie einer Insel erkennen. Zwei Segelboote waren unterwegs, schnitten mit weißen Dreiecken in das Blau des Himmels und vermittelten die Illusion von Sommer und Freiheit. Sie wusste, wie schnell dieser Traum umkippen konnte, das Meer hatte viele Gesichter, dieses aber war sanft und schön. Sie stapfte dicht an der Brandung durch den Sand, wich den heranlaufenden Wellen aus, um sich keine nassen Schuhe einzuhandeln, und grübelte vor sich hin.

Warum eigentlich nicht? Warum sollte sie sich nicht hier in der Bretagne bei diesen freundlichen Menschen einnisten? Ihren Master konnte sie vielleicht auch extern machen. Und auf eine große Karriere hatte sie sowieso keine Lust. Hierher hatte Paul mit ihr fahren wollen, es war sein letzter Wunsch gewesen, mit ihr am Meer in der Einsamkeit zu bleiben. Hoppla – das stimmte nicht ganz. Hatte er nicht eher von der Karibik geredet? Von Singapur?

Das ist sowieso alles Blödsinn, dachte sie entmutigt. Wenn sie die Wahrheit über mich erfahren, wird hier in Kerlousec kein Hund mehr ein Stück Brot von mir nehmen. Sie seufzte tief, steckte die kalten Hände in die Jackentaschen und ging langsam weiter. Ganz hinten am Horizont hatte sich ein graues Wölkchen über die Insel gelegt. Eine Schar Möwen strich über die Bucht mit unbekanntem Ziel, Bri-bri kläffte eine tote Krabbe an. Rechts der Küstenstraße waren die ersten Häuser von Lampaul zu sehen, niedrige, helle Gebäude, die Fenster mit hölzernen Läden geschlossen. Wahrscheinlich waren es Ferienhäuser, die im Sommer an Touristen vermietet wurden.

Sie beschloss, hinauf zur Küstenstraße zu klettern und einen der schmalen Sandwege landeinwärts zu gehen, um durch Gras und Heide den Bogen zurück zur Küste und zum Leuchtturm zu schlagen. Es war eine gute Entscheidung, denn das Klettern und die sanfte Steigung des Sandpfades brachten ihren Kreislauf in Schwung. Auch Bri-bri war begeistert, er rannte voraus, schnüffelte im trockenen Gras herum und hob das Bein gegen eine windgekrümmte Kiefer. Susanne konnte förmlich sehen, wie in seinem Hundehirn die Vorstellung eines leckeren Häschens wuchs, und sie nahm ihn vorsichtshalber an die Leine. Als sie sich nach einer Weile umdrehte, um zum Meer zurückzuschauen, war das graue Wölkchen zu einem mittelgroßen dunklen Gebirge gewachsen, und es schien mit seiner Ausdehnung noch lange nicht fertig zu sein.

Von wegen Traumwetter, dachte sie. Wenn wir Glück haben, geraten wir auch noch in den bretonischen Nebel. War es nicht so, dass der sich besonders dann einstellt, wenn die Sicht klar und der Himmel hell ist?

Der Sand auf dem Pfad war trocken und staubig, Gras und verblühtes Heidekraut säumten den Weg, dazwischen lagen immer wieder große und kleinere Granitbrocken, die der Vegetation beharrlich trotzten. Kleines Getier huschte vorüber, und Susanne hatte Mühe, den aufgeregten Hund festzuhalten.

»Zerr nicht so, Blödmann. Du röchelst ja schon. Fuß! Wir jagen keine Mäuse. Und auch keine Hasen ...«

Bri-bri war über diesen Punkt anderer Ansicht, immer wieder sprang er unversehens ins Heidekraut, zweimal erwischte er ein Mäuslein, ließ es jedoch erschrocken wieder laufen, weil es laut quiekte.

»Du bist mir der rechte Mäusejäger ...«

Wind kam auf, strich über die niedrigen braunlila Heidebüsche, wirbelte trockenen Sand um ihre Füße. Das Wolkengebirge war zur Größe eines Himalayas angewachsen und verfinsterte die Sonne. Die ersten dicken Tropfen zeichneten dunkle Punkte in den gelben Sand. Na, großartig. Sie würden klatschnass werden, aber hier an der Küste störte das ja niemanden. Oder doch? Bri-bri zerrte jedenfalls eifrig an der Leine. Obgleich er gern im Meer schwamm, konnte er es doch nicht leiden, im Regen nass zu werden. Wie es schien, hatte er vor, so schnell wie möglich das schützende Leuchtturmwärterhaus zu erreichen.

»Mach dir keine Hoffnungen, Hund. Wir haben noch ein gutes Stück zu ... Eh! Spinnst du denn?«

Bri-bri war urplötzlich nach rechts abgebogen, und da die Frau am anderen Ende seiner Leine auf diese rasche Wendung nicht gefasst war, wäre sie beinahe ins Heidekraut gefallen. Ein paar Schritte zog der Hund sie hinter sich her, dann erblickte sie ein dunkles Loch, das offensichtlich ins Innere eines kleinen, grasüberwachsenen Hügels führte. Der Eingang zu einer Hobbit-Höhle? Zum bretonischen Feenreich? Bri-bri schien keine Bedenken zu haben, er verschwand in der Öffnung, und da der Regen jetzt ziemlich heftig herunterprasselte, kroch Susanne hinterher. Drinnen war es dunkel, ein ziemlich seltsamer Geruch schlug ihr entgegen, sodass sie es vorzog, nicht weiter in die Finsternis vorzudringen. Puh – es stank nach Moder und feuchtem Erdreich, gemischt mit dem Urin irgendwelcher Lebewesen – hoffentlich hockte niemand dort hinten in der Dunkelheit und beobachtete sie. Da sich Bri-bri neben sie drängte und sein nasses Fell ausgiebig schüttelte, war zu hoffen, dass das Loch unbewohnt war.

»Pfui! Lass das. Ich bin schon nass genug ...«

Er setzte sich und nagte an seiner rechten Vorderpfote, zupfte sich Heidekraut aus dem Pelz. Hin und wieder sah er hinaus in den strömenden Regen, dann widmete er sich wieder der Fellpflege. Was für ein kluger Bursche. Er musste diesen Ort gekannt haben, wusste, dass man hier bei Regen im Trockenen sitzen konnte, und nun war er entschlossen, geduldig auszuharren, bis sich das Wetter gebessert hatte. Sie setzte sich neben den Hund auf den Boden und stellte fest, dass sie auf hartem Beton saß, der an einigen Stellen zerbröselte und von Pflanzen überwachsen war.

Der Bunker. Natürlich – das musste der deutsche Bunker sein, von dem sie gestern gesprochen hatten. Sie schärfte den Blick und stellte fest, dass draußen ebenfalls Reste der Anlage zu sehen waren, große Betonbrocken, die vermutlich einmal den Eingang geschützt hatten, inzwischen aber herabgestürzt waren. Natürlich hatten sie in der Schule über den Zweiten Weltkrieg gesprochen. Hitler hatte Frankreich innerhalb weniger Wochen überrannt und den Norden durch deutsche Truppen besetzen lassen, während im Süden eine französische Regierung verblieb, die Vichy-Regierung, die von den deutschen Eroberern vollkommen abhängig war. Vom Atlantik-Wall war die Rede gewesen, dem Bunker-System der Nazis, das eine Invasion der Alliierten zurückschlagen sollte. Aber es war ein Unterschied, ob von einem geschichtlichen Vorgang geredet wurde, oder ob man mit dem eigenen Hintern auf dem Betonboden eines deutschen Bunkers saß. Was für ein gruseliger Ort. Unfassbar, dass die Kinder der Umgebung diesen Ort als Abenteuerspielplatz nutzten.

Sie wäre gern weitergegangen, doch der heftige Regen hielt sie davon ab. Ungeduldig hockte sie am Boden, lauschte auf das Geräusch des Regens, das monotone Rauschen, das Zischen und Klatschen der Tropfen, die sich über dem Eingang gesammelt hatten und jetzt herunterfielen. Auch drinnen im Bunker tröpfelte es, das Wasser suchte sich durch den deutschen Beton hindurch seinen Weg. Susanne fror in ihren feuchten Kleidern und blickte neidisch auf den Hund, der seelenruhig vor sich hin döste und sich um geschichtliche Zeugnisse nicht scherte.

Wie lange hatten sie so gesessen? Fünf Minuten? Eine halbe Stunde? Urplötzlich sprang Bri-bri auf und schoss davon, fegte durch Gras und Heide einem unvorsichtigen Hasen nach, die Leine hinter sich herschleifend.

»Bri-bri! Chateaubriand! Hierher! Verdammter Köter!«

Der anfangs kräftige Regen war inzwischen in einen feinen Nieselregen übergegangen, der sich beharrlich zeigte und nicht aufhören wollte. Susanne kroch aus ihrem Unterstand und stieg auf einen der Betonbrocken, um nach dem Hund Ausschau zu halten. Nichts zu sehen. Oder doch? Bewegte sich dort hinten nicht etwas im Heidekraut?

»Chateaubriand!«

Nichts. Sie seufzte niedergeschlagen. Das auch noch. Sie war nicht nur eine abgefeimte Betrügerin, jetzt hatte sie auch noch Bri-bri verloren. Es hatte vermutlich wenig Zweck, ihn zu suchen, vielmehr lag es an Bri-bri, nach der Hasenjagd seine Herrin wiederzufinden. Oder zumindest zum Leuchtturmwärterhäuschen zurückzulaufen.

Sie zog die Kapuze wieder über den Kopf und stellte bei dieser Gelegenheit fest, dass Jacke und Kapuze durch und durch nass waren. Dieser Spaziergang war wirklich keine Empfehlung für die raue Schönheit der Bretagne, eher eine Warnung, sich nicht länger vor der Wahrheit zu drücken.

»Chateaubriand!«

Keine Reaktion. Er war wohl längst außer Hörweite. Was für ein Dummkopf. Glaubte er tatsächlich, er könnte einen Hasen fangen? Sie stapfte verärgert den regenfeuchten Sandweg entlang, nasses Heidekraut schlug gegen ihre Hosenbeine, die Turnschuhe waren feucht und mit Sand paniert. Hin und wieder stieg sie auf einen niedrigen Granitbrocken und schaute hinüber zum Meer, damit sie nicht etwa an der Pointe du Lapin vorbeilief. Der Himmel hing wie eine graue Wolldecke über dem bleifarbenen Meer, das sich langsam zurückzog und den Strand den Möwen und anderen Seevögeln überließ. Wenn irgendwo eine leckere Beute entdeckt wurde, gab es Geschrei und Gezänk, kleinere Vögel mussten weichen, die großen beanspruchten das Mahl für sich. Susanne beschloss, nicht durch das Dorf zu laufen, sondern vorher abzubiegen und die Wohnhäuser zu umgehen. Es fehlte noch, dass die Schwestern Gwernig sie zum Mittagessen einluden oder dass Anne Brelivet sie erspähte und mit ihr einen Schwatz über ihren Sohn Malo anfing. Vermutlich war Madame Brelivet – genau wie die Großmutter – der Ansicht, dass die Enkelin des Leuchtturmwärters gut zur Ehefrau taugte. Besser als die unstete Swana Morvan.

Das Dorf dehnte sich weiter nach Norden aus, als sie geglaubt hatte, sodass sie immer wieder Mauern und verwilderte Hecken umlaufen musste. Meist handelte es sich um verlassene Anwesen, die nach und nach verwilderten, weil die Erben keinen Käufer fanden. Falls es überhaupt Erben gab. Es war jammerschade um diese hübschen kleinen Häuser. Sie waren aus grauem Granit erbaut, der Wind und Wetter widerstand, auch wenn im Inneren der Behausung längst kein Leben mehr war. Das letzte Anwesen des Dorfes lag ein wenig erhöht mit Blick auf das Meer, und die Hecke, die es umgab, war zu Susannes Erstaunen regelmäßig beschnitten. Im Sommer war sie vermutlich ein dichter Blätterwald, in dem allerlei Vögel nisteten – jetzt war das Laub braun und teilweise herabgefallen, sodass man ins Innere des Besitzes schauen konnte. Eine Wiese gab es zu bewundern, fast schon einen Rasen, der gemäht und kurz gehalten wurde. Mitten darin ein selbst gebauter Brunnen aus Granitsteinen, ein phantasievolles Gebirge, das vermutlich eine Wasserdüse und eine Pumpe verbarg und im Sommer eine Art Wasserfall bildete. Das Haus dahinter war langgestreckt; wie es schien hatte man dem Bauernhaus einen Anbau angefügt, der sich dem alten Bau vollkommen anpasste. Kleine Fenster mit hölzernen Läden gegen den Wind, Blumenkästen, in denen Heidekraut wuchs, auf dem grauen Schindeldach gab es Platten mit Solarzellen. Der Besitzer nutzte alternative Energien – ein Windrad wäre hier in der Gegend vermutlich effektiver gewesen.

So etwas tut man nicht, dachte sie. Man spioniert nicht um anderer Leute Häuser herum. Pfui, Susanne, wenn dich jemand sieht, wird es Ärger geben. Auf der anderen Seite konnte es ihr gleich sein, was man über sie redete, sie würde ja sowieso in Kürze von hier verschwinden. Und außerdem war Alan Hervé nicht zu Hause. Er war gestern nach Rennes gefahren.

Sie ging an der Hecke entlang, bis sie endlich ein schmales Seitentor fand, das ein wenig schief in den Angeln hing und nicht mehr richtig schloss. Der Besitzer hatte es mit einer Kette befestigt, die man jedoch abstreifen konnte, um das Törchen zu öffnen. Ein gepflasterter Weg führte zu einem Nebengebäude aus Holz, einer Art Remise mit einer rückwärtigen Tür. Sie zögerte kurz, dann bewegte sie die verrostete Klinke und stellte fest, dass auch Alan die Gewohnheit hatte, seine Türen nicht abzuschließen. Vorsichtig wagte sie einen Blick ins Innere der Scheune und entdeckte zu ihrem Entzücken eine alte Kutsche. Tatsächlich, eine offene Pferdekutsche mit grün angestrichenen Bänken und zwei altmodischen Laternen. Ob er früher Pferde gehalten hatte? Möglich, an den Wänden hingen Halfter und Trense, weiter hinten lag ein brauner Sattel über einem Balken.

Sie hätte jetzt durch das schmale Tor zurückgehen und den Weg zur Küste hinüber nehmen können, aber sie tat es nicht. Stattdessen lief sie um das Nebengebäude herum in den Hof des Anwesens. Das Wohnhaus war liebevoll restauriert, zwei Stufen führten zu der Eingangstür aus festem Holz, gleich daneben rankte sich eine Kletterrose empor, jetzt nur ein kahler Strunk, im Sommer aber gewiss wunderschön. Der Hof war mit unregelmäßigen Granitsteinen gepflastert, Beete für Blumen waren ausgespart und … Großer Gott! Dort stand ein Sandkasten. Sorgfältig mit einer Plane abgedeckt, aber dennoch unverkennbar. Gleich daneben ein selbst gebautes Klettergerüst mit zwei dicken eisernen Ösen, in die man eine Schaukel einhängen konnte. Das Holz war kaum verwittert, wie es schien, hatte man es sogar erst kürzlich mit Holzlasur gestrichen.

Wie lange war der Unfall jetzt her? Sieben Jahre? Er hatte den Spielplatz, den er für seine Kinder gebaut hatte, so erhalten, als seien sie noch am Leben. Plötzlich schämte sie sich, hier eingedrungen zu sein. Gerade sie, die selbst einen geliebten Menschen verloren hatte, sollte seine Trauer verstehen und respektieren.

Sie wollte gerade zurücklaufen, da überkam sie das unbestimmte Gefühl, beobachtet zu werden. War das eine Bewegung dort in dem Fenster? Aber nein, es war vermutlich nur eine Spiegelung auf den großen Glasscheiben des Anbaus gewesen, vielleicht war ein Vogel vorbeigeflogen oder sie hatte einfach ihre eigene Gestalt gesehen. Dennoch beschloss sie, rasch von hier zu verschwinden, und sie lief um die Gebäude herum zu dem schmalen Törchen in der Hecke. Sorgfältig legte sie wieder die Kette um den Torpfosten, dann machte sie sich auf den Weg zur Küste.

Bri-bri wartete im Nieselregen neben dem Hinweisschild an der Küstenstraße. Die Hundeleine hing immer noch am Halsband, man sah ihr an, dass sie einen aufregenden Flug über Stock und Stein hinter sich hatte.

21

Im Innenraum des kleinen Kirchleins roch es nach Moder, Fichtenharz und Mottenpulver, darüber schwebte der Duft des Weihrauchs, den der junge Priester in einem silbernen Gefäß schwenkte. Susanne versuchte flach zu atmen, wenn die weißen Schwaden über sie hinwegzogen – ganz offensichtlich war sie allergisch gegen dieses Zeug, es wurde ihr übel, wenn sie es einatmete. Die Meyer-Schildts waren evangelisch und außerdem keine eifrigen Kirchgänger.

Die kleine Kirche und der Friedhof – einst Mittelpunkt des religiösen Lebens von Kerlousec – teilten das Schicksal des Dorfes. Zwar hatten die Frauen gestern einen großen Strauß Fichtenzweige in eine Bodenvase gesteckt und auch die weiße Altardecke mit den handgeklöppelten Spitzen aufgelegt, aber es war nicht zu übersehen, dass das Gebäude verfiel. An mehreren Stellen bröckelte der Putz von den Wänden, und einige zerschlagene Glasscheiben in den Fensterbögen waren notdürftig durch Holzbrettchen ersetzt worden. Eine Orgel, wie sie nach Susannes Ansicht in jede Kirche gehörte, gab es auch nicht, stattdessen begleitete Sylvie Liturgie und Choräle auf einem leicht zittrigen Harmonium. Das Musikinstrument benötigte keinen Strom. Ein breites Fußpedal, das Sylvie ständig bewegte, sorgte für die nötige Luft im Inneren.

Draußen trieb der Westwind schwarze Wolkenfetzen über den grauen Regenhimmel, an den Klippen stiegen zischende, schäumende Wellen empor, rissen an dem Gestein, zerrten kleine Brocken heraus und griffen mit gierigen Händen ins Heidekraut. Susanne fror in der ungeheizten Kirche, denn der

Nieselregen hatte ihre Kleider durchweicht. Aber sie war selber schuld, sie hätte ja auch dem Rat der Großmutter folgen und das grüne Regencape anziehen können. Aber das war jetzt nicht mehr wichtig.

Heute war der Tag der Entscheidung. Gleich nach der Messe würde sie reinen Tisch machen, am besten noch bevor die Großmutter in die Küche ging, um das Essen vorzubereiten. Susanne hatte sich schon einige Sätze zurechtgelegt, um die Angelegenheit so einfach und schonend wie möglich hinter sich zu bringen.

»Es geschah ohne böse Absicht ...«

»Ich habe tagelang selbst geglaubt, Anne-Marie zu sein ...«

»Ich bin selbstverständlich bereit, alle entstandenen finanziellen Verluste zu ersetzen ...«

Sie wusste natürlich, dass keine noch so gelungene Erklärung den Schaden wiedergutmachen würde. Weil man eine tiefe menschliche Enttäuschung weder mit Geld noch mit klugen Worten aus der Welt schaffen konnte. Aber auf der anderen Seite war es nicht ihre Schuld, dass die richtige Anne-Marie ihre Großmutter nie besucht hatte und es deshalb zu dieser Verwechslung hatte kommen können.

Also versuchte sie, wenigstens in diesen letzten Stunden als Anne-Marie eine gute Figur zu machen und sich nicht anmerken zu lassen, dass sie von den lateinischen Texten der Liturgie keine Ahnung hatte. Was keineswegs einfach war, denn mit ihr waren gerade einmal acht Kirchenbesucher anwesend, um die Messe zum dritten Adventssonntag zu feiern. Da kam es auf jede Stimme an. Am nächsten Sonntag, am vierten Advent, würde es dann noch eine Person weniger sein.

Mitten in den Choral »Allons dire á toute la terre« drang störend das Knarren der Eingangstür, und ein verspäteter Kirchgänger trat ein. Wie es schien, setzte er sich auf eine der hinteren Bänke, denn gleich darauf vernahm Susanne seine tiefe Stimme, die den Choral kräftig mitsang. Sie wagte nicht, sich umzudrehen. Er war hier. Alan Hervé, dessen Anwesen sie gestern unerlaubt betreten und ausspioniert hatte, war nicht in Rennes, sondern hier in Kerlousec. Hatte er am Fenster gestanden und sie beobachtet? Um Himmels willen – das wäre unsagbar peinlich. Aber nein – er war vermutlich gerade erst aus Rennes zurückgekommen, sonst wäre er doch pünktlich zur Sonntagsmesse gewesen.

Aber er konnte natürlich auch verschlafen haben.

Ein Grund mehr, die Rolle der Anne-Marie endlich aufzugeben und diese hübsche Gegend für immer zu verlassen. Sie lauschte auf Alans Stimme, die ein wenig rau, aber sehr voll war, die Stimme eines Seemanns, der gewohnt war, gegen Wind und Sturm anzubrüllen. Wie es schien, hatte er Spaß am Singen, denn er ließ keinen der folgenden Choräle aus, und natürlich kannte er auch die lateinischen Wechselgesänge. Sie fand seine laute Stimme zwar übertrieben, aber sie musste zugeben, dass die Messe dadurch beflügelt wurde. Die Bewegungen des jungen Abbé waren jetzt entschlossener, Sylvie begleitete die Liturgie in rascherem Tempo, und Enora flüsterte Armelle etwas ins Ohr. Sie flüsterten so laut, dass man es durch die ganze Kirche hören konnte.

»Was sagst du?«

»Alan ist gekommen.«

»Das habe ich gehört, Enora. Du musst nicht so schreien …«

»Pardon, Monsieur l'Abbé …«, sagte Enora und lächelte dem jungen Geistlichen zu, der stirnrunzelnd zu ihnen hinsah.

Die Messe fand ihr Ende, Sylvie spielte einige Melodien zum Ausklang, die an Volksmusik erinnerten und vermutlich keine geistlichen Kompositionen waren. Doch das störte niemanden, im Gegenteil, Malo und sein Vater standen voller Bewunderung neben dem Harmonium, und der junge Abbé drückte Sylvie die Hand, als sie geendet hatte.

»Es ist eine solche Freude, Ihnen zuzuhören, Madame Maribeau ...«

Auch Susanne hielt sich bei der Gruppe auf, sie verwickelte Sylvie in ein Gespräch über bretonische Volksmusik und ging dann geschickt zu anderer Folklore über, beispielsweise den Trachten der Frauen und den Tänzen. Tatsächlich nahm Malo den Ball auf und fragte Sylvie, warum sie nicht in der Tanzgruppe mitmache. Sie sei doch so musikalisch. Und sie bewege sich anmutig ...

»Ach, Malo! Was für Komplimente ...«, sagte Sylvie, und man sah ihr die Verlegenheit an.

Es ist schade um die beiden, dachte Susanne. Aber es geht mich nichts an. Sie müssen schon selbst schauen, wie sie zusammenfinden. Die Hauptsache ist, dass Alan inzwischen nach Hause gelaufen ist und ich ihn nicht begrüßen muss.

Tatsächlich hatte sie Glück, denn als sie aus der Kirche trat, verabschiedete sich Alan Hervé gerade von den Schwestern Gwernig, mit denen er einen kurzen Schwatz gehalten hatte.

»Es ist schade, dass die alten Bräuche in Vergessenheit geraten«, seufzte die Großmutter. »Früher, als ich noch jung war, da haben wir nach der Messe einander auf den Höfen besucht. Überall gab es einen Umtrunk, die Erwachsenen setzten sich hin, um zu reden, und die Kinder spielten miteinander. Aber heute stehen die meisten Häuser leer und man kann sich höchstens mit Möwen und Hühnern unterhalten.«

»Aber es sind doch auch etliche hiergeblieben, Großmutter ...«

Die alte Frau machte eine wegwerfende Handbewegung und wandte sich der Dorfstraße zu. Susanne folgte ihr schweigend. Wenn sie gehofft hatte, dass Gaëlle LeBars nach der Sonntagsmesse milder gestimmt war, dann hatte sie sich getäuscht. Vielleicht lag es am Wetter? An der unruhigen See, die gegen die Klippen brandete? Oder sie hatte schlecht geschlafen ...

Egal, was der Grund ist – ich muss es ihr heute sagen, dachte sie und ballte die kalten Hände in den Jackentaschen zu Fäusten.

Bri-bri sprang ihnen entgegen, als sie in das Leuchtturmwärterhaus eintraten, und Susanne verspürte den nächsten Stich. Sie würde auch diese nette, wuschelige Fellnase nie wiedersehen.

»Geh mal schnell mit ihm raus, ich habe in der Küche zu tun …«

»Aber ich möchte jetzt …«

»Nun mach schon. Er muss …«

Na schön. Schließlich wollte sie nicht, dass der arme Bri-bri ihretwegen einen Blasenstau bekam. Missgelaunt ging sie den schmalen Weg zwischen den Klippen in Richtung Land, sah zu, wie Bri-bri herumschnüffelte, hier und da das Bein hob und sich immer wieder schüttelte, weil der Nieselregen sein Fell durchnässte.

»Fertig?«

Nein, er trottete von Fels zu Fels, um sie alle an ganz bestimmten, von ihm ausgewählten Stellen zu markieren. Gott, war das lästig mit einem Rüden.

»Schluss jetzt!«

Sie drehte sich um und ging zurück, sah dabei über das aufgewühlte Meer, hörte das Rauschen und Donnern der Brandung, atmete den Geruch der Freiheit und des gewaltigen Ozeans. Schluss jetzt. Aus und Ende. Kein Jammern und kein Selbstmitleid. Das schon gar nicht. Tief durchatmen und ab. Das Leben ging weiter. Das Leben ohne Paul …

»Großmutter?«

Auch das noch, sie telefonierte. Susanne rieb Bri-bri die Pfoten trocken und zog die nasse Jacke aus, wechselte die Schuhe, schob ein paar Scheite ins Kaminfeuer und hockte sich davor, um ihre klammen Finger zu wärmen.

»Ach, das arme Kind … Ja, das machen wir … So ein verrückter Kerl … Wie? Ja, das hätten wir uns eigentlich denken können …«

Ganz gleich, was da verhandelt wurde, sie würde sich auf kein Problem einlassen, sondern gleich auf ihr Ziel zusteuern. Ein Funke schoss aus dem Kaminfeuer dicht an ihr vorbei, und sie fuhr erschrocken zurück.

»Anne-Marie? Wo steckst du denn? Zieh Jacke und Stiefel an, wir müssen sofort hinüber zu den Morvans …«

Susanne erhob sich aus der Hocke und bemühte sich, so ruhig wie möglich zu erscheinen.

»Nein, nicht jetzt. Ich muss mit dir reden. Bitte, setz dich hierher und hör mir zu …«

Das war deutlich und mit Nachdruck gesagt. Jeder andere, sogar Papa, hätte jetzt widerspruchslos auf der Bank Platz genommen.

Nicht so Gaëlle LeBars. »Was?«, rief sie ungeduldig und streifte schon den Mantel über. »Dazu ist jetzt keine Zeit. Nun mach schon. Wir brauchen jede Hand …«

Verflixt noch mal, sie machte es ihr wirklich nicht leicht. Susanne holte noch einmal tief Luft, dann setzte sie zu dem alles entscheidenden Satz an.

»Ich bin nicht Anne-Marie … ich bin …«

In diesem Moment wurde die Haustür aufgerissen und ein triefender Mensch mit dunkler Regenjacke und roter Strickmütze stolperte herein.

»Anne bringt etwas zu essen mit«, sagte er, ohne Susanne anzusehen. »Aber das wird wenig nützen. Er tobt wie ein Irrer, weil er seinen Calvados nicht bekommt. Du musst mit ihm reden, Gaëlle. Auf dich hört er vielleicht …«

Susanne starrte den aufgeregten Alan an, dann die Großmutter, die bereits in Mantel und Stiefeln dastand und sich ein Tuch um den Kopf band. Hatte sie denn nicht gehört, was Susanne gerade gesagt hatte?

»Was stehst du da wie eine Salzsäule, Anne-Marie? Wir essen später. Zuerst müssen wir uns um Brioc und Swana kümmern.«

Unfassbar! Gaëlle LeBars ging einfach hinaus, und Alan lief hinter ihr her. Niemand kümmerte sich um Susanne.

»Ich habe gesagt, dass ich nicht Anne-Marie ...«

Es war lächerlich, solche Geständnisse in einen leeren Raum hineinzubrüllen. Die Haustür war zugeschlagen, nur Bri-bri lag noch vor dem Kamin und klopfte freudig mit dem Schwanz auf den Boden.

»Hol euch alle doch der Teufel!«

Wütend trat sie mit dem Fuß gegen die Bank, erreichte jedoch nur, dass sie sich den Zeh wehtat und Bri-bri erschrocken zusammenzuckte. Dann eben anders, dachte sie. Dann rufe ich jetzt Christopher an. Oder nein, besser Julia.

Beides war keine gute Idee, denn es war Sonntag. Das bedeutete, man saß beim Mittagessen mit den Kindern und würde später irgendeine Adventsfeier besuchen, vielleicht auch nur den Weihnachtsbasar der Kirchengemeinde. Auf keinen Fall würde sie Chrisy oder Julia allein erwischen, um ihre Rückkehr in das frühere Leben mit einer gewissen Diskretion zu vollziehen. Mama anzurufen war ein Glücksspiel, am Sonntag war sie normalerweise auf Ausstellungen unterwegs. Und Papa war vielleicht gar nicht in Europa. Außerdem – und das war das größte Problem – hatte sie die Nummern nicht im Kopf. Die waren in ihrem Handy eingespeichert, aber das war in ihrer Handtasche gewesen und mit ihr verschwunden ...

Über die Auskunft könnte sie immerhin Chrisys oder Julias Festnetznummer herausbekommen.

Die Haustür wurde geöffnet, und Alans Kopf mit der roten Mütze schob sich durch den Spalt. »Ihre Großmutter fragt, wo Sie bleiben. Und Sie sollen die Flasche mit dem Calvados mitbringen, die in der Küche neben dem Essig und den Gewürzen steht.«

Er sprach leise, es klang überraschend warm und ein wenig schuldbewusst, und er lächelte sogar ein bisschen. Als er ihren zornigen Gesichtsausdruck sah, hörte er damit auf.

»Sie ... sie will Brioc Morvan Calvados zu trinken geben?«, rief sie. »Wieso ist der überhaupt hier? Ich denke, er ist in St. Renan in der Klinik!«

»Da war er.«

Alan entschloss sich, einzutreten, um die Lage zu klären. Während er sich herabbeugte und Bri-bri den Kopf kraulte, sah er zu Susanne hinüber. Meergrüne Augen und dunkelbraunes, lockiges Haar. Wenn er diesen dämlichen Bart abnehmen würde, könnte er richtig gut aussehen.

»Brioc hat sich auf eigenen Wunsch mit dem Krankenwagen nach Hause bringen lassen. Gegen den Rat der Ärzte, die ihn in eine Rehaklinik nach St. Malo überstellen wollten. Aber Brioc ist eben ein Sturkopf, er hat die Ergotherapeutin, die mit ihm arbeiten wollte, so wütend angefahren, dass sie es aufgegeben hat ...«

Unmöglich, diese Bretonen! Dieser alte Saufkopf hatte sich einen Schlaganfall eingehandelt und die Gutmütigkeit seiner Freunde und Nachbarn weidlich ausgenutzt. Fahrt in die Klinik, Unterkunft für Swana, Lebensmittel, Behördengänge, Besuche – aber das alles reichte noch nicht. Jetzt spielte er den Despoten, pfiff auf die Vorschriften der Ärzte und wollte seinen Schnaps.

»Von mir bekommt er keinen Tropfen!«

Alan zuckte mit den Schultern und meinte gelassen, er könne sie gut verstehen. Nur leider sei die Sache nicht ganz so einfach. Alkohol weg – Mann gesund? Nein, das würde nicht funktionieren.

»Glauben Sie wirklich, es wäre besser, ihn wieder seiner Sucht auszuliefern?«

»Nein, Anne-Marie«, sagte er ruhig. »Aber er ist Alkoholiker und braucht einen gewissen Pegel, um normal zu denken.«

Sie starrte ihn zweifelnd an, unsicher, ob sie ihn richtig verstanden hatte. Was redete er da für ein Zeug? Wollte er den Alkoholismus dieses Menschen auch noch unterstützen?

»Er muss eine Entziehungskur machen, und das möglichst bald«, stellte sie fest.

Er zog die Augenbrauen zusammen, und sie fürchtete schon, er könne ihr wieder eine zornige Predigt halten, wie er es neulich getan hatte. Möglich, dass er dazu Lust hatte, aber er hielt sich zurück.

»Wissen Sie, wie viele Patienten nach solch einer Entziehungskur rückfällig werden?«

Sie zuckte mit den Schultern. Natürlich klappte es nicht bei allen. Aber es war das einzig Richtige, um einen Säufer zu bekehren.

»Über neunzig Prozent.«

»Das ist doch Blödsinn!«

»Das ist die Wahrheit, Anne-Marie. Abgesehen davon muss eine solche Maßnahme freiwillig sein, und darauf ist bei Brioc nicht zu hoffen.«

Sein Blick war freundlich und mit der Bitte um Verstehen auf sie gerichtet. Die Welt ist kein Ort für Patentlösungen, sagte dieser Blick. Man muss größer denken. Mutiger. Die Unzulänglichkeiten der Mitmenschen mit verstehender Güte wahrnehmen. Mit den Augen der Liebe sehen.

Sie war verunsichert, wusste auf einmal nicht mehr, was richtig und was falsch war. Vielleicht hatte er ja recht und es war besser, dem alten Mann wenigstens ein oder zwei Gläschen zu gönnen. Er hatte doch sowieso nicht mehr lange zu leben …

»Na schön … Bin gleich wieder da …«

Die Flasche war nur noch zu einem Drittel gefüllt – umso besser, davon konnte er nicht ins Delirium fallen. Alan hatte auf sie gewartet und half ihr sogar, die Jacke anzuziehen.

»Die ist ja ganz nass. Haben Sie keine andere?«

»Nein.«

»So werden Sie sich erkälten.«

Sie zuckte mit den Schultern und nahm die Flasche an sich.

»Das habe ich hinter mir …«

Er schwieg und ging voraus. Die Flut war jetzt dicht vor ihrem höchsten Stand, sie wütete schäumend gegen die Klippen und spritzte weiße Gischt über den Pfad. Susanne hielt die Flasche mit beiden Händen gegen die Brust gepresst und starrte auf Alans Gestalt, die immer wieder von Nebelschwaden verdeckt wurde. Woran erinnerte sie das nur? Und wieso verspürte sie auf einmal diese unsinnige Angst, er könne sich auflösen und verschwinden?

Sie war froh, dass er sich mehrfach nach ihr umdrehte und Bemerkungen über das Wetter machte.

»Ziemlich raue See heute.«

»Nichts für Stadtleute. Das meinten Sie doch, oder?«, gab sie spitz zurück.

»Sie haben ein Gedächtnis wie ein Elefant, wie?«

»Wie ein Mammut!«

Sie blitzte ihn triumphierend an und sah, wie es in seinem Gesicht zuckte. Ärger? Oder wollte er lachen?

»Das habe ich mir schon gedacht …«, sagte er ruhig.

Auf der Küstenstraße erfasste sie eine Windbö, die Susanne die Kapuze vom Kopf riss. Sie angelte mit einer Hand nach der Kopfbedeckung, erwischte sie aber nicht.

»Geben Sie mir die Flasche …«

»Nein!«

»Eine echte Bretonin. Stur und dickköpfig!«

Er stellte sich so, dass sie in seinem Windschatten war, und zog ihr die Kapuze wieder über den Kopf. Dann machte er sich daran, den Knoten der Kapuzenschnur zu lösen, um ihn enger zu binden. Es war nicht einfach, da ihre langen Haare im Weg waren, aber er stellte sich recht geschickt an. Sie rührte sich nicht und ließ es geschehen, kam sich nicht einmal albern dabei vor, weil er ein so ernstes Gesicht machte.

»Danke ... Das war perfekt!«

Er quittierte mit einem Grinsen, und sie gingen weiter. Einmal drehte sie sich um und sah auf das tobende Meer, die weiße, schäumende Brandung.

»Da ... Albatrosse ...«, rief er ihr ins Ohr und zeigte mit dem ausgestreckten Arm auf etwas.

Zwei dunkle Schattenstriche, nicht länger als eine Stecknadel, bewegten sich in der Ferne über dem Meer, kreisten gleichmäßig, als kümmerten sie Sturm und Regen nicht, begegneten einander und trennten sich wieder, folgten einander, glitten aneinander vorbei. Ein eleganter Paartanz im Angesicht der entfesselten Elemente.

Sie schwieg, schluckte nur mehrfach, weil sie plötzlich einen Kloß im Hals hatte.

»Könige der Lüfte«, sagte er. »An Land sind sie hilflos mit ihren großen Schwingen.«

»Sie bleiben ein Leben lang zusammen, nicht wahr?«

Er ging nicht darauf ein, und sie begriff, dass die Frage unpassend gewesen war.

Sie fror und presste die Flasche noch fester an sich. Das Leben war ein verrücktes Spiel, man konnte seine Steine setzen und den Würfel werfen, aber was dabei herauskam, bestimmte einzig das Schicksal.

»Gehen wir ...«

Auf dem gepflasterten Hof der Morvans lagen mehrere Gegenstände, die hier eigentlich nichts zu suchen hatten und die ohne Zweifel auf dem Luftweg durch die offen stehende Haustür hierher gelangt waren. Die Scherben einer blauen Vase, ein zerbrochener Essteller, mehrere Besteckteile und eine Kaffeekanne aus Blech, die den Flug zwar leicht zerbeult, aber ansonsten heil überstanden hatte.

»Dreckiges Spülwasser!«, brüllte eine heisere Männerstimme. »Das Zeug kannst du selber saufen, Gaëlle …«

Susanne duckte sich geistesgegenwärtig, sonst hätte sie der gefüllte Kaffeebecher an der Schulter erwischt. Alan sprang die Stufen hinauf und verschwand im Hauseingang.

»Wenn du so weitermachst, Brioc«, vernahm man die strenge Stimme der Großmutter, »dann wirst du dir gleich den nächsten Schlag einhandeln.«

Im Hintergrund hörte man Swana schluchzen. Anne Brelivet redete beruhigend auf sie ein, was das Schluchzen jedoch nur verstärkte. Du liebe Güte – hier war ja einiges los.

»Es reicht, Brioc«, sagte Alan energisch. »Wir sind hier, weil wir dir helfen wollen.«

»Ich brauche keine Hilfe … Ihr könnt alle wieder abhauen … Alle miteinander!«

Die Stimme des alten Brioc schnappte über, er musste husten. Dafür, dass er erst kürzlich einen Schlaganfall erlitten hatte, war er ziemlich lebhaft, fand Susanne.

»Gut, Brioc. Wir gehen. Aber wir nehmen Swana mit.«

»Swana?«, kreischte Brioc. »Die bleibt bei mir. Sie gehört hierher. Sie darf nicht gehen … Swana! Du bleibst hier. Ich befehle es dir, als dein Vater …«

Alan ließ sich nicht aus der Ruhe bringen. »Wenn du sie schlägst, wird sie mit uns gehen. Also überleg dir, was du tust.«

Schweigen. Man hörte Swana immer noch schluchzen. Dann sprach Alan leise weiter. »Swana hat die ganze Zeit bei dir ausgeharrt, Brioc. Sie hat es nicht verdient, dass du sie schlecht behandelst.«

Susanne strengte ihre Ohren an, doch es war still, Alans Worte hatten offensichtlich ihre Wirkung getan. Vorsichtig näherte sie sich dem Eingang und stieg die Stufen hinauf, ging ein paar Schritte durch den Flur. Die Tür zum Wohnraum stand weit offen, sie blieb an der Schwelle stehen.

Die Frauen hatten Briocs Bett nach unten getragen und mit Kissen ausgepolstert, damit er darin sitzen konnte. Dort hockte er nun, in Hemd und Hose, das Gesicht grau und eingefallen, die Wangen von einem weißen Stoppelflaum bedeckt. Wegen seiner Lähmung hing er schräg in den Polstern, vermutlich spürte er den linken Arm und das Bein nicht. Auch sein Gesicht schien verzogen, aber sein Sprachvermögen hatte offensichtlich nicht gelitten.

»Was hast du da?«, flüsterte er, als er sie erkannte.

»Bonjour, Brioc«, sagte sie und lächelte ein wenig steif. »Wie schön, dass du wieder zu Hause bist.«

»Das ist Calvados …«

Susanne wechselte rasch einen Blick mit Alan, dann sah sie zur Großmutter hinüber, doch die schaute nur zornig zur Seite.

»Ich … ich dachte, wir müssen doch deine Rückkehr aus der Klinik feiern«, sagte sie und wunderte sich selbst über diesen Einfall. »Gibt es Gläser?«

Swana schniefte vernehmlich und stand von ihrem Stuhl auf, um in die Küche zu schlurfen.

»Eigentlich trinke ich ja nicht mehr …«, sagte Brioc. »Aber wenn ihr alle mit mir ein Gläschen heben wollt …«

Swana brachte fünf kleine Schnapsgläser, und Susanne nahm sich die Freiheit, den Calvados einzugießen. Jedem die gleiche Menge, darauf achtete sie. Ehrlich geteilt, wie es unter Freunden üblich war.

»Lermat!«

»Willkommen daheim, Brioc!«

Brioc griff mit der rechten Hand gierig zu und sank dabei ein Stückchen weiter zur linken Seite, doch das war jetzt nicht wichtig. Man trank schweigend, die Stimmung war angespannt, Ärger und Hilflosigkeit lagen noch in der Luft. Brioc schloss einen Moment die Augen, nachdem er sein Glas geleert hatte, dann tat er einen tiefen Atemzug und blinzelte zu Alan.

»Hast schon recht. Komm her, Swana. Ich bin ein schlechter Vater. Verzeih mir, meine Kleine ... Verzeih mir ...«

Susanne spürte, wie der Calvados ihren leeren Magen heizte und ihr kreisend in den Kopf stieg. Was für ein Teufelszeug. Aber es wirkte. Swana setzte sich auf den Bettrand, und Brioc tätschelte ihre Schulter, griff in ihr zerzaustes Haar und riss daran in der Absicht, sie zu liebkosen.

»Ich bin ein alter Mann«, murmelte er. »Ein Wrack, zu nichts mehr zu gebrauchen.«

»Wir brauchen dich alle, Brioc«, sagte Anne. »Weshalb, glaubst du, sind wir gekommen?«

»Das ist wahr«, stimmte die Großmutter mürrisch zu.

»Wir halten zusammen, Brioc«, sagte Alan und legte dem Alten die Hand auf die rechte Schulter. »Wir lassen dich nicht im Stich. Schlaf erst mal eine Runde. Bist ja gerade erst heimgekommen ...«

Ruhe war eingekehrt. Swana blieb bei ihrem Vater sitzen, die anderen verabschiedeten sich. Heute Abend würde Sylvie vorbeischauen, auch Malo wollte sich blicken lassen.

Zu viert gingen sie die Dorfstraße entlang und redeten sich die Aufregung von der Seele. Wie sollte das gehen? Er konnte nicht einmal stehen, kippte gleich zur Seite weg. Laufen schon gar nicht. Und in eine Reha-Klinik wollte er auf keinen Fall. Nur über seine Leiche, hatte er gebrüllt. Lieber wollte er sich in der Werkstatt an einen Balken hängen ...

»So geht es jedenfalls nicht«, stellte die Großmutter fest. »Solange er sich wie ein trotziges Kind benimmt, kann ihm niemand helfen!«

Alan war der Ansicht, man müsse Geduld haben. Er stehe ja noch unter Schock und brauche eine Weile, um mit der jetzigen Situation klarzukommen.

»Er braucht seine Arbeit«, sagte Susanne nachdenklich. »Er hat doch Schiffe gebaut, oder?«

Alan sah sie überrascht an. Vermutlich hatte er ihr diese Einsicht nicht zugetraut, ärgerte sie sich.

»Ist schon ein Weilchen her, dass er ein vernünftiges Boot gebaut hat.«

»Na und? Er soll mir ein Ruderboot bauen. Kann doch nicht so schwer sein, oder? Der rechte Arm ist in Ordnung, und der linke wird sich eben anstrengen müssen.«

»So ein Blödsinn«, sagte die Großmutter.

Alans Gesicht zuckte mehrfach, dann begann er zu lachen. »Genial!«, stieß er hervor und lachte weiter.

Sie blieben vor dem Hof der Brelivets stehen, und Susanne war so wütend, dass sie Alan gern die rote Mütze über die Ohren gezogen hätte.

»Ich habe das ernst gemeint!«

Erst jetzt hörte er auf zu lachen und sah sie verlegen an. »Ich auch, Anne-Marie.«

22

Das Schicksal schlug heute Kapriolen. Es hatte Lust, die Verwirrung bis zum Chaos zu steigern, und zu diesem Zweck tat es sich mit Wellen und Sturm zusammen. Auch der Atlantik war mit im Bunde, er hatte sowieso auf eine Gelegenheit gewartet, ein wenig Spaß zu haben, denn es war bisher ein eher ruhiges Jahr gewesen. Die Ungeheuer auf seinem Grund brauchten Bewegung, damit sie nicht zu faul wurden und Fett ansetzten.

»Das habe ich mir schon gedacht!«

Die Großmutter blieb kurz nach dem Dorfausgang stehen und hielt eine Hand schützend über die Augen, während sie zum Leuchtturm hinüberspähte. Susanne ging weiter, sie fror erbärmlich und sehnte sich nach trockenen Kleidern und einem warmen Kaminfeuer.

»Was ist denn los?«

Sie hatten sich von Alan verabschiedet, der den Seitenweg zu seinem Anwesen genommen hatte. Als er die Worte der alten Frau hörte, wusste er sofort, was sie meinte.

»Kommt rüber zu mir. Ich muss sowieso etwas auf dem Herd brutzeln, ist noch Fisch von gestern im Kühlschrank...«

»Aber...«

Susanne begriff erst, als sie dem ausgestreckten Arm der Großmutter mit dem Blick folgte. Herrje – die Flut hatte den vorderen Teil der Landzunge überspült, der Weg zum Haus war ihnen abgeschnitten. Gierige Wellen schwappten über Pfad und Heidekraut und brachen sich an den Klippen – der Leuchtturm und das danebenstehende Häuschen standen einsam auf einer felsigen Insel im wütenden Meer.

»In ein paar Stunden ist der Weg wieder frei«, tröstete die Großmutter, die solche Überflutungen seit Jahrzehnten gewohnt war und sich nicht weiter darüber aufregte.

»Aber Bri-bri ist im Haus! Ganz allein, der arme Kerl!«

»Den stört das nicht. Er wird in deinem Bett liegen und schlafen.«

Alan stand im Hof seines Anwesens und wartete auf sie. Als Susanne im Schlepptau der Großmutter erschien, lächelte er und schloss dann die Haustür auf. Aha – diese Tür ließ sich nicht aufklinken wie die übrigen Türen im Dorf, es gab einen runden Knauf aus Gusseisen und ein Schloss. Ob das Alans Idee gewesen war? Oder hatte seine Frau es so haben wollen? Nun ja, das konnte ihr eigentlich gleich sein. Weshalb er wohl so komisch gelächelt hatte? Ein wenig schräg hatte es ausgesehen, halb verlegen, halb grimmig.

Lieber Gott mach, dass er gestern nicht zu Hause gewesen ist, flehte sie innerlich. Was hatte er gesagt? Fisch, der seit gestern im Kühlschrank lag. Na bitte! Da hatte sie schon den Beweis. Er hatte sie beobachtet.

»Ich kann Ihnen einen trockenen Pullover geben ...«

Er hatte ihre nasse Jacke über den Arm genommen und betrachtete besorgt ihren durchweichten Pulli. Sie zupfte daran herum und fand das Angebot etwas heikel.

»Danke, es geht schon ... Vielleicht ein Paar Socken. Wenn es nicht zu viel Mühe macht ...«

»Natürlich ...«

Die Großmutter hatte ohne weitere Umstände Stiefel und Mantel abgelegt und sich Alans karierte Hausschuhe angezogen. Gerade so, als wäre sie hier zu Hause.

»Mach nicht so ein Theater, Anne-Marie«, knurrte sie. »Natürlich brauchst du einen trockenen Pullover. Wahrscheinlich ist die Nässe schon bis in die Unterwäsche eingezogen.«

»Aber nein!«

Die alte Frau hob ärgerlich den Zeigefinger und behauptete, sie habe keine Lust, schon wieder den Docteur anzurufen, weil ihre Enkelin fiebernd im Bett lag und phantasiere ...

Alan verschwand mit den nassen Sachen über dem Arm in einem Nebenraum, und die Großmutter, die sich hier offensichtlich bestens auskannte, begab sich in die Küche. Susanne hörte, wie sie den Kühlschrank öffnete und einen Teller auf den Tisch stellte.

»Rochen ... Ja, den darf man nicht frisch essen. Dann schmeckt er wie Gummi ... Der ist heute gerade richtig ...«

Susanne zog die Schultern zusammen und verschränkte fröstelnd die Arme vor der Brust. Das alles gefiel ihr überhaupt nicht. Vor wenigen Minuten hatte sie noch geglaubt, endlich mit der Großmutter allein zu sein und – auch wenn es ihr schwergefallen wäre – ihr Geständnis abzulegen. Jetzt stand sie hier in den nassen Klamotten, und alle Entscheidungen liefen an ihr vorbei. Wieso hatte man in diesem Kaff eigentlich überhaupt keine Privatsphäre? Ständig wurde man in Anspruch genommen, musste zur Messe rennen, Kranke pflegen, Schnaps ausschenken, Ratschläge erteilen. Und jetzt auch noch die Flut! Rochen – bäh! Das waren doch diese riesigen, schwarzen Meeresfledermäuse, diese Unterwasser-Batmans. Die konnte man essen? Noch dazu erst, wenn sie schon einen Tag im Kühlschrank gestanden hatten?

»Ich hab Ihnen ein paar Sachen zurechtgelegt«, hörte sie Alans Stimme aus dem Hintergrund. »Sie können auch eine heiße Dusche nehmen.«

Er deutete auf eine weißlackierte Tür, an der ein ovales Messingschild mit der Aufschrift »Salle de bains« angebracht war. Das Badezimmer hatte einen hellblauen Fußboden, die Wände waren weiß gekachelt, ein Fries mit Meereswellen lief daran entlang.

»Es gibt eine Dusche?«, entfuhr es ihr. »Mit heißem Wasser?«

Es musste ungeheuer sehnsuchtsvoll geklungen haben. Er schaffte es, ernst zu bleiben, aber sie sah ihm an, dass es um seine Mundwinkel zuckte.

»Durchlauferhitzer. Es gibt auch einen Haartrockner. Ich lebe hier im Luxus, müssen Sie wissen …«

»Ich hörte davon«, gab sie schnell gefasst zurück. »Es geht die Sage, Sie seien sogar stolzer Besitzer einer Spülmaschine.«

Das war grundfalsch, denn jetzt bekam sein Gesicht den altgewohnten grimmigen Ausdruck. »Meine Frau hat sie damals angeschafft. Aber ich benutze sie kaum. Für eine Person lohnt sich das nicht …«

»Das ist allerdings wahr …«

Er zog sich zurück und schloss die Tür hinter sich. Aus der Küche war geschäftiger Lärm zu vernehmen, Schubladen wurden aufgezogen und wieder zugeschoben, Bestecke klirrten, ein Topfdeckel aus Metall fiel scheppernd zu Boden. Susanne stellte fest, dass die Badezimmertür keinen Schlüssel hatte, sie konnte also von innen nicht abschließen, wenn sie sich duschte.

»Sag mal, Alan, woher hast du denn diese Möhren?«, fragte die Großmutter drüben in der Küche. »Die sind ja weich wie ein Kopfkissen!«

»Auf dem Markt gekauft, gestern in Plougastel.«

»Da hast du dir ja einen schönen Mist andrehen lassen, Junge …«

Er war gestern in Plougastel gewesen. Also war er entweder gar nicht nach Rennes gefahren oder gestern schon zurückgekommen. Verflixt noch mal – wieso regte sie sich so auf? Sie konnte doch sagen, dass sie nach Bri-bri gesucht hätte. Das war sogar die Wahrheit, denn der Hund war ihr fortgelaufen. Wieso hatte sie nicht gleich daran gedacht? Sie war doch sonst um keine Ausrede verlegen. Wenn sie nachher beim Essen saßen, würde sie diese Geschichte ganz harmlos in die Unterhaltung einfließen lassen. Sie näherte sich der gekachelten Dusche und stellte fest, dass noch eine Pfütze auf dem Boden stand – er hatte heute früh geduscht. Verschlafen und noch rasch eine Dusche genommen, bevor er zur Messe ging.

Die Versuchung war einfach zu groß. Sie hatte seit Wochen nicht mehr geduscht, nur ein paarmal gebadet und sich ansonsten mit dem eingeseiften Waschlappen gewaschen. Wie in Großmutters Jugendzeit, da hatte es nicht einmal eine Badewanne gegeben, nur einen Krug mit kaltem Brunnenwasser und eine Porzellanschüssel mit einer Ausbuchtung für die Seife. Was hatte er denn da? Ah – ein Duschgel. Eisblau. Männlicher Duft. Auch als Shampoo zu gebrauchen. Billiges Zeug, aber in der Not ...

Sie streifte die nassen Sachen herunter und gab sich hemmungslos dem heißen Strahl der Dusche hin. Schäumte Haut und Haar ein, hielt das Gesicht nach oben und ließ den Mund voll Wasser laufen. Was für ein Gefühl! Wärme, Sauberkeit, der Duft von ... was war das für ein Zeug? Nun ja – Duschgel für Männer halt. Sie benutzte das Handtuch, das er ihr hingelegt hatte, rubbelte sich ab und bearbeitete ihr Haar so heftig, dass es in Gefahr geriet, schon wieder zu verfilzen. Dann zog sie die trockenen Sachen an – eine viel zu weite Trainingshose, ein blaues T-Shirt, flauschige Socken, die sie bis zu den Knien hochziehen konnte, und einen grünen Fleece-Pulli mit weißem Aufdruck von irgendeiner Firma. Sie wischte die Dusche sauber, trocknete die Pfützen auf dem gekachelten Fußboden mit einem Lappen und lauschte dabei auf die Küchengeräusche. Irgendetwas brutzelte in der Pfanne, vermutlich das müde Gemüse und der abgelagerte Rochen. Großmutter und Alan unterhielten sich miteinander, verstehen konnte man die Worte leider nicht.

Das fehlte noch, dass ich anfange, ihn zu belauschen, dachte sie und schaltete den Föhn ein. Er machte einen höllischen Lärm, trotzdem brauchte sie eine ganze Weile, bis ihr Haar richtig trocken war und sie es durchgekämmt und zusammengebunden hatte. Nachdenklich besah sie ihr Spiegelbild. Das also war Susanne Meyer-Schildt. Oder war es Anne-Marie Dupin? Natürlich nicht. Es war an der Zeit, dass sie wieder sie selbst wurde, sonst entwickelte sie am Ende noch eine Schizophrenie. Susanne Meyer-Schildt – sei gegrüßt, altes Mädchen. Hatte sie sich verändert? Die dunklen Augenringe, die sie sich mit heißen Liebesnächten und mangelndem Schlaf eingehandelt hatte, waren verschwunden. Eigentlich sah sie gut aus. Frisch und gesund, rosig von der heißen Dusche. Und das alles ganz ohne Make-up und Augenstift.

»Anne-Marie!«, rief die Großmutter mit gewohnt energischem Ausdruck. »Was treibst du so lange? Das gefällt dir wohl, von uns bedient zu werden, wie?«

»Ich komme schon.«

Rasch sammelte sie die nassen Kleider vom Boden auf und öffnete das Fenster einen Spalt, da entdeckte sie eine gelbe Gummiente auf dem Rand der Badewanne.

Vor sieben Jahren hat Elaine hier gestanden und in diesen Spiegel gesehen, dachte sie beklommen. Und ihre Kinder haben in der gekachelten Wanne gesessen, Gummienten schwimmen lassen und mit dem Badeschaum gespielt. Wer kann das verstehen? Wie kann das Schicksal so grausam sein?

»Geben Sie das nasse Zeug her, ich hänge es über die Heizung. Und dann setzen Sie sich an den Tisch.«

Alan hatte vor der Badezimmertür auf sie gewartet und nahm ihr das Kleiderbündel ab. Zugleich deutete er mit einer Kopfbewegung hinüber zum Wohnraum. Genau wie im Haus der Großmutter stand auch hier der lange Tisch mit zwei Bänken vor dem Kamin, ganz nach bretonischer Tradition. Die Küche hatte eine breite Durchreiche zum Wohnraum, sodass man die Großmutter am dampfenden Herd hantieren sah.

»Stell das Brot auf den Tisch, Anne-Marie!«, kam es im Befehlston aus der Durchreiche. »Und den Salzstreuer drüben aus dem Regal.«

Der Tisch war bereits gedeckt. Alan hatte dunkelgrüne Sets aus Leinen aufgelegt, die zu dem Service passten, dazu Weingläser und Stoffservietten. Auf den Servietten war eine zarte Blütenstickerei aus winzigen Kreuzstichen. Ob das Elaines Werk war?

»Ich bin richtig froh, dass ihr beide mir Gesellschaft leistet«, sagte er, als sie alle drei am Tisch saßen. »Auf Gaëlle, die beste Köchin von ganz Finistère!«

Da schau an, dachte Susanne. Wie galant er sein kann, wenn er nur will. Und so fürsorglich. Er füllte ihr den Teller, goss ihr Weißwein ein, hielt ihr den Brotkorb hin. Allerdings tat er das Gleiche für die Großmutter und lächelte dabei um einiges herzlicher.

»Die beste Köchin – das ist übertrieben, Alan«, meinte Gaëlle LeBars geschmeichelt. »Aber so gut wie Armelle Gwernig, die einmal ein Restaurant geführt hat, koche ich schon lange!«

»Es schmeckt wunderbar!«, bemerkte Susanne mit vollem Mund.

Man sprach über Kochrezepte und die traurige Tatsache, dass kaum noch jemand einen Gemüsegarten hatte. Nur Anne Brelivet pflegte noch die alte Tradition. Gaëlle hatte niemals die Möglichkeit gehabt, Blumen oder Gemüse zu pflanzen, dazu war es auf den Klippen zu rau. Dann kam Alan auf »Anne-Maries Vorschlag« zurück, den er tatsächlich nicht übel fand, wenn auch schwierig durchzuführen. Allein konnte Brioc freilich auf keinen Fall in seiner Werkstatt hantieren, selbst dann nicht, wenn man ihm eine Sitzgelegenheit mit Seitenstütze verpasste.

»Aber Swana ist doch da«, sagte Susanne. »Und auch Malo könnte helfen. Was ist mit Ihnen, Alan? Wissen Sie, wie ein Ruderboot gebaut wird?«

»Ein Ruderboot braucht hier kein Mensch. Dazu ist die See zu rau. Ein Segelboot, das würde Sinn machen ...«

Sie zuckte mit den Schultern und nippte an ihrem Weinglas. Ein guter Wein, fast zu schade, ihn zum Essen zu trinken. »Dann eben ein Segelboot.«

»Warum nicht gleich einen Passagierdampfer? Die Queen Mary III!«, versetzte die Großmutter, die von der ganzen Idee nichts hielt.

»Irgendetwas muss er bauen«, beharrte Susanne. »Weil er dadurch gezwungen ist, sich zu bewegen. Nur darauf kommt es an.«

»Ja«, sagte Alan. »Ich verstehe, was Sie meinen, Anne-Marie. Und ich glaube ...«

Die Großmutter legte die Gabel hin und blickte stirnrunzelnd zuerst Alan und dann Susanne an.

»Was ist los mit euch beiden? Wieso siezt ihr euch eigentlich? Sind wir hier in Paris oder in Breiz, in unserer Heimat?«

Susanne erschrak und spürte, dass sie rot wurde. Auch Alan war die Sache peinlich; ob er unter seinem Bart errötete, konnte man aber selbst aus der Nähe nicht erkennen.

»Wir ... ich wollte nicht unhöflich sein. Anne-Marie und ich, wir haben uns doch vorher nie gesehen!«

»Red keinen Unsinn!«, schalt die Großmutter. »Anne-Marie ist meine Enkelin. Hier auf dem Land siezt man nur den Priester, den Docteur und die Touristen. Aber nicht seine Verwandten und Freunde.«

Susanne saß kerzengerade vor ihrem halb gefüllten Teller und wusste nicht, was sie sagen sollte. Wie überflüssig das alles war! Noch ein weiterer Stein, der auf ihrem Schuldenkonto lasten würde. Ach, wenn die Großmutter doch nur den Mund gehalten hätte!

Alan steckte in der Zwickmühle, er spürte ihre Ablehnung nur allzu deutlich, wollte aber auch die alte Frau nicht vor den

Kopf stoßen. »Ich für meinen Teil fände es in Ordnung«, sagte er vorsichtig. »Aber nur, wenn Sie nichts dagegen haben, Anne-Marie.«

»Was soll sie denn dagegen haben?«, rief die Großmutter dazwischen. »Sie ziert sich nur ein wenig. In Wirklichkeit wartet sie schon lange darauf ...«

Susanne begriff, dass sie jetzt etwas sagen musste. Tatsächlich hatte sie sich schon öfter gefragt, weshalb Alan sie nicht duzte. Aber auf diese Weise dazu gezwungen zu werden war weder für ihn noch für sie angenehm. Zumal jetzt ...

»Nun ...« Sie hob ihr Glas und wandte sich Alan zu. »Ich finde es auch in Ordnung, Alan. Also dann – auf gute Freundschaft!«

Er war wie erlöst und wollte mit ihr anstoßen, stellte fest, dass sein Glas leer war, und goss so hastig ein, dass der Wein eine kleine Pfütze auf dem Tisch bildete.

»Auf gute Freundschaft, Anne-Marie. Ich freue mich sehr. Tatsächlich habe ich mich auch schon gefragt, weshalb wir so förmlich miteinander waren ...«

Der Klang der Gläser war angenehm warm. Während sie tranken, sahen sie einander an, und Susanne stellte fest, dass seine grünliche Iris graue und rötliche Einsprengsel hatte.

»Na also!«, sagte die Großmutter zufrieden und legte sorgfältig ihre Serviette wieder zusammen. »Und jetzt werde ich alte Frau ein winziges Mittagsschläfchen halten, während sich das junge Gemüse um die Küche kümmert.«

»Kein Problem«, meinte Susanne, die die Reste aus der Pfanne kratzte. Die Spülmaschine erwähnte sie vorsichtshalber nicht.

Wie lange würde es wohl dauern, bis der Pfad zum Leuchtturm wieder begehbar war? Eine gute Stunde waren sie schon hier. Ob sie nachfragen sollte? Aber das würde Alan vielleicht übelnehmen, er war sowieso schon verunsichert, weil sie das »Du« nicht freudig begrüßt hatte. Also verließ sie sich einfach auf die Erfahrung der Großmutter, die würde schon wissen, wann es Zeit war, heimzugehen.

Heim ... Vielmehr: zum Haus des Leuchtturmwärters zu gehen. Daheim war sie dort natürlich nicht. Susanne Meyer-Schildt war in Berlin zu Hause. Zumindest wohnten dort ihre Eltern ...

Sie stellte die Teller ineinander und legte die Gabeln darauf, während Alan die Gläser in die Küche trug und dann die Bratpfanne brachte.

»Sie ist leider nicht angeschlossen ...«

Dieser Sparfuchs hatte die Spülmaschine vom Wasserzulauf abgehängt. Also ließ sie Wasser ins Spülbecken, gab ein paar Tropfen Spülmittel hinein und warf ihm ein Geschirrhandtuch zu.

»Du brauchst das nicht zu machen, Anne-Marie ...«

»Du denkst wohl, ich könnte nicht Geschirr abwaschen, wie?«

Er schüttelte grinsend das Handtuch und wartete, bis er von ihr mit Arbeit versorgt wurde.

»Ich denke, dass du eine ganze Menge Dinge kannst. Leider weiß ich zu wenig von dir und deinem Leben in Paris ...«

Da ging es ihm so ähnlich wie ihr selbst. Sie wusste nicht allzu viel über Anne-Marie Dupin. Nur dass sie sich Geld verdiente, indem sie Wohnungen putzte. Dass sie bei ihrer Mutter wohnte und eine falsche Adresse angegeben hatte.

»Och ...«, machte sie und zuckte die Schultern. »Nichts Aufregendes. Ich gehe putzen ...«

»Putzen?«

»Ja! Man muss doch von irgendetwas leben, oder?«

»Klar.«

Er nahm ihr die tropfnasse Bratpfanne aus der Hand und rieb sie trocken. Susanne wusste, dass sie das Gespräch jetzt rasch umlenken musste, doch ihr fiel nichts Passendes ein.

»Ich dachte nur ...«, sagte er, ohne sie anzusehen. »So wie du dich verhältst und wie du dich ausdrückst ... Ich habe gedacht, dass du eine Ausbildung gemacht hast. Oder studierst.«

Sie schluckte und kratzte energisch den Boden eines Kochtopfs sauber. Bingo. Da hatte er ins Schwarze getroffen. Wie kam sie aus der Nummer wieder heraus?

»Das war einmal ...«, sagte sie und seufzte. »Ich habe mal ein Studium angefangen. Wirtschaftswissenschaften. Aber es war nichts für mich. Zu trocken. Hab es nach drei Semestern geschmissen ...«

Er nickte vor sich hin, als hätte er es schon geahnt, und sie ärgerte sich.

»Und was machst du so?«, lenkte sie ab. »Du hast von irgendwelchen Aufträgen in Rennes gesprochen ...«

»Mit irgendetwas muss man ja sein Geld verdienen«, wiederholte er und lächelte über seine Retourkutsche.

»Du arbeitest als Autowäscher, ja?«, scherzte sie. »Als Pizza-Austräger. Nein? Als Parkwächter? Auch nicht... Lass mich nachdenken ... Als Blumenverkäufer ...«

Jetzt hatte sie ihn tatsächlich zum Lachen gebracht. Ein nettes, fröhliches Lachen war es, das tief aus seinem Bauch kam. Es erinnerte sie fatalerweise an Paul.

»Willst du es sehen?«

Sie nickte. Die Großmutter saß auf einem der bequemen Polstersessel und schnarchte vor sich hin.

»Leise ...«

Auf Zehenspitzen gingen sie über den Dielenboden an der Schlafenden vorbei. Die Tür zum Anbau knarrte ein wenig, als Alan sie öffnete, und er zog unwillig die Augenbrauen zusammen.

»Das Holz hat sich wieder verzogen. Passiert hier dauernd, wegen der Feuchtigkeit.«

Sie standen in einem Atelier. Er hatte fast die gesamte Südostfront mit großen Glasscheiben versehen, die bis auf den Boden hinabreichten. Zwei lange Tische standen im Raum, ein Schreibtisch mit Laptop und Bildschirm, auch ein überdimensionaler Drucker. An den Wänden hatte er eine Hängevorrichtung angebracht und Zeichnungen und Fotografien aufgereiht.

»Du bist Zeichner? Fotograf? Meine Güte, die sind wirklich toll, diese Fotos. Wie hast du das aufgenommen?«

Er hatte die Pointe du Lapin vom Meer her fotografiert. Die See war stürmisch, meterhohe Wellen brandeten gegen die Klippen, weiße Gischt stieg senkrecht empor und stäubte über das Leuchtturmwärterhaus. In Schwarz-Weiß kam die Stimmung sehr intensiv zur Geltung.

»Vom Boot aus«, sagte er lapidar. »Schaut schlimmer aus, als es war. Schon ziemlich lange her.«

Seine Zeichnungen waren filigran. Tausende, Abertausende winziger Striche ergaben eine Muschel, ein Schneckenhaus, eine Krabbe im Sand …

»Ich bin eigentlich Architekt, das da habe ich nur in meiner Freizeit gemacht. Zum Ausgleich. Ich hatte damals ein Büro in Rennes und habe viel mit der Sanierung der Altstadt zu tun gehabt. Fachwerkbauten, die nach außen hin erhalten werden sollten, im Inneren aber zu modernen Wohnungen oder Geschäften umgebaut wurden …«

Sie war immer noch damit beschäftigt, seine Fotos und Zeichnungen zu studieren. Alle hatten mit der bretonischen Landschaft und dem Meer zu tun, aber sie bildeten nicht ab, sie verdichteten. Abdrücke im Sand und zerbrochene Muscheln, nach einem Sturm angeschwemmtes Strandgut, Felsen, die Gesichter hatten, Wellen, die wie gekrümmte Hände griffen … Seine Fotografien erzählten Geschichten, stellten Fragen.

»Und was machst du jetzt?«

Er stand mit dem Rücken zum Fenster und sah zu, wie sie seine Werke betrachtete. Freute er sich über ihre Begeisterung?

Als sie sich kurz zu ihm umdrehte, waren seine Züge ohne Bewegung.

»Jetzt? Jetzt verdiene ich mein Geld als Angestellter in einem Architekturbüro. Wir bauen Supermärkte und Bürohäuser in der Vorstadt von Rennes. Auch Wohnblocks für sozial Schwache. So was wie Bienenkörbe. Wohnküche, Schlafkammer, Bad ohne Tageslicht. Winziger Flur. Balkon. Ein Verschlag im Keller. Waschmaschine, gemeinsamer Trockenraum …«

»Und du hast kein eigenes Büro mehr?«

Er zuckte mit den Schultern und fuhr mit der Hand über den leeren Tisch. Wischte sich den Staub an den Hosenbeinen ab.

»Wozu? Macht nur Arbeit. Es läuft ja auch so. Manchmal zeichne ich, um mich abzulenken. In letzter Zeit eher selten.«

Sie fragte nicht weiter. Es war klar, dass er nach dem Tod seiner Frau und seiner Kinder alles hingeworfen hatte. Wahrscheinlich hatte er eine Weile gebraucht, um beruflich überhaupt wieder Fuß zu fassen und Geld zu verdienen. Aber der künstlerische Elan war verloren.

»Schon komisch, dass die Leute sich in diese winzigen Wohnungen quetschen«, sagte sie, weil ihr nichts Besseres einfiel. »Ich meine nur – weil hier in Kerlousec doch so viele schöne Häuser leer stehen und verfallen …«

Er nickte schweigend, hatte jetzt die Hände in die Hosentaschen gesteckt und schien über etwas nachzugrübeln.

»Und du? Was hast du mit deinem Leben vor, Anne-Marie?«, fragte er plötzlich und sah sie an.

»Ich?« Sie erschrak und fühlte sich in die Enge getrieben. Er war ein netter Kerl, sie mochte ihn. Verdammt, es machte keinen Spaß, ihn zu belügen.

»Deine Großmutter scheint zu hoffen, dass du hierbleibst.«

Sie lächelte gequält. Meine Güte – hier blieb ja wohl nichts verborgen. »Ich … weiß es noch nicht.«

»Wäre schön«, sagte er und schaute dabei aus dem Fenster.

»Für Gaëlle vor allem. Aber auch für die anderen. Sie mögen dich.«

Ihr Verstand setzte aus. Für einen Moment trat sie neben sich und führte im Geist eine ganz andere Unterhaltung. »*Ich bin nicht Anne-Marie. Ich bin Susanne Meyer-Schildt aus Berlin. Es tut mir leid, dass ich dich und alle anderen getäuscht habe ...*«

»*Du hast Gaëlle nur vorgespielt, ihre Enkelin zu sein?*«
»*Es war ein Unfall, Alan. Ich habe es zuerst selbst nicht gewusst ...*«
»*Zuerst? Und dann? Warum hast du weitergelogen?*«
»*Ich ... ich wollte niemandem wehtun.*«
»*Du bist eine miese Betrügerin. Ich will nichts mehr mit dir zu tun haben!*«

Susanne fasste sich und stellte fest, dass Alan sie immer noch ansah. Er lächelte.

»Habe ich dich jetzt durcheinandergebracht? Das wollte ich nicht. Tut mir leid ...«

»Aber nein ...«, stotterte sie. »Ich habe nur in den Hof geschaut. Weißt du, ich war gestern zufällig hier. Bri-bri war mir weggelaufen und ich habe ihn gesucht ...«

»Ja«, sagte er und trat einen Schritt zurück. »Ich habe dich gesehen.«

23

Immer noch trieb der Nordwind die Brandung gegen die Klippen. Inzwischen hatte das Wasser jedoch den vorderen Teil der Landzunge freigegeben, der Leuchtturm und das dazugehörige Häuschen waren wieder mit der Küste verbunden. Hin und wieder riss der dunkle Himmel auf und ein Sonnenstrahl zeichnete einen schrägen, gleißenden Streifen bis hinunter zu den graugrünen Wogen.

»Da liegt noch Sturm in der Luft«, sagte die Großmutter und deutete zum Horizont, wo sich ein zartes hellgraues Wolkengespinst zeigte. »Heute Nacht werden die Fensterläden ordentlich klappern.«

Susanne sagte nichts. Sie blickte über das glänzende Watt, das mit allerlei Seetang, Muscheln und Strandgut übersät war, und verspürte die lächerliche Sehnsucht, ein Wattwurm zu sein. Tief unten im feuchten Sand hocken, nichts hören, nichts sehen und vor allem nichts reden müssen. Keine Entscheidungen fällen. Einfach nur still sitzen, auf das Knistern und Wispern des feuchten Sands lauschen und hoffen, dass die Flut irgendwann kam und sie davontrug. Wohin auch immer.

»Was wolltest du mir vorhin sagen?«, fragte die alte Frau, als sie ins Haus traten und Bri-bri ihnen aufgeregt entgegenlief.

»Vorhin? Ach …«

Sie war feige. Nicht jetzt. Morgen vielleicht. Irgendwie war heute der Schwung raus. Und außerdem war es viel klüger, das Geständnis am Morgen abzulegen und danach gleich aufzubrechen. Einen ganzen Abend und eine Nacht unter dem Zorn der Madame LeBars wollte sie sich nur ungern antun.

»Du sagtest doch, es sei sehr wichtig ...«
»Ich geh mal rasch mit Bri-bri vor die Tür ...«
Der Hund schoss förmlich aus dem Eingang und erleichterte sich an der ersten besten Felsnase. Er hatte eine solche Menge Flüssigkeit abzugeben, dass er Mühe hatte, das rechte Bein so lange hochzuhalten. Danach eilte er den Pfad entlang Richtung Küste, hielt die Nase am Boden und prüfte, was das Meer zurückgelassen hatte. Muscheln und Seetang interessierten ihn nicht, er hoffte vermutlich auf ein paar Krabben, um an ihnen seinen Mut zu testen. Susanne folgte ihm mit langsamen Schritten, die Arme vor der Brust verschränkt, den Blick hinüber zum Land gerichtet, wo man die Hausdächer und den Kirchturm von Kerlousec erkennen konnte. Links von der Kirche lag Alans Anwesen, das erste, wenn man sich von der Küste her näherte. Sie konnte die graue Hecke und das schiefergedeckte Dach sehen. Über dem Schornstein thronte ein gallischer Hahn aus Schmiedeeisen – so ein Kitsch.

Bri-bri fand eine tote Krabbe und hüpfte aufgeregt um sie herum. Als ihm klar wurde, dass die Beute sich nicht wehrte, schob er sie ganz vorsichtig mit der Nase ins Heidekraut und pieselte darüber. Dieser miese Nasenkneifer gehörte auf jeden Fall ihm!

»Komm jetzt, Bri-bri. Nun mach schon. Es ist kalt ...«
Den Rest des Tages verbrachte sie mit der Großmutter am Kamin, der heute schlecht zog, weil der Wind ungünstig stand. Immer wieder ging das Feuer aus und musste mühsam wieder in Gang gebracht werden, während draußen der Sturm über das Watt fegte und – wie die Großmutter schon vorhergesagt hatte – die Fensterläden klapperten.

»Die Meeresungeheuer sind los«, sagte die Großmutter. »Hörst du sie pfeifen und keuchen? Sie laufen mit Entenfüßen über den Sand und flattern dabei mit grauen Drachenflügeln.«

»Ich dachte, sie hätten Flossen und eine Schuppenhaut wie die Fische ...«

»Oh, es gibt verschiedene Sorten.«

Die alte Frau klapperte eifrig mit ihren Stricknadeln, während sie redete. Früher, als Loan noch im Dienst war, da sei er bei solchem Wetter meist oben auf dem Turm geblieben. Tagsüber habe er mit seinem Fernglas das Meer nach Schiffen abgesucht und in der Nacht habe er das Feuer bewacht. Weil er immer in Sorge gewesen war, es könnte ausgehen.

»Was strickst du da?«

Sie hielt das Strickzeug in die Höhe und zupfte an der blaugrün gestreiften Röhre herum. Socken würden das werden. Für Malo und Malwen. Oder auch für Brioc. Schließlich sei bald Weihnachten, und warme Socken könne hier jeder gebrauchen. Sie selbst trüge handgestrickte Wollsocken gern im Bett, wegen ihrer kalten Füße.

»Du könntest auch ein Paar für Malo stricken, Anne-Marie. Das würde ihn sehr freuen.«

Was für eine Idee! Ein Paar handgestrickte Socken als Liebesgabe zum Christfest für Malo Brelivet von Anne-Marie Dupin …

»Ich kann leider gar nicht stricken …«

Das entsprach nicht ganz der Wahrheit, sie hatte vor Jahren mehrere schrecklich lange Wollschals für irgendwelche Freundinnen gestrickt und sich auch einmal an einem Pullover versucht. Der war jedoch unvollendet im Mülleimer gelandet.

»Du kannst nicht stricken?«, regte sich die Großmutter auf. »Ja du liebe Güte, was hat deine Mutter dir denn überhaupt beigebracht?«

Hätte sie bloß nicht gefragt! Jetzt kramte die Großmutter einen Stoffbehälter mit Stricknadeln aus der Schublade und schleppte ihren Vorrat an Wolle herbei. Stricken sei etwas, das müsse jede Frau können. Nichts ginge über selbst gestrickte Socken, aber gute Wolle müsse es sein, fest und doch geschmeidig, nicht kratzig und auch nicht zu dünn. Mit fünf Nadeln würde gearbeitet, auf vier Nadeln je zehn Maschen aufgeschlagen, die fünfte Nadel brauchte man zum Stricken.

»Schau her. Ist ganz einfach. Rein – Faden drum – drüberziehen – fallen lassen. Noch mal. Rein – Faden drum – drüberziehen ... Drüberziehen! Die da nicht fallen lassen! Großer Gott, so schwer ist das doch nicht. Streng dich mal ein bisschen an, Mädel ...«

»Aber die Maschen sind so fest!«

»Das muss so sein. Noch mal. Machst es schon ganz gut ... Rein – Faden drum – drüberziehen ...«

Schwer war es tatsächlich nicht, nur ein bisschen knifflig, aber je länger sie dranblieb, desto besser bekam sie die widerspenstigen Maschen in den Griff. Eigentlich war es ganz angenehm, eine Beschäftigung zu haben, etwas unter den Händen entstehen zu lassen. Vor allem jetzt, da sie nicht wusste, wohin mit sich. Da sie zwischen zwei Welten, zwei Existenzen stand und im Grunde weder die eine noch die andere haben wollte. Aber die dritte, die ihr gefallen hätte, ein Leben mit Paul, gab es leider nicht mehr.

Gegen zehn Uhr hatte sie den Kopf voller Dorfgeschichten, die die Großmutter unentwegt erzählte, und ihr Strumpf war bis zur Ferse gediehen. Sie erklärte, todmüde zu sein, und stieg, gefolgt von Bri-bri, die Treppe hinauf, um ins Bett zu gehen. Eine Weile stand sie und lauschte auf den Sturm, der schon das dumpfe Brausen der nahenden Flut in sich trug, und das orangefarbene Feuer des Leuchtturms erschien ihr wie eine beruhigende Kraft, ein Licht inmitten der tobenden Elemente. Hier bin ich. Festgemauert auf dem Fels. Ich leuchte in der Nacht und weise dir den Weg. Auf mich kannst du dich verlassen. Keine Flut, kein Sturm kann mir etwas anhaben.

Sie kroch zu Bri-bri ins Bett, ohne ihre Kleider auszuziehen. Sie trug immer noch Alans Jogginghose, das T-Shirt und seinen Fleecepulli. Auch die Socken gehörten ihm. Sie waren ein ziemliches Stück zu groß und außerdem aus Baumwolle. Es ist so schade um ihn, dachte sie. Auch um sein Talent als Fotograf und Zeichner. Aber vor allem ist er ein so netter Mensch!

Sie spürte, wie ihr Herz sich vor Kummer zusammenzog. Im Grunde waren sie wie Geschwister, Alan und sie. Sie beide hatten ihre Liebe verloren und waren einsam zurückgeblieben. Wobei Alan allerdings noch viel schlimmer dran war, denn er hatte auch seine Kinder verloren. Sie waren ertrunken. So etwas musste unendlich grausam sein.

Ihre Gedanken verwirrten sich, verbanden sich mit dem Rauschen und Heulen des Sturms, mit den regelmäßigen Atemzügen des schlafenden Hundes zu ihren Füßen.

Sie sah lichtes, hellblaues Wasser, das sacht auf und niederschwappte. Es war vollkommen durchsichtig, unten auf dem Grund waren hellblaue Kacheln, darauf standen ihre Füße. Es roch ekelhaft nach Chlor, das Innere ihrer Nase brannte wie Feuer, weil sie Wasser in die Nase bekommen hatte.

»Es ist gar nicht schwer, Susanne. Schon die Babys können schwimmen ...«

Sie war sechs und trug einen knallroten Badeanzug. An ihren Oberarmen waren orangefarbene Schwimmflügel befestigt, die Julia für sie aufgeblasen hatte. Der Mann, der vor ihr stand und auf sie einredete, war der Bademeister. Ein blonder Mensch mit schmalen Hüften, breiten Schultern und eindrucksvollen Armmuskeln. Er hatte ein silbernes Pearcing in der rechten Brustwarze, einen kleinen Ring, an dem jetzt ein Wassertropfen hing.

»Ich gehe aber unter ...«

Um nichts in der Welt war sie bereit, sich auf das Wasser zu legen. Auch wenn alle behaupteten, es könne dabei nichts passieren. Es konnte passieren, dass sie wieder beißendes Chlorwasser in die Nase bekam, das reichte ihr schon.

»Du gehst nicht unter, Susanne. Schau mir zu ...«, sagte der Bademeister.

Er wechselte einen Blick mit Julia, die am Beckenrand stand und das Geschehen verfolgte. Julia war vierzehn, sie hatte schon einen Busen und eine unglaublich schmale Taille. Sie trug einen ziemlich knappen Bikini, und Susanne wusste genau, weshalb der junge Bademeister so oft zu ihrer Schwester hinaufstarrte. Manchmal grinsten sie beide – natürlich machten sie sich über die dumme kleine Schwester lustig, die immer noch nicht schwimmen konnte.

Der Bademeister legte sich aufs Wasser, mit dem Gesicht nach unten, und Susanne erstarrte vor Entsetzen. Natürlich ging er unter, sein Körper schwebte im Wasser, berührte zwar nicht die hellblauen Kacheln am Grund, aber immerhin befand er sich unter der Wasseroberfläche. Er bekam jede Menge Chlor in die Nase.

»Siehst du?«, sagte Julia. »Sogar wenn man sich nicht bewegt, trägt einen das Wasser. Drüben im tiefen Becken spürst du es noch viel mehr …«

Bei der Erwähnung des tiefen Beckens schauderte Susanne und wünschte sich sehnlichst, dass man sie endlich mit diesem elenden Schwimmunterricht in Ruhe ließe. Aber Papa hatte es so angeordnet. Mit einem Kind, das nicht schwimmen konnte, würde er keinen Urlaub auf Barbados verbringen.

Der Bademeister tauchte prustend wieder vor ihr auf, schüttelte das Wasser aus den Ohren und quetschte sich mit der Hand die Nase aus. Wie eklig das war!

»Ich möchte mich nicht aufs Wasser legen …« Sie konnte ganz schön stur sein. Aber sie war es nicht freiwillig, sie hatte einfach schreckliche Angst. Jetzt streckte er ihr die Hände entgegen und wollte sie durchs Wasser ziehen. Einfach mal so, damit sie ein Gefühl fürs Schwimmen bekam. Aber sie wollte nicht, weil sie Angst hatte, er würde sie irgendwann loslassen.

»Nun stell dich nicht so an! Du machst es einem wirklich nicht leicht.«

Jetzt war er sauer auf sie, und auch Julia oben am Beckenrand machte ein ärgerliches Gesicht. Zu Hause würde Mama wieder enttäuscht sein, und wenn Papa erfuhr, dass sie immer noch nicht schwimmen konnte ...

»Deinetwegen können wir nicht ans Meer fahren!«

»Dann fahrt doch ohne mich! Ich will sowieso nicht an euer blödes Meer!«

Ein Brausen erhob sich, eine gewaltige meergrüne Welle brach über das Schwimmbecken herein, hob sie empor, schäumte, brodelte, kochte. Sie sah den gewaltigen Kopf des Ungeheuers dicht vor sich, starrte in seine runden Glubschaugen, spürte die Berührung seiner Flossenfüße.

»Jetzt gehörst du mir!«

Dann wurde sie zu einem Fisch. Sie tauchte in das Innere der Welle und glitt hinunter zum sandigen Grund, vorbei an schwankenden Wäldern aus Tang, an grauen Felsen, glänzenden rosigen Muscheln. Es war ein wunderbares Gefühl, sie konnte unter Wasser atmen, sie schwamm, sie war ein Teil der geheimnisvollen Welt, die sich unter der Wasseroberfläche befand. Dort hinter dem versunkenen Schiff wartete das Meeresungeheuer mit dem Fischkopf und den Hundefüßen auf sie, es nahm sie auf den Rücken und sie spürte die Bewegung seiner Drachenflügel unter sich ...

»Wohin geht die Reise, Ungeheuer?«

»Ans Ende der Welt. Wohin denn sonst?«

24

Sie brachte es nicht fertig. Dabei war es doch ganz leicht. Gestern hatte sie den Satz schon über die Lippen gebracht.

»Ich bin nicht Anne-Marie Dupin.«

Heute saß sie mit der alten Frau beim Frühstück, kleckste Erdbeermarmelade auf Weißbrot und schwindelte das Blaue vom Himmel herunter.

»Ja, ich habe mit meiner Mutter gesprochen ...«
»Ach? Wann denn?«
»Gestern früh. Noch bevor wir zur Messe gegangen sind. Du warst gerade mit Bri-bri draußen ...«

Die Großmutter schüttelte den Kopf und bemängelte, dass sie nicht informiert wurde. Aber nun ja – gestern sei eine Menge los gewesen. »Und was ist dabei herausgekommen?«

Noch ein Schluck Milchkaffee, ein Bröckchen Weißbrot mit gesalzener Butter und dick Marmelade. Auch diese Butter würde sie vermissen.

»Ich habe ihr gesagt, dass ich bald nach Hause komme.«

In den Zügen der alten Frau malte sich Enttäuschung, sie hatte etwas anderes erwartet.

»Bis Weihnachten wenigstens, Anne-Marie. Eine echte bretonische Weihnachtsfeier, das darfst du nicht verpassen.«

Bri-bri schob sacht seinen warmen Kopf auf ihr Knie, und sie hätte am liebsten geheult. Ach verdammt, warum war es so schwer? Es wurde mit jedem Tag, mit jedem Augenblick schwerer.

»Vielleicht ... Ach ja ... Könntest du mir ein wenig Geld geben? Nur leihweise natürlich ... Ich wollte nach St. Renan fahren ...«

»Was willst du denn in St. Renan?«

Telefonieren wollte sie dort. Weit weg von dem Häuschen des Leuchtturmwärters, von den Menschen von Kerlousec würde sie es schaffen, endlich den entscheidenden Schritt zu tun. Es musste in St. Renan ja irgendwo ein öffentliches Telefon geben, wenn sie schon kein Handy hatte. Sie hatte sich entschlossen, Christopher in seinem Institut anzurufen. Er war der Einzige aus der Familie, der genügend Ruhe und Diskretion aufbrachte. Natürlich würde er ihr Vorwürfe machen. Aber sie würde sich auf den Gedächtnisverlust hinausreden und ihn bitten, Papa, Mama und Julia diskret zu informieren. Wegen der lästigen Pressegeier.

»Oh, ich habe gestern mit Sylvie gesprochen. Sie suchen Reinemachekräfte in ihrer Schule, ich könnte versuchen, dort einen Job zu bekommen.«

Das war jetzt endgültig die letzte Lüge! Wenn sie erst wieder in Berlin war, würde sie Madame LeBars sofort anrufen und ihr alles erklären. Per Telefon war das viel einfacher als von Angesicht zu Angesicht.

»Das wäre gar nicht schlecht«, meinte die Großmutter erfreut. »Sylvie ist ein kluges Mädchen. Gott segne sie.«

»Ja, ich mag sie auch sehr.«

Die alte Frau erhob sich von der Bank und suchte in der Kommodenschublade nach ihrem Portemonnaie. Ein schwarzes Lederportemonnaie, ziemlich abgegriffen, an einer Stelle löste sich schon die Naht auf. Ihre Finger waren steif so früh am Morgen, deshalb hatte sie Mühe, das Fach mit den Geldscheinen auseinanderzufalten.

»Zwanzig Euro? Reicht das? Ach nein – besser dreißig. Und dann willst du vielleicht einen Kaffee trinken. Eine Kleinigkeit essen ...«

Sie hatte nur dreißig Euro in Scheinen und zählte noch ein paar Münzen dazu. Susanne schämte sich. Sie beschwindelte Madame LeBars nicht nur, sie nahm ihr auch noch das wenige Geld, das sie besaß. Vermutlich bekam sie nur eine winzige Rente, und ob ihre Kinder ihr etwas zukommen ließen, war mehr als fraglich. Aber sie würde es zurückbekommen. Mit Zins und Zinseszins. Und wenn sie irgendwann dieser blöden Schnepfe Anne-Marie Dupin begegnen sollte, dann würde sie ihr sagen, dass sie ...

»Du könntest dir Annes Fahrrad leihen. Bis Lampaul ist es ein ordentliches Stück auf der Küstenstraße.«

Nur das nicht. Nicht auch noch ein gestohlenes Fahrrad.

»Ach, bei diesem Wind gehe ich lieber zu Fuß.«

»Aber vielleicht fahren ja Enora und Armelle heute nach St. Renan? Oder Alan?«

Susanne wehrte energisch ab. Nein, es sei ihr lieber, niemanden zu belästigen, sie wolle sich in Ruhe ein wenig umschauen, und ein Spaziergang am Meer würde ihr guttun, sie brauche Bewegung. Heute, nachdem der Sturm sich gelegt habe, sei es ganz besonders schön.

»Wenn du meinst ... Ich habe hier den Busfahrplan von Lampaul nach St. Renan. Schauen wir mal ...«

Sie zog die Sachen an, in denen sie gekommen war und die die Großmutter inzwischen gewaschen und geflickt hatte. Das Geld steckte sie in die Hosentasche; die altmodische Handtasche, die Großmutter ihr leihen wollte, wies sie zurück.

»Ich dank dir ...«

Mehr durfte sie nicht sagen, es hätte sie verraten. Sie umarmte die alte Frau und bekam zu hören, sie solle auf sich aufpassen und auf keinen Fall in ein fremdes Auto steigen.

»Bis heute Abend, meine Kleine ... Es gibt Crêpes mit Käse und Schinken.«

Bri-bri lief bis zur Küstenstraße mit ihr mit; erst als die Großmutter energisch »Chateaubriand« brüllte, drehte er ab und trottete über den Pfad zurück zum Leuchtturm. Susanne stemmte sich gegen den Nordwind und war froh, dass sie jetzt endlich heulen konnte, ohne dass jemand sie sah oder hörte. Der Wind zerrte an ihrem Mantel und strich pfeifend um die Granitfelsen, er trocknete ihre Tränen und hinterließ salzige Spuren auf ihren Wangen. Sie ging rasch und versuchte, nicht nach rechts oder links zu sehen, weder die Dächer des Dörfchens noch die Landzunge mit dem Leuchtturm ins Blickfeld zu bekommen. Einfach geradeaus laufen, immer gegen den Wind, einen Schritt nach dem anderen, auf den sandigen Weg starren und nicht dabei denken. Die Schritte zählen. Tausend Schritte waren ein Kilometer. Sechstausend Schritte waren sechs Kilometer. Mit jedem Schritt kam sie Susanne Meyer-Schildt ein kleines Stück näher. Nein – nicht denken. Nicht daran denken, dass sie eigentlich lieber Anne-Marie geblieben wäre. Nicht daran denken, dass die alte Frau heute Abend für sie Crêpes backen und auf sie warten würde. Dass sie nicht kam. Dass sie nie wieder kam. Weil sie die Falsche war.

Ein Lied singen. Singen verhinderte unnütze Gedanken. Was hatten sie denn früher immer in der Schule gesungen?

»Wenn die bunten Fahnen wehen ...«

Da hatte sie schon ab der zweiten Zeile den Text vergessen. Blödes Lied. Sie hatte es nie gemocht. Was war mit den Songs ihrer Lieblingsgruppe von damals? Ach, die konnte sie nicht mehr auswendig. Und dann taugten sie auch nicht zum Marschieren.

»Glory, glory halleluja ...«

Das klappte ganz gut, klang auch nicht schlecht gegen den Wind. Jetzt wagte sie auch, nach links zum Meer hinüberzuschauen. Wolken jagten über den Himmel, zogen als unförmige Schatten über das helle Watt, weit draußen leuchtete das herannahende Wasser. Es hatte die Farbe des Aquamarins, ein helles, reines Blau. Rechts sah man schon die Häuser von Lampaul, die Küstenstraße führte durch Wiesen und Sand hinüber zu der kleinen Bucht, in der die Boote auf der Seite liegend die Flut erwarteten. Drüben war schon der Wegweiser, die Bushaltestelle konnte nicht mehr weit sein. Vielleicht sollte sie ja von hier aus anrufen? Es musste doch ein Bistro mit einem altmodischen Telefon geben. Oder ein Postamt? Ach nein – es war besser, noch einige Kilometer zwischen sich und die Pointe du Lapin zu legen. Sie fühlte sich jetzt schon viel freier, wie gut, dass sie sich unterwegs ausgeheult hatte. In St. Renan würde sie sich einen Kaffee gönnen, und dann war Schluss mit der Gefühlsduselei. Du liebe Güte – Christopher würde ziemlich verblüfft sein. Vermutlich verschlug es ihm erst einmal die Sprache. Das war typisch für ihn – er zögerte oft, bevor er eine Antwort gab, weil er lange und gründlich nachdachte. Ein Wissenschaftler eben, kein Schwätzer. Genau deshalb war er auch die beste Anlaufstelle in ihrem Fall. Ja, es war eine gute Entscheidung, Chrisy anzurufen.

Während der Busfahrt versuchte sie, nach vorn zu denken. Ob sie die Wohnung durchsucht hatten? Wahrscheinlich. Hatte Paul nicht eine Aktentasche und einen Handkoffer mit ins Auto genommen? Egal, es war noch genügend Zeug von ihm zurückgeblieben. Sie würde sich den Fragen ihrer Eltern stellen müssen. Den boshaften Bemerkungen ihrer Schwester Julia. Chrisys beklommenem Schweigen. Aber sie würde zu Paul halten. Nun, da er tot war, erst recht. Niemand durfte ihn einfach so beleidigen. Nicht einmal ihre Eltern. Paul hatte ihr die Augen geöffnet, er war ein wundervoller, kluger, herzenswarmer Mensch gewesen. Einen solchen Menschen traf man nur ein einziges Mal im Leben. Sie würde nichts auf ihn kommen lassen.

Als sie in St. Renan ausstieg, hatte sie heftiges Herzklopfen vor Aufregung, und sie beschloss, auf den geplanten Kaffee besser zu verzichten. Stattdessen suchte sie nach einem öffentlichen Fernsprecher und erwarb in einem Bureau Tabac eine Telefonkarte. Was für ein Glück, dass es hier noch Telefonzellen gab – in Paris fand man so etwas kaum noch.

»Le numéro de l'Université Humboldt à Berlin. Institut für Physik. Oui – c'est en Allemagne …«

Sie hatte weder Stift noch Notizblock und vor allem kein Handy, in das sie die Zahlen hätte eingeben können – aber sie schaffte es, sich die Nummer zu merken.

»Merci, Madame …«

Keine Zeit zum Nachdenken, sie musste rasch sein. Nur keinen Fehler machen beim Eintippen, jede falsche Verbindung kostete Geld. Großmutters Geld.

»Institut für Physik der Humboldt Universität, Kornbichler.«

Das war die Sekretärin. Mariechen wurde sie von Chrisy genannt. Natürlich nur intern.

»Ich würde gern mit Dr. Meyer-Schildt sprechen. Ein privates Gespräch. Ich bin eine … gute Bekannte …«

Mariechen brauchte nicht zu wissen, wer sie war. Die Gute war zwar verschwiegen, aber vorerst war es klüger, so diskret wie möglich zu sein.

»Oh, das tut mir sehr leid, Herr Dr. Meyer-Schildt ist bereits im Weihnachtsurlaub. Er ist im Januar wieder hier. Warten Sie … am fünften …«

»Im Weihnachtsurlaub?«

»Ja, das sagte er. Soll ich ihm eine Notiz hinlegen? Wie war doch gleich Ihr Name?«

Susanne verschlug es die Sprache. Er war im Urlaub. Unfassbar. Seine kleine Schwester wurde vermisst, vielleicht war sie sogar entführt oder längst tot. Und Chrisy fuhr seelenruhig in den Weihnachtsurlaub.

»Danke, ich … ich hätte dann gern seine Handynummer.«

»Tut mir leid, die darf ich leider nicht weitergeben.«

»Aber ich bin seine Schwester!«

Mariechens Stimme klang jetzt abweisend. Es war klar, was sie dachte. Diese Presseziege fängt es ziemlich blöde an, dachte sie. »Wenn Sie Herrn Dr. Meyer-Schildts Schwester sind, dann werden Sie seine Handynummer ja wohl kennen.«

Dumme Kuh! Der würde sie etwas erzählen, wenn sie wieder in Berlin war!

»Ich wollte nur sagen, dass es mir gut geht. Richten Sie ihm das bitte aus. Seine Schwester Susanne ist wohlauf, sie wird sich im Januar wieder melden. Diese Nachricht ist nur für Herrn Dr. Meyer-Schildt bestimmt, verstehen Sie? Auf keinen Fall darf sie nach außen gelangen.«

»Natürlich. Einen schönen Tag noch, Frau ...«

Sie hängte den Hörer ein und lehnte sich gegen die Wand, schloss für einen Moment die Augen. Es war getan. Sie würden erfahren, dass sie am Leben war. Alles andere würde sich später ergeben. Hatte Mama nicht etwas von einem gemeinsamen Weihnachtsfest erzählt? In irgendeiner Wohnung in der Upper West Side in New York? Ja, natürlich!

Enttäuschung erfasste sie. Sie waren alle nach New York geflogen, um dort die Festtage zu verbringen. Der Kreis der Familie hatte sich wieder geschlossen, und sie war draußen. Vermisst, verschollen, tot – ganz egal. Die Meyer-Schildts ließen sich davon nicht ihren Weihnachtsurlaub verderben. Schon der Kinder wegen, die wollten doch ihren Spaß haben!

Sie schluchzte auf, und jetzt war es ihr egal, ob jemand sie hier in der Telefonzelle beim Heulen beobachtete. Nun hatte sie endlich den Mut aufgebracht, ihre Familie anzurufen, den steinigen Weg zurück in ihre wahre Identität zu gehen. Und dann stellte sich heraus, dass man keinesfalls auf sie gewartet hatte. Man feierte Weihnachten wie jedes Jahr.

Was hast du denn geglaubt?, sagte sie trotzig zu sich selbst. Dass sie deinetwegen pausenlos in Sack und Asche laufen? Weihnachten im Kloster verbringen? Eine Gedenkfeier für die verschwundene Tochter abhalten? Komm zu dir, Susanne! Dass sie gemeinsam das Weihnachtsfest begehen, heißt doch noch lange nicht, dass sie dich vergessen haben. Außerdem bist du selbst schuld. Hättest du ein paar Tage früher angerufen, wäre alles anders gekommen.

Sie fuhr zusammen, weil jemand von außen gegen die Glasscheibe der Telefonzelle klopfte. Einen Augenblick lang starrte sie in das bärtige Gesicht, glaubte, eine Vision zu haben, und wurde sich dann darüber klar, dass er nicht verschwinden würde, wenn sie die Augen wieder schloss.

Die Tür der Zelle war bleischwer und klemmte, sie musste sich fest dagegenstemmen, um sie zu öffnen. Schließlich zog Alan von außen und befreite sie aus der Einzelhaft.

»Alles in Ordnung?«

»Ja, sicher ... Nur die blöde Tür ...«

Sie wischte sich so unauffällig wie möglich übers Gesicht, um nicht ganz so verheult auszusehen. Es nutzte nicht viel, ihre Augen waren fast zugequollen, vermutlich sah sie aus wie ein Boxer nach der zwölften Runde.

»Ich dachte nur, dir wäre vielleicht schlecht geworden«, sagte er und sah sie besorgt an. »Du lehntest an der Glasscheibe, die Augen geschlossen ...«

»Tatsächlich?«

Ihr Lachen klang nicht besonders echt. Sie befand sich im Niemandsland, zwischen den Welten. Eben noch hatte sie Susanne sein wollen, jetzt auf einmal war sie wieder Anne-Marie. Aber wie auch immer – es war schön, ihn zu sehen. Er hatte sich Sorgen um sie gemacht. Nett von ihm.

»Ich habe telefoniert, weißt du ...«

Tatsächlich lag diese Erklärung nah, wenn man in einer Telefonzelle stand.

Er nickte ernsthaft. »Ich verstehe ...«

Was wollte er damit sagen? Dachte er etwa, sie habe mit einem Lover telefoniert?

»Nein, nein ... Ich habe nur meine Mutter angerufen ...«

»Du bist mir keine Erklärungen schuldig, Anne-Marie«, sagte er rasch und fügte hinzu, dass er nur per Zufall vorbeigekommen sei. Er habe das Zimmer noch bezahlen müssen, in dem Swana gewohnt hatte.

»Ja, richtig … Das war sehr großzügig von dir, Alan …«

Er zuckte mit den Schultern und sah dann an ihr herunter, stellte fest, dass sie einen Mantel trug, den er noch nie zuvor an ihr gesehen hatte. Vermutlich wusste er auch, dass dieses Mäntelchen kein Billig-Teil und weit über Anne-Maries Verhältnissen war, doch er sagte nichts.

»Da wir uns nun schon einmal über den Weg gelaufen sind – hast du Zeit für einen kleinen Kaffee? Wenn du magst, kann ich dich nachher auch mitnehmen. Ich bin mit dem Wagen da.«

Oha, da nagelte er sie gleich fest. Aber im Grunde war es ja ganz praktisch. Sie wusste ohnehin vorerst nicht, wohin mit sich.

»Eine gute Idee. Ich brauche Kalorien, mein Magen hängt mir schon in den Kniekehlen. Kennst du dich hier aus? Nichts Teures, nur ein kleines Bistro …«

»Komm mit.«

Impulsiv legte er ihr den Arm um die Schulter, schob sie in die Richtung, die er einschlagen wollte, und sie folgte der Bewegung, empfand es als angenehm, seine Hand auf ihrem Rücken zu spüren. Er hatte etwas an sich, das Vertrauen erweckte, etwas Fürsorgliches, fast Väterliches. Er führte sie in ein kleines Restaurant, das für eine Handvoll Touristen und die Angestellten der Behörden einen Mittagstisch anbot. Wie selbstverständlich half er ihr aus dem Mantel, sah noch einmal interessiert an ihr herunter bis auf die Schuhe, dann hängte er das gute Stück an die Garderobe, und sie setzten sich an einen Tisch neben dem Fenster.

»Warum schaust du so?«

Er fuhr sich durch das dichte Haar, und jetzt fiel ihr erst auf, dass er heute nicht die übliche rote Wollmütze trug.

»Ich finde, dass du ziemlich städtisch gekleidet bist.«

»Aha ... Und das gefällt dir nicht, wie?«

Er lachte verlegen. Er habe da neulich viel dummes Zeug geredet, das täte ihm leid, aber wie es aussähe, würde sie es ihm wohl bis zum jüngsten Tag vorhalten.

Bis zum jüngsten Tag! Er schwatzte wirklich allerlei Ungereimtes. Das gefiel ihr.

»Du siehst ein wenig fremd darin aus, das ist alles. Ansonsten steht dir dieser Mantel sehr gut. Zufrieden?«

Er konnte schelmisch grinsen, den Kopf schräg legen und sie mit schmalen Augen fixieren. Du liebe Güte – was war los mit ihm? Wollte er am Ende mit ihr flirten? Hoffentlich nicht, das würde das Bild zerstören, das sie sich von ihm gemacht hatte.

»Vollkommen zufrieden.«

Vorsichtshalber nahm sie sich die Speisekarte vor und studierte das Angebot. Es gab zwei fünfgängige Menüs, die Speisen à la carte konnte man nur am Abend bestellen.

»Ich lade dich ein«, sagte er leise, denn er hatte ihr Stirnrunzeln bemerkt.

»Auf keinen Fall«, zischte sie zurück.

»Ich bitte dich, Anne-Marie. Heute ist ein besonderer Tag, also mach mir die Freude.«

Eine blonde Bedienung trat an ihren Tisch und fragte nach ihren Wünschen. Ein Mineralwasser, eine Cola. Zweimal das Menü Nummer eins. Sie nahm ihnen die Speisekarten ab und stellte die Weingläser weg. Obgleich sie ziemlich breit in den Hüften war, bewegte sie sich schwungvoll und leichtfüßig. Susanne ertappte sich bei dem Gedanken, dass es wohl im Leben dieser jungen Person jemanden gab, der sie liebte. Wie glücklich sie war!

»Wie soll ich das erklären«, sagte Alan und goss Mineralwasser in ihr Glas. »Ich habe heute einen Entschluss gefasst, und daran bist du schuld, Anne-Marie.«

»Ich?«

»Ja, du.«

Es musste der Tag der Entschlüsse sein. Hoffentlich ging er mit seinem Vorhaben nicht genauso baden wie sie mit dem ihrigen.

»Lass mich raten. Du willst dein Haus verkaufen. Nein? Gott sei Dank! Du willst dich wieder selbstständig machen. Nein? Wie schade! Du willst ... dir den Bart rasieren?«

Er hatte ihrem Ratespiel amüsiert zugehört – bei dem letzten Satz runzelte er die Stirn und fasste sich ans Kinn.

»Ist es so schlimm?«, fragte er besorgt.

»Aber nein. Für einen Künstler genau richtig. Für einen Architekten vielleicht etwas zu ... zu wild.«

»Und für einen Seebären?«, nahm er ihr Spiel auf.

»Für einen Seebären zu harmlos!«

Sie lachten beide, während die Bedienung den ersten Gang servierte.

»Guten Appetit, Anne-Marie!«

»Gleichfalls, Seebär!«

Sie aßen rohes Gemüse mit einer Scheibe Andouillette, die kalt nicht ganz so schlimm schmeckte wie angewärmt.

»Es geht um deine Idee. Erinnerst du dich? Du sagtest, Brioc müsse ein Boot bauen.«

»Dafür habt ihr mich beide ausgelacht. Du und die Großmutter ...«

Anne-Maries Großmutter, dachte sie. Aber das ist nun auch egal. Alles ist egal. In voller Fahrt auf den Abgrund zu. Wohin auch sonst?

»Ich habe dir gesagt, dass ich den Einfall genial finde«, rief er. »Und das meine ich so, wie ich es sage. Ich werde mir von Brioc eine Segelyacht bauen lassen.«

Jetzt wäre ihr fast die Gabel mit dem letzten Stück Gruselwurst aus der Hand gefallen. Verblüfft starrte sie ihn an und begriff, dass er mit dieser Reaktion gerechnet hatte. Sie störte ihn wenig, er nickte ihr nur bestätigend zu. Jawohl, sie hatte richtig gehört.

»Eine ... eine Yacht? Aber ... dazu braucht man doch sicher eine große Werft und einen Haufen Arbeiter ...«

»Keine Luxusyacht – ich bin nicht die Queen und auch nicht Onassis. Eine kleine Segelyacht, sechs bis acht Meter lang, seetauglich und mit einem Motor. Brioc hat solche Boote früher öfter gebaut, er weiß, wovon ich rede ...«

In ihrem Kopf jagten sich Gedanken und Vermutungen. Eine Segelyacht wollte er in Auftrag geben. Für wen? Für ihn selbst? Wollte er etwa wieder segeln?

»Nun ...« Sie räusperte sich und trank aus Verlegenheit ihr Glas leer. Dann begegnete sie seinem erwartungsvollen Blick und begriff, dass sie etwas sagen musste.

»Ich habe vom Segeln leider keine Ahnung. Die perfekte Landratte. Aber wenn Brioc das leisten könnte ... Hast du es ihm schon gesagt?«

»Morgen. Und es wäre gut, wenn du dabei wärst, Anne-Marie.«

»Ich?«

In dieser verflixten Gegend wurde man ständig zu irgendwelchen mitmenschlichen Liebestaten eingefangen. Zu Hause in Berlin war ihr so etwas noch nie passiert.

»Du hast eine beruhigende Wirkung auf ihn.«

»Ich? Das war der Calvados.«

Sie grinsten beide und Alan meinte, dass Brioc ruhig ein paar Gläschen trinken könne, wenn er nur auf die Sache einginge.

»Es wäre auch für Swana eine große Erleichterung, wenn Brioc wieder Lebensmut fasste und ein Ziel vor Augen sähe. Das Mädel hat es schwer mit ihm.«

»Das ist wahr ...«

Sie aßen Muschelsuppe, über die man getrockneten Schnittlauch gestreut hatte, dazu gab es Weißbrot. Susanne grübelte über Alans Verhältnis zu Swana nach. Es war gewiss das eines väterlichen Freundes, aber es war auch mehr. Wenn es um Swana ging, vertrat Alan höchst seltsame Ansichten. Wieso fand er, dass sie bei ihrem Vater bleiben müsse, anstatt eine vernünftige Ausbildung zu machen? Und dann hatte er ihr sogar ein Zimmer gemietet, damit sie Brioc täglich sehen konnte. Was für ein Luxus. Ob er so gut verdiente? Wohl kaum.

»So eine Yacht ist ziemlich teuer, oder?«

»Stimmt!«

Mehr war aus ihm nicht herauszubekommen. Stattdessen wollte er wissen, ob sie noch etwas in St. Renan zu erledigen habe.

»Ich ... ich wollte mich eigentlich nach einem Job umsehen.«

»Putzen?«, fragte er stirnrunzelnd.

»Was sonst?«

»Und wo?«

Sie zuckte die Schultern. Woher sollte sie das wissen? Schließlich war sie zum ersten Mal in ihrem Leben auf Jobsuche als Putzfrau. »Ich hatte an die Klinik gedacht.«

Er schien nicht viel davon zu halten. Ob sie nicht lieber in Kerlousec arbeiten wolle?

»Wo denn da? Bei dir vielleicht?«, fragte sie und hielt die Luft an.

»Bei mir?« Er warf ihr einen amüsierten Blick zu und schüttelte den Kopf. »Bei den Schwestern Gwernig. Die könnten sehr gut eine Hilfe gebrauchen. Aber da müssen wir diplomatisch vorgehen.«

Er schlug einen Pakt vor. Sie würde ihm helfen, Brioc zu überzeugen, und er überredete Armelle und Enora, dass sie eine Putzhilfe benötigten.

»So einfach ist das«, sagte er zufrieden und lehnte sich zurück. »Lass uns gleich nach dem Essen heimfahren, Anne-Marie.«

25

»Heimfahren«, hatte er gesagt. Als sie neben ihm im Wagen saß überlegte sie, weshalb dieser Ausdruck ihr nicht aus dem Kopf ging. »Heimfahren« klang unwahrscheinlich schön. Heimfahren nach Kerlousec. Ein Traum. Eine Illusion. Ein Mauseloch.

Seufzend sah sie ihn von der Seite an. Er war wie verwandelt, redete mit wachsender Begeisterung von seinem Segelboot, steigerte sich in jedes Detail, überlegte, welche Werkzeuge instand gesetzt werden mussten, wie und in welcher Weise er Brioc bei seiner Arbeit unterstützen würde. Vor allem das Material war wichtig …

»Sperrholz. Das einzig Vernünftige. Holz verzieht sich, da bekommt man früher oder später Ärger. Kunststoff finde ich einfach abscheulich. Und Stahl – nun ja, wer es mag. Nein – Sperrholz, da sind die Bretter gegeneinander verleimt, verstehst du? Das verzieht sich nur ganz wenig …«

Sie nickte wie eine gelehrige Schülerin und machte keinen Versuch, seinen Redefluss zu unterbrechen. Stattdessen sah sie aus dem Fenster auf die vorüberziehenden grauen und dunkelgrünen Wiesen, die violetten Heidekrautflächen, deren Farbe schon ein wenig ins Braun überging. Hatte die Sonne am Vormittag hier und da die Wolken durchbrochen, so war der Himmel jetzt wieder eintönig grau, von einer bleiernen Schicht bedeckt.

Einzelne kleine Regentröpfchen zeigten sich an der Frontscheibe. Alan schaltete den Scheibenwischer erst ein, als die Scheibe von einem dichten Gespinst bedeckt war.

»Wenn wir uns ins Zeug legen und alles klappt, dann können

wir das Boot im Frühjahr, spätestens im Sommer, zu Wasser lassen ...«

Ging es ihm eigentlich um Briocs Genesung oder um seine eigene Segelbegeisterung? Susanne wurde langsam klar, dass Alan sich in einem Rauschzustand befand, der möglicherweise in sich zusammenfallen würde, wenn sich die Dinge anders entwickelten als erhofft. Und genau das stand zu befürchten.

»Weißt du, Anne-Marie, es kommt mir manchmal wie ein Wunder vor, dass jemand wie du so plötzlich hier auftaucht ... Hier, am Ende der Welt ...«

»Ja, ich war auch überrascht ...«, stotterte sie.

Er schaute sie leicht irritiert an und grinste dann. Wie jung er aussah, wenn er so schräg zu ihr hinüberblinzelte.

»Ich meine ... ich hatte nicht erwartet, dass es mir hier so gut gefallen würde«, fügte sie hinzu.

»Ja«, sagte er und nickte wissend. »Genauso ist es mir damals auch gegangen. Es ist ein Zauber, dem man nicht mehr entkommt. Diese verflixte Fee ... wie hieß sie doch? Morgane. Die spinnt immer noch ihre Netze.«

Sie hatten Lampaul fast erreicht. Trotz des Regenwetters sah man in der Ferne die helle, unruhige Fläche des Meeres. Ein rot-weißer Fischkutter war zu erkennen, das konnten die Brelivet sein, Malo und sein Vater Malwen, die mit ihrem Fang nach Lampaul steuerten. Tatsächlich war es schön, heimzufahren. Auf der Küstenstraße kamen ihnen nur wenige Autos entgegen, kleine Lieferwagen mit Waren für die weiter entfernt liegenden Ortschaften, aber auch zwei Autos mit fremden Nummernschildern – es waren immer noch ein paar Touristen in der Gegend.

»Die Großmutter wollte Crêpes backen«, sagte sie, als er neben dem Ortsschild an der Küstenstraße anhielt. »Magst du heute Abend mitessen?«

Er lehnte ab. Er habe sich Arbeit mitgebracht und müsse noch einige Berechnungen für seine Firma fertig machen.

»Dass du schon wieder essen kannst«, scherzte er. »Und dabei bist du dünn wie ein Fädchen …«

»Du findest mich zu dünn?«

»Für eine Bretonin bist du geradezu mager. Aber wenn du noch ein wenig hierbleibst, wird Gaëlle dich schon herausfüttern.«

»Dann sollte ich besser bald abreisen …«

»He«, sagte er und schüttelte unwillig den Kopf. »Du wirst dir das Gerede eines alten Mannes doch nicht zu Herzen nehmen, oder?«

»Hu – alter Mann! Wie uralt bist du eigentlich?«

Er kniff ein Auge zu und wartete, bis sie ausgestiegen war. »Ziemlich alt …«, sagte er dann und verzog das Gesicht. »Wann kannst du morgen bei Brioc sein? Gegen zehn?«

»Passt.«

»Dann bis morgen, Anne-Marie.«

»Bis morgen, Alan.«

Er bog nach rechts ab, und sie konnte sehen, dass er das Fenster heruntergelassen und den Arm herausgestreckt hatte, um ihr zu winken. Eine Weile stand sie im Regen und sah dem Wagen nach, der langsam, auf dem unebenen Untergrund auf und nieder schwankend, zum Dorf hinüberfuhr. Hier und da, wenn er in ein Schlagloch geriet, spritzte das Wasser auf. Dann bog er nach links in den Hof seines Anwesens ein und der Wagen verschwand hinter der Hecke.

Die Sache mit der Segelyacht muss ihn ziemlich aufgemischt haben, dachte sie und lächelte dabei. Er ist ja ganz verändert. Aber nett ist er. Wirklich, ein ungewöhnlich liebenswerter Mann. Wer hätte das zu Anfang gedacht? Sie wandte sich der Landzunge zu, lief über den schmalen Pfad zwischen den Klippen zum Leuchtturmwärterhäuschen, das im Regen ganz klein und dunkel erschien. In den Fenstern war Licht – die Großmutter hatte die Lampe über dem langen Tisch angeschaltet und saß vermutlich mit ihrem Strickstrumpf da. Meine Güte – sie hatte heute früh fest daran geglaubt, all das nie wiederzusehen, und jetzt war sie unsagbar froh, hierher zurückzukehren. Ob Gaëlle schon Crêpes gebacken hatte? Riechen konnte man noch nichts davon.

Die Eingangstür hatte sich wieder einmal verzogen, sie musste sich dagegenstemmen und platzte gemeinsam mit dem knarrenden, stöhnenden Holz in den Wohnraum.

»Bonjour!«

Die alte Frau saß nicht am langen Tisch beim Kamin, sondern hinten am Fenster im Lehnsessel. Sie hatte eine dicke Strickjacke übergezogen und die karierte Wolldecke über die Beine gelegt. Susannes fröhlichen Gruß ließ sie unbeantwortet.

»Chateaubriand! Sitz!«

Bri-bri hatte Susanne auf gewohnte Art begrüßen wollen, auf den energischen Befehl seiner Herrin hin setzte er sich brav auf sein Hinterteil und hechelte aufgeregt. Susanne tat einige Schritte in den Raum hinein, dann blieb sie verunsichert stehen. Irgendetwas stimmte hier nicht. Etwas Ungutes lag in der Luft.

Die alte Frau war sehr blass, fast weiß. Man sah eine blaue Ader an ihrer Schläfe, die sich vom Ohr schräg hinauf bis zum Auge zog.

»Ist ... ist etwas passiert?«

Susanne wusste, dass die Frage überflüssig war. Es war geschehen. Früher oder später hatte es so kommen müssen. Sie war in vollem Tempo in den Abgrund gerast ...

Die Sekunden dehnten sich ins Unendliche. Die alte Frau schwieg und starrte sie an wie eine Fremde. Feindselig und voller Abscheu. Entsetzt über die Dreistigkeit dieser unfassbaren Lüge ...

»Du bist also tatsächlich zurückgekommen ...«, sagte sie langsam.

Es klang, als stünde sie vor Gericht und Madame LeBars sei

der Staatsanwalt. Anklage: schwerer Betrug. Susanne fühlte sich hilflos und begann, sinnlos daherzuschwatzen. Ein Redeflash, den sie öfter bekam, wenn sie in einer ausweglosen Situation steckte.

»Ja, stell dir vor, ich habe Alan getroffen. Er hat mich zum Essen eingeladen. Du wirst es nicht glauben, er will eine Segelyacht in Auftrag geben! Ist das zu fassen, ausgerechnet Alan ... Und weißt du auch, wer das Schiff bauen soll? Das errätst du nie! Brioc soll es bauen, damit er wieder auf die Beine kommt. Alan ... Alan will ihm dabei helfen und ...«

Sie bemerkte, wie ihre Stimme immer leiser wurde, bis nur noch ein Flüstern blieb. Sie verstummte und stand ratlos auf der Stelle. Begegnete dem Blick der alten Frau und schlug dann die Augen nieder. Eine nasse Haarsträhne fiel ihr ins Gesicht, und sie strich sie mit einer fahrigen Bewegung hinters Ohr.

»Meine Tochter hat angerufen«, sagte Madame LeBars. »Nicht Yuna. Armelle. Sie lebt in Deutschland, im Schwarzwald.«

Richtig, da war noch eine Tochter gewesen. Eine gewisse Armelle sowieso ... Armelle Bartholomé. Von der war bisher noch gar nicht die Rede gewesen. Noch eine, die nicht zur Beisetzung ihres Vaters angereist war.

»Sie hat mir gesagt, dass meine Enkelin Anne-Marie bei ihrer Mutter in Paris ist. Sie hat gestern noch mit ihr telefoniert.«

Susanne fiel nichts ein, was sie hätte sagen können. Im Grunde war es ein Wunder, dass sie nicht schon früher aufgeflogen war. Weshalb mochte Armelle wohl angerufen haben? Um sich für ihr Fernbleiben von der Beisetzung zu entschuldigen?

Der Blick der alten Frau hatte jetzt etwas Aufforderndes. Was hast du dazu zu sagen, fragten ihre Augen. Susanne schluckte und räusperte sich umständlich.

»Es ... es war die Anzeige. Sie war in meiner Manteltasche. Ich hatte das Gedächtnis verloren, und da habe ich gedacht ... Ich habe wirklich geglaubt, ich wäre Anne-Marie.«

Es klang ziemlich jämmerlich und wenig glaubwürdig. Bribri nutzte die kurze Unaufmerksamkeit seiner Herrin, um zu Susanne hinüberzulaufen und sich auf ihre Füße zu setzen. Mechanisch glitt ihre Hand über seinen dicken Kopf, kraulte ihn am Ohr, spürte, wie er mit der warmen Zunge über ihre kalten Finger leckte …

»Du dachtest …«, stellte Madame LeBars fest. »Hältst du mich für eine schwachsinnige alte Kuh?«

»Es war ein Autounfall … Ich konnte mich nicht erinnern, alles war weg. Eine Wand in meinem Kopf. Ich hatte nur diesen Brief in der Manteltasche …«

»Wie auch immer«, sagte die alte Frau streng. »Wer bist du wirklich? Und warum spielst du mir dieses Theater vor?«

Trotz ihrer Verzweiflung hoffte Susanne, dass Madame LeBars ihrer Tochter nichts von der falschen Enkelin erzählt hatte. Eine kurze Beschreibung würde genügen, und Yunas Tochter konnte sich zusammenreimen, wer da in ihre Rolle geschlüpft war. Dann wäre diese Schnepfe um fünftausend Euro reicher. Nein – wenn die Lage schon aussichtslos war, dann sollte wenigstens Madame LeBars dieses Geld bekommen.

»Ich erkläre es dir … Ihnen. Es ist ein solches Durcheinander in meinem Kopf, aber ich versuche es. Bitte, seien Sie nicht böse, ich tue mein Bestes.«

Es war ein schwieriges Unterfangen, ein Hin- und Herspringen zwischen zwei Welten, ein mühsames Suchen nach Vergleichen, verzweifelte Ansätze, etwas verständlich zu machen, was der Lebenswelt ihrer Zuhörerin vollkommen fremd war. Noch schwerer war es, die Logik des Irrsinns zu erklären. Madame LeBars hörte ein Weilchen zu, dann begann sie, Susanne zu unterbrechen. Stellte Fragen, gab Kommentare, äußerte Vermutungen.

»Du willst dich also hier vor der Welt verstecken? Habe ich das richtig verstanden?«

»Ja ... nein ...«

»Weshalb sonst hast du uns alle zum Narren gehalten?«

»Es war wegen Paul ... weil er tot ist ... ich war so verzweifelt ...«

Susanne schwieg erschöpft, ihr war schwindelig, sie setzte sich auf die Bank. Bri-bri fand offenbar, dass die Großmutter heute sehr ungerecht war. Er schmiegte sich an Susanne und sah seine Herrin mit vorwurfsvollen Augen an.

»Ich hab gestern ja versucht, Ihnen die Wahrheit zu sagen ... Aber dann war die Sache mit Brioc und es ging nicht. Und heute habe ich meinen Bruder angerufen ...«

»Aha!«, tönte die alte Frau, als sei dies der erste vernünftige Satz des Tages. »Also doch. Und? Schicken sie den Rolls-Royce, um dich abzuholen? Deine reichen Eltern?«

»Sie sind im Weihnachtsurlaub. In New York.«

Madame LeBars starrte sie an, als hätte sie chinesisch geredet. »Willst du mich verkohlen? Im Weihnachtsurlaub?«

Susanne konnte nicht mehr sprechen, sie nickte nur und begann zu schluchzen. Der Schrecken, die Hilflosigkeit, das schlechte Gewissen, die Verzweiflung – alles brach jetzt gleichzeitig aus ihr hervor.

»Großartige Eltern hast du! Die Tochter wird vermisst und sie fahren seelenruhig in den Urlaub. Aber vielleicht ist ja der Butler zu Hause, damit sich jemand um dich kümmern kann.«

Eine Weile war es still im Raum, Susanne heulte vor sich hin und Madame LeBars hatte damit zu tun, die verworrenen Erklärungen dieser jungen Person in ihrem Kopf zu sortieren. »Was hast du mir da von Alan erzählt? Eine Yacht? Das ist doch Unsinn!«

Susanne schniefte mehrmals und erklärte, dass Alan entschlossen sei, sich von Brioc eine Segelyacht bauen zu lassen.

»Er ist seit dem Unfall vor sieben Jahren kein einziges Mal mehr gesegelt.«

»Es ist vielleicht nur … eine verrückte Idee.«

Die alte Frau tat einen tiefen Seufzer und schob die Wolldecke von ihren Beinen. Mühsam stand sie auf und öffnete eine Kommodenschublade.

»Hier«, knurrte sie und reichte Susanne ein altmodisches, kariertes Taschentuch. »Kann das nicht sehen, wenn du den Rotz in deinen Ärmel schmierst. Putz dir mal die Nase.«

Gehorsam leistete Susanne der Aufforderung Folge und schnäuzte sich ausgiebig in das Taschentuch, das vermutlich einmal Loan LeBars gehört hatte. Es war unzählige Male gewaschen worden und ganz weich.

»Den Kopf hast du ihm verdreht!« Madame LeBars ging an ihr vorbei zum Kamin und schürte das Feuer. Sie brachte es fertig, aus einem winzigen bisschen Glut ein flackerndes Feuerchen zu zaubern. »Denkst du, ich wäre blind? Wie er dich anschaut! Erzählt, er habe in Rennes zu arbeiten, kommt aber am nächsten Tag schon wieder zurück. Wo er sonst monatelang wegbleibt. Ich sag dir was, Susanne. Wenn du Alan wehtust, dann kratze ich dir die Augen aus. Er hat genug Unglück erlebt. Genug für ein ganzes Leben!«

Was sollte sie auf diesen Blödsinn antworten? Hatte sie ihr nicht von Paul erzählt? Dass sie verzweifelt war, dass sie glaubte, ohne ihn nicht leben zu können? Aber damit konnte sie Madame LeBars nicht kommen, die war weit davon entfernt, Mitgefühl für sie zu empfinden.

»Und dann auch noch eine Deutsche«, murmelte sie zornig und legte trockene Hölzer auf die emporzüngelnde Flamme. »Ausgerechnet. Und wir Fischköpfe habe das nicht gemerkt. Wo man es doch hätte hören können. Und kein Wort Bretonisch. Wo Yuna doch hier großgeworden ist und mit der Kleinen immer bretonisch geredet hat …«

Sie wartete, bis das Feuer genügend Kraft hatte, legte drei größere Scheite hinein und schob sie mit der eisernen Kaminschaufel zurecht. Dann stand sie auf, hängte die Schaufel an ihren Haken an der Wand und starrte einen Moment in die Flammen.

»Du wirst dich gleich morgen bei der Polizei melden, Susanne Meyer-Sowieso!«, verlangte sie.

Damit hatte sie rechnen müssen. Die Polizei würde es an die Presse weitergeben. *Vermisste Meyer-Schildt-Tochter in der Bretagne aufgetaucht. Millionärstochter mit falscher Identität in Finistère. Gedächtnis verloren: Susanne Meyer-Schildt.* So oder ähnlich würde es in den Zeitungen stehen. Papa würde begeistert sein …

»Ich schwöre, dass ich nie die Absicht hatte, Alan zu verführen. Ganz bestimmt nicht. Wenn Sie wollen, rede ich mit ihm.«

»Alan überlässt du mir!«

Jetzt war sie wieder die Feldherrin. Madame LeBars befahl und erwartete Gehorsam. Möglich, dass dies der Grund war, weshalb ihre Kinder so wenig Sehnsucht nach ihr verspürten. Susanne begriff, dass es nicht viel Zweck hatte, ihr zu widersprechen. In ihrer momentanen Lage konnte sie nicht streiten, sie hatte sich zu fügen. Man konnte höchstens ein wenig manipulieren. Oder es zumindest versuchen.

»Werden Sie es auch den anderen sagen?«

Sie erntete einen zornigen Blick. Was für eine Frage! Natürlich war Gaëlle nun dazu gezwungen, all ihren Bekannten einzugestehen, dass ihre Enkelin Anne-Marie, die alle so gern mochten, dieses freundliche, hübsche Mädel, eine Schwindlerin war. Dass die echte Anne-Marie leider nicht nach Kerlousec gekommen war.

»Muss ich ja wohl …«, murmelte sie düster.

»Ich könnte mitgehen und es erklären. Sonst glauben sie es am Ende gar nicht …«

Madame LeBars setzte sich auf die Bank und zog die Tasse

mit erkaltetem Milchkaffee zu sich heran. Vorsichtig nahm sie den Löffel und fischte eine Winterfliege aus der Tasse, dann schob sie den Kaffee wieder von sich.

»Du wirst morgen mit mir gemeinsam nach St. Renan zur Polizeiwache fahren. Damit diese Angelegenheit ein für alle Mal aus der Welt ist. Hast du das verstanden?«

»Ja ... Ja natürlich. Nur ... Alan wartet um zehn auf mich bei Brioc.«

»Sehr gut«, sagte Madame LeBars unverdrossen. »Er kann uns fahren.«

Susanne nickte gottergeben. Die perfekte Organisation. Madame LeBars verbreitete ihre Version der Dinge, sie selbst bekam nicht einmal die Chance, sich zu rechtfertigen. Aber was sollte sie tun? Sie hatte es nicht anders verdient. Mit steifen Fingern kramte sie in ihren Hosentaschen und legte einen Schein und die Münzen auf den Tisch.

»Das ist das restliche Geld. Ich musste eine Telefonkarte kaufen, die war leider ziemlich teuer. Aber wenn ich zurück in Berlin bin, schicke ich Ihnen das Geld.«

»Den Teufel! Wag es ja nicht, dich hier zu melden oder etwas zu schicken. Nie wieder!«

Sie schwiegen. Man hörte die Wellen gegen die Klippen schlagen, ein klatschendes, stampfendes Geräusch, begleitet von dem ständigen dumpfen Rauschen des auflaufenden Wassers. Dann, ohne Vorwarnung, streifte das Licht des Leuchtturms am Fenster neben dem Lehnstuhl vorbei und färbte den Raum für einen Augenblick rosig. Madame LeBars erhob sich, um den Fensterladen zu schließen.

»Ihre Tochter Armelle ... sie wohnt in Deutschland? Hat sie einen Deutschen geheiratet?«

Die alte Frau blieb stehen, offensichtlich überlegte sie, ob sie dieser fremden Person überhaupt Einblick in ihre Familie geben sollte. Aber dort saß letztlich die gleiche junge Frau, die seit Wochen jeden Abend bei ihr verbracht hatte. Die mit ihr geschwatzt und gekocht hatte, der sie das Stricken beigebracht hatte, die bereitwillig mit Bri-bri hinausging. Die sie hatte überreden wollen, bei ihr zu bleiben.

»Nein. Ist aus Lyon, ihr Mann. Aber Armelle hat Arbeit im Schwarzwald. In einer Fabrik …«

»Und ihr Mann?«

Mme LeBars zog verächtlich die Nase hoch. Monsieur Bartolomé ließ sich von seiner Frau ernähren. Ein ausgemachter Faulpelz, der Kerl.

Susanne überlegte. Diese Armelle schien finanziell nicht auf Rosen gebettet zu sein, und auch Yuna in Paris war vermutlich nicht vermögend. Da konnte es doch sein, dass sie …

»Warum hat sie eigentlich angerufen?«

Das Gesicht der alten Frau versteinerte, und Susanne begriff, dass ihre Vermutung richtig war.

»Sie wollte wissen, ob sie was geerbt hat, oder?«

»Das geht dich nichts an!«

In den Ritzen der Fensterläden glühte das Licht des Leuchtturms für einen Moment auf und verging wieder.

»So eine ist das«, meinte Susanne kopfschüttelnd. »Keine Zeit, zur Beisetzung ihres Vaters zu kommen. Aber wenn's um das Erbe geht, steht sie auf der Matte …«

Ihre Empörung war ehrlich, das spürte die alte Frau, und es tat ihr wohl.

»Du hast es gerade nötig, über meine Familie herzuziehen!«, schimpfte sie trotzdem.

»Ist doch wahr …«

Es wurde wieder still, nur das Meer rauschte um das Häuschen und der Wind sang sein Lied. Im Kamin knackte hin und wieder ein Holzscheit, Bri-bri lag unter dem Tisch und schnarchte leise. Schließlich hob die alte Frau den Kopf und sah zu Susanne hinüber, die mit aufgestützten Armen saß und vor sich hinstarrte.

»Hast du Hunger?«

»Ja ... ziemlich ...«

»Dann komm in die Küche. Aber lass Bri-bri vorher kurz raus.«

Als sie mit dem Hund zurück ins Haus kam, fand sie in der Küche einen Teller mit Brot, Käse, ein paar Wurstscheiben und kaltem Kabeljau. Madame LeBars war im Schlafzimmer verschwunden.

26

Susanne hockte angezogen im Bett, die Decke über den Knien. Unten am Fußende lag Bri-bri zu einem Kreis zusammengeringelt und schnarchte. Beneidenswert, so ein Hund. Ein wenig Futter, ein warmer Schlafplatz – mehr brauchte er nicht. Ob er sie überhaupt vermissen würde, wenn sie morgen fortging?

Sie verfolgte den Weg des rötlichen Lichts an den Zimmerwänden und machte dann die Augen zu, doch der rötliche Schein drang durch ihre geschlossenen Lider, und auch der Gedanke, dass sie dieses Licht heute Nacht zum letzten Mal sah, half ihr nicht aus der beklemmenden Niedergeschlagenheit.

So hatte es kommen müssen. Sie war selber daran schuld und hatte keinen Grund zu jammern. Morgen würden alle Menschen in Kerlousec sie verabscheuen. Die Betrügerin, die sich unter falschem Namen bei ihnen eingeschlichen hatte. Pfui Teufel!

Aber letztlich war sie doch die gleiche Person. Hatte das gleiche Gesicht, das gleiche Haar, dieselbe Figur. Auch ihre Art zu sprechen, ihre Stimme, ihr Lachen – alles war unverändert. Sie hatte nur einen anderen Namen ... Nun ja. Und sie war eine Deutsche. Dazu eine Schwindlerin. Eine deutsche Schwindlerin. Sie ging nicht putzen, sie hatte Abitur und war dabei, ihren Hochschulabschluss zu machen. Und nach dem Willen ihrer Familie würde sie einmal im oberen Management irgendeines großen Unternehmens sitzen und sehr viel Geld verdienen.

So eine passte nicht hierher. Höchstens als Touristin. Drei Wochen Urlaub in einer Luxus-Ferienwohnung. Mit Internet und Fernseher, altes Bauernhaus, voll renoviert und durchgestylt, Pool vor der Hütte, Golf und Tennis gleich nebenan.

Sie stand auf und zog einen dicken Pullover über die Kleidung, dann kroch sie wieder unter die Decke und kauerte sich zusammen wie Bri-bri. Wie kalt es war! Das Meer war fern, hatte sich weit zurückgezogen, nur der Wind heulte um Leuchtturm und Klippen, sang ein endloses, trauriges Lied von ruhelosen Seelen und toten Seeleuten, die in den Nächten umherschweiften, um Erlösung zu finden.

Der Schlaf kam zögernd, umfing sie zuerst mit mancherlei verwirrenden Bildern, zeigte ihr das gutmütige, rundliche Gesicht ihrer ersten Kinderfrau, die fortgeschickt worden war, als Susanne fünf war. Gesine hieß sie, ihr Körper war überall weich, man konnte sich an sie schmiegen und wurde zärtlich angenommen.

»Was hast du nur wieder angestellt, Susanne!«, sagte sie vorwurfsvoll und zog die dunklen Augenbrauen zusammen, sodass sie über der Nasenwurzel aufeinandertrafen.

»Es ist einfach passiert. Ich kann nichts dafür ...«

Sie nahm ihr die Puppe aus den Händen und versuchte, den Kopf wieder anzumontieren. Es gelang nicht.

»Nun ist sie kopflos ...«

»Ist das schlimm?«

Gesines Mund verzog sich schmal, sie grinste, wurde aber gleich wieder ernst. »Schon. Aber wir machen sie wieder heile ...«

Ein Nebel deckte die füllige Gestalt zu, und sie schien sich immer weiter zu entfernen. Susanne streckte im Traum die Arme nach ihr aus, flehte sie an, doch bei ihr zu bleiben. Es half nichts. Gesine verschwand, ging aus ihrem Traum, so wie sie damals aus ihrem Leben gegangen war. Ohne Wiederkehr.

Sie saß am weihnachtlich gedeckten Tisch im Speisezimmer der Potsdamer Villa. Neben der Tür die lebensgroße Statue einer jungen Schwarzen, die einen Teller hielt und vor der sie als Kind schreckliche Furcht gehabt hatte. Die Schränke im englischen Kolonialstil. Der lange Mahagoni-Tisch mit weißem Leinen bedeckt, das Service mit den englischen Landschaften, in der Mitte das Gesteck aus Tannenzweigen, matt schimmernden Kugeln und silbernen Sternchen. Man musste gerade sitzen und immer das richtige Besteckteil wählen. Es war einfach, man nahm das, was außen lag. Fischbesteck, Hummergabel, Suppenlöffel, Besteck für die Vorspeise, für den Hauptgang, Löffelchen und Gäbelchen für den Nachtisch …

»Kannst du nicht aufpassen, Susanne!«

Mama war bekümmert, Susanne hatte ihre Suppe verkleckert. Julia passiert so etwas niemals, und Christopher schaffte es immer, den Fleck mit dem Teller zu verdecken.

»Entschuldigung …«

Mama seufzte tief, Julia verdrehte die Augen zur Decke, Christopher grinste nachlässig. Papa war mit seinen eigenen Gedanken beschäftigt. Die bunten Kugeln lösten sich aus dem Gesteck und schwebten im Raum umher. Dann auch die silbernen Sterne, sie tanzten um den Kronleuchter, blitzten und schimmerten, einer setzte sich in Mamas Haar. Sie verscheuchte ihn wie ein lästiges Insekt.

»Du hast ihm doch nicht etwa die Schlüssel gegeben?«, fragte Papa und starrte sie mit seinen hellen, blauen Augen an.

»Warum nicht, Papa!«

Sie sah das Entsetzen in seinen Zügen, und ihr Zorn wuchs an. Natürlich hatte sie Paul die Schlüssel für die Schleusentore gegeben. Sie vertraute ihm völlig. Er wusste doch, dass die Tore die Stadt vor der heranrollenden Flut schützten. Paul war zuverlässig. Die Schlüssel waren bei ihm so sicher wie in Abrahams Schoß.

»Wie konntest du das tun? Er ist ein Verbrecher. Er wird uns alle vernichten.«

Sie sah Pauls Gesicht vor sich, doch sie konnte seine Züge nicht erkennen, er hatte weder Nase noch Augen noch Mund.

»Und außerdem liegt Potsdam ja nicht am Meer ...«

»Aber an der Havel«, sagte Julia naseweis.

»Babelsberg liegt zwischen dem Tiefen See und dem Griebnitzsee«, ergänzte Christopher.

»Hier gibt es aber keine Gezeiten und keine Sturmfluten«, trumpfte Susanne auf. »Und Babelsberg hat keine goldenen Schleusentore.«

»Keine goldenen Schleusentore?«, rief Papa empört. »Natürlich haben wir die. Sogar welche aus Platin. Und Paul hat jetzt die Schlüssel dazu.«

Ein Donnern war zu vernehmen wie von einer Brandung. Die Platten und Teller auf dem Tisch vibrierten, der Aperitif in Mamas Glas schlug Wellen.

»François!«, schrie Mama. »Fahr den Wagen aus der Garage. Schnell. Die Flut steigt ...«

Tatsächlich stand bereits der Park unter Wasser, und die ersten grauen Wellen schwappten gegen die Fensterscheiben. Man sah Gustav, den Gärtner, in den Fluten treiben, er reckte eine Mistgabel in die Höhe und sah damit aus wie Neptun mit seinem Dreizack. In der Ferne, dort, wo der Tiefe See lag, hatte sich eine schmutziggraue Wasserwand erhoben, die auf sie zurollte.

Geschirr und Tannenzweige wirbelten empor, Bestecke schossen wie Waffen durch die Luft, eine Hummergabel bohrte sich in Mamas altenglischen Geschirrschrank, und alle silbernen Sterne umschwirrten die schwarze Frau. Susanne hastete durch den Flur, kämpfte mit den heranrollenden Wogen und hatte Mühe, durch die Eingangstür ins Freie zu gelangen. Ihre Eltern und Geschwister saßen schon in Papas schwarzer Limousine, die Angestellten hatten sich aufs Dach der Villa geflüchtet, wo sie von den mächtig emporzüngelnden Wellen bald erfasst werden würden.

»Nehmt mich mit!«, kreischte sie und riss an der Autotür.

Christopher rückte zur Seite, um ihr Platz zu machen, und

nörgelte, sie käme immer zu spät. Eine Extrawurst für Susanne! Sie quetschte sich zu Julia und Chrisy auf den Rücksitz und knallte die Tür zu. Der Wagen startete, er schwamm auf den Wellen wie ein Amphibienfahrzeug, schaukelte durch den Park hinüber zur Straße. Wenn eine große Welle kam, wurden sie hochgehoben und fielen alle durcheinander, dann stürzten sie hinab, sahen die kalte, blaugraue Tiefe des Wellentals und die meterhohe Wand der nächsten Woge.

»Susanne ist schuld«, sagte jemand.

»Sie hat Paul geliebt.«

»Sie hat ihm die Schlüssel gegeben.«

»Paul ist unschuldig!«, schrie sie verzweifelt. »Er kann nichts dafür. Er hat das nicht getan.«

Die Wagentür öffnete sich wie von selbst, und sie versuchte verzweifelt, sich am Sitz festzuhalten, um nicht hinauszufallen.

»Steig aus, Susanne!«, sagte ihre Mutter. »Nun mach schon. Du bist zu schwer, Mädchen. Wir sinken ja ...«

Ihre Geschwister schubsten sie mit vereinten Kräften, sie verlor den Halt und stürzte in die eisige graue Flut.

»Das ... das ist doch bloß eine Sage! Das gibt es doch gar nicht in Wirklichkeit!«, schrie sie wütend, doch der Wagen mit ihrer Familie schwamm in Richtung Sanssouci davon.

Das Wasser schloss sich über ihr und sie sank hinab, schwebte eine Weile zwischen überfluteten Häusern, Autobussen, Trauerweiden und Parkbänken. Es war nicht schlimm, denn sie konnte unter Wasser atmen wie ein Fisch. Nun wurde der Boden sandig, Wellen zeichneten sich darin ab, sie sah atmende Muscheln, wehende grüne Algen, ein versunkenes Schiff lag auf der Seite, von winzigen Muscheln dicht an dicht bedeckt. Dahinter wartete das Ungeheuer auf sie. Sie sah zuerst nur seinen zackigen Rücken, dann hob es den dicken Fischkopf und kroch mit krummen, schuppigen Echsenbeinen aus seinem Versteck. Es grinste breitmäulig und glotzte sie an.

»Na endlich«, sagte das Meeresungeheuer und schob das Wrack mit einer leichten Schwanzbewegung zur Seite. »Ich habe eine Ewigkeit auf dich gewartet, kleine Freundin.«

Das Telefon klingelte. Ein schriller, langgezogener Klingelton, der noch aus uralten Telefonzeiten stammte. Laut, lästig und unüberhörbar löste er den Traum auf und scheuchte die Schläferin in die Wirklichkeit. Susanne drehte sich auf den Rücken und schlug die Augen auf. Das Zimmer war von fahlem Dämmerlicht erfüllt, ein seltsam diffuser Schein, der sich zwischen den Vorhangritzen in den Raum schlich und anzeigte, dass es draußen wieder einmal nebelig war. Das auflaufende Wasser trieb die Wellen gegen die Klippen, Möwen schrien, unten klingelte beharrlich das verdammte Telefon.

Sie ließ es klingeln. Es war nicht mehr ihre Sache, sie war nicht Anne-Marie, die allzeit hilfsbereite Enkelin, sie war Susanne Meyer-Schildt und würde heute mit Madame LeBars nach St. Renan zur Polizei fahren. Auch bei Nebel. Eine Bretonin ließ sich von ein bisschen Erbsensuppe nicht von ihrem Vorhaben abbringen.

Bri-bri hatte den Kopf gehoben und blinzelte sie schläfrig an. Als er sah, dass sie aus dem Bett stieg und sich ankleidete, kuschelte er sich wieder ein und beobachtete sie mit wachen Hundeaugen, um den Moment, wenn sie nach unten ging, nicht zu verpassen.

Nein, dachte Susanne. Dieses Mal nicht. Ich habe gestern Abschied genommen, heute bin ich bereits überfällig, daher werde ich gehen, ohne zurückzuschauen. Auch du, mein vierbeiniger Freund, wirst mich nicht zum Heulen bringen. Und wenn du noch so lieb schaust mit deinen runden Hundeaugen.

Sie zog den Mantel über und ging langsam die Treppe hinunter. Hinter ihr tapsten eifrige Hundepfoten über die Stufen.

»Wir haben Nebel. Na und? Jetzt übertreibst du aber ...«

Madame LeBars hielt den Hörer mit einer Hand gegen ihr Ohr gepresst, mit der anderen raffte sie ein überdimensionales blaues Häkeltuch, das sie über ihr Nachthemd geworfen hatte. Ihre bloßen Füße steckten in braunen Filzpantoffeln, die aussahen, als hätten sie einmal ihrem Mann gehört. Susanne setzte sich an den langen Tisch, wo eine halb gefüllte Kaffeetasse und ein Teller mit Weißbrotkrümeln und Klecksen von Erdbeermarmelade darauf hinwiesen, dass die Frau des Leuchtturmwärters schon vor einer Weile aufgestanden war.

»Nein. Nein, ich brauche nichts. Trotzdem vielen Dank. Enora und Armelle fahren morgen einkaufen und bringen mir alles mit.«

Susanne stellte die Ellbogen auf und legte den Kopf auf die Hände. Wenn sie doch nur schon im Bus säßen!

»Also wenn du mich fragst … Dann nicht. Ich sag's dir trotzdem: Das ist vollkommener Schwachsinn. Brioc kann in seinem Zustand … Hör auf zu lachen, Alan!«

Madame LeBars wehrte Bri-bri ab, der an ihrem Nachthemd schnüffelte und dann ihren rechten Fuß leckte. Dann entdeckte sie Susanne und blickte sie finster an.

»In einer Viertelstunde. Sie hat noch nicht gefrühstückt. Nein, du kannst jetzt nicht mit ihr sprechen. Hau ab! Nicht du, Alan. Der Hund …«

Madame LeBars tat einen tiefen Seufzer, schüttelte den Kopf und legte den Telefonhörer auf. Eine Weile stand sie dort unbeweglich, hielt den Hörer immer noch fest und starrte zum Fenster hinaus, wo weißliche Nebelschwaden vor den dunklen Klippen schwebten.

»Hast du …« Susanne unterbrach sich und fing noch einmal an. »Haben Sie es ihm gesagt?«

Die alte Frau schlurfte in die Küche, ohne eine Antwort zu geben. Susanne hörte sie dort mit Geschirr klappern, ein Besteckteil fiel zu Boden.

»Raus!« Bri-bri, der seiner Herrin in die Küche gefolgt war, kam eilig wieder zu Susanne gelaufen. Aha – sie hatte schlechte Laune. Ein Wunder war das nicht. Ob sie ihr noch ein Frühstück zurechtmachte? Es hörte sich ganz so an. Nett von ihr. Sie war trotz aller Bärbeißigkeit eine fürsorgliche Mutter. Oder vielmehr Großmutter. Anne-Maries Großmutter.

Tatsächlich erschien Madame LeBars gleich darauf mit einem Tablett in den Händen, das sie vor Susanne auf den Tisch stellte. Milchkaffee, zwei dicke Weißbrotstücke, schon etwas hart, ein Rest Honig. Zucker und Erdbeermarmelade standen noch auf dem Tisch. Die Henkersmahlzeit.

»Danke.«

Sie hatte geglaubt, mit dem Frühstück allein gelassen zu werden, doch Madame LeBars setzte sich ihr gegenüber, zog das Schultertuch zurecht und langte nach ihrer Kaffeetasse.

»Beeil dich«, knurrte sie. »Er kommt in einer Viertelstunde.«

Susanne warf wahllos Zuckerstückchen in ihren Milchkaffee und rührte um. »Alan?«, fragte sie unsicher.

»Wer sonst?«

Irgendwas war noch im Busch, aber die alte Frau wollte nicht mit der Sprache heraus. Susanne stellte fest, dass ihr Milchkaffee so widerlich süß war, dass man ihn kaum trinken konnte. Überhaupt war es schwer, ein Frühstück zu sich zu nehmen, wenn man dabei mit zornigen Blicken durchbohrt wurde. Sie kaute auf dem Weißbrot herum und brauchte einen Schluck Kaffee, um das trockene Zeug herunterzubringen.

»Weiß er …« Ein Weißbrotkrümel saß ihr im Hals. Sie räusperte sich energisch. »Weiß er es schon?«

Die alte Frau senkte die Nase in die Kaffeetasse, ohne ihr Gegenüber aus den Augen zu lassen. »Nein«, sagte sie unfreundlich. »Und du wirst fein den Mund halten.«

Susanne nickte gehorsam. So war es ausgemacht, sie hielt sich daran. Madame LeBars war die Betrogene, sie hatte das Recht, die Regeln zu bestimmen. Was sie ohnehin gern tat. Sie überlegte, ob Alan überhaupt bereit sein würde, sie nach St. Renan zu fahren, wenn Madame LeBars ihm die Wahrheit eröffnete. Weshalb sollte er das tun? Madame LeBars zuliebe? Auf der anderen Seite war es gleich – irgendwie würden sie schon dorthin gelangen. Anne-Maries Großmutter hatte einen harten Schädel, sie würde zur Not auch zu Fuß dorthin laufen.

»Hör zu«, sagte Madame LeBars und wischte sich den Mund mit dem Handrücken. »Ich habe es mir überlegt. Wir sollten die Angelegenheit bis nach Weihnachten verschieben.«

Susanne war auf alles Mögliche gefasst gewesen, aber darauf nicht. Ungläubig starrte sie die alte Frau an. Hatte sie das richtig verstanden? Sie wollte ihr eine Galgenfrist einräumen?

»Was glotzt du wie ein Fisch auf dem Trockenen?«, fuhr die alte Frau sie an. »Es ist nur vernünftig. Deine Eltern sind sowieso im Urlaub. Und auf der Polizei ist zu Weihnachten nicht viel los. Außerdem habe ich keine Lust, mich vor den anderen bis auf die Knochen zu blamieren. Nach Weihnachten reist meine Enkelin Anne-Marie wieder nach Paris und niemand wird erfahren, dass ich der falschen aufgesessen bin ...«

»Ah ...«, murmelte Susanne, der vor allen Dingen das letzte Argument einleuchtete. Sie lehnte sich zurück, bis ihr Rücken die Wand berührte, und tat einen tiefen Schnaufer. Zum Teufel – was sollte das? Gerade hatte sie sich darauf eingestellt, dass alles vorbei war, und jetzt machte diese verrückte Alte einen Rückzieher.

»Ich würde es lieber gleich hinter mich bringen, Madame LeBars ...«

Die alte Frau starrte sie an. Dann zog sie die Augen schmal zusammen und legte ihr Gesicht in Falten. Sie sah aus wie eine schlaue Füchsin. »Du hast das Spiel angefangen, jetzt spielen wir auch zu Ende, ma petite. Aber nach meinen Regeln. Klar?«

»Klar.«

Bri-bri hatte sich unter dem Tisch ausgestreckt, jetzt stand er auf, schüttelte sich und lief zur Tür.

»Er kommt«, zischte sie Susanne zu. »Du tust, als wäre alles ganz normal …«

Susanne wollte anmerken, dass sie von nun an keine Verantwortung mehr übernahm, doch sie schwieg, denn in diesem Moment klopfte es an die Haustür. Als Alan öffnete, drängte sich der Hund nach draußen und verschwand im Nebel.

»Bonjour die Damen …«, sagte Alan fröhlich und trat ein. »Der arme Kerl hatte es aber dringend nötig. Bonjour, Anne-Marie …«

»Mach die Tür zu«, befahl die Großmutter streng und raffte ihre Häkelstola vor der Brust. »Ich bin noch im Négligé.«

»Oh pardon, Madame …«

Alan lachte und stellte zwei Flaschen Cidre auf den Tisch. Die seien der Ausgleich für den Calvados, den sie neulich mitgenommen hätten. Die missbilligende Miene der Großmutter ignorierte er, stattdessen schaute er Susanne an und meinte, sie sei ziemlich blass.

»Schlecht geschlafen?«

Sie nickte und gab sein Lächeln zurück. Täuschte sie sich, oder hatte er seinen Bart noch ein wenig mehr gestutzt? Die Konturen seines Kinns waren zu erahnen. Ein ebenmäßiges Kinn, nicht zu kantig, aber auch keineswegs zurückweichend. Hatte er das am Ende getan, um ihr zu gefallen?

»Zieh am besten noch einen Pullover drüber«, riet er ihr. »Es ist zwar nicht kalt, aber der Wind hat zugelegt. Ich wollte noch rasch nach Lampaul zum Supermarkt fahren – brauchst du wirklich nichts, Gaëlle?«

Die Großmutter schüttelte energisch den Kopf und knurrte dann unfreundlich: »Macht, dass ihr fortkommt, ihr zwei. Haltet eine alte Frau nicht von ihrer Morgentoilette ab. Und lasst den Hund wieder rein.«

Susanne tauschte den Mantel gegen Pullover und Jacke, zog Turnschuhe und dicke Socken an und lief dann hinaus zu Alan, der nach dem Hund rief. Es dauerte eine Weile, bis Bri-bri mit hängender Zunge und klatschnassem Fell aus dem Nebel auftauchte. Wie es schien, hatte er sich in einer Pfütze gewälzt.

»Pass auf, gleich schüttelt er sich ...«, warnte Susanne.

Eine Sekunde später hatten beide gesprenkelte Hosen und Jacken. Alan öffnete die Haustür, damit Bri-bri hineinschlüpfen konnte, und sie lauschten den ärgerlichen Rufen der Großmutter.

»Sitz! Was hab ich gesagt? Sitz! Cha-teau-bri-and! Willst du wohl aufhören, dich zu schütteln!«

Alan reichte ihr die Hand und meinte, es sei gut, im Nebel dicht beieinanderzubleiben, da man sonst leicht in die Irre gehen könne. »Hast du aber kalte Finger ...«, murmelte er.

»Niedriger Blutdruck ...«

»Warte ... Leg die Hände zusammen ... Nicht so ... Wie die heilige Jungfrau, wenn sie betet ... Ja, so.«

Er rieb ihre zusammengelegten Hände mit großem Ernst, mal langsam und bedächtig, dann wieder fest und energisch, hielt ab und zu inne, um zu fühlen, ob sich ein Ergebnis einstellte.

»Besser?«

»Ich glaube, gleich schlagen Flammen heraus.«

»Davon sind wir noch weit entfernt«, behauptete er lachend. »Jetzt komm. Im Wagen mache ich die Heizung an, arme Frostbeule.«

Er führte sie durch den Nebel zum Festland hinüber, wo sie den Wagen nur fanden, weil die Elektronik des Wagenschlüssels die roten Lichter aufglühen ließ.

»Hoffentlich verzieht sich der Nebel bis Weihnachten«, meinte er, während er den Motor anließ und die Heizung hochdrehte. »Sonst sitzen am Ende noch ein paar Nebelgeister mit am Tisch, wenn wir feiern.«

Sie starrte sorgenvoll auf den Kühler des Wagens, der scheinbar unbeeindruckt in den weißlichen Dunst hineinfuhr. Dafür, dass man kaum einen Meter weit sehen konnte, hatte Alan ein ganz schönes Tempo drauf. Ein verstohlener Blick auf den Tacho zeigte ihr jedoch, dass er gerade einmal fünfzig Stundenkilometer fuhr. Erleichtert steckte sie die Hände in die Jackentaschen, lehnte sich zurück und überlegte, wie die Großmutter zu der Vermutung gekommen war, sie, Susanne, habe dem armen Alan den Kopf verdreht. Das war völliger Unsinn. Er behandelte sie keineswegs wie eine Frau, sondern wie ein kleines Mädchen. Hegte er vielleicht väterliche Gefühle für sie? Nun, er war ja auch ein gutes Stück älter. Wie alt er genau war, hatte er ihr bisher verschwiegen. Aber es musste irgendetwas über dreißig sein.

»Wird dir jetzt warm?«, fragte er unvermittelt und sah sie von der Seite an. Graugrüne Augen. Die Farbe des Meeres bei Sturm. Nein, er war nicht verliebt. Er war einfach besorgt um sie.

»Ja, es ist sehr angenehm.«

»Weißt du, ich will vor allem ein paar Lebensmittel für Brioc und Swana besorgen«, sagte er und bremste, weil eine Möwe auf dem Weg hockte. »Bis der Antrag auf Beihilfe bearbeitet ist, das kann dauern, und ich fürchte, dass Swanas Ersparnisse aufgebraucht sind. Verstehst du? Ich will nicht, dass sie hungern. Schon gar nicht über Weihnachten.«

»Du bist ein guter Mensch, Alan.«

»Mach dich nur lustig, Anne-Marie.«

»Nein, ich meine es ernst. Ich ... ich bin sehr beeindruckt davon, wie du dich für Swana und Brioc einsetzt.«

Schwang da eine zarte, kaum hörbare Ironie mit? Wenn ja, dann ignorierte er es. Er sei mit den beiden schon seit vielen Jahren befreundet, erzählte er. Früher habe er in Briocs Werft ausgeholfen und so manches über den Bau von Segelbooten gelernt. Brioc sei ein hervorragender Schiffsbauer, es sei einfach schade um ihn.

»Ich kam hierher, kurz nachdem Swanas Mutter die Familie verlassen hatte. Swana war damals erst dreizehn, noch ein halbes Kind. Später, als Elaine und die Kinder nachkamen, hat sich Swana sehr an uns angeschlossen. Hat auf die Kleinen aufgepasst und im Haus geholfen. Sie war so etwas wie unser drittes Kind ...«

Es war das erste Mal, dass er ihr gegenüber von seiner Frau und den Kindern sprach. Dabei starrte er mit ziemlich finsterer Miene auf den Kühler seines Wagens und das kleine Stück geteerter Straße, das der Nebel jetzt freigab.

»Ich verstehe ...«, sagte sie leise. »Du fühlst dich immer noch ein wenig für Swana verantwortlich. Ist es so?«

»Für alle beide.«

Die dunkle Form eines Lastwagens wuchs aus dem Nebel, und Alan riss den Wagen nach links ins Heidekraut, denn der Laster nahm die volle Breite des Weges ein. Das Gefährt ratterte an ihnen vorüber, der Laderaum war mit einer grauen Plane verschnürt, die sich im Küstenwind aufblähte. Nur wenige Sekunden, dann hatte der Nebel den Laster schon wieder verschluckt.

»Erschrocken?«, fragte Alan sie lächelnd. »Keine Sorge, Anne-Marie. Ich bin zwar ein alter Mann, aber meine Reflexe sind noch ziemlich gut.«

Sie grinste und behauptete, jetzt sei ihr endlich warm geworden. Die Frage, wie alt er denn nun sei, verkniff sie sich. Sollte er ruhig nach Komplimenten fischen – sie würde schweigen.

Er steuerte den Wagen zurück auf den Weg und redete weiter von Brioc und Swana.

»Die ersten Jahre hat sich Brioc gut gehalten. Da haben wir alle geglaubt, er schafft es auch ohne Yvonne. Ich glaube, es ging erst mit ihm bergab, als Swana den Sommer über in Lampaul blieb und allerlei Gerüchte zu ihm drangen. Dummes Geschwätz, von dem man kein Wort glauben darf. Aber Brioc hat es sich zu Herzen genommen.«

Wie das so geht, dachte Susanne. Erst behandelt er seine Frau schlecht, und dann wundert er sich, dass sie davonläuft und die Tochter allerlei Unsinn anstellt. Im Grunde hatte er Alans Mitleid gar nicht verdient. Auf der anderen Seite: Wer hatte das Recht, über das Leben eines anderen Menschen zu befinden? Brioc und Swana waren in Not, und Alan half ihnen. Einfach so. Ohne Wenn und Aber. Aus Freundschaft. Und dabei war er selbst vermutlich nicht gerade wohlhabend.

»Eigentlich könnte Swana doch bei den Schwestern Gwernig im Haushalt helfen und etwas Geld verdienen«, überlegte sie.

»Hey – diesen Job hatte ich dir zugedacht, Anne-Marie.«

»Schon. Aber ich weiß ja noch nicht sicher, ob ich überhaupt hierbleiben werde.«

Er schwieg. Die ersten Häuser tauchten rechts und links des Weges schemenhaft aus dem Nebel auf, man erkannte niedrige Mauern und Hecken, der Weg ging in eine geteerte Straße über, die zu beiden Seiten von Gehwegen gesäumt war. Hie und da schimmerten die Lichter eines Weihnachtsbäumchens, das jemand im Vorgarten aufgestellt und mit elektrischen Kerzen ausgestattet hatte. Im Zentrum sah man die festlich beleuchteten Schaufenster einiger Geschäfte, ein Bistro hatte einen Santa Claus aus Gips mit rotem Kapuzenmantel neben den Eingang gestellt, am Hafen schaukelten Yachten und Fischerboote einträchtig nebeneinander am Kai. Kaum ein Fischer war bei diesem Wetter hinausgefahren.

Der Euromarché lag außerhalb des Ortes in einem Gewerbegebiet, die knallrote, beleuchtete Schrift konnte man sogar im dichten Nebel erkennen. Alan blieb recht einsilbig, während sie mit dem Einkaufswagen durch die belebten Gänge fuhren, nur hier und da fragte er Susanne nach ihrer Meinung, überlegte, ob es sinnvoll war, Tiefkühlgemüse einzukaufen, weil er nicht genau wusste, ob Briocs Kühltruhe intakt war.

»Nimm lieber Dosen oder Gläser.«

»Kluges Mädchen ...«

An der Kasse befiel sie ein beklemmendes Gefühl der Machtlosigkeit. Er zahlte für all dieses Zeug über hundert Euro, das war ganz sicher ein ziemlicher Eingriff in seine Finanzen. Und sie stand hilflos dabei, ohne einen Cent in der Tasche. Wie leichtfertig war sie immer mit dem Geld umgegangen, hatte nie ans Sparen gedacht und den Luxus, den sie daheim und als Studentin in Paris genoss, für selbstverständlich gehalten. Ihr Portemonnaie war immer gefüllt gewesen, und wenn sie zu wenig Bargeld hatte, zahlte sie eben mit ihrer Kreditkarte.

»Du willst ihm doch wohl nicht drei Flaschen Schnaps hinstellen, oder?«, fragte sie, als sie mit dem gefüllten Einkaufswagen über den Parkplatz rollten.

»Nein, besser nicht«, gab er zurück. »Die bekommt er nach und nach. Wenn er alles auf einmal säuft, wird aus meinem Boot nie etwas ...«

Sie packten die Einkäufe in Tüten und stellten sie in den Kofferraum. Schweigend arbeiteten sie Hand in Hand, polsterten die Glasflaschen mit den Nudeltüten, legten Mehl, Zucker und Kaffee nach unten, den Karton mit den Eiern obendrauf. Drei Päckchen Tabak für Briocs Pfeife. Eine Tüte mit Gummibärchen. Schaumküsse, die Swana so gerne aß. Eigentlich hätte man einen Teil davon als Weihnachtsgeschenk einpacken sollen.

Als sie beide wieder im Wagen saßen, fror Susanne schon wieder, und sie schob die Hände in die Jackentaschen. Alan steckte den Autoschlüssel ins Schloss, zögerte jedoch, den Motor anzulassen, und lehnte sich stattdessen im Sitz zurück. Ein junges Paar kurvte mit dem Einkaufswagen dicht an ihnen vorbei, sie hatten das Auto im Nebel zunächst nicht gesehen und waren jetzt erschrocken bemüht, es nicht zu rammen.

»Du bleibst aber über Weihnachten, oder?«, fragte Alan. »Oder willst du schon vorher zurück nach Paris?«

»Erst danach ...«, gab sie leise zurück. »Das Weihnachtsfest will ich hier verbringen. Das habe ich der Großmutter versprochen.«

»Das ist sehr anständig von dir. Vermutlich sitzt in Paris jemand, der dich vermissen wird, oder?«

Aha – jetzt wollte er herausbekommen, ob sie einen Freund hatte. Er trieb die väterliche Fürsorge ja ziemlich weit.

»Meine Mutter ...«

Ein kleines Lächeln zuckte über sein Gesicht, er ließ den Motor an und löste die Handbremse. Man musste vorsichtig und langsam fahren, es waren eine Menge Leute mit ihren Einkaufswagen unterwegs, darunter auch viele Kinder.

»Ich freue mich, Anne-Marie«, sagte er. »Das wird ein großartiges Fest, du wirst schon sehen ...«

»Ja, ich freue mich auch ...«

Ihr wäre wirklich wohler, wenn er sie nicht ständig »Anne-Marie« nennen würde!

27

Swana stürzte aus dem Haus, kaum dass sie in den Hof der Morvans einbogen. Sie vollführte ein wildes Theater, hüpfte und warf die Arme in die Luft, grinste wie ein Sparschwein und stützte sich mit beiden Händen auf dem Kühler des Wagens ab. Ein Wunder, dass sie nicht unter die Räder gekommen war.

»Alan! Ach, Alan! Komm schnell herein. Papa ist ein solches Scheusal ... Er will nicht essen und auch keinen Tee trinken.«

Sie zerrte Alan am Ärmel, was er sich gutmütig gefallen ließ, hängte sich ihm um den Hals und behauptete, sie müsse sich jetzt erst einmal ausheulen.

»Er ... er war ja schon immer eine harte Nuss ...«, schluchzte sie. »Aber jetzt ist er einfach ... unausstehlich ... Nörgelt an allem herum. Heute früh hab ich ihn in der Küche auf dem Fußboden gefunden. Wie kommst du hierher, Papa, hab ich gefragt. Da hat er erzählt, er hätte ein Geldstück verloren. Aber da war kein Geldstück zu sehen. Schnaps hat er gesucht, Alan. Hat sich in die Küche geschleppt und den Kühlschrank aufgerissen. Und dann ist er zwischen den leeren Flaschen eingepennt ...«

Alan hielt sie eine Weile im Arm und hörte sich ihr Geplapper an, dann strich er ihr sanft das verklebte Haar aus dem Gesicht und meinte: »Das wird jetzt alles anders, Swana. Du wirst schon sehen. Gehen wir hinein ...«

Susanne war ohne besondere Eile aus dem Wagen gestiegen und hatte die herzzerreißende Szene verfolgt. Du liebe Güte – Swana war höchstens drei Jahre jünger als sie selbst, wieso spielte sie immer noch das kleine Mädchen? Diese Frau hatte einen ausgewachsenen Vaterkomplex und brauchte eine Therapie!

»Anne-Marie? Kommst du?« Er drehte sich auf der Schwelle nach ihr um, und als er ihre verkniffene Miene bemerkte, grinste er mit leichtem Schuldbewusstsein. »Vielleicht ist es am besten, wenn du mit Swana die Lebensmittel verstaust, während ich mit Brioc rede«, schlug er vor.

»Ich dachte, ich sollte dir dabei helfen ...«

»Später. Zuerst muss ich ihm ja erklären, was ich überhaupt vorhabe. Da werden wir eine Menge fachsimpeln ...«

Ach so. Da sie vom Bootsbau nichts verstand, sollte sie erst mal in die Küche. Großartig. Das konnte er auch nur mit Anne-Marie machen. Susanne Meyer-Schildt wäre ihm jetzt ins Gesicht gesprungen.

»Du bist doch nicht sauer?«, fragte er besorgt.

»Gib mir den Autoschlüssel. Oder ist der Kofferraum offen?«

Er gab ihr den Schlüssel, obgleich ein Klick genügt hätte, um den Kofferraum zu entriegeln. Aber wie es schien, wollte er ihr sein Vertrauen beweisen.

»Dass du mir aber nicht mit der Karre davondüst ...«, witzelte er.

»Bei diesem Nebel?«

An dem Schlüsselring hing ein kleiner Fisch aus Silber, ein Glücksbringer. Sie nahm ihn in die Hand und besah ihn genauer. Er hatte Augen aus blauem Aquamarin.

»Gefällt er dir?«

»Sehr hübsch, besonders die Augen ...«

»Hat mir Elaine mal geschenkt. Zum Hochzeitstag.«

Sie sah erschrocken zu ihm auf und begegnete für eine kurze Sekunde seinem nachdenklichen, kummervollen Blick. Dann wandte er sich rasch ab und ging ins Haus.

Sie machte sich am Kofferraum zu schaffen und ertappte sich bei der Überlegung, ob Alan in Swana und dem alten Brioc eine Art Familienersatz sah. Das würde erklären, weshalb er sich so intensiv um die beiden kümmerte.

Hinter ihr stolperte Swana in Holzpantinen aus dem Haus. »Ich soll dir helfen«, knautschte sie. »Ist mir gar nicht recht, dass Alan Fressalien für uns einkauft.«

»Ist ja nur, bis euer Geld eintrifft. Jetzt vor den Festtagen tut sich in den Behörden halt nichts.«

»Kann sein, das sind alles faule Säue ... Boah – so viel Calvados! Hat der sie denn noch alle?«

»Bring das Zeug am besten in den ersten Stock, da kommt dein Vater nicht hin.«

Swana nahm die Tüte mit den Flaschen und grinste breit. »Hast du eine Ahnung. Wenn Papa Schnaps wittert, dann kriegt er Flügel!«

Als sie mit Tüten und Kartons beladen in die Küche gingen, hörte man aus dem Wohnraum Briocs heisere Stimme. »Dir hat wohl ein Albatros ins Hirn geschissen!«

»Jetzt halt den Mund und hör mir zu, Brioc!«

Swana ging kopfschüttelnd weiter in die Küche, die ziemlich ordentlich und aufgeräumt wirkte. Sogar die leeren Flaschen waren verschwunden.

»Was erzählt ihm Alan da?«, wollte Swana wissen.

Sie stellten alles erst einmal auf den Küchentisch, dann packte Susanne die Tüten aus und Swana räumte die Sachen an ihren Platz. Was für ein komisches Mädchen. Ihr Leben schien total aus dem Ruder zu laufen, aber in ihrem Haushalt hatte alles seine feste Ordnung.

»Alan will sich von deinem Vater ein Segelboot bauen lassen.«

Swana blieb der Mund offen stehen, fast hätte sie eine Tüte mit Mehl fallen lassen. »Ist der verrückt geworden?«, stöhnte sie. »Er ist damals fast ersoffen, und jetzt will er wieder segeln?«

Susanne legte die Gummibärchen auf die Packung mit Schaumküssen und schob ihr die Sachen über den Tisch. Swana war so empört, dass sie sogar die Schaumküsse übersah.

»Er will es nur bauen lassen, damit dein Vater wieder in die

Gänge kommt«, erklärte Susanne. »Ich denke nicht, dass er tatsächlich damit segeln will.«

Swana blies sich eine Haarsträhne aus dem Gesicht und tippte mit dem Zeigefinger an ihre Stirn. »Das ist doch komplett bescheuert, oder?«

Susanne hob die Schultern. Sie war im Grunde der gleichen Ansicht, aber irgendwie fand sie Alans Idee auch unendlich rührend. »Vielleicht klappt es ja ... Ich meine, vielleicht schafft es dein Vater auf diese Weise, seine Lähmung loszuwerden. Ein Segelboot, das ist doch eine Aufgabe nach seinem Herzen, oder?«

»Ach – der hat doch schon sein Hirn versoffen!«

Das Mädchen griff nach den Süßigkeiten und riss gierig die Packung mit den Schaumküssen auf. Einen Moment zögerte sie, dann überwand sie sich und hielt Susanne die Schachtel vor die Nase.

»Magst du?«

»Nein, danke. Hatte gerade Frühstück ...«

Swana nahm sich einen der schwarzen, schaumgefüllten Hügel und bohrte genüsslich die Zunge hinein. Mit einer geschickten Bewegung sprengte sie den oberen Teil des Hügels ab und verschlang ihn. Danach stopfte sie sich den klebrigen Rest in den Mund, kaute mit vollen Backen und schluckte.

»Es gibt neununddreißig Arten, einen Schaumkuss zu essen. Wusstest du das?«

»Na so was«, grinste Susanne. »Und dabei sind nur zwölf Stück in der Packung ...«

Swana mampfte schon den nächsten Kandidaten, dieses Mal hob sie die runde Waffel ab und leckte den weißen Schaum aus seiner schwarzen Schokoladenhülle heraus, die ihr jedoch rasch in den Fingern zerschmolz. Was für ein Kind sie doch war!

»Ich geh dann mal rüber«, sagte Susanne.

»Pass aber auf! Er schmeißt mit allem, was er in die Finger kriegt«, bemerkte Swana mit vollem Mund.

Brioc hing noch genauso schief in seinem Bett wie neulich, als sie ihn besucht hatten. Auch das Hemd hatte er nicht gewechselt, was an verschiedenen Fettflecken zu erkennen war, und ebenso wenig hatte sich seine Laune gebessert.

»Ich bin ein Krüppel«, schimpfte er und stieß die Zeichnungen, die Alan auf seiner Bettdecke ausgebreitet hatte, mit der Hand zurück. »Ich kann nicht einmal allein scheißen gehen. Dieses verdammte Bett ist mein Grab. Ich liege hier und faule vor mich hin ...«

Er hielt inne, als Susanne eintrat, schnaubte nur und versuchte, sich in eine bessere Sitzposition zu bringen, was jedoch misslang. Stattdessen rutschte er noch ein wenig mehr in die Schräglage.

»Donnerwetter«, sagte Susanne anerkennend. »Du hast ja einen richtigen Piratenbart bekommen, Brioc. Blackbeard, der Schrecken der Ozeane. Fehlt nur die Augenklappe!«

»Verarschen kann ich mich selber«, knurrte er und warf Alan einen grimmigen Blick zu. »Was ist los? Wollt ihr gegen mich gemeinsame Sache machen? Ich seh es euch beiden an den Nasenspitzen an. Aber da rennt ihr gegen Granit, das schwöre ich euch.«

Es ging ihm bestimmt nicht besonders gut, das konnte jeder sehen. Auf der anderen Seite machte er ein ziemliches Theater. Er konnte angeblich nicht aufstehen, hatte sich aber auf der Suche nach Alkohol bis in die Küche geschleppt. Ein bisschen was ging also doch.

»Ach was«, sagte sie und warf Alan einen aufmunternden Blick zu. »Ich will nur, dass du wieder gerade in deiner Koje sitzt. Hilf mal mit, Alan.«

»Wenn ihr mich anfasst, dann könnt ihr was erle...«, kreischte Brioc.

Es half ihm nichts, Susanne und Alan fassten ihn von zwei Seiten unter die Achseln und setzten ihn gerade hin. Dann stopfte Susanne rasch die Kissen in Position und zupfte zu allem Überfluss sein verrutschtes Hemd zurecht.

»Finger weg!«, knurrte er und wehrte sie ab.

»Sehr gut, Brioc. Hast du gemerkt? Gerade eben hast du deine linke Hand bewegt ...«

»Hab ich nicht. Red nicht solchen Quatsch. Links ist alles taub ...«

»Du hast sie bewegt«, beharrte Susanne. »Nur ein kleines bisschen, aber immerhin. Ich hab's genau gesehen. Und Alan hat es auch gemerkt.«

Gar nichts hatte Alan gemerkt, aber auf ihren auffordernden Blick hin versicherte er Brioc, er habe seine linke Hand zucken sehen.

»Ihr spinnt alle zusammen ... wollt 'nen alten Mann verkohlen, wie?«

Susanne ließ sich nicht beirren. Sie schob ein Kissen unter seinen linken Arm und spreizte die Finger seiner Hand. »Heb mal den Zeigefinger!«

Sie sah ihm an, dass er es versuchte, es gelang jedoch nicht, und das machte ihn wieder wütend. Seine grau behaarte Pranke ruhte bewegungslos auf dem Blümchenstoff des Kissens, während sein Gesicht rot anlief.

»Das kann ich nicht. Verflucht noch mal, ich bin ein Krüppel und will jetzt was zu trinken. Ihr habt was mitgebracht. Ich hab die Flaschen klirren gehört.«

»Heb den Zeigefinger, Brioc. Pass auf, ich helfe dir.«

Sie hob sacht seine Fingerkuppe an und ließ sie wieder hinabsinken. Einmal. Noch einmal. Beim dritten Mal spürte sie einen Widerstand.

»Noch mal ... Los, Brioc! Das war gut! Heb ihn hoch. Zeig auf mich. Ich bin die, die dir keine Ruhe lässt. Diese miese Susa... Anne-Marie, die dir keine Ruhe lässt.«

Sie biss sich auf die Zunge, weil sie sich fast verraten hätte, und wollte seinen Finger wieder hochheben. Doch das brauchte sie nicht. Briocs linker Zeigefinger bewegte sich zitternd ein kleines Stückchen nach oben und verharrte dort. Ein Zentimeter, mehr nicht. Brioc glotzte auf seine Hand, blinzelte, zog die Stirn kraus, glotzte wieder hin.

»Mein … mein Finger …«, stotterte er. »Habt ihr das gesehen? Mein Finger ist wieder da! Ich kann … ich kann damit wackeln! Swana, meine Kleine, bring mir einen Calvados. Ich will wissen, ob ich das Glas halten kann.«

Alan starrte immer noch ungläubig auf den Zeigefinger, der jetzt auf und nieder zuckte. Dann wanderte sein Blick zu Susanne, die selbst von diesem Erfolg verblüfft war.

»Na also«, sagte er zu Brioc. »Als Bordfunker taugst du schon wieder. Der Rest kommt.«

»Hauptsache, der Schnaps kommt.«

»Eine Runde für alle«, rief Alan Swana zu, die soeben an der Tür aufgetaucht war. An ihrer linken Wange klebte Schokoladenschaum.

»Wenn du es sagst, Alan …«

Sie brachte vier gut gefüllte Gläschen auf einem runden Tablett und servierte gekonnt, man merkte, dass sie gekellnert hatte. Susanne hätte gern abgelehnt, doch sie spürte, dass es besser war, das scharfe, aromatische Zeug zu trinken, ansonsten hätte sie die gute Stimmung verdorben.

»Noch so einen«, sagte Brioc und hielt das leere Gläschen über den linken Zeigefinger, um es auf und nieder hüpfen zu lassen. »Schaut doch, es geht immer besser. Alkohol verdünnt das Blut …«

»Schau dir erst mal meine Pläne an«, forderte Alan. »Hab die halbe Nacht gesessen und gezeichnet. Jetzt lass mich nicht hängen, Brioc. Ich rechne auf dich.«

Brioc kniff ein Auge zusammen und schielte mit dem anderen nach den Plänen, die ans Fußende seines Bettes gerutscht waren.

Seinem Gesichtsausdruck nach zu urteilen hielt er überhaupt nichts davon.

»Kann ja mal 'nen Blick drauf werfen ...«

Swana sammelte die leeren Gläschen ein und ging mit dem Tablett wieder in die Küche. Susanne folgte ihr. Eine Weile stand sie unschlüssig herum, sah zu, wie Swana die Gläser abwusch, sorgfältig abtrocknete und zurück auf das Tablett stellte. Sie ging so liebevoll mit diesen Dingen um. Dann warf sie den leeren Karton, in dem die Schaumküsse gewesen waren, in den Müll. Drüben im Wohnraum war ein lebhaftes Gespräch im Gange, es war besser, die beiden Männer jetzt nicht zu stören.

»Wir könnten was kochen ...«, überlegte Swana.

»Gute Idee«, meinte Susanne ohne große Begeisterung.

»Aber was?«

»Keine Ahnung. Ich bin eine schlechte Köchin.«

Swana lächelte sie an. Ganz offensichtlich hatte sie mit diesem Geständnis ihr Herz erobert. »Ich auch. Papa sagt immer, ich koche wie eine Strafe Gottes.«

»Warum kocht er nicht selber?«

Swana zögerte mit der Antwort, weil aus dem Wohnzimmer Briocs heisere Stimme tönte: »So wird das nie was ... Bricht beim leisesten Seegang auseinander ... Hier muss der Aufbau hin ... Und das Schwert ...«

Der Alte hatte tatsächlich Feuer gefangen. Susanne stellte sich die beiden vor: Brioc in seinen Kissen hängend, Alan über ihn gebeugt, beide starrten mit hochroten Gesichtern auf die Zeichnungen und Briocs linker Zeigefinger wippte auf und ab.

»Papa sagt, Kochen sei Frauensache ...«

»Und was kochst du so?«

Swanas Augen leuchteten vergnügt. »Crêpes kann ich. Mit Nutella. Oder mit Zucker. Ich hatte auch mal Ahornsirup, aber der ist alle ...«

Es war Susanne ein Rätsel, wie sie Crêpes mit Nutella essen konnte, nachdem sie sich zwölf Schaumküsse einverleibt hatte, aber egal. Crêpes waren ziemlich einfach zu backen, da würde sie sich wenigstens nicht blamieren.

»Crêpes sind okay. Hast du ein Rührgerät?«

Swana war ziemlich gut ausgerüstet in ihrer Küche und dazu hatte sie flinke Hände. Wieso ihr Vater wohl an ihrem Essen herumnörgelte? Vielleicht lag es an Swanas Vorliebe für Süßspeisen? Susanne beschränkte sich darauf, die Eier aufzuschlagen und die Crêpepfanne mit Öl einzustreichen, dann setzte sie sich auf einen Küchenstuhl und verfolgte Swanas geschicktes Hantieren mit ehrlicher Bewunderung.

»Weißt du, ich würde gern richtig kochen können«, schwatzte das Mädchen und bewegte die Pfanne, damit sich der Teig darin verteilen konnte. Ein köstlicher Duft breitete sich in der Küche aus. »In Lampaul hab ich mal in einem Restaurant gearbeitet. Als Küchenschabe, weißt du? Aber da hab ich nur immer Kartons schleppen und Gemüse schnippeln müssen, lernen konnte man da nix.«

Später hatte sie eine Saison lang Crêpes gebacken, an einem Stand im Hafen. Aber im Jahr darauf hatte eine andere ihr den Job weggeschnappt. Vielleicht hatte es daran gelegen, dass sie ziemlich viele Crêpes selber gegessen hatte ...

»Dann hab ich Ferienwohnungen geputzt. Endreinigung. Brachte mir zwanzig Kröten, dafür hab ich manchmal stundenlang geschrubbt ... Aber was erzähl ich – du weißt es ja selber. Gehst doch auch putzen, oder?«

Susanne stellte den Teller mit den fertig gebackenen Crêpes in den Backofen, damit sie nicht kalt wurden.

»Wie ... äh ... Ja, ich geh auch putzen. Ist manchmal ganz schön hart.«

Swana nickte, warf einen abschätzenden Blick auf die fertigen Crêpes und goss einen weiteren Löffel Teig in die Pfanne. Die

Dinger waren blitzschnell gebacken, kein Wunder, sie waren ja dünn wie Papier. Susanne stellte fest, dass sie hungrig war.

»Hart ist gar kein Ausdruck ... Schweine sind das, richtige Säue. Haben Geld ohne Ende und sind sich zu fein, auch nur den Küchenherd sauber zu machen. Alles verdreckt, der Kakao klebt an der Tapete und das Klo ist mit Gummis verstopft. Ich kann dir gar nicht sagen, wie ich diese eingebildeten Schnepfen hasse, diese studierten Zimtzicken, die zu Hause keinen Schlag tun und ihren Saustall der Putze überlassen.«

Susanne fühlte sich getroffen, denn die Beschreibung hätte auch auf sie selbst gepasst. Ob die richtige Anne-Marie auch so über sie dachte? Eingebildete studierte Zimtzicke ... Unfassbar!

»Wir könnten schon mal ein paar Crêpes essen«, schlug sie vor.

Dazu war Swana gern bereit. Sie stellte Teller auf den Tisch, nahm Bestecke aus der Schublade und öffnete das große Glas Nussnugatcreme, das Alan eingekauft hatte.

»Lass es dir schmecken!«

Sie verputzten den ganzen Teller Crêpes und schwatzten dabei über alles Mögliche. Wie man hartnäckigen Urinstein ablöst. Dass man in Ferienwohnungen zwischen Sofakissen und in Sesseln oft Geld oder Schmuck findet. Ob Anne-Marie in Paris einen Freund habe. Dass Swana von Männern »die Nase voll« habe. Dass sie keine Lust verspüre, noch mal die Schulbank zu drücken.

»Wenn ich Malo heirate, brauch ich nicht mehr arbeiten zu gehen«, sagte sie kauend und zog sich den letzten Pfannkuchen auf ihren Teller. »Dann hab ich Kohle und ein Auto. Und dann setze ich Papa in die Karre und kurve mit ihm herum. Nach Brest an den Hafen, wo die großen Yachten liegen. Oder runter nach Quimper zum Shoppen. Malo fährt ja mit dem Kutter raus, der ist tagsüber sowieso nicht da ...«

So dachte sie sich das also. Armes Mädchen, dieser Traum

würde wohl nicht in Erfüllung gehen. Malo hatte wirklich etwas Besseres verdient.

»Glaubst du denn, dass Malo das gefallen würde?«

»Na klar!«, sagte sie selbstbewusst und strich dick Nugatcreme auf die Crêpe. »Ich kauf mir tolle Dessous, damit er Spaß hat. Und an den Sonntagen gehen wir zusammen zu den Festen und Umzügen …«

Susanne goss Apfelsaft in die Gläser und wollte wissen, ob sie mit Malo schon mal darüber geredet habe.

»Nee«, gestand Swana. »Aber ich weiß, dass es ihm gefallen würde. Wir waren schon ein paarmal zusammen. Oben im alten Bunker …«

Schau an – der schüchterne Malo hatte es also faustdick hinter den Ohren. Sylvie schmachtete er sehnsüchtig an und mit Swana trieb er es im Bunker. Geschmacklos, so was. Es gab doch genügend verlassene Häuser hier in der Gegend.

Was für eine verfahrene Situation! Es war wohl ziemlich dumm von ihr gewesen, Sylvie zu ermutigen. Diesem Malo war nicht zu trauen.

»Alan liegt mir immer in den Ohren, ich soll wieder zur Schule gehen«, unterbrach Swana ihre Gedanken. »Etwas Anständiges lernen. Sekretärin. Mit Computer und so. Bürokauffrau. Da hätte ich sogar in seiner Firma in Rennes arbeiten können. Das wollte er regeln, hat er gesagt. Aber ich hab keine Lust …«

Susanne ärgerte sich. Ihr gegenüber hatte er behauptet, Swana müsse bei ihrem Vater bleiben, während er selbst ganz offensichtlich versucht hatte, ihr eine bessere Schulbildung und einen Job in Rennes zu vermitteln. Ob das wohl auch nur väterliche Fürsorge gewesen war? Sie wehrte sich zwar gegen den aufkommenden Verdacht, dennoch musste man sich doch fragen, ob der arme Alan sieben Jahre lang wie ein Heiliger gelebt hatte. Wo die Gelegenheit so nahe lag. Swana war ein naives Kind, sie hatte sich ihm wahrscheinlich sogar angeboten.

»Ich bin ein bisschen langsam, das ist es. Deshalb hatte ich immer nur schlechte Noten in der Schule.«

Swana hatte den Kopf in beide Hände gestützt, ihr ungepflegtes Haar hing ihr ins Gesicht, an ihrer Wange klebte immer noch ein Rest Schokolade. Ihr Körper war üppig, in ein paar Jahren würde sie als fett gelten, aber jetzt waren ihre Rundungen noch straff. In der vornübergebeugten Sitzposition lag ihr Busen auf dem Tisch. Kein Wunder, dass Malo schwach geworden war.

»Aber du, Anne-Marie«, fuhr Swana fort und versuchte, ihr Haar hinter die Ohren zu streichen. »Du bist doch ein helles Köpfchen. Du kannst es schaffen. Ich weiß, dass du es schaffen kannst. Geh zur Schule und lerne etwas, Anne-Marie. Es taugt nichts, ein Leben lang Putze zu sein.«

Sie sah Susanne mit großen Augen an und nickte dabei ernsthaft. Dieses Mädchen war einfach umwerfend naiv. Geradezu rührend. Es fiel wirklich schwer, ihr böse zu sein. Möglich, dass Alan sich deshalb um sie kümmerte. Tatsächlich würde sie ohne einen umsichtigen Helfer von einer Katastrophe in die nächste stolpern.

Susanne stand auf und erklärte, sie wolle drüben mal nachfragen, wie es mit dem Appetit auf Crêpes stünde.

»Versuch es«, meinte Swana schulterzuckend. »Aber Papa mag sie nicht und Alan kocht lieber selber ...«

Sie hatte recht. Brioc hing erschöpft in den Kissen und verlangte vor allem nach einem zweiten Gläschen. Weißbrot mit Salami dazu würde ihm reichen.

Alan faltete seine Pläne zusammen und nickte Susanne schmunzelnd zu. Das Gespräch war wohl zufriedenstellend verlaufen.

»Im Sommer, spätestens im Herbst lassen wir es zu Wasser«, sagte er, und Brioc schnaubte, da sei das letzte Wort noch nicht gesprochen.

»Ihr spinnt alle beide«, meinte Swana spöttisch.

28

Der Nebel war dünner geworden, ein milchiger Schleier, durch den die Sonne als gleißende Scheibe hindurchsah. Das Wasser in den Pfützen des Hofs blitzte hier und da auf, Möwen hockten auf der Mauer und starrten auf den Komposthaufen, wagten sich aber nicht hinunter, weil dort ein grau getigerter Kater sein Mittagsschläfchen hielt. Alan blieb neben seinem Wagen stehen und lächelte Susanne an. Es sah ein wenig komisch aus, weil er gegen die Sonne blinzeln musste.

»Was hätte ich nur ohne dich angefangen, Anne-Marie?«

Sie wurde rot vor Freude und behauptete, es sei ein Zufall gewesen. Intuition. Sie habe einfach getan, was ihr gerade einfiel.

»Das soll ich dir glauben?«, sagte er heiter. »Gib es doch endlich zu. Du bist in Wirklichkeit eine dieser keltischen Zauberinnen, eine verkappte Morgane oder eine Dahut …«

Sie lachten beide, aber Susanne dachte beklommen daran, dass sie in Wahrheit eine verkappte Schwindlerin war. Sie fühlte sich denkbar unwohl.

»Scherz beiseite«, sagte er leise. »Du bist eine Frau, die zupackt, wo es notwendig ist. Eine, die das Herz auf dem rechten Fleck hat. Das klingt wohl ziemlich altmodisch, wie?«

Sie war überzeugt, dass er sie maßlos überschätzte. Trotzdem war es schön, gelobt zu werden.

»Ich weiß nicht …«, murmelte sie. »Manchmal sind solche altmodischen Ausdrücke sehr hübsch.«

»Eine Bretonin«, fuhr er fort. »So wie deine Großmutter, die ich sehr gern habe. Wie schade, dass du fortgehst!«

Eine Bretonin wie ihre Großmutter! Was würde er wohl tun, wenn er erfuhr, wer sie in Wirklichkeit war? Sie wollte es sich lieber nicht vorstellen.

»Tja – ich geh dann mal rüber zum Leuchtturm …«

»Wenn du magst, fahre ich dich. Wir könnten kurz in meinem Atelier vorbeischauen. Ich würde dir gern etwas zeigen.«

Sie glaubte, einen Alarmton in ihrem Inneren zu vernehmen. Er wollte ihr in seinem Atelier etwas zeigen. Vermutlich ein Bild. Was für eine altmodische Geschichte. »Ich würde Ihnen so gern meine Gemäldesammlung zeigen, gnädige Frau.« Wieso kam ihr das in den Sinn? Es musste an Swanas Geschwätz liegen. Nein, Alan hatte diesen bösen Verdacht ganz sicher nicht verdient. »Vielleicht ein anderes Mal – die Großmutter wartet auf mich, wir wollen im Watt Meeresfrüchte sammeln …«

Die Ausrede war ziemlich blöde gewählt, denn es würde noch eine Weile dauern, bis das Meer weit genug zurückgewichen war, und das wusste er auch. Aber er sagte nichts.

»Dann wünsche ich reiche Ernte. Bis bald, Anne-Marie!«

Er machte eine ungeschickte Armbewegung zum Abschied und stieg rasch in seinen Wagen. Sie wartete, bis er rückwärts vom Hof gefahren war, und blieb noch einen Moment lang stehen, um den frechen Möwen zuzusehen, die es geschafft hatten, den Kater von seinem Schlafplatz zu verscheuchen. Laut kreischend stritten sie sich um einen Regenwurm, während der Kater zur Haustür hinüberlief und sich dort auf die Schwelle setzte.

Sie ging langsam durch das Dorf, überquerte den kleinen Platz vor der Kirche und blieb ein Weilchen vor dem Gedenkstein für die Toten des Ersten Weltkriegs stehen. Die Namen waren einmal vergoldet gewesen, jetzt musste man genau hinsehen, um die verblassten Buchstaben in dem grauen Granit noch zu erkennen. Wie viele es waren! Sie zählte achtzehn Namen, keiner war älter als fünfundzwanzig geworden. Einige Familien, wie die Brelivets und die Jaouets hatten kurz nacheinander mehrere Söhne verloren. Was für grausame Zeiten! Damals musste das Dorf noch intakt gewesen sein, alle Häuser bewohnt, die Felder und Gärten bewirtschaftet, und was das Land nicht gab, das lieferte ihnen das Meer. Inzwischen wusste sie, dass die Ziegen verwildert waren und nur hin und wieder von Anne oder Swana gefüttert wurden. Die Hühner, die man hier und da auf der Dorfstraße sah, gehörten den Morvans, doch Swana hatte keine Lust, sie zu versorgen, und ließ sie einfach herumlaufen.

Wer will schon hier leben, dachte sie, während sie die Dorfstraße in Richtung Küste ging. Alles ist verkommen und verfallen. Man kann nicht einmal einkaufen, nur zweimal in der Woche kommt der Bäcker mit seinem Wagen und manchmal dieser Trödler, der seinen Kleinbus mit allerlei Haushaltswaren und Klamotten vollgestopft hat. Ein Leben wie im Mittelalter. Keine vernünftige Heizung. Von einer Dusche ganz zu schweigen. Ein Badeofen, der hundert Jahre brauchte, um warmes Wasser zu liefern. Ein Küchenherd, der noch mit Holz geheizt wurde. Nun ja – bei Alan war das anders, der hatte sich sehr angenehm eingerichtet. Einfallsreich und zugleich die Tradition bewahrt. Helle Räume, warm und gemütlich ... Nein, es konnte wirklich sehr schön hier sein. Mit ein wenig gutem Willen. Und natürlich musste man Geld haben.

Hör auf zu träumen, dachte sie. Kerlousec ist für dich tabu. Sie werden dich steinigen, falls du je auf die Idee kommen solltest, hierher zurückzukehren.

Der Nebel lichtete sich immer mehr, gab die flache Heidelandschaft preis, die dunkelgrünen Wäldchen im Hinterland, wo Kiefern und Fichten zwischen den winterkahlen Laubbäumen wuchsen. Die blaugrünen Wellen des Atlantiks schlugen in rascher Folge gegen die Küste, schwarze Felsbrocken lagen am Strand verstreut, vielfarbige Muscheln und allerlei Getier, auf das sich die hungrigen Seevögel stürzten.

Als sie die Tür aufklinkte, stand schon Bri-bri parat, um sie gebührend zu empfangen. Er wedelte nicht nur mit dem Schwanz vor Freude, sondern gleich mit dem ganzen Hinterteil, zweimal versuchte er, an ihr hochzuspringen, obgleich er wusste, dass dies unerwünscht war.

»Ist ja gut … runter mit dir … hör auf, mich zu besabbern … na, komm her, lass dir die Ohren kraulen …«

Die Großmutter war nirgends zu entdecken, der Lehnstuhl war leer, auch in der Küche war sie nicht.

»Madame LeBars? Hallo?«

Keine Antwort. Vielleicht war sie ja hinüber zu Anne Brelivet gelaufen, oder sie war schon mit Enora und Armelle Gwernig nach St. Renan zum Einkaufen gefahren. Susanne beschloss, erst einmal kurz mit dem Hund hinauszugehen und dann eine kleine Siesta zu halten. Die vielen Crêpes in ihrem Magen gaben ihr ein bleischweres, bettschläfriges Gefühl.

Bri-bri stürzte sich begeistert hinaus, scheuchte eine Möwe auf, die auf einem Felsen gehockt und vor sich hin sinniert hatte, und markierte fleißig alle Steine, die es nötig hatten. Sie kletterte die Böschung zum Strand hinunter, den das Meer nun langsam wieder freigab, und ließ sich von der frischen, kühlen Brise durchpusten. Das Meer war noch immer unruhig, die blaugrünen Wellen rangelten und kämpften miteinander, fielen schäumend übereinanderher, warfen sich zischend gegen den braunen Fels, auf dem der Leuchtturm gebaut war. Dröhnend sang der Wind sein Lied in ihren Ohren, vermischt mit dem Geschrei der Vögel und dem rhythmischen Schlagen der Brandung. Sie sah Bri-bri zu, der durch die flachen Wellen preschte, sodass das Wasser um ihn her aufspritzte, und sie glaubte, niemals in ihrem Leben so frei und zugleich so behütet gewesen zu sein.

»Du denkst doch nicht etwa, dass du dich zu mir ins Bett legen wirst, nass wie du bist?«, sagte sie zu Bri-bri, als sie wieder vor der Haustür standen. Zur Antwort schüttelte er sich kräftig und blickte sie dann hoffnungsvoll an.

»Na ja – vielleicht mit einer Decke ...«

Die Großmutter war noch nicht wieder da. Susanne ging in die Küche, um sich ein Glas verdünnten Cidre zu holen, nach dem süßen Zeug war sie jetzt durstig. Bri-bri, der ihr Tun mit hungrigen Augen verfolgte, bekam ein Stück Wurst und die restlichen Kartoffeln von gestern. Hatte die Großmutter ihn noch nicht gefüttert? Er verschlang das Mahl, als wäre er am Verhungern, und fraß sogar die halbe rohe Karotte, die sie auf dem Tisch gefunden hatte.

Wer hatte mal erzählt, man könne einen Hund auch vegetarisch ernähren?

Sie ging hinüber zu dem langen Tisch, um dort ihren Cidre zu trinken, und stellte fest, dass die Großmutter nicht einmal ihr Frühstücksgeschirr weggeräumt hatte. Seltsam, das war gar nicht ihre Gewohnheit. Vielleicht waren Enora und Armelle überraschend gekommen und sie hatte alles stehen- und liegengelassen, um mit nach St. Renan zu fahren? Auch so ein Problem, wenn man hier in der Einsamkeit wohnte. Wer kein Auto hatte, der war auf die Freundlichkeit der Nachbarn angewiesen. Es gab zwar einen Schulbus, aber der nahm nur ungern andere Passagiere mit.

Sie nahm einen tiefen Schluck und stellte ihr Glas aufatmend auf den Tisch, dann entdeckte sie den Briefumschlag und entzifferte den Absender.

»Marcel Dürkheimer. Rechtsanwalt und Notar. Paris. 46, Rue du Martin.

Sie verspürte ein ungutes Gefühl. Der Brief war an Madame Gaëlle LeBars adressiert und dem Poststempel zufolge vor zwei Tagen in Paris abgeschickt worden. Er musste heute früh mit der Post gekommen sein, und sie vermutete, dass er keine Freudenbotschaft enthielt. Vorsichtig nahm sie das Schreiben in die Hand, besah es von beiden Seiten, legte es wieder zurück auf den Tisch. Die Großmutter hatte es mit dem Frühstücksmesser aufgeschnitten, ein glatter, sorgfältiger Schnitt, nur an einer Stelle war ein gelblicher Butterfleck zu sehen.

Man liest keine fremden Briefe, sagte ihr Gewissen. Auf der anderen Seite war sie auf diese Weise überhaupt hierher geraten. Hätte sie den Brief an Anne-Marie Dupin, ihre Putzfrau, nicht geöffnet, hätte sie auch die Todesanzeige nicht gefunden und wäre niemals an die Pointe du Lapin gereist. Es war also eigentlich nur folgerichtig, auch diesen Brief zu lesen. Oder nicht? Nein – überhaupt nicht. Sie sollte die Finger davon lassen. Aber sie war nun einmal neugierig ...

Sehr geehrte Madame LeBars,
in Vertretung Ihrer Töchter, Madame Armelle Bartolomé, wohnhaft in Freudenstadt/Deutschland und Madame Yuna Dupin, wohnhaft in Paris/Frankreich, teile ich Ihnen mit, dass nach dem Ableben Ihres Ehemanns Loan LeBars ein gesetzlicher Erbanspruch Ihrer erwachsenen Kinder auf drei Viertel des hinterlassenen Vermögens besteht. Falls der Erblasser per Testament andere Verfügungen getroffen hat, so ist dieses Dokument dem Gericht vorzulegen.
Laut Auskunft von Madame Armelle Bartolomé beläuft sich der Schätzwert des von Loan LeBars hinterlassenen Anwesens auf 200 000 Euro. Damit stünde jedem Ihrer vier Kinder eine Summe von 37 500 Euro zu.
In Erwartung Ihrer Antwort
M. Dürkheimer

Was für ein mieser kleiner Rechtsverdreher! Wütend faltete sie das Schreiben wieder zusammen und steckte es zurück in den Umschlag. Hatte sie es doch geahnt! Armelle brauchte dringend Geld und hatte sich mit Yuna zusammengetan, um an das väterliche Erbe zu gelangen. Vermutlich gab es keinerlei Ersparnisse, das Vermögen bestand ausschließlich aus dem kleinen Haus unter dem Leuchtturm, der ehemaligen Dienstwohnung von Loan LeBars, die er vor Jahren gekauft hatte. Falls die Töchter tatsächlich ihre Ansprüche geltend machten, würde Madame LeBars gezwungen sein, das Haus zu verkaufen.

Aber da war das letzte Wort noch nicht gesprochen! Ganz so einfach ging das nicht! In Susannes Kopf formierte sich eine ganze Liste von Gegenargumenten. Zunächst einmal musste man herausfinden, ob das Haus tatsächlich nur auf Loan LeBars und nicht etwa auch auf seine Frau eingetragen war. Dann gab es ja vielleicht doch ein Testament, das zu berücksichtigen war. Und außerdem sollten die Kinder bedenken, dass sie unterhaltspflichtig waren, wenn die Mutter in Armut geriet. Und woher hatte Armelle diesen überzogenen Schätzwert? Nein – dieser Brief war nichts weiter als ein Schreckschuss. Ein Versuch, Madame LeBars durch ein juristisch aufgemachtes Schreiben in Angst zu versetzen, damit sie …

Ein leises Klopfen an der Tür riss sie aus ihren Überlegungen. Bri-bri stand bereits schwanzwedelnd auf seinem Begrüßungsposten – es musste also ein guter Bekannter sein.

»Hereinspaziert!«

Es war Sylvie. Sie lugte mit verschwörerischer Miene durch den Türspalt und fragte leise, ob Gaëlle in der Nähe sei.

»Nein … Sie ist wohl mit den Gwernigs nach St. Renan …«

»Wunderbar!«

Sylvie hatte ein Gesteck für die Festtage mitgebracht, das sie nun vorsichtig in den Raum trug. Es waren Fichtenzweige, die sie mit Heidekraut, Stechginster und Efeu zusammengebunden und mit allerlei hübschen Dingen geschmückt hatte.

»Wir haben heute in der Schule gebastelt«, erzählte sie strahlend und legte das Gesteck auf den Tisch. »Ist es nicht schön geworden? Schau, die Muscheln haben die Kinder selber gesammelt, auch ein paar getrocknete Seesterne, und hier, die kleinen, roten Äpfelchen, sind die nicht putzig?«

Susanne bewunderte den Weihnachtsschmuck gebührend, obgleich sie ahnte, dass Madame LeBars nicht in der Stimmung sein würde, sich über diese Gabe zu freuen. Wie schade – Sylvie war so stolz auf ihr Geschenk.

»Hast du das etwa mit dem Fahrrad von Lampaul bis hierher transportiert?«

Sylvie lachte und gestand, dass Malo sie gefahren habe. Es sei ein Zufall gewesen, er habe in St. Renan ein Weihnachtsgeschenk für seine Mutter gekauft und sei dann bei ihrer Schule vorbeigefahren.

»Genau in dem Moment, als du dort aus der Tür tratst?«

Sylvie zuckte mit den Schultern. Ja, so sei es gewesen. Er habe es gewiss nicht darauf angelegt, woher hätte er denn ihren Stundenplan kennen sollen? »Aber es war sehr praktisch, denn so konnte ich vier Gestecke mitnehmen. Eines habe ich ihm natürlich geschenkt, das andere war für Armelle und Enora und ...«

Ein knarrendes Geräusch unterbrach sie. Die Schlafzimmertür im Hintergrund des Raums war geöffnet worden und Madame LeBars erschien im Türrahmen. Beide Frauen erschraken über ihren Anblick, denn sie war immer noch im Nachthemd, das blaue Tuch hing über ihre Schultern, und ihr Haar, das sie stets sorgfältig zurückgekämmt und mit Nadeln am Hinterkopf festgesteckt trug, war offen und zerzaust.

»Sylvie?«, sagte sie, als müsse sie sich erst besinnen, wer da vor ihr stand. »Ich habe dich gar nicht kommen gehört.«

Sylvies Miene war zutiefst besorgt, sie wechselte einen Blick mit Susanne, dann lächelte sie unsicher. »Es tut mir leid, Gaëlle. Ich hatte geklopft. Ich wollte dir nur ein Weihnachtsgesteck bringen.«

»Ein ... Weihnachtsgesteck?«

Die Augen der alten Frau wanderten im Raum umher und entdeckten die Fichtenzweige auf dem Tisch. Sie strich sich das

Haar aus dem Gesicht und lächelte. »Wie schön! Setz dich hin, Sylvie. Anne-Marie – bring uns doch mal Cidre und einen Teller Butterkekse. Sie sind in der grünen Blechdose ganz oben auf dem Küchenschrank.«

Sie tat ein paar Schritte und stützte sich dann mit der Hand an der Wand ab.

»Was ist mit dir, Großmutter?«, fragte Susanne beklommen. »Sollen wir nicht besser Docteur Picollec anrufen?«

Sie erntete einen unfreundlichen Blick. »Tu, was ich dir gesagt habe, Anne-Marie! Ich brauche keinen Arzt.«

Jetzt hatte sie wieder zu ihrem gewohnt barschen Tonfall zurückgefunden, und auch ihre Gesichtsfarbe belebte sich ein wenig.

»Was starrt ihr mich an?«, schimpfte sie. »Habt ihr noch nie eine alte Frau im Nachthemd gesehen?«

Damit schlurfte sie ins Badezimmer und schlug die Tür hinter sich zu. Sylvie rückte ihre Brille gerade und wusste nicht recht, was sie tun sollte. Schließlich setzte sie sich auf die Bank, wie es ihr gesagt worden war.

»Ich hab sie tatsächlich noch nie im Nachthemd gesehen«, flüsterte sie und sah Susanne hilfesuchend an. »Sie muss krank sein, Anne-Marie. Wer weiß, vielleicht hat sie sich erkältet. Oder sie hat es gar am Herzen ...«

»Möglich ...«, murmelte Susanne. »Würde mich jedenfalls nicht wundern.«

Damit Sylvie keine weiteren Fragen stellte, verschwand sie rasch in der Küche, legte Kekse auf einen Teller und nahm den Cidre aus dem Kühlschrank.

»Möchtest du vielleicht einen Kaffee, Sylvie?«

»Wie? Ach ja ... Das wäre wunderbar.«

Susanne fachte das Herdfeuer an und setzte den Wasserkessel auf, tat ein paar Löffel Kaffeepulver in die Kanne. Drüben klappte die Badezimmertür, Madame LeBars ging zurück in ihr

Schlafzimmer, um sich anzukleiden. Jawohl, sie schlurfte nicht, sie ging. Offenbar hatte sie sich wieder etwas erholt.

Als Susanne mit einem Tablett ins Wohnzimmer trat, konnte sie gerade noch sehen, wie Sylvie den Brief rasch wieder an seinen Platz legte. Hatte sie ihn etwa heimlich gelesen? Nein – so etwas tat Sylvie nicht. Oder doch?

»Hast du das gesehen, Anne-Marie?«, fragte sie. »Ein Schreiben von einem Rechtsanwalt aus Paris. Ob das am Ende der Grund ist?«

Die kleine Lehrerin Sylvie Maribeau mochte lieb und harmlos wirken, ein unauffälliges Mäuschen, doch man durfte sie nicht unterschätzen. Dumm war sie keinesfalls.

»Hmm ...«, machte Susanne und teilte Gläser und Kaffeetassen aus.

»Es geht mich ja nichts an«, fuhr Sylvie fort. »Aber ich mache mir Sorgen um Gaëlle. Es ... es ist doch nichts mit deiner Mutter?«

»Mit meiner Mutter? Ach so ... Nein, nein, ich glaube nicht.«

Ein Keks rutschte auf den Tisch, als sie den Teller abstellte. Puh – jetzt hätte sie beinahe außer Acht gelassen, dass sie ja Anne-Marie und damit Yunas Tochter war. Hoffentlich hörte Sylvie bald mit dieser Fragerei auf.

»Entschuldige, wenn ich so indiskret bin.«

»Das bist du nicht, Sylvie. Ich mache mir auch Gedanken, aber ich habe leider keine Ahnung, was in diesem Brief steht ...«

Sylvie Maribeau war eine ehrliche Haut, Susanne Meyer-Schildt leider nicht. Sie war eine Lügnerin. Sie schaffte es bereits, ihr Gegenüber mit grundehrlichen Augen anzusehen, während sie das Blaue vom Himmel herunter log. Wobei es sich hier wirklich nur um eine Verlegenheitslüge handelte ...

»Nein, was hast du mir da für ein schönes Geschenk gebracht, Sylvie!«, hörte man jetzt die Stimme der Großmutter. Sie kam fertig angekleidet und ordentlich gekämmt aus ihrem Schlafzimmer, streichelte Bri-bris breiten Kopf im Vorbeigehen und setzte sich an den Tisch. Susanne musste die Willenskraft der alten Frau bewundern. Sie hatte ganz sicher Beschwerden, ließ sich jedoch nichts anmerken.

»Kaffee – das ist eine gute Idee, Anne-Marie. Eine ordentliche Tasse Milchkaffee. Nein, wie niedlich, dieses Gesteck. Sogar ein Seestern. Und die Muscheln! Die Äpfelchen haben genau solche Runzeln wie ich …«

Sylvie war – genau wie Susanne – nicht im Mindesten beruhigt. Besorgt sah sie, wie Madame LeBars Hände zitterten, während sie die Kaffeetasse anhob.

»Aber du hast doch kaum Runzeln, Gaëlle. Höchstens ein paar kleine Fältchen um den Mund …«

»Du Schmeichlerin! Nimm von den Keksen. Sie sind ganz frisch. Gestern gebacken und gleich in die Dose gefüllt. Gib mir auch einen, Anne-Marie … Das ist nur Butter, Mehl und Zucker. Und ein klein wenig Salz, sonst nichts.«

Sie trank einen Schluck Kaffee und setzte die Tasse wieder ab. Den Keks, den Susanne ihr reichte, legte sie daneben, ohne etwas davon abzubeißen.

»Kein Nebel mehr, wie?«, sagte sie und sah aus dem Fenster. »Hat sich verzogen, der graue Gespensterdunst. Warst du mit Bri-Bri draußen, Anne-Marie?«

»Ja, wir waren unten am Strand.«

Sylvie geriet ein Kekskrümel in den Hals, sie musste husten und trank rasch einen Schluck Kaffee, um die Kehle frei zu spülen. Susanne stellte fest, dass die Augen der Großmutter von der hustenden Sylvie über das Weihnachtsgesteck zu dem Brief wanderten, der immer noch auf dem Tisch lag. Sylvie räusperte sich mehrfach und lächelte verlegen, von der Anstrengung war sie ganz rot im Gesicht. Dann blickte auch sie verstohlen zu dem weißen Umschlag hinüber.

Einen Augenblick lang war es still im Zimmer. Man hörte nur

Bri-bri unter dem Tisch schmatzen, dem Susanne heimlich ein Stück Keks zugesteckt hatte. Dann holte die Großmutter Luft und explodierte.

»Jawohl!«, brüllte sie. »So ist es! Meine eigenen Töchter wollen mir das Haus unter dem Hintern wegnehmen. Was glotzt ihr mich an? Ihr habt es doch gelesen, oder?«

Sylvie bewegte lautlos die Lippen, sie war von diesem Ausbruch vollkommen geplättet. Susanne machte eine verneinende Gebärde, die allerdings wenig glaubhaft geriet.

»Wir ... wir haben ...«, stotterte sie.

»Still!«, befahl die Großmutter, auf deren Wangen sich jetzt rötliche Flecken zeigten. »Es ist, wie es ist. Ich habe sie gewickelt und gefüttert, habe nächtelang an ihren Bettchen gesessen, wenn sie krank waren, und weitere Nächte um sie Angst gehabt, wenn sie mit ihren Kerlen unterwegs waren. Und jetzt, wo ich alt bin und Loan nicht mehr lebt, da wollen sie erben, noch bevor ich unter der Erde liege.«

Susanne fing Sylvies entsetzten Blick auf und bekam Angst, die alte Frau könne in ihrer Wut einen Schlaganfall bekommen.

»Großmutter, du brauchst dir keine ...«

»Ruhig!«, fuhr Madame LeBars sie zornig an. »Du bist die Letzte, die hier etwas zu sagen hat. Aber ich schwöre es, hier vor meinem Kamin und an diesem Tisch, wo ich vierzig Jahre lang gesessen habe: Solang ich das Leben hab, kriegt mich keiner aus diesem Haus heraus. Kein Mann, kein Kind und auch kein gottverdammter Rechtsverdreher!«

Sie wollte fortfahren, aber Susanne hatte beschlossen, dass es jetzt genug war. Gaëlle musste von ihrem Zorn herunterkommen, sonst konnte das schlimm ausgehen.

»Bravo!«, rief Susanne laut und schnitt ihr damit das Wort ab. »Und wir helfen dir dabei, Großmutter! Nicht wahr, Sylvie?«

Sylvie nickte eifrig.

»Wir helfen dir, Gaëlle. Ganz sicher. Wir alle. Jeder von uns.

Niemand wird dir dieses Haus nehmen. Solange es noch eine Gerechtigkeit auf Erden gibt ...«

Madame LeBars sah von einer zur anderen, und es war deutlich, dass sie eigentlich noch eine Menge hatte sagen wollen. Doch sie kam nicht dazu, denn Susanne übernahm wieder das Wort.

»Der kriegt eine gesalzene Antwort verpasst, Großmutter. Lass mich nur machen ...«

»Ausgerechnet ...«, murmelte die alte Frau. Doch aus einem Grund, den Sylvie nicht begriff, schien sie auf einmal beruhigt. »Das musste jetzt einfach raus«, murmelte sie. »Wär sonst noch dran krepiert.«

29

In der Nacht kam Sturm auf. Dumpfes Brausen kündigte die nahende Flut an, der Wind heulte um Klippen und Leuchtturm, streifte über das Dach des Häuschens und rüttelte an den Schindeln. Sturmvögel umkreisten den Leuchtturm wie schwarze Flugdrachen, der keltischen Sagenwelt entsprungen, zwei von ihnen hockten oben auf der Umrandung des Leuchtfeuers, fasziniert von dem orangefarbenen beweglichen Licht.

Susanne hatte lange im Bett gesessen, die Decke um die Schultern gelegt, Bri-bri am Fußende, um ihr die Zehen zu wärmen. Auf die hochgezogenen Knie stützte sie einen Briefblock der Großmutter und notierte eifrig Formulierungen.

Sehr geehrter Herr Dürkheimer,
ihr Schreiben vom 20. Dezember 2010 habe ich erhalten. Zu den dort aufgeführten Forderungen habe ich Folgendes anzumerken ...

Sie hatte von Madame LeBars erfahren, dass es sehr wohl ein Testament gab, in dem der Verstorbene sie als Alleinerbin einsetzte. Es war allerdings schon viele Jahre alt. Loan hatte es damals im Zorn verfasst, als Yuna mit der kleinen Anne-Marie nach Paris zog. Ob es ausreichte, die Ansprüche der Kinder abzuschmettern, wusste Susanne nicht, das französische private Erbrecht hatte sie während ihres Studiums nur gestreift. Vor allem müsste dieses ominöse Dokument einmal auf dem Tisch liegen, doch Madame LeBars hatte es bisher noch nicht gefunden.

Trotzdem konnte man es dem feinen Herrn Anwalt schon einmal ankündigen, das verzögerte die Sache und zerrte an den

Nerven der geldgierigen Töchter. Als sie fertig war, legte sie die Blätter auf den Nachttisch und dachte traurig daran, dass Paul in solch einem Fall wohl noch ganz andere, bessere Argumente gefunden hätte.

»Ich denke an dich, Liebster«, flüsterte sie und schaltete die Lampe aus. »Wo immer du auch bist, ich weiß, dass unsere Liebe niemals enden kann ...«

Um Mitternacht hatte die Flut ihren höchsten Stand erreicht, und sie hörte das wütende Zischen der Wellen, die die Felsen von allen Seiten angriffen. Vermutlich war der Pfad zum Festland jetzt überspült und der Leuchtturm auf den Klippen war zur Insel inmitten der aufgewühlten See geworden. Seltsamerweise gefiel ihr dieser Zustand. Eine Felseninsel, vom Meer umtost, keine Brücke, kein Zugang zum Land, nur der stürmische Himmel über ihr und unten auf dem sandigen Meeresgrund das glubschäugige Ungeheuer. Es grinste sie zufrieden an und wiegte sie im Rhythmus der Wellen in den Schlaf.

Am Morgen war sie früh auf den Beinen, zog sich eilig an und lief, von Bri-bri gefolgt, die Treppe hinunter. Sie war ein wenig in Sorge um die Großmutter; der Anschlag ihrer Töchter hatte ihr gestern ziemlich zugesetzt, und es war möglich, dass sie einen Arzt brauchte. Doch zu ihrer Verblüffung saß die alte Frau bereits fertig angezogen am Tisch, der Kaffee war gekocht, das Brot geschnitten, im Kamin brannte ein munteres Feuerchen.

»Da bist du ja schon«, sagte sie und legte das Strickzeug weg. »Zeig her, was du geschrieben hast. Und gib mir den Bleistift. Hast du den Sturm heute Nacht gehört?«

»Ja, hat ganz schön gewütet ...«

Susanne fand, dass Madame LeBars immer noch ziemlich weiß im Gesicht war und dunkle Ringe unter den Augen hatte. Vermutlich hatte sie nicht schlafen können, weil sie darüber nachgrübelte, wo Loan das verflixte Testament gelassen hatte. Natürlich konnte es auch sein, dass er es zerrissen und in den Kamin geworfen hatte. Aber das war eher unwahrscheinlich.

»Haben Sie das Testament gefunden?«

Sie schob die Brille von der Nasenspitze hoch und hielt das Blatt in der Hand, während sie es entzifferte. Das Papier zitterte leicht.

»Hör auf mit dem albernen ›Sie‹«, knurrte sie Susanne an. »Bringt mich ganz durcheinander. Nenn mich gefälligst ›Großmutter‹ und sag ›Du‹ zu mir. Ist besser, sonst verplappern wir uns nur.«

»Wie du willst, Großmutter ...«

Susanne fand diese Entwicklung ebenso unerwartet wie lustig, sie verbiss sich jedoch das Grinsen und goss sich stattdessen heiße Milch in den Kaffee. War Susanne Meyer-Schildt jetzt als Ersatz-Enkelin anerkannt? Nun – sie selbst hätte nichts dagegen, Madame LeBars als Ersatz-Großmutter anzunehmen.

»Das liest sich glatt und gut«, lautete das Urteil über ihren Briefentwurf. »Viel zu schade für diesen Rechtsverdreher. Ich hätte ihm eine Menge anderer Dinge geschrieben, aber ich denke, es ist besser so, wie du es schreibst.«

Susanne kaute Weißbrot mit Erdbeermarmelade und nickte eifrig. Dann meinte sie, die Antwort habe durchaus Zeit bis nach den Feiertagen, man brauche sich da nicht zu hetzen. Inzwischen gälte es, nach dem Testament zu suchen.

»Vielleicht hat er es irgendwo hinterlegt? Bei einem Notar?«

»Bei einem Notar?« Die Großmutter schüttelte den Kopf. Das seien alles Geldschneider, Loan habe weder von Rechtsanwälten noch von Notaren etwas gehalten.

»Höchstens, dass er es dem Priester gegeben hat ...«

»Abbé Renan?«

»Nein, nicht dem. Abbé LeCuff, seinem Vorgänger. Aber der ist vor einigen Jahren in den Ruhestand gegangen und letztes Jahr gestorben.«

»Was für ein Pech! Aber es müsste dann ja irgendwo im Pfarramt liegen.«

»Dann muss ich nachfragen«, murmelte die Großmutter unzufrieden. »Was für eine peinliche Angelegenheit! Aber so war er, mein Loan. Hat alles mit sich selbst ausgemacht und nicht an die anderen gedacht. Für seine Arbeit hat er gelebt. Für den Leuchtturm. Da hat er auch in seinem Ruhestand noch ein Logbuch geführt und jede Kleinigkeit notiert ...«

Susanne überlegte, ob sie oben in dem kleinen Schlafzimmer suchen sollte, hielt aber nicht viel davon. Was sich dort in den Ecken stapelte, waren Sachen, die die Kinder zurückgelassen hatten.

Bri-bri schoss so unerwartet unter dem Tisch hervor, dass sie fast die volle Kaffeetasse hätte fallen lassen. Laut kläffend stand er vor der Eingangstür, das Klopfen ging in dem Lärm völlig unter.

»Ruhig! Blöder Hund! Komm rein, Swana!«, rief die Großmutter.

Tatsächlich war es Swana, die jetzt vorsichtig die Haustür einen Spalt öffnete und wartete, bis der Hund wieder brav neben seiner Herrin saß. Wie seltsam, Bri-bri und Swana schienen keine Freunde zu sein.

Die junge Frau trug Trainingshosen, darüber olivgrüne Gummistiefel und eine weinrote wattierte Jacke, die ihre Figur noch fülliger erscheinen ließ. Auf dem Kopf hatte sie eine hellgrüne Strickmütze mit einer lustigen Bommel, die wohl einmal für ein Kind gestrickt worden war.

»Puh – alles nass und glitschig draußen ...«, meinte sie und wagte es, in den Raum zu treten. »War ein schöner Sturm heute Nacht, wie?«

»Komm rein und setz dich, Swana«, sagte die Großmutter. »Wir haben Kaffee, und Kekse sind auch noch da.«

Sie setzte die Brille ab und faltete das Blatt mit dem Briefentwurf zusammen. Swana machte ein paar Schritte in Richtung Tisch, da sie jedoch keine Kekse entdecken konnte, blieb sie stehen. Schon weil Bri-bri sie misstrauisch von unten herauf fixierte.

»Nee, danke, hab keine Zeit. Ich wollt nur fragen, ob Anne-Marie mitkommen will.«

Sie sah nicht aus, als wäre sie besonders erpicht darauf, Anne-Marie mitzunehmen. Eher schien es, als habe sie jemand losgeschickt, diese Einladung auszusprechen.

»Mitkommen? Wohin?«

»In die Kirche. Die Krippe aufbauen und so …«

Susanne war unsicher, sie hatte mit Kirche und Krippenfiguren nicht viel im Sinn. Als sie klein war, hatte sie einmal an Weihnachten einen Engel spielen müssen, da hatte Mama ein ziemliches Theater drum gemacht und ihr ein Kostüm mit zwei großen, federbesetzten Flügeln nähen lassen. Sie hatte sich darin schrecklich gefühlt und prompt den einzigen Satz, den sie zu sagen hatte, vergessen. Den mit »Friede auf Erden«.

»Geh mit«, befahl die Großmutter. »Es wird dir gefallen.«

»Und was ist mit dir, Großmutter?«

»Ist was für junge Leute. Los, hol deine Jacke und zieh meine Gummistiefel an.«

Draußen zogen graue Wolkenbänder über den Himmel und wanderten als Schattenstreifen über das helle Watt. Der Pfad auf den Klippen war noch feucht vom Seewasser, auch die Felsen waren dunkel, hier und da lag ein gestrandeter Meeresbewohner im Sand, eine Muschel, ein Seestern, eine Krabbe. Swana ging mit schweren, wiegenden Schritten voraus, ein paarmal rutschten ihre Stiefel auf dem glatten Gestein und sie stieß ein erschrockenes Quieken aus. Erst als sie das Festland erreichten und zur Küstenstraße hinaufgingen, wurde sie gesprächig.

»Stell dir vor, Papa sitzt im Bett und zeichnet Pläne. Was sagst du dazu?«

»Das ist doch großartig! Er will das Boot also bauen?«

Swana rollte die Augen und behauptete, das sei alles Schwachsinn, die Werkstatt sei eine Bruchbude, alle Maschinen kaputt und der Rest verkauft.

»Es gibt nicht einmal mehr eine vernünftige Axt oder eine Säge. Alles verrostet. Genau wie Papas Gehirn. Das hat der Suff gefressen, der kann kein Boot mehr bauen …«

Langsam ging sie Susanne auf die Nerven mit ihrer Dummheit. Es ging doch gar nicht darum, wirklich eine Segelyacht zu bauen. Es ging darum, den alten Mann für eine Sache zu begeistern, damit er sich nicht aufgab. Der Rest würde sich schon finden. Wieso begriff Swana das nicht? Sie liebte doch ihren Vater …

»Du solltest ihn ermutigen, Swana. Dann ist er gut gelaunt und du hast keinen Ärger …«

»Ach, der ist nur gut drauf, wenn er seinen Schnaps kriegt.«

Sie liefen an Alans Haus vorüber, und Susanne spähte rasch durch die Hecke. Sein Auto stand nicht im Hof – er war also unterwegs.

»Der ist weggefahren«, sagte Swana. »Mit Malo.«

Aus der kleinen Kirche vernahm man den Klang des Harmoniums – Sylvie übte die Weihnachtschoräle für morgen. Als sie eintraten, wehte ihnen ein intensiver Geruch von Feuchtigkeit und Moder entgegen. Er kam aus der Sakristei, einem kleinen Raum rechts der Apsis, der vermutlich so gut wie nie gelüftet wurde. Sylvie unterbrach ihr Spiel, um sie zu begrüßen.

»Anne-Marie! Wie schön, dass du kommst! Wie geht es Gaëlle? Ich war gestern wirklich in Sorge um sie.«

»Sie scheint es ganz gut verkraftet zu haben.«

»Da bin ich aber froh.«

Sylvie erzählte, dass sie sich heute in der Schule vertreten ließ, um beim Aufstellen der Krippe dabei zu sein. »Es wird sowieso nur für die Weihnachtsfeier morgen geprobt. Dafür übernehme ich morgen die Klasse meiner Kollegin, die fährt mit ihrer Familie über Weihnachten in die Provence.«

Swana war an Sylvies Ausführungen wenig interessiert, sie kicherte albern und lief hinüber zur Sakristei. Von dort ertönte jetzt ein Poltern und Rumpeln, wie es schien, wurden hölzerne Kisten bewegt.

»Oh, ich glaube, sie brauchen uns ...«, sagte Sylvie und ließ ihr Harmonium im Stich.

Die Sakristei war ein schmaler Raum, den ein winziges Fensterchen nur unvollkommen erhellte. Auch die Glühbirne, die von der Decke herabbaumelte, gab wenig Licht. Auf der linken Seite sah man das unverputzte Mauerwerk – Granitgestein unterschiedlicher Größe und Form, von bröckelndem Zement zusammengehalten. Auf der anderen Seite befanden sich zwei hohe Schränke aus dunklem, leicht schimmeligem Holz. Anne Brelivet stand vor dem hinteren der beiden Ungetüme und räumte verschiedene Kisten und Kartons heraus.

»Vorsichtig ... das ist der Heilige Josef. Dem ist vor Jahren mal der Kopf abgebrochen ...«

Swana reichte den Karton weiter an Susanne, die gab ihn Sylvie, damit sie ihn in die Apsis stellte. Auf diese Weise gelangte die gesamte heilige Familie aus ihrem muffigen Gefängnis in die Freiheit des Kirchenraums, wo nun die Kisten geöffnet und die Figuren aus der Holzwolle herausgenommen wurden.

»O weh – die Heilige Jungfrau hat schon wieder Schimmel angesetzt ... Gib mal die Holzpolitur ...«

»Pass auf, das Eselchen hat empfindliche Beine ...«

»Hat jemand die Flügel von dem Verkündigungsengel gesehen?«

»Nein, aber hier ist ein Fuß.«

»Der gehört einem Hirten.«

Die Figuren waren aus Holz geschnitzt und bis zu dreißig Zentimeter groß. Keine besonders feinen Arbeiten, eher ein wenig grobschlächtig, dafür aber mit Inbrunst und großer Hingabe hergestellt. Früher, so erzählte Anne, war es üblich gewesen, dass jede Familie im Dorf etwas zur Krippe beitrug. Wer nicht schnitzen konnte, der baute den Stall auf, brachte Kerzen aus Wachs oder ein gesticktes Tuch, um die Heilige Jungfrau damit zu schmücken. Einige der Figuren waren schon viele Jahre alt und sehr dunkel, man hatte sie immer wieder mit Politur behandelt, denn trotz der Holzwolle war es feucht in den Kisten. Vor allem musste man aufpassen, dass sich die Holzwürmer nicht über sie hermachten.

»Den König Melchior haben wir letztes Jahr ersetzen müssen«, erzählte Sylvie, die auf den Stufen der Apsis saß und einen Hirten mit einem in Politur getränkten Lappen bearbeitete. »Malwen hat einen neuen geschnitzt, nicht wahr Anne? Wir wussten gar nicht, dass dein Mann so gut schnitzen kann.«

»Malo hat die Feinarbeit gemacht«, rief Swana von der anderen Seite der Apsis. »Er hat die Hände und das Gesicht geschnitzt. Und die Krone!«

Anne bestätigte, dass es so gewesen sei. Ihr Mann hätte mit der Schnitzerei angefangen, aber irgendwann die Lust verloren, und Malo habe die Figur zu Ende gebracht.

»Er hat sie mir gezeigt, als sie fertig war«, berichtete Swana stolz. »Ich war die Einzige, die sie vor dem Fest sehen durfte! Gib mal das Christkind her, Anne-Marie. Das ist meine Arbeit. Mach ich jedes Jahr. Weil ich die Jüngste hier bin.«

Susanne hatte schon angefangen, den kleinen Jesus zu polieren, da Swana jedoch so großen Wert darauf legte, reichte sie ihr die Figur. Anne sah dem Geschehen mit gerunzelter Stirn zu, sagte jedoch nichts. Sylvie rubbelte eifrig an dem Mantel des Hirten herum.

»Gib mir den Esel, Anne«, meinte Susanne grinsend. »Der ist genau richtig für mich.«

Man hörte ein Auto, das auf dem Kirchplatz anhielt, gleich

darauf wurde die Kirchentür geöffnet und Malo erschien. Er schleppte allerlei Hölzer, dazu einen Werkzeugkasten.

»Jetzt wird der Stall gebaut«, erklärte Sylvie. »Er kommt dort rechts neben den Altar. Du wirst staunen, Anne-Marie, wie schön alles aussehen wird. Wir lassen es bis zum Dreikönigsfest stehen, manchmal auch noch länger.«

Malo balancierte seine Hölzer durch die Kirche zur Apsis und hatte sich kaum seiner Last entledigt, da hing schon Swana an seinem Hals. Susanne beobachtete die beiden aus den Augenwinkeln, während sie eifrig ihr Eselchen schrubbte. Malo ließ sich von Swana auf die Wangen küssen, schob sie dann aber von sich weg und meinte, es sei jetzt gut, er habe zu tun. Seinem Gesichtsausdruck und den feuerroten Ohren nach zu urteilen, war ihm dieser Überfall einigermaßen peinlich.

»Kann mir mal einer die Tür aufhalten?«, hörte man Alans Stimme. »Ich habe das ganze Auto voller Gestrüpp …«

Anne setzte den Heiligen Josef ab und eilte Alan zu Hilfe.

»Heiliger Yves und Pierrik! Du hast ja Fichtenzweige, Alan! Wo hast du die denn her? Und so viel Stechlorbeer. Sei vorsichtig mit dem Heidekraut, das bröselt fürchterlich …«

»Aus dem Weg, Anne!«, lachte Alan. »Wo gehobelt wird, da fallen Späne … Kehren müssen wir sowieso … Anne-Marie, sei so lieb und hilf mir. Im Wagen ist noch mehr von dem Zeug!«

Wieso ausgerechnet sie? Susanne hätte viel lieber ihren Esel poliert, als stachelige Zweige in die Kirche zu schleppen. Aber sie wollte die Stimmung nicht verderben und stand daher auf, um Alans Wunsch zu erfüllen.

Während sie mit dem widerspenstigen Stechlorbeer im Kofferraum des Wagens kämpfte, hörte sie ihn schon wieder mit großen Schritten aus der Kirche kommen.

»Warte … Ich mach das für dich …«

Er nahm einige Zweige, legte sie so zusammen, dass sie sie gut tragen konnte, und reichte ihr das Bündel.

»Ich wollte ein paar Worte mit dir allein sprechen«, sagte er. »Es geht um Gaëlle.«

Unfassbar, wie rasch die Buschtrommeln in der Bretagne arbeiteten! Sylvie hatte es noch gestern Abend Malo erzählt, den sie auf dem Heimweg ganz zufällig getroffen hatte, und Malo hatte es heute früh Alan gesagt, während sie umherfuhren, um Gezweig für die Krippe zu schneiden.

»Ich finde es ganz großartig von dir, dass du eine Antwort schreiben willst, Anne-Marie. Trotzdem bitte ich dich, es mir zu überlassen.«

Er wirkte sehr ernst und ein wenig besorgt. Susanne ärgerte sich. Glaubte er, er könnte sie behandeln wie Swana? Ihr die Verantwortung für ihr Tun aus den Händen nehmen? Da hatte er sich aber geschnitten!

»Weshalb sollte ich das tun?«

Der abweisende Ton ihrer Antwort blieb ihm nicht verborgen, es schien jedoch, dass er auf Widerspruch gefasst gewesen war, denn er lächelte, als sie ihm das Zweigbündel aus der Hand nahm.

»Es ist nur ein Angebot«, sagte er sanft. »Ich will dich auf keinen Fall in irgendeiner Weise bevormunden, Anne-Marie. Aber immerhin geht es doch gegen deine Mutter ...«

Ach so. Yuna Dupin. Verflixt, das hatte sie schon wieder verdrängt. Nein, sie hatte ihn offenbar ganz falsch eingeschätzt.

»Das ... macht mir nichts aus, Alan. Trotzdem vielen Dank. Wenn du willst, könnten wir uns aber zusammensetzen ...«

Er strahlte sie an und schien sehr erleichtert über diesen Vorschlag. »Aber gern. Am besten bei mir, da können wir das Internet nutzen. Wegen der juristischen Dinge ...«

Er hatte Internet. Natürlich – wie hatte sie je daran zweifeln können? Schließlich brauchte er es, wenn er hier arbeitete. Internet und natürlich auch E-Mail ...

»Schwatzt ihr oder bringt ihr jetzt das Zeug rein?« Swana

war an der Kirchentür erschienen, sie stemmte die Hände in die Hüften und zog eine Grimasse.

Alan blieb bei dieser Provokation erstaunlich gelassen. »Wir kommen schon, Swana. Hier, nimm auch ein paar Zweige, dann haben wir sie alle aus dem Wagen.«

Sie schürzte die Lippen, wiegte sich kurz in den Hüften und erklärte dann, sie habe anderes zu tun. Weg war sie und schlug ihnen zu allem Überfluss noch die Tür vor der Nase zu.

»Swana!«, rief Alan ärgerlich. »Was ist denn in dich gefahren?«

Was für eine unverschämte Göre, dachte Susanne wütend. Vermutlich war sie schlecht gelaunt, weil Malo nicht auf ihre Verführungskünste einging, und ließ ihren Ärger jetzt an den anderen aus.

Alan klaubte die letzten Zweige aus dem Kofferraum und klappte den Deckel zu, dann stieg er die Stufen zur Kirche hinauf und drückte die Tür mit dem Rücken auf, damit Susanne an ihm vorbei in den Kirchenraum gehen konnte. Seine Augen suchten Swana, die jetzt neben Malo stand und so tat, als müsste sie ihm beim Zusammenbau der Hölzer helfen. In Wirklichkeit redete sie nur allerlei Zeug, auf das er einsilbige Antworten gab. Sie sprachen bretonisch miteinander, vermutlich wollte Swana nicht, dass Sylvie oder Anne-Marie ihnen zuhörten. Ach – sollte sie doch. Susanne hatte heute keine Lust, sich zu ärgern.

Was für eine hübsche Weihnachtskrippe! Susanne half mit, den kahlen Stall mit Zweigen abzudecken, sodass eine kleine Hütte entstand. Zwei Glühbirnen wurden montiert, eine, die das Innere des Stalles beleuchtete, die andere für den Stern aus Goldpapier, den Sylvie gespendet hatte und der auf das Dach montiert wurde. Dann setzte Anne unter Anteilnahme aller Beteiligten die Figuren in den Innenraum, wobei sie einem uralten Muster folgte, das schon ihre Großmutter eingehalten hatte. In die Mitte das Christkind, links die Jungfrau Maria, rechts der heilige Joseph. Auch die Hirten und die Könige hatten ihren festen Platz, sogar die Schafe, Ochse und Esel, dazu allerlei anderes Getier, das in der Bibel gar keine Erwähnung fand, darunter ein Hahn, mehrere Möwen und zwei Ziegen.

»Auch sie sind Geschöpfe Gottes«, sagte Anne Brelivet. »Und außerdem haben Malos Brüder sie geschnitzt.«

»Es ist doch bekannt, dass die Tiere in der Heiligen Nacht einem besonderen Zauber unterliegen«, sagte Sylvie lächelnd. »Sie sprechen sogar die menschliche Sprache.«

»Hast du das schon einmal erlebt, Sylvie?«, wollte Malo wissen.

Verschmitzt sah sie zu ihm hinüber. »Gewiss. Ich war am Meer und habe den Möwen zugehört …«

»Und was haben sie gesagt?«

Sylvie zuckte die Schultern. »Wie soll ich das wissen? Sie sprachen bretonisch miteinander.«

»Ach, wie schade«, meinte Malo. »Wäre ich dabei gewesen, dann hätte ich es dir übersetzen können.«

»Wer will denn so was wissen«, fuhr Swana dazwischen. »Möwen schwatzen doch nur Scheiß!«

Die Beleuchtung wurde ausprobiert und vorsichtig zurechtgerückt, damit die Glühbirnen in den Kulissen verschwanden, dann banden Anne und Sylvie aus den restlichen Zweigen eine Girlande, die morgen Abend über der Kirchentür hängen sollte. Zwischendrin kamen Enora und Armelle Gwernig neugierig in die Kirche gelaufen, um die diesjährige Krippe zu begutachten, und sie zeigten sich entzückt.

»Das Jesuskind ist ganz schwarz, Enora!«

»Das kommt von dem Schimmelspray, das wir letztes Jahr gekauft hatten … Sagten wir schon, dass Armelle das Buche de noël für morgen Abend backen wird?«

»Ganz recht, das kef nedeleg. Mit Moccacreme gefüllt. Eine Köstlichkeit …«

»Komm jetzt, Armelle. Wir müssen unsere Einkäufe nach

Hause bringen. Heilige Jungfrau, war das voll in St. Renan. Wir haben kaum einen Parkplatz gefunden, und beim Herausfahren hat dann auch noch so ein unchristlicher Lügner behauptet, wir hätten seinen Kotflügel eingedrückt ...«

Schließlich räumte man die Kartons wieder zurück in den Schrank, was eine Weile dauerte, denn man musste sie so stapeln, dass sich die Schranktür schließen ließ. Swana und Anne kehrten den Boden, während Sylvie noch rasch ihr Eingangsstück auf dem Harmonium durchspielte.

»Gefällt dir unsere Krippe?«, fragte Alan, als sie an der Kirchentür standen und ihr Werk betrachteten.

»Sie ist wunderschön«, sagte Susanne. »Und weißt du auch, warum?«

»Nun?«

»Weil sie mit so viel Liebe geschnitzt und aufgebaut wurde.«

Sie hätte gern noch mehr gesagt, doch sie ließ es bleiben. Sie wusste nicht, wie sie ihm erklären sollte, dass christliche Feste für sie bisher eher lästig und ohne Bedeutung gewesen waren. Hier in dieser kleinen Kirche aber lebten die Menschen ihren Glauben. Sie taten es handfest und auf ihre Weise. Auch jetzt noch, da das kleine Dorf wohl seinem Ende entgegenging. Ach, es war schön, dabei sein zu dürfen, und – das war ihr bisher noch nie passiert – sie freute sich auf die Weihnachtsmesse.

Alan hatte gespürt, dass sie sehr bewegt war, denn er nahm für einen Augenblick ihre Hand. »So soll es sein«, sagte er leise. »Es ist ein Stück von dir, Anne-Marie. Nimm es in dich auf und vergiss es nicht. Wo du auch bist – hier sind deine Wurzeln.«

Sie schwieg, weil ihr dazu nichts einfiel. Er nickte ihr lächelnd zu und ließ ihre Hand los, weil Anne Brelivet und Swana durch den Mittelgang zur Kirchentür kamen.

»Alle draußen?«, fragte Anne. »Dann will ich mal abschließen. Ist zwar überflüssig – aber unser Abbè Renan sorgt sich um seine Messgewänder in der Sakristei.«

Sie nahm einen gewaltig großen, rostigen Schlüssel aus der Fensternische und drehte ihn im Schloss der Kirchentür um. Dann legte sie das Monstrum zurück an seinen Platz, wo es für jeden Vorübergehenden gut sichtbar war, nickte den anderen zu und ging mit Malo davon.

Sylvie stieg zu Enora und Armelle in den Wagen, Alan fragte Susanne, ob er sie zur Küstenstraße fahren dürfe, doch sie lehnte ab.

»Dann bis bald, Anne-Marie«, meinte er und wirkte ein wenig enttäuscht. »Sag deinem Vater, dass ich heute Nachmittag vorbeikomme, Swana!«

Es hatte angefangen zu regnen, und die beiden Frauen zogen die Kapuzen über die Köpfe. Eine Weile gingen sie auf der Dorfstraße nebeneinanderher, dann waren sie vor dem Hofeingang der Morvans angekommen, und Swana blieb stehen.

»Dass du es weißt, Anne-Marie«, sagte sie und schob die Kapuze ein wenig zurück, um besser sehen zu können. »Auf Alan brauchst du kein Auge zu werfen. Der will keine Frau. Weil er Elaine liebt. Für immer und ewig. Ist also besser, du lässt ihn in Ruhe.«

30

Der Heilige Abend im Leuchtturmwärterhaus hatte nichts mit dem zu tun, was Susanne bisher erlebt hatte. Gewiss, auch daheim in Berlin war dieser Abend schon lange nicht mehr »besinnlich«, man feierte mit lieben Gästen bei gutem Essen, bescherte die Kinder, und die Gewohnheit, zur Kirche zu gehen, war längst in Vergessenheit geraten.

Hier im Haus der Großmutter aber hockten elf Personen eng beieinander an einem langen Tisch vor dem Kaminfeuer, lachten, tranken, aßen, schwitzten, brüllten Trinksprüche, riefen Scherzworte über den Tisch, stießen miteinander an und ließen das Kind in der Krippe hochleben. Ihre Gesichter waren rot von der Hitze im Raum, vom guten Essen und vom Cidre, die Frauen hatten ihre Strickjacken ausgezogen und schützten Bluse und Rock mit Küchenhandtüchern, denn sie trugen ihre besten Sachen, weil es nachher zur Christmette in die Kirche ging. Die Männer saßen in Hemd und Hosen, ihre Jacken hatten sie drüben auf das Bett der Großmutter geworfen, und sie sorgten mit Eifer dafür, dass kein Tropfen aus ihren Gläsern danebenging.

Nur Sylvie hatte am Nachmittag, als sie gemeinsam das Essen vorbereiteten, schüchtern nachgefragt, ob es der Großmutter überhaupt recht sei. Man könne sonst auch bei ihr feiern. Auch Alan hatte sich angeboten.

»Wegen Loan?«, meinte die Großmutter und schüttelte energisch den Kopf. »Der mochte ja keine lauten Feste, war ein Eigenbrötler. Aber jetzt ist er übers Meer davon, und dort, wo der Fährmann ihn abgesetzt hat, geht es ihm gut. Weshalb also soll ich am Heiligen Abend nicht meine Freunde bei mir haben?«

Alan hatte Brioc Morvan und Swana mit seinem Wagen bis zur Küstenstraße gefahren. Was dann kam, war eine höchst anstrengende Wanderung für alle drei, denn der schmale Pfad über die Landzunge zum Haus des Leuchtturmwärters war auch bei Tageslicht und mit gesunden Gliedern eine Herausforderung. Nun aber war es schon dämmrig und es regnete heftig, dazu brachte sie der boshafte Nordwest zusätzlich aus dem Gleichgewicht. Aber Brioc gab nicht auf, schon weil er der Witwe seines alten Freundes Loan die Ehre geben wollte, und schließlich saß er vollkommen erschöpft aber zufrieden in dem Lehnstuhl, den man extra für ihn ans Kopfende des Tisches geschoben hatte.

Susanne hatte den Nachmittag über mit Sylvie und der Großmutter in der Küche gewerkelt, wo Muschelsuppe mit Sahne und Makrelen in Cidre entstanden, dazu Apfelkuchen und ein Auflauf mit eingeweichten Trockenpflaumen. Susanne bewunderte Sylvie maßlos, der alles so leicht von der Hand ging, während sie selbst sich ständig am heißen Herd verbrannte, klebrigen Teig auf den Boden fallen ließ, den anderen im Weg stand und sich mit dem Küchenmesser in den Zeigefinger schnitt. Zum Glück schienen ihre beiden Kochgefährtinnen nichts davon zu bemerken – zumindest taten sie so –, aber sie selbst kam sich schrecklich überflüssig und ungeschickt vor. Gab es irgendetwas Vernünftiges, was sie zustande brachte? Kochen? Putzen? Aufräumen? Den Tisch decken? Immer ging irgendetwas schief, der Besen fiel um, der Lappen war zu nass, sie verzählte sich beim Aufstellen der Teller.

»Irgendwie bin ich heute neben der Spur ...«, seufzte sie schließlich entmutigt.

Sylvie legte den Arm um sie und meinte, es gäbe solche Tage, ihr würde es auch oft so gehen. Die Großmutter befahl nur kurz, sie solle mit Bri-bri hinausgehen, da könne sie wenigstens nichts kaputt machen. Susanne fügte sich und lief mit dem Hund am Strand entlang, wo die graugrünen Wellen sich mannshoch aufbäumten, bevor sie an den Strand schlugen und im Sand zerflossen. Beklommen dachte sie darüber nach, dass man ihr morgen vermutlich Geschenke machen würde, nichts Wertvolles, aber doch irgendwelche hübschen Kleinigkeiten. Sie selbst aber besaß nichts, was sie verschenken konnte. Wie einfach war das doch früher gewesen. Mit dem »Weihnachtsgeld« der Eltern ausgestattet, war sie in Paris oder Berlin shoppen gegangen, hatte gestöhnt über die Anstrengung und die wunden Füße und sich schließlich ein Taxi genommen. Jetzt wäre sie froh gewesen, wenigstens zeichnen, flechten oder schnitzen zu können. Aber sie war schon als Kind in jedem Bastelkurs eine jämmerliche Versagerin gewesen, und das Stricken hatte sie auch schon wieder verlernt.

Was soll's, dachte sie und starrte auf die heranstürmenden Wellen. Nur noch wenige Tage, dann ist dieses Spiel zu Ende und ich werde sie alle nie wiedersehen. Sie werden erfahren, dass ich sie betrogen habe, und mich dafür hassen. Ob ich ihnen jetzt Geschenke bastle oder nicht – darauf kommt es auch nicht mehr an. Sie dachte an Paul, dem sie eine teure lederne Aktentasche hatte schenken wollen, obgleich er – wie er immer gesagt hatte – ein Weihnachtshasser war. Die Trauer überwältigte sie.

Als sie am Abend zwischen den anderen am Tisch saß, hatte sie sich wieder im Griff. Nichts zählte mehr außer dem Augenblick, dem Scherz, über den man gerade lachte, dem gefüllten Teller, dem Cidre im Glas. Alan, der sich neben sie gesetzt hatte, schob ihr die Schüsseln zu und sorgte dafür, dass ihr Glas immer gefüllt war. Er war ungewöhnlich guter Dinge und redete ohne Unterlass. Hatte sie jemals in ihrem Leben so gut und reichlich gegessen? So viel getrunken? So ausgiebig und laut gelacht? Dabei waren die Scherze oft derb und wenig geistreich, aber sie wurden mit großem Pathos vorgetragen.

»Du hast den Menhir laufen sehen, Brioc? Wie lief er denn? Auf zwei Beinen? Oder sprang er wie beim Sackhüpfen?«

Brioc war großartig in Fahrt. Er erzählte eine unglaubliche Geschichte nach der anderen und erntete jede Menge Gelächter.

»Ich schwör es euch«, rief er und hielt Malwen sein Glas hin, damit er es nachfüllte. »Ich hab gesehen, wie der Menhir seinen dicken Hintern aus der Erde hob und losmarschierte.«

»Und was hast du dann gemacht? Bist ihm nachgelaufen, wie?«

Brioc nahm einen tiefen Schluck, wischte sich mit dem Hemdsärmel den Bart und wackelte mit den Augenbrauen. »Bin ich bescheuert? Weiß doch, wo sie alle hinlaufen in der Christnacht. Alle Menhire und alle Hinkelsteine sind in dieser Nacht durstig und wollen …«

Gelächter brandete auf, man hörte Enora, die schrie, sie bekäme keine Luft mehr vor Lachen. Anne klopfte ihr auf den Rücken, Armelle versicherte ihr, es sei genügend Luft vorhanden, sie brauche nur zu atmen.

»Sie steigen aus ihren Löchern, um einen Calvados zu heben, wie?«, rief Malwen über den Tisch hinweg. »Und da willst du uns erzählen, dass du nicht hinterhergelaufen bist, Brioc?«

Susanne spürte, wie Alan den Arm um ihre Schulter legte, als wollte er verhindern, dass sie vor Lachen von der Bank fiel. Es musste der Cidre sein, den sie reichlich getrunken hatte, denn sie lehnte sich ganz unbefangen an ihn.

»Zur Quelle laufen sie«, sagte Brioc. »Heiliges Wasser trinken. Weil die Quellen alle den alten Göttern gehören.«

»Lass das nur nicht Abbé Renan hören!«

»Der wäre auch mitgelaufen. Nicht hinter den Hinkelsteinen her, aber zu den Löchern. Dahin, wo sie vorher gestanden hatten. Versteht ihr?«

»Klar. Unter den Menhiren sind große Schätze verborgen. Weiß doch jeder«, sagte Alan grinsend. »Und? Hast du was gefunden?«

Brioc machte eine wegwerfende Bewegung mit der rechten

Hand. Die linke lag auf dem Tisch, hin und wieder wackelte er mit dem Zeigefinger, auch der Mittelfinger hob sich manchmal ein wenig.

»Die Zeit ist verdammt kurz. Wenige Minuten nur, dann kommt der Stein zurückgehumpelt und setzt sich wieder in sein Loch. Wer da unten dann gerade nach Schätzen sucht, den sieht man nie wieder.«

»Also hast du gar nichts gefunden?«, fragte Armelle enttäuscht. »Kein Gold? Keine Edelsteine? Nicht einmal Diamanten?«

Brioc tat einen Seufzer und hob sein Glas mit beiden Händen an den Mund. Er musste mit der rechten Hand ordentlich nachhelfen, denn der linke Arm wollte noch nicht gehorchen.

»Ich hab's schimmern sehen, Armelle. Die Augen musste ich schließen, so hat es geglitzert. Gold und Silber, Geschmeide, schöner als die Kronjuwelen der englischen Königin, Perlen so groß wie Murmeln ...«

»Das hast du alles mit geschlossenen Augen gesehen, Brioc?«, rief Malo lachend.

»Zuerst hatte ich sie ja noch offen ...«

»Aber warum hast du nicht zugegriffen?«, wollte Malo wissen.

»Warum? Warum?«, schimpfte Brioc. »Weil es da metertief hinunterging und hinter mir schon der verdammte Hinkelstein angekeucht kam. Konnte gerade noch zur Seite springen, da pflanzte er seinen fetten Hintern schon wieder in das Erdloch, und vorbei war es mit dem Glitzern ...«

Der restliche Apfelkuchen machte die Runde, der Pflaumenkuchen war längst aufgegessen, und das »kef nedeleg«, den Kastenkuchen aus zartem Bisquit mit einer Füllung aus Moccacreme, hatte die Großmutter mit einem scharfen Messer sorgfältig in elf gleich große Teile geschnitten. Sylvie hatte Susanne erklärt, dass dieses traditionelle Gebäck eigentlich ein Holzscheit darstellte, das man an Weihnachten in den Kamin legte und, nachdem das Feuer gelöscht war, für das kommende Jahr aufbewahrte.

»Lermat. Auf das Jesuskind.«

»Auf die Jungfrau Maria!«

»Auf den heiligen Joseph!«

»Auf den auch? Na schön! Lermat!«

Gegen elf machte sich die fröhliche Gesellschaft auf, um die Spätmesse zu besuchen. Es war stockdunkel draußen, nur das kreisende Licht des Leuchtfeuers und Malwens vorsorglich mitgebrachte Taschenlampe erhellten den Pfad zur Küste. Zudem hatten alle eine gute Menge Cidre intus. Brioc war auf seinem Lehnstuhl sitzen geblieben und ließ sich von Malo und dessen Vater tragen, dazu sang er vergnügt bretonische Lieder und dirigierte mit der Rechten den Takt.

»Halt die Klappe, Brioc«, schimpfte Malwen, der Mühe hatte, nicht auszurutschen. »Das ist kein Weihnachtslied, was du da singst.«

Swana ging hinter Malo her und kicherte die ganze Zeit über. Mehrfach gab sie Malo Püffe in Rücken und Po, bis er sie schließlich wütend anfuhr, sie solle damit aufhören. Anne hatte sich bei Enora eingehakt während Armelle verkündet hatte, sie wolle Gaëlle führen, damit sie nicht stolperte. Vorsorglich hielt sich Sylvie in der Nähe, denn Armelle war keineswegs sicher auf den Beinen und auch die Großmutter schwankte ein wenig. Alan und Susanne gingen schweigend am Ende der Prozession, und Susanne hatte das merkwürdige Gefühl, dies alles könnte nur ein Traum sein. Ein wunderschöner, verrückter Traum.

Oben an der Küstenstraße staute sich der Zug vor den beiden Wagen, die dort abgestellt waren. Nach einigen Wortwechseln entschied man, dass Enora und Armelle bei Alan einstiegen, und auch die Großmutter war schließlich bereit, sich zur Kirche fahren zu lassen. Brioc packte man in das Auto der Brelivets, die ihn auch hergebracht hatten, auch Malo und seine Mutter stiegen mit ein. Swana, Sylvie und Susanne waren entschlossen, den kurzen Weg zur Kirche trotz Regen und Wind zu Fuß zu gehen.

»Nachher schlaf ich sowieso«, behauptete Swana. »Ich schlaf bei der Weihnachtsmesse immer ein. Letztes Jahr hat Gaëlle mir einen festen Rippenstoß verpasst. Weil ich geschnarcht hätte ...«

In der Kirche roch es nach Nadelholz und Heidekraut, die Krippe war beleuchtet und wirkte in dem dunklen Raum ganz magisch. Als säßen mit der Heiligen Familie auch noch andere Wesen unter dem Dach aus Gezweig; graue Nebelfrauen flüsterten mit der Jungfrau Maria, fremde Heilige hatten sich unter die Hirten gemischt, und zwischen Ochs und Esel stand ein Fabeltier mit einem ausladenden Geweih.

Der Priester wirkte müde. Abbé Renan hielt heute bereits die vierte Messe, aber an diesem hohen christlichen Festtag sollte keines der kleinen Dörfer vergessen werden. Susanne fröstelte zuerst ein wenig in den regenfeuchten Kleidern, später überkam sie eine wohlige Müdigkeit und sie konnte Swana verstehen, die vorn neben ihrem Vater saß und bereits selig schlummerte. Die anderen hielten sich jedoch erstaunlich gut. Und wenn den einen oder anderen die Müdigkeit überwältigen wollte, so half ihnen die Liturgie der Weihnachtsmesse doch, wach zu bleiben. Alan hatte sich neben Susanne gesetzt, er hielt seine nasse Wollmütze in den Händen und folgte der Messe mit großem Ernst.

Abbé Renans Predigt war kurz – der späten Stunde und dem Zustand seiner Kirchgänger angemessen. Einen Teil davon hielt er in bretonischer Sprache. Soweit Susanne es sich zusammenreimte, ging es um das Licht, das mit der Geburt des Heilands über die Welt gekommen sei. Nach dem Ende der Messe stand er an der Kirchentür, müde und erschöpft, aber doch mit weihnachtlichem Lächeln, und reichte jedem Kirchgänger die Hand. Es war die Nacht der Wunder, der Himmel hatte sich geöffnet, und an dem hellen, fast runden Mond zogen schwarze Wolkengebilde vorüber, ohne ihn auf Dauer verdecken zu können.

Während der Abbé in seinen Wagen stieg, um zurück nach Lampaul zu fahren, wurde vor der Kirche eifrig verhandelt. Die »Alten« wollten nach Hause, sie waren bettschwer und sehnten sich nach Schlaf. Malo bestand darauf, mit Sylvie ein Stück am Strand entlangzulaufen, damit er ihr die Reden der Möwen und anderer Vögel übersetzen konnte. Als Sylvie schließlich lachend einwilligte, lief Swana zu Alan und fiel ihm um den Hals.

»Ich will auch spazieren gehen. Niemand geht mit mir …«, schluchzte sie.

»Aber dein Vater braucht dich, Swana«, wandte Alan ein.

»Ach was. Anne und Malwen helfen ihm doch. Du willst bloß nicht …«, jammerte sie und begann zu schluchzen.

Alan mochte sich Swanas Drängen nicht entziehen, schließlich war heute ein Festtag, den man auf keinen Fall mit einem Streit ausklingen lassen sollte.

»Kommst du auch mit, Anne-Marie?«

»Bin zu müde. Viel Spaß!«

Später stand sie an dem kleinen Fenster in ihrem Schlafzimmer und starrte hinüber auf den Strand, der in regelmäßigen Abständen vom Licht des Leuchtfeuers rötlich gefärbt wurde. Der Sandstreifen wurde immer schmaler, weil sich die Flut näherte, doch wenn die Wolken den Mond freigaben, konnte sie die beiden Paare als schwarze Schattenfiguren sehen. Sylvie und Malo bewegten sich langsam, blieben oft nebeneinander stehen und sahen aufs Meer hinaus. Swana hielt Alan bei der Hand, sie hüpfte herum, zerrte ihn hierhin und dorthin, bückte sich, um Steine oder Muscheln aufzuheben, und warf sie in die Wellen. Alan nahm alle ihre Kapriolen hin und folgte ihr wie ein besorgter Papa.

31

Zwei Tage später saß Susanne am Tisch vor dem Kaminfeuer und brach sich an der alten Schreibmaschine der Großmutter fast die Finger ab.

»Ich könnte den Brief auch bei Alan schreiben. Er hat einen Computer ...«

»Das lass besser sein!«

»Aber es sieht unprofessionell aus. Niemand schreibt mehr auf solch einem Monstrum.«

»Diese Schreibmaschine hat Loan vor vierzig Jahren für viel Geld gekauft, und sie tut immer noch ihren Dienst – also brauchen wir das ganze Computerzeug nicht!«

Die Maschine war grau und hatte grünliche Tasten aus Plastik mit abgerundeten Ecken und einer Mulde in der Mitte. Sie ließen sich so schwer hinunterdrücken, dass Susanne Zeigefinger und Mittelfinger gleichzeitig auf jede Taste setzen musste. Wenn man das Ende der Zeile erreichte, ertönte ein Klingelton und man musste die Walze mit der Hand wieder zurückfahren. Susanne begann zu ahnen, dass eine Sekretärin in früheren Zeiten die Muskulatur und Fingerfertigkeit einer Konzertpianistin benötigt hatte.

Wenn man sich vertippte, gab es nur eine Möglichkeit: Von vorn anfangen. Susanne schrieb den Brief an Rechtsanwalt Dürkheimer dreimal. Beim dritten Versuch wurden die Buchstaben wie durch Zauberhand immer heller, was daran lag, dass sich das Farbband festgehängt hatte. Fluchend drehte sie an den Farbbandrollen herum und spannte ein Blatt mit Durchschlag für den vierten Durchgang ein, da klopfte es zum Glück an die Tür.

»Demat dit – Salut«, grüßte Sylvie und schloss rasch die Tür hinter sich, denn es wehte ein heftiger Wind. »Ach je – ich habe eine moderne Schreibmaschine, Anne-Marie. Da hättest du es leichter.«

»Brauchen wir nicht ...«, knurrte die Großmutter. »Zieh die nassen Stiefel aus und setz dich zu uns, Sylvie!«

Sylvie streichelte Bri-bri, der sie aufgeregt beschnüffelte, dann lief sie in Socken hinüber zum Tisch und ließ sich mit warmem Milchkaffee bewirten. Die Kekse lehnte sie dankend ab – man habe gestern und vorgestern so reichlich gegessen, sie müsse ein wenig auf ihre Figur achten.

»Ach du liebe Zeit! Hast du einen schönen Liebsten, für den du schlank sein möchtest?«

Die Großmutter konnte mitunter taktlose Scherze machen, fand Susanne. Sylvie verneinte lachend, wirkte dabei aber sehr verlegen. Sie nahm die nassgeregnete Brille ab und wischte sie mit einem Zipfel ihres Pullovers trocken.

»Na, wenigstens passen dir meine Socken!«, stellte Madame LeBars mit Blick auf Sylvies Füße zufrieden fest.

»Sie sind wunderbar warm, Gaëlle. Ich danke dir nochmals ganz herzlich – wo ich doch immer so kalte Füße habe ...«

Natürlich hatte die Großmutter zu Weihnachten alle ihre Freunde mit selbst gestrickten Socken, Mützen, Schals oder Handschuhen beglückt. Man hatte gestern Mittag bei den Schwestern Gwernig getafelt und Geschenke ausgetauscht, später waren Anne Brelivet und ihr Mann Malwen noch eine Weile bei den Morvans gewesen, während Susanne, die Großmutter und Alan den Abend bei den Schwestern Gwernig verbrachten.

»Ich bin noch immer tief gerührt, Anne-Marie«, sagte Sylvie und legte ihr die Hand auf den Arm. »Ich werde deinen Brief gewiss mein Leben lang aufbewahren.«

Susanne fand zwar, dass sie mächtig übertrieb, aber tatsächlich hatte ihr Einfall unerwarteten Erfolg gehabt. Sie hatte Großmutters Briefpapier beschlagnahmt und jedem der Freunde ein paar Zeilen geschrieben. Einige der Briefe flossen ihr leicht aus der Feder. Brioc schrieb sie, dass sie seinen Mut bewundere und seine Gabe, faszinierende Geschichten zu erzählen. Anne dankte sie für das wunderschöne Erlebnis beim Aufstellen der Krippe. Auch für Malwen und Malo, die sie auf ihrem Fischkutter mitgenommen hatten, und für die liebenswerte Gastlichkeit der Schwestern Gwernig hatte sie die passenden Worte gefunden. Sylvie dankte sie für ihre Freundschaft. Dann wurde es schwierig. Swana lobte sie für ihre Offenheit und ihr Vertrauen. Bei dem Brief an die Großmutter hatte sie lange am Kugelschreiber gekaut und ihr schließlich für die liebevolle Aufnahme und die schöne Zeit im Leuchtturmwärterhaus gedankt. Es waren Abschiedsbriefe an all diese Menschen, die ihr – jeder auf seine Weise – ans Herz gewachsen waren. Vielleicht würden sie diese Blätter später wütend zerreißen und ins Feuer werfen; sie konnte es nicht verhindern. Und doch hatte sie jedes Wort ernst gemeint. Am längsten saß sie vor dem Brief an Alan, und als sie ihn dann endlich geschrieben hatte, war sie kurz davor, das Blatt zusammenzuknüllen und aus dem Fenster zu werfen. Doch stattdessen steckte sie es in einen Umschlag und schrieb seinen Namen darauf. Alan Hervé.

Als sie ihm ihr Geschenk überreichte, öffnete er den Umschlag nicht, wie es die anderen taten, sondern steckte ihn in seine Jackentasche, um den Brief zu Hause ungestört zu lesen. Er hatte eine Zeichnung für sie angefertigt, darauf sah man die Pointe du Lapin mit dem Leuchtturm und dem kleinen Haus, das Meer war ruhig, eine schimmernde Fläche, die im Licht zu vibrieren schien. Vögel flogen darüber hin, verloren sich in der Weite des Himmels.

Alle hatten diese Zeichnung bewundert, und Swana hatte gejammert, sie wolle auch so ein schönes Bild von ihm gemalt bekommen. Ansonsten verhielt sie sich jedoch sehr versöhnlich;

vor allem Susannes Brief hatte sie ungeheuer stolz gemacht. Bisher hatte ihr noch niemand einen handschriftlich verfassten Brief gewidmet und auch noch so viele nette Dinge hineingeschrieben.

»Weißt du«, sagte Susanne zu Sylvie. »Manches kann man leichter schreiben als sagen. Weil man beim Schreiben die Zeit hat, seine Worte mit Bedacht zu wählen.«

Die Großmutter war von dieser Weisheit wenig beeindruckt, sie wühlte in ihrem Strickkörbchen und schien entschlossen, schon jetzt mit der Herstellung der Weihnachtsgeschenke für das kommende Jahr zu beginnen. Sylvie hingegen nickte vor sich hin und schien über etwas nachzusinnen.

»Ich glaube, du hast recht, Anne-Marie ...«, sagte sie leise.

»Mit einem falschen Wort kann man so viel Schlimmes anrichten ...«

Es klang so bekümmert, dass Susanne begann, sich Sorgen zu machen. Die Großmutter zog eine Nadel aus ihrem Strickstrumpf und fixierte Sylvie mit einem langen Blick.

»Ich verstehe, was du meinst, Sylvie«, sagte sie. »Aber sei ohne Sorge, Anne-Marie hat den Brief an diesen verflixten Rechtsverdreher gründlich bedacht.«

»Oh, ich bin ganz sicher, dass Anne-Marie das Richtige schreibt ...«

Susanne grinste und hatte das Gefühl, dabei ziemlich dümmlich auszusehen. Sie überlas die Zeilen noch einmal und tippte weiter. Die anderen schwiegen, um sie nicht zu stören.

Eine Weile hörte man nur die Anschläge der Schreibmaschine, langsam und zögerlich, immer wieder von Phasen unterbrochen, in denen Susanne das Geschriebene mit kritischen Augen prüfte, damit sie auf keinen Fall einen Fehler übersah.

»Ich geh dann mal mit Bri-bri raus«, äußerte die Großmutter schließlich und verstaute die angefangene Socke in ihrem Strickkörbchen.

»Das kann ich doch tun ...«, sagte Sylvie und stand auf.

»Nee, bleib sitzen und trink deinen Milchkaffee. Ich brauch Bewegung. Hab gestern und vorgestern viel zu viel gegessen.«

Die Großmutter stieg in ihre Gummistiefel und schwang den regendichten Umhang um die Schultern, der vermutlich noch aus den Anfangszeiten ihrer Ehe stammte. Bri-bri saß bereits ungeduldig vor der Haustür, als die Großmutter jedoch öffnete und er feststellen musste, dass es draußen regnete, sank seine Begeisterung erheblich.

»Raus mit dir, du wasserscheuer Kerl! Schwimmt im Meer wie ein Fisch und ziert sich wegen ein paar Regentropfen ...«

Nachdem die Tür hinter den beiden Spaziergängern zugefallen war, stellte Susanne das Tippen ein und sah forschend zu Sylvie hinüber.

»Es geht dir nicht gut, oder?«

Schweigen. Man hörte den Regen gegen die Fensterscheiben prasseln, das Feuer im Kamin knackte, ein Funke stob dicht an der Bank vorbei.

Susanne machte einen neuen Versuch. »Magst du es mir erzählen?«

Jetzt tat Sylvie einen tiefen Seufzer und blickte Susanne mit großen, tränenfeuchten Augen an. Ohne die alte Brille war sie eigentlich sehr hübsch.

»Malo hat mir einen Heiratsantrag gemacht.«

Da war es heraus. Es klang ungemein kläglich.

»Das ist doch wunderbar!«

»Ach, Anne-Marie«, stöhnte Sylvie unglücklich.

»Wann ist es gewesen?«

»Vorgestern Abend. Als wir am Strand herumliefen, um die Möwen zu belauschen ... Herrgott, er war so unsicher, so schüchtern. Und zugleich doch fest entschlossen. Er habe schon lange Zeit darüber nachgedacht, aber nicht gewagt, mich zu fragen ...«

Wie romantisch, dachte Susanne, und sie verspürte ein wenig Neid. Am Strand bei Mondschein, das Brausen der Wellen in den Ohren, zwei Verliebte allein mit dem Atlantik und ihrer Sehnsucht ... Vielleicht hätte Paul sie ja auch gefragt, ob sie seine Frau werden wollte. War das der Grund, weshalb er mit ihr in die Bretagne gefahren war? Um ihr einen romantischen Heiratsantrag zu machen? Sie würde es nie erfahren, aber es war schön, es sich auszumalen. Schön und zugleich unfassbar schmerzlich.

»Malo ist ein lieber Kerl«, sagte sie zu Sylvie und zögerte, bevor sie weitersprach. Dann tat sie es doch. »Es gibt allerdings Gerüchte, dass er eine Beziehung mit Swana unterhält.«

Zu ihrer Überraschung winkte Sylvie ab. Das wisse sie längst, jeder im Dorf habe das mitbekommen. »Er hat mir aber versichert, dass sei schon lange vorbei. Es sei eine Dummheit gewesen, sagte er. Er habe es sehr bereut und ... stell dir vor: er bat mich dafür um Verzeihung ...«

»Und das hat dir gefallen?«, fragte Susanne schmunzelnd, denn Sylvie hatte während ihrer Schilderung rote Wangen und glänzende Augen bekommen.

Jetzt seufzte sie wieder und starrte bekümmert vor sich hin. »Ich bin eine sentimentale, dumme Gans. Ja, es hat mir gefallen. Ich habe wie auf Wolken geschwebt und die halbe Nacht nicht schlafen können. Aber inzwischen bin ich wieder auf der Erde angekommen ...«

»Was hast du ihm geantwortet?«

»Was schon? Dass ich darüber nachdenken muss ...«

»Nachdenken ...«, wiederholte Susanne stirnrunzelnd. »Ich dachte eigentlich, du liebst ihn.«

»Ja, ich fürchte, so ist es.« Sylvie hatte die Arme auf den Tisch gestützt und den Kopf in den Händen vergraben.

»Du liebe Zeit«, regte sich Susanne auf. «Wie kann sich eine Frau heutzutage noch so anstellen? Glaubst du, du bist die Einzige, die einen jüngeren Mann heiratet?«

»Das ist es nicht, Anne-Marie. Er behauptet, das störe ihn überhaupt nicht. Außerdem würde er im kommenden Jahr schon dreißig ...«

»Na also! Wo liegt dein Problem? Denkst du, er wird dich in ein paar Jahren mit einer anderen betrügen?«

Sie konnte Sylvies Gesicht nicht sehen, nur ihre Hände, die sich in ihr Haar gruben.

»Ich bin schon verheiratet.«

»Du bist ...«

Tja, das war allerdings ein Problem. Wenn auch nicht unlösbar.

»Ich flehe dich an, Anne-Marie«, sagte Sylvie, die immer noch ihr Gesicht verbarg. »Sag es nicht weiter. Niemand weiß davon, nur du. Jean-Luc hat mehrfach versucht, sich umzubringen. Er behauptet, ich sei sein letzter Halt, deshalb habe ich niemals die Scheidung eingereicht.«

Susanne traute ihren Ohren nicht, während Sylvie über ihre Vergangenheit sprach. Was für eine unglückselige Geschichte! Eine große Liebe, Heirat, ein glückliches erstes Ehejahr. Dann hatte Jean-Luc einen Motorradunfall, lag wochenlang im Koma und gewann erst langsam wieder die Herrschaft über seinen Körper. Sylvie hatte ihn unablässig unterstützt, ihn liebevoll umsorgt, das Geld verdient, die Schulden für die Eigentumswohnung abgetragen. Aber der Unfall hatte Jean-Luc verändert. Er konnte nicht mehr in seinem Job arbeiten und litt unter heftigen Stimmungsschwankungen. Mal war er depressiv, dann wieder bekam er sinnlose Wutanfälle, oft schlug er zu. Sylvie besprach sich mit den Ärzten, gab ihm Medikamente, hoffte, dass alles eines Tages wieder ins Lot käme. Doch das Gegenteil war der Fall. Ihr Leben wurde zur Hölle, nichts konnte sie ihm recht machen, wenn sie aus der Schule nach Hause kam, fiel er mit Beleidigungen und ungerechten Anschuldigungen über sie her.

»Ich habe immer geglaubt, dass es einfach mein Schicksal ist, verstehst du«, sagte Sylvie. »Das Schicksal, das Gott mir auferlegt hat und das ich tragen muss. Aber dann kam der Moment, da konnte ich es einfach nicht mehr aushalten. Ich hätte mich selbst aufgeben müssen ...«

Sie hatte ihn verlassen. Auf ihre Forderung nach Scheidung reagierte er mit einem Selbstmordversuch.

»Und wo ist er jetzt?«

»In Brest. Er ist mir damals nachgereist und lebt dort in einem kleinen Zimmer. Zweimal im Monat fahre ich hin, um ihm etwas Geld zu geben ...«

Aha. Die Klavierstunden.

»Und du glaubst, dass du verpflichtet bist, auf dein Lebensglück zu verzichten, um einem Menschen die Treue zu halten, der dich beschimpft und geschlagen hat?«

Sylvie sah mit von Tränen geschwollenen Augen zu ihr auf.

»Aber ... aber was soll ich denn tun, Anne-Marie? Er bringt sich um!«

Durch das regennasse Fenster konnte man die dunkle Silhouette der Großmutter erkennen, die sich langsam dem Haus näherte. Bri-bri erschien mit dem klatschnassen Fell wesentlich kleiner und dünner als gewohnt.

»Ach was!«, sagte Susanne. »Wenn er das wirklich wollte, hätte er es längst getan. Wie kannst du so dumm sein?«

»Aber ... aber ich ...«

»Und vor allem: Wie kannst du das Malo antun? Er liebt dich ehrlich und aufrichtig. Und du wirfst seine Gefühle weg, nur weil du zu feige bist, klare Verhältnisse zu schaffen!«

Die Haustür knarrte vernehmlich, als die Großmutter sie öffnete – der Regen hatte das Holz aufquellen lassen. Sylvie setzte rasch ihre Brille auf und glättete das zerzauste Haar, Susanne angelte das alte Handtuch unter der Bank hervor und fing Bri-bri geschickt ab. Er wand sich und versuchte, ihr zu entwischen.

Mit einem Handtuch abgetrocknet zu werden, fand er grauenvoll.

»Du hast deinen Kaffee ja gar nicht getrunken«, stellte die Großmutter mit scharfem Blick fest.

Sylvie entschuldigte sich, sie müsse schon wieder gehen, Enora und Armelle warteten auf sie. »Sie haben versprochen, mir Noten von Duncan zu geben. Er spielte auch Klavier …«

»Ja, richtig«, rief die Großmutter, während sie ihren tropfnassen Umhang ins Badezimmer trug. »Dann grüß sie von uns.«

Sylvie stieg in ihre Gummistiefel, zog das grüne Regencape über die Jacke. »Ich danke dir«, flüsterte sie Susanne zu. »Und bitte, sag es nicht weiter. Versprich es mir!«

»Von mir erfährt es niemand, Sylvie. Es ist an dir, die Wahrheit zu offenbaren.«

»Ich weiß.«

Sylvie lächelte sie kurz an, drehte sich dann um und lief hinaus in den Regen. Susanne blieb eine Weile an der Tür stehen und sah ihr nach, eine grüne Kapuzengestalt, die über den schmalen Pfad dem Land zuflatterte.

Die Wahrheit, dachte sie. Ist so eine Sache mit der Wahrheit …

32

Am folgenden Morgen war der Himmel schwer, als hätte jemand ein nasses Federbett über Land und Meer gehängt. Eine merkwürdige Stille lastete auf der Landschaft. Vögel staksten im Watt umher und pickten nach Nahrung, hier und da fiel ein wenig Regen, der Wind schwieg.

»Der Nebel kommt vom Meer herüber«, sagte die Großmutter. »Dauert noch ein halbes Stündchen, dann ist er da. Besser, du gehst jetzt gleich mit dem Hund.«

Susanne hatte die Nebelbank schon von ihrem Schlafzimmerfenster aus gesehen. Ein hellgrauer Streifen, der die Linie des Horizonts auslöschte und mit bedrohlicher Langsamkeit zum Land herüberschwebte. Weiß und zart, ein kühler, klebriger Flaum, der sich auf die Haut setzte und in die Kleidung einsickerte. Die innige Liebkosung flüchtiger Geister – man entkam ihm nicht, daher war es besser, sich mit ihm anzufreunden.

»Wir gehen dann mal ...«

Bri-bri störte sich wenig an dem tief hängenden Himmel und dem Schweigen der Elemente. Seine ganze Aufmerksamkeit galt seinen Markierungsplätzen an den Felsen, die nach dem gestrigen Regen wieder neu zu bepieseln waren. Er hatte so viel zu tun, dass sein Vorrat bereits erschöpft war, noch bevor sie die Küstenstraße erreichten, was ihn jedoch keineswegs daran hinderte, immer wieder das Bein zu heben.

Susanne blieb an der Straße stehen, um zum Meer hinüberzusehen. Tatsächlich – der weißliche Dunststreifen hatte schon fast den Leuchtturm erreicht, noch zehn Minuten, dann wären Turm und Landzunge samt dem Häuschen der Großmutter vom Nebel verschluckt. Verschwunden, ausgelöscht, ausradiert – beklommen dachte sie daran, dass dieser Ort, der ihr so lieb geworden war, in wenigen Tagen genau das für sie sein würde. Ein Nimmerland, das für sie nicht mehr existieren durfte.

Bri-bri hatte inzwischen den Pfosten des Ortsschilds mit einigen letzten Tröpfchen bedacht und dann entschlossen den Weg zum Dorf eingeschlagen.

»Eh! Bri-bri! Hierher! Verflixter Köter! Chateaubriand!«

Natürlich hatte er die Ziegen im Sinn. Er konnte die hörnertragenden, stinkenden Zottelwesen nicht ausstehen und jagte sie, sooft er sie zu Gesicht bekam. Bisher war nicht viel dabei passiert, da die Ziegen Reißaus nahmen; wenn jedoch einmal ein kräftiger Ziegenbock Front gegen Bri-bri machte, könnte die Sache schlecht für ihn ausgehen. Sie setzte sich in Trab, rannte fluchend hinter dem Hund her und erwischte ihn kurz vor den ersten Häusern, wo er versuchte, eine unvorsichtige Maus zu fangen.

»Das könnte dir so passen!« Sie leinte ihn an und beschloss, nicht durchs Dorf zu gehen, sondern links hinüber durch die Heide und dann wieder hinunter auf die Küstenstraße zu laufen. Bri-bri schien mit ihrem Vorhaben einverstanden, er zog hechelnd voran und Susanne folgte ihm leicht verärgert.

»Wieso hat dir eigentlich niemand beigebracht, bei Fuß zu gehen? Du wirst noch ersticken, wenn du weiter so zerrst!«

Sie blieb ein paar Mal stehen und zwang ihn zu warten, sah seinen verständnislosen Blick und wiederholte den Befehl »Bei Fuß!«. Der Erfolg war mäßig, kaum ging sie weiter, zog er schon wieder an der Leine und röchelte wie eine Dampfmaschine. Schließlich gab sie es auf und ließ ihn frei – sollte er Hasen jagen, sie waren jetzt weit genug vom Dorf entfernt. Langsam ging sie weiter, folgte einem schmalen Pfad durch die Heide, stieg über Gesteinsbrocken und sah immer wieder zur Küste hinüber. Inzwischen ragte nur noch ein Stück des rot-weißen Leuchtturms aus dem Dunst, die Klippen waren kaum mehr zu sehen, das Häuschen längst im Nebel verschwunden. Nicht lange, und die weißen Nebelgeister würden auch Heide und Dorf unsichtbar machen.

Seltsamerweise war es ihr gleich. Sie lief nicht das erste Mal im Nebel herum, sie würde auch dieses Mal den Weg nicht verpassen, und außerdem war Bri-bri bei ihr. Während die ersten durchsichtigen Schwaden von der Küste her über das Land strichen, dachte sie an das morgendliche Gespräch mit der Großmutter.

»Wann?«

»Jetzt nicht.«

»Aber du hast gesagt: nach Weihnachten.«

»Nach den Festtagen, hab ich gesagt.«

»Und was bedeutet das? Nach Silvester? Oder nach dem Dreikönigstag? Wolltest du noch den Kuchen mit der Bohne darin backen?«

»Blödsinn. Warte es einfach ab, ich sag dir schon Bescheid!«

»Du weißt, dass es für dich um fünftausend Euro geht?«

»Lass mich mit dem verdammten Geld in Ruhe! Ich will es nicht.«

»Aber es steht dir zu. Und du kannst es gut gebrauchen!«

»Der Teufel soll mich holen, wenn ich dieses Schandgeld nehme. Sie sollen es behalten!«

Wie stur sie war! Die Großmutter empfand es als eine tiefe Beleidigung, diese Summe von ihren Eltern anzunehmen. Dabei war es eigentlich lächerlich wenig, gemessen am Besitz ihrer Familie. Geradezu beleidigend wenig. Sie war ihren Eltern nicht mehr als fünftausend Euro wert. Und dabei hätten sie locker fünfzigtausend oder auch fünfhunderttausend zahlen können.

Jetzt waren die Nebelschwaden mit einem Mal so dicht, als wäre eine Wolke herabgesunken und hätte sie in ihren Dunst gehüllt. Sie sah gerade noch den Pfad unter ihren Füßen und einen Gesteinsbrocken vor ihrer Nase, über den sie um ein Haar gestolpert wäre. Bri-bri war irgendwo im Heidekraut auf der Jagd, sie hörte es rascheln, ein paar Steinchen rollten, vermutlich hatte er einen Hasen gewittert. Sie pfiff ein paarmal nach ihm, dann gab sie es auf – er würde schon irgendwann zu ihr zurückkommen.

Behutsam setzte sie die Füße auf den Pfad, der an manchen Stellen von der braunen Heide überwuchert und schwer zu finden war. Sie wollte noch ein Stück parallel zur Küstenstraße laufen und dann nach links abbiegen. Hinter ihr raschelte es, ein Ästchen knackte, als wäre jemand darauf getreten. Sie blieb stehen und sah sich sinnloserweise um. Nichts. Nur weißgrauer, feuchter Nebeldunst.

Jetzt wurde ihr doch ein wenig unheimlich.

»Bri-bri! Hierher!«

Sie probierte den Pfiff, den ihr Chrisy einmal beigebracht hatte, als sie noch Kinder waren. Zwei Finger in den Mund stecken und die Luft zwischen den Zähnen hindurchblasen. Damals hatte es geklappt, aber da hatte sie noch ihre Milchzähne und vorn eine praktische Zahnlücke. Jetzt brachte sie nur ein lautloses Pusten zustande. Oder? Moment, da war doch was. Noch einmal. Jawohl! Nicht ganz sauber, aber laut.

Es raschelte noch heftiger im Heidekraut, ein dumpfer Laut war zu hören, dann ein leiser Fluch.

»Verdammt, mein Zeh! Meine Güte, du kannst ja pfeifen wie ein Gassenjunge!«

Alans Silhouette löste sich dunkel aus dem Nebel, er humpelte, weil er sich den Fuß an einem Felsbrocken gestoßen hatte.

»Puh, hast du mich erschreckt!«

Er war jetzt nahe genug, dass sie sein grinsendes Gesicht sehen konnte. O Wunder: Er hatte den Bart abrasiert!

»Was hast du denn geglaubt, wer da im Nebel hinter dir herschleicht? Ein Korrigan?«

Unter ihrem staunenden Blick verlor sich sein Grinsen und er wurde unsicher. Vermutlich deshalb, weil sie seine entblößte untere Gesichtshälfte mit großer Aufmerksamkeit musterte.

»Ein ... Korrigan? Was ist das? Ein keltischer Nebelgnom?«

»Fast. Eine Art Zwerg. Ein Angehöriger des kleinen Volks, das die bretonischen Wälder bewohnt. Angeblich sollen sie Hörner auf den Köpfen tragen und mühelos Felsen und Dolmen versetzen.«

»Da schau her ... tragen sie auch Bärte?«

Er fuhr sich mit der Hand über das Kinn und rieb ein paarmal hin und her. Das Kratzen der kurzen Bartstoppeln war ihm offenbar noch ziemlich ungewohnt.

»Klar. Falls du Bärte liebst, bist du bei den Korrigans genau richtig. Sie haben alle Varianten. Lange weiße Rauschebärte, Backenbärte, Spitzbärte, Ziegenbärte. Auch krumme und schiefe Bärte ...

»Danke. Ich mag eigentlich gar keine Bärte ...«

Er trat noch einen Schritt näher und sie spürte, dass es jetzt höchste Zeit war, das Gespräch auf ein anderes Thema zu lenken. Es war wirklich nicht klug, hier herumzustehen und über so intime Dinge wie Bärte zu reden.

»Das freut mich zu hören«, meinte er. »Ich habe mich nämlich heute früh entschlossen, von einem Waldschrat zu einem normalen Menschen zu mutieren.«

Sie konnte seine erwartungsvolle Miene unmöglich enttäuschen. Außerdem brauchte sie in diesem Fall ausnahmsweise nicht zu lügen.

»Schaut gut aus.«

»Gefällt es dir? Da bin ich aber froh.«

Lass das, dachte sie. Tu das nicht. Er wird es vielleicht falsch verstehen. Aber da hatte sie schon die Hand gehoben und mit dem Zeigefinger sein Kinn berührt. Er bewegte sich nicht, sah sie nur mit graugrünen Augen ernsthaft an.

»Kratzt noch etwas, wie?«, meinte er.

»Kaum ...«

Sie strich über sein Kinn, fuhr die rechte Wange hinauf und streichelte sie probeweise mit der Außenseite des Zeigefingers. Sie spürte seinen Gegendruck, glaubte, ein Zittern seines Mundes zu bemerken.

Blitzschnell hatte er ihre Hand gefasst, hielt sie fest und presste sie an seine Lippen. Sie schrie vor Schreck leise auf, und er ließ sie sofort wieder frei.

»Verzeih ...«, sagte er. »Es steckte schon lange in mir und musste irgendwann passieren.« Seine Stimme klang sehr tief, was daran lag, dass er etwas atemlos war.

»Nein, nein ... Ich habe es provoziert, Alan. Es war dumm von mir.«

»Ich hoffe, du bist mir nicht böse«, murmelte er.

»Aber nein ... Das wäre ja lächerlich!«

»Ich bin ein schwieriger Typ, mache nichts als Unsinn.«

»Ich auch.«

»Du nicht, Anne-Marie. Du bist offen und ehrlich. Gibst dich so, wie du bist. Das ist es, was mich an dir fasziniert.«

Dazu fiel ihr nichts ein. Wie peinlich das doch war. Und wie schade. Er war ein so liebenswerter Bursche. Hätte sie ihn früher getroffen, dann wäre alles vielleicht ganz anders gekommen.

»Ich schätze mal, du hast einen Freund, nicht wahr? Sag es mir, damit ich nicht auf die Idee komme, dich weiterhin zu belästigen.«

Wie dumm sie doch gewesen war. Und wie blind. Die Großmutter hatte es längst bemerkt. Vermutlich auch alle anderen. Er hatte sich verliebt. Alan, der sieben Jahre lang seiner Familie nachgetrauert hatte ...

Was sollte sie nur sagen? Sie mochte ihn doch gern. Wollte ihm auf keinen Fall wehtun ...

»Ja, Alan. Da gibt es jemanden ...«

Er nickte vor sich hin, als hätte er es längst gewusst. Eine Welle der Zärtlichkeit überlief sie, sie hätte ihm gern tröstend über die Wange gestrichelt. Aber das wäre sehr ungeschickt gewesen, also redete sie weiter.

»Vielmehr ... es gab jemanden.«

»Zerstritten?«, sagte er und lächelte ohne große Hoffnung.

»Nein. Er ist tot. Mit dem Auto verunglückt.«

»Um Gottes willen ...«, murmelte er. »Das ... das wusste ich ja nicht. Es tut mir unendlich leid, Anne-Marie ...«

Er hob impulsiv die Arme, um sie tröstend an sich zu ziehen; als sie jedoch einen Schritt zurückwich, ließ er die Arme wieder sinken.

»Ich möchte jetzt lieber zurückgehen«, sagte sie leise.

»Natürlich. Ich zeige dir den Weg, sonst verläufst du dich noch im Nebel.«

»Brauchst du nicht.«

Bri-bri hatte schon eine ganze Weile neben ihnen gesessen und brav auf seinen Einsatz gewartet.

33

»*Tad*, lass das! *Nann* ... *Tad*, hör auf damit! Du fällst hin ... Du fällst ganz bestimmt hin und brichst dir das Genick!«

Der Nebel war immer noch so dicht, dass Susanne nur das Wohnhaus der Morvans erkennen konnte, der Rest des Hofs lag im weißlichen Dunst, hie und da war ein dunkler Umriss zu erahnen, ein Stapel Bretter, der ummauerte Komposthaufen, ein seltsam geformter, von einer Plane verhüllter Gegenstand, der – so hatte Brioc behauptet – eine elektrische Kreissäge samt Tisch enthielt.

»Swana? Wo seid ihr?«

Swana hatte von den Brelivet aus bei der Großmutter angerufen. Völlig aufgelöst und verzweifelt hatte sie geklungen. Anne-Marie müsse kommen. Sofort. Sie wisse nicht mehr, was sie tun solle.

»Anne-Marie? O mein Gott, wie bin ich froh, dass du da bist. Wir sind hier.«

Susanne versuchte, den Klang der Stimme zu orten. Sie kam von links, vermutlich aus der Werkstatt. Jetzt war von dort lautes Gepolter zu vernehmen, Swana schrie hysterisch um Hilfe, gleich darauf hörte man Brioc wütend und ausgiebig fluchen. Susanne wusste von der Großmutter, dass bretonische Flüche deftig waren und man sie besser nicht übersetzte.

Auf der kurzen Strecke zur Werkstatt hinüber trat sie in eine ölschimmernde Pfütze und fiel beinahe über den Kater, der wie ein grauer Geist zwischen ihren Beinen hindurchschlüpfte. Dann stand sie vor der hohen Schiebetür, von der die hellblaue Farbe abblätterte. Der Schiebemechanismus, einst eine sinnvolle Einrichtung, um die fertigen Boote aus der Werkstatt zu bringen, war längst verrostet, daher ließ man die Tür immer ein Stück offen. Drinnen erleuchtete ein bläuliches Neonlicht den Raum, der vor Jahren einmal eine gut eingerichtete Werkstatt gewesen war.

»Ich hab es dir doch gesagt, Tad ... Aber du hast nicht hören wollen. Es geht eben nicht. Jetzt müssen wir dich tragen ...«

»Halt den Mund! Du bist an allem schuld, dumme Kröte. Anstatt zu helfen, stellst du mir noch ein Bein. Verdammt soll sein, wer dich in die Welt gesetzt hat!«

Hinter einem langen, ziemlich verstaubten Tisch tauchte jetzt Swana auf, das Haar in wilden Strähnen, das Gesicht rot vor Anstrengung. Als sie Susanne erblickte, winkte sie aufgeregt mit den Armen, schnitt eine Grimasse und tauchte dann wieder hinunter.

»Anne-Marie ist da, *Tad*. Hör auf zu zappeln, du kommst alleine doch nicht auf die Beine! Zerr nicht an mir ... Wärst du im Bett geblieben, wär das nicht passiert.«

Susanne stieg über einen Stapel Bretter, die ziemlich neu aussahen, und kam gerade noch rechtzeitig, bevor Brioc das zweite Mal zu Boden ging. Er hatte sich an seine Tochter geklammert und versuchte, sich an ihr hochzuziehen, Swana war jedoch nicht standfest genug, um ihm die nötige Stütze zu geben.

»Lass sie los, Brioc. Wir fassen dich jetzt beide unter den Achseln und stellen dich auf die Füße. Los, hilf mit ... Swana, hör auf zu zetern. Unter den Arm fassen. Fest. Er darf nicht abrutschen.«

Es dauerte eine Weile, bis Swana begriffen hatte, was sie tun sollte, dann aber ging es rasch. Brioc kam zum Sitzen, dann nutzte er sein rechtes, gesundes Bein und stand zwischen den beiden Frauen. Er keuchte, fluchte, verwünschte Swana, das verdammte Nebelwetter, die dreckige Werkstatt und den alten Knotenstock, der nichts mehr taugte. Er hatte sich den Stock fest ans linke Bein gebunden, um es zu stabilisieren, und war auf diese Weise tatsächlich über den Hof in die Werkstatt gehumpelt. Dort aber war das verdammte Ding zerbrochen und der Tisch, an dem er sich rasch abstützen wollte, war zur Seite weggerutscht.

»Wir werden dich wohl am Bett festbinden müssen, Tad«, schwatzte Swana, die ebenfalls vor Anstrengung keuchte. »Ich hab sonst keine ruhige Minute mehr. Benimmst dich wie ein kleines Kind. Brauchst einen Laufstall ...«

Susanne war klar, dass man Swanas Mundwerk nur schwer zur Ruhe brachte. Wenn sie aufgeregt war, dann redete sie ohne Unterlass, die Worte stürzten förmlich aus ihr heraus, ohne dass sie selbst begriff, was sie da alles von sich gab.

»Hol mal den Stuhl da drüben, Swana!«

»Aber er fällt, wenn ich ihn loslasse!«

»Brioc bleibt stehen. Ich bin hier und halte ihn. Den Stuhl dort mit der Rückenlehne ... Nicht so – andersherum stellen ... die Lehne zu mir ...«

Sie setzten ihn so, dass sein linker Arm über die Rückenlehne hing, und schoben ihn an den Tisch. Besonders bequem saß er nicht, aber wenigstens kippte er nicht zur Seite weg.

»Die Pläne ...«, krächzte er und wischte mit der rechten Hand über den staubigen Tisch. »Wo sind die Pläne? Ich hatte sie in meinen Ärmel gesteckt.«

Jetzt, da die Lage sich beruhigt hatte, war Swana auf einmal sanft und hilfsbereit. Sie zog die zerknitterten Baupläne aus Briocs Ärmel und wischte den Tisch mit einem Lappen, bevor sie die Zeichnungen entfaltete und vor Brioc ausbreitete. Klaglos ertrug sie sein Schelten, weil sie es ihm nicht recht machen konnte, mal lag der Plan falsch herum, dann rollten sich die Enden auf und sie musste Werkzeug holen, um das Papier zu beschweren.

Susanne begriff, dass es beim Bau eines Bootes eine Menge

kleiner Teile gab, die per Hand ausgesägt und abgeschliffen werden mussten. Vielleicht hatte Alan ja doch eine gute Idee gehabt – mit ein paar Hilfsmitteln müsste Brioc es schaffen, diese Teile herzustellen. Vor allem aber brauchte er einen speziellen Stuhl, der seine linke Körperseite stützte, und eine Gehhilfe. Schlauer alter Kerl – der Einfall mit dem Knotenstock war gar nicht so dumm und hatte sogar eine Weile funktioniert.

»Jemand muss einen Stuhl für dich bauen«, sagte sie nachdenklich.

»Ach was ... hol mal eines von den Brettern dort, Swana. Nicht das ... Das da drunter ... Schlaf nicht ein, Kleines ... den Zollstock ... da drüben liegt einer ... sperr die Augen auf ...«

Susanne sah eine Weile zu, wie die beiden nun völlig einträchtig miteinander arbeiteten. Es ging darum, die Form einiger Holzteile vom Plan auf das Brett zu übertragen, und Swana stellte sich erstaunlich geschickt dabei an.

»Frag doch Alan«, sagte sie zu Susanne, ohne von ihrer Arbeit aufzusehen. »Er kann bestimmt einen Stuhl bauen. Oder Malo ... Ja, besser Malo ... Er war so lange nicht mehr hier ...«

Susanne war klar, dass Swana ihre Gründe hatte, ausgerechnet Malo herbeizurufen. Auf der anderen Seite hatte sie selbst Hemmungen, Alan zu begegnen.

»Ich geh mal rüber zu den Brelivets.«

Sie schaffte es ohne weitere Unfälle über den Hof auf die Dorfstraße, dort bewegte sie sich an Mauern und Hecken entlang bis zur Kirche und bog am Kirchplatz nach links ab. Verflixter Nebel, er lag wie eine müde, feuchte Wolkenschicht auf dem Land und schien sich hier so richtig wohlzufühlen. Die Großmutter hatte ihr erzählt, dass es im Winter manchmal Wochen dauern konnte, bis die Sicht wieder klar war. Na, wunderbar – da würde ihr der Abschied in einigen Tagen ja leicht gemacht; die bretonische Küste, die sie so liebte, war ohnehin unsichtbar.

Im Hof der Brelivets duftete es nach leckerem Eintopf – vermutlich saßen sie beim Essen. In der Stadt galt es als sehr unpassend, in solchen Momenten zu Besuch zu kommen – hier war es anders. Besucher wurden einfach mit an den Tisch gesetzt, man stellte ihnen einen Teller und einen Becher vor die Nase und behandelte sie wie ein Familienmitglied.

»Pass auf, dass die Katzen nicht mit reinkommen«, rief Anne, als sie anklopfte. Es war umsonst, die beiden schwarz-weißen Kätzchen schlüpften geschickt durch den Türschlitz, und Susanne hatte nicht das Herz, sie aufzuhalten.

»Ach, du bist es …«, sagte Anne enttäuscht. »Ich dachte schon …«

Auch bei den Brelivets gab es links der Eingangstür einen offenen Kamin und davor stand der lange Tisch mit den beiden Bänken. Anne saß dort über einer aufgeschlagenen Zeitung, die Brille, die sie bei Susannes Eintritt abgenommen hatte, hielt sie noch in der Hand.

»Ja, ich …«, sagte Susanne leicht verzagt. »Wen hast du denn erwartet?«

»Ach, ich dachte, es wären Malwen und Malo …« Sie lächelte entschuldigend und stand auf, um eine Tasse Kaffee für Susanne zu holen. »Setz dich zu mir … Erzähl, was es Neues gibt …«

Susanne tat ihr den Gefallen, trank brav ihren Kaffee und aß ein Stück Kuchen – den Eintopf lehnte sie ab, sie hatte ja schon zu Mittag gegessen. Dafür schilderte sie in leuchtenden Farben, was sich gerade in Briocs Werkstatt abgespielt hatte.

»Sind Malwen und Malo zum Einkaufen gefahren?«

»Aber nein. Sie sind heute früh mit dem Kutter hinaus … Müssen jeden Augenblick zurückkommen …« Anne goss ihr Kaffee ein und lächelte dabei, dennoch war ihre Sorge deutlich zu spüren. Wieso fuhren die beiden bei diesem Nebel hinaus aufs Meer?

»Mit den modernen Navigationsgeräten ist das heute kein Problem mehr«, erklärte Anne, als hätte sie Susannes Gedanken erraten. »Malwen hat erst im vergangenen Jahr wieder aufgerüstet. Ist zwar nicht billig, aber es lohnt sich. Vor allem, nachdem jetzt überall die Nebelhörner abgeschaltet werden.«

»Und mit dem Handy kann er wohl auch hier anrufen?«

»Wenn er zu weit draußen ist, geht das nicht. In Küstennähe aber schon …«

»Wie praktisch das ist …«

»Ja, im Vergleich zu früher …«

Das Gespräch verebbte. Ein kleiner Fischkutter im Nebel auf dem Atlantik war trotz moderner Technik immer noch ein Spielball der Elemente. Beide Frauen wussten das, sie sprachen es jedoch nicht aus, weil Worte eine gefährliche Macht haben konnten. Ein Unglück herbeireden, sagten die Alten. Böse Geister zum Tanz laden. Den Teufel an die Wand malen.

Stattdessen erzählte Susanne von ihrer Idee, und Anne wusste zu berichten, dass Alan und Malo bereits angefangen hatten, einen Stuhl zusammenzubauen.

»Wer hätte denn gedacht, dass Brioc auf eigene Faust umherhumpelt? So einer aber auch! Erst das große Gejammer, und dann rennt er los wie ein Berserker …«

Susanne schielte auf die Uhr, die man durch die offen stehende Tür zum Wohnzimmer sehen konnte. Eine dieser Wanduhren aus messingfarbenem Plastik, die mit Batterie liefen. Die Brelivets hatten ein grünes Sofa und zwei passende Sessel angeschafft, einen beigefarbenen Webteppich, eine Schrankwand aus dem Katalog und natürlich einen Fernseher. Es waren preiswerte Möbel, die ihre Mutter vermutlich als »billigen Schrott« abgetan hätte – in der Potsdamer Villa standen nur Antiquitäten. Trotzdem hatte sich Susanne dort nie wirklich wohlgefühlt …

Es war schon nach vier – draußen verschmolz der Nebel langsam mit der beginnenden Dämmerung.

»Ich geh dann mal«, sagte sie und stand auf. »Sie werden ja bald kommen.«

Anne nickte und stand ebenfalls auf. Sie glättete ihre Schürze und lief in die Küche, wo der Eintopf vermutlich im Ofen warmgehalten wurde.

Swana riss erschrocken die Augen auf, als Susanne ihr erzählte, dass Malwen und Malo noch auf See waren. »Es wird ja schon dunkel!«

»Sie haben ein Navigationsgerät ...«

»Und wenn der Scheiß kaputtgeht? Haben sie angerufen?«

»Ich glaube nicht.«

Sie halfen Brioc, wieder hinüber in sein Bett zu gelangen, wo er auf der Stelle einschlief. Der Ausflug in seine Werkstatt hatte ihn vollkommen erschöpft, aber Swana zeigte stolz zwei seltsam geformte dreieckige Holzstücke, die jetzt nur noch abgeschliffen und lackiert werden mussten. Dreimal. Immer schleifen, dann wieder lackieren, trocknen lassen, wieder schleifen, lackieren ...

Wenn sie das Boot in diesem Tempo bauten, würde es vermutlich Jahre dauern. Aber egal. Die Hauptsache war, dass Brioc mit Eifer bei der Sache war und seine Freunde ihn unterstützten. Besser als jede Reha-Klinik.

Swana lief sofort hinüber zu den Brelivets, die Sache ließ ihr keine Ruhe. Susanne begleitete sie ein Stück; als sie jedoch sah, dass im Hof der Brelivets kein Auto stand, war ihr klar, dass die beiden Fischer immer noch nicht heimgekehrt waren. Was sollte sie tun? Mit Swana hinein zu Anne gehen? Sie konnte ihr ja doch nicht helfen. Was tat man hier an der Küste in solch einem Fall? Sie beschloss, trotz des Nebels und der fallenden Dämmerung zurück zum Leuchtturmwärterhaus zu laufen, um bei der Großmutter Rat zu suchen. Eine Weile folgte sie der Dorfstraße in Richtung Küste, dann aber tauchte vor ihr ein gelblicher Schein auf, ein verwaschener Lichtkreis, der sich als Autoscheinwerfer entpuppte. Der Wagen hielt dicht neben ihr, jemand kurbelte das Fenster auf der Fahrerseite herunter und sie starrte in Sylvies blasses Gesicht.

»Anne-Marie? Mein Gott – fast hätte ich dich überfahren. Hast du es auch gehört?«

Die Buschtrommeln. Hatte Anne sie angerufen? Gab es vielleicht gar schlimme Nachrichten?

»Du meinst – Malwen und Malo?«

Eine Hand schob sich von hinten auf Sylvies Schulter. Sie gehörte Enora, die mit ihrer Schwester auf dem Rücksitz saß.

»Natürlich ...«, rief Enora. »Sind sie etwa inzwischen wieder da?«

Susanne sah die Hoffnung, die in Sylvies Augen auflebte, und dachte, wie boshaft das Schicksal doch sein konnte.

»Ich glaube nicht ...«

»Ach, das macht ja nichts ...«, hörte man Armelle aus der Tiefe des Wagens. »Wir haben auf alle Fälle zwei Flaschen Whisky und einen guten Champagner mitgenommen. Das vertreibt die bösen Sorgen, nicht wahr, Enora?«

»Steig ein«, bat Sylvie. »Soll ich dich runter zur Küstenstraße fahren?«

»Und ihr?«

»Wir wollen zu den Brelivets.«

»Dann nehmt mich mit.«

Auf der kurzen Fahrt erfuhr sie, dass es Armelle gewesen war, die bei den Brelivets anrief, um das Essen für den Silvesterabend zu besprechen. Dabei hatte sie erfahren, dass der Fischkutter mit Malwen und Malo überfällig war, und sie hatten Sylvie gebeten, sie zu Anne hinüberzufahren. Weil man die Ärmste jetzt nicht allein lassen sollte.

»Bei diesem Nebel sehe ich so schlecht«, sagte Enora. »Da ist es besser, das Steuer einer jüngeren Person anzuvertrauen.«

»Du siehst auch schlecht, wenn kein Nebel ist, Enora«, bemerkte ihre Schwester.

»Ja, aber bei Nebel sehe ich gar nichts!«

Im Hof der Brelivets stand immer noch kein Wagen, und Sylvie parkte so weit wie möglich vom Haus entfernt, damit Malo und Malwen später keine Mühe hatten, ihr Auto abzustellen. Wenn sie denn kamen ...

Anne saß mit Swana am Tisch, und es war offensichtlich, dass sie sehr froh über weitere Gäste war. Vermutlich hatte Swana allerlei Unsinn geredet und Annes Sorge um Mann und Sohn damit noch verschlimmert. Die Frauen umarmten einander, auch die Schwestern Gwernig, die sonst immer ein wenig abgehoben wirkten, waren jetzt voll spontaner Herzlichkeit, und Anne schien diese Anteilnahme gutzutun. Nein, sie habe mehrfach angerufen, es gäbe keine Verbindung, und das könne nur bedeuten, dass die beiden nicht in Küstennähe waren.

»Vielleicht doch«, sagte Susanne. »Sie könnten in einem Funkloch stecken. Oder sie haben einfach vergessen, den Handy-Akku aufzuladen.«

»Diese verdammten Drecksdinger«, knurrte Swana. »Wenn man sie braucht, dann haben sie keinen Saft ...«

Anne glaubte jedoch, dass man das Handy auch an Bord aufladen konnte: Es gäbe einen Dynamo, der Strom erzeugte.

»Was ist mit der Seenotrettung, Anne?«, fragte Sylvie. »Hast du im Hafen von Lampaul angerufen? Vielleicht hat jemand einen Funkspruch aufgefangen.«

»Swana und ich haben das gerade eben erledigt. Aber ich denke, es ist unnötig. Malwen fährt seit dreißig Jahren zur See, er kennt die Küstengewässer wie seine Westentasche.«

»Deshalb kann er im Nebel trotzdem auf ein Riff gefahren sein«, meinte Swana und quittierte Susannes strafenden Blick mit einem Schulterzucken. »Ist doch wahr, oder?«

Armelle packte die Flaschen aus, Swana holte Gläser, und Anne lief in die Küche, um einen Imbiss zu richten. Der Auflauf, der immer noch im Ofen warm gehalten wurde, sollte für Malo und Malwen bleiben.

Der Umtrunk löste die Anspannung ein wenig. Anne erzählte

von ihrem Schwiegervater, der einmal zwei Tage und eine Nacht verschollen gewesen war. Im Nebel waren sie mit dem Kutter bei der Île de Béniguet auf eine Sandbank gelaufen. Swana wusste von dem Besitzer einer teuren Segelyacht zu berichten, der früher jedes Jahr in Lampaul festgemacht hatte. »Der ist in der Karibik gesegelt und hat einen Tsunami erlebt. Die Riesenwelle ist einfach unter ihm durchgeflutscht, weil er mit dem Boot weit genug draußen war. Am Strand hat der Tsunami dann alles unter sich begraben …«

Die Großmutter rief an. Sie war ärgerlich und wollte wissen, ob Anne-Marie gedenke, die Nacht auswärts zu verbringen. Sie habe ein Abendessen vorbereitet. Außerdem sei Alan gekommen, er wolle irgendetwas mit ihr besprechen.

»Wir sitzen hier bei Anne … Die ›Dahut‹ ist noch nicht zurück …«

Die Großmutter sagte etwas auf bretonisch, es klang wie »mallozh doue« und war vermutlich ein Fluch.

»Verstehe«, meinte sie dann. »Sagt mir Bescheid, wenn sich etwas tut.«

Kurze Zeit später klopfte Alan an die Tür. Er trug wieder seine Strickmütze und hatte den Kragen der Jacke hochgeschlagen, trotzdem kreischte Swana hysterisch auf, als sie ihn sah.

»Dein Bart! Du bist ja ganz nackt im Gesicht. Hast du das gemacht, weil du dich verliebt hast?«

Alan war das Geschrei sichtbar peinlich, sein Blick wanderte zu Susanne, die krampfhaft bemüht war, sich nichts anmerken zu lassen. Die Schwestern Gwernig waren weniger rücksichtsvoll, sie musterten Alan ausgiebig, und Enora, die schlechte Augen hatte, stand von der Bank auf und nahm sich die Freiheit, mit dem Finger seine Wange zu berühren.

»Einer alten Frau wie mir kannst du das schon gestatten, Alan. Nein, wie glatt. Und wie gut es riecht. Das ist Moschus, nicht wahr?«

Susanne fing einen bitterbösen Blick von Swana auf. Tatsächlich, wenn es um solche Dinge ging, war das Mädchen ein helles Köpfchen.

»Das ist nur ein Aftershave, Enora. Es beruhigt die Haut ...«, sagte Alan geduldig und grinste verlegen.

»Ein Aftershave ... Es riecht wie das, was Duncan immer benutzte, findest du nicht, Armelle?«

»Aber nein, Duncan benutzte ein englisches Fabrikat. Er ließ es sich immer aus London schicken ...«

Das Telefon klingelte und gab Alan die Gelegenheit, der peinlichen Besichtigung zu entkommen und sich neben Susanne auf die Bank zu setzen.

»Geht's dir gut?«, fragte er sie leise.

»Alles in Ordnung«, flüsterte sie, ohne ihn anzusehen.

Dann schwiegen sie, denn Anne hatte den Hörer abgenommen.

»Ouessant? Seid ihr sicher? Ich hab keine Ahnung. Und jetzt? Ich verstehe. Danke. Wenn ich was tun kann ... Ja natürlich ... *kenavo* ...«

Anne legte auf und schloss für einen Moment die Augen. Dann riss sie sich zusammen und ging langsam zurück an ihren Platz. Alle Augen waren sorgenvoll auf sie gerichtet.

»Die Küstenwache«, sagte sie und musste sich räuspern. »Sie haben einen Notruf von der ›Dahut‹ aufgefangen. Wahrscheinlich südlich von Ouessant. Passage du Fromveur oder Les pierres vertes. Aber sie können bei Nacht nicht viel tun, zumal der verdammte Nebel ihnen die Sicht nimmt ...«

Man nahm die Nachricht zunächst schweigend auf. Dann bemerkte Swana, dass der Fromveur eine verflucht gefährliche Strömung sei, das habe ihr Malo selbst gesagt.

»Nur für jemanden, der sich nicht in diesen Gewässern auskennt«, widersprach Alan. »Sie haben vielleicht einen Maschinenschaden und sind weiter südlich vor Anker gegangen. Die See ist ja ruhig. Nur der Nebel ...«

»Bei Nebel können sie leicht auf ein Riff fahren und absaufen«, behauptete Swana. »Oder ein anderes Boot rammen ...«

»Sei doch endlich still, Swana!«, rief Sylvie aufgebracht.

Es klang zornig und zugleich wie ein verzweifelter Hilferuf, Susanne hatte die stille Sylvie noch nie so außer sich erlebt. Armes Mädchen. Wie würde sie damit fertigwerden, wenn Malo tatsächlich nicht zurückkehrte?

Swana zog eine hämische Grimasse. »Wegen dir noch lange nicht«, sagte sie spöttisch. »Ich sag, was ich will. Und wenn du vor Wut platzt, Mademoiselle Sylvie.«

»Bitte!«, sagte Alan laut und hob beschwichtigend die Hände. »Wir sind alle aufgeregt und machen uns Sorgen. Aber wir sollten auf keinen Fall miteinander streiten. Schon aus Respekt vor Anne, an deren Tisch wir hier sitzen!«

Sylvie wurde rot und bat um Entschuldigung. Alan habe ganz recht – die Nerven seien ihr durchgegangen. Swana zischte einige bretonische Sätze vor sich hin, die jedoch außer Anne niemand so richtig verstand.

»Wenn das so ist ...«, sagte Anne in plötzlichem Entschluss. »Wenn das so ist, dann sollten wir jetzt den Auflauf essen. Bevor er noch ganz und gar im Ofen verbrutzelt.«

Niemand widersprach ihr. Ein Auflauf musste gegessen werden, Lebensmittel waren zu kostbar, um sie umkommen zu lassen. Das war nur vernünftig, auch Malo und Malwen hätten das eingesehen. Swana, die sich hier auskannte, teilte Teller und Besteck aus, und die Mahlzeit aus Kartoffeln, Karotten, Fleisch und Zwiebeln, die für drei kräftige Esser zubereitet worden war, reichte auch für sieben kleinere Portionen. Man aß, ohne viel zu reden, trank dazu Whisky, der mit Wasser verdünnt worden war, und obgleich es nicht viel Hoffnung gab, schielten alle immer wieder verstohlen zum Fenster. Doch auf dem Hof sah man nur den matten Lichtschein der Außenlampe, die hin und wieder ein wenig schwankte.

»Es kommt Wind auf«, sagte Alan schließlich. »Das könnte bedeuten, dass wir den Nebel loswerden. Möglich, dass die Sicht morgen schon wieder besser ist ...«

»Ach, das wäre wirklich gut«, meinte Enora und hielt sich die Hand vor den Mund, während sie gähnte. »Dieser Nebel geht aufs Gemüt, nicht wahr, Armelle? Er ist schrecklich lästig.«

»Ja, ich finde Nebel auch hässlich ...«

»Sperr die Ohren auf, Armelle! Nicht hässlich – lästig!«

»Lesbisch??«

Enora fasste das Ohr ihrer Schwester und zog sie näher zu sich heran, sodass sie direkt in ihre Ohrmuschel sprechen konnte.

»Lästig ... Der Nebel ist lästig ...«

»Mein Gott, Enora, du musst nicht so schreien. Ich bin doch nicht taub. Nur ein wenig müde ...«

Es war schon gegen Mitternacht, und Anne schlug den beiden Schwestern vor, nach Hause zu gehen. Sie dankte ihnen aus ganzem Herzen für ihr Kommen und ihre Anteilnahme, aber auch sie selbst würde sich jetzt wohl ein wenig aufs Ohr legen.

»Man kann nur warten und hoffen«, sagte sie und lächelte beklommen. »Aber ich vertraue fest darauf, dass der heilige Yves über meine beiden Männer wacht.«

Sylvie erklärte sich bereit, die Schwestern Gwernig nach Hause zu fahren; auch sie würde dann zu Bett gehen. Swana behauptete, sie wolle auf jeden Fall hier bei Anne bleiben und notfalls drüben im Wohnzimmer auf dem grünen Sofa schlafen. Alan sah Susanne fragend an, doch sie zeigte keine Neigung, schon jetzt zurück ins Leuchtturmwärterhaus zu gehen, und so blieb auch er am Tisch sitzen. Der Rest aus der Whiskyflasche machte die Runde, und das Gespräch drehte sich jetzt um Brioc, der es kaum erwarten konnte, das geplante Segelboot zu bauen. Es war eine gute Ablenkung, denn auch Anne nahm großen Anteil an Briocs Genesung. Sie war nur wenige Jahre jünger als er, als Kinder hatten sie miteinander am Strand gespielt.

»Er ist einer der Letzten«, sagte sie traurig. »So viele, die hier früher gewohnt haben, sind auf und davon. Brioc und Gaëlle, die sind noch vom alten Schlag. So wie ich und Malwen ...«

Alan bat um ein Blatt Papier und machte Zeichnungen von einem Stuhl mit Seitenstütze und Rädern. Susanne schlug eine weiche Polsterung vor, Swana jammerte, dass man dieses Monstrum nicht durch die Haustür bekäme. Susanne erwähnte vorsichtig, dass man Rollstühle auch ausleihen oder kaufen könne.

»*Tad* setzt sich ganz bestimmt in keinen gekauften Rollstuhl«, sagte Swana und kreuzte die Arme vor der Brust. »Er hasst diese Dinger wie die Pest.«

Gegen zwei Uhr in der Nacht überfiel alle eine bleierne Müdigkeit. Swana benutzte das Badezimmer, als wäre sie hier zu Hause, dann legte sie sich auf das grüne Sofa, und Anne deckte sie mit einer Wolldecke zu.

Susanne starrte auf das schwankende Außenlicht, in dessen Schein man jetzt ein Stück der Hofpflasterung und einen vergessenen Blecheimer sehen konnte.

»Du hattest recht«, sagte sie zu Alan. »Der Nebel hat sich verzogen.«

»Gehen wir«, meinte er und berührte leicht ihre Schulter. »Sonst schläfst du noch hier auf der Bank ein.«

Sie halfen den Tisch abräumen, dann zogen sie ihre Jacken an und umarmten Anne zum Abschied. Alan bat sie, in jedem Fall bei ihm anzurufen, wenn sie Hilfe brauche oder irgendwohin gefahren werden musste. Ganz gleich, zu welcher Tages- oder Nachtzeit.

»Geht nur, ihr zwei«, sagte Anne lächelnd. »Und verlauft euch nicht in der Dunkelheit.«

Draußen wehte ein kalter Nordwestwind, der sie frösteln ließ und die Schläfrigkeit vertrieb.

»Es ist Flut«, sagte Alan. »Hoffentlich ist der Weg zu Gaëlles Haus nicht überschwemmt ...«

Sie gingen nebeneinanderher, ihre Schritte hallten auf dem holprigen Pflaster, der Wind sauste um ihre Ohren. Alan stellte den Kragen seiner Jacke auf.

»Ich wollte dir noch sagen ...«, begann er und stockte dann, da sie nicht aufsah, sondern schweigend weiterging. Doch wo er nun schon einmal angefangen hatte, wollte er den Satz auch zu Ende bringen.

»Ich wollte dir sagen, dass ich dich gut verstehe, Anne-Marie. Vielleicht besser als jeder andere. Wenn du meine Freundschaft willst – sie steht dir zur Verfügung. Ganz einfach nur meine Freundschaft ...«

In diesem Augenblick war ein Geräusch zu vernehmen, leise zuerst, dann wuchs es an und wurde schließlich zum Brummen eines Motors. Sie fuhren auseinander und starrten auf die beiden Scheinwerfer, die sich ihnen in raschem Tempo näherten.

»Mein Gott«, flüsterte Alan. »Lass es nicht jemand von der Hafenwacht sein ...«

Der Wagen bremste kurz vor der Hofeinfahrt der Brelivets und fuhr in sicherem Schwung in den Hof hinein. Sie hörten, wie die Handbremse energisch angezogen wurde, und liefen dem Wagen nach.

»Das ist Malwens Auto!«, rief Alan aufgeregt.

»Bleib hier ...« Susanne fasste ihn an der Hand und hielt ihn zurück, denn jetzt war die Haustür geöffnet worden und Anne erschien auf der Schwelle. Malwens Schritte waren schwerfällig, man spürte seine Erschöpfung. Für einen Moment stand sich das Paar an der Haustür gegenüber, ob sie sprachen war ungewiss, wenn ja, dann nur sehr leise. Dann lagen sie sich in den Armen.

Susanne liefen die Tränen übers Gesicht, sie spürte Alans Händedruck und wusste, dass er das Gleiche empfand wie sie. Wie glücklich waren die beiden, dass sie einander wiederhatten. Nicht allen Menschen war dieses Glück vergönnt.

»Wo ist Malo?«, hörte man Anne laut rufen. »Wo ist mein Sohn? Was hast du mit ihm gemacht?«

»Malo?«, sagte Malwen. »Jetzt lass mich doch erst mal ins Haus …«

Aber Anne war starr vor Entsetzen und versperrte ihm den Weg. »Du kommst nicht in dieses Haus, bevor ich weiß, was mit meinem Sohn geschehen ist! Du hast mir versprochen, auf ihn aufzupassen, Malwen! Damals, als er das erste Mal mit dir hinausfuhr, hast du mir das geschworen. Wo ist er?«

»Stures Weib«, knurrte Malwen. »Also gut, aber nur, weil ich müde bin und keine lange Diskussion mehr mag. Malo ist auf und davon.«

Anne hielt sich die Hand vor den Mund, um nicht aufzuschreien. »Auf und davon? Malo? Bist du verrückt geworden?«

Malwen nahm seine Kappe ab und wrang sie aus, dann setzte er sie wieder auf, und man sah sein breites Grinsen.

»An der Anlegestelle wartete jemand auf uns. Im Wagen der Gwernigs hockte sie. Die Lehrerin, du weißt schon, Sylvie. War ganz durchgefroren, das arme Mädel. Als wir an Land stiegen, kam sie uns entgegengelaufen, schluchzte und heulte wie ein Schlosshund, Malo konnte sie gerade noch auffangen …«

»Du alter Gauner«, stöhnte Anne und gab ihm einen Stoß vor die Brust. »Mich so zu erschrecken. Bin fast gestorben vor Angst!«

»Brauchst du nicht«, knurrte Malwen. »Malo bringt sie nach Hause. Und was die beiden sonst noch tun, geht uns alte Leute nichts an. Ich will jetzt endlich trockene Klamotten … Und was zu essen …«

34

Susanne und Alan gingen schweigend nebeneinanderher. Leise und ungesehen hatten sie den Hof der Brelivets verlassen, sie wollten Anne und Malwen jetzt nicht mehr stören. Ab und zu schaltete Alan seine Taschenlampe ein, der runde Lichtkegel glitt über Mäuerchen, Hecken und das Pflaster der Dorfstraße. Der Nebel hatte sich gelichtet, man konnte die beleuchteten Fenster sehen. In Brioc Morvans Wohnraum brannte noch Licht, und am Dorfende schimmerte die Außenbeleuchtung von Alans Hof durch die Hecke. Weit hinten glomm das rötliche Feuer des Leuchtturms und wies ihnen den Weg zur Küste.

Er fühlt sich jetzt genauso einsam wie ich, dachte Susanne, ohne Alan anzusehen. Und sie stellte sich vor, dass Paul und Elaine Seite an Seite mit ihnen gingen, schweigend und durchsichtig wie Geister, die aus dem Nebel kommen und wieder dorthin zurückkehren.

»Hast du etwas dagegen, wenn ich dich zum Leuchtturm begleite?«, fragte er.

»Du meinst – wegen der Flut? Willst du mich zum Haus tragen, wenn der Pfad überspült ist?«, fragte sie ironisch.

Es war zu dunkel, um sein Gesicht zu erkennen, doch seine Antwort klang ruhig und freundlich. »Würde dir das gefallen?«

»Nein.«

Er schwieg, ging aber stetig neben ihr her, bis sie die Küstenstraße erreichten. Im Schein des Leuchtturms konnte man das Meer sehen, eine dunkle, unruhige Fläche, über die das Leuchtfeuer in rhythmischen Abständen rötlich schimmernde

Bänder zog. Susanne schlug den Weg zur Küste ein und war nun doch froh, dass Alan mit seiner Taschenlampe vor ihnen herleuchtete. Das Zischen und Schwappen der Wellen wurde immer vernehmlicher, die Flut hatte den Strand eingenommen und leckte besitzergreifend über die Felsen, umschloss die dunklen steinernen Ungeheuer, als wollte sie sie hinaus ins Meer ziehen. Der Pfad auf der Landzunge war schon nass, die Wellen hatten ihn jedoch erst an einigen Stellen überschwemmt.

»Ich leuchte dir – es ist glitschig und man rutscht leicht aus.«

»Danke«, murmelte sie.

Zweimal wäre sie tatsächlich fast auf die Nase gefallen, doch sie fing sich wieder, und Alan machte keine Miene, sie etwa am Arm fest zu halten. Lange bevor sie das Leuchtturmwärterhaus erreichten, öffnete sich dort die Tür und sie erblickten die dunkle Silhouette der alten Frau. Bri-bri schoss ihnen entgegen wie eine gelbliche Kugel, vermutlich hatte er sie schon vor einer Weile gewittert und an der Tür gekratzt.

»Na endlich!«, empfing sie die Großmutter vorwurfsvoll.

Sie war schon in Nachthemd und Filzpantoffeln, um die Schultern hatte sie das wohlbekannte blaue Wolltuch gelegt.

»Sie sind zurück ...«, begann Susanne, doch eine Handbewegung der alten Frau zeigte ihr an, dass sie bereits Bescheid wusste.

»Anne hat gerade per Telefon Bescheid gegeben. Bei den Gwernigs ist keiner an den Apparat gegangen, also werden wir es ihnen morgen erzählen. Und Sylvie habe ich mal lieber nicht angerufen ...«

Die Telefon-Staffette von Kerlousec funktionierte perfekt. Die Großmutter grinste und trat zur Seite, um Susanne und Alan einzulassen, Bri-bri brauchte noch einen Moment, da er kurz einen Felsen markieren musste.

»Und Swana?«, fragte Alan. »Hat Anne sie geweckt?«

Die Großmutter bedachte ihn mit einem sorgenvollen Blick, und Susanne wurde plötzlich klar, dass Sylvies Glück eine Kehrseite hatte.

»Keine Ahnung.« Die Großmutter schloss die Tür hinter Bribri. »Anne sagte, sie sei hinüber zu ihrem Vater gelaufen.«

»Dann hat sie wohl gehört, was Malwen von Malo und Sylvie erzählt hat«, meinte Alan düster. »Armes Mädel.«

Die alte Frau schlurfte hinüber zum Tisch und setzte sich, dann besah sie ihre beiden jungen Gäste, und Susanne wusste, was sie jetzt dachte. *Nein, liebe Madame LeBars, da liegen Sie ganz falsch. Nichts ist zwischen uns gewesen. Gar nichts. Und das wird auch so bleiben. Punkt.*

»Du machst dir viel zu viele Gedanken um Swana, Alan«, sagte die Großmutter missbilligend. »Sie ist nicht dumm, die Kleine. Nur ein wenig versponnen. Aber das gibt sich. Sie wird ihren Weg schon finden.«

Alan schwieg, doch ganz offensichtlich war er anderer Ansicht. Er sah zu, wie Susanne ihre Jacke auszog und an den Haken hängte, dann die Schuhe abstreifte und schließlich die nassen Socken von den Füßen zerrte.

»Ich geh dann mal ...«

»Gute Nacht, Alan ...«

Er nickte ihr zu, klappte den Kragen wieder hoch und zog die Haustür auf. Draußen stürmten die Wellen in raschen Abständen über den Pfad hinweg, warfen sich zischend gegen die Klippen.

»Ach du Elend ...«, sagte die Großmutter und trat näher zur Haustür, um die Lage einzuschätzen.

»Das macht mir nichts, Gaëlle.«

Sie hob den Kopf, blickte ihm ärgerlich ins Gesicht, als wäre er daran schuld, dass das Meer den Weg zum Land abgeschnitten hatte.

»Du hast wohl Seetang im Hirn«, schimpfte sie. »Leg dich auf die Bank, ich gebe dir eine Decke. Nur Jesus Christus kann übers Wasser laufen, Leute wie du und ich ersaufen dabei.«

Die alte Frau stapfte die Treppe hinauf, um ein Kopfkissen und eine Wolldecke zu holen, drückte Alan beides in die Hand und fügte hinzu, ihre Buben hätten früher auch hin und wieder auf der Bank am Kamin geschlafen.

»Das Bad ist dort drüben – kennst dich ja aus. Dann schlaf mal gut, Alan. Und du, Anne-Marie, mach, dass du in dein Zimmer kommst! Dass hier endlich mal Ruhe ist …«

Sie schlurfte hinüber in ihr Schlafzimmer und zog die Tür hinter sich zu, so weit es ging. Das Holz hatte sich wieder mal verzogen, sodass sie die Tür nicht ins Schloss bekam.

Susanne und Alan sahen sich verlegen an, sie hob die Schultern, um anzudeuten, dass sie nichts dafür konnte. Schließlich war es seine Idee gewesen, sie zum Leuchtturm zu begleiten.

»Es tut mir leid«, sagte sie leise. »Ist bestimmt ziemlich hart …«

Er stand mit Wolldecke und Kissen in den Händen und sah zu, wie Bri-bri an Susanne vorbei die Treppe hinaufstieg.

»Hab schon schlechter gelegen«, meinte er mit Galgenhumor. »Gehst du zuerst ins Bad, Anne-Marie?«

»Äh – ja!«

Als sie zurückkam, hatte er den schweren Tisch zur Seite geschoben und beide Bänke nebeneinandergestellt. Schlau – so hatte er eine doppelt so breite Liegefläche. Mindestens achtzig Zentimeter, nur der Ritz in der Mitte störte ein wenig.

»Gute Nacht, Alan.«

»Schlaf gut, Anne Marie.«

Oben hatte sich Bri-bri schon unter ihrer Bettdecke zusammengeringelt. Natürlich nicht am Fußende, er versuchte jeden Abend, sich ein Stückchen weiter nach oben zu mogeln.

»Rutsch nach unten. Los. Tu nicht so, als wüsstest du nicht, was ich meine …«

Er sah sie mit runden bernsteinfarbenen Augen an, listig und unschuldig zugleich, dann rückte er ein winziges Stückchen nach unten und hechelte, als wäre er von dieser Anstrengung bereits völlig erschöpft. Susanne beließ es dabei, zog sich aus und schlüpfte in eines der gespendeten altmodischen Nachthemden. Als sie mit hochgezogenen Knien im Bett lag, lauschte sie neugierig nach unten, aber von dort war nichts zu hören.

Ob er wohl schnarcht?, dachte sie. Ach, wahrscheinlich tut er kein Auge zu auf diesen harten Brettern. Armer Kerl. Die Großmutter hätte ihm ruhig Loans Deckbett oder ein weiteres Kissen geben können.

Sie entspannte sich und wartete darauf, dass Pauls Gesicht vor ihr auftauchte, wie es jeden Abend geschah, bevor sie einschlief. Manchmal nahm er sie in die Arme und flüsterte ihr die altbekannten Koseworte ins Ohr, jene Worte, die ihr gemeinsames Geheimnis gewesen waren, weil nur sie beide sie kannten. Heute kam die Müdigkeit jedoch so schnell, dass sie fast ohne Übergang ins Land der Träume hinüberglitt.

Sie sah das Meer, hellblau und durchsichtig, von der Sommersonne beschienen. Wenn sich eine Welle an den schwarzen Felsen brach, sprühten weiße Gischtnebel empor und ein Regenbogen erschien.

Auf dem schwarzen Fels lag das Meeresungeheuer und sonnte den schuppigen Leib. Hin und wieder kratzte es sich mit den Krallen seiner Echsenfüße, schüttelte getrockneten Seetang und abgelöste Seepocken aus dem Schuppenkleid, dann grunzte es und schloss vor Wohlbehagen die Augen.

»Komm her«, sagte es zu Susanne. »Steig zu mir auf den Felsen und kratz mir den Rücken.«

»Ich denke nicht daran!«

Es war schließlich nur ein Traum. Es würde sie nicht fressen, wenn sie sich weigerte. Und sie hatte wirklich keine Lust, diesen glitschigen Rücken zu kratzen.

Das Ungeheuer öffnete die runden Fischaugen und blickte sie vorwurfsvoll an.

»Hopp!«, sagte es und machte eine Bewegung mit dem langen Echsenschwanz. Das Schwanzende war dreigespalten und umschloss ihren Körper wie eine dürre Hand. Sie zappelte, schrie, krallte die Fingernägel in die Umklammerung – umsonst.

»Es juckt fürchterlich«, stöhnte das Ungeheuer, als sie auf seinem Rücken stand.

»Na schön ...«

Tatsächlich fanden sich jede Menge Muscheln und Steinchen, auch eine zerknüllte Plastiktüte, eine halb volle Flasche Limo, ein Autoschlüssel, ein Handy zum Aufklappen, zwei kleine Dosen Kaviar und eine Blockflöte aus weißem Plastik.

»Spiel mir was vor!«, befahl das Meeresungeheuer, als sie die Flöte zu dem anderen Kram in den Sand warf.

»Ich kann nicht Flöte spielen.«

»Das ist gelogen!«

Da hatte das Ungeheuer recht. In der Grundschule hatte sie in einer Blockflötengruppe mitgespielt. Aber es war scheußlich gewesen, weil sie immer zu allerlei Veranstaltungen vorspielen mussten und ihre Finger dabei vor Angst nass und klebrig waren.

»Na gut, aber ich sag dir gleich, es wird fürchterlich.«

»Spiel!«

Der Echsenschwanz kroch über den Sand, schlang sich um die kleine Flöte und balancierte sie in die Höhe. Eine Meisterleistung. Susanne nahm die Flöte entgegen, zog sie auseinander und klopfte den Sand heraus. Was für ein Billigteil! Das konnte ja nur grauenhaft klingen. Sie steckte die Teile wieder zusammen, setzte die Finger auf die Löcher und versuchte einen Ton zu blasen. Leise und ein wenig heiser klang es, aber nicht so schlimm, wie sie befürchtet hatte. Sie rückte die Finger zurecht und spielte eine Melodie. Es klang virtuos. Geradezu wie Musik.

Es ist nur ein Traum, dachte sie. Wie schade.

Der Körper des Meeresungeheuers unter ihr spannte sich, es legte die Schuppen an, hob den dicken Kopf und schwenkte ihn im Rhythmus der Musik hin und her.

»Weiter, weiter! Hör nicht auf!«

In ihrem Inneren war eine schöne, traurige Musik, von der sie bisher nichts geahnt hatte und die nun aus ihr herausfloss. Das Ungeheuer hatte sich auf die Echsenfüße erhoben, es wiegte sich im Takt und summte dazu. Schrecklich unmusikalisch war dieses Vieh, es traf nicht einen einzigen Ton, sondern brummelte nur in der Tiefe herum. Trotzdem schien ihm die Sache ungeheuren Spaß zu machen.

»Lauter!«, befahl es und schlug mit dem Schwanz auf den Felsen. »Und nicht so traurig. Spiel was Lustiges, ich will mit dem Ozean tanzen …«

Sie kicherte. Gleich mit dem Ozean, eine kleine Welle hätte es doch auch getan! Davon gab es reichlich, sie schwappten schaumgerandet und aquamarinblau in den Sand. Sie spürte, dass ihre Musik lauter und heiterer wurde, die Töne tanzten auf und nieder, fügten sich zu anmutigen Melodien und brachten die Oberfläche des Meeres in Bewegung.

»So gefällt es mir!«, brüllte das Ungeheuer. Der ganze Schuppenleib zitterte vor Begeisterung, das Maul stand offen, als wollte es die Flötentöne in sich einsaugen.

Sie hätte es ahnen müssen. Schließlich war dies ein Traum, alles war möglich. Das Wasser brodelte, als hätte jemand unter seiner Oberfläche eine gewaltige Kochplatte angeschaltet. Strudel bildeten sich, Ströme drehten sich im Kreis, die Wellen wurden immer höher, bäumten sich gegen den Fels auf und brachen mit Gewalt über den dunklen Stein.

»Nicht aufhören!«, jubelte das Meeresungeheuer. »Setz dich hier auf den Felsen und hör auf keinen Fall auf zu spielen.«

Sie konnte gerade noch von seinem Rücken herabspringen und wäre um ein Haar in die tosenden, kochenden Fluten gestürzt. Das Ungeheuer stieß einen Schrei aus, dem Trompeten eines Elefanten ähnlich, ein Triumphgeschrei, das weit über das wilde Meer schallte. Dann warf es sich in die Fluten, versank darin, tauchte brüllend vor Vergnügen wieder auf, spritzte einen Wasserstrahl empor wie ein Wal, und Susanne hörte sein dröhnendes Lachen.

»Nicht aufhören! Nur nicht aufhören …«

Jetzt reichte es ihr. Klatschnass und frierend hockte sie auf dem glitschigen Felsen, dessen oberste Spitze gerade noch aus dem brodelnden Wasser herausragte. Das Ungeheuer hat seinen Spaß gehabt, dachte sie. Jetzt ist Schluss, soll es seine dämliche Flöte selber spielen.

Sie nahm das Instrument von den Lippen, und im gleichen Augenblick sanken die Wellen in sich zusammen, wurden klein und harmlos wie neugeborene Kinder.

»Warum hörst du auf?«, jammerte das Ungeheuer, das im Sand liegengeblieben war.

»Mir ist kalt.«

»Stell dich nicht so an … die Sonne scheint!«

»Nein! Schluss, aus und vorbei. Ich mag nicht mehr.«

Das Ungeheuer schlug ärgerlich mit dem Echsenschwanz. Einer der schwarzen Felsbrocken löste sich und rollte davon, ein anderer folgte, es rumpelte laut, weil das lose Gestein in Bewegung geraten war und die gesamte Felseninsel in sich zusammenfiel.

»Verdammter Mist!«, fluchte jemand. »Merde!«

Mit ungeheurer Geschwindigkeit stürzte sie aus dem Traumland zurück in die Gegenwart. Sie blinzelte in die trübe Morgendämmerung und angelte nach ihrer Bettdecke, die zu Boden geglitten war. Der Hund zur ihren Füßen hatte den Kopf gehoben und knurrte.

»Still, Bri-bri!«

Von unten vernahm man leises Fluchen, ausnahmsweise nicht

auf Bretonisch, sondern in reinstem Französisch. Sie warf die Decke wieder von sich und stieg aus dem Bett.

»Alan?«, flüsterte sie auf der Treppe. »Alan? Ist dir was passiert?«

Unten war es dunkel, weil die Großmutter die Fensterläden zugeklappt hatte, daher schaltete sie das Deckenlicht ein. Auf Alans Schlafplatz lag ein einsames Kopfkissen, von Alan war nichts zu sehen.

»Hallo? Alan?«

»Ich bin hier«, kam es unter dem Tisch hervor.

Sie kniete sich auf den Boden und blickte in Alans schmerzverzerrtes Gesicht.

»Lach nur«, sagte er mit gedämpfter Stimme. »Du hast allen Grund dazu. Ich bin im Schlaf von der Bank gefallen.«

Sie fand das gar nicht lustig. Vorsichtig streckte sie den Arm aus und berührte seine Schulter. »Wehgetan?«

»Unwesentlich. Nur der Stolz ist angekratzt.«

»Sonst nichts?«, meinte sie lächelnd. »Das müsste doch leicht zu reparieren sein …«

Er hatte keine Lust auf ihr Mitgefühl. Missmutig rieb er sich den Hinterkopf und warf die Wolldecke, die mit hinuntergefallen war, zurück auf die Bank.

»Geh mal da weg …«

Hu – wie unfreundlich er war! Sie erhob sich und wich ein paar Schritte zurück, damit er unter dem Tisch hervorkriechen konnte. Er richtete sich auf und klopfte sich den Staub aus der Jacke – Großmutter fegte den Wohnraum nur zweimal die Woche.

»Tut mir leid, dass ich dich geweckt habe«, sagte er.

»Nicht schlimm …«

Unschlüssig stand sie vor ihm. Eigentlich sollte sie jetzt wieder hinauf in ihr Bett gehen. Es war noch zu früh, um den Tag zu beginnen. Höchstens sieben Uhr.

Er sah an ihr hinunter. »Stammt das Nachthemd von Gaëlle?«
»Äh – ja. Gefällt es dir nicht?«
Er grinste und meinte, es stünde ihr ausgezeichnet. Ein wenig aus der Mode und viel zu groß, aber sonst voll in Ordnung.«
»Marke Geisterschloss, wie?«, scherzte sie.
Sie lachten beide und schwiegen dann verlegen.
»Tja ... es ist noch ziemlich früh ...«
»Versuchen wir, noch ein wenig zu schlafen«, schlug er vor.
»Ich glaube nicht, dass ich schlafen kann«, sagte sie. »Ich geh mit Bri-bri raus. Brauche frische Luft ...«
Er nickte und sah auf seine Armbanduhr. »Schon bald acht. Zeit, nach Hause zu laufen.«
»Wie du willst ...«
Sie raffte das Nachthemd und lief die Treppe hinauf, scheuchte den Hund aus ihrem Bett und zog sich an. Es war ganz sicher kalt draußen, besser zwei Pullis und noch die Jacke drüber. Bribri sah ihrem Tun neugierig zu und versuchte, eine der Wollsocken zu klauen.
»Lass das!«, befahl sie barsch.
Auf Socken ging sie die Treppe wieder hinunter, gefolgt von Bri-bri, der begriffen hatte, dass ihm ein Spaziergang vergönnt sein würde. Unten wartete Alan, der ebenfalls Jacke und Stiefel angezogen hatte.
»Ich hab eine Idee«, sagte er und lächelte schief. »Natürlich nur, wenn du magst. Es ist ein bisschen verrückt ...«
Sie sah ihn überrascht an. Es gefiel ihr, dass er nun doch noch nicht fortlief. Er war jemand, in dessen Nähe man sich wohlfühlte. Natürlich nur, solange er ihre Zuneigung nicht falsch auffasste.
»Was für eine Idee?«
Er hob die Hand, und sie sah darin einen blitzenden Schlüsselbund. Seine Autoschlüssel? Hausschlüssel? Sie machte ein verständnisloses Gesicht, was ihn zu amüsieren schien. Er deu-

tete nach oben. Genauer gesagt, nach schräg oben. Dorthin, wo sich immer noch das rötliche Feuer drehte.

»Auf ... auf den Leuchtturm?«

»Pssst!«

Sie war begeistert. Noch nie war sie oben gewesen, die Großmutter hielt die Schlüssel immer sorgfältig unter Verschluss. Nur einmal im Jahr, so hatte sie erzählt, kam jemand von der »Gesellschaft«, um nachzuschauen, ob noch alles in Ordnung war.

»Du hast die Schlüssel geklaut ...«, wisperte sie vorwurfsvoll.

»Pssst!«

Wie zwei Verschwörer schlichen sie auf Zehenspitzen aus dem Haus und schlossen die Tür so leise wie möglich. Ein kalter Wind zerrte an ihren Jacken, das Watt war dunkel, nur das Leuchtfeuer glitt in regelmäßigen Abständen darüber hin und spiegelte sich rötlich in den Pfützen. Über dem Land im Osten lag ein schmaler Streifen Morgenlicht, fahl noch und viel zu schwach, um ein Sonnenaufgang zu sein.

Sie gingen um das Haus herum auf die Rückseite, stiegen die schmale, in den Granit gehauene Treppe empor, dann standen sie vor der eisernen Eingangstür des Leuchtturms. Er sah einschüchternd aus, wenn man an ihm hochschaute, ein riesiges schwarzes Trumm aus Eisen. Alan probierte verschiedene Schlüssel aus, schimpfte über das rostige Schloss und die schlechte Beleuchtung, während Susanne frierend daneben wartete und von einem Fuß auf den anderen trat. Bri-bri hob das Bein gegen den Turm. Das war zwar verboten, aber da niemand Einwände erhob, musste er die Gelegenheit nutzen.

»Endlich ...«

Die Tür war schwer und lag eng in der eisernen Türfüllung, damit das Seewasser im Falle einer Sturmflut nicht so leicht eindringen konnte. Alan musste mehrere verrostete Hebel bewegen, um sie zu öffnen, dann hielt er sie auf, damit Susanne hindurchgehen konnte. Im letzten Moment schlüpfte auch Bri-bri mit in den Turm.

»Lass ihn«, sagte Susanne. »Sonst kratzt er an der Haustür und weckt die Großmutter.«

Es roch muffig, nach Rost, ungelüfteten Räumen und schimmeligem Holz. Alan fand den Sicherungskasten und schaltete das Treppenlicht ein, dann sahen sie sich um. Die Wände des kreisrunden Raumes bestanden aus dicken Stahlplatten, die durch Nieten miteinander verbunden waren. Außer mehreren großen Schaltkästen und einem Stuhl war nicht viel zu sehen. Eine eiserne Wendeltreppe führte nach oben, Alan stieg voraus, Susanne folgte, der Hund schnüffelte herum, dann entschloss er sich, hinter den beiden herzulaufen. Stufe um Stufe ging es im Kreis aufwärts, sie hörte es knarren und leise dröhnen, Putz oder Rost rieselte hinab, Bri-bris Krallen kratzten auf dem Metall. Als sie das erste kleine Fenster erreichten, drängten sie sich nebeneinander, um hinauszusehen. Es war wenig zu erkennen, nur schwach ahnte man ein paar Felsen im Watt, dahinter den dunklen Rand der Küstenlinie, die Heide im bläulichen Morgenlicht.

Es gab mehrere Ebenen mit kleinen Räumen, in denen Ersatzteile und Werkzeug aufbewahrt wurden. Vieles davon schien schon seit Jahrzehnten hier herumzuliegen, ohne dass es Verwendung fand. Mit ein wenig Phantasie hätte man sich hier einrichten können, einen Wohnraum mit Schlafgelegenheit, eine Küche, ein Badezimmer einbauen. All das war hier nicht nötig gewesen, weil der Leuchtturmwärter ja unten in seinem Häuschen wohnte.

»Noch höher hinauf?«, fragte Alan.

»Natürlich. Was hast du denn gedacht?«

»War eine rhetorische Frage …«, grinste er.

Das Lampenhaus, das Allerheiligste, dort, wo das Licht erzeugt wurde, das den Schiffen den Weg wies. Es war ein kleiner, runder Raum, ringsum mit Glasscheiben versehen, von einem eisernen Umlauf umgeben. In der Mitte ein grauer Stahlbehälter mit den Lampen, der sich langsam drehte, vor der Lichtöffnung dicke, gewölbte Prismen. Noch bewegte sich das Leuchtfeuer, zog das gebündelte Licht über das Meer, ein flackerndes Zeichen im Ozean, eine Warnung vor den vorgelagerten Felsen.

Sie blieben eine Weile stehen, um das unablässig arbeitende Feuer zu betrachten, dann zückte Alan den Schlüsselbund und öffnete die Tür, die hinaus auf den Umlauf führte. Sie ließen den Hund drinnen und betraten vorsichtig den schmalen eisernen Rundweg, nur durch einen Handlauf von der Tiefe getrennt. Der Wind brauste ihnen um die Ohren, blähte ihre Jacken, wollte ihnen die Kapuzen von den Köpfen reißen.

»Gefällt es dir?«, rief er.

»Es ist Wahnsinn! Das Größte, was ich je erlebt habe.«

Sie schwebten zwischen Himmel und Meer gleich den Seevögeln, deren dunkle Silhouetten sich im Grau des Morgens in die Luft erhoben. Tief unter ihnen das spiegelnde Watt, eine unendlich weite, wellige Fläche – über ihnen schwarze Wolken, die der Wind zum Land hinübertrieb. Sie zitterte vor Aufregung. Es war wie ein Rausch, sie hatte Lust, die Arme auszubreiten und wie ein Vogel über den Ozean zu fliegen.

»He, Anne-Marie. Nicht abheben! Bleib hier …«

Er musste gespürt haben, was sie empfand, denn er fasste sie vorsorglich bei der Hand und zog sie ein Stück vom Geländer weg. Sie lachte ihn aus. Sah sein besorgtes Gesicht und lachte noch mehr. Er legte einen Arm um sie und zeigte mit der freien Hand nach Osten.

»Schau!«

Dort über dem Land brach der Himmel auf. Eine weiße Zackenlinie zog sich über das dunkle Gewölk und riss es auseinander. Dahinter war gleißendes Licht. Für einen Moment musste man die Augen schließen, dann floss das Licht auseinander, verlor seine Härte und überzog den Himmel mit matter Helligkeit.

Weit im Westen war jetzt das Meer zu sehen, dunkel noch, dann, als die Sonne sich erhob, schimmerte das Wasser hell wie Diamant. Schwarze, schartige Felseninseln traten hervor, von weißem Wellenschaum umgeben, in der Ferne ein schmaler Strich über dem Wasser, ein blinkendes Licht, der Leuchtturm Les Platresses.

»Begreifst du, weshalb ich diese Landschaft liebe?«, fragte er, den Mund dicht an ihrem Ohr. »Ich komme von ihr nicht los, Anne-Marie. Ich muss immer wieder hierher zurück.«

»Ja …«

Sie lehnte sich im Windschatten an ihn und strich sich die flatternden Haarsträhnen aus dem Gesicht.

»Glaubst du an Schicksalsfügungen, Anne-Marie?«

Was sollte sie darauf antworten? Nein, sie glaubte nicht daran. Das Schicksal war ein boshafter Gnom, der Spaß daran hatte, Unheil und Verwirrung zu stiften.

»Ich weiß es nicht …«

Sie schauten hinüber zur Küste, die jetzt in allen Einzelheiten zu erkennen war. Die grünliche Abbruchlinie zum Strand, das graue Geröll, die Küstenstraße, man sah auch das Dorf, die kleine Kirche, sogar Alans Haus mit dem Anbau …

»Aber ich glaube daran«, ließ er sich vernehmen. »Auch du, Anne-Marie, wirst hierher zurückkehren. Ich bin ganz sicher, dass du das tun wirst. Weil du hierher gehörst. Mehr noch als ich, denn du bist ja hier geboren.«

Sie schloss die Augen. Warum sagte sie es ihm nicht einfach? Entschuldige, du bist leider im Irrtum. Ich stamme nicht von hier, ich bin keine Bretonin, auch nicht Anne-Marie. Ich bin Susanne Meyer-Schildt aus Berlin.

»Wenn du zurückkommst, Anne-Marie, dann werde ich hier sein. Weil ich auf dich warte.«

Nein, das ging überhaupt nicht. Heute nicht. Sie schaffte es einfach nicht.

»Und was tust du, wenn ich nicht komme?«

Er blinzelte gegen den Wind, und sie sah ihm an, dass ihre Frage ihm nicht gefiel.

»Dann hole ich dich!«

Sie lachte ihn aus und spürte, wie die Bitterkeit in ihr aufstieg. Vielleicht würde er Anne-Marie holen. Susanne aber ganz sicher nicht.

35

Alles drehte sich im Kreis. Die genieteten Eisenplatten an den Wänden des Turms. Die Stufen aus rostigem Metall. Rundherum, rundherum. Noch eine Drehung.

»Ich weiß, dass du Zeit brauchst, Anne-Marie ...«

Stufen, die hinunterführten, immer im Kreis. Weißer Lack, der von Eisenplatten abblätterte. Das leise Dröhnen der Metalltreppe. Und wieder drehen, nicht schwindelig werden ...

»Niemand weiß das besser als ich.«

Nur noch wenige Stufen. Der kreisrunde Raum mit den Schaltkästen. Der Ausgang. Ihr Kopf drehte sich weiter, während Alan die Sicherung für das Treppenlicht herausnahm, den Schaltkasten schloss, sich umdrehte und zu ihr hinüberging.

»Lass uns in Verbindung bleiben, ich mag dich nicht ganz und gar verlieren.«

»Wir müssen jetzt hinüber. Die Großmutter ist vielleicht aufgewacht ...«

Nach der rauschhaften Hochstimmung oben auf dem Turm war jetzt eine große Niedergeschlagenheit über sie gekommen.

Sie half ihm, die Außentür des Turms zu schließen. Die verrosteten Riegel leisteten energischen Widerstand und bewegten sich erst, als Alan zornig mit dem Fuß dagegentrat.

Bri-bri war schon hinüber zum Wohnhaus gelaufen und kratzte dort an der Tür. Zeit für sein Frühstück.

Natürlich war die Großmutter längst wach. Als sie eintraten, strömte ihnen der Duft von frisch gekochtem Kaffee entgegen, und im Kamin brannte ein wärmendes Feuer.

»Sie ist in der Küche«, wisperte Susanne.

Alan nickte, stieg aus den Stiefeln und ging auf Socken so leise wie möglich an der Küchentür vorbei zum Lehnstuhl. Dahinter befand sich der Schlüsselkasten, der in die Wand eingelassen war.

»Gib dir keine Mühe, Alan Hervé«, tönte die Stimme der Großmutter aus der Küche. »Ich habe euch längst gehört. Hast wohl gedacht, die Alte ist taub und blind ...«

Alan blieb stehen und verzog das Gesicht, grinste komisch wie ein ertappter Schüler. »Ich hab nur nachgesehen, ob alles in Ordnung ist, Gaëlle. Bin ja früher oft genug mit Loan hinaufgestiegen.«

Er hängte den Schlüssel an seinen Platz und wechselte einen Blick mit Susanne, die noch an der Tür stand und ihre Jacke auszog.

»Ich weiß wohl, dass ihr auf den Turm gestiegen seid. Hab ja nur hinaufschauen müssen. War ohne Brille zu erkennen, was ihr zwei dort oben getrieben habt.«

Daran hatte Susanne nicht gedacht. Alan vermutlich auch nicht, denn er schaute ziemlich verdattert drein.

»Du hast ...«, er räusperte sich und begann noch einmal. »Du hast uns ... gesehen?«

Jetzt erschien die Großmutter in der Küchentür, fertig angezogen und frisiert, einen dampfenden Milchkrug in der Hand.

»Natürlich!«, sagte sie grimmig. »Und nicht nur ich. Hat wahrscheinlich drüben im Dorf jeder sehen können, wie ihr zwei eng umschlungen da standet. Auch ohne Fernglas. Und auch von den Schiffen aus.«

»Es ist Ebbe ... sind keine Schiffe unterwegs ...«, murmelte Alan beklommen. Das mit dem Dorf war allerdings nicht von der Hand zu weisen.

»Stellt die Bänke wieder richtig hin!«, befahl die alte Frau. »Anne-Marie, du bringst Decke und Kissen nach oben. Sie gehören in die Kammer. Aber ordentlich zusammenfalten, damit mir das Zeug nicht demnächst entgegenfällt ...«

Susanne fasste mit an, als Alan die Bänke wieder in ihre normale Position stellte, dann lief sie mit Decke und Kissen brav die Treppe hinauf. Die Kammer war ein winziger Verschlag im Flur, eher ein Schrank als ein Raum. Dort bewahrte die Großmutter allerlei Tuchwaren auf, warme Kleidung, Wolldecken, auch Ölzeug und feste Schuhe. Es roch nach Mottenpulver und nach Moder. Sie faltete Kissen und Decke und versuchte, beides so ordentlich wie möglich unterzubringen. Das war allerdings nicht einfach, weil der Verschlag bis oben hin vollgestopft war und die Tür sich kaum schließen ließ.

»Was stört dich daran?«, sagte Alan unten, und sie hielt in ihrer Beschäftigung inne.

»Sie ist kein einfaches Mädchen, Alan.«

Aha. Nun wusste sie auch, weshalb sie diese stinkige alte Decke so sorgfältig verstauen sollte. Weil die Großmutter inzwischen ungestört mit Alan reden wollte.

»Sie hat einen schweren Verlust erlitten und muss darüber hinwegkommen.«

»Einen Verlust? Was für einen Verlust? Was hat sie dir da erzählt?«

Einen Augenblick lang war es still. Alan musste diese Frage ziemlich verblüfft haben.

»Ihr Freund starb bei einem Autounfall. Das musst du doch wissen, Gaëlle ...«

»Ach was. Das Mädel ist eine ausgemachte Lügnerin. Gar nichts war da. Irgendein Kerl hat sie betrogen, das mag sein. Aber so was kommt vor.«

Unfassbar! Sie zog tatsächlich alle Register, um den armen Alan von seiner Verliebtheit zu kurieren. Und dabei wusste sie recht gut, dass Susanne in diesem Fall die Wahrheit gesagt hatte.

Sie konnte an Alans Tonfall hören, wie betroffen er war.

»Bist ... bist du sicher, Gaëlle? Aber weshalb sollte sie so etwas erfinden?«

»Was weiß ich? Ich sagte ja, sie ist ein schwieriges Mädchen. Hat sie dir etwa erzählt, dass sie Gefühle für dich hätte?«

»Nein, das hat sie nicht«, sagte Alan.

»Ich mach mir nur Sorgen um dich, Alan. Du hast es nicht verdient, ein zweites Mal unglücklich zu werden.«

»Ich verstehe ... Aber für mein Glück oder Unglück bin ich selbst verantwortlich, oder? Du solltest dich da besser raushalten. Auch wenn du es gut mit mir meinst.«

»Na schön, na schön ... Stellst dich gleich so an ... Hat dich am Gängelband, das Mädel, wie? Nun – ich hab nichts gesagt. Tu, was du nicht lassen kannst.«

Abgeschmettert! Susanne drückte die Tür des Verschlags von außen zu und drehte den Schlüssel um. Eigentlich hatte sich Alan großartig verhalten. Er hatte die Großmutter sogar zurechtgewiesen. Ja, er war keiner, der sich so leicht durch Gerede und Gerüchte von seinen Überzeugungen abbringen ließ. Feiner Zug von ihm!

»Anne-Marie? Wo bleibst du denn? Der Kaffee wird kalt.«

Sie hatte schon Haare auf den Zähnen bei all ihrer Gutmütigkeit, diese Gaëlle LeBars. Nun ja – sie wollte Alan vor einer Enttäuschung bewahren. Auf ihre Weise.

Unten saßen die beiden schon bei Milchkaffee und Marmeladenbrot. Alan sah ihr mit ernster Miene entgegen und goss heiße Milch in ihre Tasse, die Großmutter beschäftigte sich eingehend mit dem Marmeladenglas, in dem sie einen Schimmelrand entdeckt hatte.

»Eine Sandbank«, sagte sie. »Seit dreißig Jahren fährt Malwen zur See, und dann passiert ihm so etwas. Sie saßen fest und mussten auf die Flut warten.«

»Hat Anne das gestern am Telefon erzählt?«, fragte Alan und schob Susanne den Brotkorb hinüber.

»Ja, sie war ganz außer sich. Malwen und Malo sind in aller Frühe mit dem Kutter nach Lampaul, um den Fang noch auf den Markt zu bringen.«

Normalerweise hätte der Fang gestern Nachmittag dorthin geliefert werden müssen, man konnte nur hoffen, dass sie die Fische noch loswurden. Alan nickte zuversichtlich und meinte, das würde schon klappen. Die Sicht sei heute zum Glück klar.

»Allerdings...«, bemerkte die Großmutter mit Ironie. »Zumal Malwen Loans Fernglas besitzt!«

Schweigend aßen sie weiter. Alan fuhr sich über Kinn und Wangen, wo schon wieder ein dunkler Flaum gewachsen war, und sah hin und wieder zu Susanne hinüber. Wenn sich ihre Blicke trafen, wandte er die Augen ab.

Das Telefon klingelte, und die Großmutter schüttelte unwillig den Kopf.

»Enora ist eine schreckliche Umstandskrämerin«, meinte sie und erhob sich. »Sie hat schon zweimal wegen Silvester angerufen.«

Doch als sie den Hörer abgenommen hatte, winkte sie Susanne herbei.

»Für dich...«

Es war Sylvie. Ihre Stimme klang kläglich, sie musste vollkommen durcheinander sein.

»Ich muss mit dir sprechen, Anne-Marie...«

Susanne wäre jetzt sehr gern allein im Zimmer gewesen. Zumindest auf die aufmerksamen Ohren der Großmutter hätte sie gern verzichtet.

»Soll ich zu dir kommen?«

»Das wäre wunderbar. Es... es ist so, dass ich nicht weiß, was ich tun soll.«

Du liebe Zeit! Ausgerechnet sie, die nicht einmal in der Lage war, ihre eigenen Probleme zu regeln, sollte nun die Ratgeberin spielen.

»Manchmal muss man einfach Vertrauen haben, Sylvie ...«

»Du hast sicher recht. Es ist aber nicht so einfach. Ich bin keine zwanzig mehr, Anne-Marie. Ich sehe überall nur Hindernisse ...«

»Mach die Augen zu und tu, was dein Herz dir sagt, Sylvie.«

Sylvie schluchzte leise, dann schnäuzte sie sich und schniefte noch ein wenig. »Du sagst so wundervolle Dinge, Anne-Marie. Wann kommst du?«

»Gleich nach dem Frühstück. In einer halben Stunde ...«

»Ich warte auf dich. Es ist solch ein Glück, dass du hier bist ...«

»Bis gleich, Sylvie ...«

Sie legte den Hörer auf und spürte die intensiven Blicke, die auf sie gerichtet waren. In Alans Augen lagen Zuneigung und so etwas wie Zärtlichkeit. Die Großmutter schaute drein, als hätte sie gerade einen Wetterbericht abgehört, der eine Sturmflut ankündigte.

»Du willst zu Sylvie hinüber?«, fragte sie und trank ihre Tasse leer.

»Ja ...«

In diesem Raum gab es wohl nichts, was ihren scharfen Ohren entging.

»Dann können wir zusammen gehen, ich muss zu Enora und Armelle ...«

»Wenn du willst ...«

»Dann will ich euch nicht länger stören. Sag Sylvie einen lieben Gruß von mir, Anne-Marie. Und ansonsten ... du wirst ihr schon den Kopf zurechtsetzen, oder?«

Er lächelte sie an. Es war offensichtlich, dass die Lügen der Großmutter keinen Eindruck auf ihn gemacht hatten.

»Ich will es versuchen ...«

Er stand auf, zog Jacke und Stiefel an und streichelte Bri-bri, der sich an seinen Hosenbeinen rieb. Bevor er die Haustür öffnete, drehte er sich noch einmal um, als hätte er etwas vergessen.

»Wenn du nachher Zeit hast, Anne-Marie – ich bin bei den Morvans. Will mal schauen, ob ich nicht einen hübschen Stuhl für Brioc zurechtzimmern kann.«

»Ich schau vorbei.«

»Das wäre großartig. Bis dann …«

Er nickte ihr zu und ging hinaus. Durchs Fenster sah sie, wie er sich vorbeugte und die Hände in die Taschen steckte. Der Wind riss an seiner Kleidung, eine Möwe schoss dicht an ihm vorbei. Weit hinten im Westen bewegte sich das Meer schon wieder auf das Land zu, die Pfützen im Watt wurden tiefer, es bildeten sich feine Rinnsale, die in wenigen Stunden breite, reißende Ströme sein würden.

Sie schaute noch mal hin, als wollte sie sich den Anblick ganz genau einprägen. Alans dunkle, gegen den Wind gebeugte Gestalt, die sich mit raschen Schritten entfernte und schließlich mit den Klippen verschmolz.

»Hör zu, Susanne Meyer-Schildt«, tönte hinter ihr die Stimme der Großmutter. »Alan ist ein großartiger und anständiger Kerl. Kein Mann für eine Liebelei. Oder wie nennt man das heute? Einen One-night-stand.«

Verdammt noch mal – jetzt reichte es aber! Kein Wunder, dass die Töchter nichts mehr von ihr wissen wollten. Diese Frau war schlimmer als Pest und Cholera zusammen.

»Das weiß ich!«, fauchte Susanne böse.

Gaëlle LeBars war nicht besonders beeindruckt. Fauchende Töchter kannte sie zur Genüge. »Und weshalb setzt du dann alles daran, ihn zu verführen. He?«

»Das tu ich ja gar nicht!«

Die Großmutter schnaubte durch die Nase und stellte die Becher ineinander, um sie in die Küche zu tragen. »Ist nur gut, dass das Affentheater nach Silvester vorbei ist!«, bemerkte sie und stand auf.

Wütend blickte Susanne ihr nach. War es vielleicht ihre Schuld, dass sie noch hier war? Wer hatte denn verlangt, dass sie bis nach Silvester blieb? Madame LeBars war das gewesen, die sich vor ihren Freunden nicht blamieren wollte.

Nein, dachte sie. So geht das nicht.

Es war nicht anständig, Alan weiter zu belügen. Je früher er die Wahrheit erfuhr, desto besser für ihn. Vor allem aber sollte er es von ihr erfahren. Damit er nicht irgendwelchen Lügen aufsaß und schlechter von ihr dachte, als sie es verdient hatte. Sie überlegte einen Moment und entschloss sich, auch Sylvie reinen Wein einzuschenken, sie jedoch zu bitten, darüber vorerst zu schweigen. Sylvie war ihre Freundin, sie vertraute ihr, sie durfte sie nicht länger beschwindeln.

Der Entschluss tat ihr wohl, es war längst fällig gewesen. Heute würde sie endlich reinen Tisch machen. In der Küche fiel ein Teller zu Boden, sie hörte die Großmutter auf bretonisch fluchen und musste lächeln.

Jetzt nehme ich das Heft in die Hand, liebe Gaëlle, dachte sie. Was hat Alan doch gesagt? Für mein Glück oder Unglück bin ich selbst verantwortlich. Ja, so ist es.

Sie warf die Jacke über und lief aus dem Haus. Wenn sie sich beeilte, konnte sie Alan noch erwischen, bevor er zu den Morvans ging. Mit offener Jacke rannte sie den Pfad zum Land hinüber, sprang über Steine, kämpfte gegen den Wind, hörte den Hund laut und warnend kläffen. Als sie den Strand erreichte, blieb sie mit hämmerndem Puls stehen und sah zur Küstenstraße hinauf. Dort stand ein dunkler Wagen, der Fahrer hatte die Scheibe heruntergelassen und unterhielt sich mit Alan. Langsam stieg sie die schmale Böschung hinauf, näherte sich dem Fahrzeug, ahnungsvoll, spürte das Unheil und lief doch mitten hinein.

»Was wollen Sie von ihr?«, hörte sie Alan fragen.

»Sie kennen sie also? Schauen Sie sich das Foto genau an ...«

In diesem Moment bemerkte der Fahrer, dass jemand auf der anderen Straßenseite stand, und auch Alan drehte sich um. Er grinste, hielt das alles für ein dummes Missverständnis.

»Die Polizei«, rief er ihr zu. »Sie suchen eine gewisse Susanne Meyer-Schildt.«

36

Das war also das Ende. Das Spiel war aus – jetzt wurde abgerechnet. Jede Lüge, jeder Betrug, jede Feigheit hatten ihren Preis. Nicht in Euro, das wäre zu einfach gewesen. Für Verrat zahlte man in einer anderen Währung: Vertrauen. Freundschaft. Zuneigung.

Im Büro der Polizeistation von St. Renan roch es intensiv nach dem Fußbodenbelag aus grauem Plastik, vermutlich war der Raum schwer zu lüften, weil die hoch liegenden Fenster nur schräggestellt werden konnten. Gerahmte Fotos hingen an den Wänden, Urlaubslandschaften, eine Collage zum zwanzigjährigen Dienstjubiläum, mehrere Bilder von einem Segelboot.

»Sie behaupten also, die gesuchte Susanne Meyer-Schildt zu sein.«

Der grauhaarige Polizist nahm sich Zeit. Seine kleinen dunklen Augen wanderten zwischen dem Foto mit der Überschrift »Vermisst«, das vor ihm auf dem Schreibtisch lag, und der vor ihm sitzenden jungen Frau mehrfach hin und her. Nachdenklich rieb er mit dem Zeigefinger seinen Nasenrücken.

»Ich *bin* Susanne Meyer-Schildt.«

»Können Sie sich ausweisen?«

»Nein. Meine Papiere sind bei einem Autounfall verloren gegangen.«

Er warf den unförmigen Computer an, tippte auf der Tastatur herum, murmelte bretonische Flüche und fand endlich, was er gesucht hatte. Einige Minuten lang versenkte er sich in einen Text, dann lehnte er sich zurück und blinzelte.

»Seit wann halten Sie sich in der Bretagne auf?«

»Seit etwas über zwei Monaten ...«

»Warum haben Sie sich nicht bei den Behörden gemeldet?«

»Ich hatte bei dem Unfall einen Schock erlitten ...«

Er sah sie ungläubig an, vermutlich hielt er das für eine Ausrede. Womit er nicht ganz falschlag.

»Gedächtnislücken?«

»Amnesie ...«

Er zog die Nase hoch und tippte einige Sätze im Zwei-Finger-Such-System in den Computer. Ein Bürokrat, dachte Susanne. Gehorsam, langsam und mit wenig Hirn ausgestattet.

»Darf ich erfahren, wer Sie angerufen hat, Monsieur ...«

»Tut mir leid, darüber darf ich keine Auskunft erteilen.«

Eine blasse Wintersonne beschien die Fenster und malte gleißende Kringel auf das schlierige Fensterglas. Der Wind trieb zarte Schleierwölkchen über den taubenblauen Himmel. Kein Nebel. Sie vermisste schon jetzt das Geräusch der Wellen, die an die Klippen schlugen.

»Wo genau haben Sie sich aufgehalten? Bei wem? Weshalb? Die genaue Adresse. Telefon. Haben Sie einen falschen Namen benutzt? Wann war der Unfall? Wo? Seit wann sind Sie in der Bretagne?«

Sie hatte ihn unterschätzt. Er war nicht nur langsam, er war auch gründlich, stellte die Fragen mehrfach, um zu sehen, ob sie immer wieder das Gleiche antwortete, und schien vor allem in Sorge, nur ja keinen Fehler zu machen.

»Zu welchen Personen hatten Sie Kontakt? Haben Sie nach Deutschland telefoniert? Mit wem? Warum?«

Er holte eine Kamera und fotografierte sie ausgiebig, dann ließ er sie allein. Vermutlich mussten die jungen Kollegen ihm helfen, die Fotos zu digitalisieren und zu verschicken. Sie fasste sich in Geduld. Der Amtsschimmel war in Frankreich ebenso gemächlich wie in Deutschland, vor allem in der Provinz. Die Zange war geöffnet, ihre Enden bewegten sich langsam, aber unaufhaltsam aufeinander zu, früher oder später würde sie zwischen ihnen zerquetscht werden.

Sie war wie eine Traumwandlerin in das unvermeidliche Ende hineingelaufen. Alles hatte ganz harmlos begonnen. Die freundliche Aufforderung der beiden jungen Polizisten, doch zur Klärung der Angelegenheit mit aufs Präsidium St. Renan zu kommen. Nur eine Routinemaßnahme, man bot ihr sogar an, sie anschließend wieder zurückzufahren. Eine seltsame Lähmung hatte sich ihrer bemächtigt, eine vollkommene Unfähigkeit zu jeglichem Tun. Es war, als sähe sie einen Film vor sich ablaufen, in dem sie selbst die Hauptrolle spielte. Alles war längst vorbei, war abgedreht und fertig, sie konnte nichts mehr ändern, nichts bewegen, nur hinschauen. Sie sah Alans verständnisloses Gesicht, seine impulsive Armbewegung, mit der er sie zurückhalten wollte. Hörte seine Frage, was das alles zu bedeuten habe, und den albernen Satz, den sie ihm zur Antwort gab, als sich schon die Wagentür schloss.

»Ich erkläre dir alles ... später ...«

Warum sagte sie nicht, er solle die Großmutter fragen? Warum war ihr Hirn so dumpf, als hätte ihr jemand ein Schlafmittel verabreicht? Als der Polizeiwagen startete, sah sie Alan im Rückspiegel, wie er mit hängenden Armen am Straßenrand stand und ihr nachstarrte. Fassungslos. Ein Mann, der die Welt nicht mehr verstand.

Die Stimmung im Polizeiwagen war unbefangen und heiter gewesen. Ob sie in Frankreich aufgewachsen sei? Nein? Nun – sie spräche ein ganz ausgezeichnetes Französisch. Wie eine Einheimische. Ob sie auch bretonisch spreche? Nein? Wie schade. Während sie die schmale Landstraße durch Heide und Winterwiesen nach Osten fuhren, schwatzten die beiden jungen Polizisten über Silvester und die geplanten Familienfeiern, das Essen, die Kinder, die lästige Großtante, die eingeladen werden musste.

Später, als sie bei Plouazel auf die Straße nach St. Renan einbogen, sah sie Alans Wagen, der ihnen folgte. Sie vermied es, sich umzudrehen, starrte nur am Fahrer vorbei in den Rückspiegel und spürte ihr schlechtes Gewissen. Warum hatte sie es ihm nicht oben auf dem Leuchtturm gesagt? Jetzt passierte genau das, was sie hatte verhindern wollen.

Die Sonne hatte eine Winterfliege aus dem Schlaf geholt, die jetzt noch halb betäubt über die Fensterscheibe kroch und dann einen kühnen Flug durch den Raum wagte. Ein Weilchen ruhte sie auf dem grauen Computerbildschirm aus, kroch auf der oberen Kante herum und startete dann in Richtung Fenster. Es tat einen kleinen Schlag, als sie gegen die Scheibe prallte, man hörte sie unwillig summen, sie machte einen zweiten Versuch, ebenfalls vergeblich.

Die Tür wurde geöffnet, eine ältere Angestellte schaute hinein und fragte, ob Susanne Kaffee wolle. Die Frau war hager und trug eine randlose Brille, hinter der ihre grünlichen Augen ungemein groß erschienen. Fast erinnerten sie an die Augen des Meeresungeheuers.

»Das wäre sehr liebenswürdig, Madame ...«

Sie brachte eine gewaltig große Tasse mit dünnem Milchkaffee, dazu ein paar Butterkekse. Ihr Lächeln machte Susanne Mut. »Ein Bekannter ist da gewesen, nicht wahr?«

Die Angestellte sagte nichts, blieb aber bei der Tür stehen. »Ein Monsieur Alan Hervé. Er hat nach mir gefragt ...«

»Möglich«, sagte die Angestellte.

»Wissen Sie, was man ihm gesagt hat?«

Die Frau zuckte mit den Schultern, dann siegte das Mitgefühl und sie schaute rasch durch den Türspalt, ob im Nebenraum jemand zuhörte. Dann schloss sie die Tür leise und wandte sich Susanne zu.

»Er war sehr aufgeregt und wollte unbedingt mit Ihnen sprechen. Das war jedoch nicht möglich«, sagte sie mit gedämpfter

Stimme. »Monsieur Tangi hat ihn dann in sein Büro geholt, um ihn zu beruhigen. Er hat sich mit ihm unterhalten. Danach hat Ihr Bekannter das Präsidium verlassen.«

»Wissen Sie, was Monsieur Tangi ihm gesagt hat?«

Die Frau schüttelte verneinend den Kopf und meinte, sie solle jetzt ihren Kaffee trinken, sonst würde er noch kalt. Offensichtlich war sie zu weiteren Auskünften nicht bereit.

»Vielen Dank, Madame ...«

Die Angestellte lächelte ihr zu und ging hinaus. Aus dem Nebenraum vernahm man die Stimme des grauhaarigen Polizisten, der ein Telefongespräch führte. Vermutlich meldete er das außergewöhnliche Ereignis nach Paris und erhoffte sich genauere Anweisungen.

Sie zwang sich, einige Schlucke lauwarmen Kaffee zu trinken, der offensichtlich für Herzkranke gekocht worden war, denn er war dünn wie Spülwasser. Ihr Kopf produzierte ein fürchterliches Durcheinander. Sie musste Sylvie anrufen und ihr alles erklären. Sie musste irgendwie mit Alan sprechen. Sie sollte so schnell wie möglich Kontakt zu ihren Eltern aufnehmen. Wer um Himmels willen hatte die Polizei angerufen? Roxane, die Truckerin? Der Fahrer des zweiten LKW? Aber wieso erst jetzt? Die Großmutter? Nein, das hätte sie ihr gesagt. Wer also sonst?

Sie lehnte sich im Stuhl zurück und streckte die Beine aus. Es war müßig, sich darüber den Kopf zu zerbrechen. Alles würde nun seinen normalen Gang nehmen, vielleicht war sie morgen schon in ihrer Pariser Wohnung. Oder in der elterlichen Villa in Potsdam.

Was hatten sie Alan erzählt? Vermutlich nicht allzu viel, höchstens, dass sie zugegeben hatte, Susanne Meyer-Schildt zu sein. Gravierender war wohl, was sie aus Alan herausgefragt hatten. Für wen er sie gehalten hatte. Wo sie die letzten zwei Monate gewesen war. Bei wem. Was sie dort getan hatte ... Natürlich – das alles hatten sie aus ihm herausgeholt und ihr dann die gleichen Fragen gestellt. Schlau waren sie, diese Ermittler. Wenn sie Pech hatte, dann wusste schon heute Nachmittag die Presse über all diese Dinge Bescheid.

Es gab kein Telefon im Zimmer. Aber vielleicht fand sie ja eine Möglichkeit in einem unbesetzten Büro? Falls man sie im Flur erwischte, konnte sie immer noch sagen, sie habe die Toilette gesucht.

Bevor sie ihr Vorhaben ausführen konnte, öffnete sich die Tür, und der grauhaarige Polizist trat ein, ein Bündel bedruckter Blätter in der Hand.

»Wenn Sie bitte unterschreiben möchten …«

Das Vernehmungsprotokoll. Man hatte sie einem Hinweis aus der Bevölkerung folgend in der Nähe des Dorfes Kerlousec »aufgegriffen« und zu ihrer Identität befragt. Sie gab an, die vermisste Susanne Meyer-Schildt zu sein …

Susanne las das Blatt zweimal durch, dann setzte sie ihren Namen darunter und empfand dabei ein völlig unpassendes Gefühl der Erleichterung. Wenigstens brauchte sie nicht mehr zu lügen. Sie war Susanne Meyer-Schildt und sonst niemand. Anne-Marie Dupin lebte in Paris, sie hatte nichts mit ihr zu tun.

»Wir haben Order, Sie umgehend nach Paris zu bringen, Madame …«

»Ich würde gern telefonieren …«

Sie sah ihm an, dass dieser Wunsch ihn in Schwierigkeiten brachte, und glaubte schon, er würde ihn ihr abschlagen. Doch zu ihrer Überraschung nickte er und machte eine Geste zur Tür hin.

»Bitte sehr, Madame. Wen möchten Sie anrufen?«

»Einen Bekannten.«

»Im Büro gegenüber.«

Er folgte ihr auf den Flur hinaus und öffnete ihr die Tür. In dem Büro gab es zwei Schreibtische, einer davon war mit einem Computer ausgestattet, auf dem anderen stand eine urtümlich aussehende grüne Schreibmaschine, offensichtlich ein Relikt aus den Siebzigerjahren. Das Telefon war ähnlich altmodisch, ein cremefarbener Kasten mit verschiedenen Schaltern und kleinen runden Lämpchen.

»Den ersten Schalter drücken und einfach die Nummer wählen.«

»Vielen Dank.«

Sie nahm den Hörer auf und wartete auf das Freizeichen. Alans Nummer kannte sie auswendig. Nur ein paar Worte. Dass es ihr leidtäte. Dass sie sich melden würde, sobald sie zu Hause sei ... Dann sah sie zwei der kleinen Lichter aufblinken, und sie begriff, dass man drüben im Nebenzimmer saß und mithörte. Sie legte den Hörer wieder auf. Eine halbe Stunde später saß sie auf dem Rücksitz eines Zivilwagens, neben ihr ein Polizist, der offensichtlich extra für diesen Auftrag herbeigeholt worden war, denn sie hatte ihn im Präsidium nicht zu sehen bekommen. Er war stämmig und hatte eine Halbglatze, ein freundlicher Typ, der vermutlich ein guter Ehemann und Familienvater war. Während der Fahrt unterhielt er sich mit ihr, schwatzte auch mit dem jungen Polizisten, der den Wagen fuhr, und als sie bei einer Tankstelle anhielten, begleitete er sie zur Toilette.

Nur wenn er sich unbeachtet glaubte, wurde sein Gesicht hart, und sie konnte sehen, wie sich seine Kiefermuskeln spannten. Sie konnte sich keinen Reim darauf machen. Wozu setzte man diesen bulligen Bodyguard zu ihr in den Wagen?

37

Das nächtliche Paris empfing sie mit unzähligen Lichtern und bunten Weihnachtsbäumen. Gegen Ende der Fahrt war sie übermüdet eingenickt, jetzt starrte sie aus dem Fenster des Wagens auf die vorüberziehenden Häuserzeilen, die beleuchteten Geschäfte und versuchte, sich zu orientieren. Die Périphérique, man fuhr Richtung Centre, rechts leuchtete der Eiffelturm wie ein riesiger, zu dünn geratener Weihnachtsbaum, vor ihnen lag der Seinebogen. Im Grunde war es überflüssig, sie wusste ja, wohin man sie bringen würde: in ihre kleine Wohnung in der Rue de la Harpe.

Doch sie täuschte sich. Sie fuhren zur Île de la Cité, wo sich die Polizeipräfektur der Police nationale befand.

Wahrscheinlich müssen sie meine Identität noch einmal überprüfen, dachte sie. Wie lästig das ist. Vielleicht haben sie Mama und Papa noch nicht erreicht. Und morgen ist Silvester. Ich werde ihnen sagen, dass ich einen festen Wohnsitz in Paris habe, dann werden sie mich gehen lassen. Sie überlegte, dass sie sich den Wohnungsschlüssel bei Madame Jolivet, der Concierge, holen und als Erstes Alan anrufen würde. Dann Sylvie. Dann ihre Eltern und Chrisy. Hoffentlich war ihre Familie inzwischen aus New York zurück. Die Chancen standen gut, denn Silvester verbrachte man nicht »en famille«, sondern mit Freunden. Selbst Mama und Papa gingen getrennte Wege, auch sie selbst, Julia und Christopher hatten nur selten miteinander Silvester gefeiert.

Als sie in den Innenhof des großen Gebäudes einbogen, sah sie, dass fast alle Fenster erleuchtet waren. Natürlich – das Verbrechen schlief nicht, also arbeitete auch die Polizei in der Nacht auf Hochtouren.

Es war kalt in Paris, sehr viel kälter als an der Atlantikküste. Zarte Schneeflöckchen sanken vom dunklen Himmel herab, das Pflaster im Hof war vereist, man musste aufpassen, dass man nicht ausrutschte. Ihre beiden Bewacher redeten über das Schneechaos, das über Weihnachten den Flugplatz Charles de Gaulle lahmgelegt hatte, weil nicht genügend Enteisungsmittel für die Flugzeuge vorhanden gewesen waren.

Gleich am Eingang wurde sie von einem rothaarigen Polizisten in Empfang genommen. Die beiden Kollegen aus St. Renan verabschiedeten sich, der jüngere, der den Wagen gefahren hatte, wünschte ihr »alles Gute«. Es musste an der Müdigkeit liegen, dass ihr der Weg durch das große Gebäude so unwirklich erschien, der lange Flur, Menschen, die auf Stühlen saßen und warteten, umhertaumelnde Betrunkene, kreischende, schimpfende Frauen, Lärm, Randale, Hass und Schmutz. Dazwischen Polizisten, Angestellte, Kriminalbeamte in Zivil. Einer führte einen Dobermann an der Leine, der seinem Herrn folgte, ohne nach rechts oder links zu sehen.

»Bitte hier hinein …«

Wieder ein Büro. Inzwischen wusste sie, dass sie einander glichen, die Arbeitsräume der Polizei. Schreibtisch, zwei Stühle, hochliegende Fenster, ein Fußboden, der leicht zu reinigen war. Hier gab es noch ein Aktenregal, und die Wände waren in hellem Grün gestrichen. Vermutlich sollte die Farbe beruhigend wirken. Sie war so müde, dass sie auf dem einfachen Holzstuhl beinahe eingeschlafen wäre.

»Madame Meyer-Schildt?«

Eine stämmige junge Polizistin stand vor ihr, dunkles, straff nach hinten gebundenes Haar, schmale Augen, breite Wangenknochen. Die Gesichtsakne an Nase und Stirn hatte sie mit einer hautfarbenen Creme behandelt.

»Erkennungsdienst. Kommen Sie bitte mit mir ...«

»Erkennungsdienst? Aber wieso?«

»Kommen Sie bitte mit ...«

Was sollte das werden? Sie war doch keine Verbrecherin! Niemand erklärte es ihr. Sie wurde von drei Seiten fotografiert, man nahm ihre Fingerabdrücke, eine Speichelprobe.

»Ich muss Sie durchsuchen, Madame. Ziehen Sie sich bitte aus ...«

»Ich denke nicht daran!«

»Machen sie bitte keinen Aufstand. Es ist nur eine Routineangelegenheit und rasch vorbei.«

Im grell beleuchteten Büro stand sie nackt vor der Polizistin und ließ sich von ihr befummeln. Das Haar, die Brüste, die Pospalte. Die Beamtin leuchtete in ihren Mund, in die Nase, in die Ohren. Zog Handschuhe an und untersuchte den After, die Vagina. Das sollte Routine sein? Dann wollte sie nicht wissen, was sie bei einer gezielten Untersuchung anstellten. Röntgen? Aufschneiden? Eine CT?

»Wonach suchen Sie eigentlich?«

Das Gesicht der Polizistin blieb unbeweglich. Es war nicht auszumachen, ob sie Vergnügen an ihrer Beschäftigung fand oder Abscheu verspürte. »Ich tue nur meine Pflicht, Madame.«

Sie musste warten, bis die Beamtin auch ihre Kleider unter die Lupe genommen hatte, dann durfte sie sich wieder anziehen. Den Inhalt ihrer Taschen legte die Polizistin in einen viereckigen Plastikbehälter und trug ihn hinaus. Es war lachhaft. Mehrere Muscheln, zwei kleine Granitsteinchen, vom Meer glatt geschliffen, ein benutztes Taschentuch, einige Stückchen trockenes Brot, die sie als Leckerli für Bri-bri mitgenommen hatte. Ach Bri-bri! Er würde heute Nacht allein in ihrem Bett liegen und sie vermissen. Wie albern, dass sie darüber fast in Tränen ausbrach.

Die Nerven behalten, dachte sie verzweifelt und wischte sich mit dem Handrücken über die Wangen. Ganz egal, was sie mit dir anstellen. Diese verdammte dicke Person mit der Akne im Gesicht soll nicht glauben, mich fertigmachen zu können. Was für ein elender Job, anderen Frauen in den Hintern fassen zu müssen.

Die Polizistin kehrte zurück und fragte, ob sie auf die Toilette müsse. Und natürlich ging sie mit, stellte sich direkt vor die Toilettentür und wartete geduldig, bis Susanne fertig war. Dachten sie vielleicht, sie würde mit der Klospülung in die Unterwelt entwischen?

»Ich möchte endlich nach Hause. Ich wohne in der Rue de la Harpe ...«

»Sie werden jetzt vernommen, dabei wird man Ihnen das Notwendige mitteilen ...«

Das Notwendige. Keine umfassende Erklärung der Lage, sondern nur das, was man sie wissen lassen wollte. Weshalb? Wieder ein Büro, dieses Mal war es geräumiger, es gab Kunstdrucke von Manet und Renoir an den Wänden, einen Schreibtisch, der aus dem 19. Jahrhundert stammte, und das obligate Aktenregal war aus dunklem, poliertem Holz. Der Beamte hinter dem Schreibtisch war schmal, fast hager, seine Nase war nach unten gebogen, das dunkle Haar an den Schläfen ergraut. Er wirkte distanziert und außerordentlich ernst, ganz offensichtlich war er ranghöher als alle anderen, mit denen sie bisher zu tun gehabt hatte.

»Madame Meyer-Schildt? Bitte setzen Sie sich ...«

Der Stuhl für den Besucher war im Gegensatz zu der übrigen Einrichtung wenig komfortabel, ein wackeliger Holzstuhl.

»Ich möchte wissen, weshalb man mich durchsucht und erkennungsdienstlich behandelt. Ich habe einen Unfall erlitten und mein Gedächtnis verloren, Monsieur. Ist das hierzulande strafbar?«

»Nein, Madame. Beantworten Sie bitte einige Fragen.«

Es ging von vorn los. Wo hatte sie sich aufgehalten? Bei wem? Weshalb? Wie lange?

»Das habe ich alles bereits zu Protokoll gegeben. Sie haben es vor sich liegen!«

»Beruhigen Sie sich. Reine Routine ...«

»Ich möchte jetzt in meine Wohnung, Monsieur. Ich bin seit heute früh um fünf auf den Beinen. Ich brauche Schlaf.«

Er zog ironisch die Augenbrauen in die Höhe, und sie hasste ihn dafür. Er hatte etwas von einer Spinne, die ihr Opfer mit heiterem Vergnügen betrachtet, bevor sie sich darauf stürzt.

»In welche Wohnung möchten Sie fahren, Madame?«

»In meine Studentenwohnung. Rue de la Harpe. Im Quartier Latin ...«

»Diese Wohnung wurde inzwischen geräumt.«

Sie war wie vor den Kopf geschlagen. Natürlich hatten sie ihre Wohnung durchsucht, sie hatten die Adresse ja auf dem verdammten Briefumschlag gefunden. Aber dass ihre Eltern gleich gekündigt hatten ... Vermutlich wegen der Presse ...

»Dann möchte ich meine Eltern anrufen und mir ein Zimmer in einem Hotel mieten.«

Er bewegte sich um keinen Millimeter, nur seine Augen fixierten sie mit großer Intensität. Er war einer, der jede Geste, jeden Ausdruck seines Gegenübers registrierte und seine Schlüsse daraus zog.

»Bedaure, Madame. Sie werden die Nacht über bei uns bleiben müssen. Kommen Sie bitte mit ...«

Diese Nachricht ließ sie alle guten Vorsätze vergessen. Panik erfasste sie. Man hielt sie fest! Sperrte sie ein! Möglicherweise wochenlang ...

»Aus welchem Grund? Ich möchte wissen, was man mir vorwirft, Monsieur le Commissaire. Ich habe nichts verbrochen!«

Er ließ ihren Ausbruch routiniert an sich abgleiten und wartete, bis sie sich beruhigt hatte. »Sie werden es sofort erfahren, Madame. Nur noch eine kurze erkennungsdienstliche Überprüfung ...«

»Noch eine?«

»Bitte!«

Was konnte sie tun? Schreien? Toben? Sich weigern und wild um sich schlagen? Stocksteif auf ihrem Stuhl sitzen bleiben? Es hatte doch alles keinen Zweck. Vergeudete Energie.

Sie wurde in einen schmalen Raum geführt, der auf einer Längsseite mit einem Spiegeleinsatz ausgestattet war. Drei weitere Frauen stellten sich neben ihr auf, alle hielten ein Kärtchen mit einer Nummer in der Hand. Was für ein dummes Spiel. Vermutlich waren es Sekretärinnen oder andere Angestellte der Präfektur, sie sprachen nicht miteinander, erfüllten ihre Pflicht mit ernster Hingabe.

Als sie wieder vor dem altmodischen Schreibtisch saß, zitterte sie vor Schwäche und Erschöpfung. Sie hatte seit dem Morgen nichts gegessen, hätte auch nichts hinuntergebracht, sogar der dünne Milchkaffee hatte ihr Magenschmerzen verursacht.

»Wer war auf der anderen Seite?«

Er lächelte. Tatsächlich, er konnte lächeln. Es sah allerdings eher so aus, als würde er ihr die Zähne zeigen.

»Wir haben zwei Ihrer Kommilitonen herbestellt. Benedict Brulot und Solange Daudernet. Außerdem Madame Jolivet, die im Erdgeschoss des Miethauses in der Rue de la Harpe wohnt. Sie haben Sie alle drei ohne Schwierigkeiten identifizieren können.«

Er sagte das freundlich und gönnerhaft, als sei es ein Pluspunkt für sie, dass man sie problemlos erkannt hatte.

»Na also! Darf ich dann jetzt bitte erfahren, weshalb man mich hier festhält?«

»Vor allem zu Ihrer eigenen Sicherheit, Madame Meyer-Schildt.«

Sie musste ein reichlich verblüfftes Gesicht gemacht haben, denn er starrte sie noch eindringlicher an. »Sie haben keine Erinnerung an den Unfall?«

War das eine Feststellung oder eine Frage? Eher wohl eine Fangfrage.

»Nein. Ich sagte ja, dass ich durch den Schock einen Gedächtnisausfall erlitten habe.«

»So etwas kommt vor ...«

Glaubte er ihr? Oder tat er nur so? Er schob seinen Stuhl ein Stückchen zurück und lehnte sich nach hinten. Es sah aus, als müsste er nachdenken.

»Aber Sie erinnern sich daran, dass Sie eine Beziehung mit einem gewissen Paul Charnier hatten?«

Das Stichwort. Paul. Endlich.

»Ja. Wir waren einige Monate lang befreundet.«

»Er hat bei Ihnen in der Rue de la Harpe gewohnt, nicht wahr?«

»Ja.«

»Sie hatten also eine *intime* Beziehung mit Paul Charnier?«

»Ja doch ...«

Er senkte die Augenlider ein wenig und blickte sie durch den schmalen Spalt an. »Was wussten Sie über seine Geschäfte?«

Paul, dachte sie. Das kann doch nicht sein. Sie wollen ihm irgendetwas anhängen.

»Er arbeitete bei der BNP als Angestellter. Soweit mir bekannt, kümmerte er sich um Geldanlagen. Was genau – darüber hat er nie gesprochen.«

Der Polizeikommissar zog scharf die Luft ein und setzte sich wieder aufrecht hin.

»Sie wussten nicht, dass Paul Charnier erhebliche Summen durch Erpressung kassiert hat?«

Sie musste sich Mühe geben, ruhig zu bleiben. Was für eine Gemeinheit. Wie niederträchtig!

»Das ist lächerlich. Wen sollte er denn erpresst haben?«

»Steuersünder. Bankkunden, die ihre Gelder auf Umwegen in die Schweiz transferiert haben. Wir wissen nur von zwei Fällen, in denen inzwischen eine Selbstanzeige vorliegt. Diese Kunden haben gegen Paul Charnier ausgesagt. Es muss allerdings noch wesentlich mehr Fälle gegeben haben.«

Sie glaubte kein Wort davon. Wie sollte das zusammenpassen? Pauls zynische Sprüche über die geldgierigen Karrieremacher. Hatte er nicht gesagt, Geldgeschäfte seien nichts als Zahlen, die auf den Bildschirmen der Computer herumgeschoben wurden? Und da sollte er sich selbst um erhebliche Summen bereichert haben?

»Es hat eine Weile gedauert, bis wir die Zusammenhänge klären konnten«, fuhr der Polizist fort. »Zunächst nahmen wir an, Paul Charnier hätte sich ins Ausland abgesetzt. Dass er in einen Unfall verwickelt war, wurde erst durch einen Briefumschlag klar, der in der Nähe des Unfallorts gefunden wurde.«

»Und wo war dieser Unfall?«

»In der Nähe von Chambourcy. Nicht weit von der Autobahn. Sie erinnern sich wirklich nicht?«

Lauernd sah er sie an. Wahrscheinlich glaubte er, ihr ansehen zu können, ob sie log oder die Wahrheit sagte.

»Ich weiß nur, dass wir Urlaub machen wollten. In der Bretagne …«

»Und das hat Sie nicht überrascht? Ich meine: Wer reist schon im Herbst in die Bretagne?«

»Er hatte oft verrückte Einfälle.«

»Das glaube ich Ihnen gern.«

Wieder dieses ironische Lächeln. Sie empfand es als kalt. Beleidigend. Es sagte: Ich weiß mehr als du, glaub bloß nicht, du könntest mich hereinlegen.

»Wir haben den Unfallwagen gründlich untersucht. Vielmehr das, was davon übrig geblieben ist. Sie haben unfassbares Glück gehabt, junge Frau. Der Wagen wurde durch einen Brandsatz vollkommen zerstört …«

»Durch … einen Brandsatz?«

Mit einem Schlag begriff sie. Es war kein Unfall gewesen, sondern ein Mordanschlag. Ein gütiges Geschick hatte sie vor Tod oder Verstümmelung bewahrt. Der arme Paul war nicht so glücklich gewesen.

»Der Zünder war unter dem Wagen montiert. Möglicherweise hat man Ihren Bekannten zu einem riskanten Fahrmanöver veranlasst, der Brandsatz zündete bei einer größeren Erschütterung ...«

Sie versuchte, sich einen dahinrasenden Wagen vorzustellen, der plötzlich in Flammen aufgeht. So etwas sah man in Filmen, es hatte nichts mit ihr selbst zu tun. In ihrem Kopf war eine Wand, fest gemauert und undurchdringlich. Was dahinterlag, war unerreichbar, für immer verloren.

»Paul Charnier hatte offensichtlich jemanden erpresst, der eine Nummer zu groß für ihn war. Jemanden, der wusste, wie man lästige Erpresser mitsamt dem Belastungsmaterial aus der Welt schafft. Leider haben wir keine Ahnung, um wen es sich handeln könnte. Wir haben auf Sie gehofft, Madame Meyer-Schildt ...«

»Auf mich?«

Sein bohrender Blick sagte ihr, dass ihre Frage ziemlich naiv war. Sie war Paul Charniers Freundin gewesen, er hatte bei ihr gewohnt. Sie war nach dem Unfall verschwunden und hatte unter falschem Namen in einem gottverlassenen Nest in der Bretagne gelebt. Und jetzt kam sie mit einer so fadenscheinigen Geschichte daher ... Gedächtnisverlust ...

»Selbstverständlich, Madame. Das belastende Material könnte auf einer CD-Rom oder auch auf einem Computerstick abgespeichert sein. Ihr Freund hat den Besitz dieser Informationen mit dem Leben bezahlt. Wir sind ein wenig besorgt um Sie, Madame Meyer-Schildt ...«

Jetzt war ihr auch klar, weshalb man sie so peinlich genau untersucht hatte. Ein Computerstick war nicht allzu groß.

»Ich habe keine Ahnung, wovon Sie sprechen. Ich besitze weder einen Stick noch eine CD-Rom mit irgendwelchen belastenden Informationen. Das Ganze ist völlig aus der Luft gegriffen …«

»Davon gehen auch wir aus, Madame.«

»Wieso halten Sie mich dann fest? Ich habe nichts getan und verlange, auf freien Fuß gesetzt zu werden!«

Er blieb gelassen, ihre Forderung schien ihn zu amüsieren. Passte sie in seine Theorie? Vermutete er, sie wolle so schnell wie möglich untertauchen? Die CD-Rom oder den Stick mit heißen Informationen aus dem Versteck holen und Millionen damit erpressen? Erschien sie ihm als eine lebensmüde Idiotin?

»Das wird der Haftrichter entscheiden, Madame. Bis dahin müssen Sie hierbleiben. Wie ich bereits sagte: zu Ihrer eigenen Sicherheit …«

»Das ist doch absurd! Unter welcher Anklage könnte ich stehen?«

»Mögliche Mitwisserin eines Verbrechers. Untertauchen mit falscher Identität … Es könnte sich auch noch mehr finden, Madame …«

»Ich verlange einen Anwalt. Das ist mein Recht. Außerdem möchte ich Kontakt zu meiner Familie aufnehmen.«

Er gab sich liebenswürdig. Versicherte ihr, dass man ihre Rechte berücksichtigen würde. Auch ihre Familie informieren. Ihr einen Rechtsbeistand verschaffen. »Zu gegebener Zeit, Madame.«

Er klappte den Aktendeckel zu und legte die Fadengummis mit einem schnappenden Geräusch um die beiden Ecken. Dann steckte er den Kugelschreiber in den dafür vorgesehenen Metallbecher, ein altes Trinkgefäß aus Zinn, in das ein Wappen eingraviert war. »Madame Fouquet!«

Die korpulente Angestellte mit der Gesichtsakne erschien. Sie wirkte jetzt weniger selbstsicher als vorhin, als sie mit Susanne allein gewesen war. In Gegenwart ihres Vorgesetzten spiegelte ihre Miene Bereitschaft und Diensteifer.

»Wir sind fertig.«

Zehn Minuten später saß Susanne neben zwei Prostituierten in einem Polizeiwagen, der die Rue Saint-Jacques in Richtung Montparnasse fuhr. Ziel war das Untersuchungsgefängnis »La Santé«.

38

Graublaue Wellen warfen sich gegen die Klippen, rauschten darüber hin, schäumten und vergingen, wurden zu zischender, brausender Gischt. Sturmvögel zogen ihre Kreise über dem Meer, verschwanden im bläulichen Dunst des Horizonts, kehrten zurück und ließen sich vom Wind steil emportragen.

»Die Bretagne im Winter ist genau richtig«, sagte Pauls Stimme. »Ich mag den Nebel.«

Sie konnte ihn kaum verstehen, weil eine Schar Möwen kreischend und zeternd auf dem Pfad gelandet war. Sie schlugen mit den Flügeln und hackten einander mit gefährlich spitzen Schnäbeln. Weshalb sie sich stritten, war nicht auszumachen.

»Glaubst du an das Schicksal, Anne-Marie?«

»Nenn mich nicht Anne-Marie!«

Sie sah sein Gesicht vor sich. Er kniff die Augen schmal zusammen, weil der Wind von vorn kam, sein schwarzes Haar flatterte wie ein dunkles Flammenmeer.

»Wie soll ich dich sonst nennen?«

Die Frage hallte in ihren Ohren und vermischte sich mit dem Dröhnen und Schlagen der Meereswogen. Es war so laut, dass sie Furcht bekam, das Meer könnte die Landzunge mit dem Leuchtturm verschlingen und niemals wieder hergeben. So wie es einst mit der Stadt Ys geschehen war …

»Wie soll ich dich sonst nennen?«

»Susanne … ich bin Susanne!«

Sie sah zum Leuchtturmwärterhaus hinüber, das grau und geduckt dem Ansturm des Windes trotzte. Dort oben war ihr Zimmer, dort stand ihr Bett am Fenster, Bri-bri wartete auf sie.

Unten in der Küche rührte die Großmutter in einem Topf herum und sah sie zornig an.

»Sie haben alles durchsucht. Vom Dachboden bis zum Erdgeschoss. Alle Schränke durchwühlt, die Wände abgeklopft, sie haben sogar den Fußboden aufgestemmt!«

»Es tut mir leid.«

Blaugraue Wellen tanzten und wiegten sich. Blitzten im Sonnenlicht wie geschliffenes Glas, rauschten dem Land entgegen und strichen mit sanften, durchsichtigen Händen über den weißen Sand ...

»Bist du jetzt endlich wach?«

Der Wellenschaum kroch kitzelnd über ihre Wange. Zupfte an ihrem Haar, pustete ihr ins Gesicht.

»Na also!«

Blinzelnd erkannte sie zwei braune Augen unter dunklen, geschwungenen Brauen. Eine fremde junge Frau kniete vor ihrem Lager und hatte sich offensichtlich alle Mühe gegeben, sie aufzuwecken.

»Wer bist du?«, krächzte Susanne verschlafen.

»Gabriella ... und du?«

Sie war im Gefängnis. Kein böser Traum, sondern die Wirklichkeit, hart und grell wie die Deckenlampe, die die ganze Nacht auf sie herabgebrannt hatte. Sie war in der Frauenabteilung des Pariser Gefängnisses, das »La Santé« hieß. Was man in den Zeitungen über diese Anstalt zu lesen bekam, hatte allerdings mit Gesundheit wenig zu tun. Ganz im Gegenteil.

»He! Schlaf nicht wieder ein. Wie heißt du?«

»Susanne.«

Zutraulich war sie, diese Gabriella. Lächelte sie geradezu zärtlich an und meinte, es gäbe jetzt gleich Frühstück.

»Vorher kommen die und schmeißen dich aus dem Bett. Dann musst du herumstehen, bis sie alles durchsucht haben, und dann darfst du dein Bett machen. Hinterher kriegen wir dann was zu essen.«

»Ist dieses Licht auch tagsüber an?«

»Das ist immer an.«

Sie fühlte sich wie zerschlagen. Spät in der Nacht waren sie angekommen, man hatte sie flüchtig durchsucht und dann durch verwirrend lange, hell ausgeleuchtete Gänge geführt. Die Türen der Zellen waren aus Stahl, in Augenhöhe hatten sie ein kleines Fenster mit einem Schieber davor, damit man von außen in die Zelle hineinsehen konnte. Susanne hatte sich kaum umgeschaut, sie war auf das untere Lager des Stockbetts gefallen, hatte die Wolldecke über sich gezogen, und nicht einmal der seltsam stechende Geruch des Bettzeugs hatte sie davon abhalten können, sofort in den tiefen Brunnen des Schlafs zu sinken. Ob zu dieser Zeit jemand im oberen Bett lag, hatte sie nicht genau wahrnehmen können, es musste aber wohl so gewesen sein.

»Gemütlich, wie?«, sagte Gabriella spöttisch. »Die wollen wissen, was wir machen. Könnte ja sein, ich vergewaltige dich oder versuch, dir mit den Fingernägeln die Augen auszukratzen. Alles schon da gewesen. Drüben bei den Männern, da sind manchmal vier oder fünf in einer Zelle. Wenn da ein Neuer kommt, dann fallen die über ihn her und machen hübsche Sachen mit ihm. Da hilft ihm keiner, die haben viel zu viel Angst.«

Susanne machte einen Versuch, sich aufzusetzen, stieß jedoch mit dem Kopf gegen das obere Bett und ärgerte sich über ihre Dummheit. Ein Stockbett. In so etwas hatte sie zuletzt vor vielen Jahren während eines Schulausflugs nach Südengland gelegen. Damals waren sie zu viert im Zimmer und fanden die Sache mit den übereinanderliegenden Schlafplätzen großartig.

»Haste Stoff dabei?«, fragte Gabriella zutraulich. »Kannst mir ruhig sagen, ich verpfeif dich nicht.«

»Nee«, murmelte Susanne.

Sie sah sich jetzt genauer in der Zelle um. Eng war es, aber nach allem, was sie in der Zeitung gelesen hatte, musste es sich hier fast um eine Luxuszelle handeln. Ehemals weiß gestrichene Wände, Hängeschränke, eine Tischplatte zum Herunterklappen, zwei Stühle. Gleich neben dem Klapptisch eine Art Vorhang. Dahinter ein Waschbecken und ein Klo. Auf der anderen Seite das Stockbett, der Tür gegenüber ein schmales, hoch angebrachtes Fenster mit geriffelten Milchglasscheiben, davor Gitterstäbe.

Was hatte dieser Mensch gestern Nacht zu ihr gesagt? Der Haftrichter würde über ihren Verbleib entscheiden. Wann? Zu gegebener Zeit. Sie wusste, dass man in Frankreich solche Fristen locker handhabe. Es konnte heute sein, aber auch morgen, nächste Woche oder gar in vierzehn Tagen. Auch mit dem Rechtsbeistand würde man sich gewiss nicht übereilen. Hoffentlich informierten sie wenigstens ihre Eltern. Die würden diese verkrustete Maschinerie schon in Bewegung setzen. Ganz sicher würde Papa seine Beziehungen spielen lassen, um sie hier herauszuholen.

»Haben dich gefilzt, wie? Was haste denn angestellt? Geklaut?«

Gabriella war eine exotische Schönheit. Hochgewachsen und grazil, das krause, schwarze Haar zu unzähligen langen Zöpfchen geflochten. Als sie jetzt aufstand, waren ihre Bewegungen herausfordernd weich, fast sah es aus, als tanzte sie. Ihre Haut war ein wenig heller als Milchschokolade.

»Keine Ahnung«, sagte Susanne. »Hatte einen Autounfall. Dabei ist mein Ex-Freund umgekommen ...«

»Scheiße ... Aber was wollen die dann von dir?«

»Weiß nicht ... Geht die Klospülung? Oder muss man da einen Eimer Wasser nachkippen?«

Gabriella drehte sich kurz zur Seite und warf einen verächtlichen Blick auf die weiße Porzellanschüssel. Dann begann sie, ihr Bett zu machen. »Beeil dich besser. Die kommen gleich rein.

Und zieh sofort ab, sonst müffelt es hier. Hab ich nicht so gern beim Frühstück.«

»Ich auch nicht.«

Es war mehr als widerlich, nur von einem dünnen Stoffvorhang verborgen die Toilette zu benutzen. Gabriellas Bemerkung, es gäbe drüben bei den Männern Zellen, die hätte nicht einmal einen Vorhang, tröstete sie wenig. Langsam wurde ihr klar, wohin sie geraten war, und es schauderte sie. Hier wurden Menschen wie Tiere in Ställen gehalten. Und das, obgleich sie nur unter Verdacht standen und ihre Schuld keineswegs erwiesen war. Wie viele Unschuldige hatte man monatelang in ein Untersuchungsgefängnis gesperrt, hatte ihnen die Würde genommen, ihr Schamgefühl verletzt, sie der Verzweiflung preisgegeben? Die fleißige Studentin Susanne Meyer-Schildt hatte von solchen Dingen bestenfalls aus der Zeitung erfahren, ihre juristischen Studien bezogen sich hauptsächlich auf die Abschlüsse internationaler Wirtschaftsverträge. Sie konnte nur inständig hoffen, dass ihre Eltern rasch handelten.

»Wenn du was brauchst ...«, sagte Gabriella, als sie sich zu ihr an den Tisch setzte. »Ich kann's dir wahrscheinlich besorgen ... Haste Geld?«

»Nein.«

Man vernahm jetzt Schritte auf dem Flur und das Rasseln eines Schlüsselbundes. Energische Frauenstimmen, befehlsgewohnt und kalt. Los! Aufstehen! Hoch mit dir! Hände herzeigen! Umdrehen! Schlaf nicht ein!

»Haste jemand, der dir Geld beschafft?«

»Vielleicht ...«

»Harte Sachen kann ich nicht besorgen, das fällt auf.«

»Ich brauch das nicht ... Hätte lieber frische Wäsche und Klamotten.«

Gabriella zuckte die Schultern. Sie trug einen eng anliegenden schwarzen Pulli und dazu schwarze Leggings. Die Fußnägel hatte sie hellblau lackiert, auf den Fingernägeln waren bunte Lackbilder. Im Nacken sah man ein Tattoo, ein kleiner Drache mit einem langen gebogenen Echsenschwanz. Er erinnerte Susanne an das Meeresungeheuer.

Der Schlüsselbund klirrte laut vor ihrer Tür, jemand zog den Schieber auf, man sah zwei Augen, die durch den Glaseinsatz hineinstarrten. Prüfend wanderten sie hin und her, dann ging der Schieber wieder zu und der Schlüssel fuhr ins Schloss.

»Morgen! Aufstehen. Zur Wand treten. Hände vorzeigen ... Andere Seite ...«

Zwei Aufseherinnen in dunkelblauer Uniform mit breiten Ledergürteln und schwarzen Schnürstiefeln. In einer Gürteltasche steckte ein Walkie-Talkie, in einer anderen, die verdeckt war, möglicherweise eine Waffe. Beide Frauen waren groß und stämmig, sie sprachen sehr laut, als gälte es, die Insassen von vornherein einzuschüchtern.

Susanne und ihre Mitgefangene Gabriella standen unter dem Fenster mit dem Rücken zur Wand und sahen zu, wie ihre Schlafplätze von einer der beiden Frauen mit wenigen kundigen Handgriffen bis unter die Matratze durchwühlt wurden. Die andere Aufseherin stand bei der Tür, um die Lage im Blick zu haben.

»Majähr-Schied? Sind Sie das?«

Man setzte nicht einmal das Wort »Madame« vor ihren Namen. Sie konnte froh sein, nicht mit Vornamen angeredet zu werden.

»Susanne Meyer-Schildt, ja.«

»Gleich mit zum Verhör.«

Normalerweise hätte sie protestiert. Sie hatte noch nicht gefrühstückt, war ungewaschen, hatte die Kleider nicht wechseln können. Aber wen interessierte das? Wenn man sie dem Haftrichter vorführte, dann hatte sie jetzt die Chance, um ihre Freiheit zu kämpfen.

Breite Flure, mit Glas überdacht, damit viel Licht hineinfiel. Zu beiden Seiten Stahltüren, eine dicht neben der anderen. Unter ihren Füßen dröhnte Metall, auch die Treppen waren aus Stahl. Sie musste an den Leuchtturm denken und konnte es nicht fassen, dass sie noch vorgestern Abend hoch oben über Meer und Land die Luft der Freiheit geatmet hatte.

Der Haftrichter war ein kleinwüchsiger Mensch von grauer Gesichtsfarbe. Möglich, dass er sensibel war, er sah krank und unglücklich aus, die dicke Hornbrille führte in seinem schmalen Gesicht ein Eigenleben.

»Sie hatten ein intimes Verhältnis mit dem Erpresser Paul Charnier?«

»Sie behaupten, an den Unfall keine Erinnerung zu haben?«

»Sie haben drei Monate unter falschem Namen in dem Dorf ... Kerlousec in Finistère gelebt?«

»Sie haben keinen festen Wohnsitz in Paris?«

Sie redete sich den Mund fusselig, erklärte, begründete, schilderte Sachverhalte. Verwies auf den Schock und damit zusammenhängenden Gedächtnisverlust. Erzählte von der Todesanzeige, die sie in die Bretagne geführt hatte. Versuchte immer verzweifelter, etwas zu erklären, was sich dem logischen Verstand entzog. Nein, die Menschen in Kerlousec hatten keine Ahnung von ihrer wirklichen Identität. Man hielt sie für die Enkelin der Madame LeBars. Nein, sie hatte ihre Familie nicht kontaktiert. Ja, sie hatte gewusst, dass man nach ihr suchte.

»Ich hatte um einen Rechtsanwalt ersucht, Monsieur.«

»Den werden Sie erhalten, Madame Meyer-Schildt. Es sind noch ein paar Formalitäten zu beachten.«

»Wurden meine Eltern informiert?«

»Das entzieht sich meiner Kenntnis. Aber ich gehe davon aus, dass es geschehen ist. Außerdem wurde eine neurologische Untersuchung angeordnet.«

Sie verblieb bis auf Weiteres in Untersuchungshaft. Eine Entscheidung, die sie wie ein Donnerschlag traf. Wie lange würde sie es dort aushalten? Sie war jetzt schon kurz davor, durchzudrehen, wenn sie an die winzige Zelle dachte. Durch das milchige Glas des Fensters konnte man nicht einmal den Himmel sehen.

Paul, dachte sie. Das ist doch nicht möglich. Du warst kein Betrüger. Das hätte ich doch gemerkt! Ich weiß, dass du nichts getan hast. Woher kommen nur diese Anschuldigungen?

Als sich die Stahltür hinter ihr schloss, kroch sie auf ihr Bett und kauerte sich unter der Wolldecke zusammen. Warum konnte sie nicht die Augen schließen und aus diesem Dasein verschwinden? Nicht nachdenken müssen. Nicht das Bild eines Menschen zerstören, den sie über alles geliebt hatte. Paul, ihr Liebster, war kein Erpresser.

Für einen Moment tauchte ein Bild in ihrem Kopf auf. Regen. Ein Mann steht auf der Straße, bückt sich über einen Gulli, in den das Wasser gurgelnd hinabstürzt. Der Mann streckt eine Hand aus, wirft etwas in den Gulli, schiebt mit dem Fuß nach und richtet sich wieder auf. Paul. Das Schreibwarengeschäft. Er hatte eine Zeitung gekauft ... Wieso kullerten gelbrote Pfirsiche im Auto herum?

»Willste dein Frühstück nicht? Der Kaffee ist noch warm ... Die Marmelade schmeckt scheiße, aber das Brot ist gar nicht so übel.«

Gabriella lag im Bett über ihr, wenn sie sich bewegte, knarrte und quietschte das eiserne Stockbett, und die Matratze, nur von einem Drahtgeflecht gehalten, bog sich durch.

»Hab gar nicht mehr dran gedacht.«

»War wohl nicht so toll, das Verhör, wie? Musste hierbleiben?«

Susanne zögerte mit der Antwort. Lästig, diese Person mit ihrer Fragerei. Die musste sie nun auch ertragen, gehörte mit zum Paket. Sie versuchte, sich an das Bild zu erinnern, das in ihrem Kopf so plötzlich erschienen war, doch es hatte sich aufgelöst. Geblieben war nur ein Pfirsich, der auf einem Autositz herumrollte ...

»Vorläufig ja. Aber sie besorgen mir einen Rechtsanwalt.«

Das Bett quietschte und bebte, oben schien Gabriella sich vom Bauch auf den Rücken zu drehen. Wenn man genau hinsah, konnte man auf der Unterseite der Matratze unregelmäßige gelbe Ränder und dunkle Flecken erkennen. Wie eine Schatzkarte mit Inseln und Sandbänken ...

»Na, da bin ich gespannt«, kam es von oben. »Da musste eine schöne Stange Geld hinlegen, weißte das? Bevor der irgendwas macht, will der erst mal Kohle sehen. Weiß ich von einer Freundin, die hat auch gedacht, sie kriegt einen Anwalt, war aber nix ...«

Susanne schwieg. Wenn ihre Eltern sich einschalteten, war Geld ganz sicher kein Problem. Aber wann würde das sein? Wie lange sollte sie hier in diesem elenden Loch sitzen?

»Wenn du das nicht isst, holen sie es wieder weg.«

Sie entschloss sich, dem französischen Staat nichts zu schenken, schon gar nicht ihr Frühstück. Diese Gabriella war zwar fürchterlich geschwätzig, aber sie verhinderte wenigstens, dass man in trübe Gedanken versank. Susanne setzte sich an den Tisch, trank lauwarmen Kaffee und kaute Weißbrot mit Marmelade. Tatsächlich, das Zeug schmeckte nach nichts, es war einfach nur ein gelber, durchsichtiger Geleeklecks.

»Weshalb bist du eigentlich hier?«, fragte sie Gabriella.

»Rate mal!«

»Du hast falsch geparkt.«

»Stimmt.«

»Das ist doch nicht dein Ernst!«

»Doch, doch.«

Sie schwiegen einen Moment, weil aus dem Flur lautes Stimmengewirr zu ihnen drang. Schlüssel klirrten, eine Frau kreischte wütende Beschimpfungen. Dann hörte man, wie sich eine Stahltür schloss, und es wurde wieder still.

»'ne Neue«, sagte Gabriella gleichmütig. »Denkt, sie könnte hier das Maul aufreißen. Wird schon merken, dass sie damit nicht weit kommt.«

»Du bist also hier, weil du falsch geparkt hast?«

Sie schaute zu Gabriella hinauf, die auf dem Rücken lag und eins ihrer Zöpfchen um den Finger drehte. In ihrer Miene war etwas Unwägbares, es konnte Spott sein oder auch Hinterlist.

»Genau. Ich hab vor einer Bank geparkt. Und zwar exakt in dem Moment, als zwei Typen sie überfallen haben.«

»Verstehe …«

»Hatte nix mit denen zu tun! Hab nur da angehalten, weil ich rüber in die Apotheke wollte, Kopfschmerztabletten holen …«

»Kanntest du die beiden?«

Gabriella betrachtete intensiv das zerzauste Ende des Zöpfchens, leckte daran und drehte es zwischen Daumen und Zeigefinger.

»Flüchtig …«

Die Schritte der Aufseherinnen waren zu hören, ihre Schnürstiefel hallten eindrucksvoll in dem hohen Flur. Der Schieber wurde bewegt, ein Augenpaar starrte herein, dann das »Klack«, wenn der Schieber wieder geschlossen wurde. Schlüsselgeklirr. Die Aufseherin trat ein, schnappte sich das Frühstückstablett und reichte es ihrer Genossin, die an der Tür stand.

»Majähr-Schied – zum Verhör …«

Ein mitleidiger Blick aus dem oberen Bett traf sie. Susanne nahm die Aufforderung jedoch voller Hoffnung entgegen. Der Rechtsanwalt. Endlich. Es tat sich etwas. Während sie vor der Aufseherin her durch den Flur ging, taumelte sie etwas. Es musste an dem Kaffee liegen, er war stark gewesen und sie hatte ihn hastig getrunken.

»Ist Ihnen nicht gut?«

»Doch, doch. Nur ein bisschen schwindelig …«

Die Aufseherin packte sie grob am Oberarm und führte sie eine Weile. Es tat ziemlich weh, aber der Schmerz sorgte dafür, dass das Schwindelgefühl verging.

»Fang bloß nicht mit irgendwelchen Tricks an, Deutsche …«

Aha, sie hatte etwas gegen Deutschland, diese stämmige Person mit den Schnürstiefeln. Das war sozusagen eine private Verwarnung gewesen, bei der sie einfach geduzt wurde.

Das Verhör fand im gleichen Raum statt, in dem sie vorhin von dem Haftrichter vernommen worden war. Grau gestrichene, kahle Wände, graue Fliesen auf dem Fußboden, an beiden Schmalseiten je eine Tür. In der Mitte ein Tisch und zwei Stühle. Das Ganze hatte Ähnlichkeit mit einem Bunker, nur das längliche Fenster mit den Gitterstäben davor zeigte an, dass man sich in einem Gefängnis befand.

»Setzen. Hände auf den Tisch legen.«

Es erinnerte an den Kindergarten, da hatten sie auch immer die Hände auf den Tisch legen müssen, bevor sie ihr Frühstück aßen. Was dachten die sich eigentlich? Dass sie gleich ein Messer aus der Hosentasche ziehen würde, um ihren Rechtsanwalt zu erdolchen?

Doch der junge Mann, der kurz darauf mit schneefeuchtem Mantel eintrat, stellte sich als »Simon Bardolin« vor und war keineswegs Jurist. Er war Steuerfahnder.

»Ich werde Ihnen wenig erzählen können, Monsieur Bardolin.«

Er lächelte sie an. Immerhin war er der Einzige, der sich mit Namen vorgestellt und ihr sogar die Hand gereicht hatte. Ein sportlicher Typ, blond, graue Augen, schmales Gesicht. Ein Steuerfahnder war im Übrigen auch nichts anderes als ein Polizist.

»Das werden wir herausfinden, Madame Meyer-Schildt …«

Er war schlau, nutzte sein unbefangenes Lächeln, um sich einzuschmeicheln, spielte den netten Burschen von nebenan und tastete sich langsam vorwärts. Ob Monsieur Charnier mit ihr in die Schweiz gefahren sei. Ein schönes Land. Seen und Berge ...

»Paul Charnier war bei der BNP angestellt. Mit welchen Banken er ansonsten zu tun hatte, weiß ich leider nicht. Er sprach niemals über seine Arbeit.«

Das war nicht ganz die Wahrheit, aber sie hatte wenig Lust, weitere Fragen herauszufordern. Paul hatte von einem »Bombengeschäft« gesprochen. Von der Karibik. Von Singapur. Das war aber auch alles. Sie hatte keine Fragen gestellt, weil sie viel zu sehr mit ihrem Studium beschäftigt gewesen war.

Der smarte Monsieur Bardolin gab sich jedoch mit ihrer Auskunft nicht zufrieden. Man habe in ihrer Wohnung Notizen sichergestellt, Kritzeleien auf einem Block, möglicherweise während eines Telefonats gemacht. Ob sie darüber etwas sagen könne. Er zog einen weißen Umschlag aus seiner Mappe und entnahm ihm eine durchsichtige Plastikhülle. Darin waren drei kleine, grellrote quadratische Zettel, die tatsächlich von einem Block stammten, den sie für Telefonnotizen gebraucht hatte. Sie waren zerknittert gewesen und sorgfältig geglättet worden, vermutlich hatte man sie aus dem Papierkorb gefischt.

»Hat das Paul Charnier geschrieben?«

Sie starrte auf die Zahlen und hingeworfenen Wortfetzen. Er hatte oft auf dem Block herumgekritzelt, wenn er telefonierte. Dann hatte er ihr kurz zugegrinst und sich abgewendet, oft gestikulierte er auch mit der freien Hand und lief im Zimmer herum. Es ging um irgendwelche Fonds oder Trusts – sie hatte nicht hingehört. Auf jeden Fall ging es um Zahlen ...

»Ja, ich erinnere mich. Paul Charnier hat ein Auto gekauft. Von einem Bekannten, leider habe ich seinen Namen vergessen. Sie haben wohl um den Preis verhandelt ...«

Er war nicht zufrieden, vermutlich hatte er sich mehr erhofft. Jetzt fragte er nach dem Wagen, wollte wissen, welcher Hersteller, wie alt, ob er ihr gefallen habe.

»Könnte das nicht auch eine Telefonnummer sein? Oder ein Teil einer Kontonummer?«

»Ich habe keine Ahnung, Monsieur Bardolin ...«

Er wollte wissen, ob Paul Charnier Konten im Ausland gehabt habe. Mit wem er befreundet gewesen sei.

»Ich kannte ihn erst seit wenigen Monaten, Monsieur Bardolin. Und ich war sehr mit meinem Studium beschäftigt. Soweit mir bekannt, hatte er nur wenige Freunde.«

Tatsächlich hatte Paul hier und da von seinen Freunden geredet. Auch von seiner Ex-Freundin. Vorgestellt hatte er ihr jedoch keinen einzigen dieser Freunde. Auch nicht den Mann, von dem er den Wagen gekauft hatte. Ein Schnäppchen, so hatte er gemeint. In Wirklichkeit war es eine Todesfalle gewesen. Mein Gott – jemand hatte ihn umgebracht. Und sie selbst wäre fast ebenfalls dabei gestorben. Wer tat so etwas? Warum?

»Wie kam Paul Charnier mit Ihrer Familie zurecht? Er war doch – allen Berichten zufolge – ein umgänglicher Typ.«

»Meine Familie wusste nichts von dieser Beziehung.«

»Warum nicht?«

»Weil ich den Zeitpunkt als zu früh ansah ...«

Das Gespräch zog sich hin. Monsieur Bardolin war geduldig und gewitzt, er fand immer wieder neue Ansätze, versuchte sie aufs Glatteis zu führen und nahm Niederlagen erstaunlich gelassen hin. Schließlich probierte er es auf eine völlig andere Art.

»Hören Sie zu, Madame Meyer-Schildt. Wir sind an gewissen Daten, die Monsieur Charnier gesammelt hatte, sehr interessiert.«

Er sprach jetzt in leisem, sehr ruhigem Ton, ein kleines Lächeln hing noch in seinen Mundwinkeln, als hätte er es dort vergessen.

»M. Charnier hat aller Wahrscheinlichkeit nach sehr hoch gepokert. Zu hoch für ihn, wie sich herausgestellt hat. Wir wollen die Namen.«

»Ich wüsste nicht, wie ich …«

Jetzt war er nicht mehr der charmante Gesprächspartner, sondern fiel ihr mit leiser, harter Stimme ins Wort.

»Wir sind bereit, Ihnen entgegenzukommen, falls Sie sich entschließen könnten, uns diese Daten auszuhändigen. In diesem Fall würden wir Ihnen Straffreiheit zusichern – Sie könnten als freier Mensch und unbehelligt nach Deutschland ausreisen. Wenn Sie es wünschen, kann Ihnen auch Personenschutz gewährt werden.«

Sie war stumm vor Verblüffung. Er wollte einen Deal mit ihr machen. Einen Kuhhandel mit der Mitwisserin eines Verbrechers. Die Namen der Steuersünder gegen ihre Freiheit. So dachte er sich das.

»Sie müssen sich nicht sofort entscheiden, Madame Meyer-Schildt. Denken Sie in Ruhe darüber nach. Ich melde mich zu gegebener Zeit wieder.«

Sie schwieg noch immer. Mit abwesendem Blick sah sie zu, wie er die drei Zettel wieder in die Plastikhülle schob und die Hülle im Briefumschlag verschwinden ließ. Er steckte die Beweismittel in seine Aktentasche, zog den Mantel wieder an und streckte mit einem aufmunternden Lächeln die Hand über den Tisch.

»Denken Sie auch an Ihre eigene Sicherheit, Madame Meyer-Schildt. Es gibt Dinge im Leben, die sind wichtiger als Geld.«

Sie reagierte nicht. Er wartete einen Moment, dann nahm er die Hand mit einer Geste des Bedauerns zurück, zuckte lächelnd die Schultern und ging. Er schloss die Tür leise hinter sich, als wollte er jegliche Aufmerksamkeit vermeiden.

Wieso kam ihr gerade jetzt dieser blöde Satz in den Sinn?

»Machst du dir Sorgen, kleine Fee? Das brauchst du nicht …«

39

Er war tot. Es hatte wenig Sinn, darüber nachzugrübeln, was Paul jetzt wohl gesagt hätte. Es war auch überflüssig, sich seine Stimme in Erinnerung zu rufen.

»Glaub mir, kleine Fee. Auf die eine oder andere Weise sind das alles Gauner.«

Hatte er das einmal gesagt? Nun – so etwas Ähnliches gewiss. Sie hatte gelacht und es für einen seiner exaltierten Scherze gehalten – aber vermutlich hatte er es sogar ernst gemeint. Und wie es schien, hatte er recht gehabt.

In der Zelle hatte Gabriella ihre Abwesenheit benutzt, um sich in ihrem Bett breit zu machen. Sie lag auf dem Bauch, die Ellenbogen aufgestützt und blätterte in einer Zeitschrift, die sie auf das Kopfkissen gelegt hatte. Die Aufseherin kümmerte sich nicht darum, sie schob Susanne schweigend in die Zelle und schloss geräuschvoll die Tür hinter ihr ab.

»Na, wie war's?«

Susannes Kopf war übervoll, sie wusste kaum, wie sie alle Bilder und Gedanken bewältigen sollte, die von ihr Besitz nahmen. Das Letzte, was sie jetzt gebrauchen konnte, war Gabriellas neugierige Fragerei.

»Ich bin müde. Brauch ein bisschen Ruhe …«

Gabriellas Miene zeigte schwesterliches Mitgefühl. Sie drehte sich auf die Seite und warf die Zeitschrift hinter das Bett.

»Komm, leg dich zu mir. Kuscheln …«

Susanne fand es angebracht, ihre Position klarzustellen.

»Ich möchte jetzt in meinem Bett liegen. Und zwar allein. Klar?«

Gabriella kniff für einen kleinen Moment die Augen zusammen, dann gab sie ihrem Gesicht einen hochmütig-gelassenen Ausdruck.

»Kannst dich ja oben hinlegen ...«

Es war sicher nicht klug, einen Streit zu beginnen. Schon gar nicht mit dieser Frau, die auf engstem Raum mit ihr zusammengepfercht war. Aber gerade deshalb gab es Dinge, die ein für alle Mal klargestellt werden mussten. Sie hatte keine Lust, sich auf der Nase herumtanzen zu lassen. Heute schon gar nicht.

»Mein Bett ist unten – also gehst du jetzt nach oben!«

Sie regte sich um keinen Millimeter, starrte sie nur an und verzog den Mund. Sie erinnerte Susanne fatal an ihre ältere Schwester Julia.

»Und wenn ich nicht gehe?«

»Dann helfe ich nach!«

»Du?« Sie fing an zu lachen. Ein dunkles, höhnisches Gelächter. Provokativ und boshaft. Susanne spürte, dass ihr die Nerven durchgingen. Sie bückte sich und fasste in die schwarzen Zöpfchen hinein, erwischte eine Handvoll und zerrte daran.

»Mach schon! Raus aus meinem Bett!«

Das Mädchen stieß einen wütenden Laut aus, der wie ein Röcheln oder ein Zischen klang. Sie glitt mit einer überraschend kraftvollen Bewegung aus dem unteren Bett und stand plötzlich vor Susanne, die vor Schreck über die eigene Courage einen Schritt zurückwich und die Zöpfchen losließ.

»Mach das nicht noch mal, du Dreckshure! Ich kratz dir sonst die Visage kaputt, dass dich dein Macker nicht wiedererkennt.«

Die Drohung war ernst zu nehmen. Gabriella war ein Stück größer und vermutlich auch kräftiger, vor allem aber kam sie aus einer Welt, in der ein Mädchen keine Hemmungen hatte, zu schlagen und zu verletzen. Es war dumm gewesen, sie zu reizen. Noch dümmer allerdings wäre es, jetzt klein beizugeben.

»Dein Bett ist da oben und meines hier unten – ist doch ganz einfach. Halt dich dran und wir kommen gut miteinander aus.«

Susanne wunderte sich selbst über ihren ruhigen Ton, denn innerlich war sie unter Hochspannung. Seltsamerweise schien ihre Haltung Eindruck zu machen. Gabriella zog die Oberlippe hoch, spuckte auf den Boden und wandte sich zur Seite. Mit betont langsamen Bewegungen stieg sie die Leiter hinauf, oben ließ sie sich wütend auf die Matratze fallen, wobei das gesamte Stockbett erzitterte und eine Staubwolke auf das untere Bett herabsank.

Na also, geht doch, dachte Susanne, und sie atmete die angestaute Luft wieder aus. Man muss nur hart bleiben und sich nichts gefallen lassen. Hätte ich mich damals bei Julia so durchgesetzt, wäre vieles leichter gewesen. Aber Julia war ein anderes Kaliber. Sie hatte nur selten mit Fäusten oder Fingernägeln gekämpft, Julias Waffe war die Verachtung gewesen. Es war leicht für sie gewesen – schließlich war sie sechs Jahre älter als Susanne.

Erschöpft kroch sie auf ihr Lager, schüttelte die Decke aus und zog sie über sich. Sie hatte nachdenken wollen – jetzt fand sie den Faden nicht mehr. Der letzte Satz, den der smarte Monsieur Bardolin zu ihr gesagt hatte, fiel ihr wieder ein. Der Polizist hatte heute früh etwas Ähnliches bemerkt. »Zu Ihrer eigenen Sicherheit ...«

Wenn es stimmte, dass der Unfall durch einen Brandsatz verursacht worden war, dann musste das irgendeinen Grund gehabt haben. War Paul tatsächlich in eine üble Geschichte hineingeraten? Hatte er brisante Daten in seinem Besitz gehabt, die ihn das Leben kosteten? Daten von Steuersündern. Wer hatte an so etwas Interesse außer einem Erpresser? Die jeweiligen Banken. Die Steuerfahndung. Der Staat. Die Polizei. Und natürlich die Betroffenen selbst. Einer dieser Interessenten hatte nicht davor zurückgeschreckt, einen Mord zu begehen. Und möglicherweise war er auch bereit, zum zweiten Mal zuzuschlagen ...

Aber das war doch Blödsinn! Ein perfider Trick, um sie einzuschüchtern. Man konnte nur hoffen, dass ihnen bald aufging, wie sinnlos dieses ganze Theater war. Sie würde weder der Polizei noch der Steuerfahndung die ersehnte Sünderkartei liefern können. Weil sie gar nicht existierte.

Sie hatte auf einmal wieder Pauls Gesicht vor Augen, sein Grinsen, das so frech und siegesgewiss gewesen war. Und wenn doch? Was hätte er in diesem Fall eigentlich Schlimmes verbrochen? Waren diejenigen, die er erpresst hatte, nicht Verbrecher? Privatpersonen oder auch Firmen, die den Staat um gewaltige Summen betrogen? Während jeder Kleinverdiener seine Steuern auf Heller und Pfennig zahlen musste, verschoben diese Leute Millionen in die Schweiz, wuschen illegale Gelder mit Hilfe dubioser Firmenkonstruktionen und machten aus Reichtum immer größeren Reichtum. Wäre Paul nicht eher ein Robin Hood gewesen? Ein Rächer der Armen? Einer, der die Reichen bestahl?

Es war ein netter Gedanke, und sie päppelte ihn noch ein wenig auf. Steuerhinterziehung im großen Rahmen war umso verwerflicher, als diese Gelder den sozial Schwachen fehlten. Kindergärten und Altenheime, Schulen und Fürsorgeeinrichtungen – dort wurden doch zuerst die Mittel gekürzt, wenn es eng wurde. Wäre es da nicht sogar eine gute Tat gewesen, solche Verbrecher um ein paar Millionen zu erleichtern? Allerdings – falls Paul solch ein Spiel gespielt hätte, dann wäre er nicht der Mann gewesen, der seinen Gewinn zugunsten einer Fürsorgeeinrichtung spendete. Er hätte sich davon ein angenehmes Leben gemacht. Karibik. Singapur. Ein kleines Haus am Meer, ein Garten, eine glückliche Familie.

War es das, wovon auch Paul geträumt hatte? Noch gestern war sie fest davon überzeugt gewesen, dass Paul unverdient in diesen schlimmen Verdacht geraten war. Inzwischen war sie unsicher. Er war ein Spieler gewesen, ein Zocker. Vielleicht hatte er sich ja tatsächlich auf ein lebensgefährliches Spiel eingelassen. Aus Liebe zu ihr am Ende? Wollte er ein gemeinsames Leben mit ihr aufbauen und hatte deshalb alles auf eine Karte gesetzt? Ein letzter, großer Coup und dann der Abflug nach Singapur. Ein glückliches, verliebtes Paar, das gemeinsam seine Zukunft in die Hände nimmt, eine nette kleine Firma, Immobilien, Hotels. Wer fragte danach, woher das Kapital kam?

Im oberen Bett herrschte Schweigen – was auch immer das zu bedeuten hatte. Susanne war froh darüber. Fast hätte sie das Mittagessen verschlafen, das aus verkochtem Fleisch, weichen Karotten und Kartoffeln bestand, alles mit einer Fertigsoße übergossen. Man speiste von Blechtellern und benutzte dazu weißes Plastikbesteck.

»Wenn Sie in den Hof wollen, dann jetzt. Nachher ist gesperrt.«

»In den Hof?«

»Eine Stunde Hofgang täglich. Ist freiwillig, Sie können's auch lassen ...«

»Und warum ist nachher gesperrt?«

Die Aufseherin starrte sie an, offensichtlich wollte sie herausfinden, ob sich diese Deutsche über sie lustig machte.

Dann ließ sie sich zu einer kurzen Antwort herab.

»Wegen Silvester ...«

Ja, richtig ... Heute war Silvester, das hatte sie vollkommen vergessen. Ihr Silvestermenu stand ja bereits vor ihr, Sekt und frische Meeresfrüchte konnte sie vermutlich streichen, Cidre und Calvados ebenfalls. Während sie lustlos auf ihrem Blechteller herumstocherte, dachte sie daran, dass heute Abend in Kerlousec alle bei den Schwestern Gwernig zusammensaßen, um das Neue Jahr zu begrüßen. Es würde frisch gefangenen Kabeljau geben, vielleicht auch Seehecht oder Brassen. Und eine Pfanne mit Muscheln, die die Großmutter im Watt gesammelt hatte ... Wieso nannte sie sie in Gedanken noch immer »Großmutter«? Sie war Madame LeBars, die Witwe des Leuchtturmwärters.

Als jetzt Gabriella herunterkletterte, um sich über ihr Mittagessen herzumachen, ließ Susanne den kaum berührten Teller stehen und verzog sich wieder in ihr Bett. Sie hatte keine Lust auf Gabriellas feindselige Miene, und spitze Bemerkungen konnte sie auch nicht gebrauchen.

Sie schloss die Augen und glaubte, das Geräusch des Meeres zu hören, das rhythmische Schlagen und Zischen der Wellen, das Glucksen, wenn das blaugrüne Wasser zwischen den Felsen hin und her schwappte. Die Schreie der Vögel. Das betäubende Sausen des Windes, die zarte, feuchte Berührung des Nebels …

Was würden sie bei den Gwernigs über die falsche Anne-Marie reden? Gewiss nichts Gutes. Ob wenigstens Madame LeBars ein paar Worte zu ihrer Verteidigung fand? Und Sylvie? Brioc? Malo? Ach, sie hatten sie mit offenen Armen aufgenommen. Sylvie hatte ihre Freundschaft gesucht, Brioc rechnete auf ihre Hilfe, die Schwestern Gwernig hatten ihr vertrauensvoll von Duncan erzählt … Sie wehrte sich gegen das Gefühl, ein kleines Paradies verloren zu haben. Nein – auch in Kerlousec war die Welt nicht in Ordnung, es gab Neid, Ungerechtigkeit und Krankheit, es gab verlassene Höfe und leere Boote, die in der Heide vermoderten. Und das Meer, das sie umgab und ernährte, forderte seinen Tribut. Aber die Menschen, die dort lebten, waren eng miteinander verbunden. Man half einander, wo immer es möglich war. Man hielt zusammen, feierte und trauerte miteinander, einer war für den anderen da. Ach, sie vermisste sie alle, sogar Swana, die weiß Gott ihre Ecken und Kanten hatte. Sie hätte viel darum gegeben, jetzt bei den Gwernigs mit am Tisch zu sitzen und wieder Anne-Marie sein zu dürfen. Ob auch Alan mit ihnen feierte? Wenn sie ihn doch wenigstens anrufen könnte! Sie musste nachher unbedingt fragen, ob das möglich war. Natürlich würde man das Telefonat mithören. Aber inzwischen war ihr das gleich. Sie durfte Alan nicht den Lügen und Verleumdungen überlassen, die man ihm im Polizeipräsidium St. Renan ohne Zweifel erzählt hatte.

»Was für'n Fraß!«

Gabriella hatte ihre Sprache wiedergefunden. Sie warf das Besteck in die verkochten Karotten, stand auf und nahm eine Plastiktüte aus einem der Hängeschränke. Es knisterte, als sie darin herumsuchte, sie zog eine Tafel Schokolade heraus, besah sie von allen Seiten, stellte mit raschem Seitenblick fest, dass Susanne sie beobachtete, und steckte die Schokolade wieder zurück. Stattdessen entschied sie sich für eine Tüte Kartoffelchips und eine Dose Cola, klemmte die Sachen unter den Arm und stieg damit die Leiter hoch. Oben begann sie geräuschvoll Chips zu kauen und Cola zu rülpsen.

Susanne hörte angewidert zu. Jetzt rächte es sich, dass sie von klein auf ein eigenes Zimmer gehabt hatte und sich nie auf eine Mitbewohnerin hatte einlassen müssen. Wie scheußlich das war, niemals allein zu sein! Was sie auch tat, ob sie schlief oder vor sich hingrübelte, ob sie aß, sich wusch oder die Toilette benutzte – immer war Gabriella dabei.

Sie kann ja nichts dafür, dachte sie. Bestimmt findet sie es auch nicht lustig, ständig mit mir zusammen sein zu müssen.

Um fünf Uhr gab es zwei Scheiben Wurst, eine in Öl eingelegte Sardelle, ein Stückchen Camembert und ein wenig Brot. Dazu servierte man kalten Pfefferminztee mit zwei Tütchen Zucker. Susanne war jetzt so hungrig, dass sie alles bis auf den Sardellenschwanz aufaß. Gabriella sah von ihrem Bett auf sie herunter und fegte demonstrativ ein paar Chipskrümel von ihrer Matratze.

»Wenn du willst, leih ich dir was«, sagte sie gönnerhaft.

Susanne reagierte nicht. Das fehlte noch, dass sie von dieser Person Geld annahm.

»Gibt hier einen Laden, da kann man einkaufen. Tampons, Kippen, Shampoo und so. Morgen ist sicher zu, wegen Neujahr. Aber übermorgen, da kannste mal mitgehen ...«

Die plötzliche Hilfsbereitschaft kam Susanne merkwürdig vor. War Gabrielle eine, die rasch in Zorn geriet, aber auch ebenso rasch wieder runterkam? Oder steckte etwas anderes dahinter?

»Nett von dir ... Aber ich denk mal, dass ich übermorgen schon wieder draußen bin ...«

Gabrielle kicherte und schlürfte den Rest aus ihrer Colaflasche.

»Hab ich auch gedacht ... Die können dich monatelang hier einsperren, so lange, bis du weichgekocht bist.«

Das können sie mit dir machen, meine liebe Gabriella, dachte Susanne. Aber nicht mit mir. Ich bin eine Meyer-Schildt, meine Familie wird mich hier herausholen.

Um Mitternacht vernahm man ein Knattern und Pfeifen, ein Zischen und Knallen, vor dem Fenster zuckten Lichter, auch roch es nach Schwefel. Da das Deckenlicht den Raum grell bis in alle Ecken ausleuchtete, waren die Lichtblitze hinter der Milchglasscheibe wenig eindrucksvoll. Nach kaum einer halben Stunde war der Zauber vorbei – das Jahr 2011 war angebrochen, auch wenn es hier in »La Santé« nicht gerade freudig begrüßt wurde.

Während der folgenden Tage geschah nichts, außer, dass man sie einem Neurologen vorführte, der sie nötigte, die Augen zu schließen und mit der rechten Hand ihre Nase zu berühren. Das Ergebnis der Untersuchung wurde ihr nicht mitgeteilt. Sie war dem alltäglichen Turnus ausgeliefert, der von den Aufseherinnen mal mehr, mal weniger pünktlich eingehalten wurde. Wecken gegen sechs, Frühstück um sieben, Mittagessen um zwölf, Abendessen gegen fünf. Danach dreizehn Stunden Nachtruhe,

Zeit für Grübeleien, Verzweiflung, Tränen und Hoffnung. Nach drei Tagen kapitulierte Susanne. Sie ging mit Gabriella in den Laden, kaufte Seife, Tampons und einen Slip zum Wechseln für fremdes Geld und hasste Gabriella für diesen Triumph. Man durfte zweimal in der Woche duschen, da sie jedoch keine Kleidung zum Wechseln besaß, musste sie die alten Sachen wieder anziehen. Die Sachen in der Zelle zu waschen war nicht erlaubt. Telefongespräche waren anzumelden, dann wurde geprüft, ob das Telefonat gestattet wurde, es dauerte Tage, bis man das Ergebnis erfuhr. Mitte Januar holte die Aufseherin Susanne aus der Zelle, schleuste sie durch die lichtdurchfluteten Gänge in einen schmalen Raum, wo ein grauer Telefonapparat an der Wand angebracht war.

Die Bewacherin befahl ihr zu warten, wählte die Nummer und hielt ihr den Hörer hin. Das Klingelzeichen schallte laut durch den kleinen Raum, und Susanne begriff, dass Alans Stimme mindestens ebenso gut zu hören sein würde. Wie sinnlos das alles war. Sie wusste ja so schon kaum, was sie ihm sagen sollte. Angesichts der versteinerten Miene dieser Bewacherin würden ihr vollkommen die Worte fehlen.

Das Klingelzeichen ertönte einmal, zweimal, dreimal ... Niemand hob den Hörer ab. Entweder war er bei Brioc in der Werkstatt, oder er war nach Rennes gefahren. Vermutlich Letzteres, schließlich hatte er einen Job und musste Geld verdienen.

»Keiner da ...«, sagte die Aufseherin und hängte den Hörer ein.

»Er hat eine Wohnung in Rennes. Die Nummer kann man über die Auskunft erfahren ...«

»Tut mir leid, das muss neu beantragt werden. Schluss jetzt, gehen wir!«

Sie war von dieser Frau vollkommen abhängig, sie war ihre einzige Verbindung zur Außenwelt. Über die Aufseherin liefen Klagen und Forderungen, Anträge, Wünsche. Wenn sie wollte, konnte sie sich für eine Gefangene einsetzen, sie konnte sie aber auch wochenlang hängen lassen, wenn sie etwas gegen sie hatte.

»Wieso hat sich kein Rechtsanwalt gemeldet? Ich habe das Recht auf einen Rechtsbeistand ...«

»Sie müssen einen Anwalt beauftragen. Dazu gibt es ein Formular.«

»Warum sagt man mir das nicht? Bitte beschaffen Sie mir dieses Formular.«

Sie hatte bereits mehrfach den Antrag gestellt, ihre Eltern anrufen zu dürfen. Ein Auslandsgespräch wurde jedoch nur in den seltensten Fällen gestattet, man schlug ihr vor, einen Brief zu schreiben. Auch daraufhin tat sich vorerst nichts. Wecken, Frühstück, ein kurzer Gang über den schneebedeckten Hof, Mittagessen. Keine Post. Abendessen. Die Tage flossen dahin, einer glich dem anderen, man stumpfte ab, wusste nicht mehr, welcher Wochentag war, welches Datum. Sie blieb ihren Grübeleien überlassen und quälte sich. Rief sich jede Einzelheit ihres Zusammenlebens mit Paul ins Gedächtnis, führte in Gedanken mit ihm Gespräche, stellte Fragen, beschwor ihn, ihr eine Antwort zu geben. Doch mehr als ein heiteres Achselzucken und ein einnehmendes Lächeln kam nicht dabei heraus. Immer häufiger döste sie einfach nur vor sich hin, vermied es, nachzudenken, und schlief ein. Zu Anfang war ihr Schlaf tief und traumlos, sie fiel wie ein Stein hinunter in kühle Finsternis, und wenn sie erwachte, brauchte sie eine Weile, um zu begreifen, wo sie war. Später kehrten die alten Träume zurück und folterten sie mit einer Flut von Bildern, die Angst und Sehnsucht auslösten. Wenn sie erwachte, war sie oft überzeugt, im Schlaf hinter die Mauer ihres Erinnerungsvermögens gesehen zu haben, doch der Traum löste sich mit erschreckender Geschwindigkeit auf, sobald sie zu denken begann.

Einmal sah sie das Meeresungeheuer. Es steckte in einem gläsernen Aquarium, das viel zu klein war für das gewaltige Tier. Sein Körper war zu einem Würfel zusammengepresst, man sah eine Pranke mit den Krallen, daneben eines der runden Glubschaugen, Kiemen, die das wenige Wasser mit großer Hast ansaugten und wieder ausstießen. Sie stand vor dem gläsernen Gefängnis und versuchte, den Deckel zu heben, um das arme Wesen zu befreien. Ihre Hände glitten über das kalte, glatte Glas, und das Auge des Ungeheuers verfolgte die Bewegung. Doch es gab keinen Deckel, der gläserne Würfel war an allen Kanten fest zusammengefügt, es war unmöglich, ihn zu öffnen.

»Du redest im Schlaf«, sagte Gabriella. »Von einem Computerstick hast du was erzählt.«

Susanne war fast sicher, dass sie log. Aber woher sonst konnte sie von diesem Stick wissen? Sie selbst hatte jedenfalls nie darüber gesprochen. Gabriella schwatzte immer wieder krauses Zeug, erzählte von ihrem Freund, der mit einem Kumpel einen Banküberfall ausgeführt hatte und nach dem man jetzt suchte. Nie im Leben würde sie ihn verpfeifen. Sie hielt dicht.

»Die kriegen nichts aus mir raus. Da bin ich genau wie du ... knallhart.«

Meist ging Susanne auf solche Bemerkungen nicht ein, es war jedoch nur allzu deutlich, worauf sie zielten. Nur wenn es gar zu dick kam, stellte sie die Dinge klar.

»Es gibt nichts zu verraten. Weil ich nichts weiß. So einfach ist das.«

»Versteh ich doch ...«

»Dann hör endlich davon auf!«

Es half wenig. Gabriella war eine Weile beleidigt, schmollte und stopfte Süßigkeiten in sich hinein, wobei sich Susanne ernsthaft fragte, wer ihr das Geld für ihre Einkäufe gab. Angeblich war es eine Freundin, mit der sie früher zusammengewohnt hatte und die jetzt gut verdiente.

Wenn Susanne ihrerseits Fragen stellte, konnte Gabriella recht zickig werden. »Ich lass mich nicht von dir ausquetschen! Besorg dir mal andere Klamotten. Du stinkst wie ein Stück Scheiße!«

Susanne hatte immer noch keine Kleider zum Wechseln. In den ersten Tagen hatte sie heftig darunter gelitten, inzwischen war es ihr fast egal. Sie hatte begriffen, dass es zum System gehörte. Man ließ sie schmoren, am ausgestreckten Arm verhungern. Kein Rechtsanwalt, kein Kontakt zu ihrer Familie. Auch der smarte Monsieur Bardolin meldete sich nicht mehr. Ihre Beschwerden verliefen im Sand, sie bekam keine frische Kleidung, keine Zeitung, es gab auch keinen Fernseher. Den hätte man mieten müssen, und seltsamerweise war Gabriella nicht daran interessiert.

»Weißt du, ich bin ein gutmütiger Typ ... Wenn du noch was aus dem Laden brauchst ... Kannst auch was von mir anziehen. Wir sitzen doch beide in der gleichen Kacke!«

Sie war unfassbar beharrlich. Nach jedem Wutanfall kam sie wieder angekrochen, tat, als wäre nichts gewesen und schwatzte davon, dass sie doch zusammenhalten sollten.

»Wenn du rauskommst, Susi, dann weiß ich, wo du unterkommen kannst. Wo dich keiner findet. Weiß doch, dass du das Teil versteckt hast ... Aber wir müssen gut aufpassen, sonst machen sie dich platt.«

Es musste Ende Januar sein. Die Heizung ließ sich nicht regulieren, es war viel zu warm in der kleinen Zelle, und Susanne hatte vor ein paar Tagen seltsame rote Einstiche am ganzen Körper entdeckt. Wahrscheinlich Flöhe oder noch schlimmer: Bettwanzen. Panik war in ihr aufgestiegen – Gabriella hatte recht, man konnte sie bis zu einem halben Jahr festhalten, ohne ihr den Prozess zu machen. Hatten sie ihren Brief an ihre Eltern überhaupt abgeschickt? Oder gehörte das alles zu einem perfiden Plan, bei dem Gabriella als Spitzel fungierte? Wollte man sie weichkochen, damit sie die Nerven verlor und redete? Obgleich es nichts zu reden gab?

Das sind Wahnvorstellungen, sagte sie sich. Ich muss versuchen, ruhig zu bleiben. Meine Möglichkeiten nutzen. Immer wieder auf meinem Recht beharren. Sie hatte bereits drei Anträge auf Telefonate gestellt, wollte Freunde ihrer Eltern, die in Paris lebten, um Hilfe bitten. Doch keiner dieser Anrufe war genehmigt worden.

»Ich weiß doch längst, wo du das Zeug versteckt hast!«

»Ich hab nichts versteckt.«

Gabriella kicherte und wühlte im Hängeschrank herum. Dieses Mal nahm sie eine Tafel weiße Schokolade mit Butterkeks heraus, schnüffelte daran und verdrehte genießerisch die Augen.

»Willst 'n Stück?«

»Nein.«

Susanne hatte eine solche Lust auf Süßigkeiten, dass sie die Tafel quer hätte verschlingen können. Es musste an dem beständigen Stress liegen. Oder an der dumpfen Ausweglosigkeit. Schokolade war Nervennahrung, hatte eine der Hausangestellten immer gesagt. War das Maria gewesen? Oder Sarah?

»Ich weiß genau, dass du den Stick und die CD-Rom versteckt hast, Susi. Denkste, ich bin taub? Ich hör doch, was du im Schlaf redest!«

»Ich rede nicht im Schlaf, verdammt. Hör auf, mir Lügen zu erzählen!«

Sie spürte, dass sie dabei war, die Beherrschung zu verlieren. Es war genau das, was Gabriella wollte. Seit Wochen arbeitete sie darauf hin. Sie zur Weißglut bringen in der Hoffnung, sie würde sich dann verraten.

»Ich weiß, was ich gehört hab. Kannst es ruhig zugeben, brauchst vor mir keine Angst zu haben. Ich verpfeif dich nicht.«

Sie packte die Schokolade aus und setzte sich damit auf Susannes Bettrand. Der Duft war unbeschreiblich, Susanne musste schlucken, weil ihr das Wasser im Mund zusammenlief.

»Na? Willst nicht doch ein Stückchen?«

»Verpiss dich!«

Gabriella nahm es nicht weiter übel. Sie schwenkte die Schokolade vor Susannes Nase hin und her, berührte ihren Mund und lachte, als Susanne den Kopf zur Seite drehte.

»Beiß zu, Hündchen. Feines Leckerli ... Fass, Susi ...«

Das brachte das Fass zum Überlaufen. Susanne drehte sich blitzschnell um, riss ihr die Schokolade aus der Hand und warf die Tafel gegen die Wand. »Mach das nie wieder, du dreckige Spionin!«

Gabriellas Augen weiteten sich. Begriff sie jetzt endlich, dass Susanne ihr Spiel durchschaut hatte?

»Was hast du gesagt? Wie nennst du mich?«

»Spionin. Ein Polizeispitzel bist du. Was haben sie dir versprochen, wenn du mich aushorchst?«

Im nächsten Moment war sie über ihr. Susanne hatte wenig Chancen, sich zu verteidigen, sie krümmte sich zusammen und versuchte, wenigstens ihren Kopf zu schützen. Ein gut gezielter Schlag in die Nierengegend ließ sie aufstöhnen, dann wurde ihr schlecht und sie spürte kaum, dass sie herumgedreht wurde und etwas Hartes, Spitzes ihr Stirn und Wangen zerriss. Warmes Blut sickerte über ihr Gesicht, lief ihr in Mund und Nase, es schmeckte seltsam nach Eisen. Sie würgte und erbrach sich.

»Ich hab nix gemacht ...«, kreischte jemand. »Sie ist ausgerastet. Ich hab nix gemacht!«

»Rüber in die vierundzwanzig ... Los, los!«

»Ihr Schweine! Mach das weg! Ich will nicht ...«

Susanne war immer noch so elend, dass sie kaum begriff, was hinter ihr vor sich ging. Schlüssel klirrten, Metall klickte, Frauen keuchten vor Anstrengung, Stiefel stampften auf, dann schlug die Tür zu.

»Drehen Sie sich auf den Rücken ... Machen Sie schon ...«

Sie stöhnte vor Schmerz, immer noch überliefen sie Wellen

der Übelkeit. Blinzelnd erkannte sie das Gesicht der Aufseherin über sich, jemand drehte ihren Kopf hin und her und besah ihr blutüberströmtes Gesicht.

»Gib mal den Waschlappen …«

Es tat weh, als die Frau ihr das Blut von Gesicht und Hals wusch. Aber wenigstens verschwand die scheußliche Übelkeit, sie kam langsam zu sich und begriff, dass man Gabriella aus der Zelle herausgebracht hatte. Vermutlich sogar in Handschellen.

»Nur ein paar Schrammen …«

Sie setzte sich auf den Bettrand und versuchte, tief durchzuatmen. Es klappte noch nicht besonders gut, ihr Rücken schmerzte und in der Körpermitte war etwas, was ihr die Luft nahm.

»Ziehen Sie das aus …«

Die Aufseherin zerrte ihr den blutbeschmierten Pullover vom Körper und half ihr, hinüber zum Waschbecken zu gehen. Über dem Becken war ein kleiner Spiegel in die Wand eingelassen, dort entdeckte Susanne ein bleiches, blutüberströmtes Gesicht, von verklebtem, wirrem Haar umrandet. Über die Stirn zogen sich zwei rote Linien, eine war breit und tief, die andere nur schmal, dafür reichte sie bis zur linken Schläfe. Auf der rechten Wange sah man einen Riss, aus dem helles Blut sickerte. Das konnte unmöglich ihr eigenes Gesicht sein!

»Waschen Sie sich noch mal mit kaltem Wasser, dann leg ich Ihnen was auf die Kratzer und Sie ziehen das hier an …«

Susanne nahm den feuchten Waschlappen und betupfte damit das fremde Gesicht, den Hals, rieb über den Nacken. Sie war noch halb betäubt, wusste kaum, was mit ihr geschehen war. Hinter ihr stand die Aufseherin, zog ihr einen Pullover über, dann betupfte sie die frischen Wunden mit einem desinfizierten Wattebausch. Es tat so höllisch weh, dass es Susanne wieder schlecht wurde. Schließlich bekam sie Pflaster auf ihr Gesicht geklebt.

»So. Wird schon gehen. Nachher gebe ich Ihnen eine Salbe ... Stehen Sie jetzt auf. Stellen Sie sich nicht so an ...«

Sie begriff nicht. Sie wollte nichts weiter, als sich auf ihr Bett legen, den schmerzenden Kopf ausruhen. Sich darüber klar werden, was überhaupt mit ihr geschehen war, den Schrecken und die Demütigung überwinden. Aber die Aufseherin führte sie zur Tür, schob sie in den Gang hinaus.

»Was ist ... Warum ...«

Sie bekam eine Tasse Kaffee. Das würde ihr guttun. Für den Kreislauf.

»Geht's wieder? Dann kommen Sie. Sie haben Besuch ...«

40

Chrisy hatte auf dem gleichen Stuhl Platz genommen, auf dem Wochen zuvor Monsieur Bardolin gesessen hatte. Mit weit aufgerissenen, entsetzten Augen starrte er sie an, als hätte er Mühe, seine Schwester wiederzuerkennen. Dann sprang er auf und wollte ihr entgegenlaufen, wurde jedoch von einem Aufseher daran gehindert.

»Das ist nicht gestattet, Monsieur ...«

Mit einer hilflosen Geste blieb er stehen und kehrte schließlich zu seinem Stuhl zurück.

»Susanne! Mein Gott, was ist denn mit dir passiert?«

Sie stand immer noch bei der Tür und kämpfte mit ihrem Kreislauf, der sie ausgerechnet jetzt im Stich lassen wollte. Kein Traum, sagte sie sich. Es ist kein Traum. Er ist tatsächlich gekommen. Endlich. Jetzt wird alles gut. Kein Traum. Bitte kein Traum ...

Die kräftige Pranke der Aufseherin umschloss ihren Oberarm und dirigierte sie zu ihrem Platz. Sie saß ihrem Bruder Christopher gegenüber, nur der Tisch trennte sie. Chrisys schmales Gesicht mit der ein wenig zu lang geratenen Nase, den schmalen Lippen und der randlosen Brille, durch die seine Augen groß und zärtlich auf sie blickten. Langsam schob sie einen Arm über den Tisch, und erst, als er ihre Hand fasste und vorsichtig drückte, war sie endgültig davon überzeugt, nicht zu träumen.

»Reg dich nicht auf, Chrisy. Es geht mir gut.«

»Das sieht man ...«

Sie versuchte zu lächeln, es tat weh, das Pflaster auf ihrer Wange spannte.

»Sprechen Sie französisch«, sagte der Aufseher.

Chrisy ignorierte die Aufforderung, er redete mit seiner Schwester in ihrer deutschen Muttersprache.

»Ich bin froh, dass du überhaupt noch am Leben bist«, sagte er leise und seine Finger streichelten ihre Hand. »Wir haben ja zuerst geglaubt ... ach, es war die Hölle ... zuerst dachten wir, du wärst entführt worden. Dann rief die Polizei an und wir erfuhren von dem Unfall. Natürlich mussten wir annehmen, du wärst ... Ach egal ... Jetzt wird alles gut ... Wir holen dich nach Hause, Schwesterherz.«

Er musste die Brille abnehmen und sich die Augen wischen, weil die Rührung ihn übermannte. Ohne Brille sah er viel jünger aus, fast wie ein Student, und dabei hatte er vorletztes Jahr promoviert, ihr großer Bruder. Auch Susanne kamen jetzt die Tränen, sie schniefte und spürte gleich darauf den brennenden Schmerz, als die salzige Flüssigkeit unter das Pflaster auf ihrer Wange lief.

»Hat ... hat Papa dich geschickt?«

»Ja. Wir haben deinen Brief erhalten. Papa hat alle Hebel in Bewegung gesetzt, um die Presse herauszuhalten. Er ist im Moment auf einer Geschäftsreise in den Staaten, und Mama musste zu einer wichtigen Auktion in Rom.«

Die Nachrichten ernüchterten sie etwas. Gut – Papa hatte sich um die Angelegenheit gekümmert. Seine Geschäftsreise hatte er deshalb nicht abgesagt. Und auch Mama war lieber zu einer Kunstauktion gefahren, als ihre totgeglaubte Tochter wiederzusehen. Sie hatten Chrisy geschickt. Warum? Vermutlich weil sie es als extrem peinlich empfunden hätten, ihre Tochter in einem Gefängnis zu besuchen.

Chrisy sah ihr die Enttäuschung an und versuchte, das Verhalten der Eltern zu erklären. Papa habe mehrere Juristen mit der Sache beauftragt und ausführliche Gespräche geführt. Außerdem habe er Mama davon abgehalten, auf der Stelle nach

Paris zu fliegen. Damit hätte sie nur einen Haufen sensationslüsterne Reporter auf die Sache aufmerksam gemacht.

»Du wirst verstehen, Susanne, dass Papa unsere Aktionen in dieser Angelegenheit sehr sorgfältig und mit der gebotenen Diskretion planen musste.«

»Natürlich.«

»Außerdem läuft ein Ermittlungsverfahren in Frankreich viel umständlicher als in Deutschland: Man muss Anträge stellen und Fristen einhalten …«

»Ist mir bekannt.«

»Aus solchen und ähnlichen Gründen hat es leider etwas länger gedauert. Aber jetzt sieht es gut für uns aus … Ich schätze, in wenigen Tagen werden sie dich gehen lassen …«

»In wenigen Tagen?«

Er sah auf ihre Hände, die ebenfalls blutige Kratzer abbekommen hatten, und als er den Blick zu ihrem geschundenen Gesicht hob, zitterte seine Stimme ein wenig. »Zwei, höchstens drei Tage, Susanne. Ich hole dich ab. Verlass dich auf mich.«

»Ich brauche ein paar Sachen. Kleider und Wäsche, ein Deo, Duschgel, einen Kamm und ein paar Haargummis…«

Er nickte und versicherte ihr, sie würde alles bekommen, was sie brauchte. Sie müsse sich jetzt keine Sorgen mehr machen. Das Schlimmste läge hinter ihr.

»Ich danke dir, Chrisy. Es ist wahnsinnig schön, dass du gekommen bist. Obwohl du doch mitten in einer wichtigen Arbeit steckst …«

Er streichelte immer noch ihre Hand und sah verlegen aus.

»Ist nicht so wild. Momentan habe ich Zeit …«

»Hast du Urlaub?«

Er ging nicht darauf ein, sondern erzählte, dass die kleine Nichte Henriette Reitunterricht erhielt und Rosa in einer Ballettgruppe tanzte. Sie sei so niedlich in ihrem rosa Tütü und den winzigen Ballettschuhen …

»Geht es Julia gut?«

»Ja, sie hat die Firma erweitert und zwei Mitarbeiter eingestellt. Sie lässt dich grüßen. Auch von Dennis soll ich Grüße bestellen ...«

»Danke.«

Sie spürte, dass er etwas vor ihr verbarg, er redete schnell und sprang von einem Thema zum anderen. Ihr Schwager Dennis habe eine feste Anstellung bei einer Beratungsfirma angenommen, das sei letztlich bequemer als die Selbstständigkeit. Und Mama habe mit zwei Gemälden eines jungen, bisher unbekannten Malers bei einer Auktion erstaunliche Summen erzielt.

Fast war sie froh, als der Aufseher ihn darauf hinwies, dass die Besuchszeit zu Ende ging. Chrisy hielt inne und lächelte sie verlegen an. »Ich rede wie ein Wasserfall, wie? Und dabei ist jede Minute kostbar. Gibt es noch etwas, was ich wissen sollte, Susanne?«

Sie räusperte sich. Es musste gesagt werden, sie alle hatten ein Anrecht darauf.

»Ja, Chrisy. Ich habe nichts, aber auch gar nichts von den Verbrechen gewusst, die man Paul Charnier zur Last legt.«

»Davon sind wir alle fest überzeugt.«

»In drei Tagen also?«

»Spätestens ... Vertrau mir ... Und pass auf dich auf ...«

»Du auch, Chrisy.«

Er drückte noch einmal ihre Hand und stand dann auf, schob die Brille zurecht, nickte ihr zu.

»Bis bald.«

Er ging hastig zur Tür, die der Aufseher vor ihm öffnete, und drehte sich nicht mehr zu ihr um. Sie konnte gut verstehen, dass er dieses Gebäude so schnell wie möglich verlassen wollte. Es musste ihn große Überwindung gekostet haben, überhaupt hierherzukommen. Aber er hatte es getan. Das würde sie ihrem Bruder niemals vergessen. Chrisy hatte als Einziger von der ganzen Familie den Mut aufgebracht, sie hier in »La Santé« zu besuchen.

In der Zelle wartete ihr Mittagessen auf sie, von Gabriella war nichts zu sehen. Auch die Sachen ihrer Zellengenossin waren verschwunden, der Wandschrank geleert, die Utensilien neben dem Waschbecken abgeräumt, die Plastiktüten, in denen sie ihre Kleider und andere Besitztümer aufbewahrte, waren nicht mehr da. Sie hatte auch das Duschgel und das Shampoo, das sie für Susanne gekauft hatte, mitgehen lassen. Sollte sie glücklich damit werden, Hauptsache, sie kam nicht wieder.

Susanne hatte kaum zwei Löffel kalte Nudelsuppe gegessen, da rasselte draußen vor ihrer Tür wieder der Schlüsselbund.

»Majär-Schied – zum Arzt ...«

Die Ärztin war eine zarte Person, die das graue Haar zu einem Knoten am Hinterkopf aufsteckte. Ihre Augen waren von einem ungewöhnlich klaren Blau. Kratzwunden schienen für sie zum Alltag zu gehören, sie fragte nicht weiter, wie die Patientin zu diesen Verletzungen gekommen war, sondern zog die Pflaster herunter, desinfizierte gründlich und klebte den Riss auf Susannes Wange an zwei Stellen mit einem durchsichtigen Band zusammen.

»Offen lassen – kein Pflaster drauf. So heilt es besser. Morgen schau ich noch mal drüber ... sonst noch was?«

Die blauen Flecke an Susannes Rücken und den Schlag in die Nierengegend hielt sie für unbedenklich. Wenn sie heute Nacht Probleme bekäme, solle sie sich melden ...

Ein kurzer Händedruck, ein energisches Rucken ihres Kopfes, dann war die Behandlung beendet und Susanne verließ das spartanisch ausgestattete Krankenzimmer in Begleitung der unvermeidlichen Aufseherin. Draußen wartete bereits der nächste Patient, ein dunkelhäutiger junger Mann, der eine Platzwunde an der Stirn und eine nach vorn hängende Schulter hatte. Vermutlich war das Schlüsselbein gebrochen.

Den Rest des Tages verbrachte Susanne auf ihrem Bett liegend in größter Unruhe. Einerseits schmerzten die Kratzer in ihrem Gesicht, und auch der Rücken tat noch weh – andererseits stürmten alle möglichen Sorgen und Vorstellungen auf sie ein. Wie schrecklich war ihr die Ausweglosigkeit der vergangenen Wochen erschienen! Jetzt aber, da sie die Hoffnung hatte, innerhalb weniger Tage ein freier Mensch zu sein, erfüllte sie eine ungeheure Furcht, es könne im letzten Moment etwas dazwischenkommen. Was, wenn Chrisy sich getäuscht hatte? Wie konnte er so sicher sein, dass man sie freilassen würde? Oder hatte er ihr diese Sicherheit nur vorgespielt? Und selbst wenn man sie aus der Untersuchungshaft entließ – sie würde ganz sicher keine Erlaubnis erhalten, nach Deutschland zu reisen. »Wir holen dich nach Hause, Susanne.« Wie schön hatte dieser Satz in ihren Ohren geklungen! Nie zuvor war ihr das heimatliche Potsdam in solch goldenem Licht erschienen. Der Ort ihrer Kindheit, ihre Familie, ihr sicheres, glückliches Zuhause.

In dieser Nacht plagten sie zusätzlich irgendwelche boshaften Insekten, sodass sie erst gegen Morgen einschlief. Wie üblich erschienen die Aufseherinnen um sechs Uhr in der Frühe zum Wecken. »Majär-Schied – zum Duschen.«

Das war ungewöhnlich vor dem Frühstück. Sie hätte viel darum gegeben, noch ein wenig schlafen zu dürfen, stattdessen stolperte sie vor der Aufseherin her in den Duschraum, wo – o Wunder! – eine Tube Duschgel und Shampoo für die Haare bereitstanden. Während sie sich bemühte, das Haar unter der Dusche zu waschen, ohne dass der Schaum in ihr Gesicht gelangte, grübelte sie darüber nach, ob sie diese Dinge am Ende Gabriella verdankte. Auf dem Hocker vor der Duschkabine wartete ein Stapel frischer Kleider auf sie. Unterwäsche, Socken, eine nagelneue Jeans, ein grauer, sehr weicher Pullover. Kaschmir. Unfassbar, das konnte doch nicht aus Gefängnisbeständen stammen. Auch die gefütterten dunkelblauen Wildstiefel waren neu.

»Wo kommen diese Kleider her?«

»Die wurden für Sie abgegeben.«

Ihr Puls ging so rasch, dass sie zu fliegen glaubte, als sie neben der Aufseherin zurück in ihre Zelle ging. Dort lagen ein Föhn für ihr Haar, Kamm und Bürste, Haargummis ... Chrisy hatte ein ausgezeichnetes Gedächtnis.

Ganz ruhig bleiben, dachte sie und verschluckte sich vor Aufregung an ihrem Milchkaffee. Er hat mir die Sachen besorgt. Das ist ein gutes Zeichen. Weiter nichts. Alles andere steht nach wie vor in den Sternen.

Dann jedoch ging alles ungemein schnell. Nachdem man sie wochenlang festgehalten hatte, ohne sich um sie zu kümmern, schien es die Gefängnisleitung nun ausgesprochen eilig zu haben, sie loszuwerden. Ein rascher Arztbesuch, dann trieb die Aufseherin sie förmlich vor sich her, forderte sie auf, nicht herumzutrödeln, und ließ sie mehrere Formulare unterschreiben. Man gab ihr eine Tüte mit den schmutzigen Kleidern, dazu einen Pappkarton, der den Inhalt ihrer Manteltasche enthielt. Sie steckte die Muscheln und Steinchen wortlos in ihre Hosentaschen, das alte Brot kippte sie in den Mülleimer. Das Meer, die Felsen, Bri-bris fröhliches Kläffen ... Nicht daran denken. Nach vorn schauen, das Leben geht weiter.

Als sich die hohen, eisernen Schiebetüren vor ihr öffneten, schlug ihr die Luft der Freiheit kalt und feindselig entgegen. Das Straßenpflaster war mit einer flaumigen Schneeschicht bedeckt; winzige, eisige Flöckchen segelten durch die Luft, hängten sich an ihrem Pullover fest, setzten sich auf die frisch verschorften Wunden.

»Komm schnell!«

Chrisy war so winterlich vermummt, dass sie ihn beinahe nicht erkannt hätte. Die Umarmung fiel hastig aus, für ein paar Sekunden spürte sie den rauen Stoff seines Mantels schmerzhaft an ihrer Wange, keiner sagte ein Wort. Er hatte seinen Wagen nicht weit vom Ausgang geparkt und hielt ihr die Beifahrertür auf.

»Ist der neu?«

Er gab keine Antwort, sondern beeilte sich, auf den Fahrersitz zu gelangen und zu starten.

»Was ist los? Werden wir verfolgt?«

»Unsinn. Ich möchte nur noch vor der Rush-hour aus der Stadt kommen. Schnall dich an, Susi. Ist alles in Ordnung? Geht es dir gut?«

»Ein wenig benommen noch ... wird sich bald geben.«

Sie nahm den Gurt und klinkte ihn ein, dann lehnte sie sich zurück und betrachtete das hastige Spiel des Scheibenwischers auf der Frontscheibe. Sie war frei – kein Schlüsselgerassel mehr, keine Zelle, keine Essensausgabe, keine Aufseherin. Sie konnte tun und lassen, was sie wollte und wann sie es wollte. Nie zuvor hatte sie gewusst, wie kostbar diese Freiheit war.

Chrisy fuhr ruhig und stetig, benutzte Abkürzungen, passte sich dem Verkehr an, nutzte seine Chancen. Montmartre erschien ihr leer, die Häuser grau und ohne den Charme des Frühlings. Kein Gedanke an jene Sommernächte, in denen sie hier mit Paul umhergelaufen war, ein dummes, glückliches, verliebtes Paar. Sie fuhren die Avenue René Coty in südlicher Richtung, am Parc Monsouri vorbei auf den Ring. Als man sie hierher gebracht hatte, war die Stadt noch voller Weihnachtsbäume gewesen – inzwischen schrieb man den dritten Februar.

»Was hast du vor?«

»Wir fahren nach Hause.«

Er hielt an einer roten Ampel und sah zu ihr hinüber. Ein ungewohnter Zug lag in seinem Gesicht, ein Ausdruck, den sie an ihrem fleißigen, klugen Bruder nur selten gesehen hatte. So etwas wie Unternehmungslust, vielleicht sogar Wagemut. Fast erinnerte er sie jetzt an Paul ...

»Nach Berlin? Aber muss ich mich nicht wöchentlich ...«

»Sicher.«

Er startete weich und beschleunigte den Wagen, ohne dass man in den Sitz gedrückt wurde. Auf dem Ring ordnete er sich in der Mitte ein – offensichtlich hatte er nicht vor, gleich wieder abzufahren. Erst bei Bagnolet nahm er die Route nach Nordwesten – er wollte über Belgien nach Aachen.

»Aber ... das ist illegal!«

Er grinste und schaltete die Heizung herunter, weil die trockene Luft ihm Augenprobleme verursachte.

»Geht es so? Wenn dir zu kalt ist – hinten liegt ein Mantel. Mama hat ihn für dich gekauft ...«

Ein dunkelblauer Mantel aus Wildleder, innen mit weichem Fell gefüttert. Dazu die passende Mütze und ein Paar Handschuhe. Eine Handtasche im gleichen Farbton, darin fand sie ein Portemonnaie mit dreihundert Euro, Personalausweis, Führerschein, eine EC-Karte für ein Konto bei der Commerzbank. Außerdem einige Kleinigkeiten, die Mama als unerlässlich ansah: Schminkutensilien, Taschentücher, Parfüm und ein diskretes Döschen für Tampons. Sozusagen die Erstausstattung für die verlorene und glücklich heimgekehrte Tochter. Susanne stopfte alles wieder in die Tasche zurück und warf sie auf den Rücksitz. Aus einem unbestimmten Gefühl heraus war ihr diese Fürsorge nicht recht, sie wollte diese Geschenke nicht haben, es gab jedoch keinen vernünftigen Grund, den sie für ihr Unbehagen hätte anführen können.

»Um es dir zu erklären ...« Jetzt war Chrisy wieder ganz ihr älterer Bruder. Gelassen, zurückhaltend und immer bereit, sie zu belehren. »Es ist eine interne Absprache, die Papa getroffen hat ...«

»Mit wem?«

Er schob die Brille zurecht, was er immer tat, wenn er ärgerlich oder verlegen war. Nach dem kurzen Seitenblick, den er auf sie richtete, zu urteilen, war er jetzt beides.

»Mit einigen guten Bekannten … Frag mich bitte nicht, ich kenne die Namen nicht.«

»Ich verstehe …«

Sie hatten Paris hinter sich gelassen und fuhren die A1 in Richtung Compiegne, Arras, Mons. Feuchter Schnee wehte ihnen entgegen, die Autobahn war nur wenig befahren, sie kamen gut voran. Der Wagen glitt so sacht dahin, dass man hätte glauben können, er schwebte mit ausgespannten Flügeln wie eine Fledermaus.

»Offiziell hast du die Auflage, dich wöchentlich bei der Polizeipräfektur in Paris zu melden. Inoffiziell wird man darüber hinwegsehen, dass du dort nicht auftauchst. Man wird es einfach vergessen.«

Sie schwieg. Warum störte sie das? Sie hatte doch auf den Einfluss ihrer Familie gerechnet. Ach, es musste daran liegen, dass sie noch etwas durcheinander war.

Sie hielten kurz vor der belgischen Grenze in einer Raststätte, tankten den Wagen auf und teilten sich eine Portion Pommes mit Ketchup. Es war für beide eine Erinnerung an heitere Ferienzeiten, wenn die Haushälterin gegen Mamas ausdrückliche Order für die Kinder Pommes gemacht hatte. Dann hatten sie zu dritt von einem Teller gegessen, mit den Fingern, was sonst streng verboten war, und Susanne, der Kleinsten, wurden die schlimmsten Strafen angedroht, falls sie Mama von dieser kulinarischen Entgleisung erzählte.

»Lebend in die Erde einbuddeln. Mit Würmern und Ameisen …«

Chrisy kicherte und fügte hinzu, dass man sie zuerst hatte fesseln und ihre Füße über dem Kaminfeuer rösten wollen.

Man hatte den Plan aber aufgeben müssen, weil die Haushälterin nicht erlaubte, dass mitten im Sommer der offene Kamin befeuert wurde. Er stopfte sich zwei Pommes in den Mund und wischte die fettigen Finger an der Papierserviette ab.

»Ihr wart schon richtig gemein zu mir ...«

»Du warst auch nicht ganz harmlos, Schwesterlein ...«, sagte er mit vollem Mund.

Natürlich. Sie hatte immer das Kindermädchen auf ihrer Seite gehabt, wenn sie losheulte und ihre älteren Geschwister beschuldigte, sie gekniffen oder geschlagen zu haben. Auch dann, wenn ihr niemand etwas getan hatte ...

»Weißt du noch – unsere Erdhütte am See?«

»Und die Indianerzelte aus den Wohnzimmervorhängen ...«

»Wie ihr mit Paketschnur Fische im Griebnitzsee angeln wolltet ...«

»Wie schade, dass die Ferien so kurz waren ...«

Sie tranken noch einen Kaffee und gönnten sich ein Stück Kuchen, dann setzten sie die Reise fort. Durch Belgien hindurch nach Aachen, weiter in Richtung Köln, Hannover, Berlin ... Es wurde langsam dunkel, der Schnee war in feinen Nieselregen übergegangen, dafür wehte ein unangenehmer Seitenwind.

»Magst du ein Stück fahren?«

»Klar ...«

Es war nicht viel los auf der Autobahn, vermutlich war das der Grund, weshalb er ihr seinen teuren Wagen anvertraute. Es machte ihr trotzdem Spaß, wieder einmal am Steuer zu sitzen und in die Nacht hineinzufahren. Das hatte wohl etwas mit der wiedergewonnenen Freiheit zu tun.

»Warum hast du uns nie von diesem Paul erzählt?« Die Frage war fällig gewesen, sie würde sie vermutlich öfter gestellt bekommen.

»Er war ... ungewöhnlich.«

»Ein Gauner war er ...«, knurrte Christopher.

Selbst sie war inzwischen davon überzeugt, dass er recht hatte. Leider. Es war nicht zu leugnen. Aber sie war auch nicht bereit, Paul öffentlich zu beschuldigen. Sie liebte ihn, auch jetzt noch.

»Er sah die Dinge von einer anderen Seite ...«

Chrisy schnaubte hörbar durch die Nase. Er könne nur hoffen, dass sie in Zukunft von solchen Eskapaden Abstand nehmen würde. »Sicher ...«

»Papa war ziemlich wütend auf dich. Ich sag es dir nur, damit du vorsichtig bist. Er hat sich inzwischen etwas beruhigt, aber natürlich hast du ihn in eine unmögliche Lage gebracht ...«

»Ich weiß ...«

»Auch Papa und Mama haben Konten bei der BNP und bei der Banque de Suisse ...«

Sie hatte es zwar geahnt, aber nicht wahrhaben wollen. Warum auch nicht? Alle taten es, warum sollten ausgerechnet ihre Eltern einen Heiligenschein tragen?

In Hannover wechselten sie die Plätze, und Chrisy riet ihr, ein wenig zu schlafen. In zwei, höchstens drei Stunden seien sie daheim.

Die Autobahn war ein gewundenes Lichterband in der Dunkelheit; manchmal tauchten weiße Scheinwerfer auf der Gegenseite auf, wuchsen heran und strichen vorüber. Nur selten rote Rücklichter, die sie zügig überholten und hinter sich ließen. Kurz nach Hannover eine bunte Lichteransammlung – auf der Gegenfahrbahn war ein Unfall geschehen, im Vorbeifahren sahen sie ein Fahrzeug, das auf der Seite lag, die Warnblinkanlage zuckte orangefarben an und aus, daneben ein weißer Krankenwagen, zwei Männer, die am Boden knieten ...

»Hast du noch länger Urlaub? Ich dachte, du bist mit einer wichtigen Versuchsreihe beschäftigt.«

Sie hörte seinen tiefen, angestrengten Atemzug und begriff, dass ihr Gefühl sie nicht getrogen hatte.

»Ich habe gekündigt.« Es klang leise, fast beiläufig. Susanne war froh, dass sie jetzt nicht am Steuer saß, sonst hätte sie Mühe gehabt, den Wagen ruhig zu halten.

»Du hast ... gekündigt? Mama sagte doch ...«

Er lachte kurz und abgehackt, ein blaues Schild glitt vorüber. *Berlin 350 km* stand darauf.

»Ich habe gekündigt, weil ich nicht bereit bin, meine Reputation als Wissenschaftler zu verkaufen. Das Ergebnis der Versuche wurde mir sozusagen vorgegeben, wenn du verstehst ...«

»Ich verstehe ... die wollten gar keine echte Forschungsreihe, sondern nur die Bestätigung für die Wirksamkeit eines Medikaments.«

»Kluges Mädchen!«

Sie schwiegen beide. Susanne starrte auf die weißen Streifen, die unablässig auf sie zurasten und unter ihrem Wagen hindurchkrochen. Er hatte seinen Job gekündigt. Den Job, den Papa ihm besorgt hatte.

»Ich bin stolz auf dich, Chrisy!«, sagte sie laut und mit Überzeugung.

Er verzog den Mund zu einem schwachen Lächeln, traurig und resigniert. Offensichtlich war er selbst keineswegs stolz auf seinen Mut.

»Danke. Ich wünschte, andere würden es ebenso sehen. Oder mich wenigstens verstehen ...«

»Dass Papa nicht begeistert sein würde, konntest du dir denken.«

»Es geht nicht um Papa.«

Allmählich dämmerte es ihr. Wieso hatte sie so eine lange Leitung? Es war doch sonnenklar! Er hatte die ganze Zeit über nicht von ihnen gesprochen.

»Konstanze?«

»Erraten.«

Konstanze war nicht nur seine Ehefrau, zugleich aber auch seine Vorgesetzte; die Planung und Zielsetzung der Forschungsreihe ging zum großen Teil auf ihre Kappe. Seine Weigerung und Kündigung war für sie beruflich ein Schlag ins Gesicht gewesen.

»Sie hat die Scheidung eingereicht. Und sie will Ben ...«

Armer Chrisy! Der fünfjährige Sohn war sein Ein und Alles. Ein Rotschopf mit Stupsnase und beständig aufgeschlagenen Knien, der alle Welt mit Fragen nervte und bereits Schach spielen konnte.

»Ich bin momentan arbeitslos«, sagte Chrisy düster. »Da stehen meine Chancen nicht gut.«

Susanne schwieg. So wie sie Konstanze kannte, würde sie vor dem Jugendgericht sogar anführen, dass ihre Schwägerin in kriminelle Machenschaften verwickelt sei. Ein weiterer Minuspunkt für Chrisy.

41

Freiheit war niemals absolut. Es gab sie nur innerhalb festgelegter Grenzen, die eng oder weniger eng gesteckt sein konnten. Die Wände der Gefängniszelle in »La Santé« waren eine solche Grenze – die Umzäunung der Villa in Potsdam eine andere. Mit dem Gefühl, das sie auf dem Leuchtturm angesichts der unendlichen Weite des Ozeans empfunden hatte, war beides nicht zu vergleichen.

Susanne starrte über die schmutziggraue Wasserfläche des Griebnitzsees zum gegenüberliegenden Ufer, wo sich gelbliche Eisschollen aufgestaut hatten. Dahinter stand ein Schild mit der Aufschrift »Keine Anlegestelle«, man konnte durch das winterkahle Gezweig der alten Bäume auch die Schieferfront einer neu errichteten Villa erkennen. Es musste an der Jahreszeit liegen, dass ihr alles so trist vorkam, so einsam. Schließlich war dies der Ort, nach dem sie sich gesehnt hatte. Hier auf dem hölzernen Badesteg hatten sie als Kinder gesessen und sich gegenseitig nassgespritzt. Auch das kleine, rote Ruderboot hatten sie hier festgebunden, aber das gab es schon seit Jahren nicht mehr. Ihre Erdhütte war kurz nach ihrer Errichtung verschwunden, die Eltern hatten den Park neu anlegen lassen, Rasen war eingesät worden, wo früher Gebüsch wucherte, alte Baumriesen hatten jungen Bäumchen weichen müssen, die die frisch restaurierte Villa vor neugierigen Blicken bewahren sollten. Papa hatte damals viel auf die DDR-Schlamperei geschimpft, die solch zauberhafte Anwesen verkommen ließ.

Es ist der Winter, dachte sie und vergrub die kalten Finger tiefer in den Manteltaschen. Das fahle Licht und der wolkenverhangene Himmel – da kann der See auch nur grau aussehen. Im Frühling werden Boote auf dem Wasser fahren, die weißen Dreiecke der Segelschiffe gleiten hin und her, und von den bunten Hausbooten winken sie zu mir herüber.

»Es ist besser, wenn du dich so wenig wie möglich in der Öffentlichkeit zeigst«, hatte Chrisy gesagt. »Wegen der Presse.«

»Was bedeutet ›so wenig wie möglich‹?«

Sie sah ihrem Bruder an, dass er die Rolle des Überbringers schlechter Nachrichten gründlich satt hatte.

»Es bedeutet, dass du dich vorerst hier im Haus aufhältst und auch nicht in den Garten gehst. Du weißt, wie weit ein Teleobjektiv reicht.«

»Hat Papa das verfügt?«

»Wer sonst?«

Sie dachte gar nicht daran, sich an solche Verbote zu halten, doch das sagte sie Chrisy nicht, schließlich wollte sie ihn nicht in Schwierigkeiten bringen. Kaum dass es draußen hell wurde, war sie durch den verschneiten Park gelaufen, um noch vor dem Frühstück den Anblick des Sees zu genießen. Zuerst hatte sie sich zwischen den dicht gepflanzten Bäumen aufgehalten, die die Villa von der Seeseite verbargen, dann aber war sie mutig bis zum Bootssteg gegangen. Sollten sie sie doch fotografieren, eine bis zur Nasenspitze vermummte Person war für einen Zeitungsartikel sowieso unbrauchbar.

Bevor sie zur Villa zurückging, schaute sie noch einmal prüfend über das Wasser. Nur eine Schar Vögel flog darüber hin, kein Boot weit und breit, der See lag still wie eingefroren. Es gab keine Meeresungeheuer. Nicht in diesem See.

An der Haustür empfing sie das neue Mädchen, eine Inderin, die erst seit wenigen Monaten in Deutschland war. Auch sie würde nicht lange bleiben, Sitha war klug und ehrgeizig, sie sprach schon jetzt ein recht gutes Deutsch und hatte noch viel mit ihrem Leben vor.

»Frau Meyer-Schildt, bitte, soll nicht in den Park spazieren ...«

»Danke, Sitha. Nimm bitte meinen Mantel ... und die Stiefel ... Vorsicht, die sind nass.«

Im Speisezimmer war nur für eine Person gedeckt. Chrisy, der seit seiner Trennung vorübergehend hier eingezogen war, hatte einen Vorstellungstermin und war bereits unterwegs, Mama würde im Laufe des Tages eintreffen, Papa erst übermorgen. Das Empfangskomitee für die verlorene Tochter war nicht eben groß. Vorerst war sie allein mit Sitha und Frau Decker, der Haushälterin. Die hatte sie gestern Abend mit falschem Lächeln begrüßt und erklärt, sie sei unendlich froh, sie wiederzusehen. Wobei im Hintergrund der unausgesprochene Satz mitschwang: Bei allem, was du angestellt hast, ist es schon ziemlich dreist, einfach wieder hier aufzutauchen.

Sie hatte diese Haushälterin von Anfang an nicht gemocht. Eine dünne Person um die vierzig, perfekt gestylt und modisch gekleidet, ihrem Auftreten nach hätte man sie für die Hausherrin halten können. Frau Decker besaß den Instinkt eines Rudeltieres, in schwierigen Situationen hielt sie sich stets an das, was Papa anordnete, da sie ihn als den Alphawolf ausgemacht hatte. Außer ihm konnte niemand diese Haushälterin leiden; da sie jedoch fachlich eine ausgezeichnete Kraft war, hatte Mama sie bisher behalten. Leider.

»Guten Morgen, Frau Meyer-Schildt. Ich hoffe, Sie haben gut geschlafen ... die erste Nacht wieder daheim ...«

Eine weitere unangenehme Eigenschaft von Frau Decker war ihr geräuschloses Erscheinen. Sie musste Filz unter ihre Schuhsohlen geklebt haben.

»Danke ...« Susanne fuhr fort, ihr Brötchen aufzuschneiden. Das deutsche Frühstück mit Wurst, Ei und Käse hatte seine Vorzüge, auch der Kaffee war stärker. Mit der selbst gekochten Marmelade und dem Milchkaffee im Leuchtturmwärterhaus konnte dieser reich gedeckte Tisch jedoch nicht mithalten. Es fehlte das

Rauschen der Brandung, der Geruch von Salz und Seetang, das Geschrei der Möwen ... und tausenderlei Dinge mehr.

»Ich vergaß leider, Sie noch einmal darauf hinzuweisen: Ihr Vater möchte nicht, dass ...«

»Ich weiß.«

»Dann sollten Sie sich daran halten.«

Die Frau überschritt eindeutig ihre Kompetenzen. Ganz offensichtlich glaubte sie, befugt zu sein, ihr Anweisungen zu geben.

»Danke für den Hinweis, Frau Decker. Im Übrigen ist das meine Angelegenheit.«

Die Haushälterin steckte die Zurechtweisung schweigend ein und verließ das Speisezimmer so leise, wie sie eingetreten war. Susanne bestrich ihr Brötchen mit heimischer Leberwurst, und während sie kaute, dachte sie darüber nach, ob ihr eine schlüsselbundrasselnde Aufseherin nicht im Grunde lieber wäre als diese Leisetreterin. Der Gedanke war blödsinnig, aber es steckte eine grimmige Ironie darin, die ihr über die Enttäuschung hinweghalf. Hier in Potsdam kümmerte sich kein Mensch um sie – ob sie tot war, in Paris im Gefängnis saß oder hier in der Villa Leberwurstbrötchen verspeiste – ihrer Familie war es ganz offensichtlich egal.

Sie würde ihn jetzt anrufen. Ganz gleich, ob er in Kerlousec oder in Rennes war, sie würde seine Nummer schon herausbekommen. Wenn er zornig auf sie war und nichts mehr von ihr wissen wollte, dann konnte sie es nicht ändern. Aber er würde wenigstens ihre Erklärungen anhören müssen. »Verzeihung, Frau Meyer-Schildt. Ihr Vater möchte nicht, dass Sie das Telefon benutzen ...«

Sie hatte den Apparat im Flur aus der Ladestation genommen und war damit ins Wohnzimmer gegangen – Frau Decker musste sie dabei beobachtet haben. Susanne ignorierte die Einmischung und tippte Alans Nummer mit Vorwahl ein. Wie ärgerlich, dass sie kein Handy mehr besaß. Um alles hatte Mama sich gekümmert, Ausweis, Führerschein, Geld – aber nicht um ein neues Handy.

»Haben Sie gehört, Frau Meyer-Schildt? Es ist möglich, dass man die Telefonate abhört. Sie würden ihre Gesprächspartner damit in Schwierigkeiten bringen ...«

Es dauerte eine gefühlte Ewigkeit, bis das Freizeichen erklang. Einmal, zweimal, dreimal ...

»Ich bitte Sie dringend, dieses Telefonat zu beenden!«

Viermal ... fünfmal ... Die Verbindung schaltete sich aus.

Er war definitiv nicht in Kerlousec. Gut. Also seine Nummer in Rennes. Oben in ihrem Zimmer musste noch ein alter Laptop sein.

»Ich wiederhole: beenden Sie das Gespräch. Sonst bin ich gezwungen, das Telefon auszuschalten ...«

Wütend fuhr sie herum und blickte in Frau Deckers kühle graue Augen. Die Frau schien sich ihrer Sache vollkommen sicher zu sein.

»Wenn Sie nicht aufhören, sich in meine Angelegenheiten einzumischen, sorge ich dafür, dass Sie zum nächsten Ersten entlassen werden!«

Sie erhielt keine Antwort, doch ihr war klar, dass Frau Decker diesen Ausbruch für eine leere Drohung hielt. Und vermutlich hatte sie damit sogar recht.

Der Laptop stand sorgfältig abgestaubt auf ihrem Schreibtisch, ließ sich bereitwillig hochfahren und stellte ihr verschiedene Programme zur Verfügung. Die Verbindung zum Internet ließ sich nicht herstellen, möglicherweise hatte die boshafte Person tatsächlich den Anschluss lahmgelegt.

Okay, dachte Susanne mit kalter Wut im Bauch. Mama hat ja dafür gesorgt, dass ich Geld habe, also fahre ich nach Potsdam und kümmere mich um einen Handyvertrag. Sie sollen nicht glauben, mich einsperren zu können. Ich bin kein Kind mehr.

Ich bin fünfundzwanzig, und wenn ich will, kann ich mir einen Job suchen und auf eigenen Füßen stehen.

Kaum zehn Minuten später – sie hatte gerade Mantel und Schuhe angezogen – war sie doch wieder ein Kind. Ein kleines Mädchen, das schluchzend in den Armen ihrer Mutter lag.

»Susanne! Mein Gott – dass du lebst und gesund bist!«

Mama hatte den allerersten Flieger genommen, um so früh wie möglich zurück zu sein. Sie betrat die Villa, während Susanne noch mit der unermüdlichen Frau Decker herumstritt, die ihr den Mantel nicht hatte aushändigen wollen.

»Mama! Du bist schon hier ... Ach Mama, ich bin ... es ist ...«

Auf einmal war alles wieder da. Die Kindheit. Das Gefühl der Geborgenheit. Ihre Mutter, die auf sie aufpasste. Die ihre Wege behütete. Die so große Hoffnungen in sie setzte.

»Meine Kleine ... Himmel, was ist denn mit deinem Gesicht geschehen? Wer hat das getan?«

»Halb so schlimm, Mama. Es heilt schon wieder ...«

»Ich mache dir gleich nachher einen Termin in der Klinik, bei Professor Kleinert. Er soll sich das ansehen. Und jetzt komm und erzähl mir. Wir waren ja halbtot vor Angst ... Frau Decker, wir nehmen den Kaffee im Wohnzimmer.«

»Sehr gern, Frau Meyer-Schildt ...«

Sie war zu Hause. Saß neben ihrer Mutter im Erker des Wohnzimmers, spürte den Arm um die Schultern und sah hinaus auf die schneebedeckte Wiesenfläche. Amseln hüpften unter den Bäumen herum, scharrten im Herbstlaub nach gefrorenen Kerbtieren, durch das Gezweig sah man die graue Fläche des Sees. Mama hörte ihr zu, ohne sie zu unterbrechen, stellte nur wenige Fragen, die allesamt Paul betrafen, und machte ihr keine Vorwürfe. Stattdessen erfuhr sie, dass die Suchaktion und die Belohnung Mamas Idee gewesen waren, die sie gegen Papas Willen durchgesetzt hatte.

»Er wollte es auf keinen Fall. Weil es die Presse noch mehr auf uns aufmerksam machen würde. Aber das war mir gleich. Wenn es um mein Kind geht, habe ich gesagt, dann kämpfe ich wie eine Löwin, mit allen Mitteln und ganz gleich gegen wen ...«

Nein, die fünftausend Euro seien noch nicht ausgezahlt. Es gäbe leider mehrere Anwärter darauf. Einmal eine junge Frau aus einem winzigen Dörfchen in der Bretagne. Ja gewiss, dieses Kerlousec. Davon habe sie ihr ja erzählt.

»Dann musst du sie ja kennen. Sie heißt ... Himmel, wie hieß sie noch? Ich habe es irgendwo aufgeschrieben ...«

»Swana Morvan?«

Mamas Miene hellte sich auf – ja, so hieß sie. Die andere Anwärterin sei eine Fernfahrerin, eine Roxane Sowieso. Die behauptete, sie habe deinen Aufenthaltsort gekannt und dort nach dir gefragt. Diese Swana habe ihr jedoch erzählt, die Frau auf dem Bild sei ihr völlig unbekannt.

»Natürlich war das ein böser Trick, denn die Kleine hat kurz darauf die Polizei angerufen. Die Leute sind ja so geldgierig ... Schrecklich!«

Swana also. Susanne hatte es bereits vermutet; nun wusste sie es mit Sicherheit. Ob sie es wegen des Geldes getan hatte? Schwer zu sagen. Möglich, dass sie Roxane belogen hatte, weil sie Susanne tatsächlich nicht verraten wollte. Aber dann hatte sie sie mit Alan zusammen auf dem Leuchtturm gesehen. Ja, so musste es gewesen sein. Swana hatte sie aus Eifersucht ans Messer geliefert.

Mama streichelte ihre Schulter und drückte sie immer wieder an sich. Jetzt würde alles gut. Sie würden ganz von vorn anfangen. Zunächst müsse sie sich erholen und zur Ruhe kommen. Man habe an eine Klinik im Schwarzwald gedacht, dort würde man sich um sie kümmern, sie ärztlich versorgen, sie habe von den dortigen Neurologen nur das Beste gehört.

»Natürlich begleite ich dich, Susi. Ich nehme mir ein hübsches Hotelzimmer, und wir werden miteinander lange Spaziergänge machen. Vielleicht auch ein wenig Langlauf, für die Abfahrtspiste ist meine Kondition nicht mehr gut genug. Aber wenn du Lust hast ...«

»Ich möchte nicht in eine Nervenklinik, Mama. Und ich brauche auch keinen Therapeuten.«

»Aber Mädchen! Du brauchst eine Auszeit. Um die schrecklichen Erlebnisse zu verarbeiten ...«

»Ich brauche vor allem ein Telefon, Mama! Es gibt Menschen, die sich meiner angenommen haben, und ich will mich bei ihnen bedanken.«

»Wir werden einen Weg finden, Susi. Wenn ein wenig Gras über die Sache gewachsen ist ...«

»Nein, Mama! Ich will und kann das nicht aufschieben!«

Mama schwieg eine Weile und nahm dann den Arm von ihrer Schulter. Susanne hatte sofort wieder das beklemmende Gefühl, ihre Mutter traurig gestimmt zu haben. Und das, wo Mama ihr so viel von ihrer kostbaren Zeit hatte opfern wollen. Früher hatte sie sich in solchen Fällen entschuldigt und versprochen, ihr von nun an bestimmt keinen Kummer mehr zu bereiten. Doch diese Zeiten waren vorbei. Es tat ihr leid, wenn Mama nun traurig oder enttäuscht war – aber an ihrem Entschluss würde das alles nichts ändern.

»Wenn es euch lieber ist, dann werde ich mir ein neues Handy mit einer neuen Nummer beschaffen. Oder von einem öffentlichen Fernsprecher aus anrufen ...«

»Ich werde mit Papa sprechen, Kind. Bitte unternimm nichts Unüberlegtes. Denk bitte daran, dass wir alle durch dich in Schwierigkeiten kommen könnten ...«

Draußen hatte die Sonne eine Öffnung zwischen den Wolken gefunden, der Schnee auf den Wiesen glitzerte, zwischen den Bäumen funkelte der See wie eine blankpolierte Silberplatte. Um die Mittagszeit kehrte Chrisy in die Villa zurück, begrüßte Mama und Susanne und zog sich dann nach oben in sein Zimmer zurück. Nach wenigen Minuten hörte Susanne ihn leise fluchend die Treppe hinunterlaufen, die Tür zu Papas Büro schlug, gleich darauf vernahm man Frau Deckers aufgeregtes Flüstern.

»Was ist denn los?«, fuhr Mama auf.

»Sie hat das Telefon ausgestöpselt.«

»Ach ...«

Susanne blieb allein im Wohnzimmer zurück, nahm sich noch eine Tasse Kaffee und lauschte neugierig auf die Stimmen, die aus Papas Büro drangen. Ganz klar. Chrisy war wütend, weil er das Internet brauchte, Frau Decker verwies auf Papas Anweisung, und Mama stand dazwischen. Man brauchte keine Hellseherin zu sein, um den Ausgang der Diskussion vorauszusehen. Chrisy war Mamas Liebling.

Sie wartete, bis Frau Deckers Silhouette im Flur vorübergehuscht war, dann lief sie eilig die Treppe hinauf. Geräuschlos – die weißen Marmorstufen waren in der Mitte mit einem dunkelroten Läufer bedeckt, der sie vor den Schuhsohlen der Hausbewohner schützte.

Sie hatte sich nicht getäuscht – der Laptop ging problemlos online. Annuaire téléphonique, France, la ville de Rennes ... Monsieur Alan Hervé, architecte ...

Es gab zwei Männer dieses Namens in Rennes, nur einer davon war Architekt. 32, rue St. Hélier. Sie übertrug die Nummer auf einen Zettel und lief hinüber in Mamas Schlafzimmer, wo sich eines der drei Telefongeräte befand. Es stand auf dem Biedermeierschreibtisch, ein hübsches Möbelstück mit zahlreichen kleinen Fächern und Schubladen, das Mama jedoch nur als Telefontischchen benutzte. Wer schrieb heute noch Briefe?

Das Display des Telefons zeigte Datum und Wochentag an. Mittwoch, der 3. Februar. Ein ganz normaler Wochentag – würde er da nicht im Büro sein? Sie wählte die Nummer trotzdem, einmal musste sie ja Glück haben.

»Allo?«

Seine Stimme klang fremd, geschäftsmäßig. Vermutlich glaubte er, mit einem unzufriedenen Auftraggeber zu sprechen.

»Alan? Hier ist Susanne ...«

Vollkommene Stille. Hatte er begriffen, wer sie war? Musste er sich erst einmal hinsetzen? Oder hatte er längst aufgelegt?

»Alan?«

Unten schlug jemand eine Tür zu. Das war Mama. Unverkennbar ihr kräftiger Schritt im Flur.

»Susanne? Bist du im Bad?«

Sie reagierte nicht und hoffte inständig, Mama würde sich mit dieser Vermutung zufriedengeben.

»Ich bin noch da«, sagte Alan. »Ich musste nur kurz nach Luft schnappen. Das ... das kommt sehr überraschend.«

Ihre innere Verkrampfung löste sich. Er sprach mit ihr, das war immerhin etwas. Ein Hoffnungsschimmer.

»Ich konnte nicht früher anrufen ... Es tut mir leid ...«

Wieder kehrte Schweigen ein. Sie hätte viel darum gegeben, sein Gesicht zu sehen.

»Wo bist du?«

»In Berlin. Bei meinen Eltern. Ich wollte dir nur sagen ...«

»Es ist schön, dass du anrufst ...«

Er klang ziemlich förmlich. So wie man sich für eine Geburtstagskarte bedankte. Aber was hatte sie erwartet?

»Ich wollte dir sagen, dass es mir wahnsinnig leidtut. Ich hatte nicht den Mut, dir die Wahrheit zu sagen, Alan. Ich war zu feige ... Und dann war es plötzlich zu spät ...«

Sie lauschte in den Hörer, doch er hatte dazu offensichtlich nichts zu sagen. Vermutlich klangen ihre Entschuldigungen ziemlich banal in seinen Ohren.

»Du brauchst dich nicht zu entschuldigen.«

Jemand lief oben über den Flur, eine Tür klappte. Das war hoffentlich Chrisy, der jetzt an seinen Laptop ging, um seine E-Mails zu bearbeiten.

»Es ist mir aber wichtig, Alan. Es ist mir wichtig, was du über mich denkst. Ich bin keine Verbrecherin. Ich hatte keine Ahnung von Pauls Geschäften ...«

»Du wolltest uns alle ein wenig zum Narren halten, nicht wahr?«

»Nein! Ich war so schrecklich gern in Kerlousec ... Wirklich!«

»Ich verstehe ...«

»Du verstehst gar nichts.«

»Es war ein Abenteuer. Mademoiselle geriet in schlechte Gesellschaft und flüchtete in die Bretagne. Dorthin, wo das Meer noch wild ist und die Leute unverbildet blauäugig ...«

»Beschimpf mich nur. Ich habe es verdient.«

Wieder stockte das Gespräch. In ihrem Kopf stauten sich Erklärungen und Geständnisse zu einem gewaltigen Berg, und sie war ratlos, womit sie beginnen sollte.

»Es war das Schicksal«, sagte er unvermittelt. »Ich denke, es hatte einen Sinn, dass wir beide uns begegnet sind.«

»Ganz sicher, Alan ... Ich rufe an weil ... weil ...«

Jetzt hatte sie sich in ihren eigenen Gedanken verheddert. Sie wollte ihm sagen, dass sie ihn gern mochte. Dass es ihr gerade seinetwegen so unsagbar leidtat. Dass sie immer wieder an den Moment denken musste, als sie oben auf dem Leuchtturm standen und sie sich so frei und zugleich so geborgen gefühlt hatte. Aber es war schlichtweg unmöglich, all das auszudrücken, ohne schrecklich kitschig zu werden.

»Wir müssen alle unseren Weg gehen. Du den deinen und ich den meinen. Du hast mir sehr dabei geholfen ... Susanna ... So heißt du doch, oder?«

»Susanne ...«

Hinter ihr riss jemand die Tür auf, Mama stand auf der Schwelle, reckte sich und stemmte mit einer impulsiven Bewegung die Arme in die Hüften. »Himmel! Es ist wie damals, als du dreizehn warst und ständig unser Telefon blockiert hast!«

»Mama, bitte! Ich bin in einem wichtigen Gespräch!«

»Du weißt, dass du nicht telefonieren sollst, Susanne!«

Sie drehte ihrer Mutter demonstrativ den Rücken zu, den Satz, den sie Alan hatte sagen wollen, brachte sie jetzt nicht mehr über die Lippen.

»Wir müssen reden … später … Adieu …«, sagte sie stattdessen in den Hörer und legte auf. Sie wusste nicht einmal, ob er diese Worte noch mitbekam, möglicherweise hatte er das Gespräch selbst längst beendet.

»Komm jetzt runter, Susanne. Julia ist hier, wir werden gemeinsam zu Mittag essen, um vierzehn Uhr hat sie einen Termin. Dennis will gegen Abend vorbeischauen, er hatte heute einen langen Arbeitstag, möchte dich aber unbedingt begrüßen …«

Sie steckte den Zettel ein, obgleich es ihr jetzt auf einmal sinnlos erschien, Alan ein zweites Mal anzurufen. Er hatte sie abgeschrieben, das war deutlich herauszuhören gewesen. Im Grunde war es ja gut so. Wieso glaubte sie die ganze Zeit, ihm etwas schuldig zu sein? Er würde keine Probleme haben, sie zu vergessen, jetzt, wo er wusste, dass sie die Falsche gewesen war. Nicht die Bretonin Anne-Marie, sondern die Deutsche Susanne. Ihres Zeichens Hochstaplerin und Komplizin eines Verbrechers.

Den restlichen Tag über widmete sie sich mit verzweifelter Entschlossenheit ihrer Familie. Sie fiel Julia zur Begrüßung um den Hals und bekam zu hören, dass sie »ganz grauenhaft« aussähe und sicher dicke rote Narben im Gesicht zurückbehalten würde. Was Mama mit Vehemenz bestritt. Während des Mittagessens lauschte sie Julias Bericht über ihre neuesten geschäftlichen Erfolge, über ihre Absicht, Henriette die zweite Klasse überspringen zu lassen, und über ihren Ehemann Dennis, der – so hörte es sich an – kurz davor stand, die Firma, in der er angestellt war, zu übernehmen. Sitha servierte Königsberger Klopse, die Susanne – so hatte Mama behauptet – früher immer so gern gegessen hatte. Woran sie sich kaum erinnerte, aber sie war Mama für die liebevolle Absicht dankbar. Dass Chrisy kaum etwas zur Tischunterhaltung beitrug, fiel kaum auf, denn er überließ das Reden gern seinen Schwestern. Susanne spürte jedoch, dass er in Julias Gegenwart besonders unzugänglich war, und sie begriff, dass ihre ehrgeizige Schwester mit Chrisys Entscheidung ebenso wenig zurechtkam wie Konstanze. Erst als Julia sich unter vielen Entschuldigungen gegen halb zwei verabschiedete, taute er auf und erzählte, dass er ein gutes Vorstellungsgespräch geführt habe und hoffe, die Stelle zu bekommen.

»Nun ja – es ist zwar kein nennenswertes Unternehmen«, meinte Mama zögernd. »Aber wichtig ist, dass du dich dort wohlfühlst ...«

Früher hätte Mama so etwas nicht gesagt. Man strebte immer die bestmögliche Position an, mit Mittelmaß durften sich ihre Kinder nicht zufriedengeben. Aber die Ereignisse der vergangenen Monate hatten etwas in ihrem Denken verändert.

»Schön, dass Dennis heute Abend ohne Julia kommt, erklärte Chrisy grinsend. »Ohne seine starke Hälfte ist er fast menschlich.«

»Aber Chrisy!«

Sie saßen zu dritt vor dem brennenden Kamin, tranken Espresso und erzählten von früher. Von den Weihnachtsfeiern und den Sommerferien, von Bootsfahrten, Erdhütten und dem heimlichen Pommes-Essen. Susanne hatte sich eine Decke um die Schultern gelegt und lehnte sich gegen ihre Mutter, Chrisy saß ihnen gegenüber, das Gesicht vom Espresso und vom Kaminfeuer gerötet und geschwätzig wie selten.

Wir sind eine glückliche Familie, dachte Susanne. Wieso ist mir das bisher nie aufgefallen?

42

Millionärstochter mit Geliebtem im Auto verbrannt!
Wie tief steckt Konrad Meyer-Schildt im Steuerskandal?
Meyer-Schildt von eigener Tochter erpresst!

Die Schlagzeilen sprangen Susanne förmlich entgegen, als Papa ihr die Zeitungen hinwarf. Hilflos irrten ihre Augen über die schwarzen Lettern, flüchteten dann zu den verglasten Bücherschränken, den gerahmten Picasso-Zeichnungen bis zu der eingelegten Bürotür aus Mahagoniholz …

»Willst du noch mehr sehen? Ich habe eine ganze Sammlung davon. Verstehst du jetzt, was ich meine?«

Papa war spät in der Nacht vom Flughafen gekommen, hatte im Speisezimmer noch einen Imbiss zu sich genommen und war dann sofort ins Bett gegangen. Susanne hatte schon geschlafen, doch die Geräusche im Haus weckten sie auf. Sie kannte das laute, unruhige Wesen ihres Vaters und fürchtete eine Weile, er könnte sie trotz der späten Stunde zu einem Gespräch hinunterrufen. Doch Papa hob sich diese Aktion für den folgenden Morgen auf, vermutlich wollte er seiner Tochter lieber frisch und ausgeruht gegenübertreten. Gleich nach dem Frühstück bestellte er sie in sein Büro.

»Ich hatte davon keine Ahnung, Papa!«

Es hatte sich nichts geändert. Wenn sie ihm gegenüberstand, hatte sie das Gefühl, zu einem Zwerg zu schrumpfen. Die Argumente, die sie sich zurechtgelegt hatte, zerfielen zu unsinnigen Phrasen, und ihr Hirn war ein hohler, dunkler Ort.

Wie machte er das? Er brüllte nicht, er fuchtelte nicht mit den

Armen, niemals hatte er auch nur im Entferntesten die Absicht gezeigt, sie zu schlagen. Er hatte eine andere Methode. Er baute ein Energiefeld auf, das sein Gegenüber in ein Netz von Zweifeln einspann und ihm die Courage aus dem Körper saugte.

»Dann weißt du es jetzt. Deine – sagen wir – Eskapaden haben unserer Familie mehr geschadet als die Bankenkrise vor drei Jahren ...«

Sie senkte den Blick. Es gab in der Familie nur eine Einzige, die Papas Augen standhalten konnte, das war Julia. Es hatte in der Vergangenheit einige wenige Zusammenstöße zwischen den beiden gegeben, und natürlich hatte Julia letztlich den Kürzeren gezogen. Aber auch Papa war nicht ohne Blessuren davongekommen. Inzwischen hatten die beiden ein ausgezeichnetes Verhältnis, denn Julia war in allem Papas gelehrige Tochter.

»Das ... das konnte ich nicht ahnen ...«

Er ging nicht weiter auf diesen schwachen Versuch einer Entschuldigung ein. Entschuldigungen waren für ihn sinnfreies Geschwätz, er wollte Einsicht und eine konkrete Strategie für die Zukunft. Geplantes Handeln anstatt leeres Gerede, das nur unnötig Zeit kostete.

»Ich halte es für zweckmäßig, dass du die nächsten Wochen hier in der Villa verbringst. Und zwar vollkommen abgeschirmt. Du verlässt das Haus nicht, gehst nicht in den Park und wirst auch keinerlei Kontakte pflegen ...«

Er zog die Augenbrauen in die Höhe: Das war die Aufforderung, ihr Einverständnis zu erklären. Sie nickte. Wie einer von diesen Plastikhunden mit Wackelkopf, die man auf dem Jahrmarkt kaufen konnte. Sie hasste sich dafür, aber sie fand einfach nicht den Mut, zu widersprechen.

Er wirkte zufrieden. Setzte sich auf den Bürostuhl – ein mit Schnitzereien verziertes Exemplar aus Eichenholz, passend zum Schreibtisch- und stützte die Ellbogen auf die mit grünem Leder bezogene Fläche. Sein Blick war jetzt sanfter, fast nachdenklich.

Fiel ihm erst jetzt auf, dass ihr Gesicht zahlreiche Schrammen aufwies? Er schüttelte den Kopf, sagte jedoch nichts. Falls es ihm leidtat – und davon ging sie aus –, war er der Ansicht, dass es ihre eigene Schuld war.

»Ich habe inzwischen einige Dinge geregelt, die deine Zukunft betreffen. Du wirst die Möglichkeit erhalten, die versäumten Seminare extern nachzuholen und anschließend deine Masterarbeit einzureichen.«

Sie tastete nach der Lehne eines der Ledersessel und setzte sich. Das war eine große Nachricht. Papa war keiner, der viele Worte machte, aber er ebnete seinen Kindern den Weg. Er glaubte an sie, obgleich sie versagt und die Familie in Schande gebracht hatte. Fast war sie jetzt gerührt. Er musste all seinen Einfluss geltend gemacht haben, um ihr diese Chance zu eröffnen.

»Das ist … großartig … Ich kann es kaum glauben …«

Der Anflug eines Lächelns glitt über sein Gesicht. Er war stolz auf diesen Erfolg, und ihre Verblüffung freute ihn. Sie verspürte den Impuls, aufzuspringen und ihn zu umarmen, sich bei ihm zu bedanken, wie sie es früher getan hatte, wenn er von seinen Reisen Geschenke mitbrachte. Aber sie blieb sitzen, als hätte jemand den Sessel mit Klebstoff bestrichen.

»Im Sommer wirst du in die Staaten fliegen, ich werde dir eine Wohnung besorgen. Florida wäre nicht schlecht, vielleicht auch Kalifornien. Wir werden sehen …«

»Aber … ich dachte, ich soll meine Masterarbeit schreiben …«

»Natürlich. Aber extern – von dort aus. Das wird uns die Presse vom Hals halten und dir neue Wege öffnen.«

Er lächelte sie an. Du hast noch viel zu lernen, sagte dieses Lächeln. Papas dunkles Haar wurde an den Schläfen weiß, am Abend, wenn er spät nach Hause kam, konnte man seine grauen Bartstoppeln sehen.

»Die Zukunft der Weltwirtschaft liegt drüben in den Staaten,

Susanne. Nicht hier – Europa ist fertig, überaltert, ausgepowert. Australien wäre eine Alternative. Neuseeland. Du wirst noch an mich denken ...«

Es war nicht das erste Mal, dass er solche Dinge sagte. Wenn sie Gäste hatten, waren diese Sprüche immer wieder aufgekommen. Europa ist tot. Neuseeland kommt. China kann man nicht trauen. Afrika ist ein Schlachtfeld. Indien startet durch.

»Ich möchte nicht in die Staaten, Papa ...«

Sie wusste selbst kaum, wie sie diesen Satz über die Lippen gebracht hatte. Es war, als hätte ihn eine andere gesprochen, ein unbekanntes Wesen, das hinter ihr stand und ihre Gedanken kannte. Papa hob nur sacht die Brauen, ein ironischer Blick traf sie. Er hielt ihre Weigerung für eine Marotte.

»Das wird sich alles finden. Geh jetzt, und schick mir Christopher. Ich will etwas mit ihm besprechen.«

Sie zögerte nur einen kleinen Moment, dann stand sie gehorsam auf und ging aus dem Büro. Papa hatte es immer so gehalten, ob es seine Angestellten oder seine Kinder waren – er fertigte sie einen nach dem anderen in seinem Büro ab. Nur Mama betrat dieses Büro niemals in seiner Anwesenheit – wenn sie unterschiedlicher Meinung waren, diskutierten sie oben in Mamas Schlafzimmer, was Mama den Heimvorteil sicherte. Ihre Eltern schliefen getrennt, seit sie denken konnte.

Chrisy kehrte mit bleichem Gesicht und zornig verkniffenem Mund aus dem väterlichen Büro zurück, schwieg sich über die Gründe jedoch aus und erschien auch nicht zum Mittagessen. Mama registrierte es mit kummervollem Blick. Papa war betont aufmerksam, reichte Susanne die Platte mit Roastbeef und forderte sie auf, ordentlich zu essen, sie habe einiges nachzuholen. Sie gehorchte und aß mit innerlichem Widerwillen zwei blutige Fleischscheiben, die sie mit Salat zudeckte, um sie wenigstens nicht sehen zu müssen. Sie war heute das Glückskind, die verlorene, in den Schoß der Familie heimgekehrte Tochter, die von ihrem Vater gütig aufgenommen wurde. Chrisy spielte die böse Rolle – warum auch immer. Es war nicht fair, diese Rollenverteilung zu genießen, aber Papa hatte recht: Sie hatte einiges nachzuholen.

Nach dem Essen löste sich das traute Familienleben auf. Papa hatte Termine in der Firma, Mama war auf dem Sprung zu ihrem Auktionshaus, danach würde sie nach Rom fliegen, vielleicht auch in Milano kurz einige interessante Zeichnungen begutachten. Was Zeichnungen, ob Kohle oder Rötel, betraf – da machte ihr niemand etwas vor. Auch bei Lithografien und Kupferstichen nicht. Mit Ölgemälden war das eine andere Sache, da gab es unwahrscheinlich raffinierte Gauner, denen man buchstäblich auf den Leim gehen konnte …

»Chrisy ist ja da«, sagte Mama beim Abschied. »Er hat versprochen, sich um dich zu kümmern.«

»Ich bin erwachsen, Mama, ich brauche kein Kindermädchen.«

»Ich bin in zehn Tagen wieder hier, Kind. Und Papa wird auch gelegentlich hereinschauen. Ruh dich aus, lies ein wenig, schau dir Filme an und versuch viel zu schlafen. Und wenn du Probleme hast, dann ruf Dr. Mertz an, er ist immer für dich da …«

Dr. Johannes Mertz war Mamas Psychiater, ein kleinwüchsiger Glatzkopf mit hervorstehenden blauen Augen und wulstigen Lippen. Den würde sie ganz sicher nicht anrufen. Lieber hockte sie allein am Fenster ihres Zimmers und starrte auf den See. Manchmal vernahm sie dann das Geräusch der Wellen, die gegen Klippen schlugen, und sie glaubte, schwarze Felsen im See auszumachen. Aber es waren nur Wolkenschatten, die rasch vergingen, wenn die Sonne wieder verdeckt war. Ein paarmal glitten Segelschiffe vorüber, dann eilte Frau Decker die Treppe hinauf und ermahnte Susanne, sich vom Fenster zurückzuziehen. Wegen der Teleobjektive.

Chrisy war viel unterwegs, was mit seiner Jobsuche und der

laufenden Scheidung zu tun hatte. Inzwischen hatte er ihr erzählt, dass Papa ihm eine gut bezahlte Stellung in den Staaten angeboten hatte, die er jedoch ausschlug. Nicht noch einmal unter der väterlichen Protektion – von jetzt an wollte er sein Leben in die eigenen Hände nehmen. Susanne bewunderte ihn dafür maßlos, und sie ermutigte ihn, trotz der vielen Absagen unbedingt durchzuhalten.

»Irgendwann klappt es, Chrisy. Es kann gar nicht anders sein. Du hast es drauf!«

Sie selbst setzte sich jeden Morgen entschlossen an ihren Schreibtisch, um für die versäumten Seminare zu arbeiten. Papa hatte die Ausnahmegenehmigung der Universität aufgrund »ungewöhnlich tragischer Umstände« herausgehandelt. Da sie die Klausuren verpasst hatte, sollte sie Hausarbeiten schreiben, die Themen waren bereits formuliert, die Fristen lagen so, dass ihr noch genügend Zeit blieb, bis zum Herbst ihre Masterarbeit zu schreiben. Alles schien recht klar und einfach – tückisch war nur, dass die Themen der Seminare untrennbar mit der Erinnerung an Paul verbunden waren. Kein Wunder, er war damals Tag und Nacht an ihrer Seite gewesen, sie hatte sich intensiv mit englischem Wirtschaftsrecht und intereuropäischen Firmengründungen befasst und gleich darauf Bücher und Laptop liegen gelassen, um zu Paul ins Bett zu schlüpfen … Mein Gott – es war doch kaum vier Monate her, wie konnte sie das so einfach wegschieben und zur Tagesordnung übergehen? Sie hörte Pauls Stimme, seine ironischen Bemerkungen, seine Verachtung für globale Konzerne, die immer auf Kosten derer prosperierten, die sowieso schon ganz unten waren. Seine Koseworte. Meine kleine Fee … Meine Zauberfrau … Mein fleißiges Lieschen …

Sie kam nicht weiter. Lief stattdessen im Haus herum, starrte Möbel und Tapeten an, fand in der Bibliothek ihrer Mutter einen Bildband über Irland und besah die Aufnahmen der Steilküsten im Westen, die sie an die Bretagne erinnerten. Dann spürte sie die Sehnsucht nach dem Meer, und sie kam sich vor wie ein Fisch im Aquarium.

Manchmal brachte Chrisy seinen Sohn Ben mit in die Villa. Er hatte mit Konstanze ausgemacht, dass er Ben zu sich nehmen durfte, wenn sie auf Reisen war und sich keine andere Betreuung fand. Den Kampf um Ben hatte er verloren – er hatte immer noch keinen Job, Konstanze hatte dagegen angeführt, sie arbeite meist von zu Hause aus und könne das Kind daher täglich betreuen. Ben war ungewöhnlich still, wenn er mit ihnen zu Tisch saß, nur wenn Mama zu Hause war, taute er ein wenig auf, erzählte, dass er Schiedsrichter werden wolle, und führte ihnen vor, wie er durch die Zähne pfeifen konnte. Wenn es nicht regnete, spielte Chrisy mit ihm im Garten Fußball oder sie standen beieinander am Bootssteg und warfen Steinchen ins Wasser. Susanne beteiligte sich nie an diesen Spielen, da sie das Haus nicht verlassen durfte. Vom Fenster ihres Zimmers aus sah sie auf die beiden Gestalten am Seeufer, den schmalen dunkelhaarigen Mann, der immer ein wenig steif wirkte, und den kleinen rothaarigen Jungen an seiner Seite.

In den Nächten schlief sie unruhig. Oft wachte sie auf und glaubte, das Licht des Leuchtturms durch ihr Zimmer wandern zu sehen, doch es war nur der Bewegungsmelder im Park, den irgendein Tier im Vorbeihuschen zum Aufleuchten gebracht hatte. Dann fiel es ihr schwer, wieder einzuschlafen ohne Bribris weiches, lebendiges Hundefell an ihren Füßen. Mehrfach sah sie zwischen Wachen und Traum das Meeresungeheuer. Es lag im Watt ausgestreckt wie ein müder Wal, den klobigen Kopf im Sand, die Augen geschlossen. Nur der Echsenschwanz zuckte hin und wieder, um eine vorwitzige Krabbe zu verscheuchen, die versuchte, auf den schuppigen Rücken des Wesens zu klettern. Weit hinten am Horizont sah man das auflaufende Wasser in der Sonne blitzen. Es war so klar und blau, wie sie es niemals gesehen hatte.

Mitte Mai meinte Papa, man könne jetzt langsam aufatmen, das Thema sei für die Presse durch. Wenn sie sich vorsichtig verhielt, dürfe sie in den Park gehen und auch zum Einkaufen nach Berlin fahren.

»Und was ist mit dem Telefon?«

»Das darfst du auch wieder benutzen. In Maßen ...«

Unfassbar – plötzlich waren die Verbote aufgehoben. Warum hatte sie sich überhaupt daran gehalten? Sie waren blödsinnig und überflüssig gewesen, die reine Schikane. Eine fein ausgeklügelte Strafe für Dummheit und Ungehorsam.

»Hört jetzt niemand mehr unser Telefon ab?«

Er ignorierte den provokanten Ton und blieb ruhig. Die Geschichte mit der Steuersünder-Liste habe sich erledigt. Die französische Polizei verfolge die Spur nicht mehr.

Er hob den Kopf und sprach an ihr vorbei. »Ja doch, Sybille, ich bin in zehn Minuten so weit ...«

Er war schon von seinem Stuhl aufgestanden, da hielt er inne, schien einen Moment lang unentschlossen, dann zog er eine der Schreibtischschubladen auf.

»Da kam Post für dich ... Falls dir jemand Ärger machen will, sag Bescheid. Wir übergeben es Dr. Meyerbeer ...«

Fassungslos blieb sie im Büro zurück, während ihr Vater nach oben eilte, um sich umzuziehen. Julia feierte heute ihren einunddreißigsten Geburtstag und hatte Familie und Freunde zum Brunch geladen.

»Wir gehen jetzt, Susanne«, rief ihre Mutter aus dem Eingangsflur. »Hast du auch den Schirm, Konrad? Es wird ein Unwetter geben. Da – es blitzt ja schon ...«

Die Haustür schlug zu, bevor Susanne ihnen »herzliche Geburtstagsglückwünsche« für Julia mitgeben konnte. Wozu auch? Julia feierte ihren Geburtstag ohne ihre kleine Schwester, sie hatte sich ausdrücklich geweigert, sie einzuladen. Es hatte einen kurzen, dramatischen Streit zwischen Julia und Mama am Telefon gegeben, der jedoch zu Julias Gunsten ausgegangen war. Mama fügte sich; sie wollte weder Julias Freunde noch Dennis' Eltern und Verwandte verprellen, und Papa hatte sich klug aus allen Querelen herausgehalten. Susanne hatte so getan, als hätte sie nichts davon bemerkt und auch niemals daran gedacht, zu Julias Feier zu erscheinen. In Wirklichkeit war diese Missachtung der Tropfen, der den Krug zum Überlaufen brachte. Sie hatte das alles so satt! Warum lief sie nicht einfach davon? In eine andere Stadt. In ein anderes Land. Sie konnte einen Job annehmen, Eis verkaufen oder Gebäude reinigen. Ein kleines Zimmer mieten, von ihrem eigenen Geld leben und niemandem zu Dank verpflichtet sein. Der Brief war an Susanne Meyer-Schildt adressiert und dem Poststempel zufolge schon Ende Januar aufgegeben worden. Der Absender war mit kleiner, akkurater Handschrift geschrieben, so winzig, dass Mama gewiss die Lesebrille hätte aufsetzen müssen.

Sylvie Maribeau, rue de l'église, Kerlousec

Sie zog sich mit dem Brief in ihr Zimmer zurück. Mein Gott – Sylvie! Und sie hatte geglaubt, niemals wieder von ihr zu hören. Sie war so aufgeregt, als sie den Umschlag öffnete, dass sie ihn mitten hindurchriss. Schon wieder! Wieso war sie nur so ungeschickt?

Liebe Susanne,
es fällt mir nicht leicht, Dich Susanne zu nennen, denn für mich bist Du immer noch Anne-Marie. Ich habe während der vergangenen Wochen hin und her überlegt, und ich gestehe, dass ich zornig auf Dich war. Ich warf Dir in Gedanken vor, mein Vertrauen missbraucht und uns alle belogen zu haben. Aber dann habe ich mit Gaëlle über Dich geredet, und ich habe verstanden, dass Du dies alles nicht freiwillig getan hast. Ich war sehr froh über diese Erkenntnis, denn mein Gefühl sagt mir, dass Du kein schlechter Mensch sein kannst.

Ich schreibe Dir, weil ich mich entschieden habe, auch Susanne meine Freundschaft anzubieten. Vielleicht ist es dumm von mir, weil Susanne Meyer-Schildt sicher bessere und treuere Freundinnen als mich hatte. Aber ich versuche es dennoch und hoffe auf eine Antwort. Gewiss, es geschieht aus purem Eigennutz. Es ist vieles geschehen, und ich hätte Deinen Rat so dringend gebraucht. Aber da du nicht mehr hier warst, habe ich an das gedacht, was Du mir damals gesagt hast. Man muss den Mut haben, ehrlich zu sein. Malo hat es verdient.

Stell Dir vor, Susanne: Ich habe die Scheidung eingereicht. Niemand weiß es bisher – nicht einmal Malo.

Ach, ich bin eine selbstsüchtige Person, schreibe immer nur von mir und meinen Problemen. Ich wünschte, ich wüsste mehr über Dich, über Susanne, um an Deinem Leben Anteil zu nehmen. Und vielleicht könnte ich ja auch Dir einmal beistehen – das würde ich mit Freuden tun.

Ich hoffe sehr, eine Antwort von Dir zu erhalten. Aber selbst wenn dies – aus welchem Grund auch immer – nicht geschehen sollte, so will ich die Freundschaft zu Dir doch in meinem Herzen bewahren.

Sylvie

43

Das Licht war auf einmal so schwach, dass sie kaum die Buchstaben erkennen konnte. Ein Blick aus dem Fenster zeigte ihr, dass der Himmel wolkenschwarz war. Die Bäume, an denen schon das erste Grün herausbrach, wurden von heftigen Windböen gebeutelt. Ein Blitz fuhr aus den Wolken auf die Stadt herunter, gleich darauf ein zweiter. Gleißende Lichtlinien, die wie gewundene Flüsse zur Erde rasten. Während sie hinunter ins Wohnzimmer lief, um die Terrassentür zu schließen, hörte sie den Donner, und sie erschrak über seine Lautstärke. Das Gewitter musste direkt über ihnen sein.

»Ein harmloses Frühlingsgewitter«, murmelte sie vor sich hin. »Kein Grund zur Aufregung. Das Haus hat einen Blitzableiter.«

Sie hatte schon einen der beiden gläsernen Türflügel zugeschoben, da wurde ihr schwindelig und sie musste sich an die Glasscheibe lehnen. Die Scheibe vibrierte jedoch, hämmerte mit rasender Geschwindigkeit gegen ihren Rücken und zwang sie, sich zu lösen und einige Schritte hinaus auf die Terrasse zu gehen. Über ihr stürzte der Himmel ein, fiel in brennenden Trümmern auf die Wiese, ließ die Bäume in Flammen aufgehen und entzündete den See. Sie hörte Schreie und hielt unwillkürlich die Hände über die Ohren, eine gewaltige Explosion entlud sich, die Welt zerbrach, zerbröselte zu Staub und hüllte sie in glühende Asche.

Pass gut auf, sagte der Hund. Der Sturm bläst von Nordwest ...

Etwas drückte ihr den Magen zusammen, sie musste würgen. Dann schlug ihr Hinterkopf gegen die Kopfstütze des Wagens und sie war hellwach. Das Auto raste über eine schmale Landstraße, Felder und Wiesen, ein kleines Gehöft, sie überholten einen Lastwagen, ihr Auto schlingerte auf der nassen Fahrbahn.

»Bist du verrückt geworden?«

Pauls Gesicht war fremd, der Mund verzerrt, die Augen zusammengezogen. Er drosselte die Geschwindigkeit und bog in einen Feldweg ein, der Wagen rutschte über den matschigen Boden, schien zu schwimmen. Äpfel und Pfirsiche rollten zwischen den Sitzen herum. Paul fluchte. Sie hatte ihn noch niemals fluchen gehört.

»Bitte halt an. Mir ist schlecht …«

»Hör zu, Susanne …«

Er sprach gepresst und atemlos. Schaute immer wieder in den Rückspiegel.

»Du steigst dort drüben aus dem Wagen und bleibst in diesem Wäldchen. Versteck dich im Unterholz!«

»Was redest du da? Spinnst du? Ich soll bei diesem Wetter …«

»Tu jetzt, was ich sage … Ich erkläre dir alles später …«

»Nein! Auf keinen Fall …«

Sie spürte seine Hand, die sich für einen Moment auf ihre Schulter legte und dann abwärts glitt, um ihren Gurt zu lösen.

»Ich hole dich so bald wie …«

Ein gewaltiger Schlag zerriss seine Rede, dumpf, überlaut, von einem umherschwirrenden Glashagel begleitet. Gras, Steine, Unterholz, schmale Baumstämme schossen an ihr vorbei. Dann ein Knall wie von einer Explosion und eine rote Feuersäule.

Zuletzt nichts mehr. Schwärze. Lange Zeit.

Es donnerte immer wieder. Flammen fraßen, brausten, knisterten, ab und zu ein dumpfer Laut, ein Zischen. Hitze. Der Gestank von verbranntem Gummi. Von Teer. Sie sah über sich graues Astwerk, von dunklem Rauch eingehüllt. Sie musste husten und versuchte sich zu bewegen. Ihre rechte Hüfte war taub, ihre Schulter schmerzte so heftig, dass sie nur mit Mühe den

Arm heben konnte. Sie rutschte ein Stück auf dem Hintern, kam dann auf die Beine und stand eine Weile in gebückter Haltung, starrte auf das rauchende Trümmerfeld, in dessen Mitte ein Stück geschmolzenes Metall lag, schwarz verkohlt, der Unterboden eines Autos, in dem ein riesiges Loch klaffte.

»Geh ...«, sagte eine Stimme. »Geh und dreh dich nicht um.«

Sie kannte diese Stimme, doch es wollte ihr nicht einfallen, wem sie gehörte. Es war jemand, der ihr sehr nahestand. Jemand, der es gut mit ihr meinte und dem sie vertraute.

»Paul?«, flüsterte sie.

»Geh, Prinzessin. Geh, rette dich.«

»Wo bist du?«

»Nirgendwo ... Geh jetzt.«

»Liebst du mich?«

»Geh.«

Sie gehorchte. Alles schwankte um sie, sie knickte jedes Mal ein, wenn sie den rechten Fuß aufsetzte, aber sie spürte keinen Schmerz. Nur fort, sagte die Stimme. Diesen Ort verlassen. Nicht umdrehen. Weitergehen. Weiterleben. Nicht umdrehen. Auf keinen Fall umdrehen ...

Es donnerte. Sie saß zusammengekauert auf der Wiese, Regen prasselte auf sie herunter, lief über ihren Rücken, floss in kleinen Strömen in ihren Halsausschnitt und über ihre Brust. Sie zitterte vor Kälte, spürte noch das Grauen, das hinter ihr wieder im Dunkel versank. Weit draußen über Berlin zuckten Feuerzeichen am schwarzen Himmel, der See aber war hell, sein Wasser kräuselte sich unter den Regentropfen.

Paul ist tot, dachte sie. Es gibt ihn nicht mehr. Ich war dabei, als er starb. Ihr fiel ein, dass er ihren Gurt gelöst hatte, bevor der Wagen zur Seite gerissen wurde und explodierte. Damit hatte er ihr das Leben gerettet, denn sie war hinausgeschleudert worden. Hatte er das geahnt? Vielleicht. Sie konnte ihn nicht mehr fragen, denn er war tot. Es gab ihn nicht mehr. Nirgendwo.

Er hatte sie freigegeben.

Die Starre löste sich. Sie hob den Kopf, strich das nasse Haar zurück und wandte ihr Gesicht dem Regen zu. Es tat gut, das leise Prickeln auf der Haut zu spüren, die feuchte Kühle auf Lippen und Augenlidern, der Regen streichelte sie, wusch die grausigen Erinnerungen, bis sie blass und still wurden, ließ ihr schließlich nur noch die Kühle und das beständige Rauschen. Wie lange hatte sie dort gesessen? Zehn Minuten? Zehn Stunden? Zehn Jahre? Irgendwann bemerkte sie, dass ihre Zähne vor Kälte aufeinanderschlugen, und sie begriff, dass sie klatschnass und durchgefroren im elterlichen Park auf der Wiese kniete. Schwankend und noch ein wenig benommen stand sie auf und ging zurück ins Haus. Sie sehnte sich nach einer heißen Dusche und trockenen Kleidern.

Ich muss es aufschreiben, dachte sie, als sie sich nach dem Duschen abrubbelte. Damit ich es nicht wieder vergesse. Wie seltsam, dass es mir gerade heute wieder einfällt. Ob es an dem Gewitter lag?

Sie föhnte das Haar trocken und lief in ihr Zimmer, zog sich hastig an und setzte sich an den Laptop. Schreibprogramm. Neue leere Seite. Wie beginnen? Sie tippte einige Sätze, löschte sie wieder, versuchte es auf andere Weise und lehnte sich dann unzufrieden zurück. Warum tat sie das? Für wen? Wer wollte das eigentlich wissen?

Als sie aufstand, rutschte ihr linker Fuß auf dem Teppichboden aus, und sie bemerkte, dass sie auf ein Blatt Papier getreten war. Sylvies Brief. Erschrocken hob sie ihn auf, glättete ihn und legte ihn vor sich auf den Schreibtisch.

Geh, hatte er gesagt. Schau nicht zurück.

Wieso wollte sie die Erinnerung aufschreiben? Sie brauchte sie nicht mehr. Viel wichtiger war Sylvie. Die kleine, aufrechte Sylvie, die trotz aller Enttäuschungen immer noch ihre Freundin sein wollte. Heute war Sonntag, und sie hatte die Nummer noch im Kopf. Wie seltsam – dabei hatte sie sonst ein so schlechtes Zahlengedächtnis, aber die Telefonnummern der Leute aus Kerlousec waren in ihrem Hirn fest abgespeichert.

»Hallo?«

Sie hatte Glück! Sylvies Stimme klang heiser, sie musste sich zweimal räuspern. War sie am Ende krank?

»Sylvie? Ich bin es ... Susanne ...«

»Susanne?«

»Oder Anne-Marie ... Wenn du willst ...«

Ein leiser Aufschrei war zu hören, irgendetwas fiel zu Boden.

»O mein Gott!«

Erschrocken lauschte Susanne in den Hörer. Was war passiert? Hatte Sylvie vor Schreck das Telefon fallen lassen?

»Sylvie?«

»Ja, ich bin hier. Du liebe Güte, Anne-Marie ... Ich meine, Susanne ... Mir ist ein ganzer Bücherstapel vom Tisch gerutscht ... Ich hatte mich ein wenig hingelegt ... Oh, es tut mir leid ... Ich bin noch ganz verschlafen ... Susanne ... Bist du das wirklich?«

Arme Sylvie. Susanne bekam ein schlechtes Gewissen. Sie hätte ihr besser schreiben sollen. Was für eine dumme Idee, so einfach per Telefon über sie herzufallen.

»Ich bin's wirklich, Sylvie. Verzeih mir, ich wollte dich nicht erschrecken ... Ich habe deinen Brief gelesen ...«

»Meinen Brief? Ach ja ... Das freut mich ... Ich fürchtete schon, du hättest ihn gar nicht erhalten ... Ich hatte die Adresse aus dem Internet und war mir nicht sicher ...«

Es klang immer noch ziemlich wirr. Susanne wurde unsicher. Vielleicht hatte Sylvie ja ihre Meinung inzwischen geändert.

»Ich habe den Brief erst heute bekommen ... Aber als ich deine Zeilen las, war ich so gerührt, dass ich sofort zum Telefon gegriffen habe. Es war wohl etwas vorschnell ...«

»Aber nein! Ich bin sehr froh, dass du anrufst. Ich war nur so überrascht ... Wie geht es dir? Bist du gesund? Fühlst du dich wohl?«

Was sollte sie sagen? Dass sie gerade eben im Gewitterregen eine schreckliche Vision gehabt hatte? Dass sie sich hier in der Villa ihrer Eltern kreuzelend und einsam fühlte? Dass sie mehrere grauenvolle Wochen im Gefängnis zugebracht hatte?

»Oh, ich habe zwar eine harte Zeit hinter mir, aber jetzt geht es mir wieder gut. Ich bin hier bei meinen Eltern und werde wohl bald mein Studium mit dem Master of Arts abschließen können ...«

»Wie schön. Ich freue mich für dich. Weißt du, wir haben hier viel über dich gesprochen. Es war schwer, das alles zu verstehen. Vor allem wegen Alan. Er war vollkommen am Boden zerstört, nachdem sie dich mitgenommen haben. Er hat mit niemandem reden wollen und ist gleich nach Rennes gefahren ...«

»Und wo ist er jetzt?«

»Irgendwann kam er zurück. Warte mal ... das war Anfang März. Ja, genau. Seitdem steckt er pausenlos bei den Morvan. Sie bauen ein Segelboot, aber das weißt du ja. Ich glaube, er schläft sogar dort, weil sie bis spät in die Nacht an der Arbeit sind ...«

Sylvie hielt inne, weil ihr jetzt wohl bewusst wurde, etwas Falsches gesagt zu haben.

»Nein, nein, du darfst das nicht falsch verstehen, Anne-Marie. Ich meine, Susanne, Alan hat nichts mit Swana. Er ist wie ein Vater für sie, das weißt du ja ...«

»Natürlich ...«

Wie ein Vater, dachte Susanne wütend. Hat Swana nicht auch Malo verführt? Obgleich er in Sylvie verliebt war? Dieses Mädchen ist eine ganz und gar durchtriebene Person. Nicht umsonst hat sie mich an die Polizei verraten! Das hat sie vermutlich für sich behalten, das kleine Miststück! Aber nun ja – Swana ist eine echte Bretonin. So wie Alan es mag.

»O mein Gott, ich freue mich so, dass du anrufst, Anne-

Marie. Susanne, wollte ich sagen. Stell dir nur vor, mein Mann, den ich für bejammernswert krank gehalten habe, der hatte eine Geliebte. Sie haben beide von meinem Geld gelebt und ich hatte keine Ahnung davon. Sie muss sich versteckt haben, wenn ich ihn besuchte, ich habe nie etwas bemerkt. Aber gut – ich bin nun einmal ziemlich blauäugig und hätte ihm so etwas niemals zugetraut ...«

»Und was ist mit der Scheidung?«

»Sie ist durch«, sagte Sylvie stolz. »Er hat in eine einvernehmliche Scheidung eingewilligt, allerdings habe ich ihm dafür eine kleine Summe zahlen müssen ... Vor zwei Wochen wurden wir geschieden ...«

»Und nun?«

Hatte sie ein leises, fröhliches Kichern vernommen? Sylvie war glücklich und verliebt, ihre Zukunft lag in rosigem Schimmer. Beneidenswert.

»Malo ist schon ganz aufgeregt. Am 23. Juni ist unsere Hochzeit ... Oh, wenn ich ihm erzähle, dass du angerufen hast ... Er wird sich riesig freuen. Malo war immer auf deiner Seite. Genau wie ich. Und auch Gaëlle ...«

Sie hatte also doch noch Freunde in Kerlousec. Es tat wohl, das zu hören.

»Und ... und die anderen?«

Sylvie räusperte sich wieder. Man hörte, dass sie lauter atmete, vermutlich hob sie die herabgefallenen Bücher auf. »Die anderen ... Nun ja, ich sagte dir ja vorhin, dass wir viel über dich geredet haben. Brioc hat immer gesagt, du wärst ein anständiges Mädchen und jeder, der etwas Schlechtes über dich redet, der bekäme von ihm einen Tritt in den Hintern.«

Susanne lächelte. Sie konnte sich Brioc gut vorstellen, wie er zornig die Faust auf den Tisch haute. Mit dem Tritt war das so eine Sache ...

»Nun ja ...«, fuhr Sylvie fort. »Malos Eltern und auch die

Gwernig-Schwestern sind leider nicht gut auf dich zu sprechen. Ich sage das nicht gern, Anne-Marie. Aber du hast mich gefragt und ich mag dich nicht belügen.«

»Das ist anständig von dir, Sylvie. Keine Sorge, ich vertrage das schon. Nach allem, was geschehen ist, konnte ich nicht erwarten, in Kerlousec noch einen einzigen Freund zu haben ...«

»Oh, es ist hauptsächlich wegen Alan. Sie glauben, du hättest ihm schöne Augen gemacht und ihn hinters Licht geführt. Sie sagen, das hätte er nicht verdient. Gerade Alan hätte das nicht verdient.«

Sie hielt inne, und Susanne begriff, dass auch Sylvie großes Mitleid mit Alan empfand.

»Ich habe ihn angerufen, Sylvie. Ich denke, zwischen uns ist alles geklärt.«

»Oh ...«, sagte Sylvie und war einen Moment lang still. »Heißt das ... ihr habt euch getrennt?«

Du liebe Güte – was für Gerüchte waren da im Dorf umgegangen?

»So kann man das nicht nennen, Sylvie. Wir waren doch niemals – zusammen. Du weißt schon, was ich meine. Wir waren Freunde, weiter nichts.«

»Ja, natürlich«, sagte Sylvie hastig, und man hörte ihr die Verlegenheit an. »Gute Freunde. Das hat Alan auch gesagt. Aber – bitte verzeih meine Offenheit – wir alle haben geglaubt, es sei mehr zwischen euch.«

»Nein, Sylvie, da habt ihr euch getäuscht. Alan ist ein liebenswerter Mensch, den ich sehr schätze, das gebe ich offen zu. Er ... er ist so ... so aufmerksam. Fürsorglich. Ein Mann, auf den sich eine Frau verlassen kann. Er ist attraktiv, er kann sehr witzig sein und ...«

Was redete sie da eigentlich für ein Zeug? Wen interessierte, ob sie Alan attraktiv fand? Sylvie war für solche Geständnisse ganz sicher die falsche Adresse.

»Oh, in letzter Zeit, war er nicht zu Scherzen aufgelegt«, sagte Sylvie. »Aber es ist gut, wenn ihr beide euch ausgesprochen habt.«

Hatten sie das? Eine Aussprache war das gewiss nicht gewesen. Eher ein missglückter Versuch, etwas zu erklären, eine überflüssige Entschuldigung und eine deutliche Abfuhr. So hatte sie dieses Gespräch jedenfalls in Erinnerung.

»Weißt du was, Susanne? Ich wünsche mir so sehr, dass du im Juni unsere Trauzeugin wirst. Du warst es doch, die mir geholfen hat, über meinen Schatten zu springen. Im Grunde verdanken wir unser Glück nur dir, Anne-Marie … Susanne …«

»Jetzt übertreibst du aber …«

»Aber nein! Ich meine es ernst. Überlege es dir. Ich meine, jetzt, da zwischen Alan und dir alles geregelt ist, werden Malos Eltern und die Schwestern Gwernig ganz sicher anders denken. Ach, im Grunde mögen sie dich alle … Sogar Swana … Auf ihre Art hängt auch sie an dir.«

Was für eine Idee! Trauzeugin. In Kerlousec. Die gute Sylvie war wirklich ziemlich naiv.

»Und Gaëlle LeBars?«, fuhr Susanne in Sylvies Rede hinein. »Geht es ihr gut?«

Sylvies Stimme klang nun bekümmert. »Gaëlle? Ach, die hat Sorgen. Du weißt ja – die Sache mit ihren Töchtern. Die beiden Söhne haben auf das Erbe verzichtet, aber die Töchter bestehen darauf. Nun soll sie ihnen vierzigtausend Euro zahlen, und dazu müsste sie das Haus verkaufen.«

Wie ärgerlich! Mit einem guten Anwalt hätte man das verhindern können. Aber nun war das Kind in den Brunnen gefallen.

»Es muss doch irgendwo ein Testament geben!«

»Sie haben es nicht gefunden.«

Heilige Einfalt. Vermutlich hatte niemand gründlich danach gesucht.

»Sie kann doch das Haus nicht verkaufen, Sylvie! Sie hat vierzig Jahre dort gelebt.«

»Sie ist eine so dickköpfige Person, Susanne. Jeder von uns würde sie aufnehmen, aber das will sie nicht. Ach, dass ihre Töchter solch boshafte, geldgierige Weiber sind! Eine Schande ist das, die eigene Mutter aus dem Haus zu treiben. Eines Tages werden sie ihre Strafe dafür erhalten, da bin ich ganz sicher.«

Eines Tages, dachte Susanne. Dann ist es zu spät. Es muss jetzt etwas geschehen. Gaëlle hat ihre Ecken und Kanten, wirklich, und nicht wenige. Aber sie hat es nicht verdient, auf ihre alten Tage obdachlos zu werden.

»Es wird sich eine Lösung finden«, sagte sie. »Ich lasse mir etwas einfallen.«

»Ach Anne-Marie ... ich meine, Susanne. Du fehlst mir so. Versprich, dass du zu meiner Hochzeit kommst, ja? Du gehörst doch hierher ... irgendwie ...«

»Ich überlege es mir ...«

Himmel, sie ist solch eine liebenswerte Person, dachte Susanne, nachdem sie aufgelegt hatte. Ein warmes Gefühl machte sich in ihr breit. Sie hatte noch Freunde in Kerlousec. Nicht alle waren wütend auf sie. Sylvie und Malo waren ihr geblieben. Brioc, der alte Sturkopf. Gaëlle LeBars. Alan wohl nicht ... Leider nicht ... Aber gut. Sollte er doch der dicken Swana den Hof machen, wenn sie ihm so sehr gefiel.

Sie lief nach unten und fand ihren Bruder Chrisy in der Küche, wo er die Speisekammer nach Essbarem durchsuchte.

»Wo ist Frau Decker?«

»Hat Ausgang. Unser Mittagessen steht im Kühlschrank.«

Sie wärmten die Tellergerichte in der Mikrowelle auf und setzten sich damit an den Küchentisch. Ein Unding – Mama wäre vor Entsetzen erstarrt, wenn sie das gesehen hätte, Chrisy fand jedoch, es erinnere ihn an seine Studentenzeit in Kalifornien. Er habe dort in einem Studentenheim gewohnt und sie hätten meistens gemeinsam in der Küche gekocht und gegessen.

»Ich habe einen Job«, sagte er dann, ohne sie anzusehen. »In einem wissenschaftlichen Institut in Oslo.«

»Das sagst du so nebenbei?«, platzte sie heraus. »Das ist doch eine großartige Nachricht!«

Er lächelte schwach und nickte. Gewiss. Er war zufrieden, die Mitarbeiter gefielen ihm, auch die Ausrichtung des Instituts sei nach seinem Geschmack. Sie prüften neue Medikamente auf schädliche Nebenwirkungen, und soweit er es beurteilen könne, sei es eine unabhängige Einrichtung.

»Aber ich werde Ben nur selten sehen können«, sagte er. »Vielleicht ab und zu am Wochenende. Urlaub werde ich vorerst kaum bekommen. Und dich werde ich auch vermissen, Susanne...«

Ihr großer Bruder! Er würde ihr ganz schrecklich fehlen. Aber so war das nun einmal, jeder ging seiner Wege. Papa flog morgen wieder nach New York, und Mama wollte nach dem gemeinsamen Shoppen in den Flieger nach London steigen. Chrisy würde also demnächst nach Oslo verschwinden und sie selbst sollte in wenigen Wochen in die Staaten fliegen; wohin genau, wusste sie selbst noch nicht.

»Sag mal, Chrisy«, meinte sie nachdenklich. »Würdest du ein Ferienhaus in der Bretagne kaufen?«

Er hörte auf, an seiner Roulade herumzusäbeln, und sah sie forschend an, unsicher, ob sie diese Frage ernst gemeint hatte.

»Ich denke, du könntest leicht einen Kredit auf das Häuschen aufnehmen. Es ist ein hübsches Objekt, direkt am Meer. Wir könnten dort mit Ben zusammen Urlaub machen.«

»Ist es zufällig das Haus, in dem du gewohnt hast?«

Er war ein kluger Kopf, ihr großer Bruder.

»Ja. Es gibt allerdings ein kleines Problem: Eine alte Frau, die dort lebenslanges Wohnrecht haben sollte.«

Er saß mit ratloser Miene vor ihr und schob die Brille zurecht. Dann begannen seine Schultern zu zucken, er fuhr sich mit der Hand an die Stirn und brach in Gelächter aus.

»Du spinnst ja, Susanne. Aber gut – warum nicht. Ja – ich würde es machen.«

44

Sie war wieder sie selbst. Sie hatte einen Entschluss gefasst und in die Tat umgesetzt. Sie ließ sich nicht länger bevormunden, war nicht mehr das schwarze Schaf der Familie, die gescheiterte Tochter, die man über den großen Teich schickte, um sie »aus der Schusslinie zu nehmen«. Sie war frei. Sie konnte ihre Freiheit schmecken und riechen. Sogar hier, auf dem Flughafen in Brest, wo sie gerade aus dem Flieger gestiegen war, roch man den Duft des Meeres. Salzig, ein wenig faulig, nach Tang und Muscheln, nach feuchtem Sand und nach türkisgrauer Ferne.

»Anne-Marie ...«

Sylvie hatte zwar am Telefon gesagt, sie würde auf dem Parkplatz vor dem Flughafen warten – die Ungeduld hatte sie jedoch in die Halle getrieben. Dort stand sie inmitten einer Gruppe Touristen aus England und winkte Susanne aufgeregt zu.

»Da bist du ja! Ach du liebe Zeit – du hast dich überhaupt nicht verändert. Nun habe ich schon wieder Anne-Marie zu dir gesagt ... Susanne ... Susanne ... Ich freue mich so ...«

War sie jemals so herzlich begrüßt worden? Susanne konnte gerade noch ihre Reisetasche abstellen, da lagen sie sich schon in den Armen und schluchzten alle beide.

»So ein Glück ... nach all diesen dummen, dummen Missverständnissen ... Jetzt wird alles gut ...«

»Ach, Sylvie ...«

»Ich habe vorhin dein Bett bezogen. Du schläfst in meinem Wohnzimmer auf dem Sofa ... Wir werden den ganzen Abend beieinandersitzen und erzählen. Nur wir beide ... Ich habe Malo gesagt, er soll erst morgen vorbeikommen ...«

Nein, sie hatte keinen Koffer, nur die Reisetasche. Und ja, sie hatte Hunger. Und nein, sie konnte es noch bis Kerlousec aushalten. Und ja, sie fand es auch nervig, dass am Flughafen überall gebaut wurde. Und ja, sie hatte ein hübsches Kleid für die Hochzeit mitgebracht.

Sylvie war mit dem Wagen der Brelivets nach Brest gefahren, um Susanne vom Flughafen abzuholen. Es sei überhaupt kein zusätzlicher Aufwand, hatte sie behauptet, sie habe sowieso etwas in Brest zu erledigen. Was, das wollte sie nicht verraten, aber Susanne vermutete, dass es mit ihrem geschiedenen Mann zu tun hatte, und sie verspürte ein mulmiges Gefühl dabei. Diesem Jean-Luc wollte sie eigentlich nicht begegnen.

Im Auto saß Anne Brelivet, Sylvies zukünftige Schwiegermutter. Sie verzog keine Miene, als Sylvie die Autotür öffnete, aber Susanne war klar, dass Anne sie schon durch die Wagenfenster beobachtete, seitdem sie das Flughafengebäude verlassen hatten.

»Bonjour …«, sagte Susanne und lächelte scheu.

Früher hätte sie einfach »Bonjour Anne« gesagt oder »Demat« wie die Bretonen. Jetzt hätte sie »Bonjour Madame Brelivet« sagen müssen, aber sie war sich nicht sicher, ob Anne das recht war.

»Bonjour …«

Auch Anne Brelivet schien sich zu keiner bestimmten Anrede entschlossen zu haben. Sie saß auf dem Rücksitz und machte keine Miene, zur Seite zu rücken, daher setzte sich Susanne auf den Beifahrersitz. Nach der Euphorie des Wiedersehens mit Sylvie fühlte sie sich nun auf einmal unbehaglich. Wie hatte sie glauben können, dass man sie mit offenen Armen empfing? So, als sei nichts gewesen. Sie war nicht Anne-Marie, die Enkelin der Gaëlle LeBars. Sie war eine Fremde. Eine Deutsche mit krimineller Vergangenheit, die sich unter falschem Namen eingeschlichen hatte.

Sie spürte Sylvies Hand auf ihrem Arm. »Es wird alles gut ...«, flüsterte sie ihr zu. »Du musst ein wenig Geduld haben ...«

Susanne presste den Rücken gegen den Sitz und nickte. Gut, sie hatte sich zu dieser Reise entschlossen, sie hatte gewusst, dass es nicht einfach werden würde, und jetzt hieß es durchhalten. Anne hatte alles Recht der Welt, zornig auf sie zu sein.

»Wohin fahren wir?«

Sylvie lächelte geheimnisvoll. Es sei eine Überraschung.

»Aha ...«

Susanne war misstrauisch. Allerdings deuteten Sylvies verschmitzte Blicke auf eine angenehme Überraschung, und wenn sie in den Rückspiegel sah, konnte sie auch in Annes Gesicht so etwas wie freudige Erwartung oder kindliche Neugier entdecken. Erst als sie auf einem Parkplatz in der Innenstadt hielten und Sylvie auf ein großes Schaufenster deutete, begriff sie.

»Brautmoden« stand dort in schwungvoll goldenen Lettern auf der Ladenscheibe. Eine völlig unnötige Aufschrift, denn die ausgestellten Hochzeitsroben – edle Kreationen aus Seide und zarten Spitzen – sprachen für sich.

»Ich wollte ja eigentlich ein ganz einfaches Kleid«, sagte Sylvie und sah Anne dabei an. »Aber Malo fand, dass zu einer richtigen Hochzeit nun einmal ein richtiges Hochzeitskleid gehört. Du hattest auch eines, nicht wahr, Anne?«

Notgedrungen musste Anne nun ihr Schweigen brechen. Ja, sie habe ihr Hochzeitskleid noch im Schrank hängen. »Das hat mir damals meine Mutter genäht. Ein einziges Mal habe ich es getragen. Dann kamen schon die Kinder und ich habe so zugenommen, dass ich nie wieder hineinpasste. Trotzdem werde ich es aufheben, solange ich lebe ...«

Susanne überlegte, ob Mama ihr Hochzeitskleid irgendwann einmal erwähnt hatte, doch sie konnte sich nicht erinnern. Ihre Eltern hatten Ende der Siebzigerjahre irgendwo in Bayern geheiratet. Weil dort eine so bezaubernde kleine Kapelle stand ...

Der Laden war ein weiß-goldener Angriff auf den guten Geschmack. Eine Angestellte empfing sie mit einem bezaubernden Lächeln und bat sie zu einer Sitzgruppe. Hochzeitskitsch. Sesselchen im Stil von Louis Quinze, Altrosa mit goldfarben bemalter Schnitzerei, der Fußboden hell, an den Wänden lange Kleiderstangen. Da hingen sie aufgereiht, die Prinzessinnenkleider aus Tüll und Spitze, die perlen- und strassbestreuten Mieder, die weiten oder engen Röcke in jungfräulichem Weiß, die bauschigen, mit Glitzersternchen bestickten Schleppen. Susanne war nicht in der Stimmung, darüber in Begeisterung auszubrechen. Sie hatte eher das Gefühl, in einem Kabinett der Überflüssigkeiten zu sitzen und zusehen zu müssen, wie die arme Sylvie ihr sauer erspartes Geld für ein solches Ein-Tage-Kleid opferte.

»Soll ich dir beim Aussuchen helfen?«

Sylvie schüttelte den Kopf. Nein, das Kleid sei längst bestellt, es würde extra für sie angefertigt, heute sei die letzte Anprobe.

»Wenn alles passt, kann ich es gleich mitnehmen ...«

Sie verschwand hinter einem zartrosa Vorhang, und Susanne blieb mit Anne zurück. Wieder kehrte Schweigen ein. Anne saß mit auf dem Schoß verschränkten Händen, dunkel gekleidet und füllig, eine Bäuerin und Fischerin, ein Fremdkörper hier zwischen den zarten Tüllgespinsten. Susanne betrachtete eingehend die wenigen farbigen Hochzeitskleider, die in dezenten Pastelltönen gehalten waren. Ob die für geschiedene Bräute waren?

»Stimmt es, dass deine Eltern in Deutschland mehrere Häuser und Fabriken und all so was besitzen?«, fragte Anne unvermittelt.

Susanne war zusammengefahren. Vielleicht meinte Anne es ja nicht so, aber in Susannes Ohren klang es ziemlich feindselig.

»Wir haben ein Haus in Berlin ...«

»Ja, das hat Sylvie erzählt. Deine Eltern sind reich, oder?«

Wie sich die Werte doch umdrehten. Bei den Bekannten der Meyer-Schildts war es wichtig, seine »gute Position« möglichst unaufdringlich darzustellen. Man sprach nie über Geld, man hatte es einfach. Hier war es offensichtlich ein Makel, reich zu sein.

»Ich ... ich weiß das nicht so genau ...«

Anne starrte sie schweigend an. Drüben hinter dem Vorhang vernahm man leise Stimmen, Sylvie zog ihr Kleid über. Kleine Ausrufe wie »Oh wie schön!« oder »Nein, das lassen wir so« oder »Einen kleinen Tick enger ...«

»Warum bist du dann zurückgekommen?«, wollte Anne wissen.

Susanne suchte nach einer Antwort. Sylvies Hochzeit. Ihr eigenes schlechtes Gewissen. Ihre Hoffnung, Gaëlle helfen zu können. Alan ... Ja, sicher auch Alan. Aber nein, das alles reichte nicht aus. Es war etwas anderes ...

»Das Meer ... ich kann nicht ohne das Meer leben.«

Was für eine verrückte Antwort. Sie biss sich auf die Lippen und war froh, dass in diesem Augenblick der rosafarbene Vorhang zurückgeschoben wurde. Sylvie trat in den Raum. Oder vielmehr eine junge Frau, die Sylvie sehr ähnlich sah.

»Das ... das ist ja ... Mein Gott, ist das schön ...«

Sylvie strahlte bei diesem Ausruf der Begeisterung.

»Gefällt es dir? Es ist die Tracht aus Guissény. Das ist weiter oben im Norden der Bretagne. Aber ich fand sie so kleidsam, gerade für eine Hochzeit ...«

Sylvie war ganz in Weiß gekleidet. Über der Spitzenbluse trug sie ein Schultertuch mit langen Fransen, der Rock war bodenlang, darüber hatte sie eine zart bestickte, ebenfalls bodenlange Schürze gebunden. Die Haube war ganz aus weißer Spitze gearbeitet und ähnelte einem steifen Kopftuch, das unter dem Kinn mit langen Bändern gebunden wurde.

»Eine bretonische Tracht ... Ach, Sylvie, das ist ja ein Traum. Kein anderes Brautkleid kann da mithalten. Und wie sie dir steht – als wärst du darin geboren ...«

Sylvie drehte sich vor dem Spiegel, sodass der weite Rock sich bauschte. Wie geschmeidig sie auf einmal war! Wie anziehend sie lachte! Ach ja – Liebe macht schön.

»Nur die Brille musst du natürlich weglassen ...«

»Das ist ein Problem ... Wenn ich nun die Stufen zum Altar nicht sehe und stolpere ...«

»Dann wird Malo dich auffangen ...«

Sie kicherten wie alberne kleine Mädchen. Anne Brelivet beobachtete sie mit leichtem Kopfschütteln, aber es war ihr anzusehen, dass auch sie sehr zufrieden war.

»Kein Wort zu Malo«, sagte Sylvie, und sie legte den Zeigefinger über die Lippen. »Er darf mein Kleid erst übermorgen in der Kirche sehen.«

Dann stritten sich Braut und Schwiegermutter um die Bezahlung. Sylvie bestand darauf, das Kleid ganz und gar von ihrem Geld zu zahlen, Anne aber wollte ihren Teil beisteuern. Sylvie setzte sich durch. »Das Kleid ist Sache der Braut!«

Eine halbe Stunde später waren sie unterwegs nach Kerlousec – im Kofferraum ein riesiger Pappkarton, dessen Inhalt bis übermorgen streng geheim war.

Schon vom Flugzeug aus hatte Susanne das viele Grün unter sich gesehen. Das Landesinnere der Bretagne war jetzt im Sommer eine Sinfonie in verschiedenen Grüntönen; Wiesen, Äcker und kleine Wäldchen wechselten sich ab, dazwischen hier und da das dunkle Gelb eines Rapsfeldes in später Blüte, das Violett der Heide, dann wieder dunkle, mit Folie bespannte Äcker, auf denen Artischocken gediehen. Pferde weideten auf den Wiesen, auch braune und schwarze Kühe, bärtige Ziegen und weißwollige Schafe.

Aber was war das alles gegen den silbergrauen Streifen, der nach einer Weile am Horizont schimmerte. Das Meer! Der gewaltige Atlantik. Die Wogen der Freiheit. Während Sylvie unablässig redete, das gesamte Hochzeitsprogramm erläuterte, haftete Susannes Blick am Horizont, wo nun die ersten Felsen auftauchten und das grausilberne Band immer breiter wurde.

Sie bogen auf die Küstenstraße ein. Ach, hier war sie damals mit Alan nach St. Renan gefahren. Und später, als die Polizei sie abholte, hatte sie von dieser Stelle aus zum letzten Mal auf das Meer gesehen ... Lampaul, die bekannten Häuser, der kleine Hafen, die Boote, die jetzt bunt angestrichen auf dem Wasser schwankten. Der Zeltplatz war voller Wohnwagen, am Strand lagen Touristen, Kinder hielten schwirrende bunte Drachenwesen an langen Schnüren ... Und überall grünte und blühte es. Hellblaue und rosafarbene Hortensien erfüllten den Ort, wuchsen in jedem Vorgarten, schmückten die hölzernen Zäune, stahlen sich aus den Gärten hinaus in die Wiesen.

Dann kam der Moment, als sie um eine Kurve bogen und der Leuchtturm vor ihnen auftauchte. Rot und weiß gestreift wie eine Socke. Fest gemauert auf dem Fels der Pointe du Lapin. Susanne war so überwältigt, dass sie in ihrer Jackentasche nach einem Papiertaschentuch suchen musste. War es denn möglich, dass sich hier nichts geändert hatte? Da stand dieser Turm inmitten der Wellen, und daneben duckte sich das Häuschen des Leuchtturmwärters. So, als wäre nichts gewesen. Dort oben, das Fenster, da hatte sie einmal gewohnt. Damals, als sie noch Anne-Marie Dupin hieß.

Bei dem Wegweiser bogen sie nach Kerlousec ab und hielten vor Sylvies Haus, um den Karton abzusetzen. Danach wollten Sylvie und Susanne den Wagen zur Anlegestelle fahren, damit Malo und Malwen ihn am Abend zur Verfügung hatten.

»Wir laufen am Strand entlang zurück«, meinte Sylvie. »Du bist doch einverstanden, Susanne?«

»Das fragst du? Ich bin geradezu süchtig nach Wellen und Wind ...«

Doch es kam ganz anders. Als Sylvie ihre Haustür öffnete, vernahm man das schrille Läuten des Telefons.

»Ach je«, seufzte Sylvie. »Das wird Gaëlle sein.«

Sie hob den Hörer ab und hielt ihn sich ans Ohr. Doch Gaëlle sprach so laut, dass auch Susanne und Anne ihre Worte hören konnten.

»Was ist los? Wieso kommt sie nicht hierher?«

»Wir müssen erst den Wagen an die Anlegestelle fahr…«

»Das kannst du auch allein tun, Sylvie! Schick mir Susanne. Und zwar gleich.«

Sylvie wirkte jetzt wie eine erschrockene Schülerin. Mit einer Hand hielt sie die Sprechmuschel des altmodischen Telefons zu, während sie sich zu Susanne umdrehte. »Sie möchte, dass du zu ihr kommst.«

»Das war nicht zu überhören … Gut, dann gehe ich jetzt eben hinüber.«

Die Flut hatte ihren höchsten Stand erreicht, war jedoch weit davon entfernt, die Klippen und das lilafarbene Heidekraut auf dem Pfad zum Leuchtturmhäuschen zu überschwemmen, wie sie es im Winter oft getan hatte. Susanne überquerte die Küstenstraße und lief mit ausgebreiteten Armen zum Strand hinunter, als wollte sie den Wind festhalten, der vom Meer herüberwehte. Kleine blaugrüne Sommerwellen rollten zur Küste hin, liefen zischend auf dem flachen Sandstrand aus, schwappten glucksend in den Vertiefungen zwischen den Felsen. Kleine Schneckenmuscheln leuchteten gelb, braun und silbrig, eine zerbrochene Austernschale lag zwischen braunen Algen am Strand. Susannes Schuhe waren voller Sand, als sie den Pfad zum Leuchtturm betrat, doch sie störte sich nicht daran. Sie kannte jeden Fels, jeden Stein auf diesem Weg, hatte oft genug frierend im Nebel gewartet, bis Bri-bri seine Geschäfte erledigt hatte und sie wieder ins warme Haus gehen konnten.

Sie blieb stehen. War er das nicht? Natürlich. Stand quer zum Pfad und schnüffelte an einem Fels. Dann, als er gerade das Bein heben wollte, entdeckte er sie. Senkte den Kopf und schnupperte, hob den Schwanz, wedelte begeistert und startete. Kläffte laut, während er in großen Sprüngen auf sie zuflog.

»Bri-bri ... Nicht so wild ... Bri-bri ... Nicht hochspringen ... Chateaubriand ...«

Er war im wahrsten Sinne des Wortes umwerfend. Susanne fand sich auf dem Pfad sitzend wieder, schlang die Arme um seinen dicken Kopf, spürte die kalte, feuchte Hundenase, die nasse Zunge in ihrem Gesicht. Und natürlich heulte sie schon wieder. Deshalb leckte er ihr auch die Wangen ab.

»Schluss jetzt!«

Sie wischte sich mit dem Ärmel übers Gesicht, stand auf und spähte zum Haus hinüber. Die Tür war geschlossen. Großmutter LeBars hatte nicht die Absicht, ihre heimgekehrte »Enkelin« an der Schwelle zu begrüßen.

Nun ja – Bri-bris Begrüßung war überwältigend genug gewesen, mehr würde sie kaum verkraften. Langsam setzte sie den Weg fort, sah an dem Turm hoch, der beim Näherkommen immer mächtiger vor ihr aufstieg, und sie dachte an jenen Morgen, als sie mit Alan dort oben gestanden hatte, wo die unendliche Weite des Ozeans ihr fast den Atem nahm. Es tat weh, sich daran zu erinnern. Vielleicht hätte sie Alan anrufen sollen? Ihm schreiben? Vielleicht war es falsch gewesen, sich zurückzuziehen.

Bri-bri wartete vor der Haustür und drückte die Schnauze ungeduldig in den Türspalt. Susanne klopfte an.

»Herein mit euch!«

Es klang energisch und befehlsgewohnt wie immer. Gaëlle LeBars saß auf der Bank vor dem langen Esstisch und strickte an einer hellblauen Socke. Susanne wäre fast über den Hund gefallen, der quer an ihren Füßen vorbei zu seinem Futternapf stürmte.

»Bonjour, Madame LeBars ...«

»Mach die Tür zu und setz dich!«, sagte die alte Frau, ohne von ihrer Handarbeit aufzusehen. Susanne gehorchte.

»Nimm dir Kaffee ... Da ist Milch ...«

Kekse gab es nicht. Susanne schenkte sich die große Tasse zur Hälfte voll Kaffee und füllte mit Milch auf, tat Zucker hinein. Sie betrachtete die alte Frau. War sie dünner geworden? Diese Runzeln um Mund und Kinn hatte sie doch früher nicht gehabt. Oder kam ihr das nur so vor?

»Das ... das mit der Polizei tut mir wahnsinnig leid, Madame LeBars. Ich schwöre Ihnen, dass ich keine Ahnung hatte ... Es war mein damaliger Freund, der die krummen Sachen gedreht hat ...«

Jetzt endlich sah Gaëlle sie über den Rand ihrer Brille hinweg an. Weder zornig noch milde. Auch nicht vorwurfsvoll. Verdrossen war wohl der richtige Ausdruck.

»Drecksbande«, knurrte sie und strickte mit energischen Bewegungen weiter. »Haben hier jeden Schrank durchwühlt und jedes Bild an der Wand umgedreht. Oben haben sie sogar den Fußboden aufgerissen. Einer hat die Abstellkammer untersucht – es war zum Lachen. Jedes Fädchen, jede Staubfluse hat er beäugt. Mein Bett haben sie auseinandergerissen, die Matratze aufgeschnitten. Haben wohl geglaubt, einen Sack Gold drin zu finden. Und als ich sie fragte, wer denn die Schäden repariert und alles wieder aufräumt, da haben sie nur mit den Schultern gezuckt.«

Susanne starrte in ihren Milchkaffee und schwieg beklommen.

»Kamen aus Paris, die Kerle. Der Teufel soll sie alle holen!«

Dass es Beamte aus Paris gewesen waren, wog in Gaëlles Augen besonders schwer. Was hatte die Polizei aus Paris hier im bretonischen Kerlousec verloren?

»Ich hätte mich sofort stellen müssen ... Dann wären die Leute aus Kerlousec gar nicht erst in diesen Verdacht geraten«, sagte Susanne leise.

Eine Weile war es still, man hörte Bri-bri unter dem Tisch an einem Knochen knurpsen und knabbern. Madame LeBars hob die angefangene Socke in die Höhe und zählte die gestrickten Reihen, bewegte lautlos dazu die Lippen. Dann schob sie die Brille hoch und sah zu Susanne hinüber.

»Ist ja nicht so, dass du ganz allein an dem Schlamassel schuld wärest. Bin ja auch mit von der Partie. Hätte dich noch vor Weihnachten nach St. Renan bringen sollen. Aber ich hab das Spiel mitgemacht. Wollte halt nicht, dass jemand erfährt, dass du gar nicht meine Enkelin bist. Dass ich reingefallen war, noch dazu auf eine Deutsche. Das brauchten die anderen wirklich nicht zu wissen.«

Susanne schwieg. Wäre es für Madame LeBars weniger peinlich gewesen, wenn sie auf eine Bretonin hereingefallen wäre?

»Aber so hat eine andere dich verraten. War nicht anständig von Swana, gar nicht anständig. Aber sie hat dich wohl mit Alan auf dem Turm gesehen, wie?«

Susanne nickte. Über Swana wollte sie lieber nicht sprechen. Auch nicht über Alan. Das Kapitel war abgeschlossen. Swana Morvan hatte mit allen Mitteln gekämpft und schließlich bekommen, was sie wollte. Sollten sie doch glücklich werden. Aus. Vorbei. Ende.

»Haben die Polizisten auch in den anderen Häusern gesucht?«

»Nein. Aber sie haben überall herumgefragt. Brioc hat einen Schraubenzieher nach ihnen geworfen. Und dann hat irgendjemand die Reifen ihres schönen Polizeiwagens durchstochen...«

Gaëlle grinste zufrieden.

»Und wie sind sie dann zurück nach Paris gekommen?«

»Sie mussten sich abschleppen lassen. Haben im Wagen gesessen und auf die Abschleppfirma aus St. Renan gewartet. Hinaus trauten sie sich nicht mehr. Gab auch viel Nebel an dem Tag. Und dann kamen die Ziegen – vor denen hatten sie Angst, die Feiglinge. Das sind bretonische Ziegen, die ihre Heimat lieben...«

Susanne schmunzelte belustigt. Die Bretagne gehört zu Frankreich, was aber nicht bedeutete, dass ihre Bewohner sich als Franzosen fühlten.

»Haben sie dich gequält, im Gefängnis?«, wollte Gaëlle mitleidig wissen.

»War keine gute Zeit …«, murmelte Susanne.

Mehr wollte sie dazu nicht sagen. Aber es tat ihr wohl, dass Gaëlle Anteil nahm, auf ihrer Seite war. Susanne fühlte sich ermutigt, eine Frage zu stellen.

»Was haben Sie eigentlich gegen die Deutschen, Madame LeBars?«

Gaëlle zuckte die Schultern und zog eine Stricknadel aus dem Strumpf.

»Gegen die Deutschen? Gar nichts. Bringen den Leuten drüben in Lampaul und Plouarzel eine Menge Geld, die deutschen Touristen. Kommen mit Kind und Kegel in die Bretagne, und Malwen Brelivet fährt sie mit dem Kutter an der Küste herum. Nette Leute, und arm sind sie auch nicht …«

Sie konnte nicht gut lügen. Susanne merkte ihr an, dass sie nur so viel redete, weil sie etwas verbarg. »Und warum sagen Sie dann immer ›ausgerechnet eine Deutsche‹?«

»Wie? Wann sage ich so was?«

Es klang abwehrend. Susanne zögerte, vielleicht war es ja besser, nicht daran zu rühren.

»Gerade eben haben Sie doch gesagt: ›… dass ich ausgerechnet auf eine Deutsche hereingefallen bin.‹«

»Hab ich das gesagt? Na – dann hab ich's eben gesagt …«

Sie strickte jetzt so vehement, dass Susanne Sorge hatte, der Faden könnte reißen. Schweigen. Unter dem Tisch knusperte und schabte der Hund immer noch an seinem Knochen herum.

Susanne nahm einen neuen Anlauf. »Ist es wegen des Krieges?« Sie erhielt keine Antwort. Also redete sie weiter. »Aber das ist doch lange vorbei … Nicht einmal meine Eltern haben das noch erlebt …«

»Ein Krieg ist nie vorbei!«, sagte Gaëlle kurz angebunden.

Also doch. Sie wollte nur nicht darüber sprechen. Susanne sah ein, dass es wenig Sinn hatte, weiterzufragen. Solche tief sitzenden Gefühle sollte man nicht anrühren, die saßen so fest, dass man mit dem Verstand nicht weiterkam. Vielleicht war es klug, jetzt zu Sylvies Hochzeit überzuleiten. Sich bei der Herstellung der Speisen als Hilfe anzubieten. Einfache Küchendienste wie Gemüse schälen, Speck schneiden oder auch nur Geschirr spülen – zum Kochen war sie ja leider unbegabt.

Madame LeBars legte ihr Strickzeug sorgfältig zusammen, rollte den Faden auf und verstaute alles im Henkelkörbchen. Sie nahm die Brille ab und blinzelte mit zusammengekniffenen Augen zu Susanne hinüber. Angriffslustig. Fast feindselig.

»Haben sie es dir nicht erzählt?«, legte sie los. »Anne? Malwen? Brioc? Vielleicht weiß es auch Swana, weil Brioc im Suff geredet hat.«

»Ich verstehe nicht …«

Gaëlle stützte die Arme auf den Tisch und fuhr fort, Susanne anzustarren.

»Dass mein Vater ein Deutscher war. Ein verdammter deutscher Soldat, vielleicht auch ein Offizier – ich habe es nie erfahren. Er hat meiner Mutter den Kopf verdreht – so war es wohl. Aber genau weiß ich es nicht. Ich bin in einem Waisenhaus im Norden von Brest groß geworden.«

Wie vom Donner gerührt saß Susanne vor ihr, wagte nicht, sich zu bewegen. Da hatte sie mitten ins Wespennest gestochen mit ihrer dummen Fragerei.

»Ich war siebzehn und bediente in Brest in einer Kneipe. Da hat mich Loan gesehen. Zwei Tage später hat er mich gefragt, ob ich ihn heiraten will. Na klar wollte ich. Nur weg aus dieser dreckigen Spelunke, ganz gleich, wohin …«

Sie war jetzt in Fahrt und redete weiter. Die Schleusen waren geöffnet, jetzt musste alles hinaus.

»Hab meine Kinder lieb gehabt, alle vier. Aber zeigen konnte ich es ihnen nicht. Vor allem den Mädchen nicht. Ich war zornig, als die Hebamme mir sagte: ›Ist ein Mädel‹. Ein Mädel bringt Unglück, hab ich damals gedacht. Vielleicht, weil meine Mutter sich mit dem Falschen eingelassen hat. Und weil sie mich nicht hat haben wollen. Das hab ich meine Töchter spüren lassen.«

Sie musste lange darüber nachgegrübelt haben. Vielleicht war das alles in ihr hochgekommen, weil ihre Töchter nun an ihr Haus wollten? Einen Moment lang war Susanne versucht, ihren Plan zur Rettung des Häuschens zu verraten, aber dann tat sie es doch nicht. Gaëlle war zu stolz, um auf dieses Spiel einzugehen. Besser, sie wusste nichts davon.

Wie auch immer – sie wollte irgendeinen Trost für die alte Frau finden. Einen Schlussstrich ziehen. Auch ein Krieg musste einmal vorbei sein. Spätestens nach drei Generationen.

»Was mit deinen Töchtern los ist, das weiß ich nicht«, meinte sie vorsichtig und merkte gar nicht, dass sie zum »Du« übergegangen war. »Aber als deine Enkelin war ich hier sehr glücklich. Ich war traurig, dass ich nicht Anne-Marie bin ... Ja, ich wäre gern Anne-Marie gewesen. Vielleicht wäre ich dann hiergeblieben ...«

Die alte Frau sah sie zweifelnd an, dann schüttelte sie den Kopf und meinte, das Leben sei ein krauses Ding. Eine schlechte Mutter sei sie gewesen, aber vielleicht eine gute Großmutter.

»Ganz sicher eine gute Großmutter!«

Susanne sagte das mit solcher Überzeugung, dass Gaëlle lächeln musste. Es war ein zufriedenes, frohes Lächeln, und Gaëlle gönnte es sich nur knappe zwei Sekunden, dann wurden ihre Züge wieder streng. »Wie kommt es nur, dass wir über solches Zeug schwatzen? Lange vorbei. Gelegte Eier. Ich wollt über ganz andere Dinge mit dir reden.«

Sie entfaltete ihren Strickstrumpf, brachte die Stricknadeln in Position und wickelte den Faden um die linke Hand.

»Über die Hochzeit?«

»Was? Blödsinn. Über Alan.«

Susanne spürte einen Stich gleich neben dem Herzen und wappnete sich. Über Alan gab es wenig zu reden, fand sie.

»Er macht uns Sorgen …«

»Wieso das? Ich dachte, er baut mit Brioc ein Segelboot und verbringt die Nächte bei den Brelivets …«

»Wer hat dir denn diesen Quatsch erzählt?«

Bevor Susanne antworten konnte, begann der Hund unter dem Tisch zu husten und zu würgen. Gaëlle stand auf, um unter den Tisch zu sehen.

»Dummer Kerl! Hast den Knochen im Hals stecken? Was ist das bloß für ein Hund, der nicht einmal mit einem anständigen Rinderknochen fertigwird … Na komm her … Komm schon …«

Doch Bri-bri blieb stur unter dem Tisch sitzen. Vermutlich ahnte er schon, dass er seinen Knochen nie wiedersehen würde, wenn seine Herrin ihn in die Finger bekam. Stattdessen hustete er noch einmal energisch und setzte sich dann wieder hin, um seinen Schatz weiter zu beknabbern.

»Wieso ist das Quatsch? Stimmt es etwa nicht, dass er dort übernachtet?«

Gaëlle machte eine wegwerfende Handbewegung, sah noch einmal prüfend unter den Tisch und setzte sich dann wieder auf ihren Platz.

»Er verrennt sich in diese Sache«, sagte sie. »Arbeitet kaum noch in seinem Büro. Hat nur noch dieses Boot im Kopf. Das ist nicht gesund, verstehst du?«

Wenn er keine Aufträge mehr annahm, verdiente er vermutlich auch nichts. Das hörte sich tatsächlich nicht gut an. Auf der anderen Seite – vielleicht hatte er ja vor, Briocs Werft wieder in Schwung zu bringen und weiterzuführen? Als zukünftiger Schwiegersohn ...

»Nun – er ist ein erwachsener Mann und muss wissen, was er tut ...«

Susanne spürte den eindringlichen Blick ihres Gegenübers und nahm aus Verlegenheit die Kanne in die Hand, um nachzuschenken. Machte man sie jetzt auch noch für Alans Übereifer beim Bau dieses Segelboots verantwortlich? Na schön – das Ganze war einmal ihre Idee gewesen. Obgleich sie damals nur an ein kleines Ruderboot gedacht hatte, eine Beschäftigung für Brioc, damit er sich nicht aufgab. Das Segelboot war Alans verrückte Idee gewesen.

»Du machst es dir ziemlich einfach, Susanne! Von meiner Enkelin hätte ich mehr erwartet!«

Das traf. Es war ganz schön gemein, sie auf diese Weise unter Druck zu setzen.

»Es ist alles ... es ist irgendwie ... verfahren ...«, stotterte sie herum.

»Was heißt das – verfahren?«, fragte Gaëlle streng.

Susanne tat einen tiefen Seufzer. Wie sollte sie das erklären? Wie konnte man diese verrückten Irrwege und Missverständnisse auseinanderdröseln? Gewiss – Alan hatte sich in sie verliebt. Aber damals war sie noch ganz und gar mit Paul beschäftigt gewesen. Und jetzt ...

»Und außerdem ist es zu spät.«

»Zu spät? Für was zu spät?«

Wie beharrlich sie war! Gaëlle war eine gute Großmutter. Keine einfache, aber eine gute.

»Wir haben doch telefoniert, Alan und ich ... Er war so was von kurz angebunden. Und ... und ich kann es ja verstehen ... Er ist wütend, weil ich ihm bis zum Schluss verschwiegen habe, dass ich nicht Anne-Marie bin ... wie soll er mir denn jetzt noch glauben können?«

Gaëlle wickelte langsam und bedächtig ihren Wollfaden um die linke Hand und ließ Susanne währenddessen nicht aus den Augen.

»Was sollte er dir denn glauben?«, fragte sie leise.

Susanne schwieg. Da gab es etwas, was sie Alan unbedingt sagen wollte, doch sie hatte Angst, es auszusprechen. Es war möglich, dass er sie auslachte. Oder – was noch wahrscheinlicher war: dass er ihr erklärte, es interessiere ihn nicht mehr. Er habe sich anderweitig orientiert.

»Gar nichts«, sagte sie verbiestert und strich sich energisch eine Haarsträhne hinters Ohr. »Warum sagst du das alles nicht Swana?«

Gaëlle zog eine Stricknadel aus dem Strumpf und merkte vor Empörung gar nicht, dass es die falsche Nadel gewesen war.

»Swana?«, rief sie aufgebracht. »Bist du nicht gescheit? Glaubst du wirklich, Alan könnte sich in Swana verliebt haben?«

»Warum nicht?«, meinte Susanne trotzig.

Gaëlles Gesicht war jetzt rosig vor Zorn. Sie sah mindestens zwanzig Jahre jünger aus.

»Seitdem er aus Rennes zurück ist, hat er nur noch Gedanken an eine einzige Frau …«

»Das kannst du mir nicht weismachen, Gaëlle!«

Ein vernichtender Blick traf Susanne.

»Ich meine damit nicht dich!«

»Das hoffe ich doch sehr!«

»Spar dir deine Lügen. Es ist so, dass Alan nur noch an Elaine denkt!«

»An … Elaine?«

Natürlich. Susanne war verwirrt. Alan hing an seiner Frau. Er liebte sie. Das Problem war nur, dass sie tot war. Sie lag seit sieben Jahren tief unten im Meer …

»Verstehst du jetzt, dass wir uns Sorgen um ihn machen?«

45

Susanne brauchte einen langen, einsamen Spaziergang am Meer, um dieses Gespräch zu verdauen. Vor allem das, was Gaëlle über Alan gesagt hatte. Die reine Erpressung, dachte sie verärgert. Was denkt sie sich dabei? Soll ich jetzt Angst bekommen, er könnte sich aus verzweifelter Liebe ins Meer stürzen, um mit der armen Elaine vereint zu sein? Das ist ja lächerlich. Alan ist gewiss keiner, der sein Herz auf der Zunge trägt, er macht vieles mit sich allein aus. Aber er ist doch kein Selbstmörder. Solche Geschichten gab es früher, in der Romantik, da stürzte sich der verzweifelte Liebhaber von der Klippe ins Meer. Oder er gab sich die Kugel. Starb im Duell gegen seinen Widersacher …

Wieso aber baute er dann dieses alberne Segelboot? Wollte er tatsächlich wieder segeln? Noch dazu auf einem selbst gebauten Untersatz?

Sie war weit ins Watt hineingelaufen und starrte nun auf die silbrig schimmernde, zart gekräuselte Fläche des Wassers. Wie sanft es heute war, wie harmlos es in der Sonne lag und wartete, um sich dann langsam wieder zum Land hin zu bewegen. Und doch war es der gleiche Ozean, der im Herbst und Frühjahr mit wütenden Brechern über Küste und Klippen herfiel. Das bretonische Meer war für Segler eines der gefährlichsten Gewässer überhaupt, weil dort mehrere Strömungen aufeinandertrafen und das Meer unberechenbar machten.

Aber das weiß er doch, überlegte sie. Es war ein Unglücksfall damals, als sein Boot kenterte. Das Leuchtturmfeuer war erloschen, daher konnte er sich nicht orientieren.

Vom Seewind durchgepustet und mit nassen Schuhen erschien sie bei Sylvie und war froh, dass die Freundin zu Hause war.

»Du liebe Zeit – du schaust aus, als hättest du mit einem Meeresungeheuer gerungen. Ich gebe dir gleich trockene Socken. Und Hausschuhe. Hat Gaëlle dir etwas zu essen angeboten? Nein? Da ist ja unglaublich!«

Sylvies Fürsorge tat ihr gut. Ein gemütlicher Sessel am Fenster, ein warmes Essen, dazu ein Glas Wein und die Möglichkeit, sich auszusprechen.

»Das hat sie zu dir gesagt? Das geht ja gar nicht! Die reine Erpressung. Wie kann sie nur? Was soll da Gutes draus entstehen?«

Susanne trank den Rotwein in kleinen Schlucken und spürte die angenehme, lösende Wirkung des Alkohols. Auch Sylvies Empörung gefiel ihr, nun konnte sie in aller Gelassenheit über den Dingen stehen.

»Sie ist nun einmal, wie sie ist«, meinte sie begütigend. »Wir kennen Gaëlle ja, sie hat an Alan einen Narren gefressen. Wahrscheinlich glaubt sie, ich brauchte ihm nur um den Hals zu fallen und alle Probleme sind aus der Welt.«

»Ja, das sieht ihr ähnlich.«

Es wurde ein lustiger Abend. Susanne erzählte von Berlin, beschrieb ihre Familie, die Villa, die Angestellten. Sylvie gestand, dass sie sich mit Malo schon häufig getroffen hatte; sie waren stundenlang am Strand in der Abendsonne gelaufen. Er hatte sie immer wieder in die Arme genommen und geküsst. Zweimal hatten sie im Meer gebadet, nackt, bei Sonnenuntergang.

»Es war wie ein schöner Traum, Susanne. Nur wir beide und das riesige, weite Meer. Die Wellen auf der bloßen Haut ...«

Nein, sie hatten nur gebadet. Nicht miteinander geschlafen.

»Malo ist schrecklich konservativ«, kicherte Sylvie und schenkte die Gläser wieder voll. »Er will eine richtige Hochzeitsnacht.«

»Wie romantisch!«

Ein richtiges erstes Mal. Auch wenn beide schon ihre Erfahrungen hatten. Nach drei Gläschen Rotwein kramte Sylvie die Hochzeitshaube heraus, und Susanne bemühte sich, das zarte Spitzengebilde auf Sylvies Haar so festzustecken, dass kein Windstoß es ihr vom Kopf wehen konnte.

»Es wird doch nicht regnen?«

»Bestimmt nicht. Wenn Engel heiraten, dann ...«

Sie unterbrach sich, weil man Motorengeräusche hörte. Ein Auto hatte vor ihrem Haus angehalten.

»Wer kann das sein? Malo?«

Sylvie schüttelte den Kopf. Malo hatte versprochen, erst morgen vorbeizukommen.

»Doch nicht etwa ... Alan?«

Susanne bekam Herzklopfen. Was würde sie tun, wenn er jetzt hier auftauchte? Sich einfach zu ihnen setzte und ein Glas Wein trank. Möglicherweise würde er tun, als wäre gar nichts geschehen. Aber wahrscheinlicher war, dass er boshafte Bemerkungen in ihre Richtung machte ...

Sylvie war schon im Flur, drehte sich zu Susanne um und lächelte. »Alan kann es nicht sein. Er ist gestern nach Rennes gefahren.«

War sie jetzt enttäuscht oder erleichtert? Es war schwer auszumachen, vermutlich lag das am Rotwein, der machte so sentimental.

»Ach ja? Ich dachte, er arbeitet ununterbrochen an seinem Boot.«

Es klingelte an der Haustür.

»Irgendetwas war mit seiner Wohnung in Rennes. Aber er wird zu meiner Hochzeit ganz sicher wieder hier sein. Er ist doch Malos Trauzeuge ...«

Susanne nahm diese Nachricht schweigend zur Kenntnis. Alan war also Malos Trauzeuge. Wieso hatte Sylvie das bisher nicht erwähnt? Sie würde also neben ihm in der Kirchenbank sitzen und vermutlich auch vor dem Altar stehen. Alan würde die Eheringe auf einem Kissen anreichen und sie würde Sylvies Brautstrauß halten ...

»Nein, nein ... wir wollen nicht hereinkommen. Ganz lieben Dank ... Wir wollten nur sagen, dass wir einen Orgelspieler aufgetrieben haben ... Jannik LeCam ... er hat früher in unserem Hotel Klavier gespielt ... Er ist ein ausgezeichneter Pianist und spielt auch die Orgel, nicht wahr, Armelle?«

»Wer spielt die Orgel, Enora?«

»Jannik LeCam spielt die Orgel, Armelle. Das habe ich dir doch schon vorhin gesagt ...«

»Du musst nicht so schreien, Enora ... Du weckst ja die Deutsche auf ... Sie ist doch heute angekommen, nicht wahr, Sylvie?«

Die Deutsche! Damit war sie gemeint. Waren das wirklich die beiden liebenswerten alten Schwestern, die sie seinerzeit spontan zum Mittagessen eingeladen hatten? Susanne spülte ihre Enttäuschung mit einem kräftigen Schluck Rotwein hinunter. Nun ja – sie waren nicht mehr die Jüngsten, die beiden.

»Ja, Susanne ist hier bei mir, Enora. Sie sitzt drüben in meinem Wohnzimmer und freut sich sicher, euch beide wiederzusehen ... Möchtet ihr nicht doch für einen Moment hereinkommen?«

»Oh, wie reizend, Sylvie. Ein anderes Mal gern. Wir müssen jetzt nach Hause. Alte Frauen gehen früh schlafen ...«

»Dann wünsche ich eine gute Nacht ...«

Sylvie schloss die Haustür und setzte sich wieder zu Susanne.

»Sie waren wohl einfach neugierig«, meinte sie beklommen. »Nimm es ihnen nicht übel.«

»Warum sollte ich?«

»Wahrscheinlich redet Swana allerlei Unsinn über dich.«

»Swana?«

Sylvie sortierte die Spangen und Haarnadeln wieder in die

Schachtel zurück und trug die weiße Spitzenhaube vorsichtig in ihr Schlafzimmer.

»Ja, Swana«, rief sie hinüber zu Susanne. »Sie hilft ihnen im Haushalt.«

Da schau an, dachte Susanne. Wessen Idee das wohl gewesen ist …

»Es war Alans Vorschlag«, erzählte Sylvie freimütig. »Er hat wirklich gute Einfälle. So kann Swana ein wenig Geld verdienen, und sie muss dazu nicht den Sommer über nach Lampaul gehen. Brioc braucht sie immer noch sehr. Obgleich es ihm schon viel besser geht.«

Während Sylvie Briocs Fortschritte schilderte, kämpfte Susanne gegen die aufsteigende Eifersucht. Alan hatte also den Job, den er eigentlich ihr zugedacht hatte, an Swana vermittelt. Warum? Weil er sie hier in Kerlousec in seiner Nähe behalten wollte. War das nicht der beste Beweis dafür, dass er Swana liebte?

Ich muss mich wirklich zusammennehmen, dachte sie verbittert. Schluss mit dieser blödsinnigen Eifersucht. Ich bin nicht Alans wegen gekommen. Ich bin hier, weil Sylvie mich zu ihrer Hochzeit eingeladen hat. Und wegen Gaëlle. Richtig – Gaëlle …

»Ich muss etwas mit dir bereden.«

Sylvie lehnte in einer Ecke ihres Sessels und hatte ganz kleine Augen. Der Wein hatte seine Wirkung getan.

»Etwas Wichtiges?«, fragte sie und gähnte. »Vielleicht wäre es besser, es auf morgen zu verschieben.«

»Ich mache es kurz.«

Sylvie musste zweimal nachfragen, dann hatte sie es begriffen. »Das wäre eine Möglichkeit … Ich weiß allerdings nicht, ob es Gaëlle gefallen würde, in einem Haus zu wohnen, das deinem Bruder gehört …«

»Er würde im Sommer für zwei Wochen kommen, um mit Ben Urlaub zu machen. Ansonsten bleibt für Gaëlle alles genau so, wie sie es gewohnt ist …«

Sylvie gähnte und nickte dabei. »Weißt du was, Susanne? Besprich es mit Alan. Der hat auch einige Ideen, wie man Gaëlle helfen könnte ...«

»Mit Alan?«

»Ja ... übermorgen, bei der Hochzeitsfeier. Da habt ihr beide sicher Gelegenheit zu einem netten Gespräch.«

Susanne sah ein, dass es keinen Zweck hatte. Was immer sie zur Sprache brachte – irgendwie würde alles bei Alan enden.

»Ich glaube, wir sollten jetzt schlafen gehen.«

Am Morgen des Hochzeitstages erwachte Susanne mit heftigen Kopfschmerzen und einem flauen Gefühl im Magen. Zu viel Cidre, dann eine leckere Fischpastete und viele Crêpes mit Pflaumensirup ... Vorsichtig richtete sie sich auf ihrem Lager auf und bemerkte jetzt erst das Geräusch der Regentropfen, die gegen die Fensterscheiben trommelten. Auch das noch. Und dabei war es gestern Abend noch so schön gewesen!

Sie hatten den Polterabend bei Gaëlle bis spät in die Nacht gefeiert. Es war fast wie früher gewesen, nur Swana und die Gwernig-Schwestern hatten gefehlt. Und Alan natürlich. Brioc aber hatte es sich nicht nehmen lassen, bei dieser Feier mit am Tisch zu sitzen. Malo hatte ihn mit dem Wagen abgeholt und den Pfad entlang zu Gaëlles Haus begleitet. Wobei Brioc beständig schimpfte, er brauche nicht um ihn herumzuschleichen, sondern solle besser zu seiner jungen Braut gehen. Später hatte Malo grinsend erzählt, Brioc sei ganz gut auf den Beinen. Nur zweimal habe es ihn umgerissen, aber er behauptete, das sei der Wind gewesen. Weil er heute noch keinen einzigen Calvados bekommen hätte, habe der Wind leichtes Spiel mit ihm. Dann hatte er zuerst Gaëlle und anschließend Susanne auf beide Wangen geküsst und verlangt, zwischen den beiden zu sitzen. Sylvie müsse leider zurückstehen, sie habe jetzt ja Malo. Er, Brioc, sei heute Abend für die alleinstehenden Frauenspersonen zuständig.

Susanne befand sich im Glücks- und Cidrerausch. Anne Brelivet hatte sich besonnen und ihre Freundschaft erneuert.

»Ob du nun Anne-Marie oder Susanne bist – es kommt doch immer nur auf den Menschen an, oder?«

Auch Malwen reichte ihr die Hand, sagte jedoch nichts, weil er kein Schwätzer war, vor allem nicht, wenn es um Gefühle ging. Später tranken sie einander zu, Witze und Anekdoten über Ehemänner, die unter dem Pantoffel standen, machten die Runde, und Malo hatte einen schweren Stand. Ob er denn wirklich fest entschlossen sei, sich ins Joch der Ehe zu begeben.

»Jetzt kannst du noch abhauen, Kleiner«, grölte Brioc. »Morgen ist's zu spät!«

»Keine Chance«, sagte Malo und legte den Arm um Sylvie. »Ich hab die Ringe ja schon gekauft!«

Spät in der Nacht waren sie auseinandergegangen, und Susanne war um die frische Meeresbrise froh gewesen. Der Himmel war sternenklar, der Mond zog eine silbrig zitternde Lichtbahn über das Meer. Traumhaft romantisch – wie auf einer der kitschigen Postkarten, die die Touristen so gern kauften.

Die verdammten Regenwolken mussten sich gegen Morgen an den Himmel geschlichen haben. Susanne hörte Sylvie in der Küche hantieren, es war also ratsam, aufzustehen. Vorsichtig hob sie eine Ecke des Vorhangs hoch, besah die Büsche vor dem Fenster, die vor Nässe trieften, den grauen Regenhimmel, die Tropfen, die dicht an dicht an der Fensterscheibe klebten.

»Magst du Toast? Oder Baguette?«, rief Sylvie aus der Küche.

Der Gedanke an ein Frühstück gefiel ihrem Magen überhaupt nicht. Aber sie musste etwas essen, weil sie eine Kopfschmerztablette nehmen wollte.

»Lieber Toast …«

Auch Sylvie erschien ihr blass und müde. Sie hielt sich jedoch tapfer und erklärte lächelnd, ein alter Volksglaube sage, eine Hochzeit, die bei Regen geschlossen würde, garantiere eine lange Ehe und viele Kinder.

Sie hatten beide keinen Appetit, aßen aber trotzdem und bemühten sich, die Stimmung nicht zu trübe werden zu lassen. Swana und die Gwernig-Schwestern schmückten jetzt die Kirche, der Organist machte sich mit dem Harmonium vertraut, und die Brelivets grübelten darüber nach, wie sie all die Hochzeitsgäste im Haus unterbrachten. Ursprünglich war ja eine Feier unter freiem Himmel geplant gewesen, aber die würde wohl ins Wasser fallen.

»Vielleicht hört es ja gegen Mittag auf zu regnen …«

»Ja, das könnte sein …«, sagte Sylvie ohne rechte Überzeugung.

Es wurde Zeit. Sylvie verschwand unter der Dusche, Susanne starrte fröstelnd hinaus in den strömenden Sommerregen. Ein dunkler Wagen fuhr langsam durch die Pfützen der Dorfstraße – Alan! Er war also gekommen. Eine knappe Stunde vor Beginn der Hochzeitszeremonie war der Trauzeuge des Bräutigams eingetroffen. Dann konnte ja nichts mehr passieren.

Sylvie saß geduldig wie ein Lamm vor dem Spiegel, während Susanne ihr das Haar zusammenband, die Haube feststeckte.

»Ich schminke mich nie, Susanne …«

»Willst du heute hübsch sein oder nicht?«

»Aber nicht so, dass man es sieht …«

»Nur ein Hauch. Halt still und mach die Augen zu …«

Zehn Minuten vor Beginn der Trauung begannen die Glocken zu läuten. Susanne stürzte zu ihrem Koffer, zog in aller Eile ihr Kleid über, fuhr sich mit der Bürste durchs Haar und steckte es am Hinterkopf auf. Vor der Haustür hatte inzwischen ein Wagen gehalten, es war Malwen, der sie zur Kirche fahren wollte, damit die Braut nicht nass wurde.

Der Platz vor der kleinen Kirche war wie leergefegt, der Regen kräuselte das Wasser in den Pfützen, zwischen den Häusern sah man in der Ferne die graue, unruhige Fläche des Meeres. Ein leichter Nebel lag über dem Wasser und schien sich dem Land zuzuschieben. Wenn die alte Sage recht hatte, dann würden Malo und Sylvie sehr lange miteinander leben und unendlich viele Kinder haben …

Die Kirchentür wurde geöffnet, und ein Mann kam ihnen mit aufgespanntem Regenschirm entgegen. Susanne erkannte Alan erst auf den zweiten Blick. Er war glattrasiert, hatte das Haar kurz geschnitten, und zu allem Überfluss trug er einen dunklen Anzug.

»Du siehst hinreißend aus, Sylvie!«, sagte er galant.

Susanne schenkte er nicht die mindeste Aufmerksamkeit, er war einzig damit beschäftigt, Sylvie aus dem Wagen zu helfen und sie vor dem Regen zu beschirmen. Susanne und Malwen gingen hinter den beiden her, wobei sie gründlich nass wurden.

Die Kirche war mit Hortensien und Gerbera reich geschmückt und voller Menschen. Malos Brüder und seine Freunde, Sylvies Kollegen aus der Schule, Malwens Freunde – und alle waren mit ihren Familien gekommen. Als Sylvie am Eingang erschien, drehten sich die Leute zu ihr um, und ein Flüstern ging durch die Reihen.

»Was für eine schöne Braut!«

»Ist das wirklich unsere Sylvie?«

»So ein Kleid will ich auch, Mama!«

»Pssst!«

Dann setzte das Harmonium ein, Alan stellte den nassen Schirm ab und bot Sylvie seinen Arm. Er hatte tatsächlich vor, den Brautführer zu machen. Langsam und feierlich bewegte er sich mit Sylvie durch den Mittelgang auf den Altar zu, wo Abbé Renan flankiert von zwei Ministranten wartete. Susanne hätte sich in ihrem nassen Kleid gern in eine Ecke verkrochen, doch sie musste an der Seite von Malwen hinter der Braut hergehen, weil ihre Plätze ganz vorn in der ersten Reihe waren. Vor den

Altarstufen stand Malo, festlich in schwarz gekleidet, und sah seiner Braut mit großen, glücklichen Augen entgegen. Liebe. Beneidenswerte, wundervolle, aufrichtige Liebe.

Von dem Rest der feierlichen Zeremonie bekam sie nur wenig mit. Irgendetwas war mit ihrem Kreislauf nicht in Ordnung, sie war heilfroh, dass sie auf der Kirchenbank saß und eine Weile Zeit hatte, sich zu sammeln. Wie stickig die Luft hier drinnen war. Von den Kleidern der Kirchenbesucher stieg muffige Feuchtigkeit auf, mischte sich mit dem Geruch der Blüten, dem Parfum, das einige Frauen benutzten, später kam noch der Weihrauch dazu. O Gott, dachte sie. Ich darf Sylvie auf keinen Fall die Hochzeit verderben, indem ich vor dem Altar umkippe. Vor allem wollte sie sich vor Alan eine solche Blöße nicht geben. Wie Gaëlle nur auf die Idee gekommen war, es ginge ihm nicht gut! Er schien großartig in Form, benahm sich umsichtig und aufmerksam, lächelte allen Bekannten zu – außer ihr natürlich – und machte in dem ungewohnten Anzug eine ausgesprochen gute Figur. Nein, um Alan brauchte man sich wirklich keine Sorgen zu machen. Und wer saß neben ihm in der Bank? In ein enges rosafarbiges Kleid gequetscht, das oben und unten viel zu kurz geraten war? Natürlich – seine Schutzbefohlene, die kleine Swana.

Als die Trauzeugen zum Altar gebeten wurden und die Blicke der versammelten Gemeinde auf ihnen ruhten, kam sich Susanne in dem nassen Kleid und mit zerzaustem Haar schrecklich unpassend vor. Alan schien sie auch jetzt kaum zu bemerken, er war voll und ganz auf das Geschehen am Altar konzentriert. Das Brautpaar steckte sich die Ringe an die Finger, und Susanne bemerkte zu spät, dass in Sylvies Brautstrauß echte Rosen mit echten Dornen eingebunden waren. Immerhin wirkte der Stich in den Finger belebend auf ihren Kreislauf, und sie hielt durch, bis Sylvie ihren Strauß wieder an sich nahm. Als das jung verheiratete Paar feierlich durch die Kirche zum Ausgang schritt, fühlte sie sich unsagbar erleichtert. Es war vorbei – sie hatte es geschafft. Himmel – wer hätte geglaubt, dass diese Hochzeit sie derart mitnehmen würde?

Ein Raunen ging durch die Reihen, als die Kirchentüren geöffnet wurden. Einige hatten es ja schon durch die Fenster beobachtet, andere – wie Susanne – starrten verblüfft und zugleich begeistert in den goldenen Sonnenschein.

»Na also!«, sagte Malwen. »Dann bauen wir schnell die Tische im Hof auf!«

Noch war der Himmel nicht wolkenlos, aber die Sonne hatte die Oberhand gewonnen, ließ die vorüberwehenden grauen Wolkengebilde aufglühen und spiegelte sich gleißend in den Pfützen vor der Kirche. Malo war vor Freude so übermütig, dass er seine Sylvie vor der Kirchentür um die Taille fasste und sie die Stufen hinabhob. Auf einmal war die steife Feierlichkeit, die in der Kirche geherrscht hatte, vorbei, es wurde gelacht, geschwatzt, man gratulierte dem Hochzeitspaar, Fotos wurden gemacht, ein Tablett mit kleinen Gläschen, in denen sich eine goldgelbe Flüssigkeit befand, machte die Runde. Dann übertönte der Klang eines Dudelsacks alle anderen Geräusche, eine Flöte fiel ein, eine Gitarre, zuletzt das Akkordeon. Malos Freunde hatten ihre Instrumente geholt und spielten keltische Weisen, die in Susannes Ohren viel Ähnlichkeit mit englischer und irischer Folklore hatten. Nur waren sie lauter und sehr viel lebhafter.

»Hinten anschließen ... Die Eltern voran ... dann das Brautpaar ... danach die Musikanten... wollt ihr wohl nach hinten gehen, ihr Lausbuben ... raus aus den Pfützen, ihr spritzt ja alle Leute nass ...«

Das war Gaëlles Befehlsstimme, der jeder Folge leistete, sogar die Kinder, die froh waren, dem Stillsitzen in der Kirche entkommen zu sein. Ein Zug formierte sich, bewegte sich vorsichtig um die Pfützen herum die Dorfstraße entlang und strebte dem Anwesen der Brelivets entgegen.

»Ganz so, wie es früher gewesen ist«, keuchte Brioc, der neben Susanne herhumpelte. »Nur gab es da keinen Whisky, sondern Calvados. Und die Gläser waren größer ...«

Sie gingen am Ende des Zuges. Der warme Sommerwind trocknete Susannes feuchte Kleidung, auf einmal fühlte sie sich wohl, sie konnte lachen und auf Briocs Scherze eingehen, auch ihr Magen war wieder in Ordnung. Sie hatte sogar Hunger.

Auf dem Hof der Brelivets herrschte ein fürchterliches Getümmel. Die Männer bauten Tische, indem sie Bretter auf Holzböcke legten, andere schleppten Bänke und Stühle herbei, Leitern wurden auf Kisten gelegt und mit Kissen als Sitze ausgepolstert. Außer den Musikern, die eifrig weiterspielten, fasste jeder mit an, sogar Brioc machte sich nützlich, indem er den jungen Burschen Anweisungen gab. Susanne fand sich mit einem Stapel Teller wieder, die sie auf den Tischen verteilte, eine Kollegin von Sylvie legte Bestecke auf, eine andere steckte die Blüten, die man aus der Kirche herbeigeholt hatte, in Töpfe und Vasen. Wozu sollten die schönen Blumen in der Kirche verwelken, wenn man damit die Tafel schmücken konnte?

Woher all die leckeren Speisen kamen, war nicht mehr zu klären, aber alle hatten etwas beigesteuert. Über einem offenen Feuer briet man Kartoffeln und frischen Fisch, Berge von Austern waren überall auf den Tischen aufgetürmt, später, wenn der erste Hunger gestillt war, würden die Frauen die Kuchen und Torten herbeitragen, und die Kinder warteten bereits sehnsüchtig auf ihre Crêpes mit Schokocreme. Auch einige ungeladene Gäste hatten sich eingefunden, auf die man gut achtgeben musste, damit sie sich nicht selbst bedienten. Vor allem die frechen Möwen, die auf Dach und Mauer hockten und lange Hälse machten, aber auch die Ziegen und einige Hunde, darunter natürlich Bri-bri.

Susanne saß zwischen Sylvie und Gaëlle, schwatzte Französisch und schlechtes Bretonisch durcheinander und erwarb sich die Sympathie von Sylvies Kollegen. Aus Berlin? Ja, da war man letztes Jahr zu einem Ausflug gewesen. Eine eindrucksvolle Stadt. So viele Seen und Flüsse. Und das Reichstagsgebäude ... Und in Paris hatte sie studiert? Woher konnte sie denn nur so gut Französisch? Ah – ein Internat in der französischen Schweiz ...

Hin und wieder schaute sie zu den anderen Tischen hinüber. Ohne besondere Absicht. Einfach so, um zu sehen, ob es allen gutging ... Alan saß neben Brioc und unterhielt sich mit einigen von Malwens Bekannten, die allesamt Seeleute und Fischer waren. Vermutlich fachsimpelten sie. Swana, die Alan gegenübersaß, nahm nicht an den Gesprächen teil. Sie war ganz und gar mit ihrer Crêpe sucrée beschäftigt. Einmal glaubte Susanne, Alans forschendem Blick zu begegnen, doch es konnte auch sein, dass sie sich getäuscht hatte.

Malwen erhob sich und deutete durch lautes Räuspern an, dass er die Absicht hatte, etwas zu sagen. Es dauerte ein Weilchen, bis alles still war, dann hielt Malwen seine Hochzeitsrede.

»Es hat verdammt lange gedauert, bis unser dickköpfiger Malo endlich seine Sylvie bekommen hat. Und deshalb wünschen wir, dass die beiden glücklich miteinander sein werden und uns viele Enkel bescheren. Das vor allem. Damit hier in Kerlousec wieder Leben ist, so wie es früher war. Meine liebe Sylvie – Malo, du Glückspilz von einem Ehemann: Ich erhebe mein Glas auf euch beide!«

Lauter Beifall und einige derbe Scherze waren zu hören, alle tranken auf das Brautpaar, und Brioc rief, dass er Malwen eine solch lange Rede gar nicht zugetraut hätte. Sylvie und Malo standen auf und bedankten sich, schließlich sprach auch Malo ein paar Worte, die jedoch im allgemeinen Applaus untergingen. Danach begannen die Musiker wieder zu spielen, und Malos Freunde führten einige ihrer Tänze auf. Es sah bedrohlich aus, wenn die jungen Männer ihre Sprünge vollführten, aber sie lachten dazu, und die jungen Frauen, die allesamt in Tracht erschienen waren, wirbelten dazu im Kreis. Malo zuckte es in allen Gliedern, er hätte gern mitgetan, doch da er heute der Bräutigam war, musste er stillsitzen und die Kunst seiner Freunde bewundern.

Was für ein Unterschied zu den steifen Hochzeitsfeiern, die sie bisher erlebt hatte. Julia und Dennis hatten damals ein Schlösschen gemietet, man hatte im Garten Sekt getrunken und Smalltalk mit irgendwelchen unbekannten Leuten gepflegt ...

»Komm mein Schatz, jetzt sind wir dran.«

»Aber nicht so wild, Malo! Bitte, ich kenne diese Tänze doch nicht ...«

Sylvie und Malo standen auf, um auf der freien Fläche zwischen den Tischen den Hochzeitstanz vorzuführen. Verträumt sah Susanne ihnen dabei zu. Wie schön Sylvie heute war, wie weich ihre Bewegungen, wie gut die beiden miteinander harmonierten. Überall klickten die Fotoapparate, es wurde geflüstert, und einige der älteren Frauen hatten sogar Tränen in den Augen.

Nach und nach wagten sich auch andere Paare auf die kleine Tanzfläche; zunächst Malwen und Anne, dann einer von Malwens Bekannten mit seiner Frau. Es dauerte nicht lange, da drängte sich Paar an Paar und man musste die Tische weiter abrücken, damit die dort Sitzenden nicht ständig Stöße in den Rücken bekamen.

Susanne tanzte ein paarmal mit Sylvies Kollegen, dann mit einem jungen Gastwirt aus Lampaul, mit Malos Freunden aus St. Renan, später auch mit Sylvies Bruder, der allein, ohne seine Ehefrau, gekommen war. Als sie schließlich auch von Brioc aufgefordert wurde, tat sie ihm gern den Gefallen. Sie musste allerdings aufpassen, dass ihr Tanzpartner nicht allzu viele andere Paare anrempelte, denn Brioc war nicht nur unsicher auf den Füßen, er hatte auch ganz ordentlich den geistigen Getränken zugesprochen.

»Dieser Faulpelz hockt seit Stunden wie festgenagelt auf der Bank«, knurrte er Susanne ins Ohr. »Wohl hundert Mal hab ich ihm gesagt: Jetzt tanz endlich mit ihr. Aber nein. Holzkopf bleibt eben Holzkopf. Schade um ihn. Mag ihn gern leiden. Wie einen Sohn liebe ich ihn …«

Redete er über Alan und Swana? Wollte er die beiden gern verkuppeln? Während Susanne noch darüber nachgrübelte, ging ein Regenschauer über dem Dorf herunter. Schirme wurden aufgespannt, die Frauen brachten Brot und Kuchen in Sicherheit, doch es zeigte sich, dass der Himmel gnädig war. Die Wolken teilten sich, und die Abendsonne leckte die Pfützen und feuchten Stellen schon wieder von den Tischen.

Die ersten Gäste verabschiedeten sich, vor allem jene, die kleine Kinder hatten, machten sich auf den Heimweg. Die anderen rückten zusammen und schenkten sich wieder ein. Sylvies Kolleginnen hatten bunte Lichterketten mitgebracht, die nun über den Hof gespannt wurden, Anne und Gaëlle stellten Kerzen auf die Tische, drinnen im Haus wurden die letzten Apfeltorten aufgeschnitten, einige der Frauen spülten schon das Geschirr, denn es fehlte an Tellern und Gabeln.

Susanne hatte Bestecke abgetrocknet und in Körbchen gelegt, um sie hinaus auf die Tische zu stellen. Im Westen schickte sich die Sonne zu dem Schauspiel ihres »coucher« an, sie färbte alle Wölkchen rosa und setzte den Himmel für wenige Minuten in Flammen. Wie schade, dass man das Meer von hier aus nicht sehen konnte. Es musste ein grandioser Anblick sein, wie die rote Sonnenscheibe in die grauvioletten Fluten eintauchte und dort erlosch.

Plötzlich spürte sie, dass jemand sie ansah, und als sie sich umwandte, begegnete sie Alans Augen.

Es gab kein Ausweichen mehr, das musste auch ihm klar geworden sein. Während sie nun langsam auf ihn zuschlenderte, rührte er sich nicht vom Fleck.

»Guten Abend, Monsieur Hervé ...«
»Guten Abend, Frau Meyer-Schildt ...«
Sie schwiegen sich einen Moment lang an, und Susanne hätte jetzt weitergehen können, um sich drüben zu Gaëlle und Anne zu setzen. Doch sein »Frau Meyer-Schildt«, das so förmlich und zugleich spöttisch geklungen hatte, ärgerte sie.
»Amüsieren Sie sich gut?«, fragte sie betont höflich.
»Danke der Nachfrage. Ich bin zufrieden. Und selbst?«
»Ich kann nicht klagen. Eine sehr schöne Feier ...«
Seine meergrünen Augen waren jetzt schmal geworden, sein Blick fast feindselig. Oder verletzt ...
»Ja, ich sah, dass Sie gern tanzen ...«
Was wollte er damit sagen? Es klang ironisch und irgendwie boshaft in ihren Ohren.
»Sie selbst tanzen nicht?«
»Nur, wenn ich dazu in Stimmung bin ...«
»Wie schade ...«
Es reichte ihr jetzt. Sie hatte wirklich keinen Grund, länger hier zu stehen und blödsinnige Sätze auszutauschen. Sie wandte sich ab, um zu gehen.
»Bist du in der Lage, ein vernünftiges Gespräch zu führen?«, hörte sie seine Stimme.
Es war ein völlig anderer Tonfall, und sie begriff, dass er eine Menge Überwindung gebraucht hatte, um diese Frage zu stellen.
»Ich will es versuchen.«
»Dann komm ...«
Man hatte inzwischen einen fröhlichen Rundtanz begonnen, bei dem fast alle Gäste mitmachten. Alan ignorierte die auffordernden Zurufe und bewegte sich an der Hauswand entlang zum Hoftor. Dort blieb er stehen und wartete auf sie.
»Gehen wir zum Strand?«, fragte er.
»Gern.«
Schweigend liefen sie nebeneinanderher, lauschten auf das

Stimmengewirr und die Musik, die immer leiser wurden, je weiter sie sich vom Dorf entfernten. Manchmal fuhr ein Wagen an ihnen vorbei, Gäste aus St. Renan, die nun nach Hause fuhren und ihnen zuwinkten. Als sie die Küstenstraße erreicht hatten, war nur noch der Dudelsack zu hören. Er spielte eine einfache Stimmfolge, die sich ständig wiederholte.

Sie kletterten die Böschung zum Strand hinunter. Es war Flut, ein leichter Abendwind trug salzige Feuchte herbei, kleine, schaumige Wellen ergossen sich zischend in den Sand. Alan blieb bei einem der grauen Granitfelsen stehen und lehnte sich mit dem Rücken gegen den Stein.

»Ich habe geglaubt, dich nie wiederzusehen«, sagte er und biss sich auf die Lippen. »Inzwischen bin ich so weit, dass ich damit zurechtkomme.«

»Und um mir das zu sagen, hast du mich hierher mitgenommen?«

Wie abweisend er war. Sie hatte plötzlich das Gefühl, es wäre klüger, wieder zum Dorf zurückzulaufen, doch er nahm ihre Hand und hielt sie fest.

»Nein. Verdammt, es ist nicht einfach zu erklären. Ich habe mich lächerlich gemacht. Damit muss ein Mann erst mal fertigwerden.«

»Du? Du hättest dich lächerlich gemacht?«

»Wer sonst? Liebesgeständnisse. Umarmungen. Mitfühlendes Verständnis, als du mir erzähltest, dein Freund sei bei einem Unfall umgekommen ... Hattest du deinen Spaß, ja?«

Er blitzte sie wütend an. Gut – er hatte einen Grund.

»Nein!«

»Warum dann? Warum warst du nicht anständig genug, mir zu sagen, wer du bist?«

Er stieß die Worte zornig und verzweifelt aus, eine Windbö zeterte um den Fels, weiter hinten auf den Klippen schrie eine Möwe.

»Ich habe versucht, es dir am Telefon zu erklären: Ich war zu feige. Und als ich es dir sagen wollte, war es zu spät.«

Sie spürte, wie unzulänglich ihre Erklärung war. Er schnaubte verächtlich, vermutlich glaubte er ihr kein Wort.

»Gib doch zu, dass es dir gefallen hat, wie ich mich zum Idioten machte. Hättest du mir gesagt, dass du das reiche Töchterlein aus Berlin bist, wäre mir von Anfang an klar gewesen, dass ich mir meine Ergüsse sparen kann.«

Bei allem schlechten Gewissen – jetzt packte sie der Zorn. Himmel, wie eitel er doch war. Und wie ungerecht.

»Vor allem, weil ich keine Bretonin bin, nicht wahr?«, sagte sie böse.

»Das hat damit nichts zu tun!«

Sie lachte höhnisch, als wüsste sie es besser. Er schüttelte den Kopf und sah an ihr vorbei zum Meer hinüber. Dann verschränkte er die Arme vor der Brust.

»Warum bist du zurückgekommen, Susanne Meyer-Schildt?«

Die Frage war mit ruhiger Stimme und ohne Zorn gesprochen, dennoch verspürte sie Panik. Wieso fragten alle, warum sie gekommen war? Es ging ihr auf die Nerven. Was wollte er hören? Ein Geständnis? Ein dummes, lächerliches Geständnis. O nein ...

»Weil Sylvie mich eingeladen hat. Und auch, weil ich mir Sorgen um Gaëlle mache ...«

»Tatsächlich?«

»Deine Ironie kannst du dir sparen! Ich habe eine Idee, wie wir ihr helfen könnten.«

Er hörte ihren Erklärungen ruhig zu. Der Wind zerrte ihr Haar aus der Spange, sodass sie die Strähnen immer wieder aus dem Gesicht streichen musste. Es schien ihn zu faszinieren, denn er wandte kein Auge von ihr.

»Also – was denkst du darüber?«

»Nette Idee«, sagte er. »Aber so was kommt nicht in Frage.«

Sie war enttäuscht und beleidigt. Wieso sagte er das mit solcher Entschiedenheit? Hatte er das zu bestimmen?

»Weißt du was Besseres?«

»Etwas Besseres als den Ausverkauf bretonischen Bodens – allerdings. Versteh mich recht – es geht nicht gegen dich. Und auch nicht gegen deinen Bruder. Aber es sind schon genug Grundstücke an ausländische Investoren gegangen. Engländer, Amerikaner, Russen, sogar Chinesen. Und Deutsche. Sie alle machen sich hier breit. Nicht mit mir! Nicht, solange ich es verhindern kann!«

Das war es also. Sein dummer bretonischer Stolz. Die Bretagne den Bretonen. Keine Handbreit bretonischer Erde durfte fortgegeben werden …

»Wenn du es so siehst … Ich habe nur Gaëlle helfen wollen.«

Sie fror auf einmal in ihrem dünnen Sommerkleid. Wozu war sie überhaupt mit ihm hierher gelaufen? Irgendwie kamen sie keinen Schritt weiter. Liefen ständig gegen Wände …

Das Leuchtturmfeuer flammte auf, der Lichtstreifen wanderte über das Meer wie ein breites, rötliches Band, verschwand für kurze Zeit und zog erneut seine Bahn.

»Du bist also gekommen, um Gaëlle zu helfen«, nahm er den Faden wieder auf.

»Und wegen Sylvies Hochzeit.«

»Natürlich.«

Los, sag es, dachte sie. Sag ihm doch, dass du Sehnsucht nach ihm gehabt hast. Was kann schon passieren?

»Und … ich hatte irgendwie … Heimweh!«

Er schwieg einen Moment, schien ihre Worte abzuwägen. »Das hier ist nicht deine Heimat, Susanne Meyer-Schildt!«

Aus irgendeinem Grund tat ihr diese Feststellung weh. Natürlich hatte er recht, aber so, wie er es sagte, klang es, als würde er sie gerade mit einem Fußtritt zurück nach Deutschland schicken.

»Danke, dass du mich daran erinnerst, Alan Hervé!«, rief sie wütend. »Und weil das so ist, sollte ich auch so schnell wie möglich von hier verschwinden. Das ist es doch, was du willst, ja? Du hast gehofft, mich nie wieder zu sehen, und genau das bekommst du jetzt.«

Sie hatte wirklich ein paar Gläschen zu viel getrunken, sonst hätte sie jetzt nicht auch noch angefangen zu heulen. Hastig drehte sie sich weg und lief am Strand entlang, tapste in die auflaufenden Wellen, sodass das Wasser hoch aufspritzte.

»Warte ... So warte doch ... Susanne ...«

Sie hörte seine Schritte hinter sich und versuchte, ihm davonzulaufen, doch er war schneller. Rannte an ihr vorbei und stellte sich ihr in den Weg. Fasste sie am Arm, als sie zur Küste hinüberflüchten wollte.

»Es tut mir leid ... so hör doch ... Bitte ... Susanne ...«

»Lass mich los! Glaub bloß nicht, dass ich deinetwegen zurückgekommen wäre ...«

Sie zappelte eine Weile, dann lag sie auf einmal an seiner Brust und atmete seinen Geruch. Wie vertraut ihr das war. Wie sehr sie dieses Gefühl vermisst hatte!

»Es fällt dir genauso schwer wie mir, oder?«, murmelte er an ihrem Ohr. Sacht strich er ihr das feuchte Haar aus dem Gesicht, sah sie an. Küsste sie. Legte die Arme noch enger um sie. Sie konnte sein Herz klopfen hören.

»Und es kann ja auch nicht funktionieren«, sagte er leise. »Besser, wir lassen es sein ...«

»Warum?«, schniefte sie.

»Du hast noch so viel vor. Deinen Master. Eine Managerposition ganz oben in der Wirtschaft. Die Welt steht dir offen. Und ich? Was habe ich schon zu bieten?«

Er musste mit Sylvie gesprochen haben, sonst hätte er das mit dem Master nicht wissen können.

»Du bist ein guter Architekt und ein großartiger Zeichner ...«

Er lachte leise und geringschätzig. »Ein Architekt ohne Job und ein Zeichner, der nichts verkauft ...«

Sie hob den Kopf, und beide sahen hinüber zu dem Licht des Leuchtturms, das unablässig seinen Weg über das Meer zog. Der Wind hatte zugenommen, er heulte um die Felsen und trieb die Wellen bis zu ihren Füßen.

»Wenn ich meinen Master habe, könnten wir gemeinsam etwas aufbauen. Ein Architekturbüro. Eine Firma, die marode Betriebe saniert und auf sichere Füße stellt ...«

»Von solchen Sachen verstehe ich nichts. Ich bin Bootsbauer, tauge zu nichts anderem.«

»So ein Blödsinn«, regte sie sich auf. »Hör um Himmels willen auf, dieses Segelboot zu bauen. Niemand braucht es ...«

»*Ich* brauche es, Susanne ...«

»Wozu? Du willst doch nicht etwa damit segeln? Hier in diesen lebensgefährlichen Gewässern?«

Er lächelte. Tatsächlich, im rötlichen Licht des Leuchtfeuers konnte sie ihn lächeln sehen. »Das verstehst du nicht ...«

Das verstand sie nicht? Glaubte er tatsächlich, dass sie so dumm war? Oh, sie war nicht Anne-Marie, das naive bretonische Hühnchen. Sie war Susanne. Ärgerlich schob sie ihn von sich.

»Du magst dich nicht von Swana trennen, wie? Deine kleine, ach so verführerische Swana, um die du dich *kümmern* musst. Diese miese Verräterin ...«

Er trat einen Schritt zurück und seine Augen blitzten auf. »Ich erlaube dir nicht, so über Swana zu reden!«

»Schon gut«, sagte sie kühl. »Ich habe verstanden.«

»Gar nichts hast du verstanden ...«

»Das sagtest du bereits.«

Er griff sich mit beiden Händen an die Schläfen. »Glaubst du tatsächlich, ich hätte ein Verhältnis mit Swana? Traust du mir das zu?«

Sie war schon zu wütend, um nachzudenken.

»Ich bin nicht so blind, wie du glaubst, Alan Hervé!«

»Dann ist wirklich jedes Wort zu viel!«

Bevor sie antworten konnte, wandte er sich zur Seite und verschwand in der Dunkelheit. Einen Moment lang war sie versucht, ihm nachzulaufen, ihm zu sagen, dass sie ihm glaubte, dass es ihr leidtat, ihn verdächtigt zu haben. Doch der Moment ging vorüber und sie hatte sich um keinen Zentimeter bewegt.

Das also war das Ende. Es tat weh, so auseinanderzugehen, aber – er hatte wohl recht gehabt. Es konnte nicht funktionieren. Sie warf einen suchenden Blick zum Land hinüber, hoffte, seine Silhouette auf der Landstraße zu sehen, denn immer noch lag über Kerlousec ein schwacher Lichtschein. Doch sie konnte nichts entdecken. Dann beschloss sie, die Nacht dort zu verbringen, wo sie sich einmal zu Hause gefühlt hatte. Geborgen in einem warmen Nest zwischen Land und Meer.

Die Haustür war nicht abgeschlossen, so wie immer. Sie stieg die Treppe hinauf, warf das schwere Federbett auf den Boden und fand eine nach Mottenpulver duftende Wolldecke, unter der sie sich ausstreckte. Gegen Morgen spürte sie Bri-bris feuchte Zunge im Gesicht. Er leckte ihr die Tränen ab und rollte sich dann zu ihren Füßen zusammen.

Gleich morgen früh würde sie ein Taxi rufen und den ersten Flieger nach Deutschland nehmen.

Man kann immer nur vorwärts leben, niemals rückwärts. Eine Binsenweisheit.

46

»Ich habe eine gute Nachricht für dich, Kind«, sagte Papa, nachdem Sitha den Tisch abgeräumt hatte. »Was hältst du von Kalifornien?«

Sie hielt gar nichts davon, aber das behielt sie für sich. Papa hatte in der Nähe von San Francisco eine hübsche kleine Wohnung für sie gefunden. Nur eine Autostunde entfernt befinde sich eines der Büros seines Konzerns, sie könne dort schon einmal Einblick nehmen, sich mit dem System und den Mitarbeitern vertraut machen, während sie ihre Masterarbeit schrieb.

»Kann gut sein, dass du dort Experten für dein Thema triffst, die auf dem neuesten Stand sind. Worüber wolltest du doch schreiben? Etwas mit Verfahrensentwicklung, oder?«

Er hörte kaum zu, während sie einige vage Sätze über ihr Vorhaben sagte. Gleich darauf erfuhr sie, dass sie schon Ende Juli fliegen sollte. Das war in vier Wochen.

»Die Wohnung gehört übrigens einer guten Freundin von Mama. Sie wohnt gleich nebenan und wird dir helfen, dich zurechtzufinden …«

Aha. Mama wollte sie dieses Mal vorsichtshalber unter Aufsicht stellen. Wir fürsorglich von ihr!

Während der folgenden Tage blieb ihr Handy ausgeschaltet, und sie verbot sich, die Mailbox abzuhören. Sitha und Frau Decker hatten Anweisung, Sylvies Anrufe nicht weiterzuleiten. Frau Meyer-Schildt sei nicht zu sprechen, sie schreibe an einer Seminararbeit. In Wirklichkeit war die Arbeit längst fertig und abgegeben, auch die Benotung war bereits erfolgt, sie hatte wieder fünfzehn Punkte einkassiert. Bestnote.

Es musste einmal ein Ende haben. Sylvies naives und so ungemein liebeswertes Gerede war eine gefährliche Ablenkung, denn es brachte ihre Gefühlswelt durcheinander. Sie war keine Bretonin, sie gehörte nicht nach Kerlousec. Punkt. Aus. Stattdessen wollte sie sich auf ihr neues Leben in Kalifornien vorbereiten. Sie hatte inzwischen mit Mamas Freundin telefoniert und fand sie ein wenig überschwänglich, aber doch sehr nett. Die Frau war Kunstmalerin und hatte einen ausgedehnten Bekanntenkreis – das versprach interessante Begegnungen. Nun ja – sie kannte die amerikanische Mentalität. Man durfte die offene, herzliche Art dort keinesfalls mit Freundschaft verwechseln.

Tagsüber war es kein Problem, nach vorn zu denken und keinesfalls den Fehler zu machen, sich irgendwelchen Träumereien hinzugeben. Sie bereitete ihre Masterarbeit vor, telefonierte manchmal mit Chrisy, machte Einkäufe im Zentrum. An den Abenden saß sie mit Mama zusammen, einmal besuchten sie Julia und Dennis, die sie im privaten Familienkreis selbstverständlich gern bei sich sahen. Ein Nachmittagsbesuch bei Konstanze verlief eher unerfreulich; sie hatte einen Kollegen aus dem Institut zum Abendessen eingeladen und schien sehr froh, dass Schwiegermutter und Schwägerin zeitig aufbrachen.

Schwierig wurde es erst, wenn sie zu Bett ging. Sie versuchte es mit dem Fernseher, dann mit einem Krimi aus Mamas Bücherschrank, aber es half wenig. Wenn sie das Licht ausmachte und die Augen schloss, rauschte es in ihren Ohren. Der Stress, dachte sie. Möglicherweise ein Hörsturz. Morgen gehe ich zum Arzt. Doch das Rauschen hatte etwas Beruhigendes, es schwoll an und verging wieder, es zischte und plätscherte, es gluckste und schwappte. Es war zart und kühl, dann wieder brauste es wie von einer gewaltigen Flut, und die Wogen schlugen krachend gegen den Fels. Nach einer Weile meinte sie, den salzigen Geruch des Meeres zu spüren, und sie knipste das Licht wieder an, um einen Schluck Wasser zu trinken.

Er ist aufbrausend und beleidigend. Er ist bockig und stur. Ein Verrückter, der ein Segelboot bauen will, das niemand braucht. Ein Lokalpatriot. Hoch die Bretagne. Was nicht bretonisch ist, das taugt nichts ...

Es half nicht allzu viel, sich seine schlechten Eigenschaften vor Augen zu führen, denn während sie darüber nachgrübelte, sah sie ihn vor sich. Alan. Seine Augen, graugrün wie das Meer an stürmischen Tagen.

Hatte schon die Phase vor dem Einschlafen ihre Tücken, so war der Schlaf ganz besonders boshaft, denn gegen Träume konnte man wenig tun. Eine Flut von schönen und schrecklichen Bildern fiel dann über sie her, von denen sie die meisten zum Glück am folgenden Morgen wieder vergessen hatte. Einer dieser Träume war jedoch hartnäckig, sie träumte ihn jede Nacht, und immer wachte sie davon auf.

Sie war wieder im Haus des Leuchtturmwärters in ihrem Zimmer, stand dort am Fenster und sah hinaus auf die wilde, dunkelgraue See. Es war Flut, das Meer brüllte und warf sich gegen die Klippen, Gischtnebel stiegen auf wie weiße Gespenster und fielen in sich zusammen. Inmitten der tobenden See war ein grauer Körper zu erkennen, ein gewaltiger Fisch wühlte dort herum, zeigte seinen schuppigen, silbrig glänzenden Rücken, krümmte sich, schlug um sich und stürzte zurück in sein Element. Jede Bewegung dieses Wesens spürte sie am eigenen Leib wie eine kleine Erschütterung, und sie wunderte sich darüber, bis sie die Kette bemerkte. Das Wesen, das sich dort im Wasser quälte, war mit einer langen Ankerkette am Leuchtturm festgebunden. Es war eine gewaltige Kette mit eisernen Gliedern, groß wie Wagenräder, und sie war zweimal um den Fuß des Turms geschlungen, damit das Meeresungeheuer sich nicht losreißen konnte.

»Wer hat das getan?«, rief sie im Schlaf.

»Das war Dahut, Gradlons Tochter«, sagte Swana.

Die junge Frau stand oben auf dem Umlauf des Leuchtturms, hielt sich am Geländer fest und starrte mit hämischem Grinsen auf das zappelnde Meeresungeheuer. »Es kommt nie wieder frei. Eher reißt es sich selbst in Stücke!«, jubelte sie.

Der Turm erzitterte unter den Sprüngen des Ungeheuers, es gab nur eine Rettung, sie musste die Kette lösen. Doch während sie die Treppe hinunterhetzte, um zum Leuchtturm zu laufen, war es schon zu spät. Die Klippen schienen sich zu bewegen, sie tauchten ins Meer, und die Wellen warfen sich über das kleine Haus, um es zu verschlingen.

Immer wenn das Wasser über ihr zusammenschlug, wachte sie auf, atemlos, das Gesicht nass von ihren Tränen. Dann lag sie eine Weile bewegungslos auf dem Rücken, starrte in die Dunkelheit des Zimmers und redete sich ein, dass solche Träume notwendig waren, um sich von der Vergangenheit zu befreien. Schwellenängste nannte man so etwas, sie traten immer dann auf, wenn man kurz davorstand, in eine neue Lebensphase einzutreten. Kleine Kinder kamen dann nachts ins Bett der Eltern, weil sie schlecht geträumt hatten, sie aber war erwachsen, sie würde diese Schwelle ohne fremde Hilfe überschreiten.

Nach dreieinhalb Wochen glaubte sie, stark genug zu sein, um Sylvie anzurufen und ihr zu erklären, dass sie in wenigen Tagen nach San Francisco flog und dort sehr beschäftigt sein würde. Aber man könne gern hin und wieder telefonieren oder eine E-Mail schreiben, das sei doch selbstverständlich. Schließlich seien sie Freundinnen …

In ihrer Mailbox waren zehn Nachrichten. Drei von Mama aus London und Mailand, eine von Ben, vier Nachrichten von Sylvie und zwei von Alan. Löschen. Löschen. Nicht anhören. Taste drei. Nachricht gelöscht.

Sie setzte sich auf den Bootssteg und ließ die Füße ins Wasser hängen. Kleine Wellen schwappten leise zum Ufer hin und netzten dabei ihre Waden. Im sommerlichen Licht erschien der See grünlich, seine kleinen Wellen glitzerten wie Glasscherben. Sie winkte einem Boot voller Ausflügler zu, dann gab sie sich einen Ruck. Bringen wir's hinter uns, würde Mama sagen.

»Susanne? Ach du liebe Güte! Wie schön, von dir zu hören! Wie geht es dir?«

Es war rührend, wie Sylvie sich freute. Susanne spürte, wie sich irgendetwas in ihrem Hals verengte, sie musste schlucken. Nein, sie würde Sylvie aus Kalifornien ganz sicher anrufen, jede Woche, vielleicht sogar zweimal die Woche …

»Danke, es geht mir gut. Tut mir sehr leid, dass ich mich etwas abgeschottet hatte – ich musste nachdenken. Zu mir selber finden, wie man so schön sagt.«

»Ja, das verstehe ich gut, Susanne. Ich hatte oft in meinem Leben solche Phasen.«

Sie sprach leise und ein wenig verschwörerisch, was Susanne eigentlich gar nicht recht war. Glaubte sie vielleicht, die Freundin habe so etwas wie Liebeskummer? Albern.

»Ich musste eine grundsätzliche Entscheidung fällen. Und das habe ich jetzt getan – also geht es mir viel besser.«

Sylvie zögerte einen Moment. Dann versicherte sie ihr, dass sie großen Respekt vor solchen Entscheidungen habe und Susanne dazu nur gratulieren konnte.

»Du wirst also deinen Master machen …«

»Ja, Sylvie. Und übermorgen fliege ich nach San Francisco.«

»Ach … Wie wunderschön für dich! Wirst du dort länger bleiben?«

»Vermutlich ja. Nur zum mündlichen Examen im Oktober komme ich kurz nach Berlin zurück.«

»So ist das also …«

Ein tiefer Seufzer folgte. Susanne starrte angestrengt auf den grünlichen See, wo jetzt ein Badeboot voller halbnackter und offensichtlich volltrunkener junger Kerle vorbeiruderte. Wie sie brüllten! Vermutlich einer dieser albernen Junggesellenabschiede, bei denen die Freunde dem glücklichen Bräutigam Bier ohne Grenzen und einen Besuch im Puff spendierten.

»Möchtest du wissen, wie es Alan geht?«

Sie war nicht schnell genug, denn Sylvie sprach weiter, noch bevor sie Nein sagen konnte.

»Wir hatten alle große Angst, Susanne. Das Boot ist fertig, sie haben es letzte Wochen zu Wasser gelassen und gleich eine erste Fahrt gewagt. Brioc, Swana und Alan. Und stell dir vor, sie wurden abgetrieben und sind bei Ouessant fast gekentert. Malo und Morwan sind noch am Abend mit dem Kutter losgefahren und haben sie abgeschleppt.«

Das hatte sie alles nicht wissen wollen, aber nun war es zu spät. Alan, dieser Verrückte, hatte sich also entschlossen, wieder zu segeln. Und prompt war es schiefgegangen. Himmel – sie hätten alle drei auf dem Grund des Meeres liegen können!

»Bist du noch dran, Susanne?«

»Wie? Ja, ich bin noch da. Ich hoffe, Alan hat nun endlich eingesehen, dass er es lassen sollte. Das Segeln, meinte ich …«

Sylvie lachte kurz auf. Es klang spöttisch, aber auch kummervoll. »Eine Woche lang hat er an dem Boot herumgebastelt, dann ist er wieder los. Hinüber nach Irland, hat er gesagt. Dieses Mal ganz allein.«

»Großer Gott! Du hattest recht, Sylvie. Er ist ein Sturschädel …«

»Ja, das ist er. Wir haben seit Tagen keine Handyverbindung zu ihm. Weißt du, ich musste an diese Sagenhelden denken, die immer wieder Schiffbruch erleiden und dennoch nicht vom Meer lassen können.«

»Wie schön, dass du es so poetisch sehen kannst. Ich muss jetzt Schluss machen, Sylvie. Alles Gute für euch. Grüß bitte Gaëlle und Malo von mir. Es tut mir leid, dass ich euch nicht mehr sehen werde, aber ich fliege schon übermorgen.«

»Ja, natürlich … Das mache ich gern … Und guten Flug! Eine

gute Zeit. Weißt du, was er gesagt hat, als er lossegelte? Er hat gesagt: Das Meer wird entscheiden. Findest du das nicht bedenklich? Wir machen uns große Sorgen.«

»Er wird zurückkommen, das spüre ich. Adieu, Sylvie ... Ich melde mich aus Kalifornien, versprochen. Ich schicke euch ein nachträgliches Hochzeitsgeschenk. Werdet glücklich, ihr beiden. Ihr habt es verdient.«

Sie schaltete das Handy aus und steckte es in die Tasche ihrer Shorts. Nur weg mit diesem Teil. Am liebsten hätte sie es ins Wasser geworfen. *Das Meer wird entscheiden.* Was für ein Blödsinn. Er sollte besser seinen Kopf benutzen und selbst über sein Leben entscheiden. Aber Alan war bei aller Sturheit auch ein romantischer Träumer. Besser gesagt, ein Spinner. Das Meer! Hatte er nicht auch gesagt, man müsse die Meeresungeheuer beschwören, wenn man ein Schiff baute? Nun – in diesem Punkt hatte er wohl kein gutes Händchen gehabt.

Die Wasseroberfläche spiegelte jetzt die Sonne so gleißend, dass sie die Augen schließen musste. Vermutlich war es das warme Wetter, das ihren Kreislauf durcheinanderbrachte. Sie hatte Herzrasen, als wäre sie gerade einen Marathon gelaufen.

Es ist gut, dachte sie. Ich habe getan, was ich mir vorgenommen hatte, ich habe Sylvie angerufen. Das war ich ihr schuldig. Es ist erledigt. Ich bin frei. Frei von Kerlousec. Von den schönen Erinnerungen an die Bretagne. Übermorgen fliege ich nach Kalifornien. Ich muss noch packen, vor allem die wichtigsten Bücher und Materialien für die Magisterarbeit. Kleider, ein paar kleine Andenken, meinen Laptop, meine Papiere. Ob ich meine Zeugnisse mitnehmen soll? Sie neigte den Oberkörper nach hinten und stützte sich mit den Armen auf den sonnenwarmen Brettern des Bootsstegs ab. Vorsichtig blinzelte sie über den See und sah nichts als gleißendes, schwankendes Wasser. In ihren Ohren rauschte es.

Er hatte sie angerufen und auf ihre Mailbox gesprochen.

Wann? Bevor er losgesegelt war? Oder danach? Es war nicht mehr herauszufinden, denn sie hatte alles gelöscht. Aber natürlich – sie konnte ihn anrufen ... Allerdings war es ziemlich unwahrscheinlich, dass eine Verbindung zustande kam.

Und wenn er nicht zurückkehrte? Er war schon mehrfach mit knapper Not dem Seemannstod entgangen. Das Meer war geduldig, hieß es. Es zeigte sich gnädig, es wartete, es wich zurück. Und eines Tages war es da, um sich seine Beute zu holen ...

»Susanne! Huhu!«

Susanne fuhr zusammen und wurde sich darüber klar, dass sie um ein Haar auf Abwege geraten wäre. Wie gut, dass jemand sie auf den Boden der Tatsachen zurückholte. Selbst wenn es ihre Schwester Julia war.

»Ich bin hier, auf dem Bootssteg ...«

Was wollte Julia eigentlich hier? Sich von ihr verabschieden? Du meinte Güte, wo ihre Firma sie doch täglich sechzehn bis achtzehn Stunden in Anspruch nahm. Fast war Susanne gerührt ...

»Wer zuerst am See ist, hat gewonnen!«, brüllte eine Kinderstimme.

»Das ist gemein – ich kann nicht so schnell laufen wie du«, kreischte eine zweite, hellere.

»Ich hab gewonnen, ich hab gewonnen. Ihr seid bloß lahme Enten!«

Ben überwand die Baumgrenze als Erster. Da schau an, wenn es drauf ankam, konnte er rennen wie ein Wiesel. Er hatte so viel Schwung drauf, dass er ein paar Schritte ins Wasser lief und erst stoppte, als seine Hosen schon nass waren. Die Nächste war Henriette, im weißen Tennisdress, hinter ihr keuchte Rosa, wütend und heulend, weil sie wieder einmal das Schlusslicht war.

Aha – jetzt begriff Susanne. Julia kam nicht etwa ihretwegen, sie brauchte ein Kindermädchen.

Ihre Schwester hatte die Schuhe ausgezogen und lief barfuß

über die Wiese zum Steg hinunter. Das beigefarbene Businesskostüm mit dem kurzen Rock sah an ihr sehr sexy und sommerlich aus, die passende Handtasche am langen Riemen schlug ihr beim Laufen gegen den Rücken.

»Da bist du ja«, rief sie Susanne entgegen. »Hach, so am Wasser sitzen und relaxen, das würde ich auch gern. Hast du was von Chrisy gehört? Er meldet sich bei mir so gut wie nie, und Konstanze sagt, sie hat keinen Kontakt …«

Susanne zog die Knie hoch und schaute hinüber zu den drei Kindern, die jetzt am Ufer knieten und Steinchen sammelten. Es war Henriettes Leidenschaft, sie besaß bereits eine stattliche Sammlung ungewöhnlicher Kieselsteine, aber sie fand immer wieder neue Exemplare, die es wert waren, aufgehoben zu werden.

»Henriette! Pass auf deine hellen Sachen auf.« Julia beschattete die Augen mit einer Hand und verzog das Gesicht, während sie ihre Tochter ermahnte. Immer das Gleiche mit den Mädels. Man kaufte ihnen teure Sachen, und schon am nächsten Tag waren sie verdreckt. In den Ferien hatte Henriette Tennisunterricht, zweimal die Woche Trainerstunde, und Rosa tanzte in einem Auswahlballett.

»Sie müssen beschäftigt werden, weißt du? Wenn sie nur rumhängen, dann kommen sie auf dumme Gedanken. Konstanze hat mir Ben mitgegeben, sie will noch einen Besuch machen, da würde er sich nur langweilen.«

»Verstehe ich …«, sagte Susanne.

Julia schien zu überlegen, ob sie sich auf einer Ecke des Bootsstegs niederlassen sollte, sie tat es jedoch nicht, wahrscheinlich hatte sie Angst um ihren hellen Rock.

»Ich hoffe, dir ist klar, was Papa und Mama für dich getan haben«, fuhr Julia fort und strich sich das lange dunkelblonde Haar hinters Ohr. Sie hatten beide die gleichen Augen und die gleichen Haare, früher waren sie manchmal für Zwillinge gehalten worden. In Wirklichkeit aber gab es kaum zwei Schwestern, die so verschieden waren wie Julia und sie.

»Eine solche großartige Chance, wie du sie bekommst, hat es für mich, zum Beispiel, niemals gegeben. Chrisy – na schön, der war ja immer etwas Besonderes, der durfte in den Staaten studieren. Mir wurde so etwas nicht geboten.«

»Du hast es doch auch so geschafft«, meinte Susanne lustlos. Was wollte Julia eigentlich? Lud ihr die Kinder auf und jammerte herum. Klar, es passte ihr nicht, dass die kleine Schwester eine zweite Chance bekam, noch dazu in Kalifornien. Vermutlich wäre es ihr lieber gewesen, wenn Susanne in »La Santé« für immer verschwunden wäre. Was für ein Glück, dass sie übermorgen schon das Feld räumte und ihre liebe Schwester nicht mehr sehen musste.

»Die Firma boomt«, seufzte Julia und kramte eine Sonnenbrille aus ihrer Handtasche. »Ich werde noch weitere Mitarbeiter einstellen müssen. Vielleicht machen wir im November ein paar Tage Familienurlaub in Kalifornien, da könnten Henni und Rosa dich mal besuchen.«

»Ich werde wohl sehr beschäftigt sein.«

Das fehlte noch, dass Julia die Mädels bei ihr abgab, um mit Dennis eine schöne, kinderlose Zeit zu haben. Nicht, dass sie etwas gegen Henriette und Rosa hätte, aber die beiden sahen ihre Eltern sowieso kaum, da sollten sie wenigstens im Urlaub etwas miteinander unternehmen.

Julia hatte die Sonnenbrille aufgesetzt, sodass man den Ausdruck ihrer Augen nicht sehen konnte. Ihr Mund war schmal verzogen, Susannes Antwort hatte sie geärgert.

»Dennis holt die beiden gegen sechs wieder ab. Um Ben will sich Konstanze kümmern. Ich hoffe, du hast wenigstens die Zeit, ab und zu nachzuschauen, ob einer von ihnen gerade im See ertrinkt.«

»Ich denke, sie können schwimmen«, meinte Susanne boshaft.

Julia reagierte nicht. Sie sah über das Wasser und meinte, es würden immer mehr Boote, man müsse etwas dagegen tun, damit die Privatsphäre der Anlieger geschützt bleibe.

»Henni, Süße. Rosalein! Die Mama geht jetzt. Der Papa holt euch ab. Rosa, du sollst bitte die Hosenbeine hochkrempeln, wenn du am Wasser spielst …«

Die beiden Mädchen reagierten kaum, sie waren viel zu beschäftigt, einen dicken, schwarzen Käfer in gemeinsamer Anstrengung aus dem See zu retten. Susanne atmete auf, als Julia zwischen den Bäumen in Richtung Terrasse verschwunden war und sie kurz darauf den Motor ihres Sportwagens vernahm.

Eigentlich war es ja gut, dass die Kinder hier waren, sie würden sie beschäftigen, sodass unsinnige Anwandlungen wie die plötzliche Sehnsucht nach der Bretagne nicht mehr aufkamen.

»Spielst du mit uns?« Rosa balancierte auf dem Rand des Bootsstegs zu ihr hinüber, wedelte aufgeregt mit den Armen, doch sie war viel zu geschickt, um ins Wasser zu fallen. Ihre Schwester stritt lautstark mit Ben, der ihr seinen Gameboy nicht geben wollte.

»Was denn?«, knurrte Susanne lustlos.

»Ich wäre eine Prinzessin und du wärst die Königin. Henni könnte die Sekretärin sein. Und Ben wäre unser Reitmonster …«

Rosa erfand jede Menge solcher Konstellationen, ihr Problem war nur, die Mitspieler dazu zu bringen, die ihnen zugedachte Rolle zu spielen. Im Kindergarten klappte es einwandfrei – zu Hause leider gar nicht, weil Henriette sich nicht verplanen ließ.

»Wir könnten eine Runde mit dem Ruderboot fahren«, schlug Susanne vor.

»Das hat Mama verboten!«

»Nur wenn kein Erwachsener dabei ist …«

Früher waren sie immer auf dem See herumgerudert, auch

ohne Erwachsene. Susanne erhob sich und lief am Ufer entlang zum Schuppen.

»Wollt ihr Ruderboot fahren?«

Henriette hatte den Kampf um den Gameboy inzwischen aufgegeben, da Ben das Objekt der Begierde in seiner Hosentasche in Sicherheit gebracht hatte. Sie war schlecht gelaunt und antwortete nicht.

»Das hat Mama verboten«, echote Ben.

Das Boot hatte Chrisy vor zwei Jahren gekauft, es war aus Kunststoff und ziemlich klein, eine Nussschale. Chrisy war im vergangenen Sommer ein paarmal mit Ben hinausgerudert, einmal hatte er auch Henriette mitgenommen.

»Helft mir mal …«

»Ihh – da sind Spinnweben …«

»Cool … das ist Papas Boot!«

»Nicht zerren, Ben. Anheben. Nimm die Ruder, Henriette. Pass auf, dass du sie niemandem gegen den Kopf haust …«

»Aua!«

»Hab ich's nicht gesagt?«

»'tschuldigung …«

»Das ist dreckig. Das muss erst mal geschrubbt werden.«

Woher hatte Rosa diese hausfraulichen Anwandlungen? Susanne gab ihr eine Bürste in die Hand und schickte Ben mit einem Eimer zum See, Wasser holen. Henriette durfte mit einem alten Lappen die verstaubten Ruder abwischen. Im Nu war ihr weißes Tennisdress ergraut, auch Rosas hellblaue Jeans bekamen dunkle Flecke, und Bens Turnschuhe hatten das Wasser des Griebnitzsees durstig eingesaugt.

»Fahren wir bis zur Glienicker Brücke, ja? Und drunter durch in die Havel …«

Ben kannte sich aus. Er war schwer enttäuscht, als Susanne erklärte, man würde nur eine kleine Runde drehen. Auf keinen Fall bist zur Brücke.

»Ich kann rudern …«

»Nee, rudern tu ich«, bestimmte Henriette. »Hol mal noch'n Eimer Wasser. Da ist noch Dreck …«

Die Schufterei machte ihnen einen Heidenspaß. Zu viert schleppten sie das Boot aus dem Schuppen zum Ufer und schoben es ins Wasser. Ben durfte hineinklettern und die Ruder festhalten, während Susanne mit hochgekrempelten Hosenbeinen durch das seichte Uferwasser stapfte, um das Schifflein zum Bootssteg zu ziehen und dort zu vertäuen.

»Wir auch … wir auch!«, drängelten die Mädchen, die ungeduldig auf dem Bootssteg herumhüpften.

Susanne beschloss, zuerst eine kleine Runde allein zu rudern – schließlich war sie seit mindestens zehn Jahren aus der Übung, und sie wollte nicht riskieren, dass das Boot durch ihre Ungeschicklichkeit kenterte. Tatsächlich erzeugten die ersten Ruderschläge mehr Spritzwasser als Geschwindigkeit, sie musste sich erst in die Bewegung finden, das Eintauchen und Durchziehen, das Gefühl für das Boot und die sachte Strömung des Gewässers finden. Nach einigen Unsicherheiten begann die Sache ihr Spaß zu machen. Unter den sehnsüchtigen Blicken der drei Zurückgebliebenen zog sie in Richtung Wannsee davon, genoss das Spiel des Lichts in den dicht bewaldeten Ufern und freute sich am sachten Dahingleiten auf der glatten Wasserfläche. Nein, es hatte wenig mit der wilden Ursprünglichkeit des Meeres zu tun, mit dem Ansturm der salzigen Wogen gegen den harten Granit. Und doch verspürte sie auch hier auf dem ruhigen, grünlichen Wasser das Gefühl, frei zu sein. Sie konnte das kleine Boot lenken, wohin es ihr beliebte. Wenn sie wollte, bis hinauf ans Meer.

Zeit, umzukehren, dachte sie und legte sich in die Riemen. Die Crew wartet schon, ich habe sie angeheuert, jetzt müssen sie mit an Bord. Mal sehen, vielleicht überlasse ich Ben eines der Ruder. Henriette könnte es auch probieren. Rosa ist wohl noch zu klein, es fehlt ihr die Kraft …

Sie sah es erst nach einer Weile, als sie sich umdrehte, um festzustellen, wie weit sie noch zu rudern hatte. Verdammt, das war doch ihr Bootssteg. Natürlich! Und vorn war ein großes Schild angebracht »Anlegen verboten«. Trotzdem hatte dort ein Segler festgemacht. Eine kleine Yacht sogar. Was für eine Dreistigkeit.

Vielleicht ein Bekannter von Mama, überlegte sie. Das könnte sein. Sie zog die Ruder ein und ließ sich zum Bootssteg treiben, fasste einen der Pfeiler und band das Ruderboot daran fest.

»Ahoi!«, sagte jemand.

Sie sah hinauf und hatte eine Vision. Augen schließen. Zurück in die Realität. Noch einmal hinsehen. Die Vision blieb. Dort oben kniete Alan Hervé, sonnenverbrannt, stoppelbärtig, eine Strickmütze auf dem leicht verfilzten Haar.

»Überraschung, wie? Na komm schon, Susanne. Lass dir helfen. Oder willst du meine Hand nicht?«

Selten war sie so ungeschickt aus dem schwankenden Boot auf den Steg hinaufgeklettert, Alan musste kräftig zufassen, damit sie nicht rücklings in den See fiel. Als sie schließlich vor ihm stand, seinem triumphierenden Grinsen ausgeliefert und immer noch überzeugt, einer Wahnvorstellung anheimzufallen, war es unmöglich, auch nur ein einziges Wort an ihn zu richten.

»Er ist ein Freund von dir, hat er gesagt …«

»Er redet französisch …«

»Du, Tante Susanne … Er soll uns das Boot zeigen …«

»Er hat einen Bart wie ein Seeräuber!«

»Was hat er gesagt?«

»Tu as une barbe de pirate …«

»Moi, je suis pirate!«

Er hielt sich ein Auge mit der Hand zu und beugte sich zu Ben herunter.

»Pirat«, sagte er. »Pirate breton …«

Ben wich einen Schritt zurück und legte vorsichtshalber die

Hände auf den Rücken. Dann grinste er breit. »Ich bin auch ein Pirat. Und ein Monster ...«

»Ein monstre ... Monster ... Nous sommes des camarades, Pirat et monstre ...«

Er konnte großartig mit Kindern umgehen. Ohne sich weiter um Susanne zu kümmern, redete er mit ihnen in einem Gemisch aus Französisch und Deutsch, am besten aber ging es mit Händen und Mimik.

»Darf ich ihnen das Boot zeigen?«

Susannes »Meinetwegen« wurde vom begeisterten Gebrüll der drei Kinder übertönt. Er half ihnen an Bord und sah dann mit einem halb ironischen, halb schuldbewussten Blick zu Susanne hinauf.

»Du auch?«

»Natürlich!«

Alan. Als er ihre Hand nahm, war es wieder da, dieses Gefühl, am richtigen Ort zu sein. Wie merkwürdig das doch war, man konnte noch so klug abwägen, den rechten Weg wählen – die Entscheidung fällte nicht der Kopf. Es war etwas anderes, eine Kraft, die seit Jahrtausenden immer auf die gleiche Art funktionierte und der niemand so leicht entkam.

»Willkommen an Bord, Anne-Susanne!«

Frech war er auch noch! Schob sie die drei Stufen hinunter, wo die Kinder bereits seine winzige Pantry und die Navigationsinstrumente und den mit Plänen übersäten Kartentisch bestaunten. Dahinter gab es eine Polsterbank, die vermutlich zu einem Bett ausgeklappt werden konnte. Fünf Leute hatten hier unten kaum Luft zum Atmen, doch er störte sich nicht daran, sondern zog eine seiner Karten unter den anderen hervor und zeigte mit dem Finger seine Route.

»Regarde bien, Pirat ... Ici, c'est Breiz ... Die Bretagne ... Mein Heimat ...«

Susanne beugte sich mit über die Karte. Unglaublich. Konnte

das möglich sein? Er war an der Küste entlanggesegelt, vom Atlantik in die Nordsee, bei Hamburg den Elbe-Seiten-Kanal hinauf, am Wasserstraßenkreuz Magdeburg auf dem Elbe-Havel-Kanal bis Potsdam und von dort in den Griebnitzsee …

»Man erzählte mir, du wärst unterwegs nach Irland …«

»Ach ja?«, tat er überrascht. »Hab mich anders entschlossen …«

»Und wie soll es weitergehen?«

Er nahm Bens dreckverschmierten Zeigefinger und fuhr damit über den Wannsee, dann nach Norden.

»Oder-Havel-Kanal, die Oder hinauf bis Stettin und dann in die Ostsee.«

»Ich will mit … Nimmst du mich mit?«, brüllte Ben.

»Wir wollen auch mit …«

»Ich will auch …«, piepste Rosa, die zwar nichts begriffen hatte, aber auf keinen Fall zurückstehen wollte.

Susanne sah, wie er belustigt schmunzelte. Er hatte zwar nicht jedes Wort verstanden, den Sinn jedoch erfasst.

»Wenn ihr älter seid«, sagte er.

»Manno! Warum nicht jetzt?«

»Weil ich bin le capitaine und es dir sage, Pirat. Il faut obéir … man muss gehorchen, dem Käptn auf ein Schiff. Wenn du größer bist, tu viens avec moi. C'est promis!«

Er zeigte ihnen die Instrumente, die Kochecke, Pantry genannt, er klappte die Polster auseinander, und sie durften darauf herumturnen. Später packte er Brot, Tomaten, Salami und Äpfel aus, sie setzten sich an Deck in die Sonne und Susanne durfte Weißbrot mit Salami belegen. Sogar Rosa, die sonst wie ein Spatz aß und niemals Fleisch anrührte, schaffte ihr Sandwich, dazu einen halben Apfel und ein Stück Tomate. Es war einfach großartig, auf dem schwankenden Schiff zu hocken, die Leute auf den vorüberfahrenden Booten zu grüßen und dabei ein Picknick zu genießen. Alan suchte alle seine Trinkgefäße zusammen, und sie stießen mit Apfelsaft an.

»Lermat!«, rief Susanne und biss sich dann auf die Zunge. Es war ihr einfach so herausgerutscht.

»Lermat!«, sagte Alan und sah sie mit glitzernden graugrünen Augen an.

»Lermat ...«, wiederholten die Kinder.

»Sagen das die Piraten immer?«, wollte Henriette wissen.

»Die aus der Bretagne schon.«

Dennis erschien pünktlich, um die Kinder abzuholen, und machte gute Miene zum bösen Spiel, denn alle waren vollkommen verdreckt. Susanne stellte ihm Alan vor – ein guter Bekannter aus Frankreich. Ja, Bretone. Kein Problem, Dennis sprach französisch. Die beiden Männer fachsimpelten ein wenig über die kleine Yacht, die Dennis kaum hochseetauglich erschien, dann verabschiedete er sich. Julia wartete zu Hause, und er musste vorher noch Ben abgeben.

Alan sah ihnen nach, winkte noch einmal, bevor sie zwischen den Bäumen verschwanden. Dann waren sie miteinander allein.

»Ich wollte dich wiedersehen, Anne-Marie«, sagte er. »Und das Meer hat mich zu dir getragen.«

Sie saßen dicht nebeneinander, das Boot schaukelte sacht, die Versuchung, seine Handrücken zu berühren, war groß, und sie konnte nicht widerstehen. Er hielt einen Moment lang still, dann öffnete er die Hand, und sie schlangen die Finger ineinander.

»Ich habe viel an dich gedacht, Alan ...«

»Ich weiß ...«

»Wie kannst du das wissen?«

»Ich habe es gespürt.«

Er zog sie näher zu sich heran. Oder war sie es, die dichter zu ihm rutschte? Es war nicht genau auszumachen, möglicherweise hatten beide ihren Anteil daran.

»Ich habe viel Unsinn geredet, damals am Strand.«

»Ich auch, Susanne.«

»Lass uns das alles vergessen.«

Sein Mund, seine lächelnden Augen, sein Arm um ihre Schultern. »Verzeihung, Frau Meyer-Schildt ... Soll ich das Gästezimmer richten?«

Frau Decker hatte die Neugier zum Seeufer getrieben. Dort stand sie, lächelnd, perfekt wie immer, die Schuhe in der Hand. Als sie erfuhr, dass Monsieur Hervé auf seinem Boot schlafen würde, zuckte sie die Schultern und ging enttäuscht zurück zur Villa.

Als es dunkel wurde, zündete Alan eine Bootslaterne an. Es wurde eine lange Nacht, in der viel geredet wurde, auch gestritten, geweint und getröstet. Es war erlösend, endlich alles zu erzählen, von Anfang an, alle Irrtümer aufzuklären, alle Fragen zu beantworten, allen Kummer herauszuheulen.

»Wann fliegst du nach Kalifornien?«

»Schon morgen ...«

In dieser Nacht wurde über ihren Weg entschieden, und wie sie es schon geahnt hatte, spielten dabei weder ihre Klugheit noch ihr Verstand eine Rolle, sondern Dinge, die sie bisher sorgfältig ignoriert hatte. Vor allem Alans Augen, die blaugrün wie die Wellen des Meeres waren. Aber auch ... Nun, zum Beispiel die Liebe, ein Zustand, der ganz und gar unerklärbar ist und der uns zwingt, die verrücktesten Sachen zu machen.

Epilog

Ein zarter bläulicher Nebel lag über dem Wasser, umfloss die gezackten Rücken der schwarzen Klippen und wurde zum Horizont hin violett. Graue Morgenvögel schwebten in Scharen zur Küste hinüber, durch das schlagende, zischende Geräusch der Brandung hörte man ihre klagenden Rufe. Das Leuchtturmfeuer war längst erloschen.

Alan stieß mit dem Fuß gegen eine blaue Plastikflasche, die in einem angeschwemmten Haufen Seetang steckte, und fluchte leise vor sich hin. Zwei graue Krabben eilten mit hastigen Beinen in seitlicher Richtung davon. Drüben im Leuchtturmwärterhaus ging das Licht aus.

»Sie hat die Zeitung gelesen und geht jetzt in die Küche.«

»Dass sie überhaupt schon wach ist …«

Alan lachte leise und nahm ihr den Korb aus der Hand. »Ein paar Gläschen Calvados machen Gaëlle wenig aus. Sie ist ihr Lebtag daran gewöhnt.«

»Da habe ich wohl noch viel zu lernen«, seufzte Susanne und rieb sich den schmerzenden Kopf.

»Wenn du eine echte Bretonin werden willst – schon!«

Sie kletterten über die Klippen zur Landzunge hinauf und liefen nebeneinanderher auf dem schmalen Pfad, der zum Leuchtturmhaus führte. Die Flut hatte wieder ein paar Muscheln angespült, auch kleine Meerestiere, auf die sich jetzt die hungrigen Möwen stürzten. Nach einer Weile blieb sie stehen, um das Lichterspiel des Sonnenaufgangs zu bewundern. Wie viele Farben hatte das Meer? So viele, wie sich in jedem einzelnen Wassertropfen brachen. Alle.

»Siehst du es?«, fragte sie ihn und legte die Hand auf seine Schulter.

»Den Sonnenaufgang? Eine merkwürdige Sache. Machst du ein Foto oder malst du ein Bild, dann wird jeder sagen: Gott, wie kitschig. Aber wenn du hier stehst und in diese wahnsinnige, rote, rosige, lilafarbene Glut hineinschaust, bist du überzeugt, niemals etwas Schöneres gesehen zu haben …«

Sie lehnte sich enger an ihn. Der Morgenwind war noch kühl, und sie trug nur Shorts und T-Shirt; es war angenehm, seinen warmen Körper zu spüren.

»Das ist wahr … Aber ich meinte etwas anderes. Dort hinten. Siehst du? Diese Zacken, die jetzt rötlich aussehen…«

Er setzte den Korb ab, um die Augen mit der Hand zu beschatten.

»Der gezackte Fels dort draußen? Böse Klippe. Gehört wohl zur Île Ségal … Meinst du den?«

»Das ist kein Felsen, Alan …«, flüsterte sie ihm ins Ohr.

»Ach ja?«

Er machte ein todernstes Gesicht, aber es zuckte dennoch ein wenig um seine Mundwinkel. Er wusste, was jetzt kommen würde.

»Das ist ein Meeresungeheuer! Ich kenne es gut. Es hat freundliche runde Glubschaugen und einen schuppigen Rücken. An den Füßen hat es Krallen und Schwimmflossen, und sein Schwanz gleicht dem einer Riesenechse …«

»So, so«, meinte er und nickte bedächtig. »Krallen und dann noch Schwimmflossen …«

»Wir müssen morgen hinausfahren, um nachzusehen, ob es noch an den Leuchtturm angekettet ist.«

Das war zu viel. Er zog sie ungestüm an sich und verwuschelte ihr Haar.

»Das machen wir. Versprochen. Vielleicht mag es auch Kekse«, lachte er.

»Ich glaube schon. Es kann nie schaden, ein Meeresungeheuer günstig zu stimmen, weißt du ...«

»Ja, ich weiß.«

Sie war mit einer kleinen Reisetasche in sein Boot gestiegen und hatte sich seinen Segelkünsten anvertraut. Zunächst in die Ostsee, dann hinüber zum Kanal und an der Küste entlang zurück in die Bretagne. Es war ihr Wunsch gewesen, und er hatte eine ganze Weile mit ihr gestritten, alle möglichen Bedenken vorgebracht, doch sie blieb unbelehrbar. Ihre Eltern würden sich schon wieder beruhigen, sie würde ihren Master extern machen, das könne sie auch in der Bretagne tun. Und außerdem würde sie niemals seekrank und sei fest entschlossen, sich zu einer brauchbaren Bootsfrau zu mausern. Was sie schließlich auch tat.

Drüben im Haus war die Tür aufgerissen worden und ein gelbes, hüpfendes, haariges Wesen schoss kläffend auf sie zu.

»Nimm den Korb hoch ... schnell ...«

Alan schaffte es gerade noch, die Einkäufe für Gaëlle zu retten. Bri-bri sprang begeistert an ihnen hoch, verteilte Nasenküsse und hob dann aufgeregt das Bein gegen die nächste Klippe.

»Das war ein Abend!«, rief ihnen Gaëlle entgegen. »Ganz wie früher. Armelle hat gerade angerufen, sie haben ihre Jacken bei mir vergessen. Mich wundert, dass ihr zwei schon auf den Strümpfen seid ...«

»Wir waren sogar schon in Lampaul zum Einkaufen.«

Die Morgensonne ließ Leuchtturm und Häuschen in kitschigem Rosa erglühen. Als sie eintraten, lag die kleine Papierrolle mit dem Bindfaden darum noch auf dem Tisch. Susanne hatte sie vorgestern in dem Wandkasten entdeckt, gleich unter dem Schlüssel zum Leuchtturm. Gaëlle würde ihren Töchtern nur eine kleine Summe zahlen müssen, den Pflichtteil. Und sie war gnädig geneigt, das Geld von den Gwernigs zu leihen.

»Es fängt gut an mit dir, Susanne«, schimpfte Gaëlle. »Schläfst die Nacht auswärts, wo ich extra noch dein Bett gemacht habe.«

Alan wollte einwenden, dass sie immerhin fast drei Wochen auf einem Segelboot miteinander verbracht hatten, doch Susanne kam ihm zuvor.

»Nur heute Nacht, Großmutter. Weil wir zu müde waren. Von jetzt an schlafe ich wieder brav mit Bri-bri in meinem Bett.«

Sie würde sich dort oben ein Arbeitszimmer einrichten, weil sie bei ihm angeblich nicht lernen konnte. Er würde sie ablenken, hatte sie behauptet. Sie habe da so ihre Erfahrungen.

Er fügte sich. Es war ein solch unerwartetes Glück, sie hier zu wissen, sie täglich zu sehen und die Hoffnung zu haben, dass sie blieb. Vielleicht für immer. Wer konnte das wissen?

Die Community für alle, die Bücher lieben

Das Gefühl, wenn man ein Buch in einer einzigen Nacht verschlingt – teile es mit der Community

In der Lesejury kannst du

- ★ Bücher lesen und rezensieren, die noch nicht erschienen sind
- ★ Gemeinsam mit anderen buchbegeisterten Menschen in Leserunden diskutieren
- ★ Autoren persönlich kennenlernen
- ★ An exklusiven Gewinnspielen und Aktionen teilnehmen
- ★ Bonuspunkte sammeln und diese gegen tolle Prämien eintauschen

Jetzt kostenlos registrieren: www.lesejury.de
Folge uns auf Facebook:
www.facebook.com/lesejury